DANGER IMMÉDIAT

TOM CLANCY

Danger immédiat

ROMAN TRADUIT DE L'AMÉRICAIN
PAR ÉVELYNE CHÂTELAIN ET SERGE QUADRUPPANI

ALBIN MICHEL

Édition originale américaine :
CLEAR AND PRESENT DANGER

Comme d'habitude, il y a trop de personnes à remercier : le « Grand Geraldo » pour son amitié ; Russ pour ses conseils et ses connaissances incommensurables ; Carl et Colin, qui ne se sont pas rendu compte de ce qu'ils avaient déclenché, mais à l'époque, je ne le savais pas non plus ; Bill pour sa sagesse ; Rich qui sait se pencher sur ce qui compte vraiment ; Tim, Ninja-Six, qui m'a donné plus d'un tuyau sur l'art du combat ; Ed, le chef des guerriers, et Patricia qui a trouvé le surnom du casque Chou-Fleur, pour leur aimable hospitalité ; Pete, ancien directeur de la plus passionnante des écoles (le diplôme accordé est la vie) ; Pat, qui donne le même enseignement dans une autre école ; Harry pour son irrévérence d'une profonde gravité ; W.H., qui fait de son mieux dans un travail désespéré et ingrat ; et bien sûr une douzaine d'officiers qui pourraient en remontrer aux astronautes ; et à beaucoup d'autres. Que l'Amérique vous soit aussi loyale que vous l'êtes envers elle.

A la mémoire de John Ball,
ami et professeur,
le professionnel qui prit le dernier avion pour...

« La loi, sans la force, est impuissante. »

PASCAL

« Sur le territoire national et dans des conditions normales, il appartient à la police de recourir à la force ou de menacer de le faire pour accomplir les desseins de l'État. Il appartient aux forces armées de recourir à la force, ou de menacer de le faire, à l'extérieur du territoire en temps normal, et à l'intérieur, seulement dans des circonstances exceptionnelles...

« Le degré de force que l'État est disposé à mettre en œuvre pour réaliser ses desseins [...] dépend de ce que le gouvernement du jour considère comme nécessaire ou utile pour continuer à fonctionner et à assumer ses responsabilités. »

Général JOHN HACKETT

Situation

La pièce était encore vide. Situé à l'angle sud-est de l'aile ouest de la Maison Blanche, le Bureau ovale a trois portes ; une donne dans le secrétariat personnel du Président, une autre dans une petite cuisine par laquelle on rejoint son cabinet de travail, et une troisième sur un couloir, en face de l'entrée de la Salle Roosevelt. La pièce elle-même serait de taille moyenne pour un cadre supérieur et les visiteurs avouent souvent après coup qu'elle leur a paru plus petite qu'ils ne se l'imaginaient. Le bureau du Président est disposé devant d'épaisses vitres de polycarbonate à l'épreuve des balles, qui distordent la vue des pelouses de la Maison Blanche ; il est fabriqué dans le bois du *Resolute*, navire de Sa Majesté britannique qui fit naufrage vers 1850 dans les eaux des États-Unis. Les Américains ayant sauvé et rendu son navire à la Grande-Bretagne, la reine Victoria, reconnaissante, ordonna qu'on prélève sur sa charpente de quoi confectionner un bureau qui serait offert en signe de remerciement officiel. Fabriqué à une époque où les hommes étaient plus petits qu'aujourd'hui, le meuble a été quelque peu surélevé à l'époque de Reagan. Il était ce jour-là surchargé de dossiers et de notes sur lesquels était posée la liste imprimée des rendez-vous présidentiels. Le tout voisinait avec un interphone, le traditionnel téléphone multiligne à touches et un autre appareil d'aspect ordinaire qui était en réalité un instrument de sécurité hautement perfectionné réservé aux conversations confidentielles.

La chaise du Président était aux mesures de son occupant ; dans son haut dossier, on avait inséré des feuilles de kevlar DuPont — légères et plus dures que l'acier — comme protection supplémentaire contre les balles qu'un fou tirerait à travers les lourdes baies. Bien entendu, dans cette partie de la demeure présidentielle, il y avait, aux heures de travail, une douzaine d'agents du Secret Service en faction. La plupart des personnes parvenues jusque-là avaient dû passer par un détecteur de métal — en fait, elles y étaient toutes passées, car il n'y avait pas que les dispositifs visibles — et chacun devait subir la très sérieuse surveillance des personnels du Secret Service, aisément repérables au fil qui sortait de sous leur veste et aboutissait à l'écouteur couleur chair glissé dans l'oreille. La courtoisie était pour eux secondaire, en regard de leur mission de protection qui consistait à garder le Président en vie. Leur veste dissimulait une puissante arme de poing, et chacun de ces agents était entraîné à considérer tout être et toute chose comme une menace potentielle pour « Wrangler ». Le nom de code habituel du Président n'avait pas de sens particulier. Il avait été choisi parce qu'il était facile à prononcer et à reconnaître sur le circuit radio.

Le vice-amiral James Cutter, de l'US Navy, se trouvait ce matin-là depuis 6 h 15 dans son bureau situé à l'opposé du Bureau ovale, c'est-à-dire dans le coin nord-ouest de l'aile ouest. Le conseiller spécial du Président pour les affaires de sécurité nationale doit être un lève-tôt. A 7 h 45, il finit sa deuxième tasse de café du matin — ici il était bon — et glissa les notes de son exposé dans une serviette de cuir. Il traversa le bureau vide de son adjoint en vacances, prit le couloir à droite, en passant devant le bureau également vacant du Vice-Président, en visite à Séoul, et poursuivit vers la gauche, au-delà du bureau du chef de cabinet. Même si généralement il prenait contact avec les secrétaires avant de venir, Cutter comptait au nombre des rares privilégiés du gouvernement — tel n'était pas le cas du Vice-Président — qui n'avaient pas besoin de l'autorisation du chef de cabinet pour entrer dans le Bureau ovale. Le chef de bureau n'aimait pas ceux qui bénéficiaient de ce passe-droit, et Cutter en usait d'autant plus volontiers. Sur son chemin, quatre membres du personnel de sécurité saluèrent l'amiral qui leur retourna leur salut distraitement. Le nom de code officiel de Cutter était « Bûcheron » et s'il n'ignorait pas que les agents de la protection l'appelaient autrement entre eux, Cutter se souciait peu de ce que les petits employés pensaient de lui. On s'affairait déjà dans l'antichambre, où trois secrétaires et un agent du Secret Service étaient assis à leurs places respectives.

— Le chef est arrivé ? demanda-t-il.

— Wrangler arrive, monsieur, répondit l'agent Connor.

Quarante ans, chef de section du service présidentiel, il se fichait de savoir qui était Cutter et se contrefichait de ce qu'il pensait de lui. Les présidents et les conseillers allaient et venaient, les professionnels de la protection les servaient tous. Son regard balaya la serviette de cuir et le costume de Cutter. Pas d'arme aujourd'hui. La menace contre le Président pouvait venir de n'importe qui. Un roi d'Arabie Saoudite avait été tué par un membre de sa famille et la fille d'un ancien premier ministre italien s'était faite la complice des terroristes qui devaient finalement assassiner son père. Et Connor devait bien sûr s'estimer heureux de n'avoir à se préoccuper que de la sécurité physique du Président. Il y avait d'autres problèmes de sécurité, traités par de moins professionnels que lui.

Tout le monde se leva quand le Président survint, suivi de son garde du corps personnel, une agile jeune femme d'une trentaine d'années dont les sages tresses noires pouvaient faire illusion mais qui n'en était pas moins l'un des meilleurs pistolets du service. « Daga » — son nom de guerre — sourit à Pete.

Ce serait une journée facile. Le Président ne se déplaçait pas. La liste de ses rendez-vous avait été examinée de près — le numéro de Sécurité sociale de tous les visiteurs inhabituels était passé dans les ordinateurs du FBI — et tous seraient, bien sûr, soumis à la fouille la plus sérieuse qu'on pût mener sans recourir à la palpation. Le Président invita du geste l'amiral Cutter à le suivre. Les deux agents se replongèrent dans la liste des rendez-vous. C'était la procédure habituelle et le chef de section n'avait rien contre le fait qu'une femme fasse un boulot d'homme. Daga avait décroché son poste sur le terrain. De l'avis unanime, si elle avait été un homme, elle en aurait eu une sacrée paire, et tout candidat assassin qui la prendrait pour une secrétaire tomberait très mal.

Jusqu'au départ de Cutter, l'un ou l'autre des agents jetterait, à intervalles très rapprochés, un coup d'œil par le judas d'observation ménagé dans la porte blanche, pour s'assurer que tout allait bien. Le Président était en fonction depuis trois ans et il avait l'habitude d'être constamment observé. Les agents ne se rendaient pas vraiment compte qu'un homme normal trouverait cette surveillance oppressante. Tout savoir sur le Président, depuis la fréquence de ses visites aux toilettes jusqu'à l'identité de la personne avec qui il couchait, faisait partie de leur boulot. Ce n'était pas pour rien que leur agence s'appelait le Secret Service. Leurs prédécesseurs avaient toujours gardé le silence sur les frasques du patron. L'épouse du chef de l'État n'avait pas à connaître l'emploi de chacun de ses instants — du moins certains présidents en avaient-ils décidé ainsi — mais le personnel de sécurité, si.

Derrière la porte close, le Président prenait place sur son siège. Un serveur de mess philippin, surgi d'une porte latérale, apporta du café et des croissants sur un plateau, puis se mit au garde-à-vous avant de se retirer. Les rituels matinaux terminés, Cutter fit son rapport quotidien, résumant les renseignements parvenus depuis la veille. Ceux-ci lui avaient été fournis par la CIA, avant l'aube, chez lui à Fort Myer, en Virginie. L'exposé ne prit pas longtemps. On était à la fin du printemps et le monde était relativement calme. Les guerres en cours en Afrique et ailleurs ne menaçaient guère les intérêts américains, et le Moyen-Orient n'avait jamais paru si tranquille. Cela laissait du temps pour traiter d'autres questions.

— Où en est « Showboat » ? demanda le Président en beurrant un croissant.

— C'est en cours. Les gens de Ritter sont déjà à l'œuvre.

— L'aspect sécurité de l'opération m'inquiète toujours.

— On l'a verrouillée avec toute la rigueur qu'on peut raisonnablement exiger, monsieur le Président. Il y a des risques — impossible de les supprimer tous — mais le nombre de gens impliqués est maintenu au strict minimum, et ils ont été soigneusement sélectionnés et recrutés.

Le conseiller à la Sécurité nationale obtint un grognement en réponse. Le Président était coincé — comme presque tous ses prédécesseurs — par ses propres paroles. Les promesses et déclarations présidentielles... les gens avaient la fâcheuse habitude de s'en souvenir. Et même s'ils les oubliaient, journalistes et rivaux politiques ne rataient pas une occasion de leur rafraîchir la mémoire. Dans l'arène politique aucun secret n'était vraiment sacré, en particulier durant une année électorale. Cutter n'était pas censé se préoccuper de cet aspect : officier de marine d'active, il se devait de considérer de manière apolitique les questions de sécurité nationale, règle qui avait dû être formulée par un moine. Les hauts fonctionnaires, quant à eux, ne prononçaient pas de vœux — et l'obéissance n'avait qu'un temps.

— J'ai promis au peuple américain que nous ferions quelque chose dans ce domaine, observa le Président, maussade. Et nous n'avons rien fait.

— Nous ne pouvons recourir aux services de

police pour traiter les menaces contre la sécurité nationale. La question est de savoir si, oui ou non, notre sécurité nationale est en danger.

Cutter enfonçait ce clou depuis des années. Il avait enfin trouvé une oreille attentive.

Nouveau grognement :

— Mouais, bon, c'est ce que j'ai dit, non ?

— Oui, monsieur le Président. Il est temps qu'on leur apprenne qui commande.

Cutter défendait cette position depuis le début, quand il était encore adjoint de Jeff Pelt et maintenant que celui-ci était parti, son point de vue avait finalement prévalu.

— D'accord, James. A vous de jouer. Allez-y, mais n'oubliez pas qu'il nous faut des résultats.

— Vous les aurez. Vous pouvez y compter.

— Il est temps d'infliger une leçon à ces salopards, dit le Président à haute voix.

Il était certain que la leçon serait sévère. Ceux qui choisissaient l'homme qui occupait la place de Président le faisaient d'abord pour qu'il s'occupe de leur protection. Contre les caprices des puissances étrangères et contre les voyous du quartier. Contre toutes les sortes d'ennemis. Ces ennemis prenaient maintes formes, dont certaines n'avaient pas été prévues par les pères fondateurs. Mais dans cette pièce même, se trouvait une sorte d'ennemi qui ne les aurait pas surpris... même si ce n'était pas celle que le Président avait à l'esprit.

Le soleil se leva une heure plus tard sur la côte des Caraïbes. A la différence de la Maison Blanche où régnait un agréable climat artificiel, l'air ici était épais et lourd d'humidité. La persistance des hautes pressions laissait prévoir une nouvelle journée suffocante. Les collines boisées à l'ouest réduisaient les vents à un faible souffle et le propriétaire de l'*Empire Builder* avait hâte de gagner le large, où l'air était plus frais et où la brise avait le champ libre.

Ses hommes d'équipage arrivèrent en retard. Il n'aimait pas leur allure mais peu importait, s'ils savaient se tenir. Sa famille était à bord.

— Bonjour, monsieur. Je m'appelle Ramon. Et lui, c'est Jesus, dit le plus grand.

Ce qui troublait le propriétaire, c'est qu'ils voulaient si manifestement paraître corrects... Est-ce que ça cachait quelque chose, ou voulaient-ils seulement se donner des airs présentables ?

— Vous pensez pouvoir vous débrouiller ? demanda le propriétaire.

— *Sí.* Nous avons l'expérience des gros bateaux à moteur, assura l'homme avec un sourire.

Ses dents étaient régulières et propres. Un homme qui prend soin de son apparence en tout temps, songea le propriétaire. Il pêchait sans doute par excès de prudence.

— ... Et Jesus est un excellent cuisinier, vous verrez.

Charmantes petites crapules.

— Très bien. Les quartiers de l'équipage sont à l'avant. On a fait le plein et les moteurs ont déjà chauffé. Sortons en mer, il y fera meilleur.

— *Bueno, mi capitán.*

Ramon et Jesus déchargèrent leur paquetage de la jeep. Il leur fallut plusieurs voyages pour tout embarquer mais à 9 heures, l'*Empire Builder* larguait les amarres et prenait la mer, en se faufilant au milieu des barques qui sortaient les touristes yanquis et leurs cannes à pêche. Au large, le yacht orienta sa proue vers le nord. Il lui faudrait trois jours.

Ramon tenait déjà la barre. Cela signifiait qu'il était assis sur un large siège surélevé pendant que le pilote automatique — dit « George » — manœuvrait le navire. On avançait sans peine. Les Rhode avaient d'excellents stabilisateurs. La seule déception venait peut-être de la cabine de l'équipage, négligée par le propriétaire. *Classique*, pensa Ramon. *Voilà un yacht qui vaut plusieurs millions de dollars, équipé d'un radar et de tous les équipements possibles, mais l'équipage qui le manœuvre n'a ni magnétoscope ni télévision pour se distraire en dehors des heures de service...*

Il se glissa vers le bord du siège, en tendant le cou

pour jeter un regard sur le pont. Le propriétaire était étendu et ronflait, comme si d'amener le bateau au large l'avait anéanti. A moins que sa femme l'ait épuisé ? Elle était allongée à plat ventre sur une serviette au côté de son époux. Elle avait défait l'attache du haut de son bikini pour obtenir un bronzage parfait. Ramon sourit. Il y avait bien des façons pour un homme de s'amuser. Mais mieux valait attendre. Il se sentait déjà mieux à l'idée de ce qui allait suivre. Les bruits d'un film enregistré lui parvenaient depuis le salon principal, à l'arrière, où les enfants regardaient la vidéo. Il n'aurait jamais éprouvé de pitié pour l'un ou l'autre de ces quatre êtres, mais il n'était pas complètement dépourvu de cœur. Jesus était un excellent maître-coq. Tous deux tombèrent d'accord pour servir aux condamnés un repas roboratif.

Il y avait juste assez de lumière pour se passer des lunettes de vision nocturne, dans cette lueur crépusculaire de l'aube que les pilotes détestent parce que l'œil doit s'adapter à un ciel qui s'éclaircit tandis que le sol est encore plongé dans l'ombre. Assis, maintenus par leur ceinture de sécurité à quatre points, les hommes de l'escouade du sergent Chavez serraient leur arme entre leurs genoux. L'hélicoptère Blackhawk UH-60A survola de haut l'une des collines puis plongea derrière la crête.

— Trente secondes, annonça le pilote à Chavez dans l'interphone.

C'était censé être une opération d'infiltration clandestine, ce qui signifiait que les hélicoptères montaient et descendaient dans les vallées, en s'efforçant de tromper un éventuel observateur sur leurs activités exactes. Le Blackhawk plongea vers le sol et se cabra brusquement lorsque le pilote relâcha sa prise sur le cyclique, invitant le chef de l'unité à faire glisser la portière de droite et les soldats à défaire la boucle de leur ceinture de sécurité. Le Blackhawk ne pouvait toucher le sol qu'un instant.

— Go !

Chavez sortit le premier et franchit peut-être trois mètres depuis la porte avant de s'aplatir au sol. L'escouade l'imita, pour permettre à l'hélicoptère de repartir immédiatement à la force de ses pales non sans leur avoir lancé une giclée de sable dans la figure. Il réapparaîtrait à l'extrémité sud d'une colline comme s'il ne s'était jamais arrêté. Derrière lui, l'escouade se rassemblait et pénétrait sous la ligne des arbres. Son travail commençait à peine. Le sergent donna ses ordres par gestes et lança l'unité dans une course éperdue. Ce serait sa dernière mission, alors il pouvait se détendre.

A China Lake, en Californie, dans les installations d'essai de la Marine nationale, une équipe de techniciens civils et quelques spécialistes de l'artillerie se pressaient autour d'une nouvelle bombe. De mêmes dimensions, grosso modo, qu'une bombe de mille kilos, elle en pesait environ trois cent cinquante de moins. Cette particularité tenait à la manière dont elle était construite. Suivant une idée empruntée aux Français, l'enveloppe était faite non d'acier, mais de cellulose renforcée de kevlar, avec juste assez de pièces de métal pour fixer les ailettes, ou l'équipement plus important qui la convertirait en « BGL » capable de se diriger vers une cible spécifique. Une bombe intelligente n'est généralement qu'une simple bombe d'acier à laquelle a été ajouté un système de guidage.

— Vous allez avoir des fragments qui ne vaudront pas un clou, objecta un civil.

— A quoi sert d'avoir une bombe furtive, demanda un autre technicien, si les méchants ont un retour radar de la munition ?

— Hmm, fit le premier. A quoi sert une bombe qui réussit seulement à désorienter le type ?

— Flanque-la-lui dans sa porte et il ne vivra pas assez longtemps pour être désorienté !

— Hmm.

Mais le premier savait au moins à quoi elle était en fait destinée. Elle serait un jour accrochée à un ATA, un appareil tactique avancé, c'est-à-dire un avion d'assaut basé sur un porte-avions et doté d'un appareillage furtif. Enfin, se dit-il, la Marine se décidait à prendre en charge ce programme. Il était temps. Pour l'instant, il s'agissait seulement de voir si avec un système de guidage BGL standard, la nouvelle bombe, qui différait des autres par son poids et son centre de gravité, trouverait la cible.

Le palan vint se placer au-dessus d'elle et souleva la forme aérodynamique de son support. Puis l'opérateur la fit venir sous le ventre de l'avion d'assaut A-6E Intruder. Les techniciens et les officiers gagnèrent l'hélicoptère qui les emmènerait jusqu'au champ de tir. Inutile de se presser.

Une heure plus tard, en sécurité dans un bunker, l'un des civils braqua un appareil d'aspect étrange sur une cible à six kilomètres de là. Il s'agissait d'un vieux camion de cinq tonnes qui devait maintenant, si tout se passait comme prévu, mourir d'une mort violente et spectaculaire.

— L'appareil se dirige vers le champ de tir. Envoyez la musique.

— Bien reçu, répondit le civil en pressant le bouton du DL. Cible désignée.

— L'appareil annonce des données — attention..., dit l'opérateur radio.

A l'autre bout du bunker, un officier contemplait l'image que lui donnait une caméra fixée sur l'Intruder qui approchait.

— Séparation. Nous avons un largage impeccable du rail d'emport.

Il confronterait plus tard cette image avec celles prises par un chasseur bombardier A-4 Skyhawk qui volait dans le sillage de l'A6. Peu de gens savent combien difficile et complexe est le processus de largage d'une bombe. Une troisième caméra suivait la chute de l'engin.

— Les ailettes bougent parfaitement. Nous y sommes...

La caméra braquée sur le camion était ultra-sensible. Il le fallait. La bombe tombait trop vite pour qu'on puisse la suivre en direct, mais avant que le grondement assourdi de la détonation parvienne au bunker, l'opérateur avait déjà commencé à réenrouler la bande. On repassa l'enregistrement en une succession de plans fixes.

— Bien, voilà la bombe...

Son nez apparaissait à quinze mètres au-dessus du camion.

— ... Comment a-t-elle été mise à feu ?

— Par TV.

TV signifiait : « Temps Variable ». La bombe avait un mini-récepteur radar dans le nez et était programmée pour exploser à une certaine distance du sol : en l'occurrence, un mètre cinquante ou presque, à l'instant où elle touchait le camion.

— L'angle a l'air tout à fait correct.

— Je pensais que ça marcherait, observa paisiblement un ingénieur qui avait suggéré qu'on utilise un système de guidage prévu normalement pour une bombe plus légère : la densité réduite de la cellulose autorisait une performance balistique similaire.

— La détonation.

Comme dans tout enregistrement de ce type, l'écran fut envahi d'un éclair blanc avant de virer successivement au jaune, au rouge et au noir, à l'instant où les gaz de la charge hautement explosive se refroidissaient dans l'air. A la périphérie des gaz avançait l'onde de choc : de l'air comprimé au point d'être aussi dense que l'acier, qui se déplaçait plus vite que n'importe quelle balle.

— On a encore flingué un camion.

La chose était parfaitement évidente. Un quart peut-être de la masse du camion était enfoncée dans un cratère d'une profondeur d'environ un mètre et large d'une vingtaine de mètres. Le restant avait été projeté latéralement. L'effet principal, songea l'un des techniciens, n'était pas terriblement différent, en fait, de celui d'un attentat à la voiture piégée de type terroriste, mais il était bien moins dangereux pour l'attaquant.

— Bon Dieu, je ne pensais pas que ce serait si

facile. Tu avais raison, Ernie, nous n'aurons même pas besoin de reprogrammer la tête chercheuse, observa un capitaine de frégate.

Il se dit qu'ils venaient de faire faire un million de dollars d'économie à la Marine nationale. Mais il se trompait.

Et c'est ainsi que commença ce qui n'avait pas encore tout à fait commencé et qui n'était pas près de se terminer. Beaucoup de gens, en de nombreux points du globe partaient dans des directions en croyant savoir où ils allaient, ce en quoi ils se trompaient. C'était aussi bien. L'avenir était trop effrayant pour être contemplé.

Politique. Il avait puisé à l'Eure, nous n'avions même
pas le temps de prendre une douche cohérente.
Je n'ai jamais eu de migraine.
On allait vouloir lui faire faire un million de
prudence côté de la ruche nationale. Mais il se

1

L'ANGE DE LA MER

On ne pouvait pas le regarder sans en être fier, se
dit Red Wegener. Unique en son genre, le *Panache*
était plutôt mal conçu, mais c'était *son* bateau. La
coque d'un bleu acier étincelant portait à la proue la
bande orange caractéristique des gardes-côtes américains. Avec ses quatre-vingts mètres, *Panache*
n'était pas immense, mais c'était le plus grand
bateau qu'il eût jamais commandé, et sûrement,
pour lui, le dernier. Wegener était le plus âgé des
capitaines à n'être encore que lieutenant, mais c'était
lui le roi, le maître incontesté du sauvetage.

Sa carrière avait commencé de façon banale.
Jeune paysan du Kansas qui n'avait jamais vu la
mer, il était entré dans le bureau de recrutement le
lendemain de sa sortie du lycée. Parce qu'il voulait
échapper aux tracteurs et aux machines, il s'était
tourné vers quelque chose de complètement différent. L'officier recruteur des gardes-côtes ne s'était
pas montré très regardant, et, une semaine plus tard,
Wegener commençait sa carrière par un voyage en
bus qui se termina à Cap May, dans le New Jersey. Il
se souvenait toujours de l'officier qui avait accueilli
la nouvelle équipe : « Vous êtes toujours obligés de
sortir. Vous n'êtes jamais obligés de revenir. »

A Cap May, Wegener avait trouvé la meilleure
école de navigation du monde occidental. Il apprit à
manier des écoutes et à faire des nœuds de marin, à
éteindre des incendies, à plonger dans les vagues

pour sauver un homme en détresse, à réussir du premier coup et à prendre le risque de ne pas revenir. A l'obtention de son diplôme, il fut nommé quartier-maître sur la côte Pacifique.

Très vite on s'aperçut que Wegener avait un talent tout particulier, un œil de marin. En termes concrets, cela signifiait que ses yeux, ses mains et son esprit agissaient à l'unisson pour faire fonctionner le bateau. Sous la direction de son maître d'équipage, il obtint vite les commandes d'un patrouilleur de neuf mètres. Lors des missions délicates, le maître d'équipage venait surveiller cette jeune recrue de dix-neuf ans. Dès le début, Wegener prouva qu'il n'avait pas besoin qu'on lui répète les choses. Ses cinq premières années d'apprentissage sous l'uniforme passèrent en un clin d'œil. Rien d'extraordinaire pourtant, simple succession de tâches exécutées avec la diligence et l'efficacité voulues. Quand il décida de rempiler, tout naturellement son nom était avancé pour les missions difficiles. Avant la fin de son deuxième contrat, les officiers avaient pris l'habitude de lui demander conseil. A trente ans, il était l'un des plus jeunes maîtres d'équipage, et il tenait les commandes de l'*Invincible*, un quinze-mètre qui s'était gagné une réputation de solidité et de fiabilité : il fréquentait les eaux mouvementées de la côte californienne et grâce à lui la réputation de Wegener passa les limites de son service. Si un pêcheur ou un yacht était en difficulté, immanquablement, l'*Invincible* était là, ballotté dans le roulis, son équipage retenu par des cordes et des harnais de sécurité, mais présent néanmoins et prêt pour sa mission, avec le maître d'équipage aux cheveux roux à la barre, une pipe éteinte entre les dents. Au cours de sa première année sur l'*Invincible*, Wegener sauva une bonne quinzaine de personnes.

Ce nombre atteignait cinquante quand Wegener eut terminé son service sur l'*Invincible*. Deux ans plus tard, il était aux commandes de sa propre brigade et détenteur d'une fonction convoitée par tous les marins : capitaine, bien qu'officiellement il ne fût toujours pas officier. Il dirigeait un poste de garde situé sur les rives d'un petit fleuve qui se jette violemment dans le plus grand océan du monde, et, quand les officiers venaient l'inspecter, ce n'était pas pour voir comment il dirigeait son équipage mais plutôt pour apprendre comment on pouvait diriger des hommes.

Pour le pire ou le meilleur, sa carrière fut bouleversée par un orage d'hiver mémorable sur la côte de l'Oregon. Aux commandes d'une importante station de sauvetage à proximité de la bouche du Columbia et de ses bars malfamés, il avait reçu un appel désespéré d'un bateau de pêche de grands fonds, le *Mary-Kat* : les moteurs et le gouvernail étaient endommagés et le bateau dérivait vers une côte sous le vent, excessivement dangereuse. Une minute plus tard, le *Point Gabriel* de vingt-quatre mètres qui naviguait sous son drapeau s'éloignait du port, et son équipage de mousses et de vieux loups se harnachait, tandis qu'à la radio Wegener coordonnait les efforts de l'équipe de sauvetage.

La bataille fut rude. Après six heures de lutte acharnée, Wegener parvint à sauver les six marins du *Mary-Kat*, mais de justesse tant la vedette était agressée par les vagues et le vent. Au moment même où le dernier homme embarqua, le *Mary-Kat* heurta un rocher submergé et se fracassa en deux.

Le hasard voulut qu'un journaliste se trouvât à bord ce jour-là, un jeune reporter du *Portland Oregonian*, yachtman expérimenté qui pensait tout savoir sur la mer. Lorsque la vedette avait franchi la barre de hautes lames à l'embouchure du Columbia, il avait vomi sur son carnet de notes et l'avait essuyé sur son costume Mustang pour continuer à écrire. « L'Ange de la mer », la série d'articles qui s'ensuivit, lui valut le prix Pulitzer.

Le mois suivant, à Washington, un sénateur de l'Oregon, oncle d'un marin du *Mary-Kat*, s'offusqua que Red Wegener ne fût pas officier. Comme le commandant des gardes-côtes se trouvait là pour discuter du budget, cette remarque ne tomba pas dans l'oreille d'un sourd. A la fin de la semaine, Red Wegener obtint le grade d'officier. Le sénateur fit remarquer qu'il était un peu vieux pour ne pas avoir de galons. Trois ans plus tard, on avança son nom pour le prochain poste de commandement disponible.

Il n'y avait qu'un seul problème, aucun poste libre, pensait le commandant des gardes-côtes. Si, le *Panache*, mais c'était un cadeau empoisonné. La vedette, conçue pour être un modèle de pointe, était presque terminée, mais les budgets avaient été réduits, le chantier naval avait fait faillite, et le capitaine avait été démis pour avoir saboté son travail. Il ne restait plus qu'un bateau dont les moteurs ne fonctionnaient pas sur un chantier désaffecté. Mais Wegener était connu pour accomplir des miracles, décida le commandant derrière son bureau. Pour lui donner toutes ses chances, il le fit entourer de maîtres compétents.

Son arrivée sur le chantier fut retardée par les piquets de grève en colère. Il parvint finalement à les franchir, persuadé que la situation ne pourrait être pire. Il vit enfin le bateau, du moins ce qui aurait dû être un bateau. C'était une structure métallique, pointue à une extrémité, ronde à l'autre, à demi peinte, bardée de câbles, encombrée de caisses, qui ressemblait à un patient oublié le ventre ouvert sur une table d'opération. Pis encore, un des ouvriers avait fait brûler le moteur sur une caisse, ce qui bloquait le chemin.

Assemblée sur le pont, l'équipe qui devait l'accueillir avait l'air d'une bande de gosses à l'enterrement d'un oncle honni, et, quand Wegener essaya de leur parler, le micro refusa de fonctionner. En fait, cela rompit le mauvais sort. Il leur fit signe d'approcher en souriant.

— Mes amis, dit-il, je me présente, Red Wegener. Dans six mois, ce sera le meilleur bateau de gardes-côtes de tous les États-Unis. Et pas grâce à moi. Grâce à vous. Moi, je vous aiderai. Jusqu'à nouvel ordre, dans la mesure du supportable, je supprimerai toutes les permissions. En attendant que j'essaie de savoir où nous en sommes, amusez-vous. Profitez-en. Quand vous en aurez assez, nous nous remettrons tous au travail.

L'assemblée, qui s'attendait à des cris et des hurlements, poussa un ah ! d'étonnement. Les maîtres nouvellement arrivés levèrent les sourcils, et les jeunes officiers qui songeaient à changer de métier retournèrent à leur bureau dans une sorte d'état de choc. Avant de les rencontrer, Wegener prit à part ses trois chefs d'équipe principaux.

— D'abord les moteurs, dit-il.

— Je peux fournir cinquante pour cent de la puissance toute la journée, mais si on essaie de mettre en marche les turbos, tout pète en moins d'un quart d'heure, déclara Owens. Et je ne sais pas pourquoi.

Mark Owens travaillait sur les diesels de la marine depuis plus de quinze ans.

— Pouvez-vous nous emmener à Curtis Bay ?

— Si cela ne vous fait rien de perdre un jour de plus, capitaine.

Wegener lâcha la première bombe.

— Parfait. Nous partons dans quinze jours, et nous finirons les derniers préparatifs là-bas.

— Il va nous falloir un mois pour que le nouveau moteur soit prêt à être installé, observa le premier maître, Bob Riley.

— Est-ce qu'il tourne ?

— Le moteur a brûlé, cap'taine.

— Le moment venu, on tirera un filin d'avant en arrière. Il y aura plus de vingt mètres d'eau devant nous. On fixera un levier sur la grue, et on avancera tout doucement, en faisant tourner la grue. Ensuite, la mer.

Les yeux se plissèrent.

— On risque de tout casser, dit Riley un peu plus tard.

— La grue, ce n'est pas mon affaire, le bateau, si.

Riley se mit à rire.

— Nom d'un chien, ça fait du bien de te revoir, Red, oh, pardon, capitaine Wegener.

— L'objectif numéro un, c'est de l'emmener à Baltimore pour les finitions. Il faut savoir ce qui nous reste à faire et prendre les choses une par une. On se revoit à... 7 heures précises demain. Tu es toujours le roi du café, Portagee ?

— Et comment ! J'en amène.

Oreza ne s'était pas trompé : douze jours plus tard, *Panache* était prêt à partir en mer, même s'il ne pouvait guère faire plus, tout couvert de caisses et de matériel. Avant l'aube, ils dégagèrent la grue du chemin sans que personne s'en aperçoive. Quand les piquets de grève arrivèrent, il leur fallut quelques minutes avant de remarquer que le bateau avait disparu. Ils n'en crurent pas leurs yeux. La peinture n'était même pas terminée !

Tout comme la peinture, un autre problème important fut résolu en Floride. Wegener faisait la sieste sur le pont dans son fauteuil de cuir pendant la garde de l'après-midi quand Owens l'invita à se rendre dans la salle des machines. Un moussaillon était penché sur la seule table de travail couverte de plans, son officier ingénieur derrière lui.

— C'est à peine croyable, dit Owens. Dis-lui, fiston.

— Mécanicien Obrecki. Le moteur est installé de travers, capitaine.

— Qu'est-ce qui te fait croire ça ? demanda Wegener.

Les moteurs diesels d'un type nouveau étaient censés être faciles à manier et à entretenir. On avait fourni aux mécaniciens des manuels, avec des schémas plastifiés, beaucoup plus pratiques que les plans d'architecte. Les schémas de fonctionnement, plastifiés eux aussi, se trouvaient sur la table.

— Vous voyez, ce moteur ressemble pas mal à celui du tracteur de mon père, en plus gros mais...

— Je te crois, Obrecki.

— Le turbo n'est pas bien monté. Cela correspond aux plans, mais la pompe envoie le gas-oil dans le turbo dans le mauvais sens. Les schémas sont faux, capitaine. Le dessinateur s'est planté. Vous voyez ?

Le gas-oil devrait arriver par là. Le dessin est fait à l'envers et personne ne s'en est aperçu...

Wegener se mit à rire.

— Combien de temps pour arranger ça ? demanda-t-il à Owens.

— Obrecki dit que cela peut être prêt demain à la même heure, cap'taine.

— Capitaine, tout ça est ma faute. J'aurais dû..., dit l'ingénieur, le lieutenant Michelson, comme si le ciel allait lui tomber sur la tête.

— Eh bien, on ne peut même pas faire confiance aux manuels. Vous avez retenu la leçon, Michelson ?

— Oui, capitaine.

— Parfait. Obrecki, tu es mousse première classe ?

— Oui, capitaine.

— Non, tu es mécanicien troisième classe.

— Capitaine, il faut que je passe un examen...

— Michelson, vous pensez qu'il a réussi ?

— Et un peu, capitaine !

— Bravo, demain, à la même heure, on fait du trente-deux nœuds.

A partir de là, tout s'accéléra. Tout le monde préfère un bateau rapide à un bateau lent et quand le *Panache* eut tenu la vitesse de vingt-cinq nœuds pendant trois heures, les peintres peignirent avec plus d'ardeur, les cuisiniers soignèrent davantage les repas et les techniciens serrèrent mieux leurs écrous. Le bateau n'était plus un impotent, et tel un arc-en-ciel après l'orage, une lueur de fierté éclaira les visages, d'autant plus qu'on devait ce miracle à l'un des leurs. *Panache* entra sur le chantier de Curtis Bay dans un sillon d'écume. Aux commandes, Red usa de tout son art pour approcher les docks en une manœuvre rapide. « Pour ça, le cap'taine sait le manier, son fichu bateau », remarqua un vieux pêcheur.

Le lendemain, une affiche humoristique apparut sur le panneau d'affichage. « *Panache*, une élégance époustouflante. » Sept semaines plus tard, la vedette fut lancée officiellement et appareilla pour Mobile, en Alabama. Déjà, sa réputation ne déparait pas son nom.

Le capitaine se réjouissait du brouillard, même s'il n'était pas enchanté de sa mission. A présent, il était plus policier que marin. Sa fonction s'était profondément modifiée depuis le début de sa carrière ; pourtant, sur les rives du Columbia, où l'ennemi numéro un était encore les vagues et le vent, il n'avait guère eu l'occasion de s'en apercevoir. Bien sûr, cet ennemi fréquentait aussi le golfe du Mexique, mais pas seul... La drogue. Wegener n'y avait jamais vraiment songé. Pour lui, c'était surtout des médicaments prescrits par les médecins qu'on avalait en suivant les indications d'une boîte qu'on jetait dès qu'elle était vide. Quand il avait envie de se changer les idées, il recourait aux vieilles méthodes des marins, la bière ou l'eau-de-vie, même s'il le faisait de moins en moins souvent à l'approche de la cinquantaine. Il avait toujours été épouvanté par les seringues — tout homme a ses faiblesses — et cela le stupéfiait de penser qu'on pouvait s'en enfoncer volontairement dans les bras. Et quant à être assez stupide pour se fourrer de la poudre blanche dans le nez... il avait du mal à y croire. Ce n'était pas tant de la naïveté que le simple bon sens de sa génération. Il connaissait pourtant l'existence du phénomène. Comme tous ceux qui portaient l'uniforme, de temps à autre, il devait subir un examen d'urine pour prouver qu'il n'utilisait pas de « substances prohibées ». Les jeunes acceptaient volontiers cette routine, mais les gens de son âge considéraient ces tests comme une corvée et une insulte.

Dans cette mission, les trafiquants de drogue étaient son souci majeur, mais, pour le moment, ce qui l'inquiétait, c'était le bip sur l'écran du radar.

Ils se trouvaient à cent milles de la côte mexicaine, et les Rhode étaient en retard. Ils avaient appelé quelques jours plus tôt pour prévenir qu'ils resteraient en mer un peu plus longtemps que prévu, mais, trouvant cette information bizarre, leur associé avait averti les gardes-côtes. L'enquête avait établi que le propriétaire du bateau, un agent immobilier prospère, partait rarement pour plus de quelques heures. Nouveau venu dans la navigation, Rhode, qui possédait à lui seul un petit empire dans la banlieue de Mobile, se montrait très prudent. Ce qui prouvait son intelligence. Il connaissait ses limites, qualité exceptionnelle dans le milieu de la plaisance, surtout chez les riches.

Rhode était en retard et avait manqué une réunion importante. D'après son partenaire, seule une raison de force majeure pouvait expliquer cette absence. Une patrouille aérienne avait repéré le bateau sans essayer encore d'entrer en contact avec lui. Trouvant cette histoire louche, le commandant de district avait lancé un message au *Panache* qui se trouvait à proximité. Wegener prit l'appel en personne.

— Distance seize mille mètres. Cap au zéro-sept-zéro. Vitesse douze nœuds, dit Oreza en regardant le radar. Il ne se dirige pas vers Mobile, capitaine.

— Le brouillard va se dissiper d'ici une heure, une heure et demie. Autant s'approcher maintenant. O'Neil, en avant toutes. Quelle est leur nouvelle route ?

— Au un-six-cinq, capitaine.

— Prenez la même. Si le brouillard persiste, nous ajusterons quand nous ne serons plus qu'à deux ou trois milles et nous approcherons par l'arrière.

L'enseigne O'Neil transmit les ordres. Wegener s'approcha de la carte.

— Où pensez-vous qu'ils aillent, Portagee ?

Le quartier-maître dessina leur route qui semblait ne mener nulle part.

— Ils sont en vitesse de croisière... vers aucun port du golfe, j'en suis sûr.

Le capitaine prit un compas et le promena sur la carte.

— Ils ont du carburant jusqu'à... Disons qu'ils se sont ravitaillés au dernier port. Ils peuvent facilement aller aux Bahamas, refaire le plein, et atteindre ensuite n'importe quel point de la côte est.

— Ouais, des pirates, dit O'Neil. Ça faisait un bail.

— Qu'est-ce qui vous fait penser ça ?

— Capitaine, si j'avais un bateau comme ça, je ne naviguerais pas sans radar. Il n'est pas branché.

— J'espère que vous vous trompez. Ça remonte à quand, la dernière fois ?

— Cinq ans... Plus peut-être. Je croyais que c'était du passé.

— Nous en saurons plus dans une heure.

Wegener contempla le brouillard. La visibilité ne dépassait pas deux cents mètres. Il se tourna de nouveau vers le radar. Le yacht était le bâtiment le plus proche. Wegener réfléchit un instant, et débrancha le commutateur. D'après les services d'espionnage, les trafiquants possédaient du matériel de détection radar ESM.

— Nous le rebrancherons quand nous serons à quatre milles.

— O.K. cap'taine.

Wegener s'installa dans son fauteuil de cuir et sortit sa pipe de sa poche de chemise. Il la remplissait de moins en moins souvent, mais elle faisait toujours partie de son image.

Quelques minutes plus tard, tout était redevenu normal sur le pont. Fidèle aux traditions, le capitaine était sur la passerelle pour tenir ses deux heures de quart auprès du plus jeune officier, mais l'enseigne O'Neil était un garçon intelligent et n'avait guère besoin d'aide, pas avec Oreza dans les parages du moins. Fils d'un pêcheur de Gloucester, « Portagee » Oreza avait presque aussi bonne réputation que son capitaine. En trois passages à l'école de marine des gardes-côtes, il avait formé toute une génération d'officiers, tout comme en son temps Wegener s'était spécialisé dans le recrutement des jeunes.

De plus, Oreza connaissait l'importance d'une bonne tasse de café, et, quand on se trouvait sur le pont en même temps que lui, il vous offrait juste au bon moment son exquis breuvage, dans une de ces tasses spéciales des gardes-côtes, avec un fond caoutchouté, plus étroite vers le haut pour améliorer la stabilité. Conçues pour les petites vedettes de patrouille, elles se révélaient très utiles sur le *Panache* qui avait une vie fort mouvementée. Pourtant, Wegener n'y prêtait guère attention.

— Merci, dit le capitaine en prenant la tasse.

— Dans une heure, c'est ça ?

— A peu près. Nous nous mettrons en position de combat au sept-quatre-zéro. Qui est en service ?

— Wilcox. Kramer, Abel, Dowd et Obrecki.

— Obrecki a déjà fait ça ?

— Il sait se servir d'un fusil, capitaine. Riley s'est renseigné.

— Fais remplacer Kramer par Riley.

— Quelque chose qui ne va pas, capitaine ?

— Il y a du louche là-dessous.

— Oh ! sans doute une radio en panne. On n'avait pas eu d'histoire comme ça depuis... Oh, je ne m'en souviens pas mais quand même... Je fais monter Riley ?

Le capitaine acquiesça. Riley apparut deux minutes plus tard. Les deux maîtres discutèrent avec le capitaine, laissant l'enseigne O'Neil aux commandes. Le jeune officier trouvait un peu étrange que le capitaine fasse plus confiance à ses maîtres qu'à ses officiers, mais les hommes formés sur le tas avaient toujours leurs lubies.

Panache fendait les vagues à pleine vitesse, vingt-trois nœuds, car si la vedette pouvait atteindre le vingt-cinq nœuds, ce n'était que par temps calme. Même avec les turbos branchés, il était impossible de dépasser la vitesse actuelle, ce qui rendait la traversée difficile. Sur le pont, les hommes d'équipage se tenaient jambes écartées pour garder l'équilibre. O'Neil, lui, préférait se déplacer le plus souvent possible. Il alluma les essuie-glaces pour éliminer la buée sur les vitres de la cabine. De nouveau sur la passerelle, il scruta le brouillard. Il n'aimait pas naviguer sans radar. On n'entendait guère que le sourd grondement des moteurs du *Panache*. Tel un linceul humide, la brume assourdissait les sons et bouchait la vue. O'Neil écouta pendant une longue minute mais ne perçut rien d'autre que le bruit des vagues qui frappaient la coque. Il regarda derrière lui avant de retourner à la barre. La peinture blanche du navire les aiderait à passer inaperçus.

— Pas de corne de brume. Le soleil commence à percer, annonça-t-il.

— Ce sera dissipé dans moins d'une heure, acquiesça le capitaine. Il va faire rudement chaud. Le bulletin météo est déjà tombé ?

— Des orages cette nuit, capitaine. Le front qui a éclaté sur Dallas vers minuit. Il y a eu des dégâts sur un terrain de caravaning.

— On dirait qu'il y un truc dans les caravanes qui attire les ennuis...

Wegener se leva et s'approcha du radar.

— Prêt ?

— Oui, capitaine.

Wegener activa le radar.

— Il était temps ! Contact relèvement un-six-zéro, distance, six mille mètres. O'Neil, cap au un-huit-cinq. Oreza, combien de temps il faut pour les approcher par la gauche ?

— Une minute, cap'taine.

Wegener débrancha le radar et recula.

— Parez au combat.

Comme prévu, la sirène d'alarme surprit les hommes juste près le petit déjeuner. Bien sûr, tout le monde savait de quoi il s'agissait. Il risquait d'y avoir des trafiquants de drogue cachés dans le brouillard. Les hommes de service se rassemblèrent près du Zodiac. Tout le monde était armé : un M-16 automatique, un fusil à pompe, et des Beretta 9 mm automatiques pour les autres. Un homme était chargé du Bofors 40 mm de conception suédoise qui avait autrefois équipé un destroyer : à bord, seul le capitaine était plus vieux que l'arme. A l'arrière de la passerelle, un marin retira la bâche qui couvrait une mitrailleuse M-2 .50 presque aussi archaïque.

— Nous devrions prendre par la gauche, conseilla Oreza.

Le capitaine rebrancha le radar.

— Gauche, cap au zéro-sept-zéro. Distance de la cible, trois mille cinq cents mètres. Nous approcherons par bâbord.

La brume se dissipait. La visibilité variait à plus ou moins cent mètres, selon les plaques de brouillard. Oreza s'approcha du radar tandis que les hommes de la passerelle prenaient leur poste de combat. Il y avait une nouvelle cible à vingt milles, sans doute un pétrolier en route pour Galveston. Sa position tombait à pic.

— Cible à deux mille mètres. Maintenez le cap au zéro-sept-zéro. Vitesse inchangée.

— Parfait. Nous devrions le voir dans cinq minutes.

Wegener regarda de l'autre côté de la passerelle de navigation. Ses officiers observaient à la jumelle. C'était une perte de temps, mais ils ne le savaient pas encore. Il avança vers le pont tribord, et regarda vers l'arrière. Le lieutenant Wilcox lui fit signe que tout allait bien. Derrière lui, Riley, le premier maître, acquiesça d'un hochement de tête. Un sous-officier maniait le treuil. Apparemment, il n'y aurait aucune difficulté à lancer le Zodiac, mais la mer vous réservait toujours des surprises... Une boîte de munitions suspendue sur le côté gauche, la .50 était sagement pointée vers le ciel. Le 40 mm fit un petit bruit métallique.

Autrefois, on venait porter secours. Aujourd'hui, on arme les fusils, pensa Wegener, *saloperie de drogue...*

— Je le vois, dit la vigie.

Le yacht blanc était difficile à déceler dans la brume, mais un instant plus tard, le linteau de poupe carré devint parfaitement visible. Wegener prit ses jumelles pour lire le nom. L'*Empire Builder*. C'était bien lui. Pas de drapeau, mais cela n'avait rien d'exceptionnel. On ne voyait personne. C'était pour ça que Wegener avait approché par l'arrière : depuis que les hommes prenaient la mer, aucun marin ne s'était jamais soucié de regarder derrière lui.

— Il va avoir une bonne surprise, dit O'Neil en rejoignant le capitaine. La police de la mer !

Wegener eut l'air troublé, mais il chassa cette impression.

— Le radar ne tourne pas. Il est peut-être cassé, bien sûr.

— Tenez, la photo du propriétaire.

Le capitaine ne l'avait pas encore vue. C'était un homme d'une bonne quarantaine d'années. Il s'était sans doute marié tard, car on avait signalé la présence de deux jeunes enfants à bord, huit et treize ans, en plus de sa femme. Grand, fort, un mètre quatre-vingt-cinq environ, sur le pont d'un bateau, il tenait un espadon de bonne taille. *Il a dû se bagarrer pour l'attraper, celui-là,* pensa Wegener, s'il en jugeait d'après les coups de soleil sous les yeux et sur les cuisses... Le capitaine reprit ses jumelles.

— On s'approche trop vite. Virez à bâbord.

— Oui, capitaine.

O'Neil retourna à la barre.

Bande d'idiots, pensa Wegener. *Vous auriez déjà dû nous entendre.* Eh bien, il avait un moyen de les secouer. Il passa la tête dans la cabine.

— Allez, réveillez-moi tout ça !

Une sirène du type de celles qu'utilisent la police et les ambulances, mais plus grosse, était fixée sur le mât. Même le capitaine sursauta en l'entendant mugir. Il obtint le résultat espéré. Immédiatement, une tête apparut à la cabine de pilotage. Ce n'était pas le propriétaire. Le yacht commença à virer.

— Racaille ! grogna le capitaine. Approchez au maximum, ordonna-t-il.

La vedette vira elle aussi à tribord. La poupe du yacht se stabilisa légèrement avec la vitesse, mais les Rhode n'avaient aucune chance de pouvoir se débarrasser du *Panache.* En deux minutes, les gardes-côtes avaient rejoint le yacht par le travers. Ils étaient trop proches pour se servir du Bofors, si bien que Wegener donna l'ordre de tirer par-dessus la proue de l'*Empire Builder.*

La .50 envoya une rafale de cinq coups. Même si personne n'avait vu les éclats, le bruit en dirait assez. Wegener alla à l'intérieur pour prendre le micro.

— Ici les gardes-côtes des États-Unis. Mettez en panne et préparez-vous à être abordés.

Leur hésitation était presque tangible. Le yacht revint vers la gauche, mais sans modifier sa vitesse. Un homme apparut et hissa un drapeau sur la poupe, le pavillon panaméen. Wegener observa ces préparatifs avec un sourire amusé. Bientôt, la radio leur dirait qu'ils n'avaient aucune autorité pour monter à bord. Son sourire se figea immédiatement.

— *Empire Builder*, vous êtes un bateau américain, et nous allons monter à bord. Mettez en panne. Immédiatement.

Ils obéirent. L'arrière se souleva, tandis que les moteurs s'arrêtaient. La vedette dut reculer pour ne pas les dépasser. Wegener ressortit et fit signe à l'équipage. Quand il eut toute leur attention, il fit le geste de mettre le cran de sécurité, pour leur conseiller la prudence. Riley tapota son étui comme pour dire que ses hommes n'étaient pas stupides. On lança le Zodiac. Au micro, il demanda à l'équipage du yacht de sortir sur le pont. Deux hommes se montrèrent. Pas de propriétaire. Autant que le permettait le roulis, la mitrailleuse restait pointée sur eux.

Wegener observait toujours les deux hommes à la jumelle. A côté du canonnier, le lieutenant faisait de même. Il n'y avait aucune arme en vue, mais ce n'était pas très compliqué de cacher un revolver sous une chemise. Il fallait être fou pour se battre en de telles circonstances, mais le monde regorgeait de fous, le capitaine avait passé sa vie à les sauver. Ceux qu'il arrêtait étaient malheureusement plus méchants que stupides.

O'Neil revint près de lui. Immobile, moteurs au ralenti, le *Panache* prenait les vagues par le travers et subissait un roulis violent mais assez lent. Une nouvelle fois, Wegener se tourna vers la mitrailleuse. Le marin l'avait braquée en direction de la cible, mais tenait les pouces à l'écart de la détente, comme il se devait. Il fronça les sourcils en entendant cinq caisses vides rouler sur le pont. C'était dangereux. Il enverrait quelqu'un les amarrer, sinon le jeune homme pourrait trébucher et tirer par erreur...

Le Zodiac était à l'arrière du yacht. Ils aborderaient par la poupe. Parfait. Le lieutenant Wilcox monta à bord le premier et attendit les autres. Le dernier homme parti, le barreur recula et longea le bateau pour couvrir leur progression. Wilcox avança par bâbord, couvert par Obrecki, son arme sagement pointée en l'air. Riley entra dans la cabine. Le lieutenant Wilcox s'approcha des deux hommes. C'était étrange de les voir parler sans entendre ce qu'ils disaient.

Soudain, Wilcox tourna la tête. Obrecki fit un pas de côté et baissa son arme. Les deux inconnus s'allongèrent face contre terre, disparaissant de la vue.

— Ça tourne mal, remarqua l'enseigne O'Neil.

Wegener fit un pas en direction de la timonerie.

— La radio !

Un homme d'équipage lui lança une Motorola portative. Wegener écouta, mais sans appeler. Il ne voulait pas déranger ses hommes. Obrecki resta avec les deux prisonniers tandis que Wilcox se dirigeait vers l'intérieur. Riley avait sûrement découvert quelque chose. Obrecki pointait son fusil vers les deux hommes et on percevait la tension de son bras malgré la distance. Le capitaine se tourna vers la mitrailleuse ; elle était toujours pointée vers le yacht.

— Lève ton arme !

— Ouais, répondit immédiatement le jeune homme, en baissant les mains pour monter le canon.

A côté de lui, l'officier eut l'air embarrassé. Une nouvelle leçon ! Il y aurait sûrement une remarque dans quelques heures. C'était une erreur à ne pas commettre.

Wilcox réapparut un instant plus tard, suivi de Riley. Le premier maître tendit deux paires de menottes à l'officier qui s'en servit immédiatement. Il ne devait y avoir que ces deux hommes à bord. Riley rengaina son arme, et Obrecki remonta la sienne vers le ciel. Wegener crut le voir remettre le cran de sécurité. Ce garçon de ferme connaissait son fusil et avait appris à s'en servir. Pourquoi avait-il jugé nécessaire de défaire le cran de sécurité ? Au moment où Wegener se posait la question, la radio grésilla.

— Capitaine ? Wilcox.

Le lieutenant se leva pour parler ; les deux hommes se faisaient face, à une centaine de mètres l'un de l'autre.

— Oui.

— Sale histoire, capitaine. Du sang partout. Il y en a un qui nettoyait le salon mais... C'est pas joli à voir, capitaine...

— Ils ne sont que deux ?

— Affirmatif. Deux personnes à bord. Nous leur avons passé les menottes.

— Vérifiez encore, ordonna Wegener.

Wilcox lut dans l'esprit du capitaine. Il resta avec les prisonniers et laissa le premier maître effectuer les recherches. Riley revint quelques minutes plus tard, en hochant la tête. Même à la jumelle, on percevait sa pâleur. Qu'est-ce qui pouvait bien le troubler à ce point ?

— Non, il n'y a que ces deux-là. Pas de papiers. Je ne crois pas qu'il faille faire plus ample recherche. Il vaudrait mieux...

— Effectivement. Je vous envoie un autre homme et je vous laisse Obrecki. Vous pensez pouvoir ramener le yacht au port ?

— Sans problème. Le plein est fait.

— Cela risque de remuer un peu ce soir, l'avertit Wegener.

— J'ai vérifié la météo ce matin. Rien de dramatique.

— Bon, restons-en là et laissez-moi le temps de m'organiser.

— OK, capitaine. Je vous conseille d'envoyer la caméra vidéo pour garder une trace...

— OK, on vous l'envoie dans cinq minutes.

Il fallut une demi-heure pour que le poste des gardes-côtes se mette d'accord avec le FBI et les services des stupéfiants, la Drug Enforcement Administration. Pendant ce temps, le Zodiac repartit vers le yacht avec un homme, une caméra et un magnétophone. Un des hommes prit quelques clichés Polaroïd, tandis que la vidéo enregistrait toute la scène sur une bande d'un demi-pouce. Les gardes-côtes remirent en route les moteurs de l'*Empire Builder* et firent route vers Mobile, à côté de la vedette à bâbord. Finalement, il fut décidé que Wilcox et Obrecki ramèneraient le yacht et que les deux hommes seraient évacués par hélicoptère dans l'après-midi si le temps le permettait car la base aérienne était fort éloignée. *Panache* aurait dû avoir son hélicoptère, mais les gardes-côtes manquaient de fonds pour équiper toutes les vedettes. Un troisième homme fut donc envoyé à bord du yacht pour qu'il rapatrie les deux prisonniers sur le *Panache*.

Riley alla les chercher. Wegener regarda le premier maître les jeter littéralement dans le Zodiac. Cinq minutes plus tard, l'embarcation était hissée à bord. Le yacht faisait route vers le nord-ouest, et la vedette s'écarta un peu pour poursuivre sa patrouille. Le premier homme à mettre les pieds sur le pont fut le photographe. Il tendit une douzaine de photos.

— Cap'taine, on a pris quelques images pour vous. Et attendez la vidéo ! Elle est déjà prête pour la copie.

Wegener rendit les photos.

— OK, mettez ça dans le coffre avec les pièces à conviction. Allez rejoindre l'équipage. Dites à Myers de recharger la vidéo et je veux que vous disiez tout ce que vous avez vu devant la caméra. Vous savez ce que c'est, autant que tout soit clair.

— Oui, capitaine.

Riley arriva une minute plus tard. Robert Timothy Riley avait tout du premier maître classique. Un mètre quatre-vingt-cinq, plus de cent kilos, il avait les bras aussi poilus qu'un gorille, les tripes de celui qui sait se tenir devant une canette, et une voix à couvrir le vacarme de la tempête. Son énorme main droite s'empara d'une poignée de sacs en plastique. La colère avait remplacé le choc initial.

— C'est un véritable abattoir, capitaine. On dirait qu'on a fait exploser des bombes de peinture brune. Sauf que c'est pas de la peinture. Bon Dieu ! Le petit nettoyait quand on leur est tombé dessus. Il y a une poubelle avec une douzaine de douilles. J'ai trouvé ces deux-là dans le tapis, juste comme on nous a appris, cap'taine. Je les ai soulevées avec un stylo et je les ai fourrées dans le sac. J'ai laissé les deux armes à bord. Dans un sac aussi. Mais c'est pas le pire.

Le troisième sac contenait une petite photographie encadrée. La famille du propriétaire, sans doute. Le quatrième, un...

— J'ai trouvé ça sous la table. Y'a eu viol, sûrement. Elle devait avoir ses règles, mais ça les a pas arrêtés pour autant. Peut-être la femme, peut-être la gamine aussi. A la cuisine, il y a des couteaux de boucher, tous pleins de sang. Ils ont dû découper les cadavres et les jeter par-dessus bord. Les requins les ont sûrement bouffés maintenant.

— De la drogue ?

— Une vingtaine de kilos de poudre dans les quartiers d'équipage. De la marijuana aussi, mais ça devait être leur consommation personnelle, dit Riley en haussant les épaules. Je n'ai même pas pris la peine de faire les tests, capitaine. Ça n'a pas d'importance. Meurtre et piraterie, c'est clair. Il y a un trou sur le pont. La balle est entrée et ressortie. De toute ma vie, Red, je n'avais jamais vu un truc pareil. C'est comme au cinéma, mais pire. J'aurais voulu que tu sois là, cap'taine.

— Qu'est-ce qu'on sait des prisonniers ?

— Rien. Ils se sont contentés de grommeler, du moins tant que j'étais là. Pas de papiers, et je voulais pas trop fouiller pour chercher. Je crois qu'il vaut mieux laisser ça aux flics. La cabine de pilotage est propre. Un des cabinets de toilette aussi. Wilcox ne devrait pas avoir trop de mal à le ramener au port et il a demandé à Obrecki et Brown de ne toucher à rien. Le plein est fait, il peut mettre les gaz. Il sera à Mobile avant minuit si le temps tient. Chouette bateau.

— Amène-les-moi, demanda Wegener.

— Ouais, cap'taine.

Wegener bourra sa pipe et réfléchit pour savoir où étaient ses allumettes. Le monde avait changé pendant qu'il s'occupait d'autres choses, et cela ne lui plaisait guère. La mer, les vagues et le vent étaient bien assez dangereux. Même si vous étiez très fort, il suffisait d'oublier une fois, une seule fois qu'on ne pouvait jamais leur faire confiance et... Wegener n'avait jamais oublié et avait passé sa vie à protéger les écervelés. Rien n'était jamais perdu tant que l'« ange gardien » sur son bateau blanc se trouvait dans les parages et pouvait vous arracher de ses mains nues de votre tombe humide et orageuse... Mais à présent les requins dévoraient quatre corps, quatre corps qu'il aurait pu sauver. Il aimait la mer malgré tous ses caprices, mais les requins... Quatre personnes qui ne savaient pas que les requins ne vivent pas toujours dans l'eau... C'était cela qui avait changé. Un acte de piraterie. C'est ainsi que cela s'appelait sur l'eau. Meurtre, piraterie et viol, trois crimes impardonnables... autrefois.

— Tenez-vous droit ! hurla Riley.

Il les tenait tous les deux par le bras. Ils avaient toujours les menottes. Riley les surveillait de près et Oreza était venu prêter main-forte.

Maigres tous les deux, une vingtaine d'années, le grand avait un regard étrangement insolent. Pourtant, il devait bien savoir qu'il était dans le pétrin, non ? Ses yeux noirs fusillaient Wegener qui le regardait calmement derrière sa pipe.

— Vos noms ? demanda le capitaine.

Pas de réponse.

— Il faut bien qu'on sache qui vous êtes.

Le grand cracha sur la chemise de Wegener. Pendant un long moment, impassible, le capitaine n'arriva pas à croire ce qui venait de se produire. Riley fut le premier à réagir.

— Enfant de salaud !

Le premier maître souleva le prisonnier comme une poupée de chiffon, le fit virevolter en l'air et le projeta sur le bastingage. La barre lui cisailla le ventre et, pendant un instant, on aurait dit qu'il s'était cassé en deux. Le souffle coupé, il battait des pieds pour retrouver le pont.

— Bob ! s'exclama Wegener.

Riley releva le prisonnier. Il lui fit faire volte-face, la main sur la gorge.

— Relâche-le.

Du moins Riley avait-il réussi à briser son arrogance. Pendant un instant, il y eut un éclair de terreur dans les yeux noirs. Oreza avait déjà amené le deuxième homme sur le pont. Riley laissa tomber le sien à côté. Le pirate, c'est déjà ainsi que le nommait intérieurement Wegener, se pencha vers l'avant pour essayer de retrouver son souffle, tandis que Riley, aussi pâle que lui, tentait de se maîtriser.

— Excusez-moi, capitaine. Je me suis emporté.

Il était clair que ces excuses ne s'adressaient qu'à son supérieur.

— Allez, au trou.

Riley les conduisit tous les deux à l'arrière.

Le quartier-maître Oreza sortit son mouchoir pour essuyer la chemise de son capitaine.

— Mon Dieu, Red, où va le monde ?

— Je ne sais pas, Portagee.

Wegener trouva finalement ses allumettes et alluma sa pipe. Il observa la mer un instant avant de trouver les mots justes.

— Quand je me suis engagé, j'ai rencontré un vieil officier qui me racontait le temps de la prohibition. Ça n'avait rien à voir avec ça. Ça ressemblait à une chasse aux fauves.

— Peut-être que les gens étaient plus civilisés à cette époque.

— Les gangs ne valaient pourtant guère mieux que maintenant. C'était même pire. Enfin, je ne sais pas, je ne me suis pas engagé pour devenir flic.

— Moi non plus, cap'taine. On est devenu vieux, et

le monde a changé. Pourtant, j'aurais bien aimé que quelque chose ne change pas.

— Tu peux me dire quoi, Portagee ?

— C'est un truc que j'ai appris à New London, il y a quelques années. J'allais à des cours du soir quand je n'avais rien de mieux à faire. Dans le bon vieux temps, quand ils prenaient des pirates, ils pouvaient organiser une cour martiale et les juger tout de suite, et tu sais quoi ? Ça marchait, grommela Oreza. C'est sûrement pour ça qu'on a arrêté !

— Leur faire un procès et les pendre sur-le-champ ?

— Pourquoi pas ?

— Ce n'est plus comme ça que ça se passe. Nous sommes civilisés.

— Ouais, civilisés ! Ça, on peut le dire ! J'ai vu les photos !

Wegener sourit, puis s'interrogea. Sa pipe s'était éteinte. Une fois de plus, en cherchant ses allumettes, il se demanda pourquoi il n'arrêtait pas de fumer, mais la pipe faisait partie de son personnage. Le vieil homme et la mer. Oui, il avait vieilli. Une rafale de vent emporta l'allumette qu'il voulait éteindre et la fit voler sur le pont. Comment pouvait-on oublier de vérifier le sens du vent ?

Juste à côté, un paquet de cigarettes obstruait un dalot. Maniaque de la propreté sur un bateau, Wegener était prêt à hurler quand il s'aperçut que le paquet n'appartenait à aucun de ses hommes. C'était des « Calvert », une marque sud-américaine, à base de tabac américain, se souvenait-il. C'était un paquet dur, qu'il ouvrit par simple curiosité.

Ce n'étaient pas des cigarettes, pas du tabac, du moins. Wegener en sortit une. Elles n'étaient pas roulées à la main mais ne sortaient pas non plus d'une usine à cancer. Le capitaine sourit malgré lui. Une manufacture avait trouvé un moyen habile de déguiser... des joints en cigarettes. A moins que cela ne soit simplement plus pratique de les transporter sous cette forme. Elles devaient être tombées quand Riley avait bousculé le prisonnier. Wegener ferma le paquet et le fourra dans sa poche. Il le rangerait dans le coffre avec les pièces à conviction quand il en aurait l'occasion.

— L'orage est à l'heure, dit Oreza. La ligne de grain sera sur nous avant 21 heures. Des rafales à soixante-dix kilomètres-heure. Ça va remuer, cap'taine.

— Pas de problèmes pour Wilcox sur le yacht ?

Il était encore temps de le rappeler.

— Devrait pas. Il a fait route vers le sud. Il y a un anticyclone qui vient du Tennessee. Ça devrait être tranquille. Mais ça risque d'être un peu dur pour l'hélico. Il ne devait pas arriver avant 18 heures, ça fait juste. Il risque de tomber dans le grain sur le chemin du retour.

— Et demain ?

— Ça devrait se dégager à l'aube, et l'anticyclone avance. Ça va bouger cette nuit, mais après, quatre jours de beau temps.

Oreza n'avait pas besoin de faire des recommandations plus précises. Les deux vieux de la vieille communiquaient par le regard.

— Hum hum, demande à Mobile de ne pas venir les chercher avant demain midi.

— Ouais, inutile de risquer un hélico pour ces petites ordures.

— C'est bien vrai. Assure-toi que Wilcox est informé de la météo, au cas où tout ne se passe pas comme prévu. Bon, il est temps que j'aille faire la paperasse, dit Wegener en regardant sa montre.

— Une journée bien remplie, Red !

— Ah, pour ça...

La cabine de Wegener était la plus grande du bateau, la seule à offrir des commodités, car la solitude et la vie privée sont le luxe traditionnel du skipper. Pourtant, *Panache* n'était pas un croiseur, et la pièce mesurait à peine plus de dix mètres carrés, mais elle possédait une salle de bains, élément fort appréciable sur un bateau.

Wegener n'avait jamais été un fanatique de la

paperasse, et, tant que sa conscience pouvait le justifier, il se déchargeait de cette corvée sur un jeune lieutenant compétent. Cela lui laissait encore deux ou trois heures de travail administratif par jour. Le capitaine s'y attaqua avec l'enthousiasme d'un condamné à mort. Une demi-heure plus tard, il se rendit compte que la tâche était encore plus délicate que d'habitude. Les meurtres le torturaient. Meurtres en mer, songea-t-il en regardant par le hublot de tribord. Ce n'était pas nouveau. Il avait entendu plusieurs récits de ce genre au cours de sa carrière mais il n'avait jamais été directement impliqué, sauf une fois. Dans l'Oregon, un marin enragé avait un jour failli tuer un homme d'équipage, mais on avait ensuite découvert qu'il souffrait d'une tumeur cervicale dont il mourut un peu plus tard. Le *Point Gabriel* était allé chercher le marin, bourré de sédatifs, et entravé. Cela avait été son seul contact avec la violence. La mer était bien assez dangereuse sans qu'on ait besoin de ça. Cette pensée le hantait, tel le refrain d'une vieille chanson. Il tenta de se plonger dans son travail mais n'y parvint pas.

Wegener fronça les sourcils : que cela lui plaise ou non, la paperasse faisait partie de son travail. Pour se concentrer plus facilement, il ralluma sa pipe. Rien n'y fit. Mi-amusé, mi-furieux, il s'injuria intérieurement en allant chercher un verre d'eau. En se voyant dans le miroir, il s'aperçut qu'il avait besoin de se raser.

— Tu deviens vieux, Red, vieux et sénile.

Il se rasa à l'ancienne, avec un blaireau et de la crème à raser, le rasoir jetable étant sa seule concession à la modernité. Il était encore plein de savon quand on frappa à la porte.

— Entrez.

— Excuse-moi, capitaine, je ne savais pas...

— Ce n'est rien. Qu'est-ce qui se passe ?

— J'ai le premier rapport de l'*Empire Builder*, je pensais que tu aimerais le voir. Nous avons toutes les déclarations sur cassette, et Myers a fait une copie de la bande vidéo. L'original est dans le coffre avec les pièces à conviction, selon les ordres. J'ai la copie, si tu veux...

— Laisse-les-moi. Des nouvelles de nos amis ?

— Non, cap'taine. Il fait un temps superbe dehors.

— Et moi qui suis coincé avec cette paperasse.

— Le second travaille du lever au coucher du soleil, mais le travail du capitaine n'est jamais terminé !

— Dis donc, tu n'es pas censé te moquer de ton supérieur, monsieur le premier maître !

Wegener ne se retint de rire que parce qu'il avait encore le rasoir sur la gorge.

— J'implore humblement le pardon du capitaine. Et si tu permets, j'ai également du travail à faire.

— Le môme qui s'occupait de la mitrailleuse ce matin a besoin d'un petit sermon sur les mesures de sécurité. Il l'a laissée bien trop longtemps braquée sur le yacht. Ne l'étripe pas quand même. Je parlerai moi-même à M. Peterson.

— On n'a vraiment pas besoin de gens qui s'amusent avec ce genre de trucs. Je lui toucherai deux mots après mon tour de ronde.

— J'en ferai un aussi après le déjeuner. On va avoir du mauvais temps ce soir.

— C'est ce que m'a dit Portagee. Tout sera amarré...

— A plus tard, Bob.

— Ouais.

Wegener rangea son rasoir et retourna à son bureau. Le premier brouillon du rapport de l'arrestation était sur le haut de la pile. La version définitive était dactylographiée mais, en général, il tenait à voir la première version, souvent plus précise. Wegener la feuilleta en buvant du café froid. Les Polaroïd étaient rangées dans des feuilles plastifiées. Cela ne les embellissait pas ! Il glissa la bande vidéo dans son magnétoscope personnel pour la regarder avant le repas.

La qualité technique était bien inférieure à un travail de professionnel. Tenir une caméra malgré le roulis était pratiquement impossible et il n'y avait pas assez de lumière. Pourtant, les images s'avéraient troublantes. La bande sonore retraçait des bribes de conversation et l'écran s'éclairait de temps en temps sous le flash du Polaroïd.

De toute évidence, les quatre personnes étaient mortes à bord et n'avaient laissé que des taches de sang derrière elles. L'imagination fournissait le reste. Près de l'oreiller, la couchette du fils était maculée de sang. Une balle dans la tête. Trois autres taches ornaient le salon. C'était là, dans la plus grande pièce, que s'étaient déroulées les réjouissances. *Réjouissances*. Trois taches de sang, deux très proches ; la troisième un peu plus loin. L'homme avait une jolie femme et une fille de treize ans... Ils l'avaient obligé à regarder...

Mon Dieu ! souffla Wegener. C'était sûrement ça. *Ils l'ont obligé à regarder et ensuite, ils les ont tués, ont découpé les corps et les ont jetés par-dessus bord.*

— Salauds !

2

LES CRÉATURES DE LA NUIT

Sur son passeport, il s'appelait J.T. Williams, mais des passeports, il n'en manquait pas. Cette fois, il était censé être le représentant d'un grand laboratoire pharmaceutique américain et pouvait donner un cours complet sur les antibiotiques de synthèse. En tant que délégué sur le terrain de la société Carterpillar, il aurait pu également discuter les avantages et inconvénients du gros matériel. Il pouvait changer de personnage comme de chemise. Il ne s'appelait pas Williams. La direction opérationnelle de la CIA le connaissait sous le nom de Clark, mais ce n'était pas son vrai nom, bien que ce soit sous cette identité qu'il vivait et élevait ses enfants. Il remplissait les fonctions de formateur à « la Ferme ». C'était un instructeur efficace, et, pour cette même raison, il retournait souvent sur le terrain.

Plus d'un mètre quatre-vingts, solidement bâti, il avait une abondante chevelure noire et un menton en galoche, qui rappelait ses ancêtres. Ses yeux bleus étincelaient malgré lui. Bien qu'ayant dépassé la quarantaine, et malgré son travail sédentaire, il ne s'était pas empâté, et ses épaules en disaient long sur son entraînement. A une époque où la forme physique était importante, cela passait relativement inaperçu si l'on ne prêtait pas attention à un signe particulier. Il portait sur l'avant-bras le tatouage d'un phoque rouge grimaçant. Il aurait dû le faire enlever, mais s'en abstenait pour des raisons sentimentales. Ce phoque faisait partie d'un héritage qu'il avait lui-même choisi. Quand on lui posait la question, il répondait sincèrement qu'il avait appartenu à la marine, puis mentait pour expliquer comment la marine avait financé ses études pharmaceutiques, son école d'ingénieur, ou quoi que ce soit d'autre. Clark n'avait aucun diplôme et n'était jamais allé à l'université, bien qu'il eût accumulé assez de connaissances pour réussir dans une dizaine de matières. Cette lacune aurait dû le disqualifier pour les fonctions de responsabilité à la CIA, mais il possédait un talent excessivement rare dans les services secrets occidentaux. Ceux-ci y faisaient rarement appel mais, parfois, le besoin s'en faisait ressentir, et il était utile d'avoir quelqu'un comme lui à sa disposition. Qu'il soit d'une efficacité exemplaire sur le terrain, surtout pour les missions courtes et fort dangereuses était un avantage supplémentaire. Clark était une véritable légende, mais seules quelques personnes à Langley le savaient. Clark était irremplaçable.

— Qu'est-ce qui vous amène dans notre pays, señor Williams ? lui demanda le douanier du service d'immigration.

— Les affaires. Et j'espère avoir le temps d'aller à

la pêche avant de rentrer chez moi, répondit Clark en espagnol.

Il parlait six langues couramment, et pouvait passer pour un autochtone avec trois d'entre elles.

— Vous parlez très bien espagnol.

— Merci. J'ai grandi au Costa Rica, répondit Clark. (Il mentait avec aisance.) Mon père y a travaillé pendant des années.

— Ça se voit. Bienvenue en Colombie.

Clark alla récupérer ses bagages. L'oxygène était rare, son jogging quotidien lui permettait de le supporter, mais il devrait faire attention à éviter les efforts pendant quelques jours. C'était la première fois qu'il venait en Colombie, mais quelque chose lui disait que cela ne serait pas la dernière. Toutes les grandes missions commençaient par un travail de reconnaissance. Ce qu'il avait exactement à déterminer lui donnait un aperçu de la suite. Ce n'était pas sa première expérience dans le domaine. En fait, c'était même pour ce genre de travail que la CIA l'avait engagé, avait changé son identité et lui avait offert la vie qu'il menait depuis vingt ans.

Étrangement, la Colombie était l'un des seuls pays à laisser passer des armes sans poser de questions. Clark ne s'était pas donné la peine de prendre des précautions mais se demandait si cela serait aussi facile la prochaine fois. Il savait qu'il ne pourrait faire appel au chef de station. D'ailleurs, ce dernier n'était pas même au courant de sa présence. Clark se demandait bien pourquoi, mais, après tout, cela ne le regardait pas. Seule sa mission l'intéressait.

L'armée américaine venait juste de réintroduire le concept d'infanterie légère. Les divisions n'avaient pas été très difficiles à monter. Il suffisait de prendre une division d'infanterie mécanisée et de la débarrasser de son matériel. Il y avait donc environ dix mille cinq cents soldats munis d'un équipement encore plus succinct que celui d'une division aéroportée, la plus légère de toutes par tradition, que l'armée de l'Air pouvait transporter en moins de cinq cents vols. Pourtant, ces divisions d'infanterie légère ou DIL, comme on les appelait, étaient moins efficaces que l'observateur profane aurait pu le penser.

En créant ces « combattants légers », l'armée retournait aux fondements même des principes historiques. Tous les guerriers vous diront qu'il n'y a que deux types de combattants : l'infanterie, et ceux qui, d'une manière ou d'une autre, soutiennent l'infanterie. Avant tout, ces divisions étaient des écoles de formation d'une haute technicité. C'était là que l'armée dressait ses sergents, à l'ancienne. Pour ce faire, elle leur avait fourni ses meilleurs officiers de commandement. Les colonels chargés des brigades et les généraux responsables des divisions avaient tous fait le Viêt-nam, et leurs souvenirs amers étaient teintés d'un respect de l'ennemi qui avait admirablement su convertir son manque de matériel et de puissance de feu en un atout supplémentaire. Il n'y avait pas de raison que les Américains ne puissent atteindre le même degré d'habileté que les soldats de Vo Nguyen Giap ; mieux encore, qu'ils ne puissent associer ces talents avec leur fascination traditionnelle pour l'équipement et la puissance de feu. Il en était résulté quatre divisions d'élite : la 7e, basée dans les collines verdoyantes de Fort Ord en Californie ; la 10e, dans les montagnes à Fort Drum, dans l'État de New York ; la 25e, à Schoflied Barracks, à Hawaii ; la 6e, à Fort Waiwright, en Alaska. Effet pervers, ces divisions avaient du mal à conserver leurs sergents et leurs gradés, mais cela faisait partie du plan général. Les combattants légers menaient une vie rude, et, arrivés à la trentaine, même les meilleurs aspiraient à se rendre sur le champ de bataille en hélicoptère ou en avion blindé et préféraient passer plus de temps près de leur jeune femme et de leurs enfants plutôt que de crapahuter dans la boue... Ceux qui avaient réussi la formation spéciale de sous-officiers, sachant désormais que parfois un sergent devait agir seul et se passer des conseils de ses supérieurs, rejoignaient les formations plus lourdes munis de qualités qu'ils conserveraient longtemps. En fait les DIL étaient des usines à sergents aux talents de commandement incontestables, maîtrisant parfaitement l'art mouvant de la guerre. Il restait toujours quelques individus aux bottes boueuses, sentant la sueur, qui connaissaient le terrain et qui profitaient de la nuit pour semer la mort chez l'ennemi.

Le sergent Domingo Chavez était l'un d'eux. Connu sous le surnom de « Ding », à vingt-six ans, il avait déjà passé neuf ans dans l'armée. Il avait débuté dans une bande des rues à Los Angeles où les réflexes remplaçaient toute éducation. En voyant un de ses amis tué lors d'un règlement de comptes en voiture dont il ne sut jamais le pourquoi, il avait compris qu'il n'y avait pas d'avenir chez les *bandidos*. Le lundi suivant, il prit un bus pour se rendre au plus proche bureau de recrutement de l'armée de terre après avoir été rejeté par les marines. Bien que Chavez fût pratiquement illettré, le sergent de service l'enrôla en quelques instants : il n'avait pas atteint son quota et le jeune semblait motivé, ce qui remplissait deux espaces vides sur son rapport mensuel. De plus, il voulait partir de suite. On ne pouvait espérer mieux.

Chavez n'avait guère d'idées sur ce que serait sa vie militaire, et le peu qu'il en avait s'étaient révélées fausses. Après avoir perdu sa tignasse et sa barbe ébouriffée, il s'était aperçu que la force ne servait à rien sans discipline et que l'armée ne tolérait pas l'insolence. Cette rude leçon, il l'avait reçue derrière une baraque blanche entre les mains d'un sergent au visage aussi noir que la jungle. Mais pour Chavez, aucune leçon n'avait jamais été facile, il ne craignait pas les difficiles. Il savait respecter les règles hiérarchiques très strictes et devint vite une recrue au-dessus de la moyenne. La vie des rues lui avait donné l'esprit d'équipe et de camaraderie, et cela avait été un jeu d'enfant de transformer ces dispositions en éléments positifs. A la fin de son entraînement de base, il était aussi mince et robuste qu'un câble d'acier et s'enorgueillissait de son apparence physique. Il maîtrisait également toutes les armes habituelles d'un fantassin. Quand allait-on enfin le payer pour jouer avec une mitraillette ?

On ne naît pas soldat, on le devient. Pour son premier poste, Chavez fut envoyé en Corée. Là, il apprit à connaître la montagne et, alors que pour le moment ses activités avaient été sans danger, il comprit que l'ennemi pouvait être mortel. Une fois pour toutes, il sut que la discipline avait un but bien précis : vous sauver la vie. Des éclaireurs nord-coréens choisirent une nuit pluvieuse pour franchir les lignes de son unité. En chemin, ils étaient tombés sur un poste de garde où les deux Américains avaient décidé de passer une bonne nuit. L'unité de Chavez intercepta et tua les envahisseurs, mais ce fut lui qui découvrit les deux hommes de son peloton, la gorge tranchée, exactement comme dans les rues de Los Angeles. Le métier de soldat, en conclut-il, était affaire sérieuse.

Chavez, très attentif lors des réunions, essayait même de prendre des notes. Se rendant compte qu'il ne savait quasiment ni lire ni écrire, à moins qu'il eût mémorisé les mots à l'avance, son sergent de peloton décida de lui venir en aide. Chavez travailla dur pendant son temps libre et, à la fin de l'année, obtint une équivalence du bac — du premier coup, raconta-t-il ce soir-là à tous ceux qui voulaient bien l'écouter. Il devint alors spécialiste quatrième classe, ce qui lui rapporta cinquante-huit dollars cinquante de plus par mois. Même si cela échappa au lieutenant, le sergent comprit immédiatement que Domingo Chavez avait définitivement changé. A sa fierté latine habituelle, le jeune soldat pouvait ajouter une vraie raison de s'enorgueillir. Il en serait toujours reconnaissant à l'armée, et, avec le sens de l'honneur qui faisait également partie de son héritage culturel, il ferait tout pour rembourser cette dette.

Pourtant, il était toujours le même et cultivait sa forme physique — en grande partie à cause de sa petite taille, tout juste un mètre soixante-dix. Il aimait courir et appréciait une bonne suée. C'est pourquoi son détachement dans la 7e division d'infanterie était inévitable. Bien qu'elle fût basée à Fort Ord, près de Monterey en Californie, elle s'entraînait un peu plus au sud, sur la Hunter-Liggett Military Reservation, site de l'ancien ranch de la famille Hearst. Le magnifique paysage hivernal de collines verdoyantes cédait la place en été au spectacle lunaire de montagnes escarpées, aux sommets érodés, parsemées d'arbres noueux et informes et d'une herbe sèche qui craquait sous les pieds. Chavez s'y sentait chez lui. Juste après lui avoir donné ses galons de sergent, on l'envoya à l'école préparatoire des combattants d'élite, destinée à former les sergents d'escouade, qui pavait le chemin pour la Ranger School de Fort Benning, en Georgie. En revenant de cet entraînement rigoureux, il était plus mince et plus sûr de lui que jamais. Son retour à Fort Ord coïncida avec l'arrivée d'une cohorte de nouvelles recrues pour son bataillon. On lui confia le commandement d'une escouade de bleus tout juste sortis du stage de formation de base. Pour Chavez, ce fut la première occasion de se libérer de sa dette. L'armée avait investi des sommes considérables pour lui, et à présent, il transmettait son savoir à neuf nouvelles recrues. L'armée pourrait ainsi savoir s'il avait vraiment la trempe d'un meneur d'hommes. Il prit son escouade en charge, tel un beau-père chargé d'une grande famille qui accueille ses nouveaux enfants. Il tenait à ce qu'ils réussissent, car ils étaient sous sa responsabilité et était prêt à tout pour s'assurer de leur succès.

A Fort Ord, il apprit également le véritable art du soldat, car c'est ça, la tactique du combattant léger, une forme d'art. Attaché à la compagnie Bravo, 3e bataillon du 17e régiment d'infanterie, dont le mot d'ordre ambitieux n'était autre que « Ninja ! La nuit nous appartient ! », Chavez allait sur le terrain, le visage masqué sous des peintures de camouflage — dans la 7e DIL, même les pilotes d'hélicoptère se noircissaient le visage —, et il apprit son métier tout en formant ses hommes. Surtout, il tomba amoureux de la nuit. Avec son escouade, il parvenait à se déplacer sans faire plus de bruit qu'une brise légère. L'objectif des missions était toujours le même. Chavez entraînait ses hommes pour le sale boulot, apanage des unités légères qui combattent des divisions mieux armées : raids et embuscades, infiltration, recueil d'informations. La nuit était leur alliée, la surprise leur arme. Ils apparaissaient là où on les attendait le moins, frappaient férocement et se dispersaient dans la nuit avant que l'adversaire ait eu le temps de réagir. On avait employé cette tactique contre les Américains et il n'était que justice qu'ils rendent la pareille. L'un dans l'autre, le sergent Domingo Chavez était un homme que les Apaches et les Viêt-Cong auraient reconnu comme l'un des leurs, ou l'un de leurs pires ennemis.

— Hé, Ding, le lieut' veut te voir, lui cria le sergent de peloton.

L'exercice éprouvant — presque neuf jours d'affilée — venait juste de se terminer, deux heures après l'aube, et même Chavez ressentait la fatigue. Il n'avait plus dix-sept ans, lui rappelaient ironiquement ses mollets. Enfin, c'était sa dernière mission avec les Ninjas. Il partait à Fort Benning et en tirait une fierté extraordinaire. A présent, il allait servir d'exemple aux nouvelles recrues. Le sergent se leva, mais avant d'aller voir le colonel, il sortit une étoile de jet de sa poche. Depuis que le colonel s'était mis à appeler ses hommes « Ninjas », ce petit projectile d'acier était un accessoire de rigueur — à la grande inquiétude des chefs. Mais il fallait bien que les meilleurs aient aussi leur faille. Il lança son étoile d'un geste faussement décontracté et l'enfonça de quelques centimètres dans un tronc d'arbre quinze mètres plus loin. Il la reprit en passant avant d'aller voir le patron.

— Bonjour, lieutenant, dit-il au garde-à-vous.

— Repos, ordonna le lieutenant Jackson.

Appuyé contre un arbre, il essayait de soulager ses pieds meurtris. A vingt-trois ans, tout frais émoulu de West Point, il apprenait à quel point il était difficile d'être à la hauteur des soldats qu'il était censé commander.

— On vient de m'appeler, ils ont besoin de vous au quartier général. Des histoires de papiers à propos de votre transfert. Vous partirez avec le vol de ravitaillement. L'hélicoptère arrive dans une heure. A propos, beau travail cette nuit. Vous allez me manquer, Ding.

— Merci, mon lieutenant.

Pour un jeune officier, Jackson était plutôt correct. Un bleu, bien sûr, mais il faisait des efforts et apprenait vite. Il fit un rapide salut.

— Faites bien attention à vous, Chavez.

— La nuit nous appartient, mon lieutenant !

Vingt-cinq minutes plus tard, il monta à bord d'un Blackhawk Sikorsky UH-60A pour un vol de cinquante minutes qui l'emmènerait à Ord. Au moment où il embarquait, le sergent-major du bataillon lui tendit un message. Chavez disposerait d'une heure pour se laver avant de se montrer au général de division. Il prit une longue douche pour éliminer la sueur et les peintures de guerre, mais réussit à se présenter un peu en avance, dans son meilleur uniforme de camouflage.

— Hé, Ding, appela un autre sergent, transféré au quartier général en attendant que sa jambe cassée se rétablisse. T'es attendu dans la salle de conf', au bout du couloir, deuxième étage.

— Qu'est-ce que c'est que ce cirque ?

— Je sais pas. Le colonel veut te voir, c'est tout.

« Merde ! J'aurais mieux fait de me couper les cheveux ! » grommela Chavez en montant les marches de bois. Ses bottes auraient bien eu besoin aussi d'un coup de brosse. Bien piteux état pour se montrer au colonel, mais si on voulait le lui reprocher, il pourrait répliquer le droit qu'il avait d'être prévenu un peu plus tôt : c'était ce qu'il y avait de bien à l'armée, les règles s'appliquaient à tous. Il frappa à la porte, trop épuisé pour s'inquiéter. Après tout, il n'était pas là pour longtemps. Son transfert à Fort Benning était décidé, et il se demandait déjà à quoi ressemblaient les filles de Georgie. Il venait de rompre avec sa petite amie, peut-être que la vie plus stable d'un sergent d'exercice lui permettrait de...

— Entrez, tonitrua une voix.

Installé derrière un bureau de bois sommaire, le colonel portait un pull noir sur une chemise jaune-vert. Un badge annonçait « M. Smith ». Ding se mit au garde-à-vous.

— Sergent Domingo Chavez, mon colonel.

— Bon, repos, asseyez-vous. Je sais que vous avez subi une longue épreuve. Il y a du café si vous voulez.

— Non, merci, mon colonel.

Chavez s'assit et se détendit presque, jusqu'à ce qu'il vît son dossier sur le bureau. Le colonel l'ouvrit et le feuilleta. C'était toujours inquiétant de voir quelqu'un fouiller votre dossier, mais quand il releva les yeux, le colonel souriait. Il n'y avait aucune indication d'unité sur son badge, pas même les baïonnettes entrecroisées distinctives de la 7e DIL. D'où venait-il ? Qui était ce type ?

— Tout ça me paraît excellent, sergent. Je pense que vous avez de bonnes chances de passer au septième échelon dans deux ou trois ans. Vous êtes déjà allé en Amérique du Sud. Trois fois, c'est bien ça ?

— Oui, mon colonel. Deux fois au Honduras et une fois au Panama.

— Et vous vous en êtes bien sorti. Il paraît que votre espagnol est parfait.

— C'est ma langue maternelle, mon colonel, dit-il, comme son accent le laissait facilement entendre.

Il avait envie de demander de quoi il s'agissait, mais les vulgaires sergents ne posent pas de questions aux colonels. De toute façon, ses souhaits furent exaucés.

— Sergent, nous formons une unité spéciale, et nous aimerions que vous en fassiez partie.

— Mon colonel, j'ai reçu l'ordre...

— Je sais. Nous cherchons des gens capables de parler plusieurs langues et... Eh bien, nous voulons les meilleurs combattants légers. Tout me prouve que vous êtes l'un des plus doués de votre division.

Il y avait un autre critère que le « colonel Smith » ne prit pas la peine de lui indiquer, il était célibataire, ses parents étaient morts, il ne semblait pas avoir de famille proche, du moins il n'entretenait aucune correspondance régulière. Il avait le profil idéal — il lui manquait certaines qualités, mais dans l'ensemble, tout allait bien.

— C'est une mission particulière, cela risque d'être un peu dangereux, mais ce n'est pas sûr, nous ne savons pas encore. Cela ne durera que quelques mois, six au plus. Et à la fin, vous serez nommé E-7 et vous aurez toute liberté de choisir votre affectation.

— Qu'y a-t-il de particulier dans cette mission ? demanda immédiatement Chavez.

La chance de passer septième échelon deux ans plus tôt que prévu avait immédiatement frappé son attention.

— Ça, je ne peux pas vous le dire. Je n'aime pas recruter les gens sans qu'ils sachent à quoi s'attendre, prétendit le « colonel Smith », mais j'ai des ordres, moi aussi. Je peux simplement vous préciser que vous subirez un entraînement intensif. Il est possible que les choses en restent là. Si cela ne va pas plus loin, la promotion reste valable. Sinon, vous irez sans doute exploiter vos nouveaux talents quelque part. Bon, je peux aussi vous dire qu'il s'agit d'une mission de renseignement. Nous ne vous enverrons pas au Nicaragua. Vous n'irez pas mener une guerre secrète.

Ce n'était pas un mensonge. « Smith » ne savait pas exactement en quoi consistait la mission et on ne l'encourageait pas à faire des spéculations. On lui avait donné les exigences requises, et sa tâche, presque terminée, consistait à les satisfaire.

— De toute façon, je ne peux pas vous en dire plus. Ce dont nous avons parlé ne quitte pas cette pièce. Vous ne devez en toucher mot à personne sans mon autorisation, compris ? dit le colonel d'un ton plus que ferme.

— Oui, mon colonel.

— Sergent, nous vous avons consacré beaucoup de temps et beaucoup d'argent. C'est le moment de régler vos dettes. Le pays a besoin de vous, nous avons besoin de votre savoir-faire.

Chavez savait qu'il n'avait guère le choix. Smith aussi. Le jeune homme attendit encore cinq secondes avant de poser sa question.

— Quand dois-je partir, mon colonel ?

Smith avait tout d'un véritable homme d'affaires à présent. Il sortit une grande enveloppe d'un tiroir, avec « Chavez » en lettres capitales au stylo feutre.

— Sergent, je me suis permis de faire quelques papiers pour vous. Voici votre bilan médical et financier. Je vous ai déjà fait disparaître de tous les bureaux de poste. Je me suis aussi arrangé pour qu'on puisse faire envoyer vos effets personnels à l'adresse qui sera précisée dans la case « destination ».

Chavez acquiesça, mais il avait le vertige. Qui que fût ce colonel Smith, il devait avoir le bras long pour faire des papiers aussi rapidement dans la bureaucratie légendaire de l'armée. Faire rayer son adresse d'un bureau de poste exigeait généralement cinq jours de queue et d'attente. Il prit l'enveloppe.

— Faites votre paquetage et soyez là à 18 heures précises. Ne vous préoccupez pas de vos cheveux. Vous allez les laisser pousser pendant quelque temps. Je m'occuperai de la paperasse. Et n'oubliez pas, n'en parlez à personne. Si on vous pose des questions, vous êtes transféré à Fort Benning un peu plus tôt que prévu. J'espère que vous vous en tiendrez à cette version.

Le « colonel Smith » se leva et lui tendit la main tout en proférant un autre mensonge, nuancé de vérité :

— Vous avez eu la bonne réaction, Chavez, je savais qu'on pouvait compter sur vous.

— La nuit nous appartient, mon colonel.

Le « colonel Smith » rangea le dossier dans son attaché-case. C'était fini. La plupart des hommes étaient déjà au Colorado. Chavez faisait partie des derniers. « Smith » se demanda comment les choses allaient tourner. Il s'appelait en fait Edgar Jeffries et avait autrefois appartenu à l'armée avant d'être appelé par la CIA. Il espérait que tout se déroulerait comme prévu, mais il était à l'Agence depuis trop longtemps pour y croire vraiment. Ce n'était pas sa première tâche de recrutement, et elles n'avaient pas toutes très bien fonctionné. Mais, comme tous les autres, Chavez s'était volontairement engagé dans l'armée, avait rempilé, et avait accepté de bon gré cette mission un peu différente. Le monde était dangereux et ces quarante hommes avaient délibérément choisi une des professions les plus risquées. Cela le consolait un peu, et, comme il avait encore une conscience, il en avait fort besoin.

« Bonne chance, sergent », se dit-il intérieurement.

Chavez eut une journée chargée. D'abord, se changer en civil. Il lava son uniforme et son matériel, et rassembla tout l'équipement qu'il laissait sur place. Il fallait l'astiquer car le sergent Mitchell voulait qu'on le rende en meilleur état que lorsqu'on vous l'avait donné. Quand le reste du peloton arriva de Hunter-Liggett à 13 heures, ses corvées étaient déjà bien avancées. Son activité fébrile fut remarquée par le sous-officier, et bientôt, le sergent de peloton s'approcha.

— Tu fais tes valises, Ding ? demanda Mitchell.

— Ouais, il faut que j'aille à Benning plus tôt que prévu. Euh... c'est pour ça qu'ils m'ont ramené ce matin.

— Le lieutenant est au courant ?

— Ils lui ont sûrement dit. Faut bien prévenir les ronds-de-cuir, non ?

Ça l'ennuyait de mentir. Bob Mitchell avait été son instructeur et son ami pendant près de quatre ans à Fort Ord. Mais ses ordres venaient d'un colonel.

— Bon, Ding, faut quand même que t'apprennes à faire la paperasse. Viens, le lieutenant est dans son bureau.

Le lieutenant Timothy Washington Jackson, infanterie, ne s'était pas encore lavé mais était prêt à partir rejoindre sa carrée au quartier des officiers célibataires, plus connu sous le nom de Q.

— Mon lieutenant, Chavez a reçu l'ordre d'aller à Fort Benning. On vient le chercher ce soir.

— Oui, c'est ce que j'ai appris. Je viens de recevoir un appel. Qu'est-ce qui leur prend ? Ça ne se passe jamais comme ça, grommela Jackson. A quelle heure ?

— Dix-huit heures.

— Fantastique. Il faut que j'aille me laver ! Sergent Mitchell, vous pouvez vous charger du rapport d'équipement ?

— Oui, mon lieutenant.

— Bon, je serai là à 17 heures pour voir comment ça se passe. Chavez, ne partez pas avant mon retour.

Le reste de l'après-midi se déroula tranquillement. Mitchell accepta de se charger du transport de ses affaires personnelles — il n'y avait pas grand-chose à envoyer — et en profita pour lui faire la leçon sur la manière de traiter la paperasse. Le lieutenant Jackson revint à temps et trouva les deux hommes dans son bureau. Tout était calme, le reste du peloton était déjà parti pour une virée en ville bien méritée.

— Ding, je ne suis pas vraiment prêt à vous perdre. Je ne sais même pas qui va reprendre l'escouade. Vous pensiez à Ozkanian, sergent Mitchell ?

— Affirmatif, mon lieutenant. Qu'est-ce que tu en penses, Chavez ?

— Il est prêt.

— Bon, on va donner sa chance au caporal Ozkanian. Vous êtes verni, j'avais fait ma paperasse avant qu'on parte sur le terrain, vous voulez qu'on voie votre évaluation ensemble, Chavez ?

— Juste les grandes lignes, mon lieutenant.

Chavez sourit, il savait que le lieutenant l'appréciait beaucoup.

— Bon, je dis que vous êtes sacrément fort, et c'est la vérité. Dommage que je vous perde si vite. Vous voulez que je vous dépose quelque part ?

— Non, merci, je pensais y aller à pied.

— Oh, pas de salades, on a assez marché cette nuit. Mettez vos affaires dans ma voiture, dit le lieutenant en lui lançant les clés. Autre chose, sergent Mitchell ?

— Ça peut attendre lundi, mon lieutenant. Je crois qu'on aura besoin de se reposer ce week-end.

— Et comme toujours, votre jugement est infaillible ! Mon frère est en ville, je ne reviens que lundi à 6 heures.

— Pas de problème. Amusez-vous bien.

Chavez n'avait pas grand-chose à lui et il n'avait même plus de voiture. En fait, il faisait des économies pour s'acheter une Corvette Chevrolet, la bagnole de ses rêves depuis l'enfance, et il lui manquait encore cinq mille dollars pour la payer comptant. Il avait déjà chargé ses bagages dans le coffre de la Honda de Jackson quand le lieutenant sortit des baraques. Chavez lui lança les clés.

— Où est-ce qu'ils vous ramassent ?

— A la division G-1, d'après ce qu'on m'a dit.

— Pourquoi ? Pourquoi pas à Martinez Hall ?

Martinez Hall était le point de ralliement habituel.

— Je vais où on me dit, lieutenant.

— Nous en sommes tous là !

Quelques minutes plus tard, Jackson quitta Chavez sur une poignée de main. Il y avait cinq autres soldats, remarqua rapidement le lieutenant. Rien que des sergents. Bizarre. Et tous d'origine hispanique. Il en connaissait deux. León appartenait au peloton de Ben Tuke, 4e division, et Muñoz était attaché à la division de reconnaissance. Eux aussi étaient sacrément bons, pensa Jackson en s'éloignant.

3

LA PROCÉDURE PANACHE

Wegener fit son tour d'inspection avant le déjeuner. Il n'y avait pas à se plaindre. Riley était passé par là avant lui. A part quelques pots de peinture et quelques brosses en cours d'utilisation — peindre un bateau n'a ni début ni fin, c'est un état permanent —, rien ne traînait. Les mitrailleuses étaient bien entretenues, les crans de sécurité bloqués, tout comme les chaînes d'ancre. Les cordages de sécurité étaient parfaitement tendus et les écoutilles fermées en prévision de l'orage attendu pour le soir. Quelques matelots de repos se promenaient sur le pont, lisaient ou prenaient le soleil. En entendant gronder la voix de Riley, ils se mirent immédiatement au garde-à-vous. Un des matelos lisait *Playboy*. D'un ton bon enfant, Wegener lui conseilla de renoncer à ses lectures lors de la prochaine mission car, dans moins de quinze jours, trois femmes viendraient se joindre à l'équipage, et mieux valait ne pas heurter leur sensibilité. Qu'il n'y en ait pas encore à bord du *Panache* tenait de l'anomalie statistique, et le futur changement ne troublait pas le capitaine outre mesure, en dépit du scepticisme — le mot est faible — des vieux maîtres. Le plus gros problème consistait à partager l'utilisation des sanitaires, car la présence de femmes n'avait pas été prévue par les concepteurs du bateau. Pour la première fois de la journée, Wegener eut l'occasion de sourire. Des femmes en mer... Son sourire disparut immédiatement, remplacé par les images de la bande vidéo. Ces deux femmes aussi, une femme et une fillette, avaient pris la mer...

Il ne pouvait s'en extraire.

Wegener regarda autour de lui et lut des interrogations sur tous les visages. Le capitaine paraissait en colère, et il ne faisait pas bon se trouver près de lui dans ces moments-là. Mais son visage s'éclaircit, rien d'autre qu'une inquiétude passagère, pensèrent les hommes.

— Bon, ça a l'air d'aller, continuez comme ça, dit le capitaine avant de retourner à sa cabine où il fit appeler Oreza.

Le quartier-maître arriva une minute plus tard, le *Panache* n'était pas assez grand pour qu'on puisse se permettre un plus long trajet.

— Tu m'as appelé, cap'taine ?

— Ferme la porte, Portagee. Assieds-toi.

Bien que d'origine portugaise, le quartier-maître avait un accent de Nouvelle-Angleterre. Comme Bob Riley, c'était un marin accompli et, comme son capitaine, un très bon instructeur. Toute une génération de gardes-côtes avait appris à manier un sextant grâce à ce pro obèse au teint basané. C'étaient des hommes comme Manuel Oreza qui dirigeaient en fait les gardes-côtes et, parfois, Wegener regrettait d'avoir quitté leurs rangs pour le statut d'officier. Pourtant, il ne les avait pas reniés, et, en face à face, il les tutoyait toujours.

— Red, j'ai vu la vidéo, dit Oreza, lisant les pensées de son capitaine. T'aurais dû laisser Riley bousiller ce petit minable.

— Ce n'est pas comme ça que nous sommes censés agir, dit Wegener sans enthousiasme.

— Piraterie, meurtre et viol... et de la came pour achever le tableau, dit le quartier-maître en haussant les épaules. Je sais ce qu'on devrait faire avec des gens comme ça ! Le problème, c'est que personne ne fait jamais rien.

Wegener savait de quoi il parlait. Bien qu'une nouvelle loi eût rétabli la peine de mort pour les meurtres liés au trafic de drogue, elle était rarement appliquée. Les dealers connaissaient toujours un plus gros poisson — les très gros restaient toujours hors de portée du prétendu long bras de la justice. Les autorités légales avaient peut-être des pouvoirs omnipotents à l'intérieur des frontières et les gardes-côtes des droits plénipotentiaires en mer, au point même souvent de perquisitionner des bateaux sous pavillon étranger, il y avait toujours des limites. L'adversaire les connaissait parfaitement, et s'y adapter était un jeu d'enfants, car les règles ne s'appliquaient que d'un côté, l'autre pouvait toujours les reformuler à son gré. Inutile pour les grands manitous de se salir les mains, le menu fretin prenait les risques à leur place, d'autant plus que les gains dépassaient tout ce qu'on avait jamais pu voir. Les petits soldats étaient toujours en mesure d'échanger leurs informations contre une immunité partielle. Si bien que personne ne payait jamais, à part les victimes, bien sûr. Ces pensées furent interrompues par le rappel d'une réalité encore plus cruelle.

— Tu sais, Red, ils risquent de s'en sortir complètement indemnes.

— Voyons, Portagee, quand même...

— Ma fille aînée fait son droit, tu veux vraiment tout savoir ?

— Vas-y.

— On emmène ces zozos au port, nous ou l'hélico, c'est pareil, et ils demandent un avocat, OK ? Bon, admettons qu'ils la ferment jusque-là. Leur avocat dira qu'ils ont vu un yacht dériver et qu'ils sont montés à bord. Leur bateau est reparti là d'où il venait, et eux voulaient retourner au port. Ils n'ont pas utilisé le radar parce qu'ils ne savaient pas s'en servir. Tu as vu l'engin ? Une espèce d'ordinateur avec un manuel de cinq cents pages... et nos amis ne lisent pas l'anglais pour ainsi dire. Ils auront bien un témoin sur leur bateau de pêche pour corroborer leur version. Tout ça n'est qu'un vaste malentendu, tu comprends ? Alors le juge d'instruction en conclura qu'il n'a pas de preuves sérieuses et nos amis seront accusés d'une broutille... Voilà comment ça marche.

— Difficile à croire.

— Pas de corps, pas de témoin. Il y a bien des armes, mais comment savoir qui a tiré ? C'est ma fille qui m'a expliqué tout ça le mois dernier, poursuivit Oreza avec un sourire. Ils se trouveront un témoin qui confirmera la façon dont ils sont montés à bord, quelqu'un de sérieux, sans casier. Et d'un seul coup, le seul témoin sera de leur côté, et nous n'aurons plus rien. Ils écoperont d'une pacotille, je te le dis...

— Mais s'ils sont innocents, pourquoi ils ne...

— Parlent pas ? Oh, ça, c'est facile. Un bateau étranger les a abordés armes au poing. On les a bousculés un peu, et ils ont eu tellement la trouille qu'ils ont préféré se taire... du moins, c'est ce que racontera l'avocat. Je parierais là-dessus. Oh ! on ne les relâchera sûrement pas, mais le juge aura tellement peur de perdre l'affaire qu'il préférera se contenter de peu. Ils en prendront pour un an ou deux, et après, on les rapatriera chez eux à l'œil.

— Mais ce sont des assassins !

— Ah ça, ça ne fait pas de doute ! Tout ce qu'ils ont à faire, c'est de se montrer un peu intelligents. Et puis, il y a encore autre chose. C'est ma fille qui m'a expliqué, Red. Rien n'est jamais aussi simple qu'on croit. Comme je disais, tu aurais dû laisser Bob s'en occuper. Les hommes t'auraient soutenu. Tu devrais les entendre en ce moment !

Le capitaine Wegener garda le silence. Cela n'avait rien de surprenant. Les marins restaient égaux à eux-mêmes. Une fois au port ils ne pensaient qu'à courir après le premier jupon venu, mais en ce qui concernait le meurtre et le viol, ils avaient les mêmes réactions que les vieux de la vieille. Finalement, les temps n'avaient pas changé, les hommes étaient toujours des hommes. Ils avaient le sens de la justice, contrairement aux avocats et aux tribunaux.

Red réfléchit un instant avant d'aller vers sa bibliothèque. A côté du *Code de la Justice militaire* et du *Manuel de cour martiale*, il y avait un vieux livre, plus connu sous son titre vernaculaire, *Rocks and Shoals*. C'était un livre de références sur la réglementation maritime dont les fondements remontaient au XVIIe siècle, remplacé par le CJM peu après la Seconde Guerre mondiale. L'exemplaire de Wegener était une antiquité. Il l'avait trouvé dans une caisse poussiéreuse quinze ans plus tôt sur un vieux chantier naval de la côte californienne. Il datait de 1879, époque où les lois étaient fort différentes. Le monde était plus sûr à l'époque. Facile à comprendre, il suffisait de lire les textes d'alors...

— Merci, Portage. J'ai du travail, je veux te revoir avec Riley à 15 heures.

— D'ac, cap'taine.

Un instant, le quartier-maître se demanda pour-

68

quoi le capitaine l'avait remercié. En général, il comprenait bien son patron, mais pas cette fois. Il avait sûrement quelque chose en tête, mais quoi ? Il le saurait à 15 heures, il pouvait bien attendre jusque-là.

Quelques minutes plus tard, Wegener déjeuna avec ses officiers. En silence, il lut quelques messages concernant le trafic maritime. L'équipe d'officiers était jeune et décontractée, et, comme d'habitude, les conversations allaient bon train. Aujourd'hui, elles tournaient autour d'un sujet unique, et Wegener laissait faire tout en parcourant les feuillets jaunes de l'imprimante de bord. L'idée qui avait germé dans sa cabine prenait forme. En silence, il pesait avantages et inconvénients. Que pourrait-on lui faire ? Pas grand-chose, apparemment. Ses officiers le soutiendraient-ils ?

— Oreza dit que dans le bon vieux temps, on ne prenait pas de gants avec ces salopards, remarqua un lieutenant au bout de la table.

Il y eut des grognements approbateurs.

— Ah, c'est beau le progrès ! dit un autre.

Ce jeune officier de vingt-quatre ans ne savait pas qu'il venait de prendre une décision pour son officier de commandement.

Ça marchera, pensa Wegener. Il leva les yeux pour regarder ses hommes. Il les avait bien formés, pensa-t-il. Cela faisait dix mois qu'ils étaient avec lui, et ils obtenaient des résultats plus que satisfaisants. Sur le chantier naval, il les avait trouvés déprimés et abattus, mais aujourd'hui, ils vibraient d'enthousiasme. Deux s'étaient même laissé pousser la moustache, pour mieux ressembler aux marins qu'ils étaient devenus. Fiers de leur bateau, fiers de leur capitaine, ils respiraient la compétence. Ils le soutiendraient. Red se joignit à la conversation pour jauger le vent et savoir qui prendrait part aux événements, qui préférerait rester en dehors.

Après le déjeuner, il retourna à sa cabine. Il avait encore de la paperasse et s'en débarrassa le plus vite possible pour se plonger dans le vieux manuel de droit. A 15 heures, il présenta son plan à Riley et Oreza. Après un instant de surprise, les deux maîtres ne tardèrent pas à le suivre.

— Riley, j'aimerais que tu apportes ça à nos invités, dit Wegener en fouillant dans sa poche, il y en a un qui l'a laissé tomber sur le pont. La cale est aérée ?

— Bien sûr, cap, répondit Riley un peu étonné.

Il n'était pas au courant pour les Calvert.

— Nous commencerons à 21 heures.

— Ouais, au moment où l'orage tombera. Ça me va. Tu sais, tu devrais faire attention...

— Je sais, Portagee, mais qu'est-ce qu'on ferait dans la vie si on ne prenait pas de risques ? demanda Wegener en souriant.

Riley sortit le premier. Il alla vers l'échelle, descendit dans la cale. Les prisonniers étaient allongés sur leur couchette dans une cage de trois mètres carrés. Ils devaient être en train de parler mais s'étaient tus en entendant la porte s'ouvrir. Il lui semblait que quelqu'un aurait dû installer un micro, mais un officier avait souligné un jour qu'une telle disposition était une violation des droits constitutionnels ou une connerie juridique du même genre.

— Hé, toi, le minus — sur la couchette du bas. (Celui qui avait failli passer par-dessus bord se retourna.) T'as mangé ?

— Oui.

Il avait un drôle d'accent, remarqua Riley.

— Tenez, vous avez fait tomber ça.

Riley leur lança le paquet qui tomba par terre et Pablo — le premier maître trouvait qu'il avait une tête à s'appeler Pablo — l'attrapa, visiblement surpris.

— Merci.

— Hum hum. Bon, vous deux, vous ne sortez pas sans me prévenir, dit Riley en ricanant.

C'était une vraie prison, pour ça, les architectes ne s'étaient pas trompés. Il y avait même des tinettes. Cela l'offusquait un peu, une cellule sur une vedette des gardes-côtes. Mais, au moins, ce n'était pas la peine de mobiliser des hommes pour garder les prisonniers. Du moins pas pour le moment. *Ah ah, on vous en réserve une bien bonne, les amis !*

En mer, la tempête est toujours impressionnante, peut-être parce que l'esprit humain sait qu'elle a ici un pouvoir décuplé. Grâce à la lumière lunaire, Wegener voyait le grain approcher à vingt-cinq nœuds. Avec un vent constant de la même vitesse, mais des rafales qui soufflaient deux fois plus vite. Son expérience lui disait que la houle de un mètre se transformerait bientôt en lames puissantes et en paquets d'eau. On avait vu pire, mais cela suffirait à donner du mouvement. Ses jeunes recrues regretteraient d'avoir trop mangé. Eh bien, c'était quelque chose à apprendre. La mer n'aime pas les gourmands.

Cet orage était le bienvenu. Cela mettrait de l'ambiance, et permettrait au capitaine de jouer avec les horaires. L'enseigne O'Neil n'avait pas encore eu l'occasion d'affronter la tempête, ce serait aussi une bonne occasion.

— Des problèmes ? demanda Wegener au jeune officier.

— Non, capitaine.

— Bon, s'il se passe quelque chose, je suis au carré.

L'un des principes de Wegener était : *Aucun officier de quart ne sera jamais réprimandé pour appeler le capitaine à la timonerie, même pour lui demander l'heure. APPELEZ-MOI !* C'était un peu exagéré, mais il fallait en arriver là, sinon, à force d'avoir peur de déranger le capitaine, les officiers risquaient de fracasser le bateau contre un pétrolier pour protéger son sommeil... et mettre fin à sa carrière. Un bon officier, répétait sans cesse Wegener, devait admettre qu'il avait encore des choses à apprendre.

O'Neil acquiesça d'un signe de tête. Les deux hommes savaient qu'il n'y avait guère de souci à se faire mais le jeune officier n'avait jamais eu l'occasion de jauger les réactions d'un navire prenant les vagues et le vent par le travers. De toute façon, le maître de quart Owens resterait dans les parages. Wegener s'éloigna et le maître de quart annonça : « Le capitaine a quitté la passerelle. »

Au mess de l'équipage, les engagés s'apprêtaient à regarder un film. C'était une nouvelle cassette, avec un grand X sur la boîte de plastique. Riley s'en était personnellement occupé. Des tas de cassettes X pour retenir leur attention. La tempête empêcherait les matelots de traîner sur le pont, et le vacarme ne présentait aucun inconvénient, bien au contraire. Wegener sourit intérieurement en ouvrant la porte. Il n'aurait pas pu demander mieux.

— Nous sommes prêts ? demanda le capitaine.

Le premier enthousiasme s'était évanoui, face à la réalité des choses. Il fallait s'y attendre. Les plus jeunes se montraient réservés. Il était temps d'intervenir.

— Nous sommes prêts, capitaine, répondit Oreza.

Les officiers acquiescèrent. Red alla vers sa chaise, au centre de la table.

— Amenez les prisonniers, dit-il à Riley.

— Oui, cap'taine.

Le premier maître quitta la pièce et alla vers la cale. Lorsqu'il ouvrit la porte, la fumée âcre lui fit croire à un incendie, mais, un instant plus tard, il comprit.

— Bon Dieu ! *Sur mon bateau !* Debout les gars, tous les deux !

Celui de la couchette inférieure lança son mégot dans la tinette et se leva lentement, un sourire arrogant aux lèvres. Riley lui répondit et lui montra une clé. Ce qui modifia un peu le sourire de Pablo, mais ne suffit pas à l'effacer.

— On va faire une petite promenade, les enfants.

Il sortit des menottes. Il pouvait sans doute venir à bout des deux à lui seul, surtout défoncés comme ils l'étaient, mais le capitaine avait donné des ordres. Riley tendit les menottes de l'autre côté des barreaux. Pablo se retourna. L'autre aussi. Ce manque de résistance surprit un peu Riley. Quand Pablo passa devant lui, Riley lui prit le paquet de cigarettes de la poche et, à défaut de mieux, le jeta sur la couchette.

— Allez !

Riley les attrapa par le bras et les poussa en avant. Ils marchaient d'un pas chancelant. Le roulis n'arrangeait rien, mais cela n'expliquait pas tout. Il leur fallut trois ou quatre minutes pour atteindre le carré.

— Faites asseoir les accusés, annonça Wegener. L'audience est ouverte.

Les prisonniers se figèrent. Riley les poussa jusqu'à leur chaise à la table de la défense. Il est difficile d'endurer le regard des autres en silence, surtout lorsqu'on sait qu'il se passe quelque chose sans comprendre quoi. Le plus grand prit la parole.

— Qu'est-ce qui se passe ?

— Monsieur, répondit Wegener d'un ton calme, nous tenons une cour martiale.

Comme cela ne lui valut rien d'autre qu'un regard curieux, il poursuivit.

— Le procureur va vous lire les chefs d'inculpation.

— Monsieur le juge, les accusés sont inculpés de piraterie, viol et meurtre, en violation de l'article Onze. Ces crimes sont passibles de la peine capitale. Attendu que le quatorze de ce mois approximativement, les accusés sont montés à bord de l'*Empire Builder* ; attendu qu'ils ont tué quatre personnes à bord de ce vaisseau, le propriétaire, sa femme, et leurs deux enfants mineurs ; attendu qu'à la suite des faits, les accusés ont démembré les corps dont ils se sont débarrassés avant que nous ayons abordé, le quinze au matin, l'accusation montrera que ces événements sont la conséquence d'un trafic de drogue, crime passible de la peine capitale, selon le Code pénal de notre pays. De plus, les actes de piraterie et de viol au cours d'un acte de piraterie sont passibles de la peine capitale selon le Code de guerre. Comme la cour en est consciente, la piraterie est un crime selon la doctrine du *jus gentium* et tombe sous la juridiction de tout bateau de guerre concerné. En outre, le meurtre au cours d'un acte de piraterie, comme je l'ai déjà dit, est passible de la peine capitale. En tant que bateau des gardes-côtes américains, nous avons toute juridiction pour accoster un vaisseau à pavillon américain, sans que l'intervention d'une autre forme d'autorité soit nécessaire. Ainsi, cette cour a toute juridiction pour faire un procès, condamner et si nécessaire exécuter les prisonniers. L'accusation annonce d'ores et déjà son intention de réclamer la peine de mort dans cette affaire.

— Merci, dit Wegener en se tournant vers la table de la défense. Avez-vous compris les chefs d'inculpation ?

— Hein ?

— Ce que vient de dire le procureur ? Qu'on vous accuse de piraterie, viol et meurtre. Si vous êtes déclarés coupables, la cour décidera s'il y a lieu ou non de vous exécuter. Vous avez droit à un avocat. Le lieutenant Alison, assis à côté de vous, vous représentera. C'est compris ?

Il leur fallut quelques secondes de plus, mais ils finirent par comprendre.

— Est-ce que la défense renonce à la lecture des chefs d'accusation et des attendus ?

— Oui, monsieur le juge. Votre honneur, la défense demande à la cour de lui accorder le droit de traiter les cas séparément et de converser avec ses clients.

— Votre honneur, l'accusation objecte à la séparation des affaires.

— Argumentation ? demanda le capitaine. La parole est à la défense.

— Votre honneur, comme il s'agit d'une affaire pouvant entraîner la peine capitale, je demande à la cour d'avoir l'indulgence de me permettre de défendre mes clients le mieux possible étant donné les circonstances...

Wegener l'arrêta.

— La défense souligne justement que, lorsqu'il s'agit de peine capitale, il est coutumier d'accorder à la défense les meilleures conditions possibles. La

74

cour accepte cette requête. La cour accorde également-
ment cinq minutes à la défense pour converser avec
ses clients. La cour suggère de conseiller aux accusés
de décliner leur identité.

Le lieutenant les conduisit dans un coin de la
pièce, toujours menottés, et leur parla d'une voix
calme.

— Bon, je suis le lieutenant Alison, et c'est moi qui
suis chargé de sauver votre peau ; alors, vous feriez
bien de me dire qui vous êtes.

— Qu'est-ce que c'est que cette connerie ?
demanda le plus grand.

— Cette connerie, c'est une cour martiale. Vous
êtes en mer, monsieur, et au cas où vous ne le
sauriez pas, le capitaine d'un bateau de guerre américain est seul maître à bord. Vous n'auriez pas dû
l'énerver.

— Et alors ?

— Et alors, il s'agit d'un procès ! Un juge, un jury.
Ils peuvent vous condamner à mort et vous exécuter
sur le bateau !

— Arrête ton char !

— Comment vous vous appelez ?

— Et ta sœur ! dit le grand, d'un ton méprisant.

Le second paraissait moins sûr de lui. Le lieutenant se gratta la tête. A cinq mètres de lui, le capitaine en prit note.

— Qu'est-ce que vous fichiez sur ce yacht ?

— Je veux un avocat.

— Monsieur, je suis le seul avocat auquel vous
aurez droit. Vous n'avez pas encore compris ?

L'homme ne le croyait pas, c'était d'ailleurs exactement ce à quoi tout le monde s'attendait. L'avocat de
la défense reconduisit ses clients à la table.

— L'audience est ouverte, annonça Wegener.
Est-ce que la défense a une déclaration à faire ?

— S'il plaît à la cour, les accusés préfèrent ne pas
s'identifier.

— Cela ne plaît pas à la cour, mais il faudra bien
faire avec. Pour faciliter le procès, nous appellerons
vos clients M. John Doe et M. James Doe.

Wegener désigna qui était qui.

— La cour a décidé de juger d'abord M. John Doe. Y a-t-il des objections ? Très bien, le juge va présenter les faits.

Il lui fallut vingt minutes au cours desquelles il fit appel à un seul témoin, Riley, qui fit un récit de l'abordage et donna un commentaire coloré de la scène.

— La défense a-t-elle une déclaration ?

— Non, Votre honneur.

— Pouvez-vous nous décrire les pièces à conviction ? demanda le procureur.

— Votre honneur, il me semble que ceci s'appelle un tampon. Il semble utilisé, Votre honneur, dit Riley, gêné. Je l'ai trouvé sous la table basse du salon, à côté d'une tache de sang. En fait, ces deux qu'on voit sur la photo, Votre honneur. Je ne m'en sers pas personnellement, vous comprenez bien, mais d'après ce que je sais, les femmes ne les laissent généralement pas traîner par terre. Mais s'il fallait violer une femme, cela se mettrait sûrement en travers du chemin, pour ainsi dire, et il aurait pu l'enlever pour continuer sa petite affaire. Si l'on considère la tache de sang et l'endroit où je l'ai ramassé, il est évident que ça c'est passé ici, Votre honneur.

— Pas d'autre question ? C'en est terminé pour l'accusation.

— Très bien. Avant de donner la parole à la défense, la cour aimerait savoir si la défense a l'intention de faire appel à des témoins autres que les accusés.

— Non, Votre honneur.

— Bon, la cour s'adressera donc directement à l'accusé. Pour votre défense, vous devez savoir quelques petites choses. Primo, vous avez le droit de ne faire aucune déclaration, dans ce cas, la cour ne devra tirer aucune conclusion de votre attitude. Deuxio, vous avez le droit de faire une déclaration sans prêter serment qui ne sera pas sujette à un contre-interrogatoire. Tertio, vous pouvez faire une déclaration sous serment et vous soumettre à un contre-interrogatoire par le procureur. Comprenez-vous vos droits, monsieur ?

« John Doe », qui avait écouté précédemment dans un silence amusé, se leva maladroitement. Les mains menottées derrière le dos, il se pencha en avant. Comme la vedette tanguait violemment à présent, il avait du mal à garder l'équilibre.

— Qu'est-ce que c'est que ce bordel ? demanda-t-il avec un accent dont personne ne reconnaissait l'origine. Qu'on me ramène au trou et qu'on me fiche la paix jusqu'à ce que j'aie un avocat.

— Monsieur Doe, répondit Wegener, dans le cas où vous ne l'auriez pas encore compris, vous êtes en jugement pour actes de piraterie, viol et meurtre. Ce livre — il brandit le vieux manuel — précise que nous pouvons vous faire un procès à bord de ce navire et que si votre culpabilité est prouvée, nous avons le droit de vous pendre à la grande vergue. Effectivement, cela fait plus de cinquante ans que les gardes-côtes n'ont pas eu recours à cette pratique, mais vous feriez bien de vous mettre dans la tête que moi je le ferai si j'en ai envie. Personne ne s'est jamais préoccupé de changer cette loi. Alors, ça ne ressemble plus exactement à ce à quoi vous vous attendiez, pas vrai ? Vous voulez un avocat, vous en avez un, M. Alison. Vous voulez vous défendre ? Eh bien, on vous en donne l'occasion. Mais, monsieur Doe, cette cour est sans appel, alors, vous feriez bien d'y réfléchir, et vite !

— Allez vous faire foutre !

— La cour ne tiendra pas compte de la déclaration de l'accusé, dit Wegener, luttant pour garder le visage neutre qui s'imposait.

Pendant un quart d'heure, la défense fit une brillante mais futile tentative pour contrecarrer les preuves. Il ne fallut que cinq minutes pour résumer l'affaire. Le capitaine Wegener reprit la parole.

— A présent le jury va voter à bulletin secret.

Ce qui fut fait en moins d'une minute. Le procureur tendit un papier aux cinq membres du jury qui regardèrent encore une fois l'accusé avant de prendre leur décision. Le procureur ramassa les bulletins. Wegener les déplia et les installa sur la table en face de lui. Il inscrivit quelque chose dans son carnet jaune avant de prendre la parole.

— Que l'accusé se lève ! Monsieur Doe, avez-vous une déclaration à faire avant qu'on vous annonce le verdict ?

Le regard incrédule et amusé, il n'avait rien à dire.

— Très bien. La cour, dont deux tiers des membres ont pris part au vote, déclare l'accusé coupable et le condamne à mort par pendaison. La sentence sera exécutée dans l'heure. Que Dieu ait pitié de votre âme. L'audience est suspendue.

— Excusez-moi, monsieur, dit l'avocat de la défense à son client, mais vous ne m'avez guère donné d'arguments.

— Je veux un avocat ! hurla M. Doe.

— Vous n'avez plus besoin d'avocat, monsieur. Pour le moment, c'est un prêtre qu'il vous faut.

Pour donner plus de poids à ses paroles, Riley le prit par le bras.

— Viens, mon cœur, tu as rendez-vous avec ta corde.

L'autre prisonnier, connu sous le nom de James Doe, avait assisté au procès dans un état d'incrédulité totale. Il n'y croyait toujours pas, mais un peu comme un homme qui se trouve sur une voie ferrée au moment de l'arrivée d'un train.

— Est-ce que vous comprenez ce qui se passe ? demanda le lieutenant.

— C'est du bidon, dit l'homme, la voix dépourvue de l'assurance qu'il aurait manifestée une heure plus tôt.

— Dis donc, t'es pas très attentif ? On ne t'a jamais dit que des gens disparaissaient parfois ? Cela fait six mois qu'on procède comme ça. Les prisons débordent et les juges n'ont plus de temps à perdre. Alors, quand on prend quelqu'un et qu'on a toutes les preuves nécessaires, on se charge du travail nous-mêmes. On ne t'a jamais dit que les règles avaient changé ?

— Vous n'avez pas le droit ! hurla-t-il.

— Ah, tu crois ça ? Je vais te dire un truc. Dans dix minutes, je t'emmène sur le pont, tu verras ce que tu verras. Et toi, si tu ne coopères pas, on va pas perdre son temps avec toi. On en a marre. Alors, tu ferais mieux de réfléchir. Le moment venu, je te ferai voir si on plaisante ou pas.

Le lieutenant se servit une tasse de café, sans parler à son client. Au moment où il termina, la porte s'ouvrit à nouveau.

— Tous sur le pont pour l'exécution, annonça Oreza.

— Allez, venez, monsieur Doe, autant que vous voyiez ça.

Le lieutenant prit son prisonnier par le bras. Devant la salle du carré, il y avait une échelle donnant sur une passerelle étroite. Les deux hommes se dirigèrent vers l'arrière, sur le pont d'atterrissage de l'hélico.

Jeune Noir de l'État de New York et navigateur sur le bateau, Rick Alison se réjouissait à chaque instant de servir sous les ordres de Red Wegener, de loin le meilleur officier de commandement qu'il avait jamais vu. Plus d'une fois, il avait songé renoncer à la marine, mais à présent, il avait l'intention de rester aussi longtemps que possible. Avec M. James Doe, ils s'arrêtèrent à une dizaine de mètres des festivités.

La mer était très agitée. Le vent dépassait les trente nœuds, le *Panache* affrontait les vagues et prenait vingt-cinq degrés de gîte à droite et à gauche, oscillant comme une balançoire. Alison espérait que maître Owens gardait un œil sur O'Neil, le jeune officier aux commandes. Il était doué, mais il avait encore beaucoup à apprendre, pensa le navigateur, son aîné de six ans à peine. Des éclairs fusaient à tribord, illuminant la mer. La pluie qui tombait en rideau éclaboussait le pont et lacérait les visages. Edgar Allan Poe aurait salivé devant les infinies possibilités d'une telle nuit. Il n'y avait aucune lumière visible, mais la peinture blanche de la vedette conférait aux silhouettes une apparence fantomatique. Alison se demanda si s'était la tempête qui avait inspiré Wegener ou si ce n'était qu'une simple coïncidence.

Capitaine, vous avez fait des trucs fous, depuis que je suis là, mais cette fois, ça me dépasse.

Il y avait une corde. Quelqu'un était allé la décrocher du mât de radio. Il avait dû bien s'amuser ! Cela ne pouvait être que Riley. Qui aurait été assez dingue pour grimper au mât ?

Toujours menotté derrière le dos, le prisonnier apparut. Le capitaine et le second étaient là eux aussi. Wegener faisait une déclaration officielle, mais ils n'entendaient pas. Le vent sifflait dans les drisses de signaux... Oh ! c'est là que Riley avait trouvé la corde. Il s'était servi d'une drisse pour faire glisser l'énorme corde dans la poulie. Même Riley n'avait pas osé prendre le risque de grimper au mât dans cette tempête.

Les rampes destinées à permettre l'atterrissage d'un hélicoptère s'allumèrent. Elles éclairaient surtout la pluie, mais permettaient malgré tout d'avoir une meilleure idée de la scène. Wegener s'adressa une fois encore au prisonnier, toujours arrogant. Il n'y croyait pas. Le capitaine hocha la tête et recula d'un pas. Riley lui enfila la corde au cou.

Soudain, le condamné changea d'expression. Il restait incrédule, mais l'affaire devenait sérieuse. Cinq personnes s'assemblèrent du côté libre de la corde. Alison faillit éclater de rire. Il savait qu'on procédait ainsi, mais n'aurait pas cru que le capitaine irait aussi loin.

Le capuchon noir ajouta la touche finale. Riley tourna le condamné de manière à ce qu'il soit face à l'arrière où se trouvaient Alison et l'autre prisonnier — ce n'était pas la seule raison d'ailleurs. Soudain M. Doe comprit.

— *Nooooon !*

Le cri fut splendide, hurlement fantomatique en harmonie parfaite avec l'orage et le vent. Les hommes à l'extrémité de la corde tirèrent vers l'arrière. Les pieds du prisonnier quittèrent le sol noir antidérapant, et son corps monta vers le ciel. Il battit des jambes pendant quelques instants puis s'immobilisa avant qu'on attache la corde à une épontille.

— Voilà, c'est fini, dit Alison en prenant Doe par le bras et en le poussant en avant. A ton tour, mon vieux.

Un coup de tonnerre éclata tout près lorsqu'ils atteignirent la superstructure. Le prisonnier se figea et leva les yeux une dernière fois. Sous la pluie, le corps inerte de son compagnon se balançait comme un pendule.

— Alors, tu me crois maintenant ? demanda le navigateur.

Son prisonnier avait le pantalon trempé par la pluie, mais cet incident avait aussi une autre explication.

On donna l'ordre à tous d'aller se sécher. Quand la cour revint, tout le monde avait des vêtements secs. M. Doe portait une salopette des gardes-côtes. On lui avait ôté ses menottes et une tasse de café chaud l'attendait sur la table de la défense. Il ne remarqua pas que ni Oreza ni Riley n'étaient présents dans la salle. L'atmosphère était beaucoup plus détendue, mais il n'y prêta pas attention non plus. James Doe était tout sauf calme.

— Monsieur Alison, commença le capitaine, je vous suggère d'avoir un entretien avec votre client.

— Bon, mon vieux, c'est tout simple, ou tu te mets à table, ou tu te balances au bout d'une corde ! De toute façon, le capitaine s'en moque. D'abord, comment tu t'appelles ?

Jesus se mit à parler. Un des officiers apporta la caméra vidéo portative qu'on avait utilisée à bord de l'*Empire Builder*.

— Parfait. Vous savez que vous êtes en droit de ne rien dire du tout, demanda quelqu'un.

Comme le prisonnier avait à peine entendu, on lui répéta ses droits.

— Bon, bon, j'ai compris, dit-il sans tourner la tête. Qu'est-ce que vous voulez savoir ?

Les questions étaient déjà préparées et Alison, qui était également le juriste officiel à bord, lui lut la liste devant l'objectif, aussi lentement que possible. Son plus gros problème était de forcer le prisonnier à ralentir son discours pour qu'il reste intelligible. L'interrogatoire ne dura que quarante minutes. Le prisonnier parlait vite, mais d'un ton détaché sans remarquer les regards échangés autour de lui.

— Je vous remercie de votre coopération, lui dit Wegener quand tout fut terminé. Nous essaierons de vous rendre les choses un peu plus faciles. Nous ne pouvons plus grand-chose pour votre collègue, vous le comprendrez facilement.

— Tant pis pour lui.

Dans le carré ; tout le monde se sentit soulagé.

— Nous vous remettrons au juge d'instruction. Lieutenant, vous pouvez ramenez le prisonnier dans la cale.

— Oui, capitaine.

Alison fit sortir le prisonnier de la salle. En arrivant devant l'échelle, celui-ci trébucha. Il ne vit pas ce qui le fit tomber et n'eut pas le temps de regarder car une autre main invisible le frappa à la nuque. Riley brisa l'avant-bras de l'homme inconscient, tandis que Oreza lui mettait un tampon d'éther sur la bouche. Les deux maîtres l'emmenèrent à l'infirmerie où on lui fit une attelle. C'était une fracture simple qui n'exigeait aucun soin particulier. On l'attacha à la couchette de l'infirmerie par son bras intact et on le laissa dormir sur place.

Le prisonnier se réveilla très tard. On lui apporta un petit déjeuner et on l'autorisa à se laver avant l'arrivée de l'hélicoptère. Oreza vint ensuite le chercher et le conduisit sur le pont arrière supérieur, où il vit Riley faire monter l'autre prisonnier. James Doe, ou plutôt Jesus Castillo, fut abasourdi de voir John Doe-Ramon José Capati parfaitement en vie. Des agents de la DEA, qui avaient reçu l'ordre de les garder séparés, les installèrent aussi loin l'un de l'autre que possible. L'un avait avoué, avait expliqué le capitaine, et cela ne ferait sans doute pas plaisir à l'autre. Castillo ne pouvait détacher son regard de Capati, et sa surprise ressemblait tant à de la terreur que les agents de la DEA firent de leur mieux pour respecter les consignes. Ils emportaient également avec eux les pièces à conviction et plusieurs cassettes vidéo. Wegener regarda l'hélico Dolphin décoller, se demandant quelles seraient les réactions à terre. Comme toujours après la tempête, le calme était revenu dans les esprits, mais Wegener s'y attendait. Il croyait avoir tout prévu. Seuls huit membres de l'équipage connaissaient la vérité, et ils savaient ce qu'ils avaient à dire. L'officier en second s'approcha.

— Il ne faut jamais se fier aux apparences, dit-il.

— Non, au moins, il n'y a que trois innocents de morts, au lieu de quatre.

Non, le propriétaire n'était pas un petit saint, mais pourquoi avait-on tué sa femme et ses enfants ? Wegener se tourna vers la mer, toujours égale à elle-même, sans rien savoir de ce qu'il avait déclenché ni des morts qui s'ensuivraient.

4

PRÉLIMINAIRES

En arrivant à l'aéroport de San José, Chavez comprit vraiment à quel point sa mission serait particulière. Conduits dans un véhicule de location banalisé, ils se retrouvèrent sur le terrain d'aviation où un appareil privé les attendait. Et c'était là le plus surprenant. Le « colonel Smith » n'embarqua pas avec eux. Il leur serra personnellement la main et remonta dans la camionnette. Une fois à bord, les sergents remarquèrent que l'engin ressemblait plus à un petit avion de ligne qu'à un transporteur de troupes. Il y avait même une hôtesse. Ils rangèrent leur matériel et attendirent leur boisson, à part Chavez trop épuisé pour lever les yeux sur la jeune femme. Il prêta à peine attention au décollage et s'endormit avant la fin de l'ascension. Par instinct de soldat, il avait l'impression qu'il devait profiter d'un peu de sommeil pendant qu'il en avait l'occasion et, généralement, cet instinct ne le trompait pas.

Le lieutenant Jackson n'était encore jamais allé à Monterey, mais son frère aîné lui avait donné les renseignements nécessaires et il trouva le mess sans difficulté. Il se sentait bien isolé. En fermant la porte de sa Honda il s'aperçut qu'il était le seul uniforme en vue. Au moins, il n'avait pas à se demander qui saluer.

— Salut, Timmy, l'appela son frère.
— Salut, Bob.

Les deux hommes s'embrassèrent. Leur famille était très unie, mais Timmy n'avait pas eu l'occasion de voir le commandant Robert Jefferson Jackson, de l'US Navy, depuis plus d'un an. La mère de Robby était morte depuis longtemps. A trente-neuf ans, un jour, elle s'était plainte d'une migraine et avait décidé de s'allonger pour ne jamais plus se relever, victime d'un grave infarctus. On découvrit plus tard qu'elle souffrait d'une hypertension chronique non diagnostiquée, maladie dépourvue de symptômes, fort répandue dans la communauté noire. Son mari, le révérend Jackson, la pleura longuement, mais malgré sa ferveur religieuse, c'était aussi un père dont les enfants avaient besoin d'une mère. Quatre ans plus tard, il épousa une jeune paroissienne de vingt-trois ans et recommença sa vie. Timothy était le premier enfant de cette seconde union. Le quatrième fils du révérend suivit les traces du premier. Diplômé d'Annapolis, Robby Jackson devint pilote dans la marine. Timmy avait réussi au concours de West Point et voulait faire carrière dans l'infanterie. Le troisième frère était médecin, et le quatrième, avocat, nourrissait des ambitions politiques. Le Mississippi avait bien changé !

Pour un observateur, il était difficile de savoir lequel des deux frères était le plus fier de l'autre. Robby, avec ses trois galons dorés à l'épaule, portait toujours l'étoile d'or qui marquait un ancien poste de commandement dans la marine, plus précisément la responsabilité d'une escadrille de F-14 Tomcat. Actuellement à disposition du Pentagone, il allait diriger l'escadrille d'un porte-avions avant sans doute de bientôt commander son propre porte-avions. Longtemps, Timothy avait été le rachitique de la famille, mais West Point y avait plus que largement remédié. Il dépassait son frère aîné de cinq centimètres et arborait presque dix kilos de muscles de plus. Il portait l'éclair des Rangers sur l'épaule au-dessus des baïonnettes, emblème de sa division. Une fois encore, un jeune garçon avait été transformé en homme, à l'ancienne mode.

— Tu as bonne mine, frérot, remarqua Robby. On va prendre un verre ?

— Oui, mais pas plus, ça fait un moment que je suis debout.

— Journée difficile ?

— Semaine difficile. Enfin, j'ai pu faire la sieste hier.

— Gentil à eux, remarqua Robby avec une inquiétude toute fraternelle.

— Hé, si j'avais voulu me la couler douce, je me serais engagé dans la marine !

Les deux frères se rendirent au bar en riant. Robby commanda un Jameson, qu'un ami venait de lui faire découvrir. Tim se contenta d'une bière. Pendant le dîner, ils se racontèrent les dernières histoires de famille avant de parler boutique.

— Ce n'est pas très différent de ce que tu fais. Toi, tu t'approches, et tu les enfumes avec tes missiles avant qu'ils comprennent ce qu'il leur arrive, et nous, on s'approche et on leur tire une balle dans la tête avant qu'ils aient eu le temps de dire ouf. Tu sais de quoi je parle, pas vrai, grand frère ? demanda Tim avec un sourire qui masquait une pointe de jalousie.

Son frère était passé par là autrefois.

— Une fois m'a suffi. Je préfère laisser les combats rapprochés aux ânes bâtés dans ton genre.

— Ouais. Hier soir, c'était nous qui servions d'avant-poste pour tout le bataillon. Les FOROP..., oh pardon, les forces d'opposition, c'était la California Guard, des tanks surtout. Ils se sont installés n'importe comment, et le sergent Chavez a percé leurs lignes sans qu'ils s'en aperçoivent. Faudrait que tu voies ce type. Il se rend invisible à la demande. Je vais avoir un mal fou à le remplacer.

— Le remplacer ?

— On l'a transféré cet après-midi. Je devais le perdre dans une quinzaine de jours, mais ils ont avancé sa mutation à Fort Benning. Ils nous ont embarqué un sacré paquet de sergents... Rien que des espingoins, c'est bizarre... Au fait, c'est drôle, Leon ne devait pas aller à Fort Benning, lui aussi ?

— Qui est Leon ?

— Un sergent, sixième échelon. Du peloton de Ben Tucker. On jouait au foot à West Point avec Tucker. Ouais, il devait passer instructeur dans quelques semaines. Je me demande pourquoi ils sont partis ensemble, Chavez et lui. Bof, c'est ça l'armée. Et le Pentagone ?

— Ça pourrait être pire. Plus que vingt-cinq mois, Dieu merci, et je serai libre, expliqua le frère aîné.

Au stade où il en était, les choses se compliquaient. Il y avait plus d'hommes de valeur que de postes à pourvoir. Comme dans les opérations de combat, le facteur déterminant était désormais la chance. Timmy n'en savait encore rien.

L'avion atterrit un peu moins de trois heures plus tard. Il roula jusqu'au terminal des avions-cargos du petit aéroport. Chavez ne savait pas où ils étaient. Il se réveilla, manquant toujours de sommeil, quand la porte s'ouvrit. Tiens, l'air semblait raréfié par ici. Cette remarque lui sembla idiote et il rejeta son impression sur la confusion qui suit toujours une sieste.

— Où est-ce qu'on peut bien être ? demanda un autre sergent.

— On vous le dira dehors, amusez-vous bien, dit le responsable avec un sourire trop charmant pour qu'on ose lui en demander plus.

Les sergents rassemblèrent leurs affaires et sortirent pour rejoindre une nouvelle camionnette qui les attendait. Chavez put répondre à toutes les questions qu'il se posait avant de monter. Effectivement, l'oxygène était rare, et il y avait une bonne raison. A l'ouest, les dernières lueurs du couchant illuminaient des sommets. Trois heures de vol vers l'est et des montagnes : ils étaient quelque part dans les Rocheuses. Chavez n'y était jamais allé. Quand la camionnette s'éloigna, il vit un camion-citerne s'approcher. Chavez ne comprit pas à quoi rimait cette précipitation. L'avion décollerait dans moins d'une demi-heure. Peu de gens l'auraient remarqué et personne n'aurait eu le temps de se poser des questions.

L'agréable chambre d'hôtel convenait parfaitement à la couverture de Clark. Une douleur dans la nuque lui rappelait qu'il n'était pas encore totalement accoutumé à l'altitude, mais quelques aspirines en viendraient à bout, et son travail ne demandait pas beaucoup d'exercice physique. Il commanda un petit déjeuner et fit quelques mouvements pour éliminer la raideur de ses muscles. Le petit jogging matinal était hors de question. Ensuite, il se lava et se rasa. Le service était impeccable : il venait de s'habiller quand son petit déjeuner arriva et à 9 heures il était prêt. Il descendit par l'ascenseur et sortit. La voiture l'attendait. Il s'installa à l'avant.

— *Buenos días*, dit le chauffeur. Il risque de pleuvoir cet après-midi.

— Aucune importance, j'ai un imperméable.

— Une pluie glaciale peut-être.

— Cela ne fait rien, il est doublé, dit Clark, terminant ainsi le message codé.

— Celui qui a mis ça au point était plutôt malin, il va vraiment pleuvoir. Je m'appelle Larson.

— Clark.

Ils ne se serrèrent pas la main. Cela ne se faisait pas. Âgé d'une trentaine d'années, Larson, qui utilisait sûrement un faux nom lui aussi, avait des cheveux noirs qui démentaient les accents vaguement nordiques de son nom de famille. Carlos Larson, soi-disant fils d'un père danois et d'une mère vénézuélienne, dirigeait une école d'aviation, service fort demandé. C'était un pilote expérimenté qui transmettait son savoir sans poser trop de questions, ce qui satisfaisait tout particulièrement sa clientèle. En fait, il n'avait pas besoin de poser de questions ; les pilotes, surtout les apprentis pilotes, parlent beaucoup, et Larson disposait d'une excellente mémoire. De plus, on l'invitait souvent à donner des conseils. On pensait qu'il avait financé son école avec quelques vols peu réguliers, et qu'il avait pris une semi-retraite dans le luxe et la facilité. Cette légende offrait une sorte de garantie pour ses clients. C'était un homme qui avait fait ce qu'il fallait pour obtenir ce qu'il voulait et, à présent, il menait la vie qu'il désirait. Cela expliquait la voiture, une grosse BMW, l'appartement luxueux, et la maîtresse, une hôtesse de l'air d'Avianca, en fait un courrier de la CIA. Pour Larson, c'était une mission rêvée, car l'hôtesse était vraiment sa maîtresse. Un bénéfice secondaire qui n'aurait sans doute pas fait sourire la direction de l'Agence. Pourtant, il s'inquiétait un peu que le responsable local ne soit pas au courant de sa présence. Agent relativement novice, Larson — Clark aurait été sidéré d'apprendre que c'était son véritable nom — en savait assez pour penser que les missions totalement indépendantes impliquaient une opération spéciale. Il avait mis dix-huit mois à établir sa couverture, période pendant laquelle on ne lui avait pas demandé grand-chose. L'arrivée de Clark indiquait sûrement un changement. Il était temps de gagner son pain.

— Quels sont les projets pour aujourd'hui ? demanda Clark.

— Une virée en l'air. On redescendra avant que le temps se gâte.

— Je suis sûr que vous avez de bons appareils.

— Je prends ça comme un vote de confiance, dit le pilote en souriant sur la route de l'aéroport. Bien sûr, vous avez vu les photos.

— Ouais, ça vaut bien trois jours de travail. Mais je suis un peu vieux jeu, j'aime bien voir les choses moi-même. Les cartes et les photos ne vous disent pas tout.

— L'objectif, c'est de voler droit vers une destination, sans jamais faire de cercles pour n'inquiéter personne.

L'avantage d'avoir une école de pilotage, c'est qu'on s'attendait à voir ses avions partout, mais si vous vous intéressiez à un site d'un peu trop près, on risquait de relever votre numéro et de venir vous poser des questions à l'aérodrome. Et à Medellin, ce n'était pas le genre de questions qu'on posait poliment. Larson n'avait pas peur : tant que sa couverture fonctionnait, il n'avait guère de soucis à se faire. Mais c'était un pro, et les pros sont prudents, surtout s'ils veulent durer.

— Ça me va.

Clark aussi s'était sorti de situations excessivement difficiles en prenant un minimum de risques. C'était bien assez dangereux comme ça. Cela ressemblait un peu à une loterie : même si les chances sont contre vous, si vous jouez assez longtemps, vous finissez par tomber sur le bon — ou le mauvais — numéro, quelles que soient vos précautions. Mais ici, le prix, c'était une tombe anonyme, et encore, si l'adversaire avait des scrupules religieux.

Il ne savait pas encore si cette mission lui plaisait. L'objectif en valait la peine, mais... Clark n'était pas payé pour se lancer dans ce genre de spéculation. Il était là pour agir, pas pour penser. C'était bien l'ennui avec les opérations top secret. On risquait sa vie sur la base du jugement d'autrui. C'était agréable de connaître le pourquoi, mais les preneurs de décisions estimaient que cela rendait souvent le travail encore plus dangereux. Sur le terrain, les hommes n'en étaient pas toujours convaincus. Comme Clark en ce moment.

Le Twin-Beech était garé dans le hangar de l'aéroport international d'El Dorado. Inutile d'être une grosse tête pour deviner à quoi servaient les avions. Il y avait trop de voitures luxueuses, et beaucoup trop d'avions onéreux pour la grande bourgeoisie colombienne. Ces jouets servaient aux nouveaux riches. Clark les regarda d'un air neutre.

— Plutôt rondelet, le salaire du péché.

— Ouais, mais pas pour les pauvres bougres qui paient !

— Je sais. Jolis coucous quand même. Le Gulfstream, là, je suis sorti avec, c'est un bel oiseau.

— Combien ça coûte ?

— Un jour, un sage m'a dit : Si tu as besoin de demander le prix, c'est que tu n'as pas les moyens de te le payer.

— Effectivement, dit Clark, avec un drôle de sourire.

Mais parfois, le prix ne se compte pas en dollars. Déjà, il prenait l'état d'esprit idoine.

Larson se livra à l'inspection de l'appareil pendant un quart d'heure. Il venait de le rentrer et dans ce cas, la plupart des pilotes n'auraient pas pris la peine de revenir sur la checklist en entier, mais Larson était un excellent pilote, ce qui signifie un pilote très prudent. Clark s'assit sur le siège de droite et s'attacha aussi fermement qu'un élève lors de son premier cours. Comme à cette heure le trafic commercial était au ralenti, il n'y eut pas d'attente pour le décollage. Mais la longueur de la piste le surprit.

— C'est l'altitude, expliqua Larson par le micro en entamant la montée. Les manœuvres sont plus difficiles à basse vitesse. Ce n'est pas grave. Un peu comme la conduite sur neige, il faut faire gaffe.

Il tira sur le manche à balai et fit monter l'avion aussi vite que possible. En observant les instruments, Clark ne remarqua rien de particulièrement inquiétant, mais trouva bizarre de voir l'altimètre indiquer trois mille mètres alors qu'on reconnaissait encore les gens au sol.

L'avion vira à gauche pour prendre une direction

nord-ouest. Larson réduisit les gaz en expliquant qu'il fallait faire très attention à la température du moteur bien que le système de refroidissement renforcé des deux moteurs Continental permît de ne pas s'inquiéter. Dans un ciel bleu et ensoleillé, ils volaient droit vers les sommets.

— C'est beau, non ?

— Magnifique.

Sur les montagnes, les arbres aux feuilles vert émeraude scintillaient encore de la pluie nocturne. Mais Clark voyait autre chose. Grimper là-haut, cela devait être l'enfer, mais la cachette était parfaite. Pentes escarpées et air raréfié rendraient la tâche d'autant plus ardue. On ne l'avait pas informé des détails de l'opération, mais il se réjouissait de ne pas avoir à accomplir le travail le plus dur.

En Colombie, les montagnes sont orientées selon un axe sud-ouest, nord-est. Larson choisit un passage facile, mais les vents du Pacifique provoquaient de nombreuses turbulences.

— On s'y habitue. Le vent se lève à cause de l'approche de l'orage. Ça remue pas mal par là. Faudrait que vous voyiez une vraie tempête !

— Non, merci. Il n'y a pas grand-chose pour atterrir au cas où...

— ... Ça tournerait mal ? C'est bien pour ça que je ne passe jamais les vérifications à l'as. D'ailleurs, il y a beaucoup plus de petites pistes que vous ne le pensez. Bien sûr, on n'est pas toujours bien accueilli à l'arrivée. Allez, pas de souci, les moteurs n'ont pas un mois. J'ai vendu les vieux à un de mes élèves pour son King Air. Il est entre les mains du service des douanes maintenant.

— Et vous avez joué un rôle ?

— Négatif. Bon, ils se doutent bien que je sais pourquoi tous ces mioches apprennent à piloter. Je ne suis pas censé être idiot. Je leur apprends aussi des tactiques d'évasion classiques. Ça se trouve dans tous les livres, et c'est aussi ce qu'ils attendent de moi. Pablo ne savait quasiment pas lire. Et comme pilote, complètement nul ! Dommage, c'était un bon gosse. Il s'est fait prendre avec cinquante kilos. Je crois qu'il n'a pas parlé. Rien d'étonnant. Ils en ont dans le ventre, ces mômes.

— Ils sont vraiment motivés ?

Clark, qui avait assisté à de nombreux combats, savait que la force de l'ennemi ne se mesure pas au nombre de ses armes.

— Ça dépend de ce que vous entendez par là. Si, à la place de « motivé », vous dites « macho », on ne peut pas faire mieux. Le culte de la virilité, le sens de l'honneur. Ceux que je connais bien me traitent très courtoisement. Ils sont très hospitaliers, surtout si vous leur manifestez un peu de respect, ce que tout le monde fait. Et puis, je ne suis pas un rival. Enfin, je les connais, j'ai appris à voler à pas mal. Si j'avais des ennuis d'argent, je pourrais probablement aller leur en demander. Ils m'en donneraient. Et je parle d'un demi-million en liquide, une poignée de main, et je repars avec le fric dans ma valoche. Bien sûr, je leur devrai quelques vols pour égaliser les choses. Pas la peine de rembourser. Mais si je leur fais un sale coup, ils se priveront pas pour me faire payer. Ils ont des règles. Si vous les respectez, vous êtes à peu près tranquille, sinon, mieux vaut plier bagages.

— Je sais qu'ils ne plaisantent pas, mais pour l'intellect ?

— Ils sont malins. Et l'intelligence qu'ils n'ont pas, ils l'achètent. Ils peuvent acheter n'importe quoi. Ne les sous-estimez pas. Leur service de sécurité... c'est un peu ce qu'on mettrait pour protéger un missile nucléaire, pire peut-être. Ils sont aussi bien protégés que le Président, sauf que leurs gardes du corps ont la détente facile. Et une preuve de leur intelligence, c'est de s'être associés pour former le cartel. Ils savent ce que coûte une guerre des gangs, alors ils ont formé une alliance assez souple. Ce n'est pas parfait, mais ça marche. Tous les nouveaux qui essaient de se lancer dans le commerce se retrouvent au cimetière. C'est facile de mourir à Medellin.

— Les flics ? La justice ?

— Ils ont essayé sur le plan local. Il y a assez de

cadavres de flics et de juges pour en témoigner, dit Larson en hochant la tête. Il faut qu'il y en ait beaucoup qui s'acharnent et ils n'ont jamais de résultats. Et puis, il y a l'argent. Combien de types peuvent refuser une valise pleine de billets ? Surtout qu'ils savent très bien que l'autre solution, c'est une mort certaine pour eux et leur famille. Le cartel est très intelligent, et patient aussi. Il dispose de toutes les ressources dont il a besoin, et ils sont assez mauvais pour terroriser un ancien nazi. Ouais, un sacré adversaire !

Larson indiqua une tache grise au loin.

— C'est Medellin. Le club de la drogue, une toute petite ville. Un gros caillou à tête chercheuse laser, disons deux mégatonnes, qu'on ferait exploser à quinze cents mètres, pourrait nous en débarrasser. Je me demande si ça dérangerait vraiment le pays... ?

Larson eut droit à un regard surpris de son passager. Larson habitait ici, connaissait beaucoup de gens, en aimait même certains, comme il venait de le dire, mais sa haine transparaissait dans ce détachement professionnel. La meilleure forme de duplicité. Il avait vraiment de l'avenir à l'Agence. Intelligent et passionné. S'il savait garder l'équilibre entre les deux, il irait loin. Clark sortit son appareil photo et ses jumelles de son sac. Ce n'était pas la ville elle-même qui l'intéressait.

— Joli, non ?

Les grands manitous de la drogue étaient de plus en plus conscients des problèmes de sécurité. Tout autour de la ville, les collines avaient été dépouillées de leurs arbres. Clark recensa plus d'une douzaine de maisons neuves. Des maisons ! Des châteaux, oui ! Des forteresses... D'immenses demeures entourées de murs bas qui donnaient sur des centaines de mètres de pentes escarpées et nues. Ce que les gens aiment dans les villages italiens et les châteaux bavarois, ce sont les sites. Toujours au sommet d'une colline ou d'une montagne. On imaginait facilement tout le travail que cela avait demandé, défricher la forêt, monter les pierres, pour obtenir une vue qui dominait plusieurs kilomètres de paysage. Mais on n'avait pas choisi des lieux aussi isolés pour rien. Personne ne pouvait approcher incognito. Dans la nomenclature militaire, on désignait ces zones dépouillées comme champs de tir, le terrain privilégié des armes automatiques. On accédait aux demeures par une seule route donnant sur un seul portail. Elles disposaient toutes d'un petit héliport en cas de danger. Les murs d'enceinte auraient arrêté toute balle d'un calibre inférieur au cinquante. A la jumelle, Clark repéra des chemins de gravier ou de béton à l'intérieur des murs. Une compagnie de fantassins expérimentés passerait un mauvais quart d'heure à se lancer à l'assaut de ces haciendas. *Peut-être une attaque aérienne, en hélicoptère, soutenue par des tirs de mortier et l'artillerie... Mon Dieu, qu'est-ce que j'imagine ?*

— Et ces baraques ?

— Pas de problèmes. Elles ont été conçues par trois cabinets d'architectes. La sécurité n'est pas si imperméable que ça. Je suis allé dans une pour une soirée, il y a quinze jours. Dans ce domaine, ils ne sont peut-être pas très malins : ils aiment bien frimer et montrer leur propriété. Je peux vous donner les plans si vous voulez. Le satellite là-haut nous dira le nombre de gardes, de véhicules, ce genre de renseignement.

— C'est en route, dit Clark en souriant.

— Vous pouvez me dire pourquoi vous êtes venu ?

— Eh bien, ils veulent une description des caractères physiques du terrain.

— Ça se comprend. Oh ! je pourrais leur faire ça de mémoire.

La question de Larson ne tenait pas de la simple curiosité : en fait, il se sentait un peu vexé qu'on ne lui ait pas confié ce travail.

— Vous savez comment ils sont à Langley.

C'était en général ce que Clark disait pour changer de sujet.

T'es pilote, mon vieux ! Ça, Clark ne le dit pas. *Toi, tu ne t'es jamais trimbalé avec un sac à dos. Moi, si.* Si

Larson avait connu l'histoire de Clark, il aurait pu faire un pari intelligent, mais ce que Clark avait fait pour l'Agence, très peu de monde le savait, presque personne en fait.

— Leur fameux pas-besoin-de-savoir, monsieur Larson.

— Affirmatif, répondit le pilote.

— Allons prendre quelques clichés.

— J'aimerais aller faire un tour à l'aéroport d'abord. Il faut que ça ressemble à une vraie leçon.

— D'accord.

— Et les labos ? demanda Clark après une visite éclair à El Dorado.

— Vers le sud-ouest, surtout, répondit Larson en s'éloignant de la vallée. Je n'en ai jamais vu, ce n'est pas mon territoire et ils le savent. Si vous voulez les voir, il faut y aller la nuit avec des appareils à infrarouge, mais ils ne sont pas simples à dénicher. C'est portatif, facile à installer et à déplacer. On peut charger tout le matériel sur un petit camion, et se retrouver vingt kilomètres plus loin le lendemain.

— Il n'y a pas tant de routes que ça.

— Qu'est-ce que vous voulez faire ? Fouiller tous les camions qui passent ? D'ailleurs, on peut tout transporter à pied si on veut. La main-d'œuvre ne coûte pas cher dans le coin. L'adversaire est intelligent, et il s'adapte.

— Et l'armée, elle s'en occupe ?

Clark avait reçu toutes les informations nécessaires mais un avis formé sur le tas ne refléterait peut-être pas l'opinion de Washington, et serait peut-être plus juste.

— Ils ont essayé. Le plus dur, c'est d'entretenir le matériel. Les hélicoptères ne passent que vingt pour cent de leur temps en l'air. Cela veut dire qu'ils ne font pas beaucoup d'opérations. Si quelqu'un est blessé, il peut espérer qu'on le transfère rapidement à l'hôpital, mais cela n'améliore pas les performances en cas d'opération offensive. En plus, vous imaginez facilement combien gagne, disons, un capitaine, ici. Bon, alors quelqu'un le rencontre dans un bar, lui offre un verre, et lui dit deux trois mots. Il lui dit qu'il a envie d'aller dans le secteur sud-ouest le lendemain, enfin n'importe où sauf dans le secteur nord-est. OK ? Si le capitaine décide de faire une patrouille dans un coin, mais pas dans l'autre, il ramasse cent mille dollars. L'adversaire a assez d'argent pour offrir ce qu'il faut. Une fois le type acheté, ils baissent les prix à une somme plus modeste mais régulière. Et puis, ils ont assez de marchandises pour le laisser faire une bonne prise de temps à autre, une fois qu'ils sont sûrs qu'il est des leurs, pour qu'il puisse sauver la face. Un jour, le petit capitaine devient colonel et contrôle une région bien plus importante... C'est pas qu'ils soient pourris, mais la situation est désespérée. Les institutions sont fragiles par là, et regardez comment ça se passe chez nous...

— Je ne critique personne, Larson. Personne n'a à prendre en charge une mission impossible et à s'y tenir, dit Clark en regardant par la vitre de côté. Il faut être un peu fou pour ça.

5

PRÉPARATIFS

Chavez se réveilla avec la migraine qui accompagne les premiers jours dans une atmosphère raréfiée, qui vous prend juste derrière les yeux pour irradier dans tout le crâne. Il s'en réjouissait. Dans l'armée, il s'était toujours réveillé spontanément quelques minutes avant la sonnerie officielle, ce qui lui permettait une transition plus douce entre sommeil et veille. Il tourna la tête pour observer son environnement dans la lumière orangée de l'aube qui pénétrait par les fenêtres sans rideaux.

Tous ceux qui n'avaient pas l'habitude de vivre dans ce genre de bâtiment auraient appelé ça une baraque, mais pour Chavez, cela ressemblait plus à un refuge de chasse. Moins de deux cents mètres carrés pour le dortoir, et quarante couchettes au cadre métallique, avec un mince matelas de GI et une couverture brune et une armoire métallique au pied de chacune. Il y avait des draps-housses, retenus par des élastiques, et il en conclut que cela éviterait peut-être les conneries de batailles de polochons, ce dont il se passait aisément. Le sol de pin ciré était nu, et, en guise de poutres, de simples troncs poncés soutenaient le plafond. A la saison de la chasse, les riches payaient pour vivre comme ça : preuve que l'argent ne rend pas plus intelligent. Chavez n'aimait pas vraiment la vie des camps et, à Fort Ord, s'il n'avait pas opté pour un appartement en ville, c'était afin de faire des économies pour sa Chevrolet.

Il songea à se redresser pour regarder par la fenêtre, mais il pourrait admirer le paysage bien assez tôt. Après l'aéroport, ils avaient fait deux heures de route, et, à l'arrivée, on avait attribué une couchette à chaque homme. On entendait déjà des ronflements. Des ronflements de soldats, bien sûr. Il n'y avait que les soldats pour ronfler comme ça. Et pour que des jeunes sombrent dans le sommeil dès 22 heures, il fallait qu'ils soient bien fatigués. Bon, ce n'était pas un camp de vacances. Rien de surprenant.

Une sonnerie électrique retentit rappelant celle d'un réveil bon marché. Ouf, pas de clairon, Chavez détestait le clairon le matin. Comme tous les vrais soldats, il connaissait la valeur du sommeil, et se réveiller n'était jamais une partie de plaisir. Immédiatement, les corps se mirent à s'agiter autour de lui, avec les jurons et grognements habituels. Il rejeta les couvertures et se laissa surprendre par la froideur du sol.

— Comment tu t'appelles ? lui demanda son voisin, les yeux rivés au sol.

— Sergent Chavez. Compagnie Bravo, 3e bataillon, 17e infanterie.

— Vega. Moi aussi, compagnie du quartier général, 1er bataillon, 22e infanterie. T'es arrivé cette nuit ?

— Ouais. Qu'est-ce qui se passe ici ?

— Je ne sais pas vraiment. Mais ils nous ont fait courir comme des dingues hier, dit Vega en tendant la main. Moi, c'est Julio.

— Domingo. Tout le monde m'appelle Ding.

— D'où tu viens ?

— Los Angeles.

— Chicago. Allez, viens, une chose de bien ici, c'est qu'ils ne lésinent pas sur l'eau chaude, et ils ne font pas chier avec les corvées. Si seulement ils nous mettaient un peu de chauffage la nuit.

— Où est-ce qu'on peut bien être ?

— Colorado. C'est à peu près tout ce que je sais d'ailleurs.

Les deux hommes rejoignirent la file qui se dirigeait vers les douches.

Tiens, personne ne portait de lunettes. Tout le monde paraissait dans une forme exceptionnelle, même pour des soldats. Il y avait quelques haltérophiles, mais la plupart avaient le corps mince et noueux des coureurs de fond. L'autre point commun était si évident qu'il lui fallut plus d'une minute pour s'en apercevoir : ils étaient tous d'origine hispanique.

La douche lui fit du bien. Il y avait une pile de serviettes propres et suffisamment de lavabos pour que tout le monde puisse se raser. Les toilettes avaient même des portes ! A part le manque d'oxygène, cet endroit offrait des tas de possibilités. On leur accorda vingt-cinq minutes pour se préparer, c'était presque décent.

Dès 6 h 30, ce fut une autre histoire. Les hommes se mirent en uniforme, avec de solides chaussures de marche et sortirent. Quatre hommes alignés les attendaient. Des officiers, ça se voyait à leur posture et à leur expression. Derrière eux, un homme plus âgé se comportait aussi comme un officier... mais pas tout à fait.

— Où dois-je aller ?

— Tu restes avec moi. Troisième escouade, capitaine Ramirez. Un peu dur, mais un brave type. J'espère que t'aimes cavaler, mec !

— Je tâcherai de pas te laisser en rade.

— C'est bien ce que je disais ! répondit Vega avec une grimace.

— Bonjour tout le monde, tonitrua le plus vieux. Pour ceux qui ne me connaissent pas encore, je suis le colonel Brown. Les nouveaux, bienvenue dans notre petite planque de montagne. Vous avez rejoint vos escouades, et pour votre gouverne, nos effectifs sont au complet. Toute l'équipe est là.

Chavez ne fut pas très surpris de voir que Brown était le seul non-Hispanique, pourtant il ne savait pas pourquoi cela lui semblait normal. Quatre autres personnes s'approchèrent du groupe, des instructeurs. Ça se voyait au T-shirt propre et à l'assurance avec laquelle ils pouvaient faire ramper les hommes.

— J'espère que tout le monde a bien dormi, poursuivit Brown, nous commencerons la journée par un peu d'exercice...

— Ils vont sûrement nous faire crever avant le petit-dèje...

— Tu es arrivé quand ? demanda doucement Chavez.

— C'est mon deuxième jour. Putain, j'espère que ce sera plus fastoche qu'hier. Les officiers, ça fait au moins une semaine qu'ils sont là, ils en veulent !

— ... et une petite course de cinq kilomètres dans les collines.

— C'est pas terrible.

— C'est ce que je croyais hier, dit Vega. Encore une chance que j'aie arrêté de fumer !

Ding ne savait pas trop comment réagir. Vega appartenait au 10e chasseurs, et comme lui, il était censé pouvoir marcher toute une journée avec un paquetage de vingt-cinq kilos sur le dos. Pourtant, l'air était si léger que Chavez se demanda à quelle altitude ils se trouvaient.

Ils commencèrent par la douzaine de pompes habituelles, et bien qu'il transpirât un peu, Chavez n'eut pas trop de mal. Ce fut la course qui lui fit comprendre à quel point ils allaient souffrir. Au lever du soleil, il eut un aperçu du paysage. Le campement était situé au fond d'une vallée sur un terrain plat de deux hectares environ. Tout le reste semblait vertical. En fait, c'étaient des pentes à quarante-cinq degrés, parsemées de petits conifères qui ne dépasseraient jamais la taille d'un sapin de Noël. Les quatre escouades, dirigées par un capitaine et un instructeur, prirent des chemins différents, le long des pistes de cerfs taillées dans la montagne. Dès le premier kilomètre, en franchissant buttes et dos-d'âne, ils avaient grimpé de plus de cent cinquante mètres. L'instructeur ne prit pas la peine de les faire chanter, contrairement à l'habitude dans les déplacements en formation. D'ailleurs, on ne pouvait guère parler de formation mais plutôt d'une file indienne qui luttait pour suivre le visage de robot dont la chemise blanche les invitait à leur propre anéantissement. Chavez qui courait chaque jour au moins cinq kilomètres fut essoufflé dès le premier. Il avait envie de hurler « Il n'y a pas d'air ici, nom d'un chien ! », mais ne voulait pas gâcher de précieuses molécules d'oxygène. L'instructeur s'arrêta sur un tertre pour s'assurer que tout le monde suivait, et, épuisé, trottinant sur place, Chavez découvrit une vue digne d'une photographie d'Ansel Adams, baignée d'une douce lumière matinale. Vision qu'il maudit aussitôt : plus de soixante kilomètres de paysage, c'était autant d'espace à parcourir au trot.

Bordel, et dire que je me croyais en forme ! Merde, mais je suis en forme !

Pendant le deuxième kilomètre, ils coururent droit vers l'est le long d'un ravin, et tant pis pour les yeux qui devaient rester ouverts ! C'était une piste étroite et la moindre inattention pouvait impliquer une chute sévère. L'instructeur accéléra l'allure, du moins c'est ce qu'il leur sembla, et s'arrêta sur un autre monticule.

— Allez, remuez-moi ces jambes, cria-t-il à ceux qui l'avaient rattrapé.

Il n'y avait que deux retardataires, deux nouveaux, et ils n'étaient qu'à une vingtaine de mètres en arrière. La honte et leur détermination à se rattraper se lisait sur leur visage.

— Bon, à partir de là, on descend.

C'était vrai en grande partie, mais cela rendait l'expédition encore plus dangereuse. Les mollets crispés par le manque d'oxygène devaient négocier une descente parfois escarpée, parsemée de cailloux. L'instructeur ralentit l'allure, pour raisons de sécurité, sans doute. Le capitaine laissa passer les hommes et se mit à l'arrière pour mieux observer les choses. On voyait le camp à présent, cinq bâtiments, et la fumée promettait un bon déjeuner. Chavez vit aussi un héliport, une demi-douzaine de véhicules — à quatre roues motrices, bien sûr — ainsi qu'un champ de tir. Aucun signe de présence humaine en vue, et Chavez se souvint, que, malgré sa vue perçante, il n'avait remarqué aucune habitation à moins de dix kilomètres. Pas sorcier d'imaginer pourquoi personne ne s'était installé ici. Pourtant, il n'avait ni le temps ni l'énergie nécessaire, pour se livrer à ce genre de spéculations. Il se concentra sur ses pas et son rythme. Il se mit en position près de l'un des retardataires et garda un œil sur lui. Déjà Chavez pensait aux hommes comme à « son » escouade, et les soldats sont censés s'entraider. Mais l'homme, la tête haute, les poings fermés, la respiration déterminée, s'était parfaitement rasséréné quand ils arrivèrent sur un nouveau plat. Une autre escouade approchait en direction opposée.

— En formation, cria le capitaine Ramirez qui parlait pour la première fois.

Il passa ses hommes en revue et prit la place de l'instructeur qui s'en alla. Ce fumier ne transpirait même pas. La troisième escouade se rangea en double ligne derrière son officier.

— Escouade ! Marche rapide ! On ralentit l'allure.

Cela permit aux hommes de reprendre leur souffle et de se détendre un peu les jambes, tout en leur rappelant qu'ils étaient sous la responsabilité de leur capitaine et qu'ils faisaient toujours partie de l'armée. Ramirez les conduisit devant les baraques, sans leur demander non plus de chanter en cadence. Il était donc assez intelligent, pensa Chavez, pour savoir que tout le monde était à bout de souffle. Julio avait raison, ce n'était pas le mauvais bougre.

— Repos ! Bon, c'était pas si dur que ça ?

— *Madre de Dios !* dit une voix.

Au dernier rang, un homme essaya de vomir, en vain.

— Parfait, dit Ramirez en souriant. L'altitude, c'est une sacrée saloperie, mais ça fait quinze jours que je suis là et vous vous y habituerez vous aussi. Dans deux semaines, on se fera huit kilomètres avec paquetage comme une fleur.

Connard ! pensèrent Chavez et Julio Vega, tout en sachant que le capitaine avait raison. Après tout, pour Chavez, le premier jour en camp avait été bien plus dur que ça !

— Bon, on ne va pas trop vous en demander. Vous avez une heure pour vous préparer et déjeuner. Ne vous goinfrez pas trop, on court encore cet après-midi. Rendez-vous ici à 8 heures pour l'entraînement. Rompez.

— Alors ? demanda Ritter.

Ils étaient installés sur la véranda ombragée d'une ancienne plantation de l'île de Saint-Kitts. Clark se demandait ce qu'on avait bien pu y faire pousser. De la canne à sucre sans doute ? De toute façon, il n'y avait plus rien. C'était le genre d'endroit où l'on voyait très bien un milliardaire se retirer avec sa collection de jeunes maîtresses. En fait, la demeure appartenait à la CIA qui l'avait reconvertie en un agréable centre de conférences. C'était aussi l'endroit secret rêvé pour faire parler les renégats du plus haut rang, et les grands manitous de l'Agence venaient parfois y passer des vacances.

— Les premières informations étaient relativement précises, mais elles sous-estimaient largement les difficultés physiques du terrain. Je ne critique pas ceux qui ont préparé le rapport, mais il faut le voir pour le croire. C'est vraiment un pays impossible.

Clark s'étira sur son fauteuil d'osier et prit son verre. A l'Agence, sa position était bien inférieure à celle de Ritter, mais il faisait partie de cette poignée d'employés au statut unique. De plus, comme il lui arrivait souvent de travailler avec le directeur adjoint des opérations, il pouvait se montrer détendu en sa présence. Ritter ne manifestait pas vraiment de la déférence pour son cadet, mais il le respectait beaucoup.

— Comment va l'amiral Greer ? demanda Clark.

C'était Greer qui l'avait recruté, bien des années auparavant.

— Pas très bien. Il en a pour quelques mois, maximum.

— Merde ! dit Clark en plongeant dans son verre. Je lui dois beaucoup. Toute ma vie, en fait. Il n'y a rien à faire ?

— Non, ça s'est trop répandu. On peut limiter la souffrance, et c'est à peu près tout. C'est aussi un ami pour moi.

— Oui, je sais, dit Clark en finissant son verre pour se remettre au travail. Je ne sais toujours pas ce que vous avez en tête, mais mieux vaut renoncer à aller les dénicher dans leurs bastions.

— A ce point-là ?

— Ben oui ! Pour un boulot pareil, il faut une véritable unité d'infanterie, avec une force d'appui conséquente. Et encore, il y aurait des pertes sévères. D'après ce que m'a dit Larson, ces lascars sont protégés par une bonne petite armée. On pourrait toujours en acheter quelques-uns, mais ils sont sûrement déjà très bien payés, alors ça pourrait nous retomber dessus.

Clark ne demanda pas en quoi consistait exactement la mission, mais il imaginait qu'il fallait prendre quelques personnages bien brûlants, les sortir du pays et les livrer tout emballés au FBI ou à la justice américaine. Comme tout le monde, il se trompait.

— Même chose pour les coincer à l'extérieur. Ils prennent toutes les précautions habituelles, horaires irréguliers, jamais la même route, et aucun déplacement sans une escorte armée. Il faudrait des informations très précises, donc quelqu'un à l'intérieur. Larson est ce que nous avons de plus près, et il n'est pas assez proche. Si on lui en demande plus, il se fera tuer. Il nous a fourni des tas de données, c'est un type bien, ce Larson, et ce serait trop risqué d'essayer. Je pense que sur place les gens...

— Oui. Six morts ou disparus. Même chose avec les indics. Ils ont la fâcheuse habitude de s'évanouir dans la nature. Sur le plan local, les forces sont complètement infiltrées, ils ne peuvent faire aucune opération à long terme sans risquer les leurs. S'ils le faisaient, ils ne trouveraient plus de volontaires...

Clark haussa les épaules et regarda la mer. Un yacht blanc croisait à l'horizon.

— J'aurais dû m'attendre à ce que ces salauds soient bien organisés. Larson avait raison, la compétence qu'ils n'ont pas, ils l'achètent. Où trouvent-ils leurs consultants ?

— Le marché est ouvert. En Europe surtout.

— Je veux dire les professionnels. Ils doivent avoir des grosses têtes.

— Ouais, Felix Cortez, par exemple. Ce n'est qu'un bruit, mais le nom est revenu une bonne dizaine de fois au cours des derniers mois.

— Le fameux colonel de la DGI, remarqua Clark.

La Dirección general de intelligencia était le service secret cubain, modelé sur le KGB. Cortez avait travaillé au côté des Macheteros, un groupe terroriste portoricain largement écrasé par le FBI au cours des dernières années. Après l'arrestation de Filiberto Ojeda, un agent cubain, Cortez avait disparu. Ainsi, il avait préféré rester hors des frontières de son pays. Avait-il décidé d'opter pour la branche la plus virulente de la libre-entreprise ou travaillait-il toujours pour le compte de Cuba ? Quoi qu'il en soit, les dirigeants de la DGI avaient été formés par les Soviétiques, à l'école même du KGB. C'étaient des adversaires dignes de respect. Cortez en faisait sûrement partie. A l'Agence, son dossier précisait qu'il avait un talent fou pour extorquer des informations.

— Larson est au courant ?

— Oui, il a entendu le nom lors d'une soirée. Bien sûr, cela nous serait utile de savoir à quoi il ressemble, mais la description qu'on en a correspond à la moitié de la population au sud du Rio Grande. Ne vous inquiétez pas, Larson est très prudent, et si cela tourne mal, il a un avion personnel pour se tirer d'affaire. Il a des ordres très précis. Je ne veux pas perdre un bon officier pour une vulgaire tâche de police, dit Ritter. Je vous ai envoyé là-bas pour avoir un deuxième avis. Vous connaissez en gros l'objectif, dites-moi ce qui est possible.

— Bon. Vous avez sans doute raison de vous concentrer sur les terrains d'aviation et d'envoyer une équipe de reconnaissance. Avec les renseignements nécessaires, on pourrait trouver les labos assez facilement, mais ils sont nombreux, et leur mobilité demande une réaction très rapide. Ça devrait marcher une dizaine de fois, au plus, avant que l'adversaire n'affine sa tactique. Ensuite, nous subirons des pertes, et si les autres ont de la chance, nous y perdrons tout un bataillon, si on est assez fou pour voir trop grand. Suivre le produit à la trace à la sortie du labo est sans doute impossible sans avoir beaucoup de gens sur le terrain, beaucoup trop pour une opération top secret et, en plus, ça ne nous mènerait pas loin. Il y a pas mal de petits aérodromes à surveiller au nord du pays, mais Larson pense que les Colombiens risquent d'être victimes de leur succès. Ils ont si bien réussi à acheter la police et les militaires qu'ils utilisent sûrement les terrains de manière régulière. Si l'équipe d'infiltration ne se fait pas remarquer, elle devrait pouvoir opérer pendant deux mois... — un peu moins sans doute — avant qu'on soit obligés de les faire revenir. Il faut que je voie les hommes, que je me rende compte de leur capacités.

— Ça peut s'arranger, dit Ritter.

Il avait déjà décidé d'envoyer Clark au Colorado. Il était le mieux placé pour juger la valeur d'un soldat.

— Ensuite ?

— Ce que nous mettons en place marchera pendant un mois ou deux. Nous pouvons traquer les avions et les intercepter avant leur livraison officielle. Ça les dérangera un peu pendant ce temps-là, guère plus.

C'était la seule partie de l'opération dont Clark était vraiment au courant.

— Le tableau est plutôt pessimiste.

— Effectivement, dit Clark en se penchant en avant. Si vous voulez mener une opération secrète pour obtenir des informations tactiques avec un ennemi aussi décentralisé, ce n'est possible que dans un laps de temps limité et avec des résultats limités. Si vous augmentez les forces pour les rendre plus efficaces, ce qui est sûr, c'est que tout sera découvert. Ce genre d'opération, ça ne peut jamais durer longtemps. Je me demande même pourquoi nous nous donnons tout ce mal.

Ce n'était pas tout à fait vrai. On était en période électorale, cela expliquait beaucoup de choses, mais ce n'est pas le genre de remarque que l'on peut faire, surtout quand elle est justifiée !

— Le pourquoi n'est pas de votre ressort, souligna Ritter.

Il n'éleva pas la voix, c'était inutile, Clark n'était pas homme à se laisser impressionner.

— Oui, mais c'est une vaste plaisanterie. C'est toujours la même histoire. Confiez-nous des missions réalisables, pas des trucs impossibles. Faut être sérieux.

— Qu'avez-vous en tête ?

Clark le lui raconta. Le visage de Ritter ne manifesta que peu d'émotion. Ce qu'il y avait de bien avec Clark, c'est qu'il était le seul à l'Agence à pouvoir aborder ces sujets calmement, et à vraiment penser ce qu'il disait. Pour certains, ces discussions n'étaient qu'un exercice intellectuel, des spéculations d'amateurs tirées de la lecture de romans d'espionnage. *Ce serait fantastique si on pouvait...* D'ailleurs, une croyance très répandue voulait que la CIA emploie nombre de ces personnages. C'était faux. Même le KGB avait renoncé à ces élucubrations, laissant ce genre de travail aux Bulgares, considérés comme des barbares par leurs propres associés, ou à d'autres groupes, comme les terroristes européens et orientaux. Le coût politique de telles opérations était trop élevé et, malgré la loi du silence scrupuleusement observée par tous les services secrets, de telles fantaisies finissaient toujours par se savoir. Le monde avait beaucoup évolué depuis que Ritter était sorti de la Ferme, sur le fleuve York, et, bien qu'il s'en réjouisse dans l'ensemble, il y avait des moments où les bonnes vieilles méthodes offraient des solutions pas encore périmées.

— Et ce serait difficile à réaliser ? demanda Ritter.

— Avec le soutien adéquat et quelques forces supplémentaires, c'est un jeu d'enfant.

Clark expliqua ce qu'il entendait par forces supplémentaires.

— Tous leurs agissements entrent dans notre jeu. C'est leur seule erreur. Ils sont trop conventionnels dans leur méthode de défense. Toujours la même histoire. Il s'agit de savoir qui fixe les règles. Là où en sont les choses, nous obéissons tous aux mêmes règles et, dans ce cas précis, elles donnent l'avantage à l'adversaire. Et apparemment, on n'en tire jamais de leçon. Nous laissons les autres fixer les règles. On peut leur créer des soucis, grignoter leurs marges bénéficiaires, mais en fait, avec ce type de commerce, les pertes sont drôlement limitées. Je ne vois qu'une chose pour changer tout cela.

— Qui est ?

— Combien vous donneriez pour vivre dans une maison comme ça ? demanda Clark en montrant l'une de ses photos.

— Création Frank Lloyd Wright et Louis II de Bavière, dit Ritter avec un petit rire.

— L'homme qui s'est fait construire ça a les chevilles qui enflent. Ils ont manipulé des tas de gouvernements. Tout le monde s'accorde à penser que c'est eux le véritable gouvernement, pour tout ce qui concerne le domaine pratique. On disait la même chose à Chicago à propos de la prohibition. Que Capone dirigeait la ville, pas vrai ? Eh bien, ils ne sont pas loin de contrôler leur propre pays, et de prendre une part sur les autres. Alors, disons qu'ils ont le pouvoir, de facto. Tôt ou tard, le facteur orgueil entrant en jeu, ils se conduiront comme un véritable gouvernement. Je sais que nous ne briserons pas les règles, mais cela ne me surprendrait pas outre mesure si eux commençaient, juste pour voir ce que cela donne. Vous comprenez ce que je veux dire ? Ils repoussent les limites, et ils n'ont toujours pas rencontré le mur de briques qui les arrêterait.

— John, vous tombez dans la psychologie, remarqua Ritter avec un léger sourire.

— Peut-être. Ces types s'amusent avec des drogues dures, non ? Le plus souvent, ils ne s'en servent pas, mais eux, ils sont accrochés à la drogue la plus puissante qui soit.

— Le pouvoir.

— Exactement.

— Tôt ou tard, ils feront une overdose. Et à ce moment, il y aura quelqu'un qui pensera sérieusement à ce que je viens de dire. Une fois au plus haut niveau, les règles se modifient. Bien entendu, il s'agit d'une décision politique.

Le maître incontesté. C'était du moins ce qui lui venait à l'esprit. Mais comme toutes les formules, c'était vrai et faux à la fois. La vallée qu'il dominait ne lui appartenait pas, il ne possédait qu'un pauvre millier d'hectares, alors que son regard en englobait des millions. Personne ne pouvait vivre ici s'il en décidait autrement. C'était la seule forme de pouvoir qui l'intéressait et il l'avait bien souvent exercée. Un simple signe, un mot à l'un de ses associés, et c'était fini. Il n'intervenait pas à la légère, la mort est une affaire sérieuse, mais cela ne dépendait que de lui.

Ce genre de pouvoir risquait de vous transformer en tyran, cela s'était déjà produit avec certains de ses collègues, pour leur plus grand malheur. Mais il savait analyser le monde et tirer les leçons de l'histoire. Contrairement à la règle dans la société où il vivait, il était cultivé grâce à l'éducation imposée par son père, pionnier en la matière. L'un de ses plus grands regrets était de ne jamais lui avoir exprimé sa gratitude. A présent, c'était un économiste distingué. Il comprenait les lois du marché, son évolution et ses tendances. Et pouvait analyser les données historiques sous-jacentes. Il avait étudié le marxisme, et, même s'il le rejetait totalement, il devait bien admettre qu'il y avait beaucoup de vérité dans cette théorie, malgré toutes ces conneries idéologiques. Pour le reste, il s'était formé « sur le tas ». Pendant que son père mettait au point une nouvelle méthode de travail, il l'avait observé, lui avait donné des conseils et avait pris des décisions. Il avait cherché de nouveaux débouchés et s'était forgé une réputation d'homme d'affaires prudent, souvent recherché, mais jamais pris. On l'avait arrêté une seule fois, mais après la mort de deux témoins, les autres avaient subitement perdu la mémoire, mettant ainsi fin à ses ennuis avec la police et les tribunaux.

Il se voyait comme l'héritier d'un autre âge, celui des barons-brigands du capitalisme. Un siècle plus tôt, ils avaient construit des lignes de chemin de fer à travers les États-Unis et écrasé tout ce qui leur barrait la route. Les tribus indiennes, traitées comme des bisons à deux pattes et éliminées de la terre. Les syndicats, neutralisés avec des jaunes. Les gouvernements, achetés. La presse, autorisée à dénoncer, tant qu'on ne lui accordait pas trop de crédit. Il en avait tiré beaucoup d'enseignements. La presse locale n'ouvrait plus vraiment la bouche après avoir appris que ses journalistes étaient mortels. Les barons du chemin de fer s'étaient fait construire des palais d'hiver à New York, des villas d'été à Newport. Bien sûr, les problèmes n'étaient plus tout à fait les mêmes, mais tous les modèles historiques s'effondraient si on poussait la comparaison trop loin. Il négligeait le fait que Gould et Harriman avaient fabriqué des choses utiles à la société, et non destructrices. L'expérience industrielle lui avait aussi appris que la concurrence acharnée était une perte de temps. C'est lui qui avait incité son père à aller trouver ses concurrents. A l'époque, déjà, ses talents de persuasion étaient impressionnants. Habilement, il avait tenté cette démarche à un moment où les dangers extérieurs incitaient à resserrer les rangs. Mieux valait s'associer que perdre du temps, de l'argent, de l'énergie et du sang et d'accroître ainsi sa vulnérabilité. Cela avait marché.

Il s'appelait Ernesto Escobedo. Ce n'était qu'un homme parmi d'autres au sein du cartel, mais ses pairs s'accordaient à dire que c'était le plus écouté. Les autres n'étaient pas toujours d'accord, tous ne se pliaient pas à sa volonté, mais on tenait compte de ses opinions, qui s'étaient toujours révélées judicieuses. Le cartel n'avait pas de « cerveau » car ce n'était pas une entreprise unifiée, mais plutôt un groupe de leaders qui opérait dans une sorte de confédération, une sorte de commission, mais pas tout à fait, un groupe d'amis, mais pas tout à fait non plus. La comparaison avec la mafia américaine s'imposait d'elle-même, mais le cartel était à la fois plus civilisé et plus cruel. Escobedo aurait plutôt dit que le cartel était mieux structuré, plus énergique, qualité d'une organisation jeune et vivante, par contraste avec les vieilles règles féodales de la mafia.

Les descendants des barons-brigands avaient utilisé l'argent de leurs ancêtres pour former une élite très puissante qui dirigeait la nation grâce à leurs « services ». Escobedo n'avait aucune intention de léguer un tel héritage à ses fils. D'ailleurs, lui-même appartenait déjà à la seconde génération. Les choses avançaient plus rapidement à présent. Il ne fallait plus toute une vie pour accumuler une fortune gigantesque. Il serait inutile de procéder par étapes. Il pouvait tout avoir à lui seul. Avant d'arriver au but, la première étape consistait à savoir si c'était réalisable. Il en était sûr depuis longtemps.

Il arriverait à ses fins. A quarante ans, Escobedo avait beaucoup d'énergie et de confiance en lui. Il n'avait jamais utilisé le produit qu'il fournissait aux autres, et préférait altérer son état d'esprit avec du vin, et encore, fort rarement. Un verre de vin au dîner, un alcool lors des réunions de travail, mais le plus souvent, du Perrier. D'ailleurs, ce trait de caractère lui valait le respect de ses associés. Escobedo était sobre et sérieux, ils le savaient tous. Il entretenait son corps et soignait son apparence. Fumeur dans sa jeunesse, il avait renoncé au tabac. Il surveillait son alimentation. Sa mère, qui vivait toujours, avait gardé sa vigueur à soixante-treize ans, et elle serait toujours la même à quatre-vingt-dix. Son père en aurait eu soixante-quinze la semaine précédente, mais... Ceux qui avaient mis fin à sa vie avaient chèrement payé leur crime, ainsi que leur famille, de la propre main d'Escobedo, pour la plupart. Avec une fierté toute filiale, il s'en souvenait, sous les yeux du mari agonisant, il avait tué la dernière femme et ses enfants. Il ne tirait aucun plaisir à tuer des êtres faibles mais parfois cette nécessité s'imposait. Il leur avait prouvé qui était le plus fort et, comme la nouvelle s'était propagée, il y avait peu de chances qu'on touche de nouveau à sa famille. Il ne s'en réjouissait pas spécialement, mais il savait que les leçons durement apprises ne s'oublient pas facilement. Et ceux qui refusaient de prendre les mesures nécessaires ne se faisaient pas respecter. Plus que toute autre chose, Escobedo voulait être respecté. C'est d'effectuer le travail lui-même qui lui avait valu l'estime de toute l'organisation. Ernesto était un penseur, mais il n'hésitait pas à mettre la main à la pâte.

Il était si riche qu'il était inutile de compter sa fortune. Tel un dieu, il avait droit de vie et de mort. Il avait une jolie femme et trois enfants. Quand le lit conjugal l'ennuyait, il ne manquait pas de maîtresses. Il possédait tous les luxes que permet la richesse, une maison en ville, une forteresse sur la colline, un ranch près de la mer, des mers en fait, puisque la Colombie est bordée de deux océans. Ses écuries regorgeaient de chevaux arabes, certains de ses amis avaient aussi des arènes, mais la corrida ne l'avait jamais intéressé. Bon fusil, il avait chassé tout ce que peut offrir le pays, hommes y compris. Il aurait dû être heureux. Pourtant...

Les barons américains avaient traversé le monde, avaient été invités par les plus grandes cours d'Europe, avaient marié leur progéniture à la noblesse, exercice bien cynique, mais qui en valait la peine et qu'il comprenait parfaitement. Toutes ces libertés lui étaient refusées, pour des raisons fort évidentes, mais il ne supportait pas qu'on refuse quoi que ce soit à un homme disposant de son pouvoir et de sa richesse. Malgré son immense réussite, il y avait des limites dans sa vie, pis encore, des limites imposées par de moins puissants et de moins riches que lui. Vingt ans plus tôt, il s'était tracé un chemin, et, malgré son succès, ce chemin le privait de fruits qu'il désirait parce que des minus réprouvaient ses façons d'agir.

Cela n'avait pas toujours été le cas. « Les lois ? disaient les magnats des chemins de fer. Je m'en fiche ! » Personne ne le leur avait jamais reproché et on avait reconnu leur grandeur.

Pourquoi pas moi ? Il connaissait la réponse, mais ne parvenait pas à s'en accommoder. Loin d'être stupide, il n'admettait pas pour autant que d'autres lui imposent ses règles de conduite. En fait, les règles, il les avait toutes brisées, c'est ainsi qu'il avait bâti sa fortune. Il avait gagné en inventant ses propres règles, il en avait assez de se plier aux volontés extérieures. Une fois sa décision prise, il ne restait plus qu'à se pencher sur la bonne méthode.

Quelle était la clé de la réussite pour les autres ?

Le succès, bien sûr. Celui qu'on était forcé de reconnaître. Comme toutes les grandes entreprises, la politique internationale avait ses lois, sauf dans un domaine essentiel, le succès. Tous les pays avaient traité avec des assassins, il suffisait que ce soient de bons assassins. Tuez quelques millions d'individus, et vous deviendrez homme d'État. Le monde entier faisait bien la cour aux Chinois ! Les Américains cherchaient à traiter avec les Russes qui, pourtant, eux aussi s'étaient livrés à des massacres. Carter avait soutenu le régime de Pol Pot, un assassin notoire. Reagan voulait trouver un *modus vivendi* avec les Iraniens, qui eux non plus n'épargnaient pas les leurs y compris la plupart de ceux qui avaient des sympathies pour l'Amérique et qui avaient été abandonnés. Les États-Unis tendaient les bras aux dictateurs aux mains sales, de droite ou de gauche, au nom de la *realpolitik*, tandis qu'ils refusaient leur soutien aux modérés, de droite ou de gauche, sous prétexte qu'ils n'étaient pas assez modérés. Un pays aussi dépourvu de scrupules pourrait bien l'accueillir, non ? Aux yeux d'Ernesto, c'était la nature intrinsèque de l'Amérique. Lui avait des principes dont il ne s'écarterait jamais. Pas les États-Unis.

Pour Ernesto, c'était un pays corrompu. N'était-ce pas cette nation qui le nourrissait ? Depuis des années, sur son marché le plus important, les groupes de pression s'organisaient pour légaliser son commerce. Par chance, ils avaient échoué. Cela aurait été la mort du cartel, et cela prouvait une fois de plus que les gouvernements sont incapables d'agir dans leur propre intérêt. Le gouvernement aurait pu en tirer des milliards de dollars — lui et ses associés y parvenaient bien — mais les yanquis manquaient d'imagination et de bon sens. Et ils se prenaient pour une super-puissance ! Malgré leur prétendue force, ils n'avaient aucune volonté, aucune dignité. Lui était presque obligé de rester sur place pour régler les problèmes, alors qu'eux parcouraient les océans, inondaient le ciel d'avions de combat, mais se servir de leurs moyens pour protéger leurs propres intérêts ? *Non*, pensa-t-il amusé. Vraiment, les Américains ne méritaient que le mépris.

6

DISSUASION

Felix Cortez voyageait sous passeport américain. Si quelqu'un décelait son accent cubain, il dirait que sa famille avait quitté le pays quand il était jeune, mais en choisissant soigneusement son port d'arrivée, il éviterait ce problème. Et puis, il se débarrassait de son accent. Cortez parlait couramment anglais et russe, en plus de l'espagnol, sa langue natale. Bellâtre au teint mat et au sourire éclatant, il arborait une petite moustache et un costume sur mesure qui lui donnait l'allure d'un homme d'affaires. Dans la queue qui s'était formée au contrôle, il bavarda avec la voyageuse qui le suivit. Il se soumit aux formalités avec la patience résignée de ceux qui voyagent souvent.

— Bonjour, lui dit le douanier, sans lever les yeux du passeport. Qu'est-ce qui vous amène chez nous ?

— Les affaires.

— Hum hum.

Le douanier regarda les nombreux tampons. Cet homme avait beaucoup voyagé, surtout aux États-Unis au cours de ces quatre dernières années. Il entrait le plus souvent par Miami, Washington ou Los Angeles.

— Vous êtes là pour combien de temps ?

— Cinq jours.

— Quelque chose à déclarer ?

— Non, mes vêtements et mes papiers, dit Cortez en levant son attaché-case.

— Bienvenue chez nous, monsieur Diaz, dit le douanier qui tamponna le passeport avant de le lui rendre.

— Merci.

Il alla chercher ses bagages, une grande housse à vêtements usagée. Il essayait toujours d'arriver aux heures creuses, moins par sens pratique que parce que c'était inhabituel pour quelqu'un qui a des choses à cacher. Aux heures creuses, les douaniers disposaient de tout leur temps pour vous harceler, et les chiens renifleurs n'étaient pas bousculés devant les rangées de bagages. Mais c'était plus facile de repérer une éventuelle surveillance dans des salles vides, et Cortez-Diaz était un expert en la matière.

Il se rendit ensuite au comptoir Hertz où il loua une Chevrolet. Cortez n'avait aucune estime pour les

Américains, mais il aimait leurs grosses voitures. Sa routine était bien rodée. Il paya avec une carte Visa. La jeune hôtesse lui proposa comme d'habitude d'adhérer au club des clients privilégiés, et il prit la brochure avec un intérêt feint. Il avait souvent recours aux mêmes organismes de location, tout simplement parce qu'il n'y en avait pas assez pour changer à chaque fois. Mais il n'utilisait jamais deux fois le même passeport, ni la même carte de crédit. Dans ce domaine, il était parfaitement fourni. D'ailleurs il se rendait à Washington pour rencontrer un de ceux qui lui facilitaient ainsi la vie.

Il avait toujours les jambes un peu raides en allant chercher sa voiture, il était resté trop longtemps assis. La chaleur humide de cette fin de printemps lui rappelait son pays natal. Non pas qu'il eût de bons souvenirs de Cuba, mais après tout, son ancien gouvernement lui avait donné une éducation qui lui était bien utile à présent. Tous ces cours sur le marxisme-léninisme... racontant au peuple qui mangeait à peine à sa faim qu'il vivait au paradis... Pour Cortez, cela avait eu l'avantage de lui faire comprendre ce qu'il attendait de la vie. Son entraînement avec la DGI lui avait donné un avant-goût des privilèges, et son interminable formation politique n'en avait rendu le gouvernement cubain que plus grotesque à ses yeux. Pourtant, il avait joué le jeu et appris tout ce qu'il fallait savoir : comment fonctionnait la société capitaliste, comment la pénétrer et la renverser de l'intérieur, quels étaient ses points faibles et ses points forts, comment agir sur le terrain. L'ancien colonel s'amusait d'un tel contraste : même quand il travaillait aux côtés du colonel Ojeda et des Macheteros pour renverser le capitalisme — et le remplacer par la version cubaine du réalisme socialiste, la relative pauvreté de Porto-Rico lui semblait paradisiaque. Cortez s'approcha du parking en souriant.

Tout près du Cubain, Liz Murray déposa son mari derrière un petit bus de voyageurs. Ils avaient à peine le temps de s'embrasser, on allait appeler le vol de Dan d'ici dix minutes.

— Je devrais être de retour demain après-midi.

— Bon. Et sois sage !

— Non, euh, j'essaierai, chérie.

En se retournant, il vit sa femme rire, elle l'avait bien eu, cette fois encore. « Ce n'est pas juste, grommela-t-il intérieurement, on vous ramène de Londres, une grosse promotion, et le lendemain, on vous renvoie au charbon ! » Il franchit les portes à ouverture automatique et entra dans le terminal où son vol était affiché sur les moniteurs télé. Il n'avait qu'un seul sac, assez léger pour l'emmener en cabine. Il avait consulté le dossier, le siège de Mobile l'avait envoyé à Washington par télécopie, et le sujet avait suscité de nombreux commentaires dans le bâtiment Hoover.

Murray contourna le détecteur de métaux. On l'accosta immédiatement avec le « Excusez-moi, monsieur » habituel et il présenta ses papiers l'identifiant comme Daniel E. Murray, assistant directeur du Federal Bureau of Investigation. De toute façon, il n'aurait pas pu passer sous le portique, pas avec un Smith & Wesson automatique glissé sous sa ceinture et, dans les aéroports, les gens ont tendance à se sentir nerveux à la vue d'une arme à feu. Ce n'est pas qu'il fût bon tireur, il n'avait même pas repassé les tests, c'était prévu pour la semaine suivante. Après les quatre années passées à Londres comme attaché judiciaire, il lui faudrait un sérieux entraînement avant de pouvoir tirer en « expert » avec les deux mains, surtout avec une arme inconnue. Son cher Colt Python 357 inoxydable avait été mis au rancart. Le FBI s'équipait d'armes automatiques, et, à son arrivée, il avait trouvé le S & W gravé emballé dans un papier cadeau sur son bureau, attention de son ami Bill Shaw, directeur exécutif adjoint (Enquêtes). Bill avait toujours eu beaucoup de classe. Murray prit son sac dans la main gauche et vérifia subrepticement son arme, un peu comme un citoyen ordinaire son portefeuille. Enfin, il n'aurait guère de chances d'avoir des missions de police proprement dites. A présent il faisait partie de la direction, manière délicate de lui dire qu'il était vieux et inutile, pensa Murray en choisissant un siège proche de la porte d'embarquement. Cette mission lui donnait l'occasion de mettre encore un peu la main à la pâte, mais seulement parce que le directeur qui avait eu connaissance du dossier en avait parlé à Bill Shaw et que ce dernier voulait que l'affaire soit traitée par une personne de confiance.

Le vol se déroula normalement, deux heures d'ennui agrémentées d'un repas trop sec. Murray était attendu par Mark Bright, agent spécial superviseur, responsable du bureau de Mobile.

— D'autres bagages, monsieur Murray ?

— Non, c'est tout. Appelez-moi Dan. On leur a déjà parlé ?

— Pas encore, euh, du moins, je crois.

Bright regarda sa montre.

— Ils devaient être là vers dix heures, mais on les a appelés sur un sauvetage hier soir. Un bateau de pêche qui a pris feu, et la vedette devait récupérer l'équipage. C'était aux informations ce matin. Beau boulot, comme d'habitude.

— Fantastique, on doit faire passer un superhéros sur le gril, et il est reparti jouer les Zorro.

— Vous le connaissez ? Je n'ai pas encore eu l'occasion...

— J'ai été informé. Héros, c'est le mot exact. C'est une légende, ce Wegener. L'Ange de la mer, dit-on, spécialiste du sauvetage. On ne sait plus le nombre de gens qu'il a sauvés. Et il a quelques amis au Capitole.

— Qui ?

— Le sénateur de l'Oregon, Billing.

Murray expliqua brièvement pourquoi.

— Le président de la commission de contrôle ! Il aurait mieux fait de rester aux Transports ! s'exclama Bright en levant les yeux au plafond.

La commission de contrôle du Sénat avait droit de regard sur les agissements du FBI.

117

— Vous êtes nouveau venu sur l'affaire ?

— Je suis responsable des liaisons avec la DEA. C'est pour ça que je suis là. Je n'ai vu le dossier que ce matin. J'ai été absent pendant quelques jours, je viens d'avoir un bébé.

On ne pouvait guère le lui reprocher.

— Ah bon ? Tout le monde va bien ?

— J'ai ramené Marianne à la maison ce matin, et Sandra est le plus beau bébé que j'aie jamais vu. Mais elle fait un de ces boucans !

Murray se mit à rire. Cela faisait un moment qu'il n'avait pas eu à s'occuper de bébés. Bright avait une Ford dont le moteur ronronnait comme un tigre bien nourri. Le dossier Wegener se trouvait sur le siège du passager. Murray le feuilleta pendant que Bright sortait du parking.

— Quelle histoire !

— Plutôt ! Ça peut pas être vrai, vous y croyez ?

— J'en ai entendu des vertes et des pas mûres, mais ça, ça dépasse les bornes, dit Murray avant de marquer une pause. Le plus drôle...

— Ouais, acquiesça le jeune homme. Moi aussi. Les types de la DEA y croient, comme pas mal de gens d'ailleurs, mais ce qui ressort de tout ça... enfin, même si toutes les preuves sont rejetées... ce qui en sort est tellement...

C'était d'ailleurs pour cela qu'on avait envoyé Murray à Mobile.

— Exact. Et la victime ? Un type important ?

— Des amitiés politiques, des directeurs de banque, l'université de l'Alabama, les relations habituelles avec diverses associations. Comme vous dites, oui. Il ne se contentait pas d'être intégré dans la communauté, c'était un monument. Une vieille famille qui remonte à la guerre de Sécession. Son grand-père était gouverneur.

— De l'argent ?

— Plus qu'il n'en faut. Une grande baraque au nord de la ville, une ferme, une plantation, vous diriez, mais ce n'est pas de là que vient le fric. Il a placé tout l'argent de la famille dans l'immobilier. Et il avait pas à se plaindre, d'après ce que je sais. C'est tout un réseau de petites sociétés, le trafic habituel. On a une équipe qui travaille là-dessus, mais il va nous falloir un moment pour tout démêler. Il y a des couvertures à l'étranger, alors, on ne saura jamais tout. Vous savez comment ça marche. On a à peine commencé.

— Un homme d'affaires compromis dans un trafic de drogue... C'était un malin, vous n'avez jamais eu vent de rien ?

— Non, reconnu Bright. Ni nous, ni la DEA, ni les flics. Absolument rien.

Murray referma le dossier. C'était la seule faille dans une affaire qui pouvait donner lieu à des années d'enquête. *Et dire que nous ne savons même pas ce qui nous intéresse. On a simplement trouvé un million de dollars en vieux billets de vingt et de cinquante à bord de l'*Empire Builder. Une telle somme en petites coupures, cela ne pouvait signifier que... Non, cela pouvait être des tas d'autres choses.

— C'est là.

Il était facile d'accéder à la base et Bright connaissait l'emplacement de la jetée. De la voiture, le *Panache* paraissait immense, avec sa bande orange et ses marques noirâtres sur le flanc. Quand ils descendirent du véhicule, un homme décrocha le téléphone sur la passerelle et un autre apparut quelques secondes plus tard. Murray le reconnut. Wegener.

La tignasse rousse parsemée de blanc, il semblait en forme, un peu d'embonpoint à la taille mais sans plus. Un tatouage sur le bras dévoilait son ancienne appartenance à la marine, et les yeux impassibles montraient que l'homme n'avait guère l'habitude des interrogatoires, quels qu'ils soient.

— Red Wegener. Bienvenue à bord, dit-il avec un sourire tout juste poli.

— Merci, capitaine. Je m'appelle Dan Murray et voici Mark Bright.

— Vous êtes du FBI, m'a-t-on dit ?

— Je suis directeur adjoint à Washington, et Mark est responsable du bureau de Mobile.

Le visage de Wegener se modifia un peu.

— Bon, je sais pourquoi vous êtes là, allons en discuter dans ma cabine.

— D'où viennent ces marques noires sur la coque ? demanda Dan d'une drôle de voix en suivant le capitaine.

— Des pêcheurs de crevettes ont pris feu hier soir. Ils étaient à cinq milles de nous quand on rentrait. Les réservoirs ont explosé juste au moment où on arrivait. Ils ont eu de la chance. Pas de mort, mais le second a été brûlé.

— Et le bateau ?

— On n'a pas pu le sauver. C'était déjà assez difficile de faire sortir l'équipage. Parfois, on ne peut pas faire mieux. Je vous offre un café ?

Murray déclina la proposition. Il avait les yeux fixés sur le capitaine qui paraissait embarrassé. Bizarre. Wegener fit asseoir ses invités et s'installa derrière son bureau.

— Je sais pourquoi vous êtes là. Tout est de ma faute.

— Euh, capitaine, avant que vous alliez plus loin..., essaya de dire Bright.

— J'ai déjà fait quelques bêtises, mais là, j'ai tout fait foirer, poursuivit Wegener en allumant sa pipe. La fumée ne vous dérange pas ?

— Non, mentit Murray.

Il ne savait pas ce qui allait venir, mais il était sûr que ce n'était pas ce à quoi s'attendait Bright.

— Eh bien, si vous nous en parliez.

Wegener fouilla dans un tiroir et sortit un paquet de cigarettes qu'il lança à Murray.

— Un de nos amis a laissé tomber ça sur le pont et je le lui ai fait rendre. Je croyais... enfin, regardez, on dirait des cigarettes, non ? Et quand on a des gens en garde à vue, on est censé les traiter correctement. Je leur ai rendu leurs fichues cigarettes. Ce sont des joints, évidemment. Alors quand on les a interrogés... surtout celui qui a parlé... eh bien, ils étaient complètement défoncés. Ça a tout fichu en l'air !

— C'est tout, capitaine ? demanda Murray sur un ton innocent.

— Riley, le premier maître, en a bousculé un. C'est de ma faute aussi. Je lui en ai touché deux mots. Le... euh j'ai oublié son nom, le plus arrogant, il m'a craché dessus et Riley l'a vu. Il s'est énervé et l'a bousculé un peu. Il n'aurait pas dû, mais vous savez, on est militaires avant tout, et chez nous, si on crache sur le patron, eh bien, les troupes n'apprécient pas vraiment. Riley était hors de lui... mais cela s'est passé sur mon bateau, et je suis le seul responsable.

Murray et Bright se regardèrent.

— Capitaine, ce n'est pas exactement la raison de notre visite.

— Ah bon ? Quoi alors ?

— Ils ont raconté que vous en aviez exécuté un, répondit Bright.

Pendant un moment, les hommes gardèrent le silence. Des coups de marteau résonnaient au loin, mais le seul vrai bruit provenait du ventilateur.

— Ils sont vivants, non ? Il n'y en avait que deux, et ils sont tous les deux vivants. Je vous ai envoyé la bande vidéo de la fouille du bateau. Enfin, s'ils sont tous les deux vivants, on a tiré sur lequel ?

— Pendu, dit Murray. Ils ont dit que vous en aviez pendu un.

— Bon, un instant.

Wegener décrocha le téléphone et appuya sur un bouton.

— Passerelle ? Le capitaine à l'appareil, faites venir l'officier en second dans ma cabine. Si cela ne vous dérange pas, j'aimerais que mon officier soit ici.

Murray garda un visage impavide. *Tu aurais dû t'en douter, Danny, ils ont eu tout leur temps pour concocter leur version. Ce Wegener n'est pas un imbécile, il a un sénateur pour le protéger, et il vous a livré deux assassins. Même sans aveux, ils sont passibles de la peine capitale et si tu démolis Wegener, l'affaire risque de tomber à l'eau. L'importance de la victime... Le juge d'instruction n'osera pas. Pas la moindre chance...* Aux États-Unis, tous les juges ont des ambitions politiques, et mettre ces deux zigotos en prison rapporterait un bon million de voix. Non, Murray ne pouvait pas prendre le risque de faire rater cette affaire. Jacobs, le directeur du FBI, était un ancien juge d'instruction, il comprendrait. Cela faciliterait les choses, pensa Murray.

L'officier arriva et, après les présentations, Bright reprit la version que les accusés avaient donnée au bureau local du FBI. Il lui fallut cinq minutes pendant lesquelles Wegener tira sur sa pipe en écarquillant parfois les yeux.

— Monsieur, j'en ai entendu des vertes et des pas mûres, mais là, ça dépasse l'entendement.

— C'est ma faute, dit Wegener en hochant la tête. Leur rendre leur came !

— Comment se fait-il que personne n'ait remarqué qu'ils fumaient ? demanda Murray, non tant par curiosité pour la réponse que pour voir comment le capitaine s'en sortirait. Il fut surpris d'entendre l'officier prendre la parole.

— Il y a une ventilation. Nous n'exerçons pas une surveillance constante sur les prisonniers — d'ailleurs c'étaient nos premiers — car c'est censé être une mesure d'intimidation. De toute façon, c'est noté dans le journal de bord. Et puis, nous n'avons pas tellement de gens à bord. Comme la fumée était aspirée, personne n'a remarqué l'odeur avant la nuit. Et c'était trop tard. Quand nous les avons amenés au carré pour les interroger, un par un, ça aussi, c'est dans le journal de bord, ils avaient les yeux dans le vide. Le premier n'a rien dit. Le second a parlé, vous avez tout sur les cassettes, non ?

— Je l'ai vue, répondit Bright.

— Alors, vous savez qu'on leur a lu leurs droits, comme il se doit. Mais les pendre ? C'est insensé. Complètement loufoque. Nous ne... C'est impossible. Je ne sais même plus à quelle époque c'était légal.

— Le dernier cas que je connaisse, c'était en 1843, dit le capitaine. C'est à la mémoire des gens pendus sur le *Somers* qu'il y a une école navale à Annapolis. L'un d'eux était le fils du secrétaire du ministère de la Défense. On a parlé de tentative de mutinerie, mais ça sentait le roussi. On ne pend plus les gens, conclut Wegener. Ça fait un bail que j'ai pris le service, mais cela ne remonte pas à ce temps-là.

— Nous ne pouvons même pas tenir une cour martiale, ajouta l'officier. Pas par nous-mêmes. Il y a un manuel d'au moins cinq kilos là-dessus. Il faut un juge, des avocats et je ne sais quoi. Je n'en ai jamais vu, j'en ai simplement entendu parler à l'école de marine. La seule formalité qu'on accomplit, c'est le salut aux couleurs, et encore !

— Pourtant cela ne m'aurait pas gêné de les pendre, ces saligauds, remarqua Wegener.

Quelle étrange mais habile remarque ! pensa Murray.

— Ah ?

— Quand j'étais gosse, on pendait encore au Kansas. Et à l'époque, les assassins ne couraient pas les rues. Bien sûr, on est plus civilisés maintenant, alors, des assassins, on en voit partout.

— En tout cas, ajouta le second, nous, on a pendu personne ! Quelle histoire !

— Alors, il ne s'est rien passé, dit Murray sur un ton qui n'avait plus rien de celui de l'interrogation.

— Non, rien du tout, répondit Wegener.

L'officier hocha la tête.

— Et vous pourriez le répéter sous serment.

— Bien sûr, pourquoi pas ?

— Si cela ne vous ennuie pas, j'aimerais aussi parler à certains de vos hommes. Celui qui a agressé...

— Est-ce que Riley est à bord ? demanda Weneger à son officier.

— Oui, il travaille à je ne sais quoi avec Portagee dans le « placard à chèvres ».

— Bon, allons les voir.

— Vous avez encore besoin de moi, capitaine ?

— Non, vous pouvez disposer.

— Merci. Au revoir, messieurs, à plus tard, dit l'officier avant de disparaître.

Le chemin prit assez longtemps car il fallut

contourner les équipes qui repeignaient les cloisons. Le quartier des maîtres, appelé « placard à chèvres » pour une raison aussi ancestrale qu'obscure, se trouvait à l'arrière. Riley et Oreza, les deux plus anciens du navire, partageaient une cabine près d'un petit local où ils pouvaient manger dans une tranquillité relative. La porte en était ouverte. Le premier maître manipulait de ses énormes mains un minuscule tournevis. Les deux hommes se mirent au garde-à-vous en voyant leur capitaine.

— Repos. Qu'est-ce que c'est ?

— C'est Portagee qui l'a trouvé, dit Riley en montrant l'objet. C'est une véritable antiquité, on essaie de le réparer.

— Qu'est-ce que vous en dites, capitaine ? demanda Oreza. Un sextant fabriqué par Henry Edgworth, en 1778. Je l'ai déniché dans une boutique. Ça risque de valoir chérot, si on arrive à le nettoyer.

— Vous dites 1778 ? dit Wegener en examinant l'objet.

— Oui, capitaine. C'est l'un des plus vieux sextants qui soient. Le verre est cassé, mais ça, ce n'est pas bien compliqué. Je connais un musée qui paierait une fortune pour ça... mais je le garderai peut-être pour moi.

— Nous avons des invités. Ces messieurs voudraient vous parler de nos prisonniers.

Murray et Bright présentèrent leurs cartes. Dan remarqua un téléphone dans un coin, l'officier avait pu les prévenir de leur arrivée.

— Pas de problèmes. Qu'est-ce que vous allez faire de ces saligauds ?

— C'est au juge d'en décider, dit Bright. Nous sommes chargés d'une partie de l'enquête et nous voulons savoir ce que vous avez fait quand vous les avez arrêtés.

— Il faut demander au lieutenant Wilcox. C'est lui qui était chargé des opérations, nous n'avons fait qu'obéir aux ordres.

— Le lieutenant Wilcox est en permission, fit remarquer le capitaine.

— Mais une fois que vous les avez amenés à bord ? demanda Bright.

— Ah, ça ! Bon, j'ai eu tort, c'est vrai, avoua Riley. Mais ce petit crétin... Il a craché à la figure du capitaine, monsieur, ça se fait pas ! Bon, je l'ai un peu bousculé. J'aurais pas dû, c'est sûr, mais ce connard aurait mieux fait de rester tranquille.

— Ce n'est pas ce qui nous intéresse, dit Murray. Il paraît que vous l'avez pendu.

— Pendu ? Et où ? demanda Oreza.

— Je crois que vous appelez ça la vergue.

— Vous voulez dire, pendu, pour de vrai, avec une corde autour du cou ? demanda Riley.

— Exactement.

Le rire de Riley résonna comme un tremblement de terre.

— Monsieur, si jamais je pendais quelqu'un, il n'irait pas s'en vanter le lendemain !

Murray répéta presque mot pour mot le récit de Bright.

— C'est pas comme ça qu'on fait.

— Pardon ?

— Vous dites que le petit a vu son copain se balancer en l'air ? C'est pas comme ça qu'on fait.

— Je ne comprends pas.

— Quand on pend quelqu'un sur un bateau, on lui attache les pieds et on tend une corde le long du corps, et on la fixe à une épontille, pour qu'il ne se balance pas. Faut bien. Si on laisse un truc qui pèse, disons plus de cinquante kilos, se balancer comme ça, ça casse tout. Alors, on le bloque des deux côtés. On le hisse par la poulie, vous voyez, et avec la corde qui descend, on le maintient en place. Sur un bateau, c'est toujours comme ça, tout le monde le sait.

— Et vous, comment le savez-vous ? demanda Bright.

— Écoutez, on met des canots à la mer, on monte des charges sur le pont, c'est mon boulot. C'est ça, l'art du marin. Disons que vous avez du matos qui pèse autant qu'un homme, d'accord ? Vous avez envie que ça se balade comme un lustre au bout d'une chaîne ? Putain, ça pourrait cogner le radar, l'arracher du mât ! Et avec la tempête cette nuit-là ! Nan, dans le bon vieux temps, c'est comme ça qu'ils faisaient, une corde vers le haut, une corde vers le bas, le tout solidement attaché, que ça bronche pas. Hé, si un gars laissait des trucs flotter dans le vide, il verrait de quel bois je me chauffe ! C'est cher, le matos. On le casse pas pour rigoler. Qu'est-ce que t'en penses, Portagee ?

— Il a raison. Et ça soufflait drôlement ce soir-là, le capitaine vous l'a pas dit ? C'est pour ça qu'ils étaient toujours là, ces connards. On a été obligé de retarder l'hélico à cause de l'orage. Y avait personne sur le pont, pas vrai ?

— Y aurait pu manqué que ça, dit Riley. On était bien cloîtrés. Enfin, on peut travailler même sous la tempête, s'il le faut absolument, mais s'il y a rien d'urgent, on fait pas les marioles sur le pont. C'est dangereux, c'est comme ça qu'on perd des hommes.

— C'était si terrible que ça ?

— Y a quelques moussaillons qu'ont passé la nuit la tête dans le seau. Le cuistot nous avait fait des côtelettes, dit Oreza en riant. Bah, c'est le métier qui rentre.

— Faut en passer par là.

— Alors, il n'y a pas eu de cour martiale ?

— Quoi ? demanda Riley, un étonnement sincère sur le visage. Ah ! dit-il, comprenant soudain, vous voulez dire qu'on leur a fait un vrai procès et qu'on les a pendus après, comme dans la vieille pub pour la bière ?

— Un seulement, dit Murray, venant à son secours.

— Pourquoi pas les deux ? C'est les mêmes crapules, non ? Hé, moi j'y suis allé sur le yacht. C'était pas joli. Vous voyez peut-être des trucs pareils tous les jours, mais, moi, c'était la première fois, ça m'a plutôt secoué, ça me dérange pas de le dire. Si vous voulez qu'on les pende, je les pends, moi, et ils iront pas jouer les marioles le lendemain. C'est vrai, j'aurais pas dû le casser en deux sur le bastingage, j'ai perdu mon calme, j'aurais pas dû. Je m'excuse. Mais ces deux salauds, ils ont bousillé toute une famille, ils ont violé aussi. Moi aussi, j'ai une famille, j'ai des filles. Portagee aussi. Et vous voulez qu'on pleure sur ces zigotos ? Vous avez frappé à la mauvaise porte. Foutez-les sur la chaise électrique, moi, j'appuie sur le bouton, j'ai rien contre.

— Alors vous ne l'avez pas pendu ?

— Dommage que j'y aie pas pensé, dit Riley.

Après tout, c'est Portagee qui avait eu cette idée.

Murray regarda Bright dont le visage rosissait un peu. Cela se passait encore mieux que prévu. On lui avait dit que le capitaine était intelligent ; d'ailleurs on ne confiait pas les commandes d'un bateau à un imbécile, pas volontairement du moins.

— Je vous remercie, messieurs. Je crois que vous avez répondu à toutes nos questions pour le moment. Je vous remercie de votre coopération.

Un peu plus tard, Wegener les raccompagna. Les trois hommes s'arrêtèrent à la passerelle. Murray fit signe à Bright d'aller vers la voiture, puis se retourna.

— Vous pouvez faire décoller un hélicoptère de ce pont là-haut ?

— Rien de plus facile.

— Je peux aller voir ? Je ne suis jamais monté à bord d'une vedette.

— Suivez-moi.

Un instant plus tard, Murray se trouvait au centre du pont, entre les lignes jaunes entrecroisées peintes sur le revêtement antidérapant. Wegener lui expliquait comment fonctionnaient les rampes lumineuses et la station de contrôle, en traçant une ligne imaginaire du mât de signal jusqu'au pont. *Oui, rien de plus facile*, pensa Murray.

— Capitaine, pour votre bien, j'espère que vous ne commettrez plus ce genre de folie.

Surpris, Wegener se retourna.

— Pardon ?

— Vous savez aussi bien que moi de quoi je parle.

— Vous croyez qu'on a...

— Oui. Un jury n'y croirait peut-être pas, enfin, c'est difficile de savoir. Mais c'est vrai... Je le sais.

— Qu'est-ce qui vous fait penser...

— Écoutez, capitaine, cela fait vingt-six ans que je travaille au FBI. J'en ai entendu des drôles d'histoires, vraies ou fausses. Peu à peu, on apprend à démêler le vrai du faux. A mon avis, il est parfaitement possible de faire coulisser une corde sur cette poulie, et si on a les vents du bon côté, ce n'est pas très gênant qu'un homme se balance dans le vide. En tout cas, cela n'endommagerait sûrement pas l'antenne du radar, contrairement à ce que prétend Riley. Eh bien, ne recommencez plus. Là, ce n'est pas trop grave, car nous pouvons engager les poursuites même sans les preuves que vous avez recueillies pour nous. Mais ne poussez pas trop les choses. Bon, je vous fais confiance. Vous savez sans doute que cette histoire a plus d'implications que vous ne le croyiez.

— J'ai été surpris d'apprendre que la victime...

— Oui, vous avez soulevé un gros tas de boue sans vous salir les mains. Vous avez eu de la chance, ne la forcez pas trop.

Une minute plus tard, Murray rejoignit l'agent Bright, toujours furieux dans la voiture.

— Un jour, quand j'étais encore tout nouvel agent, j'ai été envoyé au Mississippi, dit Murray. Trois responsables des listes électorales avaient disparu, et j'étais le plus jeune de l'équipe qui a éclairci l'affaire ; en fait, je me contentais de tenir le chapeau de l'inspecteur Fitzgerald. Vous avez entendu parler de Big Joe ?

— Mon père a travaillé avec lui.

— Alors vous savez que c'était un sacré personnage, un vieux flic comme on n'en fait plus. Bon, on a entendu dire que le Ku Klux Klan clamait haut et fort qu'il allait tuer quelques agents. Vous connaissez la suite, le harcèlement des familles et tout le tintouin. Joe était furax. Je l'ai emmené voir... peu importe le nom, mais un grand chef du Klan, et une vraie grande gueule, celui-là. Il était assis sous un arbre sur sa pelouse quand on est arrivés. Il avait un fusil à côté de lui et il était déjà à moitié bourré. Joe s'est approché. L'autre andouille a pris son fusil, mais Joe s'est contenté de le regarder. Il était tout à fait capable de ça : il avait envoyé trois types de l'autre côté, et ça se lisait sur son visage. J'étais un peu inquiet, j'avais la main sur le revolver, mais Joe le regardait toujours, le bonhomme, et il lui a dit que s'il entendait encore parler de menaces ou de coups de téléphone aux femmes et aux gosses, il reviendrait et le tuerait sur-le-champ, là, sur la pelouse. Il n'a même pas élevé la voix, on aurait dit qu'il commandait son petit déjeuner. Le type l'a cru, et moi aussi. Et tout a été terminé. C'était parfaitement illégal, poursuivit Murray. Parfois, il faut contourner les lois. Je l'ai fait, vous aussi.

— Je n'ai jamais...

— Ne montez pas sur vos grands chevaux ! J'ai dit « contourner », pas « briser ». Les lois ne prévoient pas toutes les situations. C'est pour ça que les agents doivent faire preuve de bon sens. C'est comme ça que la société fonctionne. Ces gardes-côtes nous ont fourni de sacrées informations, et la seule façon de les exploiter, c'est de ne pas trop chercher à savoir comment ils les ont obtenues. Il n'y a pas grand mal, car les types seront accusés de meurtres et il nous faut simplement des preuves matérielles. Ou ils coopèrent et nous donnent toutes les informations que le capitaine Wegener a obtenues par la trouille, ou c'est la chaise. Du moins, c'est ce qui a été décidé au siège. Ce serait beaucoup trop embarrassant de monter en épingle ce dont on a discuté sur le bateau. Vous croyez qu'un jury...

— Non, pas besoin d'un bon avocat pour démonter leur version et, même s'il n'y arrivait pas...

— Oui, de toute façon, nous, on a fait notre boulot. Le monde n'est pas parfait, mais je ne pense pas que ce Weneger commettra une nouvelle erreur.

— Bon.

Bright n'appréciait pas cette façon de voir, mais cela n'avait aucune importance.

— Alors, maintenant, il ne nous reste plus qu'à savoir pourquoi ce type et sa famille se sont fait assassiner. Quand j'étais à New York, personne ne s'en prenait jamais aux familles. On ne tuait même pas les gens devant leur femme, ou alors, c'est qu'il y avait une bonne raison.

— Les trafiquants ont moins de scrupules, dit Bright.

— Et moi qui me plaignais des terroristes !

A côté de son travail avec les Macheteros, c'était du gâteau. Cortez se trouvait dans l'alcôve d'angle d'un restaurant luxueux, avec une excellente carte des vins. Il se prenait pour un connaisseur en la matière. Rien à voir avec les baraques infestées de rats, les haricots ingurgités en compagnie de ces gens pour qui le marxisme consistait à attaquer les banques et à enregistrer des slogans révolutionnaires qu'on diffusait à la radio entre la musique rock et les publicités. Les États-Unis étaient bien le seul pays où même les pauvres allaient aux manifestations en voiture et quand on y faisait la queue, c'était aux caisses du supermarché.

Il choisit un cru obscur de la vallée de la Loire, et le garçon marqua son approbation en faisant cliqueter son stylo.

Dans son pays natal, les pauvres, c'est-à-dire tout le monde ou presque, se démenaient pour trouver du pain et des chaussures. Aux États-Unis, dans les quartiers défavorisés, les jeunes consommaient une drogue qui exigeait des centaines de dollars par semaine. Pour l'ancien colonel, cela tenait de l'incompréhensible. La drogue des taudis et des banlieues enrichissait ceux qui avaient déjà tout ce dont les autres rêvaient.

Cortez avait passé des années et des années dans les services de renseignements officiels à chercher un moyen d'endommager l'image des États-Unis, d'affaiblir son pouvoir. Il s'était trompé de voie en se servant du marxisme pour combattre le capitalisme. Mieux valait jouer le jeu du capitalisme et le retourner contre lui, et ainsi accomplir sa mission originelle tout en profitant des avantages du système qu'il combattait. Le plus drôle, c'était que ses ex-employeurs le considéraient comme un traître pour avoir trouvé un moyen efficace...

Il dînait avec un Américain typique, obèse, un costume luxueux mais négligé, des chaussures mal cirées. Dans sa jeunesse, Cortez avait souvent dû marcher pieds nus, et pensait avoir de la chance quand il avait trois chemises « à lui ». Cet homme avait une grosse voiture, un appartement confortable, un salaire qui dépassait celui de trois colonels de la DGI et cela ne lui suffisait pas. C'était ça, l'Amérique, quoi qu'on possède, cela ne suffisait jamais.

— Vous avez quelque chose pour moi ?

— Quatre propositions. J'ai tous les renseignements dans ma serviette.

— Qu'est-ce que ça vaut ? demanda Cortez.

— Elles correspondent toutes à vos exigences. J'ai toujours...

— Je sais, vous êtes efficace, c'est pour ça qu'on vous paie si bien.

— Ça fait plaisir d'être apprécié, Sam, dit l'homme avec une pointe d'orgueil.

Felix — Sam pour son partenaire — avait toujours apprécié ses collaborateurs pour les informations qu'ils lui apportaient, tout en les méprisant pour leur faiblesse. Pourtant, un agent secret, c'était ainsi qu'il se considérait, ne pouvait pas faire le difficile. L'Amérique regorgeait de ce genre d'individus. Cortez ne songea pas un instant que, lui aussi, il avait été acheté. Il se voyait comme un véritable professionnel, une sorte de mercenaire, peut-être, mais dans une tradition honorable. D'ailleurs, il faisait exactement ce que ses anciens patrons attendaient de lui, beaucoup plus efficacement qu'il était possible au sein de la DGI et quelqu'un d'autre le payait, c'était tout. En fin de compte, les Américains eux-mêmes lui versaient son salaire.

Le dîner se passa sans incident. Le vin fut à la

hauteur, mais la viande était trop cuite et les légumes insipides. Les restaurants de Washington ne méritaient pas leur réputation ! En sortant, il prit tout simplement l'attaché-case de son ami et se dirigea vers sa propre voiture. Il lui fallait vingt minutes pour retourner tranquillement à son hôtel. Il passa quelques heures à étudier les documents. Effectivement l'homme était fiable et méritait son estime. Les quatre propositions étaient solides.

Dès demain, il se mettrait sérieusement au travail.

7

VARIABLES CONNUES ET INCONNUES

Comme Julio le leur avait annoncé, il leur fallut une semaine pour s'habituer à l'altitude. Chavez dégagea les sangles de son paquetage, assez léger : une douzaine de kilos au plus. Les instructeurs prenaient leur temps et préféraient les méthodes douces au forcing. Cela convenait parfaitement au sergent, qui, toujours essoufflé après une marche de douze kilomètres, ne parvenait pas à décrisper ses mollets. Cette fois, il n'y avait pas eu de prémices de vomissements autour de lui et tout le monde avait suivi le rythme, avec les protestations et grossièretés de rigueur.

— Ça pouvait aller, dit Julio, à peine essoufflé, mais ça vaut quand même pas une bonne baise.

— A qui le dis-tu ! répondit Chavez en riant. Tous ces muscles inutiles, quel gâchis !

Le grand avantage du camp, c'était la bouffe. Sur le terrain, pour le déjeuner, on leur donnait un PPC — plat prêt à consommer, trois mensonges pour le prix d'un seul —, mais le petit déjeuner et le dîner étaient soigneusement mitonnés dans l'immense cuisine du camp. Chavez engloutissait autant de fruits que possible, et sucrait abondamment le café de l'armée qu'on aurait cru renforcé en caféine pour vous donner un peu plus de punch. Il se jetait sur les pamplemousses et les oranges et tout ce qui contenait des vitamines pendant que ses camarades s'attaquaient aux œufs et au bacon trop gras. Chavez alla chercher du hachis parmentier, car les hydrates de carbone fournissaient aussi de l'énergie et à présent qu'il était habitué à l'altitude, absorber des graisses ne l'inquiétait plus.

Tout se passait bien. La vie était dure, mais il n'y avait jamais de coup foireux. Les hommes, tous de grands professionnels, étaient traités comme tels. Pas de temps perdu à faire les lits au carré, les sergents avaient l'habitude et si par hasard une couverture n'était pas bien tirée, le regard des autres servait de rappel à l'ordre sans l'intervention d'un officier. Malgré son sérieux, la jeune équipe partageait le goût de la rigolade et de l'aventure. Comme ils ne savaient toujours pas à quoi on les entraînait, les bruits allaient bon train, et le soir, ils passaient en revue les spéculations les plus fantaisistes avant que les murmures se transforment en une symphonie de ronflements.

Malgré son manque de culture, Chavez n'était pas un imbécile. Il ne croyait à aucune des théories avancées. L'Afghanistan, c'était une vieille histoire, ce n'était certainement pas là qu'on les enverrait. D'ailleurs, tout le monde parlait couramment espagnol. Il se concentrait sur ce point tout en avalant un énorme kiwi, fruit qui lui était encore inconnu une semaine auparavant. Haute altitude, cela signifiait sûrement quelque chose. Cela éliminait d'office Cuba et le Panama. Le Nicaragua, peut-être ? Quelle était l'altitude des plus hauts sommets ? Mais le Mexique et bien d'autres pays d'Amérique latine avaient des montagnes. Il n'y avait que des sergents, qui avaient tous manié et entraîné des hommes, à un moment ou un autre. Tous faisaient partie de l'infanterie légère. On les disperserait sûrement pour former d'autres groupes. Donc dans un but de contre-insurrection. Bien sûr, au sud du Rio Grande, sous une forme ou une autre, tous les États affrontaient des problèmes de guérilla. Ce n'était que la conséquence des contradictions entre les gouvernements et les lois économiques, mais Chavez s'en tenait à une explication plus simpliste : dans ces pays-là, c'était le bordel ! Il en avait assez vu lors de ses déplacements avec son bataillon au Honduras et au Panama. Les villes étaient si crasseuses que, par comparaison, son ghetto natal lui semblait paradisiaque. Quant à la police... il n'aurait jamais pensé admirer un jour la police de Los Angeles ! Et l'armée ! Un ramassis de crétins et de fainéants ! Plus méprisables encore que les bandes de rues. Les officiers... il n'y en avait pas un à la hauteur du lieutenant Jackson qui, en vrai soldat, courait avec ses hommes et ne répugnait pas à se couvrir de boue et de sueur. Finalement, leur mission n'avait sûrement rien d'exceptionnel. Pour une raison ou une autre — politique sans doute, mais Chavez ne s'occupait pas de politique —, elle devait rester secrète. Il était assez malin pour se douter que ces préparations super-clandestines signifiaient : CIA. Là-dessus, il ne se trompait pas, mais pour le reste, il était à côté de la plaque.

Le petit déjeuner se termina à l'heure habituelle. Les hommes se levèrent et débarrassèrent leur plateau. La plupart firent un arrêt aux baraques et en profitèrent pour enfiler des vêtements propres. Chavez n'était pas spécialement maniaque, mais il aimait l'odeur d'une chemise fraîchement lavée et bien repassée. Le service de blanchisserie était tout simplement divin ici. Finalement, le camp, l'altitude, tout ça lui manquerait. L'air, bien que trop rare, était pur et sec. Tous les jours, on entendait le sifflement solitaire des trains qui s'engouffraient dans le tunnel Moffat, qu'ils apercevaient lors de leur marche biquotidienne et, le soir, au loin, ils voyaient souvent les wagons à deux étages d'un train bondé de chasseurs. Il se demandait si la chasse était bonne dans la région. Que chassait-on ? Le cerf ? Chavez avait vu beaucoup de grands cerfs, mais aussi les silhouettes blanches des chèvres de montagne qui fuyaient dans les rochers à l'approche des soldats. Elles étaient vraiment en forme, ces petites garces, avait dit Julio la veille.

Les quatre escouades se formèrent à l'heure voulue. Le capitaine Ramirez les fit mettre au garde-à-vous et les conduisit à leurs points de départ respectifs, à quelques centaines de mètres du camp, là où se terminait la partie plane de la haute vallée. Un homme dont l'énorme masse musculaire était à peine contenue dans un T-shirt et un short noir les attendait.

— Bonjour, je m'appelle Johnson. Aujourd'hui, nous allons commencer l'entraînement pour de bon. Vous avez tous une expérience du combat au corps-à-corps. Je suis là pour vous évaluer et pour vous apprendre quelques astuces que vous ne connaîtriez pas encore. Ce n'est pas si difficile que ça de tuer un homme en silence, le plus dur, c'est de s'approcher suffisamment pour pouvoir le faire, vous en êtes tous conscients.

Johnson mit les mains derrière le dos et continua à parler.

— Voici une autre façon d'agir.

Il montra un pistolet muni d'une sorte de tuyau à l'avant. Avant que Chavez ne reconnaisse le silencieux, Johnson avait tiré trois fois, à deux mains. Qualité exceptionnelle, remarqua Ding. On avait à peine perçu le claquement métallique de la détente, plus discret que le tintement de verre des trois bouteilles qui avaient explosé à six mètres de là, et le coup n'avait pas fait le moindre bruit. Très impressionnant.

Johnson eut un sourire espiègle.

— Et en plus, on ne se fait pas mal aux mains. Bon, vous êtes des familiers du corps-à-corps, et on continuera à travailler là-dessus. Moi aussi, je suis allé sur le terrain, comme vous, et inutile de se leurrer. Les armes seront toujours les plus fortes contre les mains nues. Alors, aujourd'hui, nous nous attaquerons au combat armé silencieux.

Il se pencha en avant et souleva la couverture qui dissimulait un FM. Lui aussi était muni d'un silencieux fixé au canon. Chavez comprit qu'il s'était trompé. Quelle que fût leur mission, elle n'aurait rien à voir avec la formation.

Le vice-amiral James Cutter, de l'US Navy, était un véritable aristocrate, du moins tout le laissait croire, pensa Ryan — grand, mince, chevelure argentée, sourire confiant, visage rose et frais. Non, il se conduisait comme tel, plutôt, ou du moins le croyait. Pour Ryan, les personnalités vraiment importantes ne se donnaient pas tant de mal pour que tout le monde le sache. Conseiller du Président à la Sécurité nationale, ce n'était pas une charge nobiliaire. Ryan connaissait quelques personnes vraiment titrées. Cutter, lui, venait d'une vieille famille américaine qui avait fait pousser des cailloux sur sa ferme de Nouvelle-Angleterre pendant des générations avant de se tourner vers le commerce et qui se débarrassait des bras inutiles en les envoyant dans la marine. Il y avait obtenu tous les postes de commande voulus, un destroyer d'abord, un croiseur ensuite. A chaque fois, il avait assumé ses fonctions honorablement et s'était fait remarquer... C'était surtout cela qui comptait. Nombre d'officiers de talent en restaient au grade de capitaine, car personne n'avait jamais prêté attention à leurs prouesses. Comment Cutter était-il sorti du rang ?

En léchant les bottes ? se demanda Ryan en terminant son rapport.

De toute façon, cela n'avait plus d'importance. Le Président l'avait remarqué lorsqu'il travaillait dans l'équipe de Jeff Pelt, et lorsque ce dernier avait retrouvé sa chaire à l'université de Virginie, Cutter avait aussitôt pris son poste, aussi facilement qu'un destroyer rentre au port. Derrière son bureau, dans un costume à la coupe impeccable, il buvait son café dans une tasse marquée USS BELKNAP, moyen de rappeler à tous qu'il avait autrefois tenu les commandes de ce croiseur. Pour la gouverne des éventuels visiteurs — peu de privilégiés pénétraient dans le bureau du conseiller à la Sécurité nationale —, le mur de gauche était généreusement couvert d'images du navire et de nombreuses photos dédicacées qui auraient fait verdir de jalousie un agent d'Hollywood. Dans la marine on appelait ce type de mur C'EST MOI LE MEILLEUR, mais la plupart des officiers avaient la pudeur de le faire chez eux.

Ryan n'appréciait pas vraiment Cutter. Il n'aimait pas Pelt non plus, mais Pelt avait l'avantage d'être presque aussi intelligent qu'il le croyait. Cutter en était loin. Ryan lui aussi était conseiller spécial, mais pas celui du Président. Que cela lui plaise ou non il devait en référer à Cutter, et, maintenant que son patron était à l'hôpital, cette corvée se renouvellerait de plus en plus souvent.

— Comment va Greer ? demanda Cutter.

Il s'exprimait avec un accent nasal de Nouvelle-Angleterre qui aurait dû mourir d'une mort naturelle il y a bien longtemps, mais ce détail ne dérangeait pas Ryan, cela lui rappelait ses années d'université à Boston.

— Les analyses ne sont pas encore terminées, répondit Ryan d'une voix qui trahissait son inquiétude.

Il s'agissait sans doute d'un cancer du pancréas, pour lequel le taux de survie est pratiquement nul. Il s'était renseigné auprès de Cathy et avait contacté le patron de l'hôpital Johns Hopkins, mais Greer appartenant à la marine, on l'avait envoyé à Bethesda. C'était le meilleur hôpital de la marine, mais il n'avait pas la classe de Johns Hopkins.

— Et vous allez reprendre sa place ? demanda Cutter.

— Pour le moment, ce ne serait pas du meilleur goût, amiral, répondit Bob Ritter à la place de son collègue. En l'absence de l'amiral Greer, Ryan le remplacera de temps à autre.

— Si vous vous en tirez aussi bien que pour votre présentation, nous devrions nous entendre. C'est dommage pour Greer. J'espère que cela s'arrangera, dit Cutter, à peu près aussi ému que s'il demandait où sont les toilettes.

Quelle chaleur humaine ! pensa Ryan. *L'équipage du* Belknap *devait t'adorer !* Mais Cutter n'était pas payé pour être chaleureux mais pour conseiller le Président, et Ryan pas pour l'aimer, mais pour l'informer.

Là, Ryan commit une erreur. Il revint sur son rapport concernant les intentions du KGB en Europe centrale. Mais Cutter n'avait pas son expérience dans ce domaine, ni l'intuition de Pelt, et il aimait opérer sans consulter le Département d'État. Et, surtout, il ne comprenait rien au fonctionnement de l'Union soviétique. Il se trouvait derrière le bureau de chêne sombre grâce à ses talents dans d'autres domaines et voulait remédier à la situation à sa façon.

— Content de vous avoir revu, votre rapport est excellent, monsieur Ryan. J'en parlerai au Président. Si vous voulez bien nous excuser, le DAO et moi devons discuter de certaines choses.

— Jack, on se retrouve à Langley ? demanda Ritter.

Ryan acquiesça d'un signe de tête et sortit avant que la conversation reprenne dans le bureau. En vingt minutes, le directeur adjoint des opérations eut présenté son propre rapport sur l'opération Showboat.

— Comment coordonner tout ça ? demanda l'amiral.

— Comme d'habitude. Le seul avantage du fiasco de la tentative de libération des otages en Iran, c'est qu'il a prouvé que les communications satellites pouvaient être parfaitement hermétiques. Vous avez déjà vu le modèle portatif ? C'est l'équipement standard des forces légères.

— Non, simplement l'équipement naval. D'ailleurs, ce n'est pas vraiment portable.

— C'est un instrument en deux parties, une antenne en forme de X et un support de fil de fer qu'on croirait fabriqué avec des vieux cintres. Le paquetage global ne pèse que sept kilos, avec la commande manuelle, et il y a même un clavier en morse au cas où l'émetteur aurait besoin de ne pas faire de bruit. Un système à bande latérale unique, un codage UHF extrêmement sophistiqué. On ne peut pas trouver plus sûr.

— Et pourront-ils rester à couvert ?

— Si la région était très peuplée, les adversaires en auraient choisi une autre. D'ailleurs, comme on pourrait s'y attendre, ils opèrent surtout la nuit. Alors nos hommes resteront tranquilles le jour et avanceront de nuit. Ils ont l'habitude et sont équipés pour ça. Cela fait un moment qu'on réfléchit là-dessus. Ils sont déjà très entraînés et...

— Le ravitaillement ?

— Par hélicoptère. Les forces spéciales de Floride.

— Je suis toujours convaincu qu'on aurait dû prendre des marines.

— Les marines n'ont pas la même destination. Nous en avons déjà parlé, amiral. Ces petits gars sont mieux formés, mieux équipés, ils sont déjà allés dans des régions similaires pour la plupart, et ils passeront inaperçus beaucoup plus facilement.

Ritter répétait les mêmes arguments pour la énième fois. Trop sûr de ses propres opinions, Cutter n'était pas du genre à tenir compte de l'avis des autres. Comment le Président se faisait-il entendre ? Inutile de poser la question. Un murmure présidentiel avait beaucoup plus de poids que n'importe quel hurlement. Malheureusement, le Président se reposait souvent sur des idiots pour que ses rêves deviennent réalité. Ritter n'aurait pas été surpris d'apprendre que ses conceptions de la sécurité nationale coïncidaient avec celles de Jack Ryan, mais Ryan ne pouvait pas être mis au courant.

— Bon, c'est votre problème, de toute façon. A quelle date l'opération doit-elle commencer ?

— Dans trois semaines. Nous avons reçu le rapport hier soir. Tout se passe bien. Les hommes ont toutes les capacités nécessaires. Il suffit d'affiner quelques techniques et de leur apprendre une ou deux astuces. Jusque-là, nous avons de la chance, personne ne s'est jamais blessé là-haut.

— Depuis combien de temps utilisez-vous ce site ?

— Trente ans. Il était prévu pour y installer des radars de défense aérienne, mais le financement a été bloqué. L'armée de l'Air nous l'a refilé, et depuis, c'est une base d'entraînement. Elle n'apparaît sur aucune liste officielle et est censée appartenir à une société offshore que nous utilisons comme couverture. C'est à peine croyable, mais en automne, on la loue à des chasseurs. Cela nous rapporte même des bénéfices, raison de plus pour qu'elle ne soit recensée nulle part. C'est assez discret pour vous ?

— Trois semaines ?

— Un peu plus peut-être. Nous travaillons toujours sur la coordination satellite et sur le déploiement des forces sur le terrain.

— Ça marchera ?

— Nous en avons déjà parlé, amiral. Si vous voulez offrir un remède miracle au Président, nous ne l'avons pas. Les résultats auront bonne presse, et peut-être que nous réussirons à sauver une vie ou deux. Personnellement, je pense que cela vaut la peine de tenter le coup, même si nous n'obtenons pas grand-chose.

L'avantage avec Ritter, pensa Cutter, c'est qu'il se contentait d'énoncer des évidences. Bien sûr qu'il y aurait des résultats positifs, tout le monde savait lesquels.

— Et le radar ? Il est sûr ?

— Il n'y a que deux avions qui entrent en jeu. Ils testent un nouveau système FPI — faibles probabilités d'interception. Je ne connais pas les détails techniques, mais avec une fréquence particulièrement bien choisie, des lobes d'antenne latéraux réduits et d'une puissance d'émission relativement faible, les messages sont presque impossibles à capter. Le système ESM que l'adversaire commence à utiliser sera totalement dépassé. Si bien que nous pourrons placer nos hommes près de quatre ou cinq aérodromes clandestins pour qu'ils nous préviennent si une cargaison est en route. Les E-2 modifiés établiront le contact au sud de Cuba et les suivront jusqu'à ce qu'ils soient interceptés par le pilote du F-15 dont je vous ai déjà parlé. C'est un Noir, et un sacré pilote de combat, il paraît. Il vient de New York, sa mère s'est fait agresser par un drogué. Du sale boulot. Il l'a massacrée. Une de ces histoires du ghetto dont on n'entend jamais parler. Trois gosses, ils ont tous bien tourné. Le pilote est complètement remonté en ce moment. Il travaille pour nous, et il saura tenir sa langue.

— Bon, dit Cutter, sceptique. Mais s'il se mettait à avoir une conscience politique un jour et qu'il...

— Il m'a dit qu'il était prêt à bousiller tous ces salauds. Sa mère a été tuée par un junkie. Il a envie de se venger, et pour lui, c'est le meilleur moyen. Il y a pas mal de projets spéciaux en ce moment à Eglin. On l'a sorti du lot pour l'associer au projet LPI. Deux avions de la marine transporteront les radars, et pour équipages on a choisi des pilotes qui avaient tous plus ou moins la même histoire. Et n'oubliez pas qu'avec le F-15, nous avons toutes les chances de succès. L'avion-radar s'approche et disparaît. Si Bronco, c'est le nom du pilote, est obligé d'asperger un cargo, personne n'en saura rien. Une fois l'appareil au sol, l'équipage sera mort de trouille. C'est moi qui ai réglé ces détails. Si des gens doivent disparaître — j'espère que non —, cela pourra s'arranger aussi. Les marines à notre disposition sont spécialement entraînés. Un des hommes se fera passer pour un représentant de la police fédérale et nous les emmènerons directement devant le juge que le Président...

— Je suis au courant.

Les idées germaient de manière parfois bizarre, pensa Cutter. Le Président avait fait une remarque colérique en apprenant la mort par overdose du cousin d'un ami. Cutter en avait parlé à Ritter, avait eu une idée et l'avait mentionnée au Président. Un mois plus tard, le projet se mettait en place. Deux mois plus tard, il était prêt. Le rapport présidentiel secret n'existait qu'en quatre exemplaires, tous bien gardés. A présent, les choses bougeaient, il était trop tard pour revenir en arrière. Cutter avait pris part à toutes les discussions, et pourtant, le projet se développait de manière inattendue.

— Et si ça tourne mal ? demanda-t-il à Ritter.

— Dans une opération sur le terrain, tout peut mal tourner. Il y a quelques mois, un accident d'avion a mal tourné à cause d'une mesure illégale...

— C'était le KGB. Jeff Pelt m'en a parlé.

— Nous ne sommes pas totalement immunisés. Il peut se produire n'importe quelle merde. Tous les aspects de l'opération sont compartimentés. Le pilote de combat ne connaît pas l'avion-radar ni son équipage. Des deux côtés, ce ne sont que des signaux et des voix. Au sol, personne ne sait quels sont les avions impliqués. Sur le terrain, les hommes recevront les instructions par radio-satellite, ils ne sauront même pas d'où ça vient. Les gens qui les ont enrôlés ne savent pas en quoi consiste la mission ni d'où viennent les ordres. Il n'y a qu'une poignée d'individus qui savent tout. En fait, il y a moins d'une centaine de personnes qui disposent de certains éléments, et dix qui sont au courant de la mission dans sa globalité. Impossible de faire mieux. Alors, maintenant, on y va ou pas. C'est à vous d'en décider. Je suppose que vous avez informé le Président, dit Ritter.

Cutter sourit : même à Washington, on n'avait pas toujours la chance de dire la vérité et de mentir en même temps.

— Évidemment, monsieur Ritter.

— Par écrit ?

— Non.

— Alors, je considère l'opération comme annulée, répondit calmement le DAO. Je ne veux pas que ça me retombe sur le dos.

— Oui, mais moi ? observa Cutter.

Il ne laissa pas transparaître sa colère, mais son visage en disait assez long. Ritter frappa juste.

— Le juge Moore l'exige. Vous préférez peut-être qu'il pose lui-même la question au Président ?

Cutter fut pris de court. De par sa fonction, il devait s'arranger pour que le Président reste en dehors de tout. Il se serait bien déchargé sur Ritter ou sur le juge Moore, mais il venait de se faire piéger dans son propre bureau. Il fallait un responsable. Bureaucratie ou pas, cela retombait toujours sur les épaules d'un seul. Son passage dans la marine lui avait appris le sens des responsabilités, mais bien qu'il se prenne pour un grand officier, sans porter l'uniforme bien entendu, Cutter avait toujours évité d'en prendre. Le travail au Pentagone, et encore mieux à la Maison Blanche, était parfait pour ça. Mais de nouveau, c'était à lui de prendre des décisions. Il ne s'était pas senti si vulnérable depuis que son croiseur avait failli se fracasser contre un pétrolier au cours d'un ravitaillement. En donnant des ordres au timonier, son second l'avait sauvé in extremis. Dommage qu'il ne soit jamais allé plus loin que le grade de capitaine, mais Ed ne savait pas s'y prendre pour avoir du galon.

Cutter ouvrit un tiroir et prit un papier à en-tête de la Maison Blanche. Il sortit son stylo en or de sa poche et rédigea une autorisation en bonne et due forme. *Le Président vous autorise à...* L'amiral replia la feuille, la glissa dans une enveloppe et la tendit à Ritter.

— Merci, amiral, dit Ritter en la rangeant dans sa veste. Je vous tiendrai au courant.

— Ne montrez pas ça à n'importe qui.

— Je sais garder un secret, c'est mon métier, ne l'oubliez pas.

Ritter se leva et quitta la pièce, rassuré. Quelqu'un portait le chapeau, il était couvert. L'assistant à la Sécurité nationale ne partageait sans doute pas son soulagement, mais après tout, ce n'était pas sa faute si Cutter s'y était mal pris.

A quelques kilomètres de là, Ryan trouva le bureau du directeur adjoint des Renseignements bien glacial. Il n'y avait que le petit buffet où James Greer rangeait sa cafetière et la haute chaise vide d'où il faisait ses déclarations professorales et plaisantait. Oui, son patron avait vraiment le sens de l'humour. Il aurait fait un excellent professeur ; d'ailleurs c'est ce qu'il avait été pour Jack. Quand déjà ? Cela ne faisait que six ans qu'il était entré à l'Agence, il ne connaissait Greer que depuis sept, et l'amiral avait largement remplacé le père qu'il avait perdu dans un accident d'avion au-dessus de Chicago. C'était là qu'il se réfugiait chaque fois qu'il avait besoin d'aide, de conseils.

De l'autre côté des fenêtres du septième étage, les feuillages d'été cachaient la vallée du Potomac. Quand les événements s'étaient précipités, les arbres étaient dépouillés. Ryan avait fait les cent pas devant la fenêtre, observant les congères de neige tout en essayant de trouver des réponses à des questions délicates.

Le vice-amiral James Greer ne verrait pas un autre hiver. Il avait vécu son dernier Noël. Il se trouvait dans une suite de l'hôpital naval de Bethesda, avec encore tous ses esprits et tout son humour, mais il avait perdu huit kilos en trois semaines, et sous chimiothérapie, on le nourrissait par perfusion. Et la douleur ! Il n'y a rien de pire que d'observer la souffrance des autres. Ryan avait vu sa femme et sa fille à l'hôpital, et l'avait plus difficilement supporté que ses propres séjours. Cela lui faisait mal de voir le visage de Greer tendu, ses membres qui se raidissaient parfois en proie à des spasmes dus au cancer ou aux médicaments. L'amiral faisait autant partie de la famille que... *Mon Dieu, je pense à lui comme à mon père*. Et il en serait ainsi jusqu'à la fin.

— Merde ! murmura Jack sans même s'en apercevoir.

— Je vous comprends, monsieur Ryan.

— Hein ?

Le chauffeur de l'amiral (et son garde du corps) se tenait près de la porte au moment où Jack sortait quelques documents. Bien qu'il fût l'assistant de Greer, il devait être sous surveillance s'il regardait des documents réservés exclusivement au DAR. Les

144

règles de la CIA étaient sévères, logiques et implacables.

— Oui, je vous comprends, j'ai travaillé avec lui pendant onze ans. C'était plus un ami qu'un patron. À Noël, il avait toujours un cadeau pour les enfants et il n'oubliait jamais un anniversaire non plus. Vous croyez qu'il y a encore de l'espoir ?

— Cathy a demandé à un de ses amis d'aller le voir. Bob Goldman, professeur d'oncologie à Hopkins. C'est un des meilleurs. Une chance sur trente, d'après lui. Cela s'est propagé trop loin et trop vite. Deux mois, au maximum, sinon cela tiendrait du miracle.

Mon Dieu, Greer n'aurait pas supporté de les entendre parler ainsi. Il y avait du travail à faire. Jack prit une clé et ouvrit un tiroir. En cherchant les dossiers, il fit involontairement glisser le sous-main, maculé de ronds de café. Près du coin intérieur, Ryan remarqua une fiche cartonné, collée sur le bureau. Il y avait deux combinaisons de coffre, notées de la main de Greer. Tout comme Ritter, l'amiral avait son coffre-fort personnel. Il avait toujours eu mauvaise mémoire pour les combinaisons, et il les avait probablement notées pour ne pas les oublier. Il se demanda pourquoi Greer avait également la combinaison du coffre de Ritter mais, finalement, c'était logique. Si on devait intervenir d'urgence, si Ritter était kidnappé par exemple, il faudrait bien que quelqu'un ait accès aux dossiers ultra-secrets, et cela ne pouvait être qu'une personne de confiance. Ritter connaissait sûrement le numéro du coffre personnel du DAR. Et qui d'autre ? Peu importait. Jack remit le sous-main en place et sortit six dossiers. Ils concernaient tous des analyses à long terme que l'amiral voulait voir. Rien de particulièrement confidentiel, mais cela permettrait à Greer de s'occuper l'esprit. Sa chambre était gardée en permanence par deux vigiles, si bien qu'il pouvait continuer à travailler pendant le temps qu'il lui restait.

Bon sang, tu vas penser à autre chose ! Il a encore une petite chance, c'est mieux que rien !

Chavez n'avait encore jamais manié de pistolet-mitrailleur. La plupart du temps, il était équipé d'un fusil M-16, avec un lance-grenades M-203 fixé au canon. Il connaissait le maniement de l'arme automatique belge qu'on venait d'ajouter à l'arsenal de l'armée et avait autrefois été fin tireur au pistolet. Trop peu puissant pour les besoins d'un soldat, le pistolet-mitrailleur n'était plus en odeur de sainteté dans l'armée.

Mais Chavez aimait vraiment celui qu'il avait en main. C'était une arme allemande, un MP65 SD2 de Heckler & Koch. Le fini mat noir restait rugueux au toucher et l'arme manquait de la densité presque érotique de l'Uzi israélien. Elle ne visait pas à l'élégance, mais à l'efficacité, la fiabilité, la précision. Celui qui l'avait conçue connaissait son métier. Contrairement aux armes allemandes traditionnelles, elle ne comportait que peu de pièces détachées. Elle s'ouvrait et se nettoyait facilement, et il fallait moins d'une minute pour la remonter. Le pistolet-mitrailleur confortablement installé sur son épaule, il baissa instinctivement la tête pour regarder par le viseur.

— Feu ! ordonna M. Johnson.

Chavez avait réglé son arme au coup par coup. Il tira une première fois pour sentir la réaction de la détente. Elle céda à une pression d'environ cinq kilos, avec un recul droit et peu marqué et, contrairement à d'autres armes, ne s'écarta pas de sa cible. Il toucha la tête de la silhouette en plein centre. Il recommença avec la même précision avant de passer à un tir plus rapide. Les coups à répétition le firent reculer de quelques centimètres, mais l'amortisseur de recul absorba l'essentiel du choc. Il avait tiré sept balles, bien groupées. Il passa sur la position de tir en rafales, il était temps de s'amuser un peu. Il tira trois coups dans la poitrine de la cible. Les balles étaient moins concentrées, mais auraient toutes été mortelles. Après un nouvel essai, Chavez tenta un tir de trois balles sur la cible. Il n'avait pas besoin d'utiliser toute la puissance de l'automatisme, c'était un gâchis de munitions. Cette attitude pouvait sembler étrange de la part d'un soldat, mais pour un homme d'infanterie, les munitions, c'était un poids supplémentaire. Pour terminer son magasin de trente coups, il visa sur des parties non marquées de la cible et, à chaque fois, frappa exactement là où il le voulait.

Bon Dieu, comment j'ai pu me passer de toi ! songea-t-il. Mieux encore, l'arme ne faisait pas plus de bruit qu'un bruissement de feuilles sèches. Pourtant, il n'y avait pas de silencieux, le canon *était* un silencieux. On ne percevait qu'un déclic assourdi suivi du sifflement de la balle. Les balles étaient conçues pour minimiser le bruit, leur avait expliqué l'instructeur. Chavez en prit une. Pointue, creuse, elle ressemblait à un petit godet. Sur un homme, l'impact de la blessure devait ressembler à une pièce de monnaie. Mort instantanée si l'on touchait la tête, presque aussi rapide si l'on visait la poitrine. Mais si on leur apprenait à se servir d'un silencieux, c'était pour qu'ils visent la tête. Chavez estimait pouvoir atteindre sa cible à quinze mètres environ, un peu plus peut-être dans des circonstances idéales, mais cela, mieux valait ne pas y compter. Dans une véritable confrontation, il s'approcherait à une quinzaine de mètres et ferait tomber sa cible sans un bruit.

Non, décidément, on ne les préparait pas à une mission de formation !

— Joli tir groupé, Chavez, observa l'instructeur.

— Ça tire drôlement bien, cet engin.

— Il est à vous. Qu'est-ce que vous donnez au pistolet ?

Il y aurait deux mitrailleurs par escouade : deux FM — Julio en avait un ; et pour les autres, des M-16 dont deux seraient munis de lance-grenades. Tout le monde avait également des pistolets.

— La bonne moyenne. Je n'ai pas l'habitude de...

— Je sais, je sais, vous aurez tous l'occasion de vous entraîner. Les pistolets ne sont pas toujours pratiques, mais il y a des moments où c'est encore ce qu'il y a de mieux. Bon, poursuivit Johnson en s'adressant à l'escadron, approchez, tous les quatre. Il faut que tout le monde sache comment fonctionnent ces armes. Vous devez tous devenir des experts.

Chavez passa son arme à un autre homme et s'éloigna de la ligne de tir. Il essayait toujours d'y voir plus clair. Opération spéciale. Cela ne pouvait être que cela. Il connaissait un type qui avait appartenu aux forces Delta à Bragg. Les opérations spéciales n'était qu'une variante plus raffinée du travail d'infanterie. Il fallait s'approcher, éliminer les sentinelles, frapper vite et fort, comme l'éclair. Si tout n'était pas terminé en moins de dix secondes... la tension montait. En fait, c'était la même chose dans les combats de rues, pensa Chavez, amusé. Pas de fair-play chez les soldats, on arrive en douce et on tire dans le dos, sans sommations. On ne laisse pas à l'ennemi la moindre chance de se protéger, pas la moindre. Mais ce que les bandes de jeunes appelaient lâcheté, ici, c'était de la tactique. C'était injuste quand on y réfléchissait ainsi. L'armée était simplement un gang mieux organisé. Et bien sûr, c'étaient d'autres qui choisissaient les cibles. Cela s'appliquait aussi aux gangs, mais à l'armée, celui qui décidait était une personne importante, censée savoir ce qu'elle faisait. Même si pour lui cela ne ressemblait à rien, chose courante chez les soldats, quelqu'un comprenait tout.

La séduction, c'était ça le pire dans son travail. Comme pour tous les autres éléments de sa profession, Cortez y avait été froidement et objectivement entraîné. Pourtant, il n'y avait guère moyen de nouer une relation intime en restant froid, surtout si vous vouliez arriver à quelque chose. Même l'école du KGB l'admettait. Il avait eu des heures et des heures de leçons sur les défaillances... Des Russes essayant d'expliquer à un Latin les imbroglios romantiques ! On adaptait son approche à la personnalité du sujet, en l'occurrence une veuve de quarante-six ans, exceptionnellement jolie pour son âge, qui avait encore assez de vitalité pour ressentir le besoin d'un compagnon lorsque les enfants allaient se coucher ou sortaient. Une veuve dont le lit était encore plein de souvenirs refroidis. Ce n'était pas la première fois qu'il avait affaire à un tel sujet, et elles étaient toujours courageuses, pathétiques. On lui avait appris qu'il ne devait considérer les problèmes que sous l'angle de la chance à saisir. Mais comment se lier à une telle femme sans ressentir sa souffrance ? Les instructeurs du KGB n'avaient jamais fourni de réponse sur ce point.

Lui aussi venait de subir une perte récente. Sa « femme » était morte d'un cancer, avait-il dit. Il s'était marié tard, après avoir remonté l'affaire de famille — passé son temps à travailler, à voyager à travers le monde pour remettre sur pied la société fondée par son père —, et n'avait épousé Maria que trois ans plus tôt. Elle était enceinte, mais en allant voir son médecin pour qu'il lui confirme la bonne nouvelle... les tests de routine... Six mois au plus. Le bébé n'avait pas eu la moindre chance, et il ne lui restait plus rien. Peut-être était-ce le châtiment divin pour avoir épousé une femme si jeune, ou pour avoir mené une vie de bâton de chaise dans sa jeunesse dépravée, avait-il confié le nez plongé dans son verre de vin.

A cet instant, Moira lui avait pris la main. Non, ce n'était pas sa faute. Et il lut la pitié dans le regard de celle qui avait dû se poser elle-même des questions plus ou moins similaires. Les gens étaient parfaitement prévisibles. Il suffisait de presser sur le bon bouton... et de ressentir les bons sentiments. Ce fut à ce moment précis que la séduction s'accomplit. Il avait senti la chaleur de la pression, le sentiment d'humanité. Mais s'il pensait à elle comme à une simple cible, comment lui rendre cette émotion... et accomplir sa mission ? Il ressentit sa peine, sa solitude. Il serait gentil avec elle.

Deux jours plus tard, c'est ce qu'il faisait. Cela aurait été drôle, si cela n'avait été aussi pitoyable, de la voir arriver pomponnée comme une adolescente pour un rendez-vous amoureux, ce qui n'avait pas dû lui arriver depuis une bonne vingtaine d'années. Ses enfants s'étaient sûrement bien amusés, car il s'était écoulé suffisamment de temps depuis la mort de leur père pour qu'ils ne lui en veuillent pas et l'encouragent au contraire de sourires taquins. Un dîner rapide, un peu tendu, le retour à son hôtel, encore un peu de vin pour éliminer le reste de nervosité, réelle pour tous les deux. Mais cela valait la peine d'avoir attendu. Elle manquait un peu de pratique, mais ses réactions étaient beaucoup plus sincères qu'avec la plupart de ses partenaires. Cortez était un très bon amant, fier de ses talents, et il fit de son mieux. Il prit tout son temps.

Elle était allongée à côté de lui, la tête contre son épaule, des larmes silencieuses roulant sur ses joues. Une femme exceptionnelle, vraiment. Son mari avait eu de la chance d'avoir une épouse qui savait que le silence était la plus grande des passions. Il regarda le réveil sur la table de nuit et attendit dix minutes avant de parler.

— Merci, Moira... Je ne savais pas... Cela faisait si longtemps... C'est la première fois depuis que... depuis...

En fait cela faisait moins d'une semaine et cela lui avait coûté trente mille pesos. Une jeune fille douée, mais...

Il s'était laissé surprendre par la force de cette femme et avait eu du mal à respirer sous la puissance de ses enlacements. Un vieux reste de conscience lui faisait honte, mais quelque chose lui disait qu'il lui avait donné plus qu'il n'avait pris. Rien à voir avec une fille de joie. L'argent n'achetait pas les sentiments. C'était rassurant et troublant à la fois, et cela aggravait sa culpabilité. De nouveau, il s'efforça d'être rationnel, il n'y aurait pas eu de honte sans ses enlacements passionnés, et elle n'aurait pas été si fougueuse s'il ne lui avait pas été si agréable.

Il tendit le bras et prit une cigarette.

— Tu devrais arrêter de fumer, lui dit Moira Wolfe.

— Je sais, fit-il en souriant, mais après ce que tu viens de me faire... il faut que je retrouve mes esprits... *Madre de Dios !* murmura-t-il, un peu plus tard.

— Qu'est-ce qui ne va pas ?

— Je me suis donné à toi, et je te connais à peine, dit-il avec un nouveau sourire malicieux.

— Qu'est-ce que tu veux savoir ?

— Oh, rien... Rien d'important. Qu'est-ce qu'il pourrait y avoir de plus important que ce qui s'est passé ?

Un baiser, une caresse, un silence. Il écrasa sa cigarette à demi consumée pour lui prouver qu'il lui consacrait toute son attention.

— Je ne suis pas très fort pour...

— Ah bon ?

C'était à elle de rire et à lui de rougir.

— Tout est différent... Moira. Quand... quand j'étais jeune, ça... ça n'avait pas d'importance. Mais j'ai vieilli, et je sais que ce n'est pas vrai... (Un moment de gêne.) Si tu le permets, je voudrais tout savoir sur toi. Je viens souvent à Washington, et j'aimerais... J'en ai assez de la solitude, j'en ai assez de... J'ai envie de te connaître, dit-il, d'un ton passionné avant de poursuivre, hésitant, plein d'espoir, mais craintif. Si tu le permets...

— Oui, je le permets, dit-elle en l'embrassant tendrement sur la joue.

Au lieu de se laisser aller à ses embrassades passionnées, il se détendit, soulagé, sentiment pas tout à fait feint. Il attendit encore un peu.

— Il faut que je te parle de moi. Je suis très riche. Je m'occupe de machines et de pièces détachées pour l'automobile. Je possède deux usines, une au Costa Rica et l'autre au Venezuela. C'est un peu compliqué... pas dangereux, mais complexe de travailler avec des gros constructeurs. Mes deux jeunes frères travaillent avec moi. Et toi ? Qu'est-ce que tu fais ?

— Secrétaire de direction.

— Ah ? Moi aussi, j'en ai une.

— Et tu la poursuis de tes assiduités...

— Consuela pourrait être ma mère ! Elle travaillait déjà pour mon père. Ça se passe comme ça chez vous ? Les patrons font la cour à leur secrétaire ? dit-il, un soupçon de jalousie dans la voix.

— Non, pas vraiment. Je travaille pour Emil Jacobs, le directeur du FBI.

— Je n'ai jamais entendu ce nom. (Mensonge.) Le FBI, c'est vos *federales*, ça, je le sais. Alors, tu es la secrétaire de tout ce monde-là ?

— Non, pas exactement. Je me charge surtout d'organiser l'emploi du temps de M. Jacobs. Il est toujours débordé. Réunions, conférences. C'est un travail de jongleur.

— C'est pareil pour Consuela. Sans elle, je ne sais pas... Si je devais choisir entre un de mes frères ou elle, c'est elle que je garderais. Je peux toujours embaucher un nouveau directeur. Comment il est, ce... Jacobs ? Tu sais, quand j'étais petit, je voulais être dans la police, avec un revolver, et une voiture. Être le chef de la police, ça doit être grandiose.

— Il manie surtout de la paperasse. Je dois établir des dossiers, taper des textes. Au sommet, la tâche consiste surtout à organiser des budgets et des réunions.

— Mais il doit... tout savoir, non ? C'est ce qu'il y a de mieux dans le travail du policier : il en sait bien plus que les autres. Connaître les criminels, les traquer...

— Et bien d'autres choses. Il ne se limite pas à des tâches de police. Il y a aussi le contre-espionnage, la chasse aux espions.

— Ce n'est pas la CIA qui s'en charge ?

— Non, je ne peux pas en parler bien sûr, mais c'est aussi une fonction du FBI. C'est toujours pareil en fait, ça ne ressemble pas du tout à un feuilleton télévisé. C'est plutôt ennuyeux. Je dois lire tous les rapports.

— C'est drôle, une vraie femme, et qui en sait plus que moi, dit-il avec un sourire d'encouragement pour qu'elle aille plus loin.

Et dire que l'imbécile qui l'avait mis en contact avec elle lui avait suggéré de la soudoyer ! Ah, ses professeurs du KGB seraient sûrement fiers de lui. Le KGB se montrait toujours radin.

— Il te fait travailler dur ? demanda Cortez.

— Parfois, je fais beaucoup d'heures, mais dans l'ensemble, il est plutôt cool.

— S'il te fatigue trop, j'irai lui dire deux mots. Je ne veux pas que tu sois retenue par ton travail quand je viens à Washington.

— Tu parles sérieusement... ?

— Moira.

Sa voix changea de timbre. Il l'avait déjà poussée trop loin pour une première fois. Tout s'était passé trop facilement et il avait posé beaucoup trop de questions. Après tout, veuve ou pas, c'était une femme de confiance, consciente de ses responsabilités, et donc intelligente. Mais c'était aussi une femme de sentiments et de passion. Il s'approcha d'elle et lut la question sur son visage : Encore ? Il sourit. Oui.

Cette fois, il fut plus impatient. Il n'explorait plus l'inconnu. Ils étaient intimes à présent. Son empressement avait une fonction. Dans dix minutes, elle aurait oublié toutes ses questions. Elle se souviendrait de l'odeur de son corps. Elle se bercerait de sa jeunesse retrouvée et se demanderait où tout ça la mènerait, pas comment cela avait commencé.

Les missions avaient toujours un aspect comploteur. Peu après minuit, il la raccompagna jusqu'à sa voiture. De nouveau, elle le surprit par son silence. Elle lui tendit la main comme une petite fille. Un dernier baiser avant de se quitter... elle ne voulait pas le laisser partir.

— Merci, Juan, dit-elle, doucement.

Cortez lança son cri du cœur.

— Moira, grâce à toi, je me sens à nouveau un homme. C'est moi qui te dois tout. La prochaine fois que je viens à Washington, il faut absolument...

— Oui.

Il la suivit pendant presque tout le trajet, pour lui

prouver qu'il voulait la protéger et ne s'éloigna que tout près de la maison pour éviter que ses enfants — ils l'attendaient sûrement — ne le remarquent. En retournant à son hôtel, il souriait.

Ses collègues comprirent immédiatement. Après à peine plus de six heures de sommeil, Moira arriva au bureau dans un tailleur qu'elle n'avait pas porté depuis plus d'un an. Elle ne pouvait dissimuler l'étincelle qui brillait dans ses yeux. Mais personne ne dit rien. Même Jacobs comprenait. Il avait enterré sa femme quelques mois après la mort du mari de Moira et savait que le vide laissé ne se comble jamais totalement par le travail. Tant mieux pour elle. Elle avait encore des enfants à élever. Il faudrait qu'il se montre plus souple avec ses horaires. Elle méritait bien une autre chance.

8

DÉPLOIEMENT

Étonnant comme ça se passe en douceur, songea Chavez. Ils étaient tous sergents, mais celui qui avait organisé l'affaire était un malin parce qu'on ne perdait pas de temps à chercher qui s'occupait de quoi. Un sergent des opérations aidait le capitaine Ramirez à établir le programme des opérations. Il y avait un infirmier, un bon, venu des Special Forces, et qui était entraîné au maniement des armes. Julio Vega et Juan Piscador avaient été autrefois mitrailleurs, et ils prirent les FM. Il en fut de même pour le radio. Chaque membre de l'équipe entrait nettement dans une case présélectionnée, chacun était assez fort dans sa partie pour respecter les compétences de l'autre, et leur nouvelle formation renforcerait encore ce sentiment de respect. Le rude régime des exercices avait encore accru les compétences des uns et des autres, et en deux semaines l'équipe s'était fondue en une superbe machine. Chavez, diplômé de l'école des Rangers, était éclaireur. Dans sa tâche de repérage avancé, il devait se déplacer silencieusement d'un couvert à l'autre, observer et écouter, puis faire un rapport sur ses observations au capitaine Ramirez.

— Bon, où sont-ils ? demandait le capitaine.

— Deux cents mètres, tout de suite après ce coin, chuchota Chavez. Il y en a cinq. Trois qui dorment, deux éveillés. Un assis près du feu. L'autre a un PM, il fait les cent pas.

Même en été, il faisait frais la nuit dans les montagnes. Au loin, un coyote hurlait à la lune. De temps à autre, on entendait le froissement d'un daim qui se glissait entre les arbres, et seule la rumeur lointaine des avions trahissait la présence de l'homme. La nuit était claire, avec une visibilité surprenante, même sans les lunettes à intensificateur de luminosité dont ils étaient normalement équipés. Dans l'air raréfié des montagnes, les étoiles ne scintillaient pas mais luisaient d'un éclat constant. D'ordinaire, Chavez aurait été sensible à la beauté du spectacle, mais c'était une nuit de travail.

Ramirez et le reste de l'escouade portaient des treillis quadricolores d'une manufacture belge. Comme ils s'étaient peint le visage de teintes identiques, avec des bâtons de maquillage (on comprendra que dans l'armée, on ne les appelle pas ainsi), ils se fondaient dans l'ombre comme l'Homme invisible. Plus important encore, ils étaient absolument à l'aise dans l'obscurité. La nuit était leur meilleure et leur plus puissante amie. L'homme est un chasseur diurne. Ses sens, ses instincts, ses inventions fonctionnent mieux à la lumière. Ses rythmes primordiaux le rendent moins efficace la nuit — à moins qu'il ait travaillé très dur pour les maîtriser, comme ces soldats. Même les Peaux-Rouges qui vivaient en relation étroite avec la nature, craignaient l'obscurité, ne combattaient jamais la nuit, s'abstenaient même de garder leurs campements — ce qui permit à l'armée des États-Unis de mettre au point sa première doctrine du combat de nuit. Dans l'obscurité l'homme allume des feux autant pour le plaisir de les contempler que pour se réchauffer, mais ce faisant, il réduit sa vision à quelques mètres, alors que l'œil humain, convenablement conditionné, voit fort bien dans le noir.

— Cinq, pas plus ?
— C'est ce que j'ai compté.

Ramirez hocha la tête et fit signe à deux autres hommes d'avancer. Il leur donna quelques ordres muets puis se mit en marche avec eux en se dirigeant vers la droite pour arriver au-dessus du campement. Chavez repartit en avant. Il devait s'occuper de la sentinelle et de celui qui somnolait près du feu. Voir dans le noir est plus facile que de s'y déplacer silencieusement. Dans l'obscurité, l'œil humain perçoit mieux les mouvements que les objets immobiles. A chaque pas, il vérifiait du bout du pied que rien n'allait craquer ni glisser : on sous-estime trop l'oreille humaine. A la lumière du jour, sa façon de se déplacer aurait paru comique, mais l'invisibilité a son prix. Le pire, c'était la lenteur avec laquelle il bougeait, car Ding avait l'impatience d'un garçon de moins de trente ans. Faiblesse qu'il travaillait à vaincre. Il marchait accroupi, très bas. Son arme était dressée et prête à affronter toute surprise et, le moment décisif approchant, tous ses sens étaient en alerte, comme si un courant électrique passait sous sa peau. Sa tête pivotait lentement de droite à gauche, sans que ses yeux s'arrêtent jamais sur un point, car lorsqu'on fixe un objet dans l'obscurité, il tend à disparaître au bout de quelques secondes.

Quelque chose tracassait Chavez, mais il ne savait pas quoi. Il s'arrêta un instant, mobilisant ses sens pour surveiller les alentours sur sa gauche pendant une trentaine de secondes. Rien. Un écureuil, peut-être, ou quelque autre bestiole de la nuit. Pas un homme, en tout cas. Personne ne saurait se déplacer dans l'obscurité aussi bien qu'un Ninja, se dit-il en souriant, et il revint à son boulot. Il atteignit sa position quelques minutes plus tard, juste derrière un pin éthique et posa un genou à terre. Il fit glisser le couvercle du cadran de sa montre, observant la lente marche des chiffres lumineux vers le moment prévu. La sentinelle faisait des cercles autour du feu, sans jamais s'en écarter de plus de dix mètres. Elle essayait de ne pas le regarder pour préserver sa capacité de vision, mais la lumière se reflétait sur les roches et les pins et devait troubler assez sérieusement ses perceptions — l'homme regarda deux fois dans la direction de Chavez mais ne vit rien.

Attention... allons-y.

Chavez leva son MP-5 et tira un seul coup dans la poitrine de la cible. L'homme vacilla sous l'impact, étreignit le point où il avait été touché et tomba à terre avec un hoquet de surprise. Le MP-5 émit à peine un léger clac métallique, comme le son d'un caillou contre un autre. L'homme assoupi près du feu voulut se retourner mais il n'avait qu'à moitié esquissé ce mouvement quand il fut touché. Chavez se dit qu'il était parti pour faire une série et visa l'un des hommes endormis mais le craquement particulier de l'arme automatique de Julio les arracha à leur sommeil. Tous trois bondirent sur leurs pieds et tombèrent avant d'être tout à fait debout.

— D'où sors-tu, bon Dieu ? demanda la sentinelle morte.

Le point d'impact de la balle de cire était fort douloureux, et l'effet de surprise n'avait pas été plus agréable. Tandis qu'il se redressait, Ramirez et les autres arrivèrent dans le camp.

— Tu es très bon, mon gars, dit une voix derrière Chavez, et une main s'abattit sur son épaule.

Le sergent faillit en avoir une attaque. L'homme passa devant lui pour pénétrer dans le campement : « Viens. »

Chavez, ahuri, le suivit près du feu en retirant les balles de cire de son arme.

— On peut dire que c'est un succès, assura l'homme. Cinq morts, pas de réactions des méchants. Capitaine, votre mitrailleur s'est laissé un peu emporter. A votre place, je lâcherais la sauce avec moins d'enthousiasme : le bruit d'une arme automatique porte salement loin. J'aurais essayé aussi de me rapprocher un peu plus mais... je suppose que ce rocher était ce qu'il y avait de mieux. Oui, bon... autant pour moi. On ne peut pas toujours repérer le terrain. J'ai apprécié votre discipline dans la marche d'approche et votre mouvement sur l'objectif était excellent. Vous avez un éclaireur formidable. Il a bien failli me repérer.

Cette dernière phrase réconforta médiocrement Chavez.

— Qui êtes-vous, nom de Dieu ? demanda-t-il calmement.

— Mon gars, je faisais ce genre de boulot pour de vrai quand tu jouais encore avec des pistolets à eau.

Clark montra ses lunettes de vision nocturne.

— J'ai fait attention de bien choisir ma route et je m'immobilisais chaque fois que tu tournais la tête. C'est ma respiration que tu as entendue. Tu as failli me voir. J'ai cru que j'avais foutu l'exercice en l'air. Excuse. Au fait, je m'appelle Clark.

Il tendit la main.

— Chavez, dit le sergent en la lui serrant.

— T'es drôlement bon, Chavez. Le meilleur que j'aie vu depuis longtemps. En particulier dans les déplacements. Il y en a pas beaucoup qui ont ta patience. On aurait pu t'employer dans le 3e SOG.

C'était le plus grand compliment de Clark qui en était fort avare.

— Qu'est-ce que c'est que ça ?

Grognement, gloussement :

— Un truc qui n'a jamais existé. T'en fais pas.

Clark s'approcha des deux hommes touchés par Chavez. Tous deux se frottaient au même endroit, sur leur gilet pare-balles, à hauteur du cœur.

— Et pour tirer aussi, tu touches ta bille.

— N'importe qui en ferait autant avec ça.

Clark se retourna vers le jeune homme pour le regarder bien en face.

— Rappelle-toi, quand c'est pour de bon, ce n'est pas du tout pareil.

Déclaration sensée. Chavez le sentit.

— Qu'est-ce qu'il y a de différent ?

— C'est plus difficile, admit Clark — et, tandis que le reste de l'escouade s'approchait du feu, il poursuivit, comme un professeur parlant à un élève doué : Une partie de toi doit faire comme si tu étais à l'entraînement. Une autre partie doit se souvenir que plus aucune erreur ne t'est permise. Tu dois choisir laquelle écouter, parce que ça change d'une minute à l'autre. T'as de bons instincts. Fie-toi à eux. Ils te sauveront la vie. Si tu sens que ça ne tourne pas rond, c'est probablement le cas. Ne confonds pas ça avec la peur.

— Ah ?

— T'auras peur, là-bas. Moi, j'ai toujours eu peur. Habitue-toi à cette idée, et ça peut t'aider à t'en débarrasser. Mais, bon Dieu, n'en aie pas honte. La moitié du problème quand t'es chez les Peaux-Rouges, c'est la peur d'avoir peur.

— C'est pour faire quoi qu'on nous entraîne ?

— Je ne sais pas encore. C'est pas mon rayon.

Clark réussit à dissimuler ses sentiments sur ce sujet. L'entraînement n'était pas exactement adapté à la mission, telle qu'il la connaissait. Ritter devait encore jouer au plus malin dans cette affaire. Rien n'inquiétait plus Clark qu'un supérieur qui faisait le malin.

— Mais vous allez travailler avec nous, pourtant.

Voilà une observation un peu trop perspicace, songea Clark. Bien sûr, c'était lui qui avait demandé à venir ici, mais il comprenait que Ritter l'avait manœuvré pour qu'il le demande. A l'Agence, pour ce genre de chose, Clark était le meilleur. Dans les services gouvernementaux, ils n'étaient pas nombreux, ceux qui avaient son expérience, et la plupart d'entre eux, comme Clark, devenaient un peu vieux pour aller sur le terrain. Était-ce bien tout ? Clark ne savait pas. Il n'ignorait pas que Ritter aimait garder des trucs sous le coude, en particulier quand il pensait jouer au plus malin. *Les types trop malins finissent par se tromper eux-mêmes*, conclut Clark, et Ritter n'était pas à l'abri de ce danger.

— Peut-être, admit-il à contrecœur.

Il ne lui déplaisait pas de s'associer avec ces hommes. Ce qui l'inquiétait, c'était les circonstances dans lesquelles il devrait le faire. *Et toi, mon coco, tu seras à la hauteur ?*

— Alors ? demanda le directeur Jacobs.

Bill Shaw était là aussi.

— Alors, il l'a fait, c'est sûr et certain, répondit Murray en tendant la main pour prendre son café. Mais ce serait vache de le traîner en justice. C'est un type intelligent, et son équipage l'a soutenu. Si vous lisez son dossier, vous verrez pourquoi. Un sacré marin. Le jour de mon arrivée, il venait de sauver l'équipage d'un bateau de pêche en flammes — je tombais à pic. Il y avait des éraflures sur la coque, tellement il s'était approché. Oh ! bien sûr, on pourrait les prendre tous à part et les interroger, mais cela ne servirait à rien de déterminer qui est impliqué. Ça ne vaut probablement pas le coup de les tarabuster, avec le sénateur prêt à nous tomber dessus, et le procureur de la région ne va probablement pas bondir pour ça non plus. Bright n'était pas vraiment jouasse, mais je l'ai calmé. C'est un brave type, au fait.

— Qui va défendre les deux prévenus ? demanda Jacobs.

— Slim. A première vue, le dossier de l'accusation est drôlement solide. Les expertises balistiques ont montré que la balle extraite du pont correspondait au revolver trouvé sur le bateau, avec les empreintes des deux hommes dessus — un vrai coup de bol. Le sang prélevé autour de la balle était de type AB positif, ce qui correspond à la femme. Une tache sur le tapis à un mètre de là confirmait qu'elle avait ses règles, ce qui, avec deux taches de sperme, suggère fortement le viol. En ce moment, ils sont en train de faire le test de l'ADN sur les échantillons de sperme trouvés sur le tapis... Qu'est-ce qu'on parie que le résultat sera positif ? Nous avons une demi-douzaine d'empreintes de doigts sanglantes qui correspondent. Il y a beaucoup de preuves matérielles. On en a déjà assez pour les déclarer coupables, dit Murray avec confiance, et les types du labo ont à peine traité la moitié du matériel. Le procureur va réclamer la peine capitale. Je pense qu'il l'obtiendra. La seule question est de savoir si nous allons ou non négocier avec eux pour qu'ils nous donnent des informations en échange d'une condamnation plus légère. Mais ce n'est pas vraiment mon affaire.

Cette dernière phrase lui valut un sourire du directeur.

— Faites comme si.

— D'ici une semaine nous saurons si nous avons besoin de leurs informations. Spontanément, je dirais que non. On devrait arriver à savoir pour qui travaillait la victime et si c'est l'employeur qui a ordonné l'exécution — nous ne savons pas encore pourquoi. Mais il est peu vraisemblable que les tueurs le sachent. Je crois que nous avons affaire à deux sicarios qui espéraient, avec ce coup-là, obtenir leur droit d'entrée sur le marché. A mon avis, ce sont des petits malfrats. Si je ne me trompe pas, ils ne savent rien que nous ne pourrons trouver tout seuls. Je suppose que nous devons leur donner une chance, mais je ne recommanderais pas les circonstances atténuantes. Quatre meurtres, et pas jolis-jolis. Pour les flics du coin, la chaise, ce serait parfait.

— Vous devenez méchant en vieillissant ? demanda Shaw.

C'était une autre plaisanterie entre initiés. Bill Shaw était l'un des éminents intellectuels du Bureau. Il avait fait ses preuves en venant à bout des groupes terroristes nationaux et avait accompli cette mission en rénovant complètement les procédures de renseignement et d'analyse du FBI. Très subtil joueur d'échecs, au comportement calme et réfléchi, cet homme grand et sec était aussi un ancien agent de terrain qui défendait la peine de mort d'une manière tout aussi calme et tout aussi réfléchie, en s'appuyant sur de solides raisonnements. C'était un point sur lequel l'opinion de la police était presque universellement unanime.

— Le procureur est d'accord, Dan. Ces deux trafiquants ne valent vraiment rien.

Comme si ça comptait, se dit Murray. Ce qui comptait pour lui, c'était que les deux meurtriers paient. On avait trouvé de la drogue en quantité suffisante pour que le gouvernement invoque la loi prévoyant la peine de mort pour les meurtres relatifs à des affaires de drogue. Dans ce cas, le rapport était sans doute assez lointain, mais les trois hommes qui se trouvaient dans la pièce s'en moquaient. Le meurtre lui-même — brutal et prémédité — suffisait. Mais dire, comme le procureur du district sud de l'Alabama et eux-mêmes le prétendraient devant les caméras de télé, qu'il s'agissait d'un combat contre le trafic de drogue, c'était un mensonge.

Murray avait reçu trente ans auparavant une éducation classique au Boston College. Il pouvait réciter dans le texte l'*Enéide* ou les *Catilinaires*. Il n'avait étudié le grec que dans des traductions — les langues étrangères, ça allait, pour Murray, mais les alphabets différents, c'était autre chose — il se rappelait néanmoins la légende de l'Hydre de Lerne, la bête mythique aux têtes multiples qui repoussaient quand on en coupait une. Il en était de même avec le trafic de drogue. Il y avait trop d'argent en jeu. Des masses d'argent, au-delà de tous les appétits. De l'argent pour acheter tout ce qu'un homme simple, ce que la plupart des hommes simples pouvaient désirer. Sur un seul coup, on pouvait gagner de quoi vivre dans l'opulence jusqu'à la fin de ses jours et beaucoup étaient disposés à risquer leur peau, de plein gré, en toute conscience, dans ce genre de coup. Ayant ainsi décidé de jouer leur vie à pile ou face, quelle valeur accorderaient-ils à celle des autres ? La réponse était évidente. Ainsi tuaient-ils aussi distraitement et brutalement qu'un gamin donnant un coup de pied dans une fourmilière. Ils massacraient toute la famille de leurs rivaux parce qu'ils ne voulaient pas qu'un enfant avide de revanche réapparaisse cinq, dix, vingt ans plus tard ; et aussi parce qu'à l'image des nations nucléaires, ils recouraient à la dissuasion. Même un homme disposé à jouer sa vie risquait de flancher à l'idée de jouer celle de ses enfants.

Ils couperaient deux têtes de l'Hydre. D'ici trois mois, le gouvernement déférerait l'affaire devant la cour fédérale de district. Le procès durerait probablement une semaine. La défense ferait de son mieux, mais si les fédéraux maniaient avec précaution leur dossier, ils gagneraient. La défense essaierait de discréditer les gardes-côtes, mais il n'était pas difficile d'imaginer la conclusion du procureur : le jury regarderait le capitaine Wegener et verrait un héros, il regarderait les accusés et verrait des crapules. Ensuite, on était dans le Sud, où même les juges fédéraux avaient des idées simples et claires sur la justice. Une fois les accusés déclarés coupables, la phase pénale du procès commencerait et, dans le Sud, les gens lisent la Bible. Le jury conclurait aux circonstances aggravantes : meurtre de toute une famille, probablement viol, meurtre d'enfants, et trafic de drogue. Mais il y avait un million de dollars à bord, objecterait la défense. La victime principale était impliquée dans le trafic. Quelle preuve en avez-vous ? demanderait pieusement le procureur. Et qu'en était-il de la femme et des enfants ? Le jury écouterait avec calme, réserve, révérence presque, recevrait ses instructions du juge qui leur aurait déjà expliqué comment déterminer la culpabilité des accusés. Ils délibéreraient durant une période de temps raisonnable, obéissant à l'injonction d'examiner en profondeur l'affaire, avant de rendre une décision déjà prise depuis plusieurs jours : la mort. Ceux qui n'étaient plus désormais des prévenus mais des condamnés seraient envoyés dans une prison fédérale. L'affaire irait automatiquement en appel, mais une cassation serait peu probable, tant que le juge n'aurait pas commis de graves erreurs de procédure, ce que la solidité des preuves matérielles rendait difficile. Les appels prendraient des années. Des gens s'opposeraient à la sentence pour des raisons philosophiques — Murray n'était pas d'accord avec eux, mais respectait leurs opinions. La Cour suprême trancherait tôt ou tard l'affaire, mais les Suprêmes, comme les appelaient les policiers, savaient qu'en dépit d'autres arrêts qui avaient affirmé le contraire pendant des années, la Constitution autorisait clairement la peine capitale et que la volonté du peuple, exprimée à travers le Congrès, avait expressément prévu la mort dans certaines affaires liées au trafic de drogue. Ainsi, d'ici cinq ans, toutes les voies de recours ayant été épuisées, les deux hommes seraient attachés à une chaise, et on pousserait un bouton.

Cela suffisait pour Murray. Quels que fussent son expérience et le raffinement de son intelligence, il était avant tout un flic. A peine adulte, alors qu'il n'avait pas encore son diplôme de l'Académie du FBI, il avait cru que lui et ses compagnons d'étude — la plupart aujourd'hui à la retraite — allaient réellement changer le monde. Selon les statistiques, ils y avaient réussi, à maints égards. Mais les statistiques étaient trop sèches, trop lointaines, trop inhumaines. Pour Murray, la guerre contre le crime était une série sans fin de petites batailles. Les victimes étaient volées, enlevées, ou tuées dans la solitude et les moines-soldats du FBI étaient là pour les sauver ou les venger. Ici aussi, sa perspective était orientée par les valeurs de cette Amérique irlando-catholique, dont le Bureau restait un bastion. Peut-être n'avait-il pas changé le monde, mais il avait sauvé des vies, et vengé des morts. De nouveaux criminels surgissaient toujours mais ses batailles s'étaient toujours terminées par une victoire et, à la fin, il devait le croire, il y aurait une différence en faveur de sa société. Il croyait comme il croyait en Dieu, avec la foi du charbonnier, que chaque truand interpellé correspondait à une vie sauvée quelque part, dans l'enchaînement des événements.

Dans cette affaire, il avait contribué à ce qu'il en soit une fois de plus ainsi.

Pourtant, le trafic de drogue ne s'en porterait pas plus mal. Son nouveau poste le contraignait à considérer les choses sur une plus vaste échelle, ce que les agents ordinaires ne faisaient qu'en prenant un verre, après la fermeture de leur bureau. Ces deux types mis hors circuit, l'Hydre avait déjà fait pousser deux nouvelles têtes, peut-être plus. Murray ne l'ignorait pas. Son erreur était de ne pas poursuivre la comparaison jusqu'au bout, ce que d'autres faisaient : Héraclès avait tué l'Hydre en changeant de tactique. Ce que Murray n'avait pas encore appris, c'était qu'au niveau politique, en prenant de la hauteur, on change de point de vue.

Cortez aussi appréciait le point de vue, en dépit de l'air quelque peu raréfié, de ce nid d'aigle. Son nouveau patron possédait quelques ficelles rudimentaires dans l'art d'en imposer. Son bureau était placé devant la vaste baie, ce qui interdisait à ceux qui lui faisaient face de distinguer l'expression de son visage. Le geste sobre, la parole généralement amène, il parlait avec la voix calme et posée des puissants. En fait, c'était un homme brutal et, en dépit de son éducation, bien moins raffiné qu'il ne le prétendait, mais c'était pour cela, Felix le savait, qu'il avait été embauché. L'ancien colonel entraîné à Moscou se concentra sur le vert panorama de la vallée. Il laissait Escobedo jouer à ses jeux de regard et de pouvoir. Il y avait joué avec des individus bien plus dangereux que celui-là.

— Alors ?

— Nous avons recruté deux personnes, répondit Cortez. L'une nous fournira des informations pour de l'argent. L'autre pour d'autres raisons. J'ai aussi considéré deux autres possibilités, mais je les ai estimées inadéquates.

— Qui est-ce ? Qui sont ces gens que vous allez utiliser ?

— Non, fit Cortez en secouant la tête. Je vous ai dit que l'identité de mes agents doit rester secrète. C'est un principe dans les opérations de renseignement. Il y a des informateurs dans votre organisation, et des bavardages compromettraient notre capacité à rassembler les informations que vous demandez, *jefe*.

Il avait insisté sur ce dernier mot. Ce type avait besoin de ce genre de flagornerie.

— Vous m'avez embauché pour mon savoir-faire et mon expérience. Vous devez me laisser faire correctement mon boulot. Vous reconnaîtrez la qualité de mes sources d'après les informations que je vous fournirai. Je comprends votre point de vue. C'est normal. Castro lui-même m'a posé ce genre de question, et je lui ai donné la même réponse.

Cortez obtint un grognement. Escobedo appréciait d'être comparé à un chef d'État, et en particulier à quelqu'un qui avait défié les yanquis avec succès pendant une génération. A présent, il devait y avoir un sourire satisfait sur son visage. Felix ne se fatigua pas à le vérifier. Sa réponse était un mensonge pour deux raisons : Castro ne lui avait jamais posé la question, et ni Felix ni personne sur l'île ne se serait jamais permis de lui refuser une réponse.

— Alors, qu'avez-vous appris ?

— Quelque chose se prépare, annonça-t-il d'une voix calme, à la limite du sarcasme.

Ne devait-il pas justifier son salaire ?

— Le gouvernement américain met sur pied un programme destiné à soutenir ses efforts d'interdiction. Mes informateurs n'ont encore rien de précis, mais ce qu'ils ont entendu provient de nombreuses sources, et c'est probablement vrai. Ma deuxième source pourra confirmer les renseignements de la première.

Cortez savait qu'Escobedo ne relèverait pas. Dans n'importe quel service de renseignements, il aurait eu droit à une lettre d'éloges pour avoir recruté deux sources complémentaires dans une seule mission.

— Qu'est-ce que ça va nous coûter ?

L'argent. Il ne pense qu'à ça, se dit Cortez en réprimant un soupir. Pas étonnant qu'il eût besoin d'un professionnel pour assurer la sécurité de ses activités. Il fallait être idiot pour croire qu'on peut tout acheter. D'un autre côté, il y a des époques où l'argent peut être utile. Escobedo ignorait qu'il versait aux traîtres américains à sa solde plus de fonds que la totalité du réseau de renseignements communiste.

— Il vaut mieux dépenser beaucoup d'argent sur un seul individu de haut niveau que d'acheter une grande quantité de petits fonctionnaires. Un quart de million de dollars ferait très bien l'affaire pour obtenir les informations dont nous avons besoin.

Cortez en garderait la plus grande partie, évidemment. Il avait des frais.

— C'est tout ? demanda Escobedo, incrédule. Je paie plus que ça pour...

— Parce que vos hommes n'ont jamais suivi la démarche adéquate, *jefe*. Parce que vous payez des gens sur la base de ce qu'ils sont, pas de ce qu'ils savent. Pour traiter avec vos ennemis, vous ne vous y êtes jamais pris de manière systématique. Avec l'information adéquate, vos fonds seront employés avec beaucoup plus d'efficacité. Vous pouvez passer du niveau tactique au niveau stratégique, conclut Cortez, pour toucher la corde sensible.

— Oui ! Ils doivent apprendre que nous sommes une force avec laquelle il faut compter !

Felix pensa, et ce n'était pas la première fois, que son principal objectif était de prendre le fric et de se tirer... peut-être une maison en Espagne... à moins qu'il ne supplante ce bouffon égocentrique. C'était une idée... Pas pour tout de suite. Escobedo était un mégalo, mais de l'espèce rusée, capable d'action rapide. Contrairement à ceux qui dirigeaient son ancien service, Escobedo n'avait pas peur de prendre une décision, et de la mettre vite en pratique. Ici, pas de bureaucratie, il n'y avait pas une succession de bureaux à franchir pour faire passer un message. C'est pour cela qu'il respectait *El Jefe*. Le KGB avait sans doute été ainsi autrefois, peut-être même les organes de renseignements américains. Mais ce n'était plus le cas.

— Plus qu'une semaine, dit Ritter au conseiller à la Sécurité nationale.

— Ça fait plaisir de savoir que les choses bougent, observa l'amiral. Et après ?

— Racontez-moi. Pour que les choses soient claires, suggéra le directeur adjoint des Opérations.

— Après tout, rappela-t-il, c'est vous qui avez lancé le premier l'idée de cette opération.

— Oui, j'ai convaincu le directeur Jacobs, répondit Cutter en souriant à sa propre intelligence. Quand nous serons prêts à passer à l'action — et je veux dire, vraiment le doigt sur le bouton —, Jacobs ira voir leur ministre de la Justice. L'ambassadeur dit que les Colombiens seront d'accord sur à peu près tout. Ils sont encore plus acharnés que nous et...

— Vous...

— Non, Bob, l'ambassadeur n'est pas au courant. D'accord ?

Je ne suis pas aussi idiot que tu crois, disaient les yeux du dirigeant de la CIA.

— Si Jacobs arrive à les convaincre, nous infiltrerons les équipes dès que possible. Mais je voudrais changer quelque chose.

— Quoi ?

— L'aspect aérien. D'après vos rapports, les missions de repérage détectent déjà des cibles.

— Certaines, admit Ritter. Deux ou trois par semaine.

— Puisque tout est en place pour les traiter, pourquoi ne pas activer cette partie de l'opération ? Je veux dire : cela permettrait de repérer les zones où nous voulons envoyer les équipes d'infiltration, développer le renseignement opérationnel, tout ça...

— Je préférerais attendre, dit prudemment Ritter.

— Pourquoi ? Si nous pouvons identifier les zones les plus fréquemment utilisées, cela diminuera l'importance des déplacements qu'ils auront à effectuer. C'est notre plus gros risque opérationnel, non ? C'est une façon d'engranger des informations qui soutient la totalité du concept de l'opération.

Le problème, se dit Ritter, était que ce casse-pieds avait le pouvoir d'imposer ses volontés — et qu'il avait un moyen de pression sur la direction des

Opérations. Qu'est-ce qu'il avait dit, voilà quelques mois ? Vos meilleures opérations depuis deux ans proviennent du département de Greer... Par là il faisait allusion à Jack Ryan, l'étoile montante — sans doute le futur directeur adjoint des Renseignements, vu la tournure des événements. Vraiment dommage. Ritter avait une solide affection pour son homologue à la tête de la direction du Renseignement, mais le protégé de Greer l'enthousiasmait nettement moins. Il était vrai, toutefois, que les deux meilleurs coups des dernières années avaient démarré dans le « mauvais » département, et il était temps que les Opérations réaffirment leur suprématie. Ritter se demanda si Cutter utilisait consciemment ce désir de revanche pour le pousser à l'action. Sans doute pas. Cutter n'était pas encore assez au fait des rivalités internes. Mais ça ne tarderait pas, bien sûr.

— L'intervention précipitée est une erreur classique des opérations sur le terrain, avança le DAO, sans trop y croire.

— Là, ce n'est pas le cas. Pour l'essentiel, nous avons deux opérations séparées, non ? demanda Cutter. La phase aérienne peut être menée indépendamment de l'intervention au sol. Ça va nous donner la possibilité de vérifier la partie la plus risquée du plan avant de nous lancer dans la phase dangereuse, vous ne croyez pas ? Et ça va nous donner quelque chose à présenter aux Colombiens pour leur montrer que nous sommes sérieux, non ?

Dans la tête de Ritter, une voix insistait : *Trop tôt*. Mais son visage exprimait l'indécision.

— Écoutez, vous voulez que j'en parle au Président ? demanda Cutter.

— Où est-il aujourd'hui... en Californie ?

— Tournée politique. Je préférerais ne pas le déranger avec ce genre de chose, mais...

Curieuse situation, pensa le DAO. Il avait sous-estimé Cutter.

— D'accord, vous avez gagné. Œil d'Aigle commence après-demain. Il me faut ce délai pour mettre les choses en route.

— Et Showboat ?

— Encore une semaine pour préparer les équipes. Quatre jours pour les amener à Panama, mettre sur pied le soutien aérien, vérifier le système de communications, et tout ça.

Cutter sourit en prenant son café. Il était temps de lui passer de la pommade, décida-t-il.

— Bon Dieu, ça fait plaisir de travailler avec un pro. Regardez le bon côté des choses. Nous allons avoir deux semaines entières pour interroger tout ce qui tombera dans le filet aérien, et les équipes d'infiltration auront une bien meilleure idée de ce qu'il leur faut.

« T'as déjà gagné, mon salaud. Il faut encore que t'insistes ? » avait envie de lancer Ritter. Il se demanda ce qui se serait passé s'il n'avait pas accepté l'offre de Cutter. Qu'aurait dit le Président ? La position de Ritter était vulnérable. Dans le milieu du renseignement, il n'arrêtait pas de grommeler haut et fort que la CIA n'avait pas mené une opération de terrain sérieuse depuis... quinze ans ? Tout dépendait de ce qu'on entendait par sérieuse, non ? Maintenant on lui donnait une chance et ce qui avait été un plaisant sujet de conversation à la pause café pendant les réunions de hauts fonctionnaires devenait un vrai gros morceau dur à avaler. Les opérations de terrain comme celle-là étaient dangereuses. Pour les participants. Pour les décideurs. Pour les gouvernements qui les supervisaient. Il l'avait dit assez souvent à Cutter mais comme beaucoup de gens, le conseiller à la Sécurité nationale était fasciné par le prestige des opérations de terrain. Dans la partie, on appelait ça le « syndrome Mission impossible ». Même les professionnels pouvaient confondre la réalité avec une série télé et pendant ce temps les gens du gouvernement avaient tendance à n'écouter que ce qu'ils avaient envie d'entendre et à ignorer les aspects déplaisants. Mais il était un peu tard pour les avertissements. Après tout, cela faisait des années qu'il proclamait qu'une telle mission était possible, et constituait à l'occasion le complément souhaitable d'une politique étrangère. Et il avait dit assez souvent que sa direction savait toujours y faire. On ne s'était pas attardé sur l'obligation de recruter des exécutants dans l'armée et dans l'aviation. A une certain époque, l'agence avait disposé de sa propre aviation et de sa propre armée privée... et si cette affaire marchait, peut-être cette époque reviendrait-elle. L'agence et le pays en avaient besoin, selon Ritter. Peut-être tenait-il enfin une chance d'y arriver. S'il fallait pour cela s'aboucher avec des éminences grises comme ce Cutter, il était prêt à payer ce prix-là.

— D'accord, je lance le truc.

— Je le dirai au patron. Quand croyez-vous que nous aurons les premiers résultats ?

— Impossible à dire.

— Mais avant novembre ? suggéra Cutter, d'un ton léger.

— Ouais, probablement, ce sera fait avant.

La politique, aussi, bien sûr. Après tout, on ne pouvait pas vraiment s'en passer.

La 1re brigade aérienne des opérations spéciales était basée à Hurlburt Field, à l'ouest du complexe de la base aérienne d'Eglin, en Floride. C'était une brigade unique, mais toute unité militaire affublée de l'adjectif « spécial » est unique par nature. Le qualificatif est utilisé en bien des sens. « Armes spéciales » signifie le plus souvent « armes nucléaires » et le mot était alors utilisé pour éviter de heurter ceux pour qui « nucléaire » était un terme associé aux champignons atomiques, comme si un changement d'appellation pouvait entraîner un changement de substance... « Opérations spéciales » signifiait tout autre chose. Il s'agissait en général d'activités secrètes, consistant à mettre des gens là où ils ne devaient pas se trouver, à les assister quand ils s'y trouvaient, et à les en sortir quand ils avaient fini un boulot qu'ils n'auraient pas dû faire. C'était cela, entre autres, le travail de la 1re.

Le colonel Paul Johns « PJ » — ne savait pas tout ce que faisait la brigade. La 1re était un assez étrange groupement, où l'autorité ne coïncidait pas toujours avec le grade, où les hommes fournissaient un soutien aux appareils et aux équipages sans toujours savoir pourquoi, où les appareils allaient et venaient suivant des horaires irréguliers, et où personne ne vous encourageait à poser des questions ni à spéculer. La brigade était divisée en fiefs individuels qui entraient en rapport en fonction des spécialités requises. Le domaine de PJ comprenait une demi-douzaine d'hélicoptères MH-53J « Pave Low III ». Johns était dans la course depuis un bon moment et, jusque-là, il avait réussi à passer dans le ciel presque tout son temps au service de l'armée. C'était un choix de carrière qui lui garantissait des activités prenantes, excitantes, et des chances très précisément égales à zéro de décrocher un jour les étoiles de général. Mais il s'en fichait éperdument. Il était entré dans l'armée de l'air pour voler, chose que les généraux ne faisaient guère. Il avait tenu son engagement, et le service avait tenu le sien, événement moins fréquent qu'on ne l'imagine. Johns avait renoncé tôt aux appareils munis d'ailes, les rapides, qui jettent des bombes et abattent d'autres appareils. Resté toute sa vie un homme du peuple, Johns avait commencé dans les Jolly Green Giants, les célèbres hélicoptères géants de sauvetage HH-3 du Viêt-nam, qui faisaient partie du Service de sauvetage de l'aviation. Jeune et fougueux capitaine, il avait participé au raid de Song Tay, comme copilote de l'appareil qui s'était délibérément écrasé sur le camp de prisonniers, à trente kilomètres de Hanoi pour tenter de sauver des gens qui, découvrit-on, avaient été déplacés peu de temps auparavant. Cela avait été un des rares échecs de sa vie. Le colonel Johns n'était pas coutumier du fait. Dans l'armée de l'Air, c'était l'un des spécialistes du sauvetage à plein temps. L'actuel chef d'état-major et deux autres officiers généraux avaient échappé à un séjour au Hilton de Hanoi grâce à lui et à ses hommes. PJ était aussi quelqu'un que les officiers généraux saluaient le premier : tradition attachée à la médaille d'honneur.

Comme la plupart des héros, il était d'aspect passablement ordinaire : un mètre soixante-six, soixante kilos, l'air d'un homme quelconque d'âge moyen. Les lunettes qu'il était maintenant obligé de porter lui donnaient plutôt l'air d'un aimable employé de banque banlieusard et il élevait rarement la voix. Quand il avait le temps, il tondait lui-même son gazon, sinon son épouse s'en chargeait. Il roulait en Plymouth-Horizon économique. Son fils étudiait l'ingénierie à l'université de technologie de Georgie, et sa fille avait décroché une bourse pour Princeton, en les laissant, sa femme et lui, attendre une retraite qui viendrait dans quelques années.

Mais on n'en était pas encore là. Il prit place sur le siège de gauche de l'hélicoptère en surveillant un brillant jeune capitaine qui, de l'avis général, méritait de devenir commandant de bord. L'appareil, qui représentait des millions de dollars, rasait les cimes des arbres, à un peu moins de deux cents nœuds. La nuit était sombre et nuageuse, au-dessus de la Floride, et cette partie du complexe d'Eglin n'était pas très éclairée, mais peu importait. Le capitaine et lui portaient des casques spéciaux munis de lunettes d'intensification de lumière, guère différentes de celles que porte Darth Vader dans *La Guerre des Étoiles*. Mais celles-ci fonctionnaient, convertissant les ténèbres vagues devant eux en un spectacle vert et gris. PJ ne cessait de tourner la tête de droite et de gauche, et il vérifia que le capitaine faisait de même. L'un des dangers des appareils de vision nocturne, c'est qu'ils donnent une perception dégradée de la profondeur — question de vie ou de mort pour le vol à basse altitude. Un tiers peut-être des pertes de l'escadron en opération, selon Johns, pouvaient être attribuées à ce risque particulier auquel les as de la technique n'avaient pas encore trouvé de solution correcte. Or, les pertes à l'entraînement et en opération étaient relativement élevées. C'était le prix à payer pour les missions auxquelles on préparait les hommes, et il n'y avait pas d'autre parade qu'un surcroît d'entraînement.

Le rotor à six pales tournait au-dessus d'eux, poussé par les deux moteurs turbo. Le Pave Low figurait parmi les plus gros hélicoptères, avec, en opération, un équipage de six hommes et la place pour quarante autres en tenue de combat. Son nez était hérissé d'instruments radar, infrarouges et autres, ce qui lui conférait l'allure d'un insecte d'une autre planète. Aux portières, de chaque côté de la carlingue, étaient fixés des canons à tir rapide, un autre se trouvant à la porte de chargement arrière parce que leur première mission, infiltration et soutien des opérations spéciales, était un boulot dangereux, de même que leur seconde mission, qu'ils pratiquaient cette nuit-là, le sauvetage en zone de combat. Quand il était en Asie du Sud-Est, PJ avait travaillé avec un avion d'assaut A-1 Skyraider, le dernier appareil d'assaut de l'armée de l'air muni d'un moteur à piston, appelé SPAD ou Sandy. Mais qui les appuyait aujourd'hui ? C'était une question non résolue. Pour sa propre protection, l'appareil transportait, outre les canons, des fusées éclairantes et des leurres anti-radar, des appareils de brouillage et de suppression d'infrarouges... et un équipage de cinglés.

Ça, c'était du vol, et ça devenait rare, se dit Johns en souriant dans son casque. Ils disposaient d'un système informatique de pilotage automatique permettant le rase-mottes mais cette nuit ils simulaient une panne de l'ordinateur. Pilotage automatique ou pas, le pilote était responsable de l'appareil, et Willis faisait de son mieux pour maintenir son hélico au ras des frondaisons. John devait sans cesse se retenir de sursauter quand une branche folle semblait sur le point de heurter le dessous de la coque, mais le capitaine Willis était un jeune homme compétent. Il maintenait l'appareil à basse altitude, mais pas trop. En outre, PJ en avait fait l'expérience depuis longtemps, l'extrémité des branches d'arbre était fragile, mince, et parvenait tout au plus à rayer la peinture.

— Distance ? demanda Willis.

Le colonel Johns examina les écrans. Il avait le

choix entre le Doppler, le satellite, l'indicateur de la centrale inertielle, plus l'écran à l'ancienne qu'il utilisait toujours, et dont il insistait pour que ses hommes apprennent l'usage.

— Trois kilomètres, zéro-quatre-huit.

— Roger, dit Willis en mettant les gaz.

Pour sa mission d'entraînement, un honnête pilote de combat avait été « porté volontaire » pour être transporté dans la cambrousse. Un autre hélicoptère avait tendu un parachute sur un arbre au-dessus de lui comme s'il s'agissait d'un aviateur abattu, et le pilote, jouant son rôle, avait déclenché une véritable balise de secours radio. Grande nouveauté, le parachute était enduit d'un produit visible aux ultraviolets. Johns fit le boulot du copilote en activant un laser à UV de faible puissance qui fouillait l'avant, en quête d'un signal retour. Celui qui avait eu cette idée méritait une médaille, songea PJ. Dans une mission de sauvetage, la phase la plus difficile et la plus redoutée, celle qui paraissait toujours la plus longue, était la recherche de la victime. Les gusses au sol, qui étaient aussi en chasse, entendaient le bruit du moteur et, tant qu'ils y étaient, ils pouvaient se faire un deuxième appareil dans la journée... Johns avait gagné sa médaille d'honneur dans une mission de ce type au-dessus du Laos oriental, où l'équipage d'un Wild Weasel F-105 avait attiré une patrouille de l'armée nord-vietnamienne. Les aviateurs abattus n'avaient pas osé révéler leur position, mais Johns avait froidement décidé de ne pas rentrer à vide et son Jolly avait encaissé deux cents projectiles dans un furieux échange de tir, avant qu'il eût tiré les deux hommes de ce guêpier. Johns se demandait souvent s'il serait encore capable de ce courage — ou de cette folie.

— Parachute à deux heures.

— Rayon X Deux-Six, ici Papa Lima ; nous avons votre parachute. Pouvez-vous marquer votre position ?

— Affirmatif, j'envoie de la fumée, de la fumée verte.

Le pilote secouru suivait la procédure en précisant à l'équipe de l'hélico quelle couleur de fumigène il utilisait. Pourtant, dans l'obscurité, c'était de peu d'utilité. Mais la chaleur du système de mise à feu brilla comme une balise dans les lunettes infrarouges, et ils aperçurent leur homme.

— Repéré ?

— Ouais, répondit Willis, et il s'adressa au chef d'équipe : Prépare-toi, on a notre victime.

— Prêt.

Dans le fond de l'appareil, une vieille connaissance du colonel, l'adjudant-chef Buck Zimmer alluma le guidage du treuil. Au bout du câble d'acier était accroché un lourd appareil de même métal appelé pénétrateur, assez lourd pour percer le feuillage de n'importe quelle forêt. Sa base s'ouvrait comme une fleur, fournissant un siège à la victime qui était ensuite remontée à travers les branches, expérience qui, chose assez remarquable, n'avait encore jamais tué personne. Dans le cas où le rescapé était blessé, Zimmer ou un infirmier descendaient avec le pénétrateur, attachaient la victime et remontaient avec elle. Ce boulot obligeait parfois à descendre sous le feu de l'ennemi. Ceux qui manœuvrait les hélicos de sauvetage avaient donc beaucoup de considération pour leurs équipiers. Rien ne terrifie plus un pilote que l'idée de se retrouver sur le plancher des vaches sous un tir d'artillerie.

Cette fois, aucun risque. Comme on était en temps de paix et que, même à l'entraînement, on appliquait des règles de sécurité, le sauvetage se faisait dans une petite clairière. Zimmer maniait le treuil. Le rescapé déploya le siège et s'y arrima fermement lui-même. Il savait ce qui l'attendait. L'ingénieur de vol tendit le câble et s'assura que la victime était solidement attachée. A l'avant, le capitaine Willis tourna le contrôle du régime pour mettre pleins gaz et l'hélico s'éleva. En quinze secondes, le pilote de combat « rescapé » était à cent mètres au-dessus du sol, pendu au bout d'un filin d'acier d'un centimètre de diamètre, en train de se demander pourquoi, bon

Dieu, il avait été assez crétin pour se porter volontaire. Cinq secondes plus tard, le bras costaud de Zimmer le hissait dans l'appareil.

— Récupération terminée, annonça Zimmer.

Le capitaine Willis poussa le cyclique, ce qui fit plonger l'hélicoptère vers le sol. Il savait qu'il avait trop grimpé au moment de l'extraction et essayait de compenser en montrant au colonel Johns qu'il pouvait redescendre très vite à l'abri, près du faîte des arbres. Mais il sentait les yeux de son supérieur sur lui. Il avait commis une erreur, ce que Johns ne tolérait pas. L'erreur, ça voulait dire mort d'homme, leur répétait le colonel chaque jour que Dieu faisait, et il était fatigué de voir des hommes mourir.

— Vous pouvez prendre les commandes une minute ? demanda Willis.

— Le copilote est là pour ça, reconnut Johns en poussant le manche pour faire encore descendre le Sikorsky de quelques dizaines de centimètres. Vous n'avez pas besoin de monter autant pour hisser le type, il risque d'y avoir des SAM.

— La nuit, il faut plutôt s'attendre à des flingues qu'à des SAM.

Willis n'avait pas tort. Mais il poussait un peu, et il savait ce qu'il allait s'entendre répondre :

— Nous sommes protégés contre les armes de petit calibre. Les grosses sont aussi dangereuses que les SAM. Gardez-le plus près du sol, la prochaine fois.

— Bien, monsieur.

— Autrement, pas mal. Le bras est un peu raide ?

— Oui, monsieur.

— Sans doute les gants. S'ils ne sont pas parfaitement adaptés à vos doigts, vous finissez par serrer trop et ça se transmet au bout d'un moment au poignet et à l'avant-bras. Vous vous retrouvez avec un bras raide et vous maniez maladroitement l'appareil. Procurez-vous une bonne paire de gants. Ma femme m'en fabrique exprès. Vous n'aurez peut-être pas toujours un copilote et ce genre de boulot est assez dur pour que vous ne soyez pas distrait par autre chose...

— Oui, monsieur.

— Au fait, vous avez réussi.

Ça ne servirait à rien de remercier le colonel, se dit le capitaine Willis. Il fit ce qu'il avait de mieux à faire après s'être délié les doigts pendant une minute.

— Je reprends l'appareil.

PJ lâcha le manche.

— Il est à vous. Au fait...

— Oui, monsieur ?

— Je vais avoir un boulot spécial d'ici une semaine ou deux. Ça vous intéresse ?

— Qu'est-ce qu'il faut faire ?

— Question indiscrète. Un petit DT. Pas trop loin. On pilotera cette bête. Disons qu'il s'agit d'une opération spéciale.

— D'accord. Comptez sur moi. Qui est détaché pour...

— En bref, personne. On prend Zimmer, Childs et Bean, et une équipe de soutien. Pour tout le monde, nous seront DT pour des missions d'entraînement sur la côte californienne. C'est tout ce que vous avez besoin de savoir.

Sous son casque, Willis haussait les sourcils. Zimmer travaillait avec PJ depuis la Thaïlande et l'époque des Jolly Green, c'était un des derniers hommes du rang possédant une véritable expérience du combat. Le sergent Bean était le meilleur mitrailleur de l'escadre. Childs était le second. Ce DT — détachement temporaire —, ce serait du sérieux. Cela signifiait aussi que Willis resterait copilote encore un petit moment, mais peu lui importait. C'était toujours un régal de voler avec le champion de recherche et de sauvetage au combat. C'était là que le colonel avait gagné son code d'appel. C-SAR, dans le lexique de PJ, cela donnait « CÉSAR ».

Chavez échangea un regard avec Julio Vega : *Jesus Cristo !*

— Des questions ? demanda l'homme qui avait fait l'exposé.

— Oui, dit un opérateur radio. Qu'est-ce qui se passe après ?

— L'appareil sera intercepté.

— Pour de bon ?

— C'est à l'équipage de décider. S'ils n'obtempèrent pas, ils auront intérêt à savoir nager. C'est tout ce que je peux dire. Messieurs, la totalité de ce que vous avez entendu est top secret. Personne, je dis bien personne ne vous a parlé de rien. Si ça arrive aux oreilles de certaines personnes, il y aura des pertes humaines. L'objectif de cette mission est de mettre des bâtons dans les roues aux gens qui introduisent de la drogue chez nous. Ça risque d'être assez dur.

— Putain, ça oui, observa une voix calme.

— Bon, maintenant, vous êtes au courant. Je répète, messieurs, que cette mission va être dangereuse. Nous allons vous laisser le temps de la réflexion. Si vous voulez vous retirer, nous comprendrons. Nous avons affaire à des gens qui ne prennent pas de gants...

L'homme sourit.

— Mais nous aussi, on sait être méchants.

— Putain, oui ! lança une autre voix.

— En tout cas, vous avez le reste de la nuit pour réfléchir. Nous partons demain à 18 heures pétantes. Ce sera le point de non-retour. Tout le monde a compris ? Bon. C'est tout pour aujourd'hui.

— Garde à vous ! aboya Ramirez.

Tous bondirent sur leurs pieds pendant que le conférencier sortait. Ce fut au tour du capitaine de prendre la parole :

— Bon, vous avez entendu. Réfléchissez bien, les gars. J'ai besoin de vous dans cette affaire — bon Dieu, j'ai besoin de chacun d'entre vous — mais si l'un ou l'autre d'entre vous n'est pas partant, je me passerai de lui. Des questions ?

Ils n'en avaient pas.

— D'accord. Certains d'entre vous connaissent des gens qui ont été bousillés par la drogue. Peut-être des amis, des parents, je ne sais pas. Nous avons là une possibilité de revanche. Ces crapules démolissent notre pays et il est temps que nous leur donnions une petite leçon. Réfléchissez-y. Si quelqu'un se pose des questions, qu'il me le fasse vite savoir. Si quelqu'un veut se retirer, c'est d'accord.

Son visage exprimait une tout autre opinion : ce dégonflé ne serait pas un homme, et ce serait doublement douloureux pour Ramirez qui avait commandé ces soldats, partagé leur fatigue, transpiré avec eux à chaque étape de l'entraînement. Il se détourna et sortit.

— Ben merde, laissa tomber Chavez, je pensais que ce serait un drôle de truc, mais... merde.

— J'ai un ami qui est mort d'overdose, dit Vega. Il en tâtait juste un peu, tu vois, c'était pas un vrai drogué, mais je suppose que la came était mauvaise. Ça m'a complètement dégoûté de cette saloperie. J'y ai plus jamais touché. Tomas était un vrai pote. La crevure qui lui a vendu cette merde, tu vois, mec, j'aimerais bien lui causer un peu avec mon FM.

Chavez hocha la tête, aussi pensif que son âge et son éducation le permettaient. Il songeait aux bandes de rues de son enfance : elles étaient déjà bien vicieuses, mais leurs activités n'étaient que des jeux d'enfant, en comparaison de ce qui se faisait maintenant. Les différends de frontière ne portaient plus sur une simple question de pouvoir symbolique. A présent, il s'agissait de positions sur le marché. Il y avait beaucoup d'argent en jeu, plus qu'assez pour tuer. C'était ce qui avait transformé son vieux quartier pauvre en zone de combat. Des gens de sa connaissance avaient peur de marcher dans leur propre rue. Des balles perdues traversaient les vitres et tuaient des pauvres types en train de regarder la télé, et maintenant, quand les flics entraient dans les HLM, ils le faisaient avec les effectifs et la puissance de feu d'une armée d'invasion... tout ça à cause de la drogue. Et les gros bonnets vivaient bien, en toute tranquillité, à deux mille cinq cents kilomètres de là...

Chavez était loin de se douter que lui et ses camarades — et même le capitaine Ramirez — avaient été habilement manipulés. Soldats constamment entraînés à protéger leur pays contre ses ennemis, ils étaient le produit d'un système qui avait donné un but à leur jeunesse et à leur enthousiasme, qui offrait en récompense de rudes tâches la fierté du boulot accompli et de l'exploit réussi, qui donnait à la plupart d'entre eux une énergie débordante et ne demandait que leur allégeance en retour. Comme les engagés sont issus la plupart du temps des couches les plus défavorisées, ils avaient tous appris que le statut de minorité importait peu — l'armée tenait compte des performances, sans considération de couleur de peau ou d'accent. Tous ces hommes avaient une connaissance intime des problèmes sociaux liés à la drogue et appartenaient à une sous-culture dans laquelle elle n'était pas tolérée — ce n'était pas sans mal que l'armée était parvenue à se débarrasser de ses drogués, mais elle y avait réussi. Ceux qui restaient pratiquaient dans ce domaine une abstinence absolue. Aventureux, braves et disciplinés, ces diplômés de la rue estimaient que les obstacles devaient être vaincus et, d'instinct, voulaient aider les autres à faire de même.

Et c'était la mission qu'on leur proposait. Ils avaient là une chance de protéger non seulement leur pays, mais aussi les *barrios* dont ils s'étaient tous échappés. Déjà considérés comme des gagnants du fait de leur appartenance aux unités d'élite, ils avaient ensuite reçu un entraînement qui les rendait encore plus fiers d'eux-mêmes et ne pouvaient pas plus refuser de participer à cette mission que renoncer à leur virilité. Chacun d'entre eux, à un moment ou à un autre, avait eu envie de descendre un dealer. Grâce à l'armée, ils feraient encore mieux. Ils n'allaient évidemment pas refuser.

— Foutez-moi en l'air tous ces pourris ! s'exclama le radio. Balancez-leur un missile Sidewinder au cul ! Vous n'avez plus que le droit de crever, crapules !

— Ouais, fit Vega. Ça me déplairait pas de voir ça. Putain, tu vois, ça me déplairait pas qu'on aille débusquer les gros bonnets là où ils vivent ! Tu crois qu'on pourrait se les faire, Ding ?

— Tu déconnes ou quoi, Julio ? rétorqua Chavez avec un grand sourire. C'est qui, qui travaille pour eux, à ton avis ? Des nuls ! Des voyous avec des mitraillettes — je suis sûr qu'ils les nettoient même pas. Contre nous ? Ben merde. Peut-être qu'ils s'en sortent contre ceux qu'ils ont là-bas, peut-être, mais contre nous ? Ils font pas le poids, mec. Je peux te dire une chose, c'est qu'ils sont foutus. J'aurai qu'à m'approcher, descendre les sentinelles tranquillement avec mon H&K, et vous aurez plus qu'à terminer le boulot, à l'aise Blaise.

— Encore des conneries de Ninja, plaisanta un fusilier.

Ding sortit une de ses étoiles de jet de la poche de sa chemise et la ficha dans l'embrasure de la porte, à cinq mètres de là.

— Faut le dire vite, dit Chavez en éclatant de rire.

— Eh, dis donc, tu peux m'apprendre ça ? demanda le fusilier.

La conversation délaissa les dangers de la mission et se concentra sur ses possibilités.

On l'appelait Bronco. Jeff Winters, c'était un fringant capitaine de l'aviation des États-Unis. Mais comme son boulot était de piloter des avions de combat, il lui fallait un nom spécial, dit code d'appel. Celui-là lui avait été trouvé lors d'une équipée oubliée dans le Colorado — il avait passé son diplôme à l'Académie d'aviation des États-Unis — au cours de laquelle il était si bien tombé d'un cheval que la pauvre bête avait failli mourir de peur. Le pack de bières Coors qu'il avait ingurgité avait contribué à la chute et, au milieu des rires de ses camarades de classe, l'un d'eux l'avait ainsi baptisé sur-le-champ. Ce con pilotait des bennes à ordures maintenant, songea Winters avec un mince sourire ; il savait peut-être monter à cheval mais il n'avait pas réussi son diplôme de pilote de F-15. Le monde n'était pas exactement gouverné par la justice, mais en y regardant bien, on en trouvait parfois.

Petit et jeune — vingt-cinq ans, pour être exact —,

Bronco avait déjà sept cents heures de vol à son actif sur le chasseur McDonnell-Douglas. Comme certains hommes sont nés pour jouer au base-ball, faire du cinéma ou conduire des voitures de course, Winters était venu au monde pour piloter des avions de combat. Il avait une vue à décourager les ophtalmos et une coordination des mouvements qui alliait la virtuosité du pianiste de concert à celle du trapéziste, et une qualité bien plus rare dans son petit milieu, la CS — conscience des situations. Winters savait toujours ce qui se passait autour de lui. Son appareil faisait partie de lui au même titre que les muscles de son bras. Il transmettait ses désirs à l'avion et le F-15C obéissait aussitôt. Son esprit allait quelque part, et son appareil suivait.

En cet instant, il volait à trois cents kilomètres des côtes du golfe de Floride. Quarante minutes plus tôt, il avait décollé de la base d'Eglin, s'était ravitaillé en vol grâce à un avion-cargo KC-135 et il avait assez de carburant pour tenir cinq heures, en y allant mollo, ce qui était bien son intention. Les réservoirs supplémentaires étaient fixés sur le côté de l'appareil, dont ils épousaient la forme. D'ordinaire, ils étaient fixés avec les missiles — le F-15 peut en transporter huit — mais ce soir-là, les seules munitions emportées étaient les balles de son canon rotatif de vingt millimètres, qui étaient toujours embarquées parce que leur poids contribuait à l'équilibrage de l'appareil.

Ses moteurs à bas régime, il allait et venait, décrivant un ovale dans le ciel. Les yeux noirs et perçants de Bronco balayaient sans cesse les alentours, à l'affût des lumières d'un autre avion mais il n'apercevait que les étoiles. Il ne s'ennuyait pas le moins du monde. Au contraire, il se réjouissait de la stupidité des contribuables de son pays qui le payaient trente mille dollars par an pour une activité à laquelle il se serait volontiers consacré en payant ! Eh bien, se dit-il, ce soir, profitons-en !

— Deux-Six Alpha, ici Huit-Trois Québec, vous me recevez ? Terminé, crachota la radio.

Bronco pressa le bouton sur le manche.

— Huit-Trois Québec, ici Deux-Six Alpha. Je vous reçois cinq sur cinq. Terminé.

Le canal radio était crypté. Ce soir-là, seuls les deux appareils utilisaient le même algorithme de codage ; quiconque essaierait de les écouter ne percevrait qu'un grésillement de parasites.

— On a une cible, relèvement unité-neuf-six, distance deux-un-zéro par rapport à nous. Altitude deux mille pieds. Route zéro-un-huit. Vitesse deux-six-cinq. À vous.

Cette information n'était assortie d'aucun ordre. Malgré la sécurité des communications, le bavardage était réduit au minimum.

— Bien reçu, bien noté. J'y vais.

Winters inclina le manche à gauche, l'Aigle prit la direction du sud. Il tourna à cent quatre-vingts degrés et augmenta un peu la puissance pour accélérer. Il vit la cible. Un bimoteur Beech, l'appareil le plus couramment utilisé par les trafiquants. Il s'agissait plutôt d'une cargaison de cocaïne que de marijuana, produit plus volumineux. Cela lui convenait, car c'était sans doute un adepte de la coke qui avait agressé sa mère. Il plaça son F-15 au même niveau, à sept ou huit cents mètres.

C'était la huitième fois qu'il interceptait un transport de drogue, mais la première qu'il était autorisé à faire quelque chose. Les fois précédentes, il n'avait pas même été autorisé à prévenir la douane. Bronco vérifia la trajectoire de la cible — pour les pilotes de combat, tout ce qui n'est pas un ami est une cible — et vérifia ses instruments. La radio directionnelle accrochée au réservoir aérodynamique sous la ligne centrale de l'appareil se connecta au radar qui suivait le Beech. Winters lança son premier appel radio et alluma ses feux d'atterrissage, illuminant le petit avion d'affaires au milieu de la nuit. Immédiatement, le Beech plongea pour voler au ras des vagues, et l'Aigle le suivit. Il lança un nouvel appel impératif, et n'obtint aucune réponse. En haut du manche, il mit le bouton en position « tir ». L'appel suivant fut accompagné du grondement de son canon. Le Beech se lança dans une série de virages hardis pour tenter de s'échapper. Winters en conclut que la cible n'allait pas obtempérer.

Bon.

Un pilote ordinaire aurait été surpris par les lumières et aurait essayé de tourner pour éviter une collision, mais un trafiquant n'agissait pas comme un pilote ordinaire. Le Beech plongea vers la crête des vagues, réduisit ses gaz et releva ses volets, ramenant l'appareil à la vitesse d'approche, beaucoup trop lente pour que le F-15 pût faire de même sans caler. Cette manœuvre contraignait souvent les avions de la DEA et des gardes-côtes à rompre le contact. Mais le boulot de Bronco n'était pas de suivre le type. Comme le Beech prenait la direction de l'ouest pour gagner la côte mexicaine, le capitaine éteignit ses lumières, mit les gaz et s'éleva d'un coup de cinq cents mètres. Là, il exécuta un superbe virage sur l'aile et prit une position inclinée vers l'avant, le radar de l'Aigle balayant la surface de la mer. Voilà : la cible se dirigeait vers l'ouest, à quatre-vingt-cinq nœuds, à quelques mètres de l'eau. *Il est gonflé, le pilote*, pensa Bronco, *de voler si bas et si près de caler*. Mais peu importait.

Winters étendit ses propres ralentisseurs et ses volets, et fit descendre l'avion. Il vérifia du bout des doigts que le bouton de sélection était toujours en position de tir et, le regard fixé sur l'écran de visée, il amena le cercle central sur la cible et l'y maintint. Cela aurait été plus difficile si le Beech avait gardé sa vitesse et essayé de manœuvrer, mais en fait, cela n'aurait guère eu d'importance. Bronco était vraiment trop bon, et dans son Aigle, il était presque invincible. Une centaine de mètres plus loin, son doigt relâcha le bouton pendant une fraction de seconde.

Une ligne de traînées vertes traversa le ciel.

Plusieurs balles manquèrent apparemment le Beech par l'avant, mais les autres atteignirent le cockpit de plein fouet. Aucun son ne lui parvint. Il n'y eut qu'un bref éclair de lumière, suivi d'un éclaboussement phosphorescent d'écume blanche lorsque l'appareil heurta la mer.

Winters songea brièvement qu'il venait de tuer un, peut-être deux hommes. Très bien. On ne les regretterait pas.

9

CHERCHER L'ENGAGEMENT

— Alors ? demanda Escobedo en posant sur Larson le regard glacé d'un biologiste examinant une souris de laboratoire.

Il n'avait aucune raison particulière de le soupçonner de quoi que ce soit, mais il était en colère et Larson était la première personne sur qui décharger sa colère.

Pas de problème : Larson avait l'habitude.

— Alors, je ne sais pas, *jefe*. Ernesto était un bon pilote, un bon élève. Comme l'autre, Cruz. Les moteurs étaient pratiquement neufs — deux cents heures chacun. La carlingue avait six ans, mais ce n'est pas inhabituel ; l'appareil était bien entretenu. Le temps était bon vers le nord. Des nuages hauts sur le détroit du Yucatan, rien de bien méchant.

Le pilote haussa les épaules.

— Disparition d'avion, *jefe*, on ne peut pas toujours savoir pourquoi.

— C'est mon cousin ! Qu'est-ce que je vais dire à sa mère ?

— Avez-vous vérifié auprès de tous les aérodromes du Mexique ?

— Oui ! Et à Cuba, au Honduras, et au Nicaragua !

— Pas d'appel de détresse ? Les bateaux et les appareils qui croisaient dans les parages n'ont rien signalé ?

186

— Non, rien.

Escobedo se calmait un peu au fur et à mesure que Larson examinait les possibilités, toujours aussi professionnel.

— S'il s'agit d'une panne électrique quelconque, il peut être tombé n'importe où mais... à votre place, je ne me ferais pas trop d'illusions, *jefe*. S'ils avaient atterri sans trop de casse, ils nous l'auraient déjà fait savoir. Désolé, *jefe*. Il est probablement perdu. C'est déjà arrivé. Ça arrivera encore.

Il y avait une autre possibilité : qu'Ernesto et Cruz aient pris leurs propres dispositions, atterri ailleurs que prévu, et vendu leur cargaison de quarante kilos avant de disparaître dans la nature, mais l'hypothèse n'était pas sérieuse. La question des drogues n'avait pas même été mentionnée, parce que Larson n'était pas réellement partie prenante dans l'entreprise. Il n'était qu'un conseiller technique qui avait demandé à être tenu à l'écart de cet aspect de l'affaire. Escobedo se fiait à son honnêteté parce qu'il en avait donné des preuves dans le passé, prenant son argent et faisant bien son boulot, et puis, Larson n'était pas idiot : il savait ce qu'il en coûtait de mentir et de jouer double jeu.

Ils étaient à Medellin, dans le coûteux appartement d'Escobedo qui occupait tout le dernier étage de l'immeuble. L'étage au-dessous abritait les vassaux et les domestiques. L'ascenseur était contrôlé par des gens qui savaient qui laisser passer. La rue devant l'immeuble était surveillée. Larson pensa qu'au moins il n'avait pas à craindre qu'on lui pique ses enjoliveurs. Mais qu'est-ce qui avait bien pu arriver à Ernesto ? Un simple accident ? Ce genre de chose arrivait. Si on avait eu recours à ses talents d'instructeur, c'était, entre autres, parce qu'on avait déjà perdu ainsi quelques avions. Mais Larson n'était pas stupide. Il songeait aux visiteurs qu'il avait reçus et aux ordres récents de Langley. Cela n'encourageait pas à croire aux coïncidences. Il y avait une opération en route. Était-ce le coup d'envoi ?

Larson n'y croyait pas. Cela faisait des années que

la CIA n'avait rien tenté. C'était bien dommage, selon lui, mais c'était un fait.

— Il était bon pilote ? demanda une nouvelle fois Escobedo.

— Je l'ai formé moi-même, *jefe*. Il avait quatre cents heures de vol, de bonnes connaissances mécaniques et, pour un jeune pilote, il se débrouillait très bien avec les instruments. La seule chose qui m'inquiétait, c'est qu'il aimait voler bas.

— Ah bon ?

— C'est dangereux de voler au ras des vagues, surtout la nuit. On est trop facilement désorienté. On oublie où est l'horizon et si on passe son temps à regarder au-dehors au lieu de surveiller les instruments... Des pilotes expérimentés ont flanqué leur appareil dans l'eau de cette manière. Malheureusement, c'est très amusant de voler au ras des vagues et beaucoup de pilotes, surtout les plus jeunes, y voient un test de virilité. Ce qui est stupide, on l'apprend avec le temps.

— Un bon pilote est un pilote prudent ? s'enquit Escobedo.

— Je ne cesse de le répéter à mes élèves, rétorqua Larson avec sérieux. Ils ne me croient pas tous. C'est vrai partout. Demandez à tous les instructeurs. Les jeunes pilotes font des fautes stupides parce qu'ils sont jeunes et inexpérimentés. Le jugement vient avec l'expérience — le plus souvent avec une expérience effrayante. Ceux qui en réchappent retiennent la leçon, mais certains n'en réchappent pas.

Escobedo réfléchit quelques secondes.

— C'était un type fier, Ernesto.

La phrase résonna comme une épitaphe aux oreilles de Larson.

— Je vais revoir le cahier de maintenance de l'appareil, proposa le pilote. Et je vais aussi revoir les données météo.

— Merci d'être venu si vite, señor Larson.

— Je suis à votre service, *jefe*. Si j'apprends quelque chose, je vous le ferai savoir.

Escobedo l'accompagna à la porte puis regagna son bureau. Cortez entra par une porte latérale.

— Alors ?

— Il me plaît, ce Larson, dit Cortez. Il dit la vérité. Il a de la fierté, mais pas trop.

Escobedo hocha la tête.

— Un mercenaire, mais un bon.

... comme toi. Cortez ne réagit pas au message implicite.

— Combien d'appareils ont été perdus ?

— Jusqu'à il y a dix-huit mois, nous ne tenions même pas de comptes. Depuis, neuf avions. C'est une des raisons pour lesquelles nous avons pris Larson. Je pensais que les accidents étaient dus à des erreurs de pilotage et de maintenance. Carlos s'est révélé un bon instructeur.

— Mais il n'a jamais voulu s'impliquer lui-même ?

— Non. C'est un homme simple. Il mène une vie confortable en faisant un travail qui lui plaît. Ça se défend, observa Escobedo. Vous avez vérifié son passé ?

— *Sí*. Rien à signaler, mais...

— Mais quoi ?

— Mais s'il était autre chose que ce qu'il paraît être, il n'y aurait rien à signaler non plus.

A ce moment-là, un homme ordinaire aurait dit quelque chose comme : « Mais vous ne pouvez pas soupçonner tout le monde. » Ce que ne fit pas Escobedo, ce qui montrait, selon Cortez, que son employeur avait une ample expérience et savait qu'il fallait suspecter tout le monde. Ce n'était pas vraiment un professionnel, mais ce n'était pas non plus un idiot.

— Vous pensez...

— Non. Il n'avait aucun moyen de savoir ce qui se passait cette nuit. J'ai vérifié : il était à Bogota avec son amie. Ils ont dîné seuls et sont rentrés tôt. C'était peut-être un accident banal, mais comme nous venons d'apprendre que les *Norteamericanos* préparent quelque chose, il ne faut pas prendre ça à la légère. Il faut que je retourne à Washington.

— Qu'est-ce que vous cherchez à savoir ?

— J'essaierai de rassembler des indices sur ce qu'ils manigancent.

— Vous essaierez ?

— Señor, rassembler des informations secrètes est un art...

— Tout s'achète !

— Là, vous vous trompez, rétorqua Cortez en lui lançant un regard froid. Les meilleures sources d'information ne sont jamais motivées par l'argent. Il est dangereux, et stupide, de le croire.

— Et vous alors ?

— On peut se poser la question, mais je suis sûr que vous y avez déjà répondu.

Le meilleur moyen de gagner la confiance de cet homme, c'était de lui dire qu'on ne pouvait faire confiance à personne. Escobedo pensait que ce que l'argent ne pouvait acheter, la peur pouvait l'obtenir. Il comptait sur sa réputation de violence pour impressionner, et envisageait rarement que d'autres puissent lui en remontrer sur ce plan. Il y avait beaucoup à admirer chez cet homme, mais aussi beaucoup à critiquer. Fondamentalement, c'était un amateur — certes doué, qui avait su assez vite tirer la leçon de ses erreurs, mais il lui manquait une formation systématique — et la formation, n'était-ce pas la transmission du savoir des autres ? Il lui aurait fallu un conseiller sur les opérations clandestines mais dans ce domaine, un tel homme ne solliciterait ni n'accepterait de conseil. Issus de générations de trafiquants, ce genre d'individus possédaient de solides connaissances en matière de corruption et de pots-de-vin. Seulement, ils n'avaient jamais appris comment jouer contre un adversaire vraiment redoutable et vraiment organisé — les Colombiens étant quantité négligeable. Si les yanquis n'avaient pas encore trouvé le courage d'agir de toute leur puissance, les trafiquants ne le devaient qu'à un heureux hasard. Et s'il y avait une chose que le KGB avait gravée dans l'esprit de Cortez, c'était bien que les heureux hasards ne duraient pas.

Le capitaine Winters regardait l'enregistrement vidéo de son tir avec les hommes de Washington. Ils se trouvaient dans un bureau d'angle de l'un des bâtiments des Opérations spéciales — il y en a plusieurs à Eglin — et ses deux compagnons portaient des uniformes de l'armée de l'air, avec les galons de lieutenant-colonel, grade moyen qu'on voyait beaucoup chez des gens qui apparaissaient et disparaissaient dans un total anonymat.

— Joli coup au but, mon gars, observa l'un d'eux.

— Il aurait pu me compliquer davantage la vie, répondit Bronco sans manifester beaucoup d'émotion. Mais il ne l'a pas fait.

— Comment était le trafic en surface ?

— Rien dans un rayon de cinquante kilomètres.

— Envoyez la bande du Hawkeye, ordonna le plus vieux.

Ils utilisaient une bande de trois pouces un quart, la préférée des militaires en raison de sa haute capacité d'enregistrement. Elle montrait le Beechcraft, identifié sous le code XX1 sur l'écran alphanumérique. Le petit appareil était l'un des nombreux contacts, dont la plupart clairement identifiés comme des avions de ligne qui volaient loin au-dessus de la scène du tir. Son enregistrement se terminait avant le tir. L'équipage du Hawkeye, comme prévu, n'avait pas eu de connaissance directe de ce qui s'était passé après avoir signalé le contact au chasseur. Les directives de la mission étaient claires, et la zone d'interception avait été choisie à l'écart des canaux de navigation à trafic intense. La basse altitude adoptée par les trafiquants avait facilité les choses, bien sûr, puisqu'elle limitait la distance à laquelle on aurait pu voir un éclair ou une explosion, même si, en l'occurrence, il n'y avait eu ni l'un ni l'autre.

— Bien, dit le plus âgé. C'était tout à fait conforme aux paramètres de la mission.

Ils revinrent à la première bande.

— Vous avez utilisé combien de balles ? demanda le plus jeune à Winters.

— Cent huit. Avec un Vulcan, c'est duraille de faire moins, vous savez ? La bête tire salement vite.

— Il a coupé l'appareil en deux comme une tronçonneuse.

— C'était voulu. J'aurais pu être un peu plus rapide sur la détente, mais vous vouliez que j'évite les réservoirs, c'est ça ?

— Exact.

La version officielle, au cas où quelqu'un aurait aperçu un éclair, aurait fait état d'un exercice de tir aux alentours d'Eglin — il n'était pas rare qu'on y abatte des cibles téléguidées — mais que personne n'ait rien remarqué du tout, c'était encore mieux.

Bronco n'aimait pas le secret dont on entourait cette mission. Pour lui, descendre ces fumiers, c'était légitime, il n'y avait rien à cacher. Quand on l'avait recruté, on lui avait expliqué que le trafic de drogue constituait une menace pour la sécurité des États-Unis. Pourquoi, alors, ne pas le faire savoir au public ? Mais ce n'était pas son rayon. Il n'était que capitaine, et les capitaines sont des exécutants, pas des décideurs. Quelqu'un au-dessus de lui avait conclu qu'il fallait y aller et c'était tout ce qu'il avait besoin de savoir. Par moments, il lui semblait que la liquidation de ce bimoteur Beech ressemblait beaucoup à un meurtre mais, après tout, le trafic de ces gens était un acte de guerre : c'était bien ça que ça voulait dire, « menace contre la sécurité des États-Unis », non ? Et puis, il ne les avait pas abattus sans sommation. Si ces abrutis s'étaient imaginé pouvoir échapper au meilleur avion de chasse du monde, eh bien, il leur avait démontré le contraire. Dur.

— Cet aspect de la question vous pose un problème, capitaine ? demanda le plus vieux.

— Un problème ? Quel problème ?

Quelle question à la con !

La piste sur laquelle ils étaient arrivés ne suffisait pas au décollage d'un transport de troupes. Les quarante-quatre hommes de l'opération Showboat voyagèrent donc par bus jusqu'à la base de Peterson, à quelques kilomètres à l'est de l'École de l'air à Colorado Springs. Il faisait sombre, bien sûr. Le bus était conduit par l'un des « conseillers du camp », comme les hommes avaient appris à les appeler, et le voyage fut calme. Beaucoup de soldats dormaient, fatigués par leur dernier jour d'entraînement. Les autres, comme Chavez, étaient plongés dans leurs pensées.

On les réveilla trente-cinq minutes plus tard, après qu'ils eurent passé la porte de Peterson. Le bus se rangea pile à l'arrière d'un Starlifter C-141. Les soldats se dressèrent et rassemblèrent leur équipement, les capitaines d'escouade vérifiant que chacun avait ce qu'on lui avait remis, au fur et à mesure que les hommes répondaient à l'appel. Quelques-uns jetèrent un regard autour d'eux en marchant vers l'avion. Ce départ n'avait rien que d'ordinaire. Pas de garde spéciale, rien que les équipes au sol qui ravitaillaient et préparaient l'appareil pour un décollage immédiat. Au loin un ravitailleur KC-135 s'envolait, auquel nul n'accorda d'attention. Pourtant, ils allaient retrouver cet oiseau dans peu de temps. Le sergent responsable du vol les accueillit à bord et les fit asseoir aussi confortablement que le permettaient les installations spartiates... cela consistait principalement à leur remettre un protège-oreilles.

L'équipage suivit l'habituelle procédure de décollage, et le Starlifter se mit en mouvement. Le bruit était agressif en dépit des protège-oreilles, mais l'appareil était manié par une équipe de réservistes de l'armée de l'air, tous pilotes et mécaniciens de ligne, qui leur offrit un vol décent. Sauf bien sûr, lors du ravitaillement en vol. Dès que le C-14 eut pris de l'altitude, il retrouva le KC-135 pour remplacer le carburant brûlé durant la montée. Pour les passagers cela signifiait l'habituel tangage qui vint à bout de la résistance de quelques estomacs, en dépit des airs endurcis de leurs propriétaires. Une demi-heure plus tard, le C-141 prit la direction du sud et, sous l'effet de la fatigue et de l'ennui conjugués, les soldats sombrèrent dans le sommeil pour le reste du voyage.

Le MH-53J Pave Low quittait presque au même

moment la base d'Eglin, tous ses réservoirs remplis après la mise en route des moteurs. Le colonel Johns le fit monter à trois cents mètres et prit la direction deux-un-cinq vers le détroit du Yucatan. Trois heures plus tard, un appareil de ravitaillement, le MC-130E Combat Talon, les rejoignit. Il leur faudrait remplir encore trois fois leurs réservoirs et le ravitailleur, qui transportait une équipe d'entretien et de soutien et des pièces de rechange, les accompagnerait tout le long de la route.

— Prêt au branchement, dit PJ au chef du ravitailleur.

— Roger, répondit le capitaine Montaigne dans le MC-130E, en maintenant l'appareil droit et au bon niveau.

Johns observa Willis pendant qu'il introduisait la perche du nez dans l'arrière du ravitailleur.

— Bon, on est branchés.

Dans le cockpit du MC-130E, le capitaine Montaigne prit note du signal lumineux et dit de sa voix rauque :

— *Ohhh ! Colonel, il n'y a que toi pour me le faire aussi bien !*

Johns s'esclaffa et appuya deux fois sur son bouton, déclenchant un clic-clac qui signifiait : affirmatif. Il coupa l'interphone.

Le transfert prit six minutes.

— On va rester combien de temps là-bas, à votre avis ? s'enquit le capitaine après la fin de la manœuvre.

— On ne me l'a pas dit, mais si ça dure trop, on m'a assuré qu'on aurait une permission.

— C'est gentil, observa le capitaine.

Ses yeux allaient et venaient sans cesse entre les instruments de vol et le monde extérieur au cockpit blindé. L'appareil était plein à ras bord de matériel de combat — Johns croyait fermement à la puissance de feu — et les systèmes de contre-mesure électronique avaient été enlevés. Quoi qu'ils aient à faire, ils n'auraient pas à affronter une couverture radar hostile, ce qui signifiait que leur boulot, quel qu'il soit, ne concernait pas Cuba. Cela faisait aussi plus de place pour les passagers, et éliminait le deuxième mécanicien navigant de l'équipage.

— Vous aviez raison, à propos des gants. Ma femme m'en a fait une paire et je sens la différence.

— Il y a des types qui volent sans, mais je n'aime pas avoir les mains moites sur le manche.

— Il va faire si chaud que ça ?

— Il y a chaleur et chaleur, observa Johns. On n'a pas toujours les mains moites à cause de la température extérieure.

Ah ben, ça, il lui arrive aussi d'avoir peur, comme tout le monde ?

— Comme je dis toujours, plus tu réfléchis avant que ça devienne excitant, moins ça le sera. Et c'est déjà assez excitant comme ça.

Une voix intervint sur le circuit de l'interphone :

— Continuez à parler comme ça, et on risque d'avoir un peu la frousse.

— Alors, Zimmer, comment ça se passe à l'arrière ? demanda Johns.

Le poste normal du sergent était situé juste derrière eux. Il y présidait à une impressionnante quantité d'instruments.

— Café, thé ou lait ? s'enquit-il. Au menu : poulet Kiev au riz, rosbif au jus et pommes de terre au four et, pour ceux qui font un régime, orange Ruffy et légumes grillés — et si vous me croyez, c'est que vous avez regardé trop longtemps le tableau de bord. Pourquoi, bon Dieu, est-ce qu'on n'a pas d'hôtesse de l'air pour s'occuper de nous ?

— Parce que vous et moi, nous sommes trop vieux pour ces conneries, Zimmer ! s'esclaffa PJ.

— Ce serait pas mauvais dans un hélico. Avec toutes ces vibrations...

— J'essaie de lui enseigner la vertu depuis la Corée, expliqua Johns au capitaine Willis. Quel âge ont les gamins à présent, Buck ?

— Dix-sept, quinze, douze, neuf, six, cinq et trois.

— Eh ben, s'exclama Willis, votre femme doit avoir un sacré tempérament !

— Elle a peur que je coure le jupon, alors elle me pompe mon énergie. Je vole pour lui échapper. Pour moi, c'est le seul moyen de rester en vie.

— Sa cuisine doit être pas mal, à voir votre tour de taille.

— Est-ce que le colonel se remettrait à charrier son sergent ? demanda Zimmer.

— Pas exactement, je souhaiterais simplement que vous soyez aussi agréable à voir que Carol.

— Aucune chance.

— Bien reçu. Je boirais bien un petit café.

— Il arrive, mon colonel.

Zimmer fut dans la cabine de pilotage moins d'une minute plus tard. Le tableau de bord du Pave Low était plutôt encombré, mais Zimmer avait trouvé depuis longtemps le moyen d'y installer des supports suspendus pour les tasses spéciales anti-éclaboussures qu'affectionnait le colonel Johns. Johns s'empressa d'en boire une gorgée.

— Elle fait du bon café, aussi, Buck.

— C'est drôle comme les choses s'arrangent, hein ?

A l'origine, Carol Zimmer ne s'appelait pas Carol. Née au Laos trente-six ans plus tôt, elle était fille d'un seigneur de la guerre Hmong qui avait longtemps et durement combattu pour un pays qui n'était plus le sien. Elle était l'unique survivante d'une famille de dix personnes. Lors de la dernière vague d'assaut des Nord-Vietnamiens en 1972, John et Buck étaient venus les prendre en hélico, elle et une poignée d'autres, sur le sommet d'une colline. L'Amérique avait manqué à ses devoirs envers la famille du Hmong, mais elle avait au moins sauvé sa fille. Zimmer était tombé amoureux d'elle au premier regard et, de l'avis général, leurs sept gosses étaient les plus mignons de Floride.

— Hé oui.

Il était tard à Mobile, quelque part au-dessous de la route des deux appareils qui filaient vers le sud, et les prisons, en particulier celles du Sud, sont des

196

endroits où l'on applique strictement le règlement. Pour les avocats, toutefois, il y avait des accommodements, et pour ces deux détenus-là, on fermait les yeux. Ils avaient rendez-vous, à une date encore indéterminée, avec la « Vieille Flambeuse », c'est-à-dire la chaise électrique du pénitencier d'Admore. Edward Stuart, leur avocat, le savait aussi.

— Comment s'y sont-ils pris ?

— Je ne sais pas.

— Tu criais et tu te débattais, Ramon, dit Jesus.

— Je sais. Et toi, tu t'es mis à table.

— Peu importe, dit l'avocat. On ne vous accuse que de meurtre et de piraterie en relation avec une affaire de drogue. L'information que Jesus leur a donnée ne sera pas utilisée dans ce dossier.

— Alors, faites votre boulot d'avocat et tirez-nous de là.

Un coup d'œil sur le visage de Stuart suffit à leur donner une réponse.

— Dites à nos amis que si on ne nous tire pas de là, nous commencerons à parler.

Les matons les avaient déjà abreuvés de détails charmants sur le sort qui les attendait. L'un d'eux avait montré à Ramon une affiche de la chaise avec la légende « Frites à toute heure ». Tout brutal et dur qu'on soit, l'idée d'être attaché à une chaise à dossier droit, un ruban de cuivre fixé à la jambe gauche et une petite calotte de métal placée sur un endroit de la tête préalablement rasé par le coiffeur de la prison, l'idée de la petite éponge plongée dans la solution saline pour augmenter la conductivité, du masque de cuir qui devait empêcher les yeux de jaillir de la tête... Ramon était un brave quand il avait la situation en main, et que cette main tenait un pistolet ou un couteau dirigé de préférence vers une personne désarmée ou attachée. Là, il était d'une bravoure inébranlable. Il ne lui était jamais venu à l'esprit qu'il pourrait un jour se trouver à la place de la victime sans défense. Il avait perdu trois kilos en une semaine. Il avait peur, mais plus encore, il était furieux, furieux contre lui-même qui avait peur, contre les gardes et la police qui lui faisaient peur et contre ses associés qui ne le tiraient pas de ce guêpier.

— Je connais beaucoup de choses, beaucoup de choses utiles.

— Peu importe. J'ai parlé avec les *federales*, et ils se moquent de ce que vous savez. Le procureur prétend que ce que vous pourriez lui dire ne l'intéresse pas.

— C'est ridicule. Ils négocient toujours des informations, ils font toujours...

— Pas dans ce cas. Les règles ont changé.

— Qu'est-ce que vous nous racontez ?

— Je ferai de mon mieux.

Je suis censé vous préparer à mourir en hommes, songeait Stuart sans pouvoir le leur dire.

— Il peut se passer beaucoup de choses dans les prochaines semaines.

Cette dernière phrase suscita des expressions sceptiques mais non dépourvues d'espoir. L'avocat, lui, n'en nourrissait aucun. Le procureur allait se charger lui-même de l'affaire, ce qui lui permettrait de paraître au journal télévisé. Le procès serait très rapide et les citoyens de l'État souverain d'Alabama apprécieraient qu'on ait fait griller des assassins, pirates, violeurs et trafiquants de drogue. Ce serait tout bénéfice pour le procureur : il y avait un siège à pourvoir au Sénat d'ici deux ans.

Stuart était opposé par principe à la peine de mort et il avait consacré beaucoup de temps et d'argent à la combattre. Il avait réussi à mener une affaire jusque devant la Cour suprême qui, par cinq voix contre quatre, avait accordé à son client un nouveau procès, au cours duquel, après négociation, la peine de mort avait été abandonnée contre une condamnation à la prison à vie. Stuart considérait ce résultat comme une victoire, bien que son client n'eût survécu en tout et pour tout que quatre mois au milieu de la population carcérale où quelqu'un qui n'aimait pas les assassins d'enfant lui avait enfoncé une tige dans les lombaires. L'avocat n'avait pas à aimer ses clients — et la plupart du temps, il ne les aimait pas. Parfois, il avait peur d'eux, en particulier quand il s'agissait de trafiquants de drogue. En général ils comptaient bien qu'il leur assurerait la liberté en échange d'une somme astronomique — le plus souvent versée au comptant, en liquide. Ils ne comprenaient pas que la loi ne garantissait rien — en particulier quand on était coupable. Et ces deux-là étaient salement coupables. Mais ils ne méritaient pas la mort. Stuart était convaincu que la société ne pouvait se permettre de descendre au niveau de... ses clients. C'était une opinion fort peu répandue dans le Sud, mais Stuart ne visait aucune charge publique.

En tout cas, il était leur avocat, et il devait leur assurer la meilleure défense possible. Il avait déjà examiné les possibilités d'un compromis : la prison à vie en échange d'informations. Il avait étudié le dossier de l'accusation. Il n'y avait pas de témoins oculaires mais les preuves matérielles étaient formidables, et cet équipage de gardes-côtes s'étaient scrupuleusement abstenu de toucher à quoi que ce soit sur le lieu du crime, à l'exception des pièces à conviction qu'ils avaient soigneusement placées sous scellés. Son seul espoir réel était donc de mettre en cause leur crédibilité. Un maigre espoir, mais le seul qu'il eût.

Mark Bright, agent spécial superviseur, travaillait tard lui aussi. L'équipe avait eu fort à faire. La principale percée de l'enquête avait été opérée lors de la deuxième heure de la fouille du quatrième domicile, un mois entier après la première perquisition. Ils avaient tous senti qu'il y avait quelque chose d'autre. En effet, ils avaient découvert un coffre dans le sol — sans aucune facture d'achat ou d'installation — parfaitement dissimulé sous une moquette qui couvrait toute la pièce. Il leur avait fallu trente-deux jours pour y parvenir. Ils eurent encore besoin de quatre-vingts minutes de tâtonnements pour l'ouvrir. Un agent expérimenté y parvint en tenant diverses variations à partir des dates anniversaires des membres de la famille massacrée. Quand il essaya le chiffre du mois de la naissance du père, plus un, puis le chiffre du jour, plus deux, puis l'année de sa naissance, plus trois, la porte du coûteux Mosler s'écarta en repoussant un bout de moquette dans un bruit de froissement.

Ni argent, ni bijoux, ni lettre de son avocat. A l'intérieur du coffre se trouvaient cinq disquettes d'ordinateur compatibles avec l'IBM personnel de l'homme d'affaires. Mark Bright était un bon enquêteur, c'est-à-dire patient. Il commença par appeler un expert informatique du coin qui travaillait de temps à autre pour le FBI. Consultant indépendant en logiciel, il avait d'abord protesté qu'il n'avait pas le temps, mais il avait suffi de lui assurer qu'il s'agissait d'une importante enquête criminelle pour qu'il obtempère. Comme beaucoup de ceux qui apportent une aide officieuse au FBI, il trouvait le boulot de la police très excitant, mais pas assez pour prendre un emploi à temps plein dans un laboratoire du Bureau. Le gouvernement était loin de lui offrir des rémunérations équivalentes à celles qu'il touchait dans le privé. Bright avait anticipé sa première demande : apporter l'ordinateur et le disque dur de l'homme d'affaires.

Après avoir, grâce à un programme nommé Ceinture de Chasteté, exécuté des copies des cinq disquettes, il avait confié les originaux à Bright pour qu'il les mette à l'abri pendant qu'il travaillait sur les copies. Il y avait bien des façons de s'y prendre, et le consultant les connaissait toutes. Comme Bright et lui l'avaient prévu, l'algorithme de cryptage était intégré dans le disque dur. Il s'agissait donc simplement de trouver quel code avait été utilisé pour protéger les données des disquettes. Neuf heures furent nécessaires au copain de Bright, durant lesquelles ce dernier l'approvisionna en café et en sandwiches en se demandant pourquoi il faisait cela gratuitement.

— Je le tiens !

Une main douteuse enfonça la commande PRINT et l'imprimante de bureau à laser se mit à bourdonner en dégorgeant du papier. Les cinq disquettes étaient bourrées de données correspondant à sept cents pages de texte simple interligne. Avant que la troisième n'ait été imprimée, le consultant était parti. Bright lut tout, sur une période de trois jours. Puis il fit six photocopies pour les autres agents principaux qui travaillaient sur l'affaire. A présent, installés autour de la table de conférence, ils piochaient au hasard dans les pages.

— Bon Dieu, Mark, ce truc est fantastique !

— Je vous le disais.

— Trois cents millions de dollars ! s'exclama un autre inspecteur. Ben merde, je fais mes courses dans ce supermarché...

— Ça représente quelle somme, au total ? demanda sobrement un troisième.

— J'ai seulement survolé les papiers mais je suis arrivé à sept cents millions environ. Huit centres commerciaux, de Fort Worth à Atlanta. Les investissements passent par onze sociétés différentes, vingt-trois banques et...

— Ma compagnie d'assurances est alliée avec cette société ! Ils s'occupent de mes déclarations d'impôts et...

— A la façon dont c'est goupillé, il était le seul à savoir. Du grand art...

— Mais il est devenu de plus en plus gourmand. Si je comprends bien, il s'est mis dans la poche près de trente millions... Bon sang de bonsoir...

La combine, comme toutes les grandes combines, était d'une élégante simplicité. Il y avait huit projets immobiliers. A chaque fois, le défunt avait joué le rôle du promoteur, représentant d'investisseurs étrangers — invariablement présentés comme des financiers du Golfe persique ou des industriels japonais —, en utilisant des fonds blanchis à travers un incroyable fouillis de banques étrangères. Le promoteur avait utilisé l'« argent du pétrole » — terme presque générique dans le secteur des investissements à risques partagés — pour acheter des terrains et mettre le projet en route, puis il avait recherché des associés à responsabilité limitée. Ceux-ci apportaient de nouveaux fonds sans avoir leur mot à dire dans la gestion des projets particuliers, mais leurs bénéfices étaient presque garantis par les précédentes performances du consortium. Même l'opération immobilière de Fort Worth avait rapporté de l'argent, malgré la récession qui frappait depuis peu l'industrie pétrolière de la région. Dès les premiers coups de pioche, les véritables propriétaires disparaissaient derrière un investissement majoritaire de banques, de compagnies d'assurances et de riches investisseurs privés, tandis que la plus grande partie de l'investissement étranger originel était récupérée et ramenée à la Banque de Dubai ou dans d'autres établissements semblables — mais une participation de contrôle était conservée dans le projet. Ainsi, les investisseurs étrangers retrouvaient leur investissement initial avec un solide bénéfice et continuaient de percevoir une bonne partie des profits dégagés par la mise en œuvre effective de l'opération, en attendant la vente finale à des sociétés du pays pour réaliser encore quelques bénéfices. Selon l'estimation de Bright, de chaque centaine de millions de dollars investis en étaient extraits cent cinquante millions. Et c'était la partie la plus importante de l'affaire. Les cent millions placés, et les cinquante millions de bénéfices étaient aussi propres que le marbre du Washington Monument.

A part ces disquettes d'ordinateur.

— Les Impôts, la Commission des opérations de bourse, une armée d'avocats ont examiné ces projets, leurs investissements et leurs bénéfices, jusqu'au dernier sou, et personne, jamais, n'a eu le moindre doute. Il gardait ces dossiers au cas où quelqu'un le coincerait — il devait avoir l'intention de les échanger dans le cadre de la loi sur la protection des témoins...

— Et il se serait retrouvé le type le plus riche de Pétaouchnock, au fin fond du Wyoming..., observa

Mike Schratz. Mais quelqu'un qui n'aurait pas dû a senti venir le coup. Je me demande ce qui leur a mis la puce à l'oreille. Qu'ont dit nos amis ?

— Ils ne savent rien. Simplement qu'ils avaient pour boulot de les tuer tous et de faire passer ça pour une disparition. Les chefs ont manifestement prévu qu'ils risquaient de se faire prendre et ont compartimenté l'information. Recruter ce genre de petites frappes, ça doit être aussi dur que de trouver une fille qui danse au bal des debs...

— Bien d'accord. Le quartier général est déjà au courant ?

— Non, Mike, je voulais que vous voyiez ça d'abord, les uns et les autres. Votre opinion, messieurs ?

— Si on agit vite... on peut saisir un gros paquet de fric... à moins qu'ils nous aient devancés, réfléchit Schratz à voix haute. Je me demande s'ils l'ont fait. Ce truc est si malin... Je parierais dix sacs que non. Il y a preneur ?

— Pas moi, répliqua un autre agent, expert-comptable et juriste. Pourquoi s'en feraient-ils ? C'est le truc le mieux verrouillé que j'aie jamais vu — bon Dieu, c'est vraiment le plan parfait. Je suppose que nous devrions leur être reconnaissants des efforts qu'ils font pour rééquilibrer notre balance des paiements. En tout cas, les amis, on a identifié l'origine de ce fric, on peut le rafler.

— Il y là le budget de la Maison pour les deux ans à venir...

— Et de quoi acheter une escadrille de chasseurs. Mark, je crois que tu devrais appeler le Directeur, conclut Schratz.

Tout le monde approuva.

— Où est Pete aujourd'hui ?

Pete Mariano était l'agent spécial responsable de l'antenne de Mobile.

— A Venice, probablement, dit un agent. Il va râler d'avoir été tenu à l'écart.

Bright referma le classeur. Il avait déjà réservé sur le premier vol du matin pour Dulles International Airport.

Le C141 atterrit dix minutes plus tôt à Howard Field. Après l'air propre et sec des monts du Colorado, et l'air encore plus rare et plus sec du vol, en pénétrant dans la fournaise humide de l'isthme de Panama, on avait l'impression d'entrer en collision avec une porte fermée. Les soldats rassemblèrent leur équipement et se laissèrent conduire au-dehors par le chef de vol. Ils étaient graves et silencieux. Le changement de climat leur faisait sentir que l'entraînement était terminé. La mission commençait. Ils furent immédiatement embarqués dans un autre bus vert qui les emmena jusqu'à des baraquements délabrés du camp de Fort Kobbe.

L'hélicoptère MH-53J atterrit plusieurs heures après sur la même piste et fut tiré sans cérémonie jusqu'à un hangar qu'entourèrent des gardes armés. Le colonel Johns et l'équipage furent conduits aux quartiers proches et invités à faire relâche.

Un autre hélicoptère, un CH-53E Super Stallion de la marine, décolla du pont du *Guadalcanal* juste avant l'aube, au-dessus de la baie de Panama. Il se dirigea en un vol disgracieux vers la côte, vers Corezal, site militaire proche de Gaillard Cut, la section la plus difficile du premier projet de construction du canal. L'équipe du transporteur aérien avait accroché un engin massif à une élingue fixée sous le ventre de l'hélicoptère. Vingt-cinq minutes plus tard, celui-ci planait au-dessus de la destination prévue. Le pilote ralentit et descendit doucement vers le sol, en suivant les instructions fournies par le chef mécanicien, jusqu'à ce que la camionnette de communication touche un sol de béton. L'élingue fut détachée et l'hélicoptère monta aussitôt pour laisser place à un second appareil, un petit transporteur de troupe CH-46 qui déposa quatre hommes avant de retourner à son navire. Les hommes se mirent aussitôt à préparer le fourgon.

C'était un véhicule tout à fait ordinaire, qui ressemblait fort à un conteneur à roues, bien qu'il fût comme la plupart des transports militaires couvert de peintures de camouflage vertes. Cela changea rapidement quand les techniciens des communications se mirent à ériger différentes antennes radio, dont une antenne parabolique de un mètre de diamètre. Les câbles d'alimentation furent branchés sur un véhicule électrogène qui se trouvait déjà sur place et l'air conditionné fut mis en marche, pour protéger le matériel bien plus que les techniciens. Ils portaient des tenues de type militaire, bien qu'aucun d'entre eux ne fût soldat. Tout était en place.

Ou presque. A Cap Canaveral, le compte à rebours approchait de sa fin pour une fusée Titan-IIID. Trois officiers généraux de l'aviation et une demi-douzaine de civils observaient la centaine de techniciens qui exécutaient la procédure. Ils étaient mécontents. Leur chargement avait été abandonné à la dernière minute pour un autre moins important (selon eux). L'explication qu'on leur avait fournie était loin de les satisfaire et il n'y avait pas pléthore de fusées de lancement pour jouer à ce petit jeu. Mais nul n'avait pris la peine de leur expliquer à quel jeu on jouait en réalité.

— Taïaut, taïaut, j'ai les globes de l'œil dans la mire, signala Bronco.

L'Aigle suivit la cible à huit cents mètres derrière et légèrement en dessous. Un DC-4, 6, ou 7, en tout cas un gros engin. Le plus gros qu'il eût jamais intercepté. Quatre moteurs à hélices et un unique gouvernail... apparemment, un quadrimoteur Douglas, certainement plus vieux que l'homme qui l'avait pris en chasse. Winters voyait les flammes bleues de l'orifice d'évacuation des moteurs en étoile, en même temps que l'éclat de la lune sur les hélices. Pour le reste, il fallait deviner.

Le vol devenait plus difficile. Il se rapprochait de la cible et devait diminuer sa vitesse pour ne pas la rattraper. Bronco mit au ralenti ses moteurs Pratt & Whitney et leva un peu les volets pour aider à la décélération et prendre un peu de hauteur. Sa vitesse tomba à un malheureux deux cent quarante nœuds.

Il se trouvait maintenant à cent mètres de la cible. Le lourd chasseur balançait légèrement — seul le pilote pouvait le remarquer — dans les turbulences du sillage du gros appareil. C'était le moment. Il prit une profonde inspiration et enserra le manche de ses doigts. Le capitaine Winters alluma ses puissants feux d'atterrissage. Visiblement, l'alarme retentit chez l'adversaire. L'extrémité des ailes bougea une seconde après que ses lumières eurent surpris le vieil avion dans le ciel.

— Appareil en vue, identifiez-vous, s'il vous plaît. Terminé, appela-t-il sur la fréquence de veille.

Il commença à tourner — c'était un DC-7B, estima-t-il, le dernier des gros avions de ligne à hélice, si brusquement éliminés à la fin des années cinquante par l'arrivée des appareils à réaction. Les fumées d'échappement se firent plus brillantes tandis que le pilote mettait les gaz.

— Appareil en vue, vous êtes dans un espace aérien interdit. Identifiez-vous tout de suite, terminé, lança Bronco.

Tout de suite est une expression qui a une signification spéciale pour les aviateurs.

Le DC-7B plongeait maintenant vers le ras des vagues. L'Aigle suivit presque de son propre accord.

— Appareil en vue, je répète, vous êtes dans un espace aérien interdit. Identifiez-vous tout de suite !

La cible prenait maintenant la direction de l'est, vers la Floride. Le capitaine Winters relâcha le manche et arma les canons. Il examina la surface de l'océan pour vérifier qu'il n'y avait pas de bateau aux alentours.

— Appareil en vue, si vous ne vous identifiez pas, j'ouvre le feu, terminé.

Pas de réaction. Le plus difficile maintenant, c'était que le système de tir de l'Aigle, une fois armé, faisait de son mieux pour aider le pilote à toucher la cible. Mais on voulait qu'il les ramène vivants et Bronco dut se concentrer pour être sûr de les rater avant de presser la détente une fraction de seconde.

La moitié des balles du magasin étaient des traceuses, et le canon à six tubes les cracha à une cadence de près de cent par seconde. Il en résulta une traînée de lumière jaune-vert ressemblant fort aux rayons laser des films de science-fiction, qui coupa une large portion d'infini à dix petits mètres devant le cockpit du DC-7B.

— Appareil en vue, répondez et identifiez-vous. Terminé.

— Qu'est-ce qu'il y a ? répondit le DC-7B.

— Identifiez-vous ! commanda sèchement Winters.

— Carib Cargo, vol spécial parti du Honduras.

— Vous êtes dans une zone interdite. Prenez le cap trois-quatre-sept.

— Nous n'étions pas au courant de cette interdiction. Dites-nous où aller, et on sortira d'ici. Terminé.

— Prenez à gauche, route trois-quatre-sept. Je vais vous suivre. Vous avez choisi un mauvais coin pour voler sans lumières. Vous aurez intérêt à fournir des explications convaincantes, parce que le colonel est pas content, c'est moi qui vous le dis. Prenez à gauche avec votre veau — tout de suite !

Rien ne se passa pendant un moment. Bronco craignait un peu qu'ils ne l'aient pas pris assez au sérieux. Il fit passer son chasseur à droite et lâcha une autre salve pour encourager la cible.

Qui commença à tourner pour prendre le cap trois-quatre-sept. Et alluma ses feux anti-collisions.

— Bien, Carib, gardez cette direction et cette altitude. Et ne touchez pas à la radio. Je répète, silence radio jusqu'à nouvel ordre. N'aggravez pas votre cas. Je reste derrière vous et je vous garde à l'œil. Terminé.

Il fallut près d'une heure — il avait l'impression de conduire une Ferrari aux heures de pointe en plein Manhattan. Comme ils approchaient de la côte, il vit que des nuages chargés d'éclairs roulaient dans le ciel au nord. Ils atterriraient avant l'orage, se dit Winters. Opportunément, les lumières d'un terrain d'atterrissage apparurent.

— Carib, vous allez me faire le plaisir de vous poser sur cette piste. Terminé.

Bronco vérifia ses réserves de carburant. Encore assez pour plusieurs heures. Il se fit un petit plaisir en mettant pleins gaz tout en surveillant les feux clignotants du DC-7 qui entraient sur le rectangle bleu du vieil aéroport.

— Très bien, il est à nous, annonça le radio au pilote du chasseur.

Bronco ne répondit pas. Il prit la direction de la base d'Églin et se dit qu'il allait battre l'orage à la course. Un autre boulot nocturne de fait.

Le DC-7B roula jusqu'au bout de la piste. Quand il s'arrêta, des phares s'approchèrent. Une jeep vint s'immobiliser à cinquante mètres du nez de l'appareil. A l'arrière était placé un fusil-mitrailleur M-2 calibre .50, au côté gauche duquel pendait un gros boîtier de munitions. L'arme était pointée droit sur le cockpit.

— Sors de ce putain d'avion, *amigo !* commanda une voix coléreuse dans un haut-parleur.

La porte avant s'ouvrit sur le côté gauche. L'homme qui jeta un coup d'œil à l'extérieur était blanc, la quarantaine. Aveuglé par les projecteurs dirigés sur son visage, il était encore désorienté. Ce qui bien sûr faisait partie du plan.

— Descends sur la piste, *amigo*, dit une voix derrière la lumière.

— Mais enfin, je...

— *Saute sur cette putain de piste, enfoiré !*

Il n'y avait pas d'échelle. Le pilote fut rejoint par un autre homme et, l'un après l'autre, ils s'assirent au bord de la portière, se suspendirent par les mains et tombèrent à quatre pattes sur le béton craquelé. Ils furent accueillis par des bras puissants aux manches de treillis retroussées.

— A plat ventre, enfoirés d'espions ! leur hurla une voix jeune.

— Putain de merde, ça y est, on en a enfin coincé un, dis donc ! s'exclama une autre voix. On a touché une de ces saloperies d'avions-espions cubains !

— Mais qu'est-ce que..., commença un des hommes couchés sur le ciment.

Il se tut quand le crache-flammes à trois fourchons d'un M-16 vint se coller sur sa nuque. Puis il sentit une haleine chaude sur son visage.

— Alors, *amigo*, va falloir tout cracher, je vais te le faire gicler de la tronche, dis donc, salopard ! Quelqu'un d'autre dans l'appareil, amigo ?

La deuxième voix semblait appartenir à un homme plus âgé.

— Non, écoutez, nous...

— Vérifiez ! Et faites gaffe ! lança le sergent au FM.

— D'ac, mitrailleur ! répondit le caporal de marine. Couvre-moi à la porte.

— T'as un nom ? demanda le sergent, en pressant le museau de l'arme dans la nuque du pilote.

— Bert Russo, je suis...

— T'as mal choisi ton moment pour nous espionner, Roberto. On attendait que ça, mon gars ! Dis donc, je me demande si Fidel tient tant que ça à vous récupérer ?

— Y m'a pas l'air d'un Cubain, observa une voix jeune. Si ça se trouve, c'est un Russe ?

— Eh, je sais pas de quoi vous parlez, objecta Russo.

— Pour sûr, Roberto. Je... par ici, cap'taine !

Des pas approchèrent. Et une nouvelle voix prit la parole.

— Désolé d'être en retard, mitrailleur !

— On les a bien en main, cap'taine. J'ai envoyé des gens dans l'avion. On a fini par coincer cet espion cubain, dis donc, à la fin des fins ! Çui-là, c'est Roberto. L'a pas encore causé avec l'autre.

— Embarquez-le.

Une grosse main retourna le visage du pilote comme s'il avait été une poupée de son et il vit d'où venait le souffle chaud qu'il avait senti. Le plus gros berger allemand qu'il eût jamais vu l'observait d'une distance de trois centimètres. Quand il posa son regard sur elle, la bête grogna.

— Te risque pas à faire peur à mon chien, Roberto, lui intima le sergent mitrailleur noir.

Avertissement bien inutile. Bert Russo ne voyait aucun visage. Tous les hommes étaient éclairés dans le dos par les lumières de la piste. Il voyait les armes, et les chiens, dont l'un qui se trouvait près de son copilote. Quand il commença à parler, le chien devant son visage bougea, ce qui lui coupa le souffle.

— Vous autres, les Cubains, on va vous apprendre. On vous a avertis de ne pas venir espionner nos exercices, la dernière fois, mais faut que vous veniez nous emmerder, hein ? observa le capitaine.

— Je ne suis pas Cubain. Je suis Américain et je ne sais pas de quoi vous parlez, réussit enfin à dire le pilote.

— Vous avez des papiers ? demanda le capitaine.

Bert Russo esquissa un geste vers son portefeuille, mais le chien gronda vraiment.

— N'effrayez pas le chien, avertit le capitaine. Ils sont un peu nerveux, vous voyez ?

— On pourrait juste les liquider, dis donc, laissa tomber le mitrailleur. Vous voyez ce que je veux dire, mon capitaine. Tout le monde s'en fout, non, de ces enfoirés d'espions cubains ?

— Eh, sergent ! cria une voix de l'intérieur de l'appareil. C'est pas un avion-espion. Il est plein de drogue ! On a coincé un passeur !

— Oh, le fils de pute, dis donc !

Le mitrailleur parut un moment déçu.

— Des enfoirés de trafiquants ? Ben merde !

Le capitaine s'esclaffa.

— Mon bon monsieur, vous avez vraiment choisi le mauvais coin pour conduire un avion cette nuit. Y'en a beaucoup, caporal ?

— Un sacré tas, capitaine. De l'herbe et de la coke. On dirait que l'avion en est plein.

— Enfoiré de trafiquants, répéta le mitrailleur.

Il se tut un moment.

— Cap'taine ? reprit-il.

— Ouais ?

— Cap'taine, ces avions y z'atterrissent tout le temps et les équipages décarrent, et personne les retrouve jamais, dis donc.

Comme pour souligner cette remarque, un son guttural leur parvint du marais qui entourait la vieille piste. Albert Russo était originaire de Floride et reconnut ce bruit.

— Je veux dire, cap'taine, qui c'est qui saura la différence ? L'avion a atterri, et l'équipage s'est carapaté avant qu'on les attrape, et ils sont tombés là-bas dans les marécages, dis donc, et on a entendu des espèces de cris, vous voyez...

Une pause.

— C'est rien que des trafiquants, dis donc. Qui c'est qui ira se faire du mouron pour eux, hein ? Ça éliminerait un peu de vermine, vous voyez ? Bon Dieu, ça donnerait même à becqueter aux alligators, qui m'ont l'air plutôt affamés, dis donc.

— Il n'y aurait pas de preuve..., reconnut le capitaine, pensif.

— Tout le monde s'en branle, dis donc, de ces enfoirés, insista le sergent. Y'aura que nous au courant, cap'taine.

— *Non !* hurla le copilote, qui ouvrait la bouche pour la première fois, faisant sursauter le chien qui collait le museau à sa nuque.

— Tiens-toi tranquille, tu vois pas qu'on cause ? lança le mitrailleur noir.

— Messieurs, j'estime que le sergent a été tout à fait convaincant, trancha le capitaine après un moment de réflexion. Et les alligators ont vraiment l'air d'avoir faim. Tuez-les d'abord, sergent. Pas la peine d'être cruels, et les crocos, ils se régaleront pareil. Mais n'oubliez pas de prendre leurs papiers avant.

— Bien, chef, répondit le sergent mitrailleur.

Avec le reste de la section détachée — ils n'étaient que huit —, il venait du Centre des opérations spéciales de MacDill. Pour ces commandos de marines, les activités inhabituelles étaient la règle plutôt que l'exception. Leur hélicoptère était à cinq cents mètres de là.

— Bon, mon gars, dit le Noir en se baissant pour relever Russo sans douceur. T'as vraiment mal choisi ton moment pour passer de la drogue, mon gars, dis donc.

— Attendez un peu, cria l'autre. On n'a pas... je veux dire, on peut vous raconter...

— Cause toujours, mon gars. J'ai mes ordres, point. Allez, viens. Si tu veux faire un genre de petite prière, c'est le moment.

— On venait de Colombie...

— Ça alors, quelle surprise, dis donc ! observa le mitrailleur en traînant l'homme vers les arbres. Tu ferais mieux de causer à ton Seigneur Dieu, mon gars. Peut-être qu'il va t'écouter. Peut-être que non, aussi, tu me diras.

— Je peux tout vous dire, insista Russo.

— Je m'en branle !

— Mais vous ne pouvez pas...

— Pour sûr que je peux. Comment tu crois que je gagne ma croûte, dis donc ? rétorqua le Noir, amusé. T'inquiète, je vais te faire ça vite et bien. Je fais pas souffrir les gens comme les types de ton espèce. Je fais le boulot, quoi.

— J'ai une famille... gémit Russo.

— Comme tout le monde. Y s'en remettront. T'as une assurance, j'espère. Regarde-moi ça !

Un autre marine pointa le faisceau de sa lampe sur les broussailles. C'était le plus gros alligator que Russo eût jamais vu. Il faisait bien quatre mètres de long. Les grands yeux jaunes brillaient dans l'obscurité, le reste du corps du reptile ressemblant à un tronc vert. Avec une gueule.

— On est assez loin, jugea le Noir. Tenez les chiens en arrière, bon sang !

L'alligator — ils l'appelaient Nicodème — ouvrit la gueule et siffla. C'était un bruit passablement terrifiant.

— Je vous en prie..., dit Russo.

— Je peux tout vous raconter ! proposa une nouvelle fois le copilote.

— Qu'est-ce que tu veux nous dire ? demanda le capitaine d'un ton dégoûté.

« Tu n'es donc pas foutu de mourir en homme ? » semblait-il demander.

— Je peux vous raconter d'où nous venons. Qui nous a donné la marchandise. Où nous allions. Les codes radio. Qui était censé nous retrouver. Tout !

— C'est ça, c'est ça, approuva le capitaine. Prenez leurs papiers. La monnaie, les clés de voiture, tout. Oh, et puis, tant qu'à faire, foutez-les à poil avant de les flinguer. Essayons de faire ça proprement.

— Je sais tout ! hurla Russo.

— Il sait tout, répéta le mitrailleur noir. C'est pas mignon, ça ? Déshabille-toi, mon grand.

— Attends un peu.

Le capitaine s'avança et braqua sa lampe sur le visage de Russo.

— Qu'est-ce que tu sais qui pourrait nous intéresser ? demanda une voix qu'ils n'avaient pas encore entendue.

Bien que vêtu d'un treillis, l'homme n'était pas un marine.

Dix minutes plus tard, tout était enregistré. Ils connaissaient déjà la plupart des noms, bien entendu. L'information nouvelle, c'était l'emplacement de la piste d'atterrissage, et les codes radio.

— Vous renoncez à l'assistance d'un avocat ? demanda le civil.

— Oui !

— Vous êtes disposé à coopérer ?

— Oui !

— Bien.

Les yeux bandés, Russo et le copilote, qui s'appelait Bennet, furent conduits à l'hélicoptère. A midi le lendemain, ils étaient présentés devant un magistrat des États-Unis, puis devant un juge du tribunal fédéral ; au coucher du soleil ils furent emmenés dans un coin reculé de la base d'Eglin, dans une nouvelle bâtisse entourée d'une haute palissade et gardée par des hommes en uniforme aux mines rébarbatives.

10

PIED SEC

La politesse. Mark Bright passa voir le directeur adjoint, Murray, avant de se rendre au bureau du directeur.

— Vous avez soulevé un gros lièvre. Comment va l'affaire ?

— L'affaire des pirates, c'est comme ça que les journaux en parlent. C'est parfait. Je suis là parce que ça va plus loin que prévu. La victime est bien plus compromise qu'on ne le pensait.

Bright s'expliqua en sortant un dossier de son porte-documents.

— A quel point ?

— Nous ne savons pas encore. Il va falloir attendre les analyses des experts en haute finance... mais au moins sept cents millions de dollars.

Murray parvint malgré tout à reposer sa tasse de café sans la renverser.

— Vous pouvez répéter ?

— Vous avez bien compris. Je ne l'ai su qu'avanthier, je viens juste de terminer la lecture du rapport. Bordel, je l'ai à peine parcouru, mais si je me trompe, c'est en moins ! J'ai pensé que le directeur aimerait voir ça en vitesse.

— Sans parler du ministre de la Justice et du Président. A quelle heure vous avez rendez-vous avec Emil ?

— Dans une demi-heure. Vous voulez venir ? Vous vous y connaissez mieux que moi dans ces ramifications internationales.

Le Bureau ne manquait pas de directeurs adjoints, et comme la fonction de Murray avait une définition assez vague, il se décorait par plaisanterie du titre de balayeur des coulisses. Autorité première en matière d'antiterrorisme, Murray était aussi le grand spécialiste des transferts de fonds, d'armes, et de groupes de pression d'un pays à l'autre. Sa grande expérience du terrain lui donnait le privilège de traiter certains dossiers importants pour le compte du directeur de l'Agence ou de Bill Shaw, directeur exécutif adjoint des Enquêtes. Ce n'était pas tout à fait par hasard que Bright était passé à son bureau.

— Vos informations tiennent la route ?

— Comme je vous l'ai dit, on n'a pas encore tout, mais j'ai déjà des numéros de compte, des dates de transactions, des montants, et une piste sérieuse qui remonterait jusqu'à la source.

— Et tout ça parce que ce garde-côte...

— Non, pas vraiment. Un peu. En apprenant que la victime était mouillée, on a fouiné dans ses affaires. On serait sans doute tombé là-dessus un de ces jours. En fait, je n'ai pas cessé de retourner dans leur maison, vous savez ce que c'est.

— Ouais.

La qualité première d'un bon agent, c'est la ténacité. Bright avait fouillé tant que son instinct lui disait qu'il restait encore des points obscurs.

— Comment avez-vous découvert le coffre ?

— Le type avait un tapis de caoutchouc, sous son fauteuil pivotant. Vous connaissez le problème, ça a tendance à bouger, à force de déplacer le siège. Je suis resté là-dessus une bonne heure, et j'ai remarqué qu'effectivement le tapis avait bougé. J'ai enlevé le fauteuil pour le remettre en place, et tout d'un coup j'ai pensé : quelle excellente cachette ! Je ne m'étais pas trompé, dit Bright, avec un sourire de fierté bien justifié.

— Vous devriez écrire ça dans *L'Enquêteur* — le bulletin interne du ministère de la Justice —, comme ça, tout le monde y pensera, maintenant.

— On a un bon perceur de coffres au bureau. Après, il a suffi de décoder les informations des disquettes. On a un type à Mobile qui nous donne un coup de main. Non, non, il ne sait pas de quoi il s'agit. Il sait être discret et, de toute façon, ça ne l'intéresse pas tant que ça. Je pense qu'on a intérêt à rester top secret tant qu'on n'a pas mis la main sur le fric.

— On s'était encore jamais payé tout un centre commercial. Ah, quand même, une fois, on a saisi un bar topless, dit Murray, souriant, tout en décrochant le téléphone. Bonjour, Moira, Dan Murray. Dites au patron qu'on a du nouveau pour lui, et pas de la gnognotte ! Faites venir Bill Shaw, ça l'intéressera. On arrive tout de suite. Dites donc, Bright, pour un coup d'essai... Vous avez déjà rencontré le patron ?

— Je l'ai croisé deux fois à des réceptions.

— C'est un brave type, lui assura Murray en sortant.

Ils rencontrèrent Bill Shaw dans le corridor moquetté.

— Salut, Mark. Comment va votre père ?

— Toujours à la pêche.

— Il vit dans le Sud, maintenant ?

— Ça va te plaire, cette fois, dit Murray à Shaw en les guidant dans la pièce.

Il s'arrêta net en voyant la secrétaire du directeur.

— Moira ! vous êtes splendide.

— Hé, du calme, sinon, je vous dénonce à votre femme.

Un tailleur ravissant, un maquillage impeccable, des yeux qui étincelaient... oui, une seule solution, elle était amoureuse.

— J'implore votre pardon, madame, répondit galamment Murray. Laissez-moi vous présenter ce charmant jeune homme, Mark Bright.

— Vous avez cinq minutes d'avance, monsieur Bright, fit remarquer Moira sans même regarder l'agenda. Du café ?

— Non, merci.

— Bon. Vous pouvez y aller, dit Moira après s'être assurée que le directeur n'était pas en ligne.

Le vaste bureau aurait pu tenir lieu de salle de conférence. Emil Jacobs était entré au FBI après une brillante carrière de procureur du tribunal de Chicago, et, pour prendre cette fonction, il avait refusé une charge prestigieuse à la cour d'appel. Il allait sans dire qu'il aurait pu s'associer à n'importe quel cabinet d'avocats, mais il avait consacré sa vie à mettre les criminels en prison, pas à les défendre. Son acharnement était une des conséquences de ce qu'avait souffert son père pendant la prohibition. Jacobs n'avait jamais oublié les cicatrices qu'on lui avait infligées parce qu'il avait osé s'opposer à un racketteur. Petit, comme son père, Emil Jacobs pensait être sur terre pour défendre les faibles. Il se consacrait à sa mission avec une ferveur quasi religieuse dissimulée sous un esprit analytique et brillant. L'un des rares juifs dans une agence à la forte proportion de catholiques irlandais, il avait été nommé membre honoraire de la 1re Hibernian Lodge. Alors que J. Edgard Hoover, sur le terrain, avait toujours été appelé « directeur Hoover », pour le flic moyen du FBI, Emil Jacobs était tout simplement « Emil ».

— Votre père a travaillé pour nous autrefois, dit Jacobs en serrant la main à Bright. Toujours à la pêche au tarpon ? Il habite Marathon Key à présent ?

— Oui, monsieur, comment le savez-vous ?

— Il m'envoie une carte pour Hanukah, tous les ans. C'est une longue histoire... Cela m'étonne qu'il ne vous ne l'ait jamais racontée. Alors, quoi de neuf ?

Bright s'assit, ouvrit son porte-documents et tendit ses dossiers. Il commença à parler, un peu intimidé au début, mais dix minutes plus tard, il s'était laissé prendre par son sujet. Sans manquer une parole, Jacobs feuilletait le dossier.

— Il s'agit de plus d'un demi-milliard de dollars.

— De beaucoup plus, d'après ce que je vois.

— Je n'ai pas eu le temps de faire une étude complète. Je pensais que vous aimeriez voir ça tout de suite.

— Vous ne vous êtes pas trompé, répondit Jacobs sans même lever les yeux. Bill, à votre avis, quel serait le meilleur juge à mettre sur le coup ?

— Vous vous souvenez du type qui s'était occupé d'une banque d'épargne ? Il a le flair pour l'argent sale. Marty, je ne sais quoi. Un jeune. Et Dan devrait s'en occuper aussi.

— Alors ?

— Pourquoi pas. Dommage qu'on ne puisse pas nommer une commission. Il faudra aller vite là-dessus. Dès qu'ils s'apercevront que ça sent le roussi...

— Ça ne changera peut-être pas grand-chose, mais autant ne pas traîner. Ça va leur porter un sacré coup. Et avec l'opération en cours, nous... pardon. Bon. Dan, je compte sur vous. Et pour les pirates ? Ça se complique ?

— Non. Les preuves matérielles suffisent à les inculper. Le procureur a rejeté complètement les aveux dès que l'avocat de la défense a dit qu'ils avaient été obtenus de manière douteuse. Ça l'a même fait rire. Le procureur ne veut pas d'arrangement, il dit avoir assez de preuves pour les faire condamner, c'est d'ailleurs bien dans son intention. Il voudrait que le procès ait lieu rapidement et s'occuper de l'affaire lui-même.

— Eh bien, on dirait qu'une carrière politique se prépare. C'est de la frime ou il est sérieux ?

— Il a été très correct avec nous à Mobile, dit Bright.

— On n'a jamais trop d'amis au Capitole. L'affaire se déroule comme vous voulez ?

— Tout à fait. C'est du solide. Ce qu'on a trouvé sur le yacht suffit largement.

— Pourquoi y avait-il une telle somme à bord ?

— Selon les aveux des gusses, répondit Bright, il devait le rendre à un contact aux Bahamas. Et comme vous pourrez le voir dans le dossier, la victime se chargeait parfois des transactions elle-même. C'est sans doute pour ça qu'il a acheté un bateau.

— Parfait. Dan, vous avez parlé au capitaine...

— Oui, monsieur. Il a retenu la leçon.

— Bon. L'argent. Dan, vous coordonnez les actions avec la justice. L'agence de Mobile a toute autorité pour poursuivre l'enquête, mais ça reste sous nom de code jusqu'à ce que nous soyons prêts à intervenir.

Sous nom de code, cela signifiait que l'affaire serait classée top secret, au même titre que les opérations de la CIA. Ce n'était pas exceptionnel pour le FBI qui s'occupait de la plus grande part du contre-espionnage en Amérique.

— Mark, choisissez un nom de code.

— *Tarpon*. Papa en est fou, de ces poissons. Et ils savent se battre.

— Il faudra que j'aille voir ça de plus près. Pour le moment, j'en suis resté au brochet !

Jacobs garda le silence un instant, absorbé dans ses pensées. En voyant le regard malicieux d'Emil, Murray se demanda de quoi il s'agissait.

— Cela tombe vraiment à pic. Dommage que je ne puisse pas vous expliquer pourquoi. Mark, donnez le bonjour à votre père.

Le directeur se leva, mettant ainsi fin à la réunion.

Mme Wolfe remarqua qu'en sortant les trois hommes avaient le sourire aux lèvres. Shaw lui fit même un clin d'œil. Dix minutes plus tard, elle rangea un dossier Tarpon dans le coffre, dans la section stupéfiants. Jacobs lui dit qu'il serait complété dans quelques jours.

Murray et Shaw raccompagnèrent Bright à sa voiture.

— Qu'est-ce qui arrive à Moira ? demanda Dan au moment où Bright s'éloignait.

— Elle doit avoir un petit ami.

— C'est pas trop tôt.

A 16 h 45, Moira recouvrit d'une housse son clavier d'ordinateur et sa machine à écrire et vérifia son maquillage avant de sortir d'un pas alerte. Le plus étrange, c'était qu'elle ne se rendait pas compte que tout le monde se réjouissait pour elle. Les autres secrétaires, tout comme le directeur, s'étaient gardées du moindre commentaire pour ne pas la gêner, mais ce soir, c'était clair, même si elle croyait pouvoir le dissimuler, elle avait rendez-vous.

Secrétaire de direction de haut niveau, Mme Wolfe avait droit à une place de parking, ce qui lui facilitait grandement la vie. Dix minutes plus tard, elle prit la 10e rue et tourna vers Constitution Avenue, et au lieu d'aller chez elle, vers le sud, elle passa le pont d'Arlington. Il lui semblait que la circulation s'écartait pour lui laisser le passage. Vingt-cinq minutes plus tard, elle s'arrêta devant un petit restaurant italien. Une fois de plus, elle examina son maquillage dans le rétroviseur. Ce soir, ses enfants dîneraient au McDonald, mais ils comprendraient. Elle leur avait dit qu'elle devait travailler très tard, et elle était sûre qu'ils l'avaient crue — elle aurait dû pourtant savoir qu'ils perçaient ses mensonges aussi facilement qu'elle avait autrefois deviné les leurs.

— Vous devez être madame Wolfe, lui dit la jeune serveuse, suivez-moi, s'il vous plaît.

Felix Cortez-Juan Diaz l'attendait dans une alcôve, au fond du restaurant. Moira pensa qu'il avait choisi ce coin sombre parce qu'il permettait plus d'intimité et qu'il tournait le dos au mur pour la voir arriver. Elle se trompait à peine. Mais Cortez se méfiait un peu. Le siège de la CIA se trouvait à moins de sept kilomètres de là, et nombre de ses membres habitaient dans le quartier. Et s'il venait à l'idée d'un officier du contre-espionnage de venir dîner ici ce soir ? Personne ne connaissait son visage, mais les membres de la CIA étaient payés pour bien faire leur boulot. Sa nervosité n'était pas tout à fait feinte. Grâce à Dieu, il n'était pas armé. Contrairement à l'opinion courante, pour les gens comme Cortez, les armes à feu posaient bien plus de problèmes qu'elles n'en résolvaient.

Felix se leva en la voyant. La serveuse s'éloigna dès qu'elle comprit la nature de ce « dîner d'affaires ». Amusée, elle les regarda échanger une poignée de main et des baisers étrangement passionnés, malgré leur retenue, dans un lieu public. Cortez fit asseoir Moira et lui servit un verre de vin avant de reprendre sa place. Il commença à parler timidement.

— J'avais peur que tu ne viennes pas.
— Ça fait longtemps que tu attends ?

Il y avait une demi-douzaine de mégots dans le cendrier.

— Presque une heure, dit-il en souriant.

— Mais je suis en avance !

— Je sais, dit-il en riant. Tu me fais perdre la tête, je ne suis jamais comme ça chez moi.

— Je suis désolée, Juan, je ne voulais pas...

Réponse absolument parfaite, songea Cortez. Les yeux brillants, il lui prit la main.

— Ne t'inquiète pas, Moira. Parfois, c'est agréable de perdre la tête. Excuse-moi de t'avoir prévenue si tard. Il a fallu que j'aille à Detroit, alors, comme j'étais tout près, j'ai eu envie de te voir avant de rentrer.

— Un problème ?

— Une modification dans un carburateur. Pour les fameuses économies d'énergie ! C'est arrangé. Ça arrive assez souvent, tant mieux, ça me donne l'occasion de venir. Je devrais remercier votre ministre de l'Environnement.

— Je ferai la lettre moi-même si tu veux.

— Moira, je suis si content de te revoir.

— J'avais peur que...

— Non, Moira, c'est moi qui devais avoir peur, répondit-il, manifestement ému. C'est moi, l'étranger. Je ne suis pas là souvent, et il y a sûrement des tas d'hommes...

— Juan, à quel hôtel es-tu ?

— Au Sheraton.

— Ils ont un service à la chambre ?

— Oui, pourquoi ?

— Je n'aurai pas faim avant deux heures, dit-elle en finissant son vin. On peut y aller maintenant ?

Felix posa deux billets de vingt dollars sur la table et ils se retrouvèrent au Sheraton en moins de dix minutes. Ils se dirigèrent rapidement vers l'ascenseur, regardant autour d'eux, redoutant qu'on les voie, mais pour des raisons différentes. Il logeait dans une suite luxueuse du dixième étage. Moira ne s'en aperçut même pas, et pendant une heure ne pensa à rien d'autre qu'à un homme, qui croyait-elle, s'appelait Juan Diaz.

— C'est fantastique !

— Quoi ?

— Qu'il y ait eu un problème de carburateur.

— Juan !

— Je vais demander un contrôle de qualité permanent, comme ça, je viendrai à Detroit une fois par semaine.

— Pourquoi ne pas installer une usine ici ?

— La main-d'œuvre est beaucoup trop chère, dit-il, d'un ton réfléchi. Bien sûr, il y aurait moins de problème de drogue.

— Ah, chez vous aussi.

— Oui, le *basuco*, comme ils disent. Une sacrée saloperie, même pas assez bonne pour l'exportation, et j'ai pas mal d'ouvriers qui en prennent. Moira, dit-il après une pause, je plaisante, et tu me forces à parler affaires ! Tu ne t'intéresses donc pas à moi.

— A ton avis ?

— Je ferais mieux de rentrer au Venezuela pendant que je tiens encore debout.

— Tu te remettras vite, dit-elle en le caressant.

— Ça me rassure.

Il se tourna vers elle pour l'embrasser et parcourut son corps du regard dans la lueur du couchant qui traversait les fenêtres. Elle voulut tirer le drap mais il l'en empêcha.

— Je ne suis plus très jeune.

— Pour les enfants, la plus belle femme du monde, c'est leur mère. Et tu sais pourquoi ? Parce qu'ils la regardent avec les yeux de l'amour. C'est l'amour qui fait la beauté, Moira. Je te trouve très belle.

Voilà, le mot était prononcé. Pendant un instant, il vit ses yeux s'écarquiller, sa respiration devenir plus profonde. De nouveau, il fut envahi par la honte. Il chassa ce sentiment, du moins essaya. Bien sûr, ce n'était pas la première fois, mais d'habitude, c'était toujours des jeunes filles, célibataires, en quête d'aventures. Cette femme était différente. Différente ou pas, il avait une mission à accomplir.

— Excuse-moi. Ça t'ennuie ?

— Non. Non, plus maintenant.

— Est-ce que tu as faim ? demanda-t-il en souriant.

— Oui.

— Parfait.

Cortez se leva et alla chercher les peignoirs à la salle de bains. Le service était impeccable. Une demi-heure plus tard, Moira resta dans la chambre pendant qu'on apportait le dîner. Cortez ouvrit la porte dès que le groom fut sorti.

— A cause de toi, je suis un homme de mauvaise vie : si tu avais vu comment il m'a regardé !

— Et si tu savais depuis combien de temps je n'ai pas eu à me cacher dans la pièce d'à côté.

— Et puis, pourquoi as-tu commandé si peu de chose ? Comment espères-tu tenir avec cette malheureuse salade ?

— Si je grossis, tu ne m'aimeras plus.

— Dans mon pays, on ne compte pas les côtes des femmes ! Quand je vois quelqu'un maigrir, je pense tout de suite au *basuco*. Avec ça, ils oublient même de manger.

— C'est à ce point-là ?

— Tu sais ce que c'est le *basuco* ?

— De la cocaïne, non ?

— Oui, mais de mauvaise qualité et mélangée avec des produits qui attaquent le cerveau. Même les trafiquants n'osent pas en vendre aux *Norteamericanos*. C'est une véritable malédiction.

— C'est grave chez nous aussi.

Les ravages de la drogue semblaient préoccuper son amant autant que son patron.

— J'en ai même parlé à la police. Comment peuvent-ils travailler, s'ils ont l'esprit empoisonné par cette cochonnerie ? Et qu'est-ce qu'on me répond ? Les flics haussent les épaules et marmonnent des excuses. Pendant ce temps-là, les gens meurent. A cause de la drogue ou des fusils des trafiquants, dit Cortez, avec un geste exaspéré. Tu sais, Moira, je ne suis pas un vulgaire capitaliste. Mes usines fournissent des emplois, elles rapportent de l'argent au pays, pour que les gens construisent des maisons et élèvent leurs enfants. Parfois, un de mes ouvriers vient me voir pour me dire que ses fils... Et je ne peux rien faire ! Un de ces jours, les trafiquants viendront me prendre mon usine. J'irai voir la police, et la police ne bougera pas. J'irai voir l'armée, et l'armée ne bougera pas. Tu travailles pour les *federales* ? Tu crois qu'il y a quelque chose à faire ?

— Faudrait que tu voies les rapports que je tape pour le patron !

— Les rapports ? Ah, c'est facile d'écrire des rapports ! La police rédige un rapport, le juge fait une enquête, et rien ne se passe ! Si je dirigeais mon usine comme ça, j'habiterais dans une cabane et je ferais la manche dans la rue ! Qu'est-ce qu'ils font, tes *federales* !

— Plus que tu ne l'imagines. En ce moment, il se passe des choses dont je n'ai pas le droit de parler. Mais les règles du jeu vont changer. Je ne sais pas très bien ce que cela veut dire. Le patron va bientôt aller en Colombie pour rencontrer le ministre de la Justice. Oh, mon Dieu, je ne devais pas en parler, c'est top secret.

— Je tiendrai ma langue.

— Oh, de toute façon, je ne sais pas grand-chose, poursuivit-elle prudemment. Quelque chose de nouveau se met en route, je ne sais pas quoi. D'ailleurs, ça n'a pas vraiment l'air de plaire au patron.

— Si cela permet d'arrêter les criminels, je ne vois pas de quoi il se plaint. Il pourrait tous les massacrer ; moi, je l'invite à dîner pour le remercier !

Moira se contenta de sourire.

— Bon, pas de commentaires ! C'est ce que disent toutes les lettres. On reçoit des lettres de partout.

— Eh bien, ton directeur ferait bien d'en tenir compte !

— Le Président en reçoit aussi.

— Peut-être que lui les écoutera, suggéra Cortez. *Après tout, c'est une année d'élections !*

— C'est peut-être déjà fait. En tout cas, tout est parti de la Maison Blanche.

— Et ça ne plaît pas à ton patron ? Je ne comprends même pas le gouvernement de mon propre pays, alors, je ferais mieux de ne pas essayer de comprendre ce qui se passe ailleurs.

— C'est bizarre. C'est la première fois que je ne suis pas au courant... De toute façon, je ne devrais pas t'en parler.

Moira finit sa salade et regarda son verre vide. Felix-Juan la servit.

— Il y a quand même quelque chose que tu peux me dire.

— Quoi ?

— Appelle-moi quand ton patron ira en Colombie.

— Pourquoi ? répondit-elle, trop surprise pour dire non d'emblée.

— Pour visiter un pays étranger, il s'absentera bien pendant plusieurs jours.

— Oui, sans doute, je ne sais pas.

— Et si ton patron n'est pas là, tu auras moins de travail ?

— Effectivement, cela sera plus tranquille.

— Alors, j'en profiterai pour venir à Washington... dit Cortez en se levant pour faire le tour de la table et passer une main dans le décolleté du peignoir. Je dois prendre l'avion de bonne heure demain matin : c'est trop court, un seul jour avec toi, mon amour. Alors, tu es d'accord ?

— Comment t'arrangeras-tu ?

— On verra ça. Il y a un truc que je ne comprendrai jamais.

— Oui, quoi ?

— Pourquoi les gens cherchent le plaisir dans la poudre tant qu'il y a des femmes.

Sur ce point, Cortez disait la vérité, mais après tout, il n'était pas payé pour comprendre.

— N'importe quelle femme ? dit-elle en allant vers la chambre.

— Non, pas n'importe quelle femme, répondit-il en lui ôtant son peignoir.

— Oh, mon Dieu ! dit Moira une demi-heure plus tard, toute luisante de leur transpiration.

— J'ai eu tort.

— En quoi ?

— Quand ton patron partira, ne m'appelle pas. Tu vas me tuer si je te vois plus d'une fois par mois, dit-il en riant.

— Tu ne devrais peut-être pas tant travailler.

— Si je pouvais ! Moira, je ne me suis pas senti comme ça depuis que je suis gosse. Mais je ne suis plus un enfant. Comment font les femmes pour rester jeunes, alors que les hommes n'y arrivent pas ?

Moira sourit à ce pieux mensonge.

— De toute façon, je ne peux pas t'appeler.

— Pourquoi ?

— Je n'ai pas ton numéro !

Cortez se leva et alla chercher son portefeuille.

— Flûte, je n'ai plus de cartes !

Il prit un bloc-notes sur la table de nuit.

— C'est celui de mon bureau. Je ne suis presque jamais là, je passe tout mon temps dans les ateliers. Parfois, je dors même à l'usine, mais Consuela saura où me joindre.

— Il faut que je m'en aille, dit Moira.

— Suggère à ton patron de partir en week-end. Nous passerons deux jours à la campagne. Je connais un petit coin tranquille à la montagne, à quelques heures d'ici.

— Tu crois que tu survivras jusque-là ?

— Je mangerai correctement et je prendrai de l'exercice.

Cortez ferma la porte et alla à la salle de bains. Il n'avait pas appris grand-chose, mais c'était peut-être essentiel. « Les règles du jeu vont changer. » Et cela ne plaisait pas au directeur Jacobs. Il allait rencontrer le ministre de la Justice. Les deux hommes se connaissaient déjà, se souvint Cortez. Ils avaient fait leurs études ensemble à l'université. Le ministre de la Justice s'était même déplacé pour l'enterrement de Mme Jacobs. Et tout cela était marqué du sceau présidentiel. Bon, Cortez avait deux associés à La Nouvelle-Orléans qui devaient rencontrer l'avocat de ces deux imbéciles qui avaient tout fait foirer sur le yacht. Le FBI avait sûrement joué un rôle là-dedans, et le résumé de l'affaire lui donnerait sans doute des indices précieux.

Il leva les yeux et regarda l'homme qui venait d'obtenir ces informations. Décidément, il n'aimait pas cet homme-là. De nouveau, il chassa cette pensée. Ce n'était pas la première fois que ça lui arrivait, ce ne serait sûrement pas la dernière.

La mise à feu eut lieu à 23 h 41. Les deux fusées auxiliaires à carburant solide s'allumèrent au moment prévu, exerçant une poussée de plus d'un million de tonnes, et l'ensemble s'éleva de la base dans une lueur flamboyante, visible dans toute la Floride. Les fusées auxiliaires brûlèrent pendant cent vingt secondes avant de se détacher. Ensuite, le lanceur central à carburant liquide s'alluma, projetant le reste de la fusée plus haut, plus vite, plus loin. Pendant ce temps, les instruments de bord envoyaient leurs informations au poste de contrôle de Cap Canaveral. En fait, ils transmettaient les mêmes données à un poste d'écoute soviétique basé au nord de Cuba et à un « chalutier de pêche », au large du Cap, qui arborait aussi le drapeau rouge. Le lanceur Titan-IIID était exclusivement réservé aux lancements militaires, et le GRU avait informé le gouvernement que le satellite transporté avait été conçu pour intercepter les signaux électroniques de très faible intensité, lesquels exactement, le GRU n'en savait rien.

Toujours plus vite, toujours plus haut. La moitié du reste de la fusée se détacha et les réservoirs du second étage entrèrent en jeu ; mille cinq cents kilomètres plus loin, le troisième étage s'alluma. A la tour de contrôle du Cap, techniciens et ingénieurs se réjouissaient de voir, que tout marchait comme prévu, aussi bien qu'on pouvait l'espérer pour une fusée dont les ancêtres dataient déjà des années cinquante. Les réserves du troisième étage s'épuisèrent au moment prévu. Et la charge utile, attachée au quatrième étage ou interétage, devait se mettre en route pour se placer sur une orbite géosynchrone, qui survolerait un point précis de l'Équateur. Cette légère attente permit à l'équipe d'avaler un café en vitesse, de faire la pause pipi et de revoir les derniers calculs, aussi précisément que possible.

Les ennuis commencèrent une demi-heure plus tard. L'interétage s'alluma avec un temps d'avance, comme sur sa propre initiative, et envoya la charge utile à l'altitude adéquate, mais à une mauvaise latitude. Au lieu de rester fixe par rapport à la terre, le satellite décrivait des huit un peu bancals autour de l'Équateur. Bien qu'il fût à la longitude voulue, ses oscillations l'empêcheraient de voir les latitudes les plus éloignées pendant des temps assez courts, mais gênants malgré tout. En dépit de la précision des calculs et des centaines de pièces détachées qui avaient fonctionné à merveille, le lancement avait échoué. Les équipes chargées des étages regardèrent avec pitié les responsables du quatrième qui, visiblement atterrés, observaient les écrans. L'échec.

La capsule n'en était guère affectée. Au moment voulu, elle se sépara de l'interétage, et se lança dans sa mission. Les bras de dix mètres de long s'étendirent. La gravité de la Terre, à plus de trente mille kilomètres de là, exercerait grâce à la force des marées une attraction qui maintiendrait le satellite le nez pointé vers le bas. Les panneaux solaires, destinés à transformer la lumière en électricité pour recharger les accumulateurs, se déployèrent. Et enfin, une énorme antenne parabolique commença à se mettre en place. Fabriquée avec un alliage spécial de métal, céramique et plastique, elle se « souvenait » de sa configuration initiale, et, à la chaleur du soleil, se déplia en trois heures pour former une immense parabole presque parfaite de trente mètres de diamètre. S'il s'était trouvé quelqu'un d'assez proche pour observer la scène, il aurait remarqué la plaque du constructeur sur le flanc du satellite. Cela tenait de l'absurdité, car il n'y aurait jamais personne pour la voir, mais ainsi le voulait la tradition. La feuille d'or indiquait le nom du premier contractant, TRW, et identifiait le satellite sous le nom de

Rhyolite-J. Dernier d'une série déjà obsolète, il avait été construit en 1981 et, dans un hangar (au prix de cent mille dollars de frais de stockage par an), attendait un lancement bien aléatoire car la CIA et la NSA avaient mis au point des oiseaux de reconnaissance moins encombrants, munis de systèmes de détection plus perfectionnés. En fait, certains appareils de pointe avaient été montés sur le vieux satellite, qui les rendait plus efficaces encore grâce à la dimension de son antenne. A l'origine, le Rhyolite avait pour fonction de capter les émissions électroniques soviétiques, de contrôler les essais de missiles, détecter les radars anti-aériens, épier les signaux transmis par les instruments des agents de la CIA placés dans des endroits particulièrement sensibles.

Mais au Cap, ces questions étaient secondaires. Un officier établit un rapport annonçant que le lancement (top secret) n'avait pas atteint son orbite. Les Soviétiques, qui s'attendaient à voir le satellite se poster au-dessus de l'océan Indien alors qu'il oscillait autour de la frontière brésilo-péruvienne et que leur pays restait hors de son champ d'action, auraient d'ailleurs pu le confirmer. Bizarre que les États-Unis l'aient laissé fonctionner dans ces conditions, mais un autre « chalutier », qui croisait au large de la Californie, captait des émissions codées destinées à un quelconque poste de contrôle à terre. Les messages en question n'avaient cependant que peu d'intérêt pour l'Union soviétique.

Les signaux étaient en fait destinés à Fort Huachuca, en Arizona, où des techniciens, dans une camionnette banalisée, munie d'une antenne extérieure parabolique, réglaient leurs instruments. Ils n'étaient pas au courant du prétendu échec. Ils savaient, simplement, que tout cela était top secret.

La jungle, pensa Chavez. Ça puait, mais ce n'était pas tellement l'odeur qui le dérangeait. C'étaient les serpents. Il n'en avait jamais parlé à personne, mais il avait toujours eu peur des serpents, de tous les serpents. Il était gêné que cette terreur soit généralement réservée aux femmes, mais la simple évocation de lézards sans pattes, visqueux et rampants, à la langue pointue et aux yeux fixes, lui donnait des frissons. Ils s'accrochaient aux branches et se cachaient sous les souches, à l'affût de leur proie. Ils n'hésiteraient pas à attaquer si on leur en laissait l'occasion. Il en mourrait sûrement. Alors, il restait en alerte. Non, les serpents ne l'auraient pas tant qu'il ferait attention. Et puis, il avait un silencieux, il pourrait toujours les tuer sans faire de bruit. *Saloperies de serpents !*

Finalement, il prit la route, il aurait dû rester dans la boue, mais il voulait se reposer dans un espace sec et clair, qu'il scruta d'abord avec ses lunettes de vision nocturne. Pas de serpents. Il respira profondément puis retira sa gourde de plastique de son sac. Cela faisait déjà six heures qu'ils marchaient et ils avaient fait près de huit kilomètres — c'était beaucoup trop, mais ils devaient atteindre la route avant l'aube et sans se faire repérer par les FOROP, les forces d'opposition, alertées de leur présence. Chavez avait aperçu à deux reprises des représentants de la PM, des soldats indignes de ce nom, d'après lui. Il avait fait faire un détour par les marais à son escouade, et s'était mû aussi silencieusement qu'un... serpent ! Il aurait facilement pu se les faire tous les quatre, mais là n'était pas sa mission.

— Beau boulot, murmura le capitaine Ramirez.

— Pouh, ils dormaient !

— J'ai horreur de la jungle, dit le capitaine. Quelle plaie ces moustiques !

— Oh, les moustiques, ça va encore, le pire, c'est les serpents.

Les hommes regardèrent de chaque côté de la route. Rien. Ramirez donna une tape sur l'épaule du sergent et alla rejoindre le reste de l'escouade. Il avait à peine tourné le dos qu'une silhouette apparut sous la ligne des arbres, à trois cents mètres de là. Elle se dirigeait droit vers Chavez.

Ding s'abrita derrière un buisson et posa son pistolet-mitrailleur. De toute façon, il n'était pas chargé, pas même avec des balles plastique. Un deuxième homme surgit, mais il prit la direction opposée. Quelle idiotie ! Si on est deux, c'est pour se soutenir mutuellement. Tant pis pour eux. Les derniers éclats de lune descendaient derrière les cimes, et Chavez avait l'avantage de ses lunettes. L'homme marchait silencieusement — au moins, ça, il en était capable —, lentement, le regard fixé sur la route, l'oreille tendue. Chavez ôta ses lunettes et les fit passer par-dessus sa tête. Il sortit son poignard de son étui. La cible s'approchait, cinquante mètres à présent, et le sergent se ramassa sur lui-même. Quand l'homme fut à dix mètres, Chavez s'arrêta de respirer, il aurait empêché son cœur de battre, pour faire moins de bruit. C'était de la rigolade. Si cela avait été pour de bon, il y a longtemps que ce type aurait une balle de 9 mm dans la caboche.

La sentinelle passa devant Ding sans le repérer. Elle avança encore d'un pas avant d'entendre un chuintement, mais, trop tard. L'homme avait déjà le visage contre terre, et sentait une lame froide sur sa nuque.

— Ninjas ! La nuit nous appartient ! T'es mort !

— Ça, tu m'as bien eu, murmura l'homme.

Chavez le retourna. C'était un major, et il portait un béret. Finalement, les FOROP, ce n'était pas la PM.

— Qui t'es ? demanda la victime.

— Sergent Domingo Chavez.

— Eh bien, tu viens de tuer un instructeur du combat de jungle. Joli travail. Ça t'ennuie si je bois un coup ? La nuit a été longue.

Chavez libéra sa prise et but lui aussi.

— D'où viens-tu ? Attends, 3e bataillon, 17e infanterie, c'est ça ?

— La nuit nous appartient, commandant. Vous le connaissez ?

— J'y suis passé, pour une mission.

Le major essuya du sang sur son visage, il s'était cogné un peu fort.

— Excusez-moi.

— C'est ma faute, sergent. On a vingt types dehors, je n'aurais jamais cru que vous arriveriez si vite sans vous faire repérer.

On entendit un bruit de moteur sur la route. Une minute plus tard, les phares d'une Hummer, nouvelle réincarnation de la Jeep en plus grand, annoncèrent la fin de l'exercice. Le major défunt alla retrouver ses hommes, et le capitaine Ramirez les siens.

— Bon, c'était la dernière épreuve. Profitez de la journée pour dormir. On part ce soir.

— Je n'arrive pas à y croire, dit Cortez.

Il avait pris le premier vol de Dallas-Atlanta et se trouvait avec son associé dans une voiture de location où ils pouvaient échanger leurs informations dans l'anonymat du périphérique.

— Disons que c'est une guerre psychologique, répondit l'home. Pas de marchandage, rien. Un procès pour meurtre. Ramon et Jesus n'auront aucune circonstance atténuante.

Cortez observa la circulation. Il se moquait pas mal des deux *sicarios*, qu'on pouvait aisément sacrifier, au même titre que n'importe quel terroriste, et qui de toute façon n'étaient pas au courant des raisons de l'assassinat. Ce qui le troublait, c'était cette série d'informations séparées et indépendantes sur les mesures d'obstruction des États-Unis. D'habitude, ce n'était pas ainsi que les Américains conduisaient leurs procès. Le directeur Jacobs faisait quelque chose qui ne lui disait rien de bon, et dont sa secrétaire n'était pas encore au courant. « Les règles du jeu vont changer. » Cela pouvait signifier tout et n'importe quoi. Quelque chose d'important, cela ne faisait aucun doute. Mais quoi ?

Il ne manquait pas d'informateurs fiables, au gouvernement, aux douanes, à la DEA, chez les gardes-côtes, et personne ne lui avait rien dit. Il ne savait rien. Les nouvelles dispositions restaient dans l'ombre, à part que le directeur du FBI irait bientôt en Colombie...

Une opération de contre-espionnage ? Non. Des mesures actives ? C'était une expression du KGB, et cela signifiait plusieurs choses, de la désinformation au « sale boulot ». Les Américains y songeaient-ils ? Ils ne l'avaient encore jamais fait. Pourtant, Cortez était un agent secret expérimenté qui avait l'habitude de travailler à partir d'éléments disparates. Il haïssait son employeur, mais cela n'entrait pas en ligne de compte. C'était une question de dignité, et d'ailleurs, il détestait encore plus les Américains.

Qu'est-ce qu'ils mijotaient ?

Cortez n'en savait rien, mais dans une heure, il reprendrait un avion et dans six heures devrait avouer son ignorance à son patron. Cela ne l'enchantait guère.

Quelque chose d'important. Les règles du jeu vont changer. Le directeur du FBI n'aimait pas ça. Sa secrétaire n'était pas au courant. Le voyage en Colombie était top secret.

Cortez se détendit. Quelle qu'elle soit, la menace n'était pas imminente. Le Cartel était bien protégé. Il aurait le temps de réagir. Il faudrait sans doute sacrifier pas mal de passeurs mais, au bout d'un moment, le Cartel s'adapterait aux nouvelles conditions, comme toujours. Il fallait simplement réussir à convaincre son employeur. Est-ce qu'*El Jefe* s'inquiétait vraiment du sort de Ramon et Jesus et des sous-fifres qui se chargeaient du boulot et des meurtres si nécessaire ? Ce qui comptait, c'était de continuer à passer la marchandise.

Il repensa aux appareils disparus. Habituellement, les Américains en saisissaient un ou deux par mois, pas plus, malgré leurs radars et leurs avions de chasse. Mais là, quatre en quinze jours... Qu'est-ce que cela signifiait ? Il y avait toujours eu des « pertes », indépendamment des Américains, dues le plus souvent à des accidents. C'est pour ça que son patron s'était adressé à Carlos Larson, pour limiter ce gâchis, et les résultats avaient été prometteurs jusqu'à ces derniers temps. Pourquoi ces pertes soudaines ? Si les Américains avaient intercepté les appareils, les équipages se seraient retrouvés au tribunal et en prison, non ? Cortez chassa cette éventualité.

Des sabotages peut-être ? Quelqu'un mettait des explosifs à bord, comme les terroristes arabes ? Peu probable... à moins que ? Est-ce qu'on avait pensé à vérifier ? Cela ne prendrait pas trop de temps. Même des dommages mineurs sur un appareil qui vole en rase-mottes mettaient le pilote face à un problème qu'il n'aurait eu le temps de résoudre qu'en altitude. Il suffisait d'un pétard, un malheureux centimètre cube... Il faudrait vérifier. Mais les coupables ? Les Américains ? Et si jamais on apprenait que les Américains mettaient des bombinettes dans des avions ? Prendraient-ils de tels risques ? Non, sans doute. Alors qui ? Les Colombiens ? Un officier supérieur, agissant de son propre chef... ou payé par les yanquis ? Possible. En tout cas, pas une opération gouvernementale, ça il en était sûr. Il avait trop d'informateurs dans les coulisses du pouvoir.

Était-ce vraiment des bombes ? Pourquoi pas un carburant frelaté ? De petites altérations du moteur ? Un câble, un instrument de vol ? Et si un mécanicien modifiait le réglage de l'horizon artificiel ? Ou s'arrangeait pour qu'il cesse de fonctionner... un sabotage du système électrique ? Était-ce difficile d'empêcher un petit coucou de voler ? A qui poser la question ? Larson ?

Cortez grommela. Non, ce n'était que des spéculations, ça manquait de professionnalisme. Les possibilités étaient innombrables. Il se passait sans doute quelque chose, mais il ne savait pas quoi, et encore, ce n'était pas sûr. Les disparitions tenaient peut-être simplement de l'anomalie statistique. Une série de coïncidences ? Dans les écoles des services secrets du monde entier, personne n'encourageait les étudiants à croire aux coïncidences, et pourtant, il en avait rencontré au cours de sa carrière.

— Les règles du jeu vont changer, marmonna-t-il.

— Quoi ? demanda le chauffeur.

— Retournez à l'aéroport, mon vol part dans moins d'une heure.

— *Sí, jefe.*

Cortez décolla à l'heure. Il devait d'abord passer par le Venezuela. Moira risquait de devenir curieuse, de regarder son billet et puis, les autorités américaines s'intéresseraient moins aux voyageurs en partance pour le Venezuela qu'à ceux qui allaient directement à Bogota. Quatre heures plus tard, il prit sa correspondance pour l'aéroport d'El Dorado, où un avion privé l'emmena vers sa dernière destination, de l'autre côté des montagnes.

On leur distribua le matériel, mais, contrairement à l'habitude, on ne leur fit rien signer. Plutôt étonnant de voir la routine militaire ainsi bafouée, pensa Chavez. L'armée vous faisait toujours signer un reçu, et si vous perdiez le matériel ou si vous l'endommagiez, vous n'aviez peut-être pas à rembourser, mais il fallait rendre des comptes.

Pas dans ce cas.

L'équipement différait légèrement d'un homme à l'autre. Chavez, l'éclaireur, avait le paquetage le plus léger, tandis que Julio Vega, un des mitrailleurs, le plus lourd. Chavez reçut onze magasins pour son PM-5, un total de trois cent trente coups. Les lanceurs de grenade M-203 que deux membres de l'escouade avaient attachés à leur fusil seraient leur seule arme lourde.

Au lieu de porter les uniformes de camouflage tachetés habituels, ils étaient habillés en kaki, car personne ne devait les prendre pour des Américains si jamais on les apercevait. Et en Colombie, le kaki était bien plus courant que les uniformes de camouflage. Un béret vert au lieu d'un casque, et un foulard pour cacher les cheveux. Une bombe de colorant vert et quelques bâtons de « maquillage ». Plusieurs cartes dans un étui hermétique, des cachets pour purifier l'eau. Ils se ravitailleraient eux-mêmes, sur ce point, pas de surprise.

Ding toucha une lampe stroboscopique avec des lunettes de vision nocturne, car il devrait repérer et signaler les zones d'atterrissage de l'hélicoptère. Un miroir de signalisation pour les moments où la radio ne conviendrait pas (en acier, incassable). Une lampe de poche, un briquet à gaz, bien plus pratique que des allumettes. Une provision d'aspirine (connue sous le nom de « bonbon du soldat »). Un flacon de vaseline. Et une bombe de gaz lacrymogènes concentrés. Un nécessaire de nettoyage d'armement, avec une brosse à dents. Des piles de rechange pour tout le matériel. Un masque à gaz.

Chavez ne serait donc guère chargé, à part ses deux grenades à main, hollandaises, type NR-20 C1, et deux fusées fumigènes, hollandaises également. Le reste de l'escouade eut droit aux grenades à fragmentation et aux bombes lacrymo hollandaises. En fait, armement et matériel avaient été achetés à Colon au Panama, le marché le mieux fourni de la planète. Là-bas, on trouvait tout. Pour les vivres, les rations de campagne habituelles. C'était l'eau qui risquait de provoquer le plus d'ennuis de santé, mais on leur avait fait la leçon. On les avait vaccinés contre les maladies tropicales fréquentes dans la région, et ils étaient munis d'un produit répulsif inodore contre les insectes. Le toubib était muni d'une trousse d'urgence complète et chaque homme avait une seringue de morphine à sa disposition ainsi qu'un flacon de succédané de plasma.

Chavez avait également une machette effilée comme un rasoir, un couteau pliable avec une lame de dix centimètres, et bien sûr, ses trois étoiles de jet non réglementaires, dont le capitaine Ramirez ignorait tout. Avec quelques accessoires supplémentaires, il porterait en tout vingt-cinq kilos exactement. Vega et l'autre mitrailleur avaient un paquetage de trente et un kilos.

Ding mit son sac sur les épaules et ajusta les lanières du mieux possible. C'était presque inutile, il portait le tiers de son poids, la charge maximale qu'un homme puisse porter pendant une certaine durée sans risquer de dommages physiques. Ses bottes étaient convenablement usées, et il avait des chaussettes de rechange.

— Ding, tu me donnes un coup de main ? demanda Vega.

— Ouais.

Chavez resserra une des lanières.

— Ça va mieux ?

— Parfait, mec. Mon Dieu, il faut en baver pour avoir la meilleure arme.

— Affirmatif, Oso.

Julio, qui avait prouvé qu'il pouvait trimbaler le plus gros paquetage, venait d'y gagner un nouveau surnom, *Oso*, ours.

Le capitaine Ramirez s'approcha des hommes pour vérifier leurs sacs. Il ajusta quelques lanières, remit en place quelques sacs, et s'assura de la propreté des armes. Ensuite, il demanda à Ding de vérifier son paquetage, et prit place en tête de l'escouade.

— Toujours prêts ? demanda-t-il avec un sourire, pour dissimuler sa nervosité.

— Oui, capitaine.

Dernier détail, Ramirez prit les plaques d'identification des hommes et les mit dans des sacs plastique individuels avec les portefeuilles et les papiers. Il enleva la sienne, la posa dans son propre sac. Il les compta et les laissa sur la table. Les différentes escouades embarquèrent dans des camions séparés en échangeant quelques rares signes. Bien que quelques amitiés se soient liées au cours de l'entraînement, elles étaient limitées par la structure même des escouades. Chaque unité de onze hommes était une petite communauté autonome. Ils se connaissaient, savaient tout ce qu'il fallait savoir les uns sur les autres. Il s'était formé des amitiés solides, et des rivalités plus redoutables encore. En fait, ils étaient déjà plus proches que ne le seraient jamais des amis, car leur vie dépendait des autres, et personne n'avait envie de passer pour un faible aux yeux de ses camarades. En dépit des conflits, ils formaient une équipe ; même s'ils avaient échangé des propos acerbes ces dernières semaines, ils ne faisaient plus qu'un, avec Ramirez, pour le cerveau, Chavez pour les yeux, Vega et l'autre mitrailleur pour la puissance de tir, et les autres pour le reste des fonctions vitales.

Les camions arrivèrent en même temps à l'arrière de l'hélicoptère, et les escouades embarquèrent l'une après l'autre. La première chose que Chavez remarqua, ce fut le petit canon à tir rapide 7.62 mm sur la droite de l'appareil. Un sergent de l'armée de l'air se tenait à côté, en uniforme vert et casque de camouflage, et une longue bande de balles sortait d'une énorme caisse. Ding n'avait aucune admiration particulière pour l'armée de l'air — une bande de gros pleins de soupe, pensait-il jusqu'à présent —, mais cet homme paraissait excessivement sérieux et compétent. De l'autre côté, il y avait également une arme semblable, dont personne ne s'occupait, et un endroit réservé pour la même arme à l'arrière. Le navigateur, Zimmer, d'après sa plaque, les installa à leur place et s'assura qu'ils étaient bien attachés au sol. Chavez ne lui parla pas, mais sentit immédiatement que cet homme avait roulé sa bosse. Et cet hélicoptère ? Il n'en avait jamais vu de si gros.

Le navigateur procéda aux dernières vérifications avant de se rendre dans la cabine et de mettre son casque. Un instant plus tard, les deux moteurs se mirent à ronronner.

— Tout va bien, dit PJ.

Les moteurs avaient été chauffés et les réservoirs remplis à ras bord. Zimmer avait réglé un petit problème hydraulique, et le Pave Low était fin prêt. Le colonel Johns brancha sa radio.

— Tour de contrôle, ici Faucon de Nuit, nous demandons l'autorisation de prendre la piste.

— Tour de contrôle, deux-cinq, permission accordée, vents à un-zéro-neuf, vitesse, six nœuds. Terminé.

— Roger. Deux-cinq, nous entrons en piste.

Johns tourna la manette des gaz et tira le manche. A cause de sa taille et de sa puissance, en général, on amenait le Sikorsky sur la piste avant le décollage. Le capitaine Willis tourna la tête pour s'assurer qu'il n'y avait pas d'autres appareils en vue, mais, à cette heure de la nuit, ils étaient seuls. Un des mécaniciens au sol marchait à reculons devant eux, dernière mesure de sécurité, et leur faisait signe d'avancer. Cinq minutes plus tard, ils atteignirent l'aire de stationnement. L'homme rapprocha ses bâtons et les pointa vers la droite. Johns lui rendit son salut.

— Bon, en route, dit PJ.

Johns ouvrit les manettes à fond, tout en jetant un regard sur ses instruments. Tout allait bien. Le nez de l'hélicoptère se souleva puis baissa un peu tandis que l'appareil avançait. Il commença à grimper, soulevant un nuage de poussière que seuls les projecteurs de la piste permettaient de voir.

Le capitaine Willis brancha les appareils de navigation et régla l'écran. Il affichait une sorte de carte du sol, un peu comme celle de James Bond dans *Goldfinger*. Le Pave Low pouvait naviguer avec un radar Doppler, qui analysait le sol, une centrale inertielle, qui utilisait des gyroscopes à laser, ou encore des satellites de navigation. Ils longèrent le Canal, simulant une patrouille de surveillance ordinaire. Sans le savoir, ils n'étaient qu'à quelques kilomètres du noyau de communication Showboat, basé à Corezal.

— Dis donc, il y a pas mal de cailloux en bas, remarqua Willis.

— Vous y êtes déjà allé ?

— Non, colonel. Ils ont dû s'amuser pour creuser, répondit-il alors qu'ils survolaient un énorme cargo. Les gaz chauds du navire provoquèrent un peu de flottement et PJ vira vers la droite. Le vol allait durer deux heures, inutile de secouer les passagers plus que nécessaire. Dans une heure, le ravitailleur MC-130E décollerait afin de leur remplir les réservoirs pour le vol de retour.

— Ouais, pas mal de boue à remuer, dit le colonel Johns en se réinstallant sur son siège.

Vingt minutes plus tard, ils survolèrent la mer, pour la plus grande portion du voyage, au-dessus des Caraïbes, faisant cap vers l'est au zéro-neuf-zéro.

— Mon Dieu ! s'exclama Willis une demi-heure plus tard.

Dans leurs lunettes de vision nocturne, ils repérèrent un bimoteur se dirigeant vers l'est à une dizaine de kilomètres. Ils le virent grâce à la lueur infrarouge des deux moteurs à piston.

— Ouais, pas de feux...

— Je me demande ce qu'il transporte...

— Sûrement pas le courrier !

Et en plus, ils ne nous voient pas à moins qu'ils portent les mêmes lunettes que nous.

— On pourrait approcher et...

— Pas ce soir.

Dommage, ça ne m'aurait vraiment pas dérangé.

— A votre avis, qu'est-ce...

— Capitaine, si nous étions censés savoir, on nous l'aurait dit, répondit Johns.

Pourtant, lui aussi se posait la question. *Mais ils sont chargés comme des baudets !* Ils ne portaient pas l'uniforme habituel, oui, sûrement une opération secrète. *Ouais, mais ça, je le sais depuis longtemps !*

— J'ai un contact naval à onze heures, annonça le capitaine qui redressa sa route de quelques degrés vers la droite.

L'ordre de mission était parfaitement clair, personne ne devait les voir ni les entendre, ce qui signifiait éviter bateaux, chalutiers, ou dauphins non identifiés, rester à l'écart des côtes, à moins de trente mètres d'altitude, tous feux éteints. C'étaient des conditions de vol de temps de guerre, mais sans les mesures de sécurité rudimentaires. Même au cours d'opérations spéciales, c'était exceptionnel.

Ils parvinrent à la côte colombienne sans autre incident. Dès qu'elle fut en vue, Johns avertit l'équipage. Les sergents Zimmer et Bean allumèrent leurs canons à tir rapide et commande électrique, puis ouvrirent les portes.

— Eh bien, nous sommes en train d'envahir un pays ami, remarqua Willis alors qu'ils survolaient des terres en direction de Tolú.

Ils mirent leurs lunettes à intensification de luminosité, pour vérifier qu'il n'y avait aucun véhicule en vue. Leur route avait été calculée pour éviter toute zone habitée. De loin, le bruit du rotor à six pales ressemblait plus à celui d'un avion turbo qu'à celui d'un hélicoptère traditionnel. Et il était trompeur quant à sa direction. Même si l'on percevait le bruit, il était difficile de déterminer sa provenance. Il virèrent vers le nord, à l'est de Plato.

— Zimmer, zone d'atterrissage un dans cinq minutes.

— Roger, PJ, répondit le navigateur.

Bean et Childs s'occuperaient des armes et Zimmer procéderait aux débarquement.

C'est forcément une mission de combat, pensa Johns en souriant. *Quand Buck m'appelle PJ, c'est qu'il croit qu'on va lui tirer dessus !*

A l'arrière, le sergent Zimmer ordonna aux deux premières escouades de déboucler leurs ceintures de sécurité en leur indiquant avec les doigts le nombre de minutes restantes. Les deux capitaines acquiescèrent d'un hochement de tête.

— ZA un en vue, annonça Willis.

— Je prends les commandes.

— L'avion appartient au pilote.

Le colonel Johns bifurqua vers la clairière choisie grâce aux photos-satellite. Willis chercha un signe de vie au sol, mais il n'y avait rien.

— On y va, annonça Johns.

— Prêts ? hurla Zimmer tandis que le nez de l'appareil se relevait.

Chavez se leva avec le reste de son escouade et fit face à la porte arrière. Il se cogna les genoux quand l'hélicoptère toucha le sol.

— *Go !*

Zimmer leur fit signe de descendre et compta les hommes au fur et à mesure en leur donnant une tape sur le dos.

Chavez sortit immédiatement après le capitaine et courut vers la gauche dès qu'il eut pied à terre pour éviter le rotor de queue qui tournait toujours à pleine vitesse, à quatre mètres du sol.

— *Go !* cria Zimmer quand ils furent tous descendus.

— Roger, répondit Johns, en mettant pleins gaz.

Chavez tourna la tête quand le ronronnement se fit plus violent. Il vit à peine l'appareil mais perçut le mouvement du décollage et sentit de la poussière lui piquer les joues. Soudain, on n'entendit plus rien. Il aurait dû s'y attendre, mais se laissa surprendre malgré tout.

Il se trouvait en territoire ennemi. Pour de vrai, pas en exercice. Son seul moyen de s'échapper... venait de s'envoler. Malgré les dix hommes qui l'entouraient, un sentiment de solitude l'envahit. Mais c'était un vrai soldat, bien entraîné. Il mit la main sur son arme chargée pour en tirer de la force. Il n'était plus seul.

— Avance, lui dit doucement le capitaine Ramirez.

Chavez approcha de la ligne des arbres, sachant que l'escouade le suivrait.

11

SUR LE TERRAIN

A cinq cents kilomètres de l'escouade de Ding Chavez, l'ancien colonel de la DGI cubaine, Felix Cortez, somnolait dans le bureau d'*El Jefe*. Il était occupé pour le moment, sans doute en train de s'amuser avec une de ses maîtresses, peut-être même sa femme — hypothèse peu probable mais non exclue. Cortez venait de boire deux tasses de l'excellent café local — la plus grande ressource du pays, autrefois — mais cela n'avait servi à rien. Il était épuisé par le voyage et devait se réadapter à l'altitude. Il aurait volontiers dormi, mais il fallait qu'il fasse un rapport. Quel crétin ! Au moins, à la DGI, il aurait griffonné un vague brouillon et aurait pu se reposer quelques heures avant l'ouverture officielle des bureaux. Mais les gens de la DGI étaient des professionnels, et lui travaillait pour un amateur.

A une heure et demie du matin, il entendit des pas dans le couloir. Il se leva et essaya de se réveiller. *El Jefe* apparut, souriant et détendu. Une maîtresse.

— Alors, qu'est-ce vous avez appris ? lui demanda Escobedo sans préambule.

— Rien de précis, répondit Cortez en bâillant.

Il expliqua la situation en quelques minutes, donnant le peu d'éléments dont il disposait.

— Je vous paie pour avoir des résultats, colonel.

— Exact, mais à un haut niveau, cela demande du temps. Avec vos anciennes méthodes, vous ne sauriez toujours rien, à part que quelques avions ont disparu et que deux hommes se sont fait arrêter par les yanquis.

— Et cette histoire de procès à bord ?

— Plutôt bizarre, une invention peut-être. A moins que ça soit la vérité, mais j'en doute. Je ne les connais ni l'un ni l'autre et je ne sais pas si on peut leur faire confiance.

— Deux types de Medellin. Le frère aîné de Ramon était à mon service. Il s'est fait tuer par un M-19. Il est mort en brave. Ramon aussi travaillait pour moi. Il fallait que je lui donne sa chance, une question d'honneur. Il n'est pas très intelligent, mais il est loyal.

— Et sa mort ne serait pas trop gênante ?

— Non, répondit Escobedo, sans même un instant de réflexion. Il connaissait les risques. Il ne savait pas pourquoi il fallait tuer l'Américain. Il ne pourra rien dire là-dessus. Et quant à ce *gringo*, c'était un voleur, et pas malin. Il croyait qu'on s'apercevrait jamais de rien. Il s'est trompé. Alors, on l'a éliminé.

Lui et sa famille, pensa Cortez. Tuer était une chose, mais violer des enfants... De toute façon, ce n'était pas son problème.

— Vous êtes sûr qu'ils ne pourront pas...

— On leur a ordonné de monter sur le bateau. Une fois le *gringo* disparu, ils devaient retourner aux Bahamas, rendre l'argent à un de mes banquiers, faire disparaître le yacht discrètement, et passer la drogue à Philadelphie, comme d'habitude. Ils savaient que j'en voulais à l'Américain, mais ils ne savaient pas pourquoi.

— Ils se doutaient bien qu'il blanchissait de l'argent, et ça, ils ont dû le dire.

— Oui. Par chance, l'Américain était très habile. Nous sommes prudents, colonel. Avant d'agir, nous nous sommes assurés que personne ne pourrait jamais apprendre ce qu'il avait fait, dit Escobedo en souriant encore des services de Pinta. Un sacré roublard, ce type.

— Il a laissé des traces ?

— Non. Un des policiers de cette ville a fouillé sa maison pour nous, si discrètement que même les *federales* ne se sont pas aperçus qu'il était venu fouiner avant le meurtre.

— *Jefe*, commença Cortez en inspirant profondément, *jefe*, vous ne comprenez pas qu'il faut m'avertir avant de faire des choses comme ça ! Pourquoi m'avez-vous engagé si vous ne profitez pas de mon expérience ?

— On fait comme ça depuis des années, on peut très bien gérer nos affaires sans...

— Les Russes vous enverraient en Sibérie pour une idiotie pareille !

— Vous dépassez les bornes, señor Cortez ! hurla Escobedo.

Felix se mordit les lèvres pour ne pas répondre et parvint à se calmer.

— Vous prenez les *Norteamericanos* pour des imbéciles parce qu'ils n'arrivent pas à arrêter le trafic de drogue. Mais c'est pour des raisons politiques, pas par manque de savoir-faire. Comme vous n'avez pas l'air de comprendre, je vais vous expliquer. Leurs frontières sont faciles à violer, parce que les États-Unis ont une vieille tradition de frontières ouvertes. Vous confondez ça avec de l'inexpérience. Grave erreur. Ils ont une police très compétente, avec les meilleures méthodes scientifiques du monde. Vous savez que le KGB s'inspire de leurs manuels ? Et imite leurs techniques ? La police est pieds et poings liés parce que les politiciens ne la laissent pas agir à sa guise. Mais si cela changeait, le FBI, les *federales* ont des ressources que vous n'imaginez même pas. Ils m'ont traqué à Puerto Rico, et ils étaient à deux doigts de me coincer en même temps qu'Ojeda. Et je suis un agent entraîné.

— Oui, je sais. Où voulez-vous en venir ? demanda patiemment Escobedo.

— Qu'est-ce que l'Américain faisait pour vous, exactement ?

— Il blanchissait des sommes importantes, à travers des circuits qui continuent à nous rapporter de l'argent propre et...

— Retirez votre argent tout de suite. Si votre yanqui était aussi efficace que vous le dites, il a sûrement laissé des preuves quelque part. Et il y a de grandes chances qu'on les ait retrouvées.

— Dans ce cas, pourquoi les *federales* n'ont rien fait ? Cela fait plus d'un mois maintenant.

Escobedo se tourna pour prendre une bouteille de cognac. Il buvait rarement, mais cette fois, l'occasion était bonne. Pinta avait été très bien ce soir, et cela l'amusait de dire à Cortez que son expérience, bien qu'utile, n'était pas indispensable.

— *Jefe*, peut-être que cette fois, vous vous en tirerez, mais un jour vous apprendrez qu'il est stupide de prendre de tels risques.

Escobedo huma son verre.

— Comme vous voulez, colonel. Et ces nouvelles règles du jeu ?

Chavez était déjà au courant, bien sûr. Ils avaient eu un exposé sur le terrain lors de leur entraînement et les hommes de son unité avaient la configuration des lieux et le trajet en mémoire. Ils avaient pour objectif un aérodrome désigné sous le nom de Reno. Ils avaient examiné des photos-satellite et des vues prises assez bas, de côté. Ils ne savaient pas qu'il avait été signalé par un certain Bert Russo, qui avait ainsi confirmé d'anciens rapports. C'était une piste de graviers de mille cinq cents mètres environ, suffisante pour un bimoteur et relativement sûre pour un avion un peu plus gros, s'il n'était pas trop chargé, par exemple s'il était plein d'herbe volumineuse mais pas très dense. Le sergent se repérait à l'aide de sa boussole de poignet. Tous les cinquante mètres, il y jetait un coup d'œil, s'assurait de la présence d'un arbre ou d'un objet quelconque censé l'aider à continuer sa route. Il se déplaçait lentement et silencieusement, à l'affût du moindre bruit, scrutant l'horizon grâce à ses lunettes de vision nocturne. Son arme était chargée, mais le cran de sécurité était bloqué. Vega, le deuxième homme, servait de tampon entre Chavez et l'escouade, à une cinquantaine de mètres en arrière. Son FM était un tampon bougrement rassurant ! En cas de contact, la première tactique serait la fuite, mais si elle était impossible, il faudrait éliminer tout ce qui leur barrait le chemin le plus rapidement possible.

Deux heures et deux kilomètres plus tard, Ding repéra un point de ralliement déterminé à l'avance où ils pourraient se reposer. Il leva le bras et tourna la main en décrivant une boucle de lasso, pour expliquer sa démarche. Ils auraient pu aller un peu plus loin, mais le vol, comme tous les longs trajets en hélicoptère, avait été fatigant et le capitaine ne voulait pas trop pousser. Et puis, ils n'étaient censés atteindre leur objectif que le lendemain dans la nuit. Lors de l'entraînement, un mot sur deux était « Prudence ! ». A chaque fois, cela avait fait sourire Chavez. Maintenant, il ne riait plus. Ce Clark avait raison. Ce n'était plus de la rigolade. Ici, l'échec, ce ne serait pas seulement se retrouver le nez dans la boue, un peu confus.

Chavez chassa cette pensée. Il avait un boulot à faire, un boulot qui lui plaisait et pour lequel il était parfaitement entraîné.

Il s'assura qu'il n'y avait aucun serpent sur le petit tertre avant de s'asseoir. Il regarda encore autour de lui avant de débrancher ses lunettes pour économiser les piles et sortit sa gourde. L'eau était chaude, mais pas trop. Un peu plus de trente degrés, avec un taux d'humidité considérable. Et s'il faisait si chaud la nuit, il ne voulait même pas penser à la journée. Au moins, le jour, ils dormiraient. Et Chavez avait l'habitude de la chaleur. A Hunter-Liggett, il avait crapahuté dans des collines à plus de quarante degrés, cela ne le réjouissait guère, mais il en était capable.

— Comment on s'en tire, Chavez ?

— *Muy bién, capitán*, on a dû faire trois kilomètres. Je suis au point de ralliement Clé à molette.

— Quelque chose en vue ?

— Négatif. Des oiseaux et des insectes. Même pas de sanglier. Vous croyez qu'ils vont à la chasse dans le coin ?

— Pas bête comme question, répondit le capitaine. Il faudra se méfier de ça, Ding.

Chavez regarda autour de lui. Il apercevait un homme, mais le reste de l'escouade se fondait dans le sol. Il n'aurait pas dû s'inquiéter pour les uniformes kaki qu'il croyait moins efficaces que les tenues de camouflage habituelles. Sur le terrain, ils disparaissaient dans l'environnement. Ding but encore un peu et secoua sa gourde pour voir si elle était bruyante. C'est ce qu'il y avait de bien avec le plastique, cela faisait moins de bruit que les vieilles en aluminium. Il fallait quand même faire attention : dans la nature, tout bruit signifiait « danger ». Il but encore une gorgée pour garder la bouche humide et se préparer à avancer.

— Prochain arrêt, Scie sauteuse. Qui est-ce qui a inventé ces noms à la con ?

— Euh, moi, dit le capitaine en riant. Bof, ne t'inquiète pas, mon ex non plus n'appréciait pas mon humour. Alors, elle s'est mariée avec un agent immobilier.

— Toutes des garces.

— Surtout la mienne !

Même le capitaine. Mon Dieu, personne n'a de petite amie ni de famille derrière lui... Cette pensée le troublait un peu, mais il fallait atteindre Scie sauteuse dans moins de deux heures.

Pour la deuxième partie, il fallait traverser une

route, si on pouvait appeler comme ça le chemin de terre qui partait vers l'infini des deux côtés. Chavez prit tout son temps pour traverser. Le reste de l'escouade s'arrêta à une cinquantaine de mètres, pour que l'éclaireur puisse s'assurer que tout irait bien. Chavez dit quelques mots en espagnol au capitaine Ramirez.

— Route dégagée.

Pour toute réponse, il reçut deux clics de la radio de Ramirez qui ne prit pas le risque de parler. Chavez répondit de même.

Agréable surprise, le terrain était plat. Il se demandait à quoi avait rimé cet entraînement en haute altitude. Parce que l'endroit était bien caché sans doute ? La forêt dense était fort heureusement moins touffue qu'au Panama. On voyait encore des restes de culture ici et là, des essais provisoires et infructueux à en juger aux petites clairières. Il avait vu une dizaine de baraques en ruine, où de pauvres bougres avaient essayé d'élever leur famille. Cette misère évidente le déprimait. Dans cette région, les gens portaient des noms semblables au sien, parlaient la même langue avec un accent légèrement différent. Si son grand-père ne s'était pas installé en Californie pour ramasser des laitues, il aurait sans doute grandi dans un tel endroit. Comment aurait-il tourné ? Serait-il trafiquant ou tueur au service du Cartel ? Même si cette pensée le perturbait, il était trop fier pour envisager la vérité qui affleurait à son esprit. Les pauvres étaient bien obligés de saisir les occasions qui se présentaient. Comment refuser une besogne illégale et dire à ses enfants qu'on ne pouvait pas les nourrir ? Comment leur expliquer qu'ils devaient garder le ventre vide ? Les pauvres n'avaient guère le choix. Chavez avait rencontré l'armée presque par hasard et y avait trouvé un véritable foyer, mais ici ?

Pauvres bougres. Et les gosses de son barrio ? Avec des vies de chiens dans leurs banlieues pourries ? Qui était responsable ?

T'es payé pour agir, pas pour penser. Chavez remit ses lunettes.

Il se tenait droit, et non plié en deux, comme on aurait pu s'y attendre. Il caressait le sol du pied, s'assurant qu'aucune brindille ne se briserait et évitait les buissons dont les feuilles auraient pu bruire et les épines s'accrocher à ses vêtements. Chaque fois que possible, il passait par les clairières en longeant la ligne des arbres pour qu'on ne remarque pas sa silhouette. Mais la nuit, le pire ennemi, c'est le bruit, pas la vue. Incroyable à quel point l'oreille s'affinait dans la nature. Il lui semblait entendre le moindre insecte, le moindre oiseau, la moindre brise dans les feuilles. Aucun son humain, pas de toux ni de murmures, pas de cliquetis métalliques dont seul l'homme est capable. Il n'était pas vraiment détendu, mais avançait avec confiance, comme lors d'un exercice. Tous les cinquante mètres, il s'arrêtait pour écouter le reste de l'escouade. Rien. Pas même Oso avec son PM et son lourd paquetage. Le silence était leur seule sécurité.

Et l'ennemi ? Qu'est-ce qu'il vaut ? Bien équipé sans doute. Avec le fric qu'ils avaient, ils pouvaient acheter n'importe quoi, en Amérique ou ailleurs. Mais des soldats entraînés ? Aucune chance !

Qu'est-ce qu'il vaut ? Un peu comme les bandes de rues ? Des types qui cultivaient la force physique, mais anarchiquement. Ça serait des durs, avec les armes ou le nombre de leur côté. Mais pas particulièrement doués sur le terrain. Ils compteraient sur l'intimidation, et ils se laisseraient surprendre face à des gens qui ne se laissaient pas intimider. Il y avait peut-être de bons chasseurs dans le tas, mais qui ne comprendraient rien au travail d'équipe. Ils ne sauraient pas se protéger mutuellement et réunir leur puissance de feu. Ils avaient peut-être de vagues notions d'embuscade mais ne saisiraient pas les subtilités du travail de reconnaissance. Ils manqueraient de discipline. Chavez était sûr qu'une fois arrivés à leur objectif, ils verraient des types fumer. Il fallait du temps pour acquérir l'art du soldat, du temps, de la discipline et de la volonté. Non, il aurait affaire à des brutes, et les brutes étaient des lâches. Des mercenaires qui se battaient pour le fric. Chavez, lui, s'enorgueillissait de travailler pour l'amour de sa patrie, et, bien qu'il n'en fût qu'imparfaitement conscient, pour l'amour de ses camarades. Le malaise qu'il avait ressenti après le départ de l'hélicoptère s'évanouissait. Bien qu'officiellement il n'eût qu'une mission de reconnaissance à accomplir, il espérait avoir la chance de se servir de son PM-5 SD2.

Il parvint à Scie sauteuse en temps voulu. L'escouade se reposa encore un peu, et Chavez reprit la route du dernier objectif de la nuit, Ciseau à bois. C'était une petite butte boisée à cinq kilomètres de leur objectif final. Ding prit tout son temps, pour chercher des traces d'animaux et de chasseurs éventuels. Rien. L'escouade arriva vingt minutes après qu'il les eut appelés par radio. Il avait fait un crochet et rebroussé chemin pour vérifier qu'il n'y avait aucun signe inquiétant. Le capitaine Ramirez en vint aux mêmes conclusions que Chavez. Les membres de l'escouade se séparèrent deux par deux pour manger et dormir. Ding resta avec Vega, sur l'axe apparemment le plus dangereux, pour installer l'un des deux FM de l'équipe. Olivero, l'infirmier, alla vers le cours d'eau avec un autre homme pour remplir les gourdes, en veillant à ce que les hommes n'oublient pas d'y mettre leur désinfectant. Ils choisirent un coin pour les latrines et les déchets. Mais d'abord, il fallait nettoyer les armes, même si elles n'avaient pas servi.

— C'était pas si terrible que ça, dit Vega lorsque le soleil se leva au-dessus des arbres.

— Du gâteau ! répondit Chavez en bâillant. Mais on va crever de chaud ici.

— Tiens, prends ça, dit Vega en lui passant une enveloppe de Gatorade, du « jus d'orange » en poudre.

— Super.

Chavez adorait ça, il ouvrit la pochette et la versa dans sa gourde.

— Le capitaine est au courant ?

— Il a bien assez de souci comme ça.

— C'est vrai. Dommage qu'on ne fasse pas de la bière en poudre !

Ils rirent ensemble. Il n'aurait pas eu la stupidité de faire une chose pareille, mais par cette chaleur, dans l'abstrait, une bière bien fraîche, ça se concevait.

— On tire à pile ou face pour le premier quart ?

En fait, ils n'avaient qu'une seule pièce américaine. On leur avait donné l'équivalent de cinq cents dollars en monnaie locale, mais tout en billets, car les pièces font du bruit. Face. Chavez monta le premier tour de garde.

Ding se mit en position. Julio avait bien choisi l'endroit. Derrière un buisson, avec un petit talus qui pourrait retenir les balles mais n'obstruait pas la vue, le FM avait un champ bien dégagé sur trois cents mètres. Ding vérifia que l'arme était chargée et le cran de sécurité verrouillé. Il sortit ses jumelles.

— Alors ? lui demanda doucement le capitaine Ramirez.

— Y'a rien qui bouge. Pourquoi vous piquez pas un somme ? On montera la garde.

Les officiers, il fallait s'en occuper et si les sergents ne s'en chargeaient pas, qui le ferait ?

Ramirez observa la position. Bien choisie. Les deux hommes s'étaient abreuvés et restaurés en bon soldats, et seraient reposés au coucher du soleil, dans plus de dix heures. Le capitaine donna une tape sur l'épaule de Chavez avant de retourner à son poste.

— Prêt, capitaine, dit le radio, Ingeles.

L'antenne, deux branches d'acier de la taille d'un double décimètre d'écolier, en forme de croix, reposant sur un fil de fer pour tout socle, était montée. Ramirez regarda sa montre. Il était l'heure.

— Variable, ici Couteau.

Le signal partit à trente mille kilomètres de là vers le satellite de communication géosynchrone qui le retransmit au Panama. Cela prit environ un tiers de seconde, et il s'en écoula deux avant la réponse.

— Couteau, ici, Variable. Nous vous recevons cinq sur cinq. Terminé.

— Nous sommes en position. Point de ralliement Ciseau à bois. RAS. Terminé.

— Roger. Terminé.

Clark était assis près de la porte de la camionnette radio, garée en haut d'une colline. Il ne dirigeait pas l'opération, loin de là, mais Ritter aurait peut-être besoin de son expérience tactique. En face du matériel de communication, se trouvait une grande carte d'état-major qui indiquait la place des escouades et leurs points de ralliement. Elles étaient toutes arrivées à l'heure prévue. Au moins celui qui avait réglé cette opération savait ce dont les hommes étaient capables sur le terrain. *Pour une fois !* Avec lui, il y avait deux anciens de la direction des Opérations, qui étaient loin d'avoir l'expérience de Clark, mais proches de Ritter et fiables. *Effectivement, les hommes qui ont mon expérience sont tous à la retraite.*

Clark avait le cœur là-bas, sur le terrain. Il n'avait jamais opéré en Amérique latine, du moins pas dans la jungle américaine, mais il avait été « là-bas » — dans la boue, aussi seul qu'on peut l'être, avec comme seul fil qui vous relie à la vie une radio en contact avec un hélicoptère qui n'arriverait peut-être jamais. Les radios étaient bien plus fiables à présent, c'était un point positif. Pour ce que ça valait. Si les choses tournaient mal, ce n'est pas une radio qui amènerait un avion providentiel dont les moteurs remueraient le ciel et dont les bombes ébranleraient le sol quinze minutes après votre appel. Non, pas cette fois.

Mon Dieu ! Le savaient-ils au moins ? Savaient-ils ce que cela signifiait ?

Non, sûrement pas. Ils étaient trop jeunes. Des gosses. Des mioches. Qu'ils soient plus vieux, plus forts, plus endurcis que ses propres enfants l'indifférait. Clark avait opéré au Cambodge et au Viêt-nam, toujours avec de petites équipes armées de fusils et de radios, qui essayaient toujours de rester dans l'ombre, de chercher des informations et de se sauver sans se faire remarquer. Avec succès, la plupart du temps, mais parfois, ils l'avaient échappé belle.

— Jusque-là, tout va bien, observa un des radios en prenant une tasse de café.

Son compagnon acquiesça d'un signe de tête.

Clark leva à peine le sourcil. *Qu'est-ce que vous en savez, tous les deux ?*

Le directeur s'agitait comme un fou avec Tarpon. Et il y avait de quoi, pensa Moira en prenant ses notes. Il y en aurait pour une bonne semaine, mais déjà les avis de blocage de comptes étaient en route. Quatre spécialistes du ministère de la Justice avaient passé plus d'une journée à étudier le rapport de Mark Bright. L'informatisation des données bancaires avait rendu la tâche plus légère. Il y avait quelqu'un au ministère qui pouvait accéder aux fichiers de toutes les banques du monde entier. A moins qu'il n'opère en dehors du ministère. Une antenne du contre-espionnage ou un contractuel privé, parce que ce genre de chose est à la limite de la légalité. De toute façon, en étudiant les multiples transactions bancaires, la Commission des opérations de bourse avait réussi à identifier l'argent de la drogue qui avait financé les divers projets destinés à blanchir l'argent de la « victime » — enfin sa famille avait été la véritable victime. Moira n'avait jamais vu les rouages de la justice tourner si rapidement. *Ils en ont du toupet de venir blanchir leur argent chez nous !* Juan avait raison quand il parlait de leur arrogance. Eh bien, cela les ferait un peu déchanter ! Déjà, plus de six cents millions de dollars de valeurs avaient été saisis, sans compter la perte de bénéfice que cela entraînerait. Six cents millions de dollars ! Bien sûr, elle avait entendu parler des « milliards » de l'argent de la drogue qui s'évadaient du pays, mais les estimations étaient à peu près aussi fiables que les bulletins météo. D'après le directeur, les membres du Cartel n'étaient plus satisfaits des anciens circuits et pensaient que faire revenir l'argent dans leur propre pays créait plus de problèmes que cela n'en résolvait. Donc, après avoir blanchi les premiers fonds, et réalisé un bénéfice substantiel, ils faisaient d'énormes placements par l'intermédiaire de fidéicommis qui pouvaient en leur nom monter des entreprises commerciales dans les pays (chez eux ou ailleurs) où ils voulaient s'installer. Le plus intéressant, d'après Emil, c'est que cela leur permettait de se blanchir eux-mêmes, de « se ranger », selon la phraséologie des truands, et d'avoir une position tout à fait acceptable dans le contexte politique actuel de l'Amérique latine.

— Pour quand il vous le faut ? demanda Mme Wolfe.

— Je vois le Président demain matin.

— Combien d'exemplaires ?

— Cinq. Tous numérotés. C'est top secret, Moira.

— Dès que j'ai terminé, j'avale la disquette ! Le directeur adjoint Grady vient à l'heure du déjeuner et le ministre de la Justice a annulé le dîner demain soir. Il doit aller à San Francisco.

— Qu'est-ce qu'il va faire là-bas ?

— Son fils a décidé de se marier sans préavis.

— Effectivement, c'est un peu court. Où vous en êtes pour le moment ?

— Pas très loin. Votre voyage en Colombie ? Vous connaissez la date que je puisse réorganiser vos rendez-vous ?

— Non, pas encore. Mais cela ne devrait pas être trop gênant, parce que je profiterai du week-end. Je partirai de bonne heure le vendredi et je serai de retour le lundi après-midi. Cela ne bousculera pas grand-chose.

— Bon, très bien, dit Moira avant de sortir, le sourire aux lèvres.

— Bonjour.

Edwin Davidoff, procureur des États-Unis, âgé de trente-sept ans, avait bien l'intention de devenir le premier sénateur juif de toute l'histoire de l'Alabama. Grand, en excellente forme physique, cet ancien catcheur de quatre-vingt-dix kilos s'était gagné la faveur du Président grâce à sa réputation de défenseur du peuple. Dans les affaires de droits civiques, il se référait toujours à la loi du pays, et aux valeurs que défendait l'Amérique. Pour les affaires criminelles, il invoquait la loi et l'ordre, et le droit du peuple à la sécurité. En fait, il parlait beaucoup. Il n'y avait pas un club Rotary ou autre, auquel il ne se fût pas adressé au cours des trois dernières années. Son poste actuel en Alabama était surtout administratif, mais il se chargeait toujours de quelques affaires spectaculaires. Il se faisait une spécialité de la corruption politique, comme avaient pu s'en apercevoir à leurs dépens trois grandes figures politiques de l'État. Ils ratissaient le sable des terrains de golf à la base aérienne d'Eglin.

Edward Stuart s'installa en face de lui. Très poli, Davidoff s'était levé à son arrivée. Stuart redoutait par-dessus tout les procureurs polis.

— Nous avons finalement obtenu la confirmation de l'identité de nos clients, dit Davidoff, d'une voix qui aurait pu feindre la surprise mais qui restait parfaitement neutre. Ils sont colombiens et comptabilisent une douzaine d'arrestations à eux deux. Je croyais que vous m'aviez dit qu'ils venaient du Costa Rica.

— Comment cela se fait-il que cela ait pris si longtemps ? demanda Stuart, pour calmer les choses.

— Je ne sais pas. De toute façon, ça n'a pas d'importance. J'ai demandé que le procès se tienne rapidement.

— Et le traitement que les gardes-côtes ont infligé à nos clients ?

— Cette déclaration a été faite après les aveux... et de toute façon, nous n'utiliserons pas les aveux, nous n'en avons pas besoin.

— Parce qu'ils ont été obtenus de manière totalement...

— C'est de la connerie, et vous le savez aussi bien que moi. Je vous le répète, cela ne rentrera pas en ligne de compte. En ce qui me concerne, ces aveux n'existent pas, OK ? Ed, vos clients ont commis des meurtres, et ils vont payer. Le prix fort.

— Je peux vous donner des informations, dit Stuart en se penchant en avant.

— Nous nous fichons de leurs informations, il s'agit de meurtres.

— Ça ne se fait pas, de refuser un marché...

— C'est justement ça l'erreur. Nous ferons un exemple avec cette affaire.

— Vous allez les faire exécuter pour l'exemple ?

— Je sais que nous ne sommes pas d'accord sur la valeur de dissuasion de la peine de mort.

— Je voudrais convertir leur peine en prison à perpétuité contre des informations...

— Pas question.

— Vous êtes sûr de gagner ?

— Vous connaissez les preuves matérielles, répondit Davidoff.

La loi obligeait l'accusation à laisser la défense examiner ses dossiers. La règle n'était pas réciproque, pour assurer les meilleures chances possibles à l'accusé, bien qu'en général la police et les procureurs admettent difficilement cette injustice. Pourtant, c'était la loi, et Davidoff la respectait toujours, c'est ce qui le rendait d'autant plus dangereux. Il n'avait jamais perdu en appel à cause d'une erreur de procédure. Techniquement, il était irréprochable.

— Si nous les condamnons à mort, nous nous rabaisserons au même niveau qu'eux.

— Ed, nous vivons en démocratie, c'est le peuple qui décide des lois, et la majorité est en faveur de la peine de mort.

— Je ferai tout pour m'y opposer.

— Vous me décevriez si vous agissiez autrement.

Mon Dieu, tu feras un sénateur fantastique. Si calme, si tolérant, même avec ceux qui ne sont pas d'accord avec tes principes. Pas étonnant que la presse te porte aux nues !

— Bon alors, c'est tout pour l'Europe de l'Est cette semaine, conclut le juge Moore. On dirait que les choses se calment.

— Oui, monsieur, répondit Ryan. Du moins, il semblerait pour le moment.

Le directeur du Renseignement acquiesça et changea de sujet.

— Vous êtes allé voir Greer, hier soir ?

— Oui, monsieur. Il a bon moral, mais il connaît le verdict.

Ryan avait horreur de ce genre de compte rendu, après tout, il n'était pas médecin.

— J'y vais ce soir, dit Ritter. Il a besoin de quelque chose que je pourrais lui apporter ?

— Du travail, il a toujours envie de travailler.

— Tout ce qu'il veut, il l'aura, dit Moore.

Ryan remarqua que Ritter s'agitait un peu en entendant ces mots.

— Monsieur Ryan, vous vous en tirez fort bien. Si je devais suggérer au Président qu'on vous nomme au poste de directeur adjoint... Oui, je sais ce que vous ressentez pour James. N'oubliez pas que je travaille avec lui depuis bien plus longtemps que vous. Et...

— Monsieur, l'amiral Greer n'est pas mort, protesta Ryan.

Il avait failli dire « encore » et s'en voulait.

— Jack, il ne s'en sortira pas. Cela m'attriste. C'est mon ami aussi. Mais il est de notre devoir de servir notre pays. C'est plus important que les questions de personne. Et puis, James est un vrai pro, il serait déçu de votre attitude.

Ryan parvint à ne pas broncher devant cette rebuffade, mais cela le blessa d'autant plus que le juge avait raison.

— La semaine dernière, James m'a dit qu'il voulait que vous lui succédiez. Il me semble que vous êtes prêt, qu'en pensez-vous ?

— Techniquement, oui, je suis au point. Mais je n'ai pas assez de finesse politique pour le poste.

— Eh bien, il n'y a qu'un seul moyen de l'acquérir. Et puis, la politique, cela ne compte pas beaucoup à la direction du Renseignement, dit Moore en souriant, pour souligner l'ironie de ses propos. Le Président vous aime bien, et le Capitole vous apprécie. Et en ce moment, vous remplissez les fonctions de directeur adjoint. Le poste ne sera pas pourvu officiellement avant les élections, vous l'occupez sur une base provisoire. Si James se remet, parfait. L'expérience que vous aurez eue ne nuira pas, bien au contraire. Mais même s'il se remet, il sera bientôt temps pour lui de céder sa place. Personne n'est irremplaçable et James estime que vous êtes prêt. Moi aussi.

Ryan ne savait que dire. A moins de quarante ans, il se retrouvait à l'un des postes les plus importants. En fait, cela faisait déjà plusieurs mois qu'il l'occupait ; aujourd'hui, on officialisait simplement. Mais d'une certaine manière, cela changeait tout : avant, il avait quelqu'un derrière qui s'abriter ; plus maintenant. Il présenterait ses informations au juge Moore et attendrait sa décision, mais toutes les responsabilités lui incomberaient.

— Je l'annoncerai à Nancy et à votre chef de département, ajouta Moore. James m'a remis une lettre. Tenez, votre exemplaire. Je suppose que vous avez du travail en route, monsieur Ryan.

— Oui, monsieur, dit Ryan en prenant la lettre avant de sortir.

Il aurait dû être heureux de cette promotion, mais en fait il se sentait piégé et croyait savoir pourquoi.

— C'est précipité, Arthur, dit Ritter après le départ de Jack.

— Je vous comprends, mais on ne peut pas laisser les services du Renseignement aller à vau-l'eau parce qu'on ne veut pas le mettre au courant pour Showboat. On le laissera en dehors de ça, du moins de ce qu'on fait aux Opérations. Il faudra bien qu'on lui donne des informations sur les prolongements. Il s'y connaît bougrement en finance, cela ne nous fera pas de mal. Inutile de lui dire comment on a obtenu nos informations. D'ailleurs, si on a le feu vert du Président et l'accord du Capitole, on aura les mains libres.

— Quand allez-vous au Capitole ?

— J'ai rendez-vous ici avec quatre représentants demain après-midi. Nous invoquons la règle des opérations spéciales à haut risque.

Les opérations spéciales à haut risque faisaient appel à un codicille officieux à la règle générale. Alors que deux ans plus tôt, le Congrès avait le droit d'être informé de toutes les opérations de contre-espionnage, une fuite partie d'une des deux commissions avait provoqué la mort d'un chef de station de la CIA. Au lieu d'en référer publiquement, le juge Moore était allé trouver les deux commissions et avait obtenu un accord pour que, dans les cas particuliers, seuls le Président et le Vice-Président soient informés. Ce serait à eux de décider si l'information devait être divulguée au reste des membres, ou gardée secrète. En fait, le juge Moore les avait tous piégés. Ceux qui révéleraient l'information risquaient d'être accusés de tremper dans des magouilles politiques et les quatre personnes habilitées, pour garder ce statut de privilégiées, auraient moins tendance à faire part de ce qu'elles savaient. Tant que l'affaire ne touchait pas à des problèmes spécifiquement politiques, cela garantissait presque à tout coup que le Congrès n'interviendrait pas. Il paraissait extraordinaire que Moore eût obtenu un tel accord, mais le témoignage public de la veuve et des orphelins l'avaient beaucoup aidé. C'était une chose de brandir l'inviolabilité de la loi, mais c'en était une autre de reconnaître ses erreurs, surtout quand elles enlevaient son père à une gamine de dix ans. Le théâtre politique n'était pas réservé aux seuls élus officiels.

— Et le rapport présidentiel ?

— Déjà fait. Le trafic de drogue représente une menace pour la sécurité nationale. Le Président autorise l'usage de la force armée en accord avec les lois destinées à protéger les citoyens, etc.

— C'est l'aspect politique qui ne me plaît pas.

— Ça ne plaira pas non plus au Capitole. C'est bien pour ça qu'il faut que ça reste top secret, non ? dit Moore en riant. Si le Président en parle pour prouver qu'il ne reste pas inactif, l'opposition parlera de magouille. Si c'est elle qui divulgue l'information, le Président pourra l'accuser de même. Les deux côtés ont intérêt à la boucler. Qu'on soit en période électorale joue en notre faveur. C'est un malin, l'amiral Cutter !

— Pas tant qu'il le croit. Enfin, c'est le cas pour tout le monde.

— Ouais. C'est vraiment dommage que James ne soit pas dans le coup.

— Il va nous manquer, dit Ritter. Mon Dieu, j'aimerais bien pouvoir faire quelque chose pour le soulager.

— Je vous comprends. Tôt ou tard, il faudra informer Ryan.

— Je n'aime pas ça du tout.

— Ce que vous n'aimez pas, Bob, c'est que Ryan ait remporté deux énormes succès en opération, en plus de tout son travail de paperasse. Oui, il a peut-être débordé sur votre terrain, mais à chaque fois, il avait votre accord. Vous auriez préféré qu'il échoue ? Robert, je ne veux pas que les responsables de direction se battent pour des petites victoires personnelles, comme Cutter et ces crétins du Capitole.

— Ça fait longtemps que je dis qu'on l'a fait monter trop vite, et c'est la vérité, dit Ritter, encaissant le coup. C'est vrai qu'il est très efficace, mais il n'a pas suffisamment de finesse politique pour ce genre de choses. Il faut encore qu'il fasse ses preuves pour diriger une opération globale. Il va aller nous représenter à la conférence de l'OTAN. Ce n'est pas utile de l'informer avant son départ, non ?

Moore faillit répondre que l'amiral Greer n'avait pas été informé à cause de son état de santé, ce qui était vrai pour l'essentiel bien que cela ne fût pas la seule raison. Les directives présidentielles insistaient pour que le moins de monde possible soit au courant. C'était une vieille histoire dans le jeu du contre-espionnage : parfois, les règles de sécurité étaient si strictes que même des gens qui disposaient d'éléments primordiaux pour la suite de l'enquête étaient tenus à l'écart. Mais l'histoire de la CIA était jonchée de désastres dus à une trop large diffusion des informations qui avait rendu toute prise de décision impossible. Établir la frontière entre la sécurité et l'efficacité est l'une des tâches les plus délicates qui soient. Il n'y avait aucune règle, à part que ce genre d'opérations devait absolument réussir. Dans les récits d'espionnage, on présuppose toujours que les dirigeants ont un sixième sens infaillible qui les conduit au succès à tout coup. Mais les meilleurs chirurgiens du monde commettent des erreurs, les meilleurs pilotes meurent aux commandes d'un avion, et il arrive aux meilleurs footballeurs de rater un penalty, alors, pourquoi en serait-il autrement pour les espions ? La seule différence entre un sage et un imbécile, c'est que le sage a tendance à commettre des erreurs beaucoup plus graves, parce que personne ne confie des décisions importantes à un imbécile. Seul un sage a l'occasion de perdre des batailles, ou des nations.

— Vous avez raison pour la conférence de l'OTAN. Pour le moment, vous avez gagné. Où en sommes-nous ?

— Les quatre équipes ne sont plus qu'à quelques kilomètres de leur objectif. Si tout se déroule comme prévu, elles seront en position demain à l'aube. Et elles nous enverront des informations dès le lendemain. L'équipage qu'on a arrêté nous a fourni tous les éléments préliminaires dont on avait besoin. Deux des aérodromes sont sûrement mouillés. Et sans doute au moins un des deux autres.

— Le Président veut me voir demain. Je crois que le bureau est tombé sur un gros poisson. Emil est tout excité. Ils auraient découvert une gigantesque opération de blanchiment.

— Que nous pourrions exploiter ?

— Il semblerait. Emil considère l'affaire comme top secret.

— Si c'est bon pour eux, c'est bon pour nous, dit Ritter en souriant. On pourra peut-être mettre la main à la pâte.

Chavez se réveilla après sa deuxième période de sommeil une heure avant le coucher de soleil. Il avait eu du mal à dormir. Dans la journée, il faisait plus de quarante degrés et avec l'humidité, malgré l'ombre de la jungle, on se serait cru dans un four. Il but plus d'un demi-litre d'eau parfumée au Gatorade avant d'avaler quelques aspirines. Les combattants légers avaient pour habitude d'essayer de réduire les maux dus à leur exercice physique outrancier, cette fois un mal de tête dû à la chaleur, qui faisait penser à une légère gueule de bois.

— Pourquoi on leur laisse pas ce trou pourri ? murmura-t-il à Julio.

— Affirmatif, répondit Vega.

Le sergent Chavez s'assit et se débarrassa des toiles d'araignées. Il se passa la main sur le visage. Sa barbe poussait vite, mais il ne se raserait pas aujourd'hui. Pourtant, l'armée insistait beaucoup sur l'hygiène quotidienne, et les hommes d'infanterie étaient censés être propres comme un sou neuf. Chavez sentait la sueur comme s'il venait de terminer un match de football, et il ne se laverait pas. Il ne changerait pas de vêtements mais nettoierait son arme. Après s'être assuré que Julio s'était occupé du FM, Chavez démonta son PM-5 en six morceaux qu'il examina attentivement. Le fini mat ne rouillait pas facilement, néanmoins il essuya toutes les pièces avec un chiffon huilé, frotta le mécanisme à la brosse à dents, vérifia la tension des ressorts et la propreté des magasins. Il remonta son arme et s'assura qu'elle fonctionnait sans ratés. Il la chargea et mit le cran de sécurité. Il s'assura que ses couteaux étaient étincelants et bien aiguisés, sans négliger ses étoiles de jet, bien sûr.

— Le capitaine va être furax s'il voit ça, dit Vega.

— Ça porte bonheur, répondit Chavez en les remettant dans sa poche. On pourrait en avoir besoin...

Comme le reste de son paquetage était en ordre, il sortit ses cartes.

— Où on va ?

— Reno, dit Chavez en indiquant l'endroit. Cinq kilomètres.

Il examina soigneusement la carte pour se remémorer les détails. Leur chemin n'était pas marqué. Si jamais ils étaient faits prisonniers ce genre d'indications risquait de donner des renseignements trop utiles à l'adversaire.

— Regardez, dit le capitaine Ramirez qui venait de les rejoindre avec une photo-satellite.

— Les cartes sont toutes fraîches, capitaine.

— Affirmatif. Elles sortent tout droit du service cartologie de la Défense. On n'avait aucune carte précise jusqu'à il y a peu de temps. Elles ont été établies d'après photos-satellite. Des problèmes ?

— Non, capitaine. Terrain plat, des arbres pas trop denses, ce devrait être sacrément plus facile qu'hier soir.

— Quand nous serons près du but, je voudrais que vous approchiez l'objectif par là, dit Ramirez en indiquant le chemin sur la photo.

— C'est vous le chef, dit Chavez.

— Bon, premier arrêt prévu ici, point de ralliement, Poinçon.

— OK.

— N'oubliez pas, ces types sont peut-être bien protégés, et faites attention aux mines. Si vous voyez quelque chose, prévenez-moi immédiatement, à moins que ça soit dangereux. Si vous n'êtes pas sûr de vous, rappelez-vous : l'objectif de la mission, c'est de rester à couvert.

— Je vous y emmènerai, capitaine.

— Dites-moi, Ding, est-ce que j'ai l'air d'une gonzesse terrorisée ?

— Vous avez pas les jambes qui faut pour ça, capitaine ! dit Chavez en souriant.

— Tu vas pouvoir porter cet engin encore une nuit, Oso ?

— J'ai trimbalé des brosses à dents plus lourdes que ça, *jefe*.

En riant, Ramirez s'approcha d'un autre couple de sergents.

— Il est pas mauvais bougre, remarqua Vega.

— Le boulot lui fait pas peur, reconnut Chavez.

Le sergent Olivero s'approcha.

— Où en est votre flotte ?

— Il en manque un quart, dit Vega.

— Buvez un demi-litre, et tout de suite !

— Oh, doc ! protesta Chavez.

— Vous n'y couperez pas. S'il y en a un qui se prend un coup de chaleur, c'est moi qui écope ! Si vous n'avez pas envie de pisser, c'est que vous n'avez pas assez bu. Faites comme si c'était de la bière, suggéra-t-il tandis que les hommes sortaient leur gourde. Bon Sang, Ding, tu devrais quand même le savoir, tu as fait Hunter-Liggett. Avec cette chaleur, vous allez vous dessécher, et c'est pas moi qui vais vous porter quand vous serez déshydratés !

Bien sûr, Olivero avait raison. Chavez termina sa gourde en trois longues gorgées et Vega suivit le toubib pour se réapprovisionner dans le cours d'eau. Oso surprit son ami en revenant avec d'autres sachets de Gatorade. L'infirmier en avait toute une provision, expliqua-t-il. Le problème, c'était que cela ne se mélangeait pas très bien avec les cachets de désinfectant, mais de toute façon, cela n'altérait pas le goût.

Ramirez rassembla ses hommes au coucher du soleil et répéta ce qu'il leur avait dit à leurs postes de garde individuels. La répétition est un des fondements de la pédagogie, d'après certains manuels. Les barbes et les tignasses de l'escouade crasseuse renforçaient leur camouflage. Quelques-uns étaient encore ankylosés d'avoir dormi à la dure, mais en fin de compte, tout le monde était frais et dispos. Et impatient. On enterra les détritus qu'Olivero aspergea de gaz lacrymogènes avant de les recouvrir de terre. Cela empêcherait les animaux de venir fouiner. Le capitaine Ramirez profita des derniers rayons de lumière pour s'assurer que tout était en ordre. Quand Chavez commença à s'éloigner, il ne restait plus trace de leur passage.

Ding traversa la clairière aussi vite que les règles

de sécurité le permettaient, scrutant les alentours avec ses lunettes de vision nocturne. Grâce à sa boussole et aux repères du terrain, il avançait promptement à présent qu'il connaissait mieux la région. Comme la veille, on ne percevait aucun son d'origine humaine, et la forêt était moins épaisse. Il avançait au rythme de un kilomètre à l'heure. Le plus agréable, c'est qu'il n'avait encore pas vu le moindre serpent.

Il arriva à Poinçon en deux heures, détendu et sûr de lui. La marche lui avait simplement dégourdi les jambes. Il s'était arrêté à deux reprises pour boire et surtout pour écouter. Le silence. Toutes les trente minutes, il était entré en contact radio avec le capitaine Ramirez.

Il fallut dix minutes pour que l'escouade le rejoigne au point de ralliement. Dix minutes plus tard, Chavez repartait pour la dernière pause, Maillet. Mais quand allaient-ils en finir avec ces noms d'outils !

La carte en mémoire, il se déplaçait plus lentement à présent. Plus il approchait de l'objectif, plus il y avait de chance de faire des rencontres indésirables et il ralentissait sans même s'en rendre compte. A un demi-kilomètre de Poinçon, il entendit bouger sur sa droite. Il fit signe à l'escouade d'arrêter pendant qu'il vérifiait. Vega pointa son arme dans la même direction. Le déplacement s'effectuait vers le sud-est. Un animal sans doute, mais Ding attendit encore quelques minutes avant d'être totalement rassuré. Le vent soufflait sur sa gauche et il se demanda si l'odeur des corps était perceptible pour un nez humain. Sans doute pas. Les senteurs âcres de la jungle humide devaient tout couvrir. Enfin, se laver de temps en temps n'aurait sûrement pas fait de mal...

Il arriva à Maillet sans autre incident. Ils n'étaient plus qu'à un kilomètre de l'objectif final. De nouveau, l'escouade se rassembla, et l'on remplit les gourdes. Le dernier arrêt était donc le poste d'observation, facilement reconnaissable. Ding y parvint en moins d'une heure. L'escouade reforma un nouveau périmètre de défense, tandis que le capitaine et l'éclaireur discutaient.

Ramirez ressortit sa carte. Chavez et son capitaine allumèrent les lumières infrarouges de leurs lunettes pour se faire une idée plus précise de la carte et des photos. Le sergent d'opération, au nom approprié de Guerra, était venu se joindre à eux. La route de l'aérodrome arrivait en direction opposée, contournant le ruisseau que l'escouade avait suivi jusque-là. Le seul bâtiment visible se trouvait également de l'autre côté de la piste d'envol, assez loin.

— J'aimerais arriver par là.

— Oui, tu as sans doute raison. Sergent Guerra ?

— Ça me paraît impec, cap'taine.

— Bon, d'accord. Si vous avez un contact, ce sera là ou dans les parages. Chavez, je vais avec toi. Guerra, tu amènes le reste de l'équipe derrière nous en cas de pépin.

— Oui, capitaine, répondirent les deux sergents.

Par habitude, Chavez sortit ses bâtons de maquillage et se barbouilla le visage de vert et de noir avant d'enfiler ses gants. C'était désagréable d'avoir les mains moites, mais le cuir noir les dissimulerait. Il avança, suivi du capitaine Ramirez. Les deux hommes portaient leurs lunettes, et tous deux se déplaçaient très lentement.

Le cours d'eau qu'ils suivirent encore pendant cinq cents mètres drainait toute la zone, si bien que le sol était sûr et sec. C'est d'ailleurs pour cette même raison que les bulldozers y avaient creusé une piste. Chavez se méfiait tout particulièrement des mines éventuelles. Il tâtait du pied à chaque pas pour s'assurer qu'il n'y avait aucun fil. Est-ce qu'il y avait du gibier par là ? Si oui, il y avait sûrement des pièges minés ? Comment réagirait l'ennemi s'il en entendait sauter un ? Il enverrait sûrement quelqu'un voir... Guère rassurant, quel que soit ce qu'il y trouverait...

Restons calme, mano, se dit Chavez.

Un bruit. Contre le vent. Le lointain murmure

d'hommes. Trop faible et trop sporadique pour savoir de quelle langue il s'agissait, mais c'étaient des hommes.

Contact établi.

Chavez se tourna vers son capitaine en pointant vers la direction d'où venaient les voix. Ramirez s'approcha et fit signe à Chavez de continuer.

Pas vraiment malin les gars, vraiment pas malin, si on vous entend à des centaines de mètres. Ouais, vous me facilitez le boulot. Enfin, de toute façon, c'était bien assez difficile comme ça.

Une piste.

Chavez s'agenouilla et chercha des empreintes de pieds. Oui, là, dans les deux sens. Il enjamba le sentier de terre et s'arrêta. Ramirez et Chavez se tenaient en formation serrée, afin de pouvoir se soutenir l'un l'autre. Le capitaine Ramirez était un officier expérimenté qui venait de commander une unité d'infanterie pendant dix-huit mois, mais il était impressionné par l'habileté de Chavez. C'était la période d'affût, le plus dur travail de l'escouade. Il était responsable du succès de l'opération et de la vie de dix hommes. Il les avait amenés sur le terrain et était censé les ramener tous. En tant que seul officier, il devait les égaler, sinon les surpasser, dans tous les domaines. Bien que ce fût fort peu réaliste, c'était ce que tout le monde attendait, même lui, qui pourtant aurait dû savoir que c'était impossible. Mais en voyant Chavez dans la lumière gris-vert de ses lunettes se déplacer comme un fantôme à dix mètres de lui, aussi silencieux qu'une brise, il se sentait en état d'infériorité. Cela le stimula. C'était bien mieux que de commander toute une compagnie. Il avait sous ses ordres un groupe d'élite, de spécialistes, les meilleurs de l'armée. Ramirez se rendit compte qu'il était pris par le vertige du combat. Jeune, intelligent, il apprenait une leçon bien rebattue, jamais assimilée : c'était une chose de parler, de réfléchir, mais c'en était une autre d'agir sur le vif. L'entraînement pouvait atténuer l'angoisse de l'opération de terrain, mais pas la supprimer. Soudain, à sa grande surprise, tout lui paraissait clair. Il avait tous les sens en alerte, et son esprit réagissait à toute vitesse. Il reconnaissait la peur du danger, mais il était prêt à l'affronter, sachant que dans toutes les opérations de contact, il faut être en situation avant de vraiment commencer le travail. Le problème, c'est que là, ils devaient éviter le contact à tout prix.

Chavez leva la main avant de s'accroupir derrière un arbre. Le capitaine contourna un buisson et vit pourquoi le sergent s'était arrêté.

L'aérodrome.

Mieux, un avion, à quelques centaines de mètres, moteurs arrêtés, mais encore tout chauds, comme le prouvait l'image infra-rouge des lunettes.

— On dirait qu'on tombe à pic, cap'taine, chuchota Chavez.

Ramirez et lui se déplacèrent derrière la ligne des arbres, pour voir si le terrain était gardé. Personne. L'objectif, Reno, était tel qu'on le leur avait décrit. Ils prirent tout leur temps, puis Ramirez retourna au point de ralliement, laissant Chavez garder un œil sur le déroulement des événements. Vingt minutes plus tard, l'escouade était en position sur une petite colline au nord-ouest de la piste, une ancienne ferme probablement, avec des champs brûlés qui descendaient jusqu'aux graviers. Rien ne bouchait la vue. Chavez se trouvait à droite avec Vega, et Guerra à gauche avec le deuxième mitrailleur, Ramirez au centre avec le radio, le sergent Ingeles.

12

RIDEAU SUR SHOWBOAT

— Variable, ici Couteau. Message pour vous, à vous. Terminé.

Le signal du satellite était aussi clair qu'une émission radio FM. Le technicien écrasa sa cigarette et mit son casque d'écoute.

— Couteau, ici Variable. Nous vous recevons cinq sur cinq. Prêts à prendre votre message.

Derrière lui, Clark fit tourner sa chaise pivotante pour regarder la carte.

— Nous sommes à Reno. Et devinez quoi ? Nous avons un bimoteur en vue, avec des types qui chargent des cartons. Terminé.

Stupéfait, Clark regarda la radio. Leurs renseignements étaient donc précis à ce point-là ?

— Pouvez-vous lire le numéro d'immatriculation ?

— Négatif, l'angle est mauvais. Mais il va décoller devant nous. Pas de dispositif de sécurité en vue.

— Nom d'un chien ! observa un type des Opérations avant de décrocher un combiné. Ici, Variable. Reno signale un oiseau dans le nid. Heure : zéro-trois-un-six. Zoulou. Roger. Attendons les ordres. Terminé. Nos forces de soutien sont à un peu plus d'une heure, dit-il à son compagnon.

— Ce sera parfait.

Suivis à la jumelle par Chavez et Ramirez, deux hommes finirent de charger l'appareil. C'était un Piper Cheyenne, un avion moyen, d'une autonomie correcte, fonction de la charge et du plan de vol. On pouvait l'équiper de réservoirs supplémentaires, ce qui étendait son rayon d'action. En l'occurrence, le chargement ne posait guère de problèmes de poids, ni même, dans le cas de marijuana, de volume. Le seul facteur limitatif, c'était l'argent. Un seul avion pouvait transporter assez de cocaïne pour vider les réserves d'une banque fédérale, même au prix de gros.

Les pilotes embarquèrent après avoir serré la main de l'équipe au sol. Aux yeux des observateurs clandestins, cela ressemblait au rituel d'un vol de routine. Le rugissement des moteurs gronda aux oreilles de l'escouade.

— Putain, s'exclama Vega, sidéré, je pourrais les asperger facile !

Son cran de sécurité était bloqué, bien entendu.

— Mieux vaut éviter les émotions fortes, dit Chavez. Enfin, je te comprends, Oso.

L'équipe au sol se déployait autour de l'avion.

— Capitaine, dit Chavez dans sa radio.

— J'ai vu. Préparez-vous au cas où il faudrait décamper.

Tel un oiseau blessé, le Piper roula au bout de la piste, rebondissant sur les cailloux. Elle n'était éclairée que par quelques petites balises, ce qui la rendait d'autant plus dangereuse. Si jamais l'avion s'écrasait au décollage, ils recevraient les morceaux sur la tête...

L'appareil piqua du nez au moment où le pilote ouvrit les gaz pour se préparer au décollage, avant de les réduire pour ne pas surchauffer les moteurs. Satisfait, il reprit la piste, et desserra le frein. Malgré les réservoirs pleins à ras bord, il survola les cimes à une vingtaine de mètres au plus. Diabolique, ce pilote, pensa Chavez. Le terme était plus qu'approprié.

— Il vient de décoller, un Piper Cheyenne, dit Ramirez avant de lire le numéro d'immatriculation : il avait une plaque américaine. Route approximative au trois-trois-zéro.

Ce qui devait le conduire au-dessus du canal de Yucatan, entre Cuba et le Mexique.

L'agent des communications en prit bonne note.

— Vous pouvez m'en dire plus sur Reno ?

— Il y a huit gusses, dont quatre armés, les autres je ne sais pas. Un camion à plateau et une espèce de baraque, comme sur les photos-satellite. Le camion démarre, oui, ils vont éteindre les balises. Ce sont des bidons, ils jettent de la terre dessus. Attendez, il y a un camion qui vient.

A la gauche de Ramirez, Vega avait posé son FM sur le pied et suivi le mouvement du camion vers l'est de la piste. Tous les cent mètres, il s'arrêtait et le passager descendait pour mettre de la terre sur les feux.

— Allez, là, ça y est, mec, tu les as... grommela Julio.

— Du calme, dit Ding.

— T'en fais pas.

Vega avait le pouce sur le bouton de sécurité, toujours en position bloquée, et le doigt sur la garde de la détente, pas sur la détente elle-même.

Les lumières s'éteignirent une à une. Bientôt, le camion se retrouva à une centaine de mètres des deux soldats, mais ne s'en approcha pas plus. Vega garda son arme braquée sur le camion bien après qu'il eut tourné.

— Oh, dommage, dit-il faussement déçu.

Chavez dut s'empêcher de rire. C'était bizarre. Ils étaient en territoire ennemi, armés jusqu'aux dents, et ils se conduisaient comme des enfants le soir de Noël, ils regardaient par le trou de la serrure. Pourtant, ce n'était pas un jeu, mais cela prenait une tournure presque dérisoire. Qu'est-ce qu'il y avait de drôle à braquer un FM sur des hommes ?

Chavez remit ses lunettes à amplification de luminosité. Au bout de la piste, les hommes allumaient des cigarettes. Ils avaient l'air de traînasser. Pour eux, visiblement, le travail était terminé. Le camion s'éloigna, laissant les deux hommes derrière lui. C'était toutes les forces de garde de l'aérodrome. Armés ou pas — ils semblaient porter des AK-47 ou quelque chose de semblable —, ils ne feraient pas le poids.

— Qu'est-ce qu'ils fument à ton avis ?

— Je n'y avais pas pensé. Ils sont pas cons à ce point-là, quand même ?

— Ce ne sont pas des soldats, mecs. On pourrait les liquider comme un rien. Dix secondes, je leur donne, pas une de plus.

— Faut être prudents quand même, répondit Chavez.

— Affirmatif. C'est là toute l'astuce.

— Couteau, ici, six, dit la voix de Ramirez dans la radio. Revenez au point de ralliement.

— Avance, je te couvre, dit Chavez à Vega.

Julio se leva et prit son arme en bandoulière. On entendit un léger tintement métallique, les bandes de munitions. Il faudrait qu'il s'en souvienne. Il attendit quelques minutes avant de bouger.

Le point de ralliement était un très grand arbre près de l'eau. De nouveau, les hommes remplirent leur gourde à l'instigation d'Olivero. Un homme s'était fait griffer par une branche basse et demandait des soins, mais à part cette égratignure, tout le monde était sain et sauf. Ils camperaient à cinq cents mètres de l'aéroport et laisseraient deux hommes de garde près de la piste, vingt-quatre heures sur vingt-quatre.

Ding prit le premier quart avec Vega au poste d'observation qu'il avait lui-même choisi. Il y aurait toujours soit un FM soit un soldat armé de grenades au PO, au cas où l'ennemi s'agiterait. S'il devait y avoir un combat, autant en finir le plus vite possible.

C'était fascinant, la vitesse à laquelle on pouvait tomber dans la routine, pensa Chavez. Une heure avant l'aube, lui et Vega surveillaient la piste de leur petite butte. Des deux gardes, un seul se déplaçait sans guère s'éloigner d'ailleurs, l'autre fumait on ne savait quoi, assis contre le mur.

— Que se passe-t-il, Ding ? demanda le capitaine.

— Je vous ai entendu.

— J'ai trébuché, excuse-moi.

Chavez fit un bref résumé de la situation. Ramirez regarda à la jumelle, pour juger par lui-même.

— Ils n'ont pas l'air d'avoir peur de la police, remarqua le capitaine.

— Achetée ?

— Non, fatiguée plutôt. Alors ils ont une demi-douzaine de petits aéroports réguliers. Comme celui-ci. On va rester un moment sans doute. S'il se passe quelque chose...

— On vous appelle. OK, promit Vega.

— Des serpents ?

— Non, une chance !

Les dents du capitaine étincelèrent dans le noir. Il donna une tape sur l'épaule de Chavez avant de disparaître dans les buissons.

— C'est quoi, cette histoire de serpents ?

La mitrailleuse .50 paraissait encore plus impressionnante au niveau des yeux, bien qu'avec l'aube, la lumière des projecteurs fût moins éblouissante. Cette fois-ci, ils n'utilisèrent pas le scénario de l'avion espion. Les marines traitèrent les trafiquants aussi durement qu'à l'habitude et ils obtinrent le résultat voulu. L'officier de la CIA qui dirigeait l'opération était un ancien de la DEA, et il appréciait les méthodes d'interrogatoire énergiques. Les deux pilotes étaient colombiens, contrairement à l'immatriculation de l'avion. Malgré leur machisme, il avait suffi d'un regard à Nicodème. Rester courageux en face d'une balle ou d'un chien dressé était une chose, mais devant un monstre vivant ? Il fallut moins d'une demi-heure pour tout savoir et les emmener devant le juge fédéral.

— Y a combien d'avions qu'arrivent pas jusque-là ? demanda le sergent Black après leur départ.

— Qu'est-ce que vous voulez dire ?

— J'ai vu le chasseur. Je suppose qu'il dit au type, toi, viens un peu par là, je te fais ta fête... Et on nous a appelés bien plus souvent qu'il y a eu d'avions. Alors, je suppose que, ouais, ça se tient, dis donc, si jamais y en a un qui prend pas ça au sérieux, alors le pilote du chasseur lui fait sa fête.

— Ce n'est pas votre problème, Black, dit l'officier de la CIA.

— Oh, moi j'ai rien contre, dis donc. Au Viêt-nam, j'ai vu des types se faire bousiller par ceux qui étaient défoncés. J'ai piqué un mec à vendre de la dope dans mon escouade en 74-75, il a failli y rester. J'ai même eu des emmerdes à cause de ça, dis donc.

L'officier de la CIA hocha la tête comme si cette dernière remarque le surprenait. Hélas, non.

— Ah, le fameux besoin de savoir, répéta-t-il.

— Ouais.

Le sergent rassembla ses hommes et se dirigea vers l'hélicoptère qui attendait.

C'était le problème avec les opérations « noires », pensa l'officier de la CIA en regardant les marines partir. Il fallait des gens fiables, intelligents pour l'opération. Mais l'ennui, c'est qu'ils avaient trois sous de bon sens et pas mal d'imagination, et ce n'était pas toujours difficile de deviner la vérité. Les opérations « noires » avaient tendance à devenir grises. Comme l'aube qui venait de se lever. Mais la lumière n'était pas toujours une bonne chose, hélas.

L'amiral Cutter rencontra les directeurs Moore et Jacobs dans le hall et les conduisit au Bureau ovale. Les agents de service, Connor et D'Agostino, les palpèrent par habitude. Contrairement au lois de la Maison Blanche, ils se rendirent directement au bureau de Wrangler.

— Bonjour, monsieur le Président, dirent-ils tour à tour.

Le Président se leva et alla s'asseoir dans un vieux fauteuil près de la cheminée. C'était généralement là qu'il s'installait pour les discussions « intimes », à contrecœur d'ailleurs, car ce siège était loin d'être aussi confortable que le fauteuil ergonomique de son bureau, et son dos le faisait souffrir, mais même les présidents doivent se plier aux attentes des autres.

— Vous voulez commencer, juge Moore ?

— Showboat est bien avancé. En fait, nous avons une chance folle. A peine arrivée au poste d'observation, une des équipes a repéré un avion, dit Moore en souriant. Tout s'est passé comme prévu. Les deux trafiquants sont aux mains de la police fédérale. Un vrai coup de bol, on ne peut pas demander ça tous les jours, mais nous avons saisi quatre-vingt-dix kilos de cocaïne ; en une nuit, c'est pas mal. Nos quatre équipes sont sur le terrain. Pour le moment, elles n'ont pas été repérées.

— Et le satellite ?

— Il y a encore des mises au point. Un problème informatique pour l'essentiel. Il va falloir une semaine avant que les autres applications du Rhyolite soient tout à fait prêtes. Vous savez, cet élément est entré en jeu tardivement, et pour le moment, nous y allons à l'aveuglette. C'est un problème de programmation, si on peut parler de problème, et on a besoin d'un jour ou deux.

— Et le Capitole ?

— Cet après-midi. Cela devrait se passer sans heurt.

— J'ai déjà entendu ça quelque part, signala Cutter.

Moore le regarda d'un œil las.

— J'ai tâté le terrain. Je n'invoque pas souvent la clause des opérations à haut risque, et je n'ai jamais eu de problème à ce sujet.

— Je ne m'attends pas à une grosse opposition de ce côté-là, confirma le Président. Moi aussi, j'ai un peu tâté le terrain. Emil, on ne vous entend pas ce matin ?

— Nous avons déjà parlé de cet aspect de l'opération, monsieur le Président. Je n'ai aucun argument juridique, parce qu'en fait la loi ne prévoit pas ce genre de choses. La Constitution vous accorde les pleins pouvoirs pour utiliser la force armée si, bien sûr, c'est à déterminer, la sûreté de l'État est menacée. Les derniers précédents remontent à la présidence de Jefferson. Pour les implications politiques, c'est autre chose, mais ce n'est pas de mon ressort. Par ailleurs, le Bureau est tombé sur une gigantesque opération de blanchiment, et nous sommes prêts à agir de ce côté-là.

— Quelle envergure ? demanda Cutter, devançant le Président qui aurait voulu poser le premier la question.

— Nous avons réussi à repérer cinq cent quatre-vingt-huit millions de dollars provenant de la drogue, répartis dans vingt-deux banques, du Liechtenstein à la Californie, et dans un certain nombre d'opérations immobilières, toutes aux États-Unis. Nous avons une équipe qui travaille vingt-quatre heures sur vingt-quatre là-dessus.

— Quelle somme avez-vous dit ? demanda le Président, qui réussit à parler le premier cette fois car il n'était pas le seul à n'être pas sûr d'avoir bien entendu.

— Près de six cents millions de dollars, répéta le directeur du FBI. C'était une somme un peu supérieure il y a deux jours, mais des fonds ont été transférés mercredi. Apparemment, un transfert de routine, mais on surveille le compte en banque en question.

— Et qu'allez-vous faire ?

— Dès ce soir, nous aurons une documentation détaillée sur l'ensemble des comptes. A partir de demain, les attachés de nos ambassades outre-mer et les équipes habilitées commenceront à geler les comptes.

— Est-ce que la Suisse et l'Europe accepteront de coopérer ? demanda Cutter.

— Oui. On exagère beaucoup sur le secret bancaire, comme le président Marcos a pu s'en apercevoir il y a quelques années. Si nous prouvons que ces dépôts proviennent d'opérations criminelles, les gouvernements concernés nous suivront. En Suisse, par exemple, l'argent revient aux autorités du canton. En plus de l'aspect moral, il y a donc là un bénéfice secondaire non négligeable, et cela ne dérangera pas vraiment l'économie de la Suisse de garder ces fonds pour le pays. Outre-Atlantique, les lois sont plus confuses que chez nous, mais je m'attends à une bonne coopération. Les gouvernements européens commencent à s'inquiéter des problèmes de drogue et à traiter les choses de manière... disons plus pragmatique, conclut Jacobs en souriant. Si nous réussissons, et nous avons toute raison de le croire, la perte sèche pour le Cartel atteindra le milliard de dollars. Ce n'est qu'une évaluation, qui comprend également le manque à gagner sur les dividendes espérés. Vous voudrez sans doute que le ministre de la Justice fasse une déclaration. Le nom de code de l'opération est Tarpon.

Les yeux du Président étincelaient. La conférence de presse aurait lieu à la Maison Blanche. Bien sûr, il laisserait le ministère de la Justice s'en occuper, mais les journalistes ne s'y laisseraient pas tromper. *Bonjour mesdames, bonjour messieurs. Je viens d'annoncer au Président que nous venons de remporter un succès incomparable dans la lutte...*

— Et qu'est-ce que cette perte représentera pour eux ?

— Les estimations de la fortune du Cartel tiennent toutes de la spéculation. L'intérêt dans cette affaire, c'est que l'opération de blanchiment était destinée à légitimer l'argent avant qu'il rentre en Colombie. C'est difficile à croire, mais il semblerait que le Cartel essaie de se donner une image plus propre pour infiltrer sa propre économie nationale. Comme ce n'est pas une véritable nécessité d'un point de vue strictement financier, ce serait apparemment dans un but plus politique. En résumé, pour répondre à votre question, la perte les affectera sûrement beaucoup, mais sans les mener à la ruine ; en revanche, pour les éventuelles ramifications politiques, c'est sûrement un plus que nous n'avons aucun moyen d'évaluer pour l'instant.

— Un milliard de dollars, dit le Président. Eh bien, ça va vous donner de quoi discuter avec les Colombiens.

— Je pense qu'ils seront plutôt contents. Les interventions politiques du Cartel sont vraiment gênantes pour eux.

— Pas assez pour les pousser à agir ! dit Cutter.

Jacobs n'apprécia pas la réflexion.

— Amiral, leur ministre de la Justice est un de mes amis. Il se déplace avec une protection rapprochée deux fois plus importante que celle de notre Président, et il doit affronter des menaces qui terrifieraient la plupart des gens. La Colombie essaie d'installer une véritable démocratie dans une région où la démocratie n'existe pas, ce dont nous sommes responsables sur un plan historique, au cas où vous l'auriez oublié. Qu'est-ce que vous voudriez ? Le Bureau et la DEA n'ont pas les moyens d'intervenir dans les milieux de la drogue qu'ils connaissent parfaitement et vous voudriez qu'eux, qui n'ont pas le millième de nos moyens... Qu'est-ce que vous espérez ? Qu'ils se tournent vers le fascisme pour lutter contre les trafiquants simplement pour nous faire plaisir ? C'est ça qu'on a voulu, et c'est ça qu'on a obtenu pendant plus d'un siècle, et regardez où cela nous a menés !

Et dire qu'on prétend que ce guignol est spécialiste de l'Amérique latine ! conclut Jacobs en lui-même. *Qui est-ce qui a inventé ça ?*

Le vrai problème, pensait Moore, *c'est qu'Emil n'apprécie pas toute l'opération*. Mais enfin, cela avait remis Cutter à sa place. Ce petit bonhomme de Jacobs avait une dignité et une autorité qui se mesuraient en mégatonnes.

— Vous avez quelque chose sur le cœur, Emil, allez, crachez le morceau, intervint le Président.

— Arrêtez tout ! dit le directeur du FBI. Arrêtez tout avant que cela n'aille trop loin. Donnez-moi les hommes dont j'ai besoin et j'en ferai plus d'ici, en respectant les limites de la loi, qu'on en fera jamais avec toutes ces conneries d'opérations secrètes. Tarpon en est la preuve. Une simple tâche de police, et c'est le plus grand succès qu'on ait jamais eu !

— Oui, mais seulement parce que des gardes-côtes ont largement dépassé leurs attributions ! remarqua Moore. Si le capitaine avait été plus scrupuleux vis-à-vis de la loi, votre affaire en serait restée à un acte de piraterie avec meurtres. Vous avez l'air de l'oublier, Emil.

— Ce capitaine va en subir les conséquences ? demanda le Président.

— Non, nous nous en sommes déjà occupés.

— Bien, que ça continue comme ça. Je respecte votre point de vue, Emil, mais il nous faut agir. Le Congrès ne m'accordera jamais les fonds pour doubler les forces du FBI ou de la DEA.

Vous n'avez jamais essayé ! faillit dire Jacobs, mais il se retint et se contenta de hocher la tête.

— Et je croyais avoir votre accord à tous.

— Exact, monsieur le Président.

Comment ai-je pu me laisser embarquer dans une histoire pareille ? se demanda Jacobs. Comme bien d'autres, ce chemin était pavé de bonnes intentions. Cette opération n'était pas vraiment illégale, pas plus que le ski acrobatique n'était dangereux... quand tout se passait comme prévu.

— Et vous allez à Bogota ?

— La semaine prochaine. J'ai fait parvenir une lettre à l'attaché, et il l'a remise en mains propres au ministre.

— Bien. Soyez prudent, Emil. J'ai besoin de vous.

Le Président a vraiment l'art de mettre les gens à l'aise, se dit Moore. Mais cela venait surtout d'Emil Jacobs, il avait su s'intégrer à l'équipe dès qu'il était entré en contact avec le ministère de la Justice, à Chicago, trente ans plus tôt.

— Autre chose ?

— J'ai désigné Jack Ryan pour remplacer le DAR, dit Moore. James me l'avait recommandé et je pense qu'il est prêt.

— Est-ce qu'il sera habilité pour Showboat ? demanda immédiatement Cutter.

— C'est peut-être encore un peu jeune, pour ça ? Qu'en pensez-vous, Moore ?

— Vous aviez donné l'ordre d'informer le moins de gens possible.

— Et Greer, ça va mieux ?

— Pas vraiment, répondit Moore.

— C'est un sale coup. Je dois aller faire prendre ma tension à Bethesda, je passerai le voir.

— C'est aimable à vous, monsieur le Président.

Tout le monde se montrait très encourageant, remarqua Ryan. Il se sentait en effraction dans ce bureau, mais Nancy Cummings, déjà secrétaire du DAR bien avant l'arrivée de Greer, ne le traitait pas en intrus, et les agents de sécurité lui lançaient du « monsieur » même si deux d'entre eux étaient plus âgés que lui. De plus, à présent, il avait un chauffeur personnel. C'était un moyen de lui fournir un garde du corps, armé d'un Beretta automatique 92-F sous le bras gauche, mais pour Ryan, cela signifiait surtout qu'il n'aurait plus à conduire pendant le trajet de près d'une heure. Désormais, tranquillement assis à l'arrière, il pourrait téléphoner et parcourir des dossiers en allant à son travail. La voiture serait garée au sous-sol, près de l'ascenseur qui le conduirait directement au septième sans qu'il ait besoin de franchir les barrières de sécurité habituelles, corvée dont il se passerait aisément. Il mangerait dans la salle à manger réservée aux cadres supérieurs. Son salaire serait augmenté de manière impressionnante, ou qui aurait pu être impressionnante s'il avait approché celui de sa femme Cathy. Mais aucun salaire de fonctionnaire, pas même celui du Président, n'était comparable aux revenus du chirurgien qu'elle était. Ryan avait maintenant un rang correspondant à celui d'un général ou un amiral à trois étoiles, bien que pour le moment il se contentât de « faire fonction ».

Après avoir fermé la porte du bureau, sa première tâche consista à ouvrir le coffre du DAR. Il n'y avait rien. Ryan mémorisa la combinaison, et remarqua à nouveau qu'elle était griffonnée sous le sous-main. Le bureau disposait de tous les avantages réservés aux huiles : toilettes particulières, télévision haute définition qui permettait de recevoir des images satellites sans se déplacer dans la salle de projection ; terminal d'ordinateur pour communiquer avec les autres services — le clavier était tout poussiéreux, Greer ne s'en servait presque jamais. Mais surtout, il y avait de la place ! Il pouvait se lever et faire quelques pas pour réfléchir et avait accès à tous les dossiers du Directeur. Que ce dernier soit absent ou non, Ryan pouvait téléphoner à la Maison Blanche pour solliciter un rendez-vous avec le Président sans passer par le secrétaire général ni même par Cutter. Il lui suffisait de dire : « Je veux voir le Président, et tout de suite ! » Bien sûr, il faudrait malgré tout un solide prétexte.

Assis sur la chaise à haut dossier, dos à la fenêtre, il se rendit enfin compte de ce qui lui arrivait. Jamais il n'aurait espérer grimper si vite. Même pas quarante ans ! Il avait construit sa fortune comme agent de change, il avait obtenu son doctorat, écrit des livres, enseigné l'histoire et grimpé jusqu'au sommet. A moins de quarante ans ! Il aurait eu un sourire de satisfaction s'il n'avait pensé au vieil homme paternel qui mourait dans des souffrances atroces à l'hôpital naval et qui lui avait laissé sa place.

Cela n'en vaut pas la peine ! Vraiment pas la peine ! Il avait perdu ses parents dans un accident d'avion à Chicago et il se souvenait encore de l'horreur qui l'avait frappé. Par chance, tout s'était passé très vite. A l'époque, il s'en était à peine rendu compte, mais à présent, il comprenait. Ryan allait voir l'amiral Greer au moins trois fois par semaine et voyait son corps se racornir comme une plante desséchée, ses rides se creuser sous la douleur dans un combat perdu d'avance. Le spectacle de la souffrance de ses parents lui avait été épargné, mais Greer était un nouveau père pour lui. Il comprenait pourquoi sa femme était devenue chirurgien-ophtalmologue. Techniquement, la moindre erreur pouvait provoquer la cécité, mais elle ne voyait jamais les gens mourir. Qu'y avait-il de plus intolérable ? Ryan connaissait la réponse. Il avait vu sa fille entre la vie et la mort, sauvée par un chirurgien exceptionnel.

D'où tiraient-ils un tel courage ? se demanda Jack. Se battre contre des gens, Ryan l'avait fait, mais lutter contre la mort, en sachant qu'on finira par perdre, et continuer à se battre malgré tout, c'était le lot de la profession médicale.

Mon Dieu, tu es bien morbide aujourd'hui !

Qu'en penserait l'amiral ?

Il te dirait de faire ton boulot !

Le sens de la vie, c'est de faire de son mieux, de tâcher de rendre le monde meilleur. Bien sûr, la CIA, cela paraissait un drôle d'endroit pour cette mission, mais elle avait son utilité.

Une odeur retint son attention. La cafetière était allumée. Nancy avait dû s'en charger. Mais les tasses de l'amiral avaient disparu, remplacées par d'autres frappées au sigle de la CIA, posées sur un plateau d'argent. On frappa à la porte et Nancy apparut.

— La réunion des chefs de service commence dans quelques instants.

— Merci, madame Cummings. C'est vous qui avez préparé le café ?

— L'amiral m'a téléphoné pour me dire que vous en auriez besoin.

— Bon, je le remercierai ce soir.

— Il avait l'air un peu mieux.

— J'espère que vous avez raison.

Les chefs de service arrivèrent à l'heure prévue. Jack se servit un café et en offrit à ses visiteurs avant de se mettre au travail. Comme d'habitude, le premier rapport de la matinée sur l'Union soviétique fut suivi d'un rapide tour du monde des intérêts de la CIA. Jack y participait depuis des années, mais à présent, c'était lui qui se trouvait derrière le bureau. Il connaissait la routine et ne modifia pas le déroulement de la réunion. Le boulot, c'était le boulot, l'amiral n'aurait pas voulu qu'il en fût autrement.

Grâce à l'accord présidentiel, les choses avançaient promptement. Comme à l'accoutumée, les services de la Défense nationale se chargèrent des communications outre-mer et le seul désavantage tenait au décalage horaire. Plusieurs attachés d'ambassade européens avaient reçu un appel annonçant un message et, au moment voulu, à Berne tout d'abord, les télétypes commencèrent à cracher leurs papiers imprimés. Dans les salles de communications, les techniciens relevèrent qu'on avait utilisé le système de sécurité le plus sophistiqué. La première sortie du télétype leur indiquait le type de code qu'il faudrait retirer du coffre.

Pour les informations top secret, celles qui accompagnaient une déclaration de guerre, par exemple, les codes habituels n'étaient pas assez sûrs. Chaque ambassade disposait d'un coffre-fort spécial qui contenait un certain nombre de cassettes emballées dans une pochette plastique transparente. Chacune portait deux numéros. L'un correspondait au numéro d'enregistrement de la cassette mère, l'autre permettait de distinguer chaque cassette de la série. Si une seule des cassettes, n'importe où dans le monde, portait un emballage déchiré, griffé ou simplement froissé, toutes les cassettes de la série étaient immédiatement détruites, car on considérait alors que le code avait été violé.

Le technicien retira la cassette de sa boîte, examina son numéro et fit vérifier par son chef que c'était bien le bon.

— Pour moi, le numéro est trois-quatre-deux.

— Confirmé. Trois-quatre-deux.

— J'ouvre la cassette, dit le technicien, hochant la tête devant le ridicule de la cérémonie.

Il jeta l'emballage dans la corbeille à papiers près de son bureau et inséra la cassette dans un lecteur relié électroniquement à une imprimante, quelques mètres plus loin. Il installa la copie originale du message devant ses yeux et se mit à taper.

Le message, crypté selon le code de la cassette mère 342 au service de la Défense nationale à Fort Meade, Maryland, l'avait été une deuxième fois pour la transmission satellite, selon le système Stripe. Ainsi, même si quelqu'un avait réussi à déchiffrer Stripe, il aurait obtenu simplement DEERAMO WERAC KEWRTJ, etc., code que seule la cassette permettait de déchiffrer ; le technicien devait faire d'énormes efforts d'attention pour taper sans erreur.

Chaque lettre était interprétée par la cassette qui la traitait comme un nombre allant de 1 (A) à 26 (Z), et lui ajoutait ensuite un autre nombre. Si par exemple 1 (A) sur le texte original correspondait à un autre 1 sur la cassette, on obtenait 2, donc B sur le texte en clair. La transposition avait été déterminée au hasard par un ordinateur de Fort Meade. Par définition, le code était utilisable une seule fois, « jetable », donc inviolable tant que la cassette n'avait pas été ouverte car il est impossible de prévoir le hasard. Si on n'utilisait pas ce système dit « Claquettes » systématiquement, c'est parce qu'il aurait exigé l'enregistrement, le stockage et la surveillance de milliers de cassettes, mais il serait bientôt rendu plus pratique grâce au disque laser. La profession de décodeur qui existait depuis l'époque élisabéthaine allait devenir obsolète du fait de tous ces développements techniques.

Tout en se penchant sur son clavier, le technicien grommelait contre les heures supplémentaires. Il aurait dû sortir à 18 heures et dîner dans un restaurant agréable dans les environs de l'ambassade. Il ne voyait pas le message en clair qui sortait sur l'imprimante un peu plus loin et s'en fichait comme de sa première chemise. Cela faisait neuf ans qu'il occupait ce poste car cela lui donnait l'occasion de voyager. Berne était sa troisième affectation, moins intéressante que Bangkok, mais plus agréable qu'Ithaca, New York, où il avait passé son enfance.

Le message comportait mille sept cents caractères, environ deux cent cinquante mots. Il s'en débarrassa le plus vite possible.

— C'est bon ? demanda-t-il en tapant le dernier mot, ERYTPESM.

— Oui.

— Parfait.

Le technicien prit la sortie télex qu'il venait de saisir, et la mit dans le lacérateur individuel de la pièce. Il en ressortit une sorte de pâte plate. Il retira la cassette du lecteur et, sur un signe de son chef, se dirigea dans un coin de la pièce où se trouvait un gros aimant en forme de fer à cheval fixé à un fil électrique en spirale. Il le passa au-dessus de la cassette, détruisant toutes les informations électro-magnétiques avant de la jeter dans un sac. A minuit, un marine, sous la surveillance d'un vigile, l'emmènerait à l'incinérateur, où les deux hommes verraient se volatiliser dans les flammes toute une journée de travail. M. Bernardi finit de parcourir le message et leva les yeux.

— Si seulement ma secrétaire tapait aussi bien, Charlie, il n'y a que deux fautes ! Excusez-moi de vous avoir retenu.

L'attaché légal lui tendit un billet de cinq francs suisses.

— Tenez, buvez une bière à ma santé.

— Merci, monsieur Bernardi.

Chuck Bernardi, officier du FBI, occupait une position équivalente à celle d'un brigadier général

284

dans l'armée américaine, où, il y avait bien long-temps, il avait servi dans l'infanterie. Il avait encore deux mois à accomplir à Berne avant de retourner aux quartiers généraux où il serait agent spécial responsable d'une division de terrain. C'était un spécialiste du « crime organisé », ce qui expliquait son affectation en Suisse. Il n'avait pas son pareil pour suivre les transferts de fonds, et une grande part transitait par ce pays. Ses fonctions mi-diplomatiques, mi-policières le mettaient en contact avec de hauts fonctionnaires de la police suisse avec lesquels il avait noué des relations d'amitié. La police était superbement efficace ici, une petite vieille pouvait se trimbaler avec un sac plein de billets en toute tranquillité. D'ailleurs, il y en avait sûrement quelques-unes qui s'y aventuraient.

Une fois dans son bureau, Bernardi alluma sa lampe et sortit un cigare. Puis il prit le téléphone et appela aussitôt le policier le mieux placé qu'il connaissait.

— Chuck Bernardi à l'appareil. Pourrais-je parler à M. Lang ? Merci. Salut Karl, c'est Chuck. Il faut que je te voie. Tout de suite... C'est très important, je te jure. Ton bureau, ce serait mieux... Non, non, pas au téléphone, si cela ne t'ennuie pas. OK, merci. Crois-moi, ça vaut son pesant de cacahuètes ! J'arrive dans un quart d'heure.

Il alla faire une photocopie du document, rangea l'original dans son coffre personnel et le double dans sa poche. Karl allait rater son dîner, mais ce n'était pas tous les jours qu'on pouvait offrir deux cents millions de dollars à l'économie nationale ! La Suisse gèlerait les comptes. Ce qui signifiait que, de droit, six banques conserveraient les intérêts cumulés, et peut-être même le capital, car il était probable qu'on ne retrouverait jamais l'identité du pays auquel les sommes devaient revenir, « obligeant » ainsi la Suisse à conserver les fonds. Et on se demande encore pourquoi la Suisse est si riche ! Eh bien, pas seulement grâce aux sports d'hiver et au chocolat !

Une heure plus tard, six ambassades avaient reçu

le même message, et, au lever du soleil, des agents du FBI allèrent rendre visite à quelques directeurs de banques commerciales. Ils leurs montrèrent plusieurs numéros de compte, dont les fonds impressionnants seraient immédiatement gelés par un simple verrouillage informatique. Rien ne filtrerait à l'extérieur, inutile d'informer la population, et de hauts fonctionnaires insistèrent sur l'importance de la discrétion absolue dans des termes dépourvus d'ambiguïté. Les directeurs de banque se montrèrent coopératifs (après tout, ce n'était pas leur argent !). Dans presque tous les cas, on s'aperçut que les comptes étaient peu actifs, deux ou trois mouvements par mois, toujours importants, bien sûr. Les dépôts seraient toujours acceptés, et un fonctionnaire belge proposa que si le FBI disposait d'informations sur d'autres comptes, les virements de l'un à l'autre soient toujours autorisés (à l'intérieur d'un même pays), pour éviter de mettre la puce à l'oreille aux dépositaires. Après tout, dit-il, la drogue était une plaie commune. Cette suggestion fut immédiatement ratifiée par le directeur Jacobs, ainsi que par le ministre de la Défense. Même les Néerlandais acceptèrent de suivre le mouvement, bien que le gouvernement fournisse de la drogue aux jeunes les plus démunis dans ses propres boutiques. Il y avait de l'argent sale, mal acquis, et les gouvernements n'apprécient pas ce genre d'escroquerie. Donc, ils utiliseraient les fonds à des fins plus honorables. Là-dessus, les banques garderaient aussi jalousement le secret que sur l'identité de leurs dépositaires.

A la fin de la journée de vendredi, tout était terminé. Les systèmes informatiques restèrent en service et la police put continuer à suivre les traces de l'argent pendant tout le week-end. Elle découvrit une nouvelle opération au Luxembourg. La coopération internationale joua à plein et, dès dimanche soir, six nouveaux comptes avaient été identifiés, cent trente-cinq millions de dollars supplémentaires se retrouvaient sous les verrous informatiques.

A Washington, le directeur Jacobs, le directeur

adjoint Murray, les spécialistes du crime organisé, ainsi que les responsables du ministère de la Justice quittèrent leur bureau pour un dîner bien mérité au restaurant du Jockey Club. Sous la surveillance de gardes du corps, les dix hommes s'offrirent un repas splendide aux frais de la princesse. Ce n'était que justice. Tarpon était le premier grand succès remporté sur le trafic de drogue. Dès la fin de la semaine, la nouvelle serait annoncée publiquement.

— Messieurs, commença Dan Murray en se levant avec son verre — il ne savait plus très bien combien de verres de chablis avaient arrosé son poisson —, aux gardes-côtes américains !

Ils se levèrent tous dans un concert de rires qui troublèrent la tranquillité des autres clients.

— Aux gardes-côtes !

Dommage qu'ils ne connaissent pas l'expression « Toujours prêts », pensa l'un des avocats du ministère de la Défense.

L'assemblée se sépara vers 22 heures. Les gardes du corps du directeur échangèrent un regard. Émil ne tenait pas bien l'alcool, et demain, il aurait la gueule de bois et serait ronchon. Enfin, il s'excuserait avant midi.

— Nous allons à Bogota vendredi après-midi, leur dit-il dans le sanctuaire de la voiture officielle, une Oldsmobile. Préparez-vous, mais n'en parlez pas à l'armée de l'air avant mercredi. Je ne veux aucune fuite.

— Bien, dit le chef de la sécurité.

Cela ne l'enchantait guère. Surtout en ce moment. Les trafiquants allaient être furax. Mais sa visite pourrait les prendre par surprise. Officiellement, Jacobs serait à Washington pour travailler sur l'affaire et ils ne s'attendraient sûrement pas à le voir en Colombie. Mais même ainsi, la sécurité serait renforcée. Avec ses collègues, il ferait des heures supplémentaires à Hoover pour s'entraîner au tir au revolver et au pistolet-mitrailleur.

Moira apprit la nouvelle mardi matin. A ce

moment-là, elle en savait déjà beaucoup sur Tarpon. Le voyage devait rester top secret, et elle ne doutait pas qu'il fût dangereux. Elle ne préviendrait pas Juan avant jeudi soir. Après tout, il fallait qu'elle reste prudente. Elle passa le reste de la semaine à se demander comment était ce petit paradis des Blue Ridge Mountains.

Peu importait que les uniformes fussent kaki ; avec les taches de sueur et la poussière, l'escouade se fondait totalement dans le paysage. Les hommes s'étaient lavés une fois dans le courant, mais personne n'avait osé utiliser de savon, de peur d'alarmer quelqu'un en aval. Et dans les circonstances, se laver sans savon, c'était aussi bandant qu'un baiser à sa petite sœur. Cela les avait rafraîchis malgré tout et laissait à Chavez un souvenir agréable. Oui, pendant... dix minutes ? il avait connu une sensation de bien-être. Dix minutes pendant lesquelles il n'avait pas transpiré. Le climat était insupportable avec des températures supérieures à quarante degrés lorsque le ciel était dégagé. Mais Dieu, pourquoi ne pleuvait-il jamais dans cette foutue jungle ! Enfin, ils n'avaient plus à se déplacer. Les deux andouilles qui gardaient la piste passaient leur temps à dormir et fumer, de l'herbe probablement. Une fois, ils s'étaient amusés à tirer dans des boîtes de conserve, et cela avait permis de jauger leurs talents. Des nuls. En ce moment, ils recommençaient. Ils installaient trois boîtes de haricots à une centaine de mètres du hangar, et tiraient, l'arme au niveau des hanches, comme au cinéma.

— Quels connards ! dit Chavez en les observant à la jumelle.

— Fais voir, demanda Vega.

Il prit les jumelles au moment où l'un des deux réussit enfin à toucher la boîte au troisième coup.

— Tu parles, j'y arriverais d'ici !

— Le poste ? Ici, six, qu'est-ce qui se passe ? entendit-on dans la radio.

— Six, ici le poste. Nos amis font joujou. Nous ne

sommes pas dans leur axe de tir. Ils font des trous dans des boîtes de conserve, capitaine. Enfin, quand ils y arrivent !

— Je viens.

— Roger.

— Le capitaine débarque. Ce bruit lui donne des sueurs froides.

— Il s'inquiète pour un rien, dit Vega.

— Il est payé pour ça, non ?

Ramirez apparut quelques minutes plus tard. Chavez lui tendit ses jumelles, mais cette fois, le capitaine avait apporté les siennes. Il vit une boîte exploser.

— Oh !

— Deux magasins, deux boîtes. Ils ont pas peur du gâchis. Les munitions doivent pas être bien chères dans le coin.

Les deux vigiles fumaient toujours. Le capitaine et le sergent les voyaient rire et plaisanter pendant l'exercice. Ils devaient s'ennuyer autant qu'eux. Après le premier avion, il n'y avait plus eu aucune activité à Reno et les soldats s'habituent encore moins bien à la routine que les citoyens ordinaires. L'un deux — il était difficile de les différencier car ils avaient à peu près la même taille et portaient le même type de vêtements — inséra un magasin dans son AK-47 et tira dix coups. Un nuage de poussière se souleva près de la boîte, mais aucune balle ne fit mouche.

— J'aurais jamais cru que ce serait si facile, observa Vega. Quelle bande de nuls !

— Si tu continues à raisonner comme ça, tu cours droit aux ennuis, dit le capitaine d'un ton grave.

— Affirmatif, mais quand même, je vois ce que je vois...

— Tu as sans doute raison, dit Ramirez, radouci.

La troisième boîte finit par être touchée. Il leur avait fallu près de trente coups par cible.

— Vous savez, je ne les ai pas encore vus nettoyer leur arme.

Pour un soldat, nettoyer son arme, c'est un peu comme la prière du matin pour un prêtre.

— L'AK tient le choc, il est connu pour ça, dit Ramirez.

— Oui, capitaine.

Finalement les vigiles finirent par se lasser et l'un d'eux ramassait les boîtes lorsqu'un camion apparut. Sans crier gare. Le vent soufflait dans la mauvaise direction, mais pourtant, Chavez n'avait pas pensé qu'un camion pourrait surgir sans le moindre signe annonciateur. A noter. Il y avait trois passagers, dont un à l'arrière. Le chauffeur descendit et se dirigea vers les deux gardes. Il indiqua le sol et se mit à crier... On entendait sa voix, bien qu'on n'eût pas entendu le camion, bizarre.

— Qu'est-ce qui se passe ?

— Les douilles... Il est furax à cause des douilles.

— Hein ?

— Tiens, t'en fous une dans le moteur, dans les turbines par exemple, et tout pète. Regarde, ils les ramassent.

Chavez braqua ses jumelles sur le camion.

— Il est plein de cartons, capitaine. Il y a peut-être un ramassage ce soir. Mais pourquoi il n'y a pas de citerne ? Dites, capitaine, la dernière fois non plus, ils n'ont pas fait le plein.

— Le vol part d'un aéroport normal à une trentaine de kilomètres, expliqua Ramirez. Ils n'ont peut-être pas besoin du plein. Quand même, c'est louche.

— Ils ont peut-être des bidons dans le hangar ? se demanda Vega.

Le capitaine Ramirez grommela. Il aurait aimé envoyer des hommes un peu plus près, mais les consignes ne le permettaient pas. Ils devaient se contenter de vérifier qu'il n'y avait pas d'autres dispositifs de sécurité dans les environs. Ils ne s'étaient jamais approchés à plus de quatre cents mètres, et sans jamais lâcher les gardes des yeux. Les ordres exigeaient qu'ils prennent le moins de risques possible et qu'ils évitent tout contact avec l'ennemi. Donc, pas de patrouille, même si cela leur apprenait des détails qu'ils avaient besoin de connaître. Ces ordres étaient idiots, pourtant ; ils faisaient courir plus de risques qu'ils n'en éliminaient. Mais les ordres étaient les ordres, même s'ils venaient de quelqu'un qui ne connaissait pas son boulot. C'était la première fois que Ramirez affrontait cette contradiction, lui aussi était trop jeune pour se souvenir du Viêt-nam.

— Ils vont rester là toute la journée, dit Chavez.

Le chauffeur obligea les vigiles à compter leurs douilles, et il leur en manquait encore visiblement — impossible de retrouver toutes ces saloperies.

— Le soleil se couche dans deux heures. Combien vous pariez qu'il va y avoir de l'animation ce soir ? Je mets cent pesos sur un avion avant 22 heures.

— T'as gagné d'avance, le grand près du camion vient d'ouvrir un carton de balises.

Le capitaine s'éloigna. Il devait lancer un appel radio.

Les deux derniers jours s'étaient déroulés paisiblement à Corezal. Clark venait juste de revenir après avoir déjeuné au mess des officiers de Fort Amador. Étrangement, l'armée panaméenne avait ses bureaux dans le même bâtiment. Plus curieux encore, Clark avait fait la sieste. Finalement, les coutumes locales avaient du bon, cela évitait de supporter les heures les plus chaudes de la journée. L'air climatisé de la camionnette, surtout destiné au bon fonctionnement des appareils, lui donna le choc dont il avait besoin pour se réveiller.

Couteau avait signalé un avion la première nuit. Deux autres équipes avaient également signalé deux appareils mais l'un d'entre eux était malgré tout arrivé à destination car le radar du F-15 avait lâché quinze minutes après le décollage au grand désespoir de tous. Pourtant, c'était le genre de problème auquel il fallait s'attendre. Deux sur trois n'était pas un mauvais score, surtout si on le comparait aux résultats des mois précédents où les services des douanes en saisissaient environ un par mois. Une des escouades avait rencontré un échec total. Son aérodrome semblait complètement inactif, contrairement aux renseignements très prometteurs de la semaine précédente. Les aléas du hasard dans les opérations de terrain.

— Variable, ici Couteau, terminé.

— Couteau, ici Variable. Nous vous recevons cinq sur cinq. Prêts à recevoir votre message.

— Activité prévue à Reno. Décollage sans doute ce soir. Nous vous tiendrons au courant. Terminé.

— Roger. Compris. Terminé.

Un des opérateurs souleva le combiné d'un autre appareil.

— Nid d'aigle, ici Variable. Restez à l'écoute... Roger. Nous vous tiendrons au courant. Terminé.

Il reposa l'appareil et se retourna.

— Ils vont mettre tout le monde dessus. Le chasseur est de nouveau en service. Il semblerait que le radar était fatigué, il a fallu remplacer des pièces. L'armée de l'air nous envoie toutes ses excuses.

— Encore heureux ! grommela l'autre opérateur.

— Ah, parce que vous n'avez jamais pensé que les choses pourraient se passer trop bien ? dit Clark.

Le plus âgé aurait voulu lui rabattre le caquet, mais se ravisa.

— Ils doivent se douter qu'il se passe quelque chose. Autant ne pas trop se faire remarquer, expliqua Clark avant de s'adosser à sa chaise et de fermer les yeux.

Autant faire encore une petite sieste, la nuit risquait d'être longue.

Les vœux de Chavez furent exaucés juste après le coucher du soleil. Il se mit à pleuvoir légèrement, et les nuages qui s'amoncelaient à l'ouest promettaient une bonne averse. Sur la piste, l'équipage au sol commença à installer les balises, un peu plus que la dernière fois, et l'avion ne tarda pas à arriver.

La pluie réduisait la visibilité. Chavez crut voir un tuyau d'essence sortir du hangar. Il y avait peut-être des citernes et une pompe, mais la densité de la pluie le gênait. Il se passait quelque chose. Le camion se dirigea au centre de la piste, et le chauffeur déposa au moins une dizaine de balises supplémentaires. L'appareil décolla vingt minutes après son arrivée, et Ramirez établit immédiatement le contact par radio-satellite.

— Vous avez l'immatriculation ? demanda Variable.

— Négatif. Il pleut à verse. La visibilité est nulle. Mais il a décollé à vingt-et une heure cinquante et une, cap nord-nord-ouest.

— Roger. Terminé.

Ramirez s'inquiétait des conséquences de la mauvaise visibilité sur son escouade. Il appela deux autres hommes au poste d'observation, mais il n'aurait pas dû se faire tant de soucis. Cette fois, les vigiles ne prirent même pas la peine d'éteindre les balises, laissant la pluie faire le travail. Le camion s'éloigna peu après le décollage, et les deux vigiles se mirent à l'abri sous le hangar. En fait, cela n'aurait guère pu être plus facile.

Bronco s'ennuyait lui aussi. L'opération manquait de sel. Il comptait déjà quatre avions abattus et il ne lui en manquait plus qu'un pour devenir un as. Le pilote de combat était bien d'accord qu'il valait mieux récupérer des prisonniers vivants pour la réussite de la mission, mais tuer ces salauds... ça lui plaisait, même si c'était trop facile. Il était aux commandes d'un avion destiné à affronter les meilleurs appareils soviétiques et s'attaquer à un bimoteur, c'était à peu près aussi compliqué que d'aller chercher une bière au mess. Peut-être que ce soir ça allait changer... mais dans quel sens ?

Cela lui donna matière à réflexion en virant au nord du canal du Yucatan, juste derrière l'E-2C et, bien sûr, en dehors des routes aériennes normales.

— Hourra ! dit-il à Œil de Faucon. Je vois la cible.

Un autre bimoteur, donc un trafiquant de cocaïne. Le capitaine Winters était toujours furieux de l'incident de la nuit précédente. Quelqu'un avait négligé de vérifier le plan de maintenance de son Aigle et le radar avait lâché au moment où le constructeur l'avait prévu, au bout de cinq cent trois heures. Étonnant qu'ils puissent prévoir ça avec une telle précision. Étonnant qu'un avion de combat valant des millions de dollars soit rendu impuissant à cause d'un gadget à cinq dollars, ou une diode, une puce, ou n'importe quoi. Une pièce à cinq dollars ! C'est le sergent qui le lui avait dit.

Bon, voilà le bimoteur. Apparemment, un Beech King Air. Pas de lumière, volant à une altitude bien inférieure à son altitude optimale.

Bien, pensa Bronco en réduisant les gaz et en prenant de l'altitude pour son premier appel radio.

Des trafiquants. Ils faisaient les mêmes conneries que les autres, vitesse réduite, volets baissés, vol en rase-mottes.

Bon, mettons un peu d'animation !

Il laissa le bimoteur descendre, garda son altitude et le dépassa. Il se retourna pour s'assurer qu'il volait bien tous feux éteints, puis se lança dans un virage serré à gauche. Son radar était directement sur la cible et il pouvait repérer le King Air à la lueur infrarouge du scanner, relié à une caméra vidéo, tout comme son système d'armement.

Ah, vous croyez m'avoir semé, hein ?

Bon, en avant pour la rigolade. Il faisait un noir d'encre ce soir. Pas d'étoiles, pas de lune, des nuages bien épais à trois mille six cents mètres. L'Aigle, bleu-gris, était censé disparaître dans n'importe quel ciel, et la nuit, c'était encore plus efficace qu'un noir mat. Il était invisible. L'équipage du Beech devait scruter les cieux, regarder partout, sauf droit devant, il le savait. Le bimoteur volait tout droit, à trente mètres d'altitude et à une vitesse de cinq cents nœuds, à un peu plus d'un mille de lui. A un mille de la cible exactement, il ralluma ses feux.

C'était prévisible. Le pilote du Beech vit les lumières éclatantes et, instinctivement, fit tout ce que ferait un bon pilote. Il plongea... de trente mètres exactement ! et se jeta dans l'océan. Spectaculaire ! Le pilote n'avait sûrement pas eu le temps de s'apercevoir d'où venait l'erreur. Bronco éclata de rire en tirant le manche et en se tournant pour regarder une dernière fois. Du grand art ! se dit le capitaine Winters en rentrant à sa base. Ça ferait bien marrer les types de l'agence. Et puis, maintenant, il était un as. Ce n'était pas forcément la peine de tirer, il fallait simplement abattre l'avion.

13

SALE WEEK-END

Vraiment, ce n'était pas correct de le prévenir à la dernière minute, pensait Moira en rentrant chez elle ce mercredi après-midi. Et s'il ne pouvait pas venir ? S'il n'arrivait pas à se libérer ?

Il fallait qu'elle l'appelle.

Mme Wolfe plongea la main dans son sac posé à côté d'elle et sentit le papier du bloc-notes de l'hôtel — il était encore là dans la pochette à fermeture Éclair ; les chiffres écrits à la main semblaient lui brûler la peau. Il fallait qu'elle l'appelle.

La circulation était chaotique aujourd'hui, et ses mains transpiraient sur le plastique du volant. Et s'il ne pouvait pas venir ?

Et les enfants ? Ils étaient assez âgés pour se débrouiller seuls, c'était le plus facile — mais comment leur expliquer que leur mère partait en week-end pour... quelle était l'expression qu'ils utilisaient ? Pour « baiser ». Leur mère. Comment réagiraient-ils ? Il ne lui était jamais venu à l'esprit que son secret n'en était pas un, ni pour ses enfants, ni pour ses collègues de travail, ni pour son patron, et elle aurait été stupéfaite de savoir que tous se réjouissaient... Moira Wolfe n'avait manqué que d'un an ou deux la révolution sexuelle. Elle avait apporté dans le lit conjugal sa virginité craintive, pleine d'espoir, de passion, de frayeur, et avait toujours été sûre qu'il en était de même pour son époux en songeant à leur première nuit calamiteuse. Mais en trois jours, ils avaient appris tout ce qu'il fallait savoir — la vigueur juvénile et l'amour viennent à bout d'à peu près tout — et les nouveaux mariés avaient ensuite été vraiment unis pendant vingt-deux ans.

Le vide laissé dans sa vie par la perte de son époux était comme une blessure jamais guérie. Elle avait une photo de lui sur sa table de nuit, un cliché pris à bord de leur voilier, un an à peine avant sa mort. Ce n'était plus un jeune homme, il avait grossi, il était un peu déplumé, mais il avait gardé son sourire. Que disait Juan ? Quand on regarde avec amour, on voit l'amour en retour. Comme il savait trouver les mots...

Mon Dieu ! Qu'en penserait Rich ? s'était-elle souvent demandé. Chaque fois qu'elle regardait la photo avant de s'endormir. Chaque fois qu'elle entrait ou sortait, et qu'elle jetait un regard à ses enfants en espérant qu'ils ne soupçonnaient rien. Mais quel choix avait-elle ? Fallait-il qu'elle s'habille encore en veuve ? C'était une coutume à peu près abandonnée. Elle avait assez longtemps porté le deuil, non ? Elle avait assez longtemps pleuré seule dans son lit en regardant cette photo de Rich sur son bateau...

Qu'est-ce que les gens attendent de moi ? se demanda-t-elle avec une angoisse soudaine. J'ai encore une vie à moi. *J'ai encore des besoins.*

Que dirait Rich ?

Il n'avait pas eu le temps de parler. Il était mort en allant travailler, deux mois après un examen médical de routine à l'issue duquel le médecin lui avait dit qu'il devait perdre quelques kilos, que sa tension artérielle était un peu élevée, mais qu'il n'y avait pas vraiment de quoi s'inquiéter et que son taux de cholestérol était plutôt bon pour un quadragénaire. Puis, à 7 h 39 sa voiture avait quitté la route et s'était arrêtée contre la glissière de sécurité. Un policier qui se trouvait non loin de là s'était approché, étonné de voir que le conducteur restait dans le véhicule. Il s'était demandé s'il était possible d'être ivre si tôt le matin puis s'était aperçu que l'homme ne respirait plus. On avait appelé une ambulance, dont l'équipe avait trouvé le policier en train de cogner sur la poitrine de Rich, parce qu'il croyait avoir affaire à une crise cardiaque. Ils avaient pris le relais, mais c'était sans espoir, depuis le début. Rupture d'anévrisme. Un affaiblissement de la paroi d'un vaisseau sanguin, avait expliqué le médecin après autopsie. Il n'y avait rien eu à faire. Mais pourquoi... ? Peut-être l'hérédité, peut-être pas. Non, la pression artérielle n'avait rien à voir en l'affaire. Presque impossible à diagnostiquer, même dans le meilleur cas. Se plaignait-il de maux de tête ? Pas au point de s'inquiéter. Le médecin s'était éloigné en silence, regrettant de ne pouvoir en dire davantage, moins furieux que triste devant les faiblesses de la médecine. Il n'avait pas souffert, avait-il assuré, sans savoir si c'était vrai ou non, mais peu importait à présent, il pouvait bien offrir cette maigre consolation. Puis ce fut l'enterrement. Emil Jacobs était là, bien que son épouse fût déjà condamnée ; elle-même était sortie de l'hôpital pour assister à la cérémonie avec l'époux qu'elle quitterait bientôt. Tant de larmes versées...

Ce n'était pas juste. Ce n'était pas juste qu'il ait disparu sans dire au revoir. Un baiser qui sentait le café sur le seuil, quelques mots sur la nécessité de s'arrêter au Safeway en rentrant, et elle s'était détournée. Elle ne l'avait même pas vu monter en voiture pour la dernière fois. Rien que pour ça, elle s'en était voulu pendant des mois.

Qu'est-ce que Rich dirait ?

Mais Rich était mort. Et deux années, c'était assez long.

Les gosses étaient déjà en train de dîner. Moira monta à l'étage pour se changer, et se retrouva en train de fixer le téléphone posé sur la table de nuit. Juste à côté de la photo de Rich. Elle s'assit sur le lit en le regardant, en essayant de lui faire face. Il lui fallut bien une minute. Moira prit le papier dans son sac et, avec une profonde inspiration, se mit à composer le numéro. Il y eut les tonalités habituelles des communications internationales.

— Diaz y Diaz, annonça une voix.

— Puis-je parler à Juan Diaz, je vous prie ? demanda Moira à la voix féminine.

— De la part de qui, s'il vous plaît ? demanda la voix, passant aussitôt à l'anglais.

— Moira Wolfe.

— Ah, Moira Wolfe ! Consuela à l'appareil. Attendez un momento, s'il vous plaît.

Il y eut une minute de grésillements sur la ligne.

— Madame Wolfe, il est quelque part dans l'usine. Je n'arrive pas à le joindre. Puis-je lui dire de vous rappeler ?

— Oui. Je suis chez moi.

— Je lui dirai... Señora ?

— Oui ?

— Vous voudrez bien m'excuser, mais je dois vous avouer quelque chose. Depuis la mort de Maria, son épouse... le señor Juan, il est comme mon fils. Depuis qu'il vous a rencontrée, señora, il est de nouveau heureux. J'avais peur que ça n'arrive jamais... s'il vous plaît, ne lui dites pas que je vous ai parlé comme ça, mais merci. C'est bien ce que vous avez fait pour le señor Juan. Au bureau, nous prions pour vous deux, pour que vous trouviez le bonheur.

C'était exactement ce qu'elle avait besoin d'entendre.

— Consuela, Juan m'a tant parlé de vous, des choses merveilleuses. Appelez-moi Moira, je vous en prie.

— J'en ai déjà trop dit. Je vais dénicher le señor Juan, comptez sur moi.

— Merci, Consuela. Au revoir.

Consuela, dont le vrai nom était Maria — Felix (Juan) lui avait emprunté son nom pour baptiser sa défunte femme —, avait vingt-cinq ans et le désir de gagner plus d'argent que ne pouvait lui en rapporter son diplôme de secrétaire. En conséquence, elle avait passé une dizaine de fois de la drogue aux

États-Unis, via Miami et Atlanta, puis, comme elle avait senti le vent du boulet, elle avait décidé de réorienter sa carrière. A présent elle faisait des boulots bizarres pour ses anciens employeurs tout en réalisant ses propres petites affaires aux environs de Caracas. Pour cette tâche consistant simplement à attendre que le téléphone sonne, elle était payée cinq dollars par semaine. Bien entendu, ce n'était qu'une partie de son travail. Elle se mit à exécuter l'autre partie en tapant un numéro. Il y eut une série inhabituelle de bruits électroniques tandis que, supposait-elle, son appel était renvoyé du numéro qu'elle avait formé à un autre qu'elle ignorait.

— Oui ?

— Señor Diaz ? Consuela à l'appareil.

— Oui ?

— Moira vient d'appeler. Elle voudrait que vous la rappeliez.

— Merci.

Et la ligne fut coupée.

Cortez regarda sa pendule de bureau. Il la laisserait attendre... vingt-trois minutes. Il se trouvait dans un autre immeuble luxueux de Medellin, à deux numéros de celui de son patron. Était-ce l'appel attendu ? Il se rappela comme il avait eu du mal à attendre autrefois, mais beaucoup de temps avait passé depuis ses premiers pas d'officier de renseignement, et il retourna à ses papiers.

Vingt minutes plus tard, il vérifia l'heure et alluma une cigarette en observant ses mains qui bougeaient autour du cadran. Il sourit en se demandant comment elle vivait l'attente, à trois mille kilomètres de là. A quoi pensait-elle ? Il avait à moitié fumé sa cigarette, le moment était venu de savoir. Il souleva le combiné et composa le numéro.

Ce fut Dave qui décrocha.

— Allô ?

Il fronça le sourcil.

— La ligne est mauvaise. Vous pouvez répéter ? Ah oui, ne quittez pas, demanda-t-il — et levant les yeux, il rencontra ceux de sa mère. Pour toi, maman.

— Je le prends en haut, dit-elle aussitôt, et elle monta l'escalier aussi lentement qu'elle put.

Dave posa sa main sur le récepteur.

— Devinez qui c'est ?

Il y eut des regards entendus autour de la table de la salle à manger.

David entendit sa mère qui disait « Oui ? » sur l'autre appareil. Il raccrocha discrètement. Bonne chance, maman.

— Moira, c'est Juan.

— Tu es libre ce week-end ? demanda-t-elle.

— Ce week-end-là ? Tu es sûre ?

— Je suis libre de vendredi midi à lundi matin.

— Alors... Laisse-moi réfléchir...

A trois mille kilomètres de là, Cortez fixait l'immeuble d'en face. Si c'était un piège ? Un coup de la division du Renseignement du FBI... si c'était entièrement... ? Bien sûr que non.

— Moira, il faut que je discute avec quelqu'un. Tu peux attendre une minute ?

— Oui !

Il ne pouvait se méprendre sur l'enthousiasme de sa voix. Il appuya sur le bouton d'attente, la fit patienter deux minutes à sa pendule avant de reprendre la ligne.

— Je serai à Washington vendredi après-midi.

— Tu seras dans les temps.

— Où est-ce qu'on se retrouve ? A l'aéroport ? Tu peux venir me chercher ?

— Oui.

— Je ne sais pas quel vol je pourrai prendre. Je te retrouve... au comptoir Hertz à 15 heures. Tu y seras ?

— Je serai là.

— Et moi aussi, Moira. Au revoir, mon amour.

Moira Wolfe posa de nouveau son regard sur la photographie. Le sourire était toujours là, mais elle décida que ce n'était pas un sourire accusateur.

Cortez se leva de son bureau et sortit de la pièce. En le voyant franchir le seuil, le garde du hall se leva.

— Je vais voir *El Jefe*, dit-il simplement.

300

Le garde souleva son téléphone cellulaire.

Les problèmes techniques étaient très difficiles. Le principal était celui de l'électricité. Si les stations fixes tournaient à cinq cents watts, les stations mobiles avaient droit à moins de sept, et les appareils portatifs à pile à trois cent milliwatts, et même avec une antenne parabolique, les signaux reçus étaient comme un chuchotis. Mais le Rhyolite-J était un satellite hautement perfectionné, produit de milliards dépensés sans compter dans la recherche et le développement. Les supraconducteurs avaient résolu une partie du problème. Divers ordinateurs s'étaient occupés du reste. Les signaux émis étaient décomposés en code digital — des 1 et des 0 — par un ordinateur relativement simple et relié à Fort Huachuca, où un autre ordinateur beaucoup plus puissant examinait les bits d'information brute et s'efforçait d'en tirer du sens. Les parasites étaient éliminés suivant une procédure mathématiquement simple mais massivement répétitive — un algorithme — qui comparait les bits voisins les uns aux autres et grâce à un processus de comparaison des valeurs numériques, filtrait quatre-vingt dix pour cent du bruit de fond. Cela permettait à l'ordinateur de recracher une conversation compréhensible à partir de ce qui était tombé du satellite. Mais ce n'était que le début.

Si le Cartel utilisait des téléphones cellulaires pour ses communications quotidiennes, c'était pour des raisons de sécurité. Il y avait grosso modo six cents fréquences séparées, toutes dans la bande UHF, de 825 à 845 et de 870 à 890 mégahertz. Un petit ordinateur de la station fixe achevait de réaliser l'appel en sélectionnant au hasard une fréquence disponible, et, dans le cas d'un appel d'un téléphone mobile, en changeant cette fréquence pour une meilleure quand la qualité de la transmission faiblissait. Enfin, la même fréquence pouvait être utilisée simultanément pour différents appels de « cellules » voisines (d'où le nom du système) du même réseau général. Du fait de cette-manière d'opérer, il n'était pas une police au monde capable de surveiller les échanges téléphoniques empruntant l'équipement du téléphone cellulaire. Même sans brouillage, les communications auraient pu être faites en clair, sans même utiliser de code.

Du moins était-ce ce que tout le monde croyait.

Le gouvernement des États-Unis s'intéressait à l'interception des communications radio étrangères depuis l'époque du fameux Cabinet noir de Yardley. Sous les termes techniques de Comint ou Sigint (Com pour communication, Sig pour signaux, et int pour intelligence), se dissimulait la meilleure information possible sur l'ennemi : ses propres paroles adressées à ses hommes. C'était un domaine dans lequel les États-Unis excellaient depuis des générations. Toute une constellation de satellites était déployée pour écouter aux portes des nations étrangères, saisir des bribes d'appels radio, ausculter les signaux à ondes courtes des tours relais. Souvent codés, d'une manière ou d'une autre, les signaux étaient la plupart du temps traités au quartier général de la National Security Agency, dans le camp de Fort Meade, dans le Maryland, entre Washington et Baltimore, dont les hectares de sous-sol recelaient la plupart des superordinateurs du monde.

Ici, il s'agissait de suivre constamment les six cents fréquences utilisées par le réseau de téléphone cellulaire de Medellin. Ce qui était impossible pour n'importe quelle police du monde n'était qu'un exercice facile pour la NSA qui, en permanence, surveillait des dizaines de milliers de radios et d'autres canaux électroniques. La National Security Agency était beaucoup plus importante que la CIA, beaucoup plus secrète, et bien mieux financée. Une de ses stations se trouvait au camp de Fort Huachuca, en Arizona. Elle avait même son superordinateur, un Cray dernier cri connecté par câble optique à l'une des nombreuses camionnettes de communications, dont chacune remplissait une fonction sur laquelle les membres du circuit savaient qu'ils ne devaient pas être trop curieux.

Les noms et les identités de nombre des membres du Cartel étaient bien sûr parfaitement connus du gouvernement des États-Unis. Leurs voix avaient été enregistrées. D'ailleurs, les programmeurs avaient commencé par là. En utilisant les empreintes vocales repérées, ils avaient établi un algorithme pour reconnaître les voix, quelle que fût la fréquence cellulaire utilisée. La question des sources d'énergie rendait par moments difficile l'identification, et certains appels étaient inévitablement perdus, mais le technicien en chef estimait qu'ils en captaient plus de soixante pour cent et qu'avec l'accroissement de leur base de données, leur capacité atteindrait quatre-vingt-cinq pour cent.

Les voix anonymes avaient reçu des numéros. La voix 23 venait d'appeler la voix 17 ; 23 était un garde. Il avait été identifié ainsi parce qu'il avait appelé 17, connu comme employé de la sécurité du sujet Echo, c'est-à-dire Escobedo dans le langage de l'équipe Comint. « Il vient le voir » : c'était tout ce que leur apprenait le signal enregistré. Ils ignoraient qui était exactement ce « il ». C'était une voix qu'ils n'avaient encore jamais entendue ou, plus vraisemblablement, identifiée. Les spécialistes du renseignement étaient des gens patients. Avec les techniques de pointe, les individus ciblés ne pouvaient imaginer que quelqu'un les écoutait et ils ne prenaient donc aucune précaution.

— Qu'est-ce qu'il y a ? demanda Escobedo quand Cortez entra dans la pièce.

— Le directeur du FBI sera demain à Bogota. Il quittera Washington en début d'après-midi. C'est une visite secrète. Je parierais qu'il utilisera un appareil officiel. Les Américains ont une escadre de ces appareils à la base aérienne Andrews. Il y aura un plan de vol prévu, avec sans doute une couverture. Tout ce qui se présentera demain après-midi entre 16 et 20 heures pourra être le vol en question. Je suppose que ce sera un jet d'affaires, un G-111, mais pas forcément. Il rencontrera le ministre de la Justice, certainement pour discuter d'affaires de la plus haute importance. Je pars immédiatement à Washington pour essayer d'en savoir plus. Il y a un vol pour Mexico dans trois heures, je le prends.

— Vous avez une bonne source, observa Escobedo, pour une fois impressionné.

Cortez sourit.

— Si, *jefe*. Même si vous ne parvenez pas à savoir ce qu'on discute ici, j'espère le découvrir durant le week-end. Je ne promets rien, mais je ferai de mon mieux.

— Une femme, avança Escobedo. Jeune et belle, j'en suis sûr.

— Si vous voulez. Je ne peux rien dire.

— Profitez de votre week-end, colonel. Je profiterai du mien.

Cortez était parti depuis à peine une heure quand un télex tomba, annonçant que le courrier de la nuit précédente n'était pas arrivé à destination, dans le sud-ouest de la Georgie. L'amusement d'Escobedo se transforma d'un coup en colère. *El Jefe* songea à appeler Cortez sur son téléphone portatif, mais il se souvint que son employé refusait de discuter de questions importantes sur ce qu'il appelait une ligne « non sûre ». Escobedo secoua la tête ! Ce colonel de la DGI — froussard comme une vieille femme ! Le téléphone d'*El Jefe* émit son signal.

— Bingo, dit un homme dans une fourgonnette, à trois mille kilomètres de là.

VOIX IDENTIFIÉE, annonçait l'écran de son ordinateur. SUJET BRAVO ÉMET APPEL SUJET ÉCHO Frq 848.970 MHZ APPELLE EM 2349Z INTERCEPT IDENT 345

— On va peut-être avoir notre premier gros truc, Tony.

Le chef des techniciens, qui avait été baptisé Antonio quarante-sept ans plus tôt, mit ses écouteurs. La conversation était enregistrée sur une bande à haute vitesse — c'était en fait une bande vidéo de trois pouces un quart en raison de la nature du système d'interruption. Quatre machines enregistraient le signal séparément. Des enregistreurs Sony du commerce, à peine modifiés par l'équipe de la NSA.

— Ah ! le señor Bravo est pas content ! observa Tony en écoutant une partie de la conversation. Dis à Meade que nous avons enfin un joli point sur la ligne de gauche du terrain.

L'interception d'un signal important était appelée à la NSA un « joli point ». La saison de base-ball battait son plein, et les Orioles de Baltimore revenaient.

— Comment est le signal ?

— Clair comme un carillon d'église. Ah, pourquoi est-ce que je ne n'ai pas acheté d'actions de la TRW ?

Antonio se tut en étouffant un rire.

— Bon Dieu, il est fumasse !

L'appel se termina une minute plus tard. Tony brancha ses écouteurs sur l'une des machines enregistreuses et fit rouler sa chaise pivotante jusqu'à une télécopieuse, où il commença à taper.

FLASH
TOP SECRET*****FARCE
2358Z
RAPPORT SIGINT
INTERCEPT 345 ÉMET 2349Z Frq 8346.970 MHZ
ÉMET : SUJET BRAVO
RÉCEPT : SUJET ÉCHO
  B : ON A PERDU LA MARCHANDISE. (AGITATION)
  E : QU'EST-CE QUI S'EST PASSÉ ?
  B : CE SATANÉ MACHIN NE S'EST PAS POINTÉ. QU'EST-CE QUE TU EN PENSES ? (AGITATION)
  E : ILS SONT EN TRAIN DE FAIRE QUELQUE CHOSE DE DIFFÉRENT. JE TE L'AI DIT. ON ESSAIE DE SAVOIR CE QUE C'EST.
  B : ALORS, QUAND EST-CE QU'ON LE SAURA ?
  E : ON Y TRAVAILLE. NOTRE HOMME VA À WASHINGTON POUR ESSAYER D'Y VOIR PLUS CLAIR. IL Y A AUSSI D'AUTRES TRUCS EN ROUTE.
  B : QUOI ? (AGITATION)
  E : JE PROPOSE QU'ON SE VOIE DEMAIN POUR EN DIS-CUTER.
  B : LA RÉUNION HABITUELLE C'EST MERCREDI.
  E : C'EST IMPORTANT, TOUT LE MONDE DOIT ÊTRE MIS AU COURANT, PABLO.
  B : TU NE PEUX RIEN ME DIRE ?
  E : ILS SONT EN TRAIN DE CHANGER LES RÈGLES, LES

NORD-AMÉRICAINS. À QUEL POINT EXACTEMENT, NOUS NE LE SAVONS PAS ENCORE.

B : EH BIEN, POURQUOI EST-CE QU'ON PAIE CE RENÉGAT CUBAIN, ALORS ? (AGITATION)

E : IL SE DÉBROUILLE TRÈS BIEN. IL EN APPRENDRA PEUT-ÊTRE PLUS PENDANT SON VOYAGE À WASHINGTON. MAIS C'EST POUR DISCUTER DE CE QUE NOUS AVONS APPRIS À CE SUJET QU'ON SE RÉUNIRA DEMAIN.

B : TRÈS BIEN. J'ORGANISE LA RÉUNION.

E : MERCI, PABLO.

FIN D'APPEL. SIGNAL DÉCONNECTÉ. FIN D'INTERCEPT.

— Qu'est-ce que ça veut dire, « (agitation) » ?

— Je ne pouvais pas mettre « fumasse » dans un compte rendu officiel, expliqua Antonio. Ce truc est chaud. C'est du renseignement opérationnel, ça.

Il pressa la touche Transmit de son terminal. Le signal était adressé à une destination portant un nom de code, Farce, la seule chose que connaissaient ceux qui travaillaient dans le fourgon.

Bob Ritter venait de partir chez lui, et n'avait fait qu'un kilomètre et demi sur la route touristique George Washington quand son radiotéléphone de sécurité émit son bruit particulier et, pour lui, irritant.

— Moui ?

— Message Farce, annonça la voix.

— Bien, fit le directeur adjoint des Opérations en réprimant un soupir. Puis, à son chauffeur : Ramenez-moi.

— Oui, monsieur.

Revenir, même pour un dirigeant de la CIA, signifiait trouver une bretelle pour faire demi-tour et puis affronter l'heure de pointe dans une capitale où riches, pauvres et importants devaient se traîner également à trente kilomètres-heure.

Le garde de la porte fit signe de passer et cinq minutes après il se retrouvait dans son bureau du septième étage. Le juge Moore était déjà parti. Il y avait seulement quatre surveillants pour cette opération. Le minimum requis pour attendre et évaluer l'échange de signaux sur l'opération. Le fonctionnaire de surveillance habituel venait de prendre son service. Il lui tendit le message.

— On a quelque chose, dit l'officier.

— Vous avez raison, c'est du sérieux... Cortez, diagnostiqua Ritter après avoir examiné le papier.

— C'est à parier.

— Il vient ici... mais nous ne savons pas à quoi il ressemble. Si au moins le Bureau avait pris une photo de ce fumier quand il était à Puerto Rico. Vous connaissez la description qu'on a de lui.

— Cheveux noirs, teint mat. Taille moyenne, corpulence moyenne, porte quelquefois la moustache. Pas de marques ou de caractéristiques particulières, récita de mémoire l'officier.

Il ne fallait pas avoir une mémoire fabuleuse pour retenir ce qu'ils avaient sur Felix Cortez : rien.

— Qui est votre contact au Bureau ?

— Tom Burke, un gars de rang moyen au service du Renseignement. Un type bien. Il s'est occupé en partie de l'affaire Henderson.

— Bien, montrez-lui ça. Peut-être que le Bureau aura une idée pour coincer cette crapule. Autre chose ?

— Non, monsieur.

Ritter salua d'un signe de tête et repartit chez lui. L'officier de surveillance retourna dans son bureau et téléphona. Ce soir, il avait de la chance ; Burke était encore au bureau. Évidemment, pas question de discuter au téléphone. Le fonctionnaire de la CIA, Paul Hooker, se rendit en voiture à l'immeuble du FBI, au coin de la 10e et de Pennsylvania.

La CIA et le FBI sont parfois rivaux dans les activités de renseignement, et le sont toujours pour décrocher des fonds fédéraux, mais au niveau opérationnel, leurs employés collaborent assez bien ; ils échangent des vacheries dans la bonne humeur.

— On a un nouveau touriste qui va débarquer à la capitale dans les prochains jours, annonça Hooker dès que la porte fut close.

— Qui ça ? demanda Burke en montrant du geste sa machine à café.

— Felix Cortez, répondit Hooker en déclinant l'invite et en tendant une photocopie du télex.

Certaines parties avaient été noircies. Burke n'en fut pas vexé. Membre de la division du Renseignement, chargé d'attraper les espions, il était habitué à ce qu'on réserve les informations à ceux qui en avaient vraiment besoin.

— Tu supposes que c'est Cortez, remarqua l'agent du FBI. Mais je ne parierais pas le contraire. Si nous avions une photo de ce clown, nous aurions une bonne chance de le coincer, mais en l'état...

Il soupira.

— J'enverrai des gens au Dulles, au National et au BWI. On va tenter le coup, mais tu devines quelles sont nos chances. Je suppose qu'il va débarquer dans les quatre jours à venir. Nous vérifierons tous les vols directs, et toutes les correspondances. Il s'agissait avant tout d'un problème de mathématiques. Les vols directs en provenance de Colombie, du Venezuela, de Panama et d'autres pays voisins qui arrivaient dans la région de Washington étaient en nombre assez modeste et faciles à couvrir. Mais si le client prenait une correspondance à Porto Rico, aux Bahamas, au Mexique ou ailleurs, dans une ville des États-Unis par exemple, le nombre de connexions possibles était multiplié par dix. S'il faisait une autre étape à l'intérieur des frontières, le nombre de vols que le FBI devrait surveiller passait brusquement à plusieurs centaines. Cortez était un pro formé par le KGB, tout le monde le savait. La tâche n'était pas désespérée : la police tente toujours le coup, parce que le plus habile des adversaires peut être imprudent ou malchanceux. Mais la réalité était là : ils ne pouvaient compter que sur la chance.

Qui n'était pas avec eux. Cortez prit un vol Avianca pour Mexico, puis le vol American Airlines pour Dallas-Fort Worth, où il passa la douane et prit une autre correspondance pour New York. Il prit une chambre au St. Moritz Hotel sur Central Park sud. Il était alors 3 heures du matin et il avait besoin d'un peu de repos. Il demanda à être réveillé à 10 heures et pria le concierge de lui prendre un billet de première classe pour le Metroliner de 11 heures à destination d'Union Station, à Washington. Les Metroliners étaient équipés, il ne l'ignorait pas, de téléphone. Il pourrait appeler en cas d'empêchement. Ou bien, peut-être... non, décida-t-il, il ne l'appellerait pas au travail ; le FBI enregistrait certainement les appels sur ses propres lignes. La dernière chose qu'il fit avant de s'effondrer sur son lit fut de déchirer ses cartes d'embarquement et les étiquettes de ses bagages.

Le téléphone le réveilla à 9 h 56. Presque sept heures de sommeil, se dit-il. Il avait l'impression qu'il ne s'était passé que quelques secondes, mais ce n'était pas le moment de traîner. Une demi-heure plus tard, il se présenta au comptoir, y jeta son formulaire de règlement-express et prit son billet de train. Les habituels embouteillages de Manhattan faillirent lui faire manquer le train, mais il arriva in extremis pour dénicher une place dans la dernière rangée de trois sièges dans la partie fumeur de la voiture-club. Un employé souriant en veste rouge lui remit pour commencer un café décaféiné et un exemplaire de *USA Today*, suivi d'un petit déjeuner guère différent — si ce n'est qu'il était un peu plus chaud — que celui qu'on lui avait servi dans l'avion. Avant que le train ne s'arrête à Philadelphie, il s'était rendormi. Cortez estimait qu'il avait besoin de ce repos. En lui prenant son plateau, le serveur remarqua son sourire et se demanda quels rêves passaient dans la tête de ce passager.

A 13 heures, alors que le Metroliner 111 approchait de Baltimore, les projecteurs de la télévision furent allumés dans la salle de presse de la Maison Blanche. Les journalistes avaient déjà bénéficié d'un « exposé préparatoire, sans attribution de source » qui leur promettait une importante déclaration du ministre de la Justice, laquelle aurait un rapport avec la drogue. Les principaux réseaux n'en interrompirent pas pour autant leurs feuilletons de l'après-midi — ce n'était pas rien de couper « Santa Barbara » — mais CNN, comme à l'accoutumée, fit paraître son logo « Bulletin spécial », ce qui fut aussitôt remarqué par les officiers de permanence au Centre national de commandement militaire du Pentagone, qui avaient tous sur leur bureau une télé branchée sur CNN. C'était peut-être le plus éloquent commentaire possible sur la capacité des agences de renseignement à tenir leur gouvernement informé, mais là-dessus, les principaux réseaux, pour des raisons évidentes, n'avaient jamais émis de commentaire.

Le ministre de la Justice s'avança à grands pas pressés vers le pupitre. Avocat expérimenté, il n'était pourtant pas très bon orateur. C'était inutile quand on avait pour spécialités le droit des sociétés et les campagnes politiques. Il était néanmoins photogénique et élégant et toujours disponible pour fournir un tuyau les jours creux, ce qui expliquait sa popularité auprès des médias.

— Mesdames et messieurs, commença-t-il en maniant ses notes. On va vous remettre un communiqué concernant l'Opération Tarpon, la plus importante à ce jour menée contre le Cartel international de la drogue.

Il leva les yeux, essayant de voir les visages des reporters malgré l'éclat des projecteurs.

— Les enquêtes du FBI, sous l'égide du ministère de la Justice, ont permis d'identifier un certain nombre de comptes en banque, aux États-Unis et ailleurs, qui étaient utilisés pour le blanchiment de l'argent sur une échelle sans précédent. Ces comptes sont répartis sur vingt-neuf banques, du Liechtenstein à la Californie, et leurs dépôts dépassent, selon nos estimations actuelles, six cents millions de dollars.

Levant les yeux, il entendit un « Bon Dieu ! » monter de la multitude. Il sourit. Il n'était pas facile d'impressionner les chroniqueurs de la Maison Blanche. Les caméras tournaient maintenant avec acharnement. Les appareils photo à rembobinage automatique crépitaient.

— En coopération avec six gouvernements étrangers, nous avons pris les mesures nécessaires pour saisir tous ces fonds, ainsi que les investissements dans une entreprise à capitaux mixtes, ici, aux États-Unis, qui formaient la base de l'opération de blanchiment. Cette mesure a été décidée aux termes de la loi sur les ORI — Organisations rackettées ou influencées. Je dois insister sur le fait que les opérations immobilières de cette entreprise impliquaient la participation de nombre d'investisseurs innocents ; leurs biens ne seront en aucun cas — aucun, j'insiste là-dessus — affectés par l'action gouvernementale. Ils ont été dupés par le Cartel, et ils ne seront pas atteints par ces saisies.

— Excusez-moi, intervint l'Associated Press, vous avez bien dit six cents millions de dollars ?

— C'est exact, plus d'un demi milliard de dollars.

Le ministre expliqua d'une manière générale comment l'information avait été découverte, non comment la piste avait été trouvée, ni par quels mécanismes précis on l'avait remontée.

— Comme vous le savez, nous avons des traités avec plusieurs gouvernements. Ces fonds, dont les liens avec le trafic de drogue ont été mis au jour et qui étaient déposés dans des banques étrangères, ont été confisqués par les gouvernements concernés. Sur les comptes suisses, par exemple, se trouve approximativement...

Il fouilla de nouveau dans ses notes.

— Une somme, semble-t-il, de deux cent trente-sept millions de dollars, qui à présent appartient au gouvernement suisse.

— Et nous, nous avons pris combien ? demanda le *Washington Post*.

— Nous ne savons pas encore. Il est difficile de

311

décrire cette opération dans toute sa complexité — les comptes seuls devraient nous occuper pendant des semaines.

— Comment se passe la collaboration avec les gouvernements étrangers ? voulut savoir un autre reporter.

Tu plaisantes, je suppose, pensa son voisin.

— Nous avons bénéficié dans cette affaire d'une coopération tout simplement parfaite, rétorqua le ministre, rayonnant. Nos amis étrangers ont agi avec promptitude et professionnalisme.

C'est pas tous les jours qu'on peut piquer tant de fric et dire que c'est pour le bien public, se dit le journaliste silencieux.

CNN est un service mondial. L'émission était suivie en Colombie par deux hommes dont le travail consistait à surveiller les médias américains. Ils étaient en fait eux-mêmes journalistes et travaillaient pour le réseau de télévision colombienne, Inravision. L'un d'eux s'excusa et sortit de la salle de contrôle pour donner un coup de fil.

Tony et son coéquipier venaient de reprendre leur service dans le fourgon. Sur la paroi, il y avait un télex épinglé qui leur disait de s'attendre à une certaine activité sur les téléphones cellulaires vers 18 heures, heure zoulou. Ils ne furent pas déçus.

— Pouvons-nous en parler avec le directeur Jacobs ? demanda un journaliste.

— M. Jacobs suit avec un intérêt tout particulier cette affaire, mais il n'est pas disponible pour en discuter, répondit le ministre. Vous pourrez lui parler la semaine prochaine ; pour l'instant, son équipe et lui sont très occupés.

Cette déclaration ne contrevenait pas aux règles. Elle donnait l'impression qu'Emil était en ville, et les journalistes, voyant exactement ce que le ministre de la Justice avait dit et comment il l'avait dit, décidèrent collectivement de ne pas insister. En fait, vingt-cinq minutes plus tôt, Emil avait décollé de la base militaire Andrews.

« *Madre de Dios !* » s'exclama Escobedo.

La réunion venait à peine de dépasser le stade des habituelles plaisanteries amicales si nécessaires dans une conférence d'assassins. Tous les membres du Cartel se trouvaient dans la même salle, ce qui arrivait rarement. L'immeuble était entouré d'une véritable muraille de vigiles mais ils étaient inquiets pour leur sécurité. Il y avait une antenne parabolique sur le toit du bâtiment et elle fut immédiatement branchée sur CNN. Ce qui aurait dû être une discussion sur les aléas de leurs opérations d'acheminement fut tout à coup dévié sur un sujet bien plus dérangeant. Surtout pour Escobedo, car il était l'un des trois membres du Cartel à avoir défendu auprès de ses collègues ce dispositif de blanchiment d'argent. Alors que depuis deux ans tous le complimentaient sur l'efficacité de sa combinaison, les regards qu'il recevait maintenant étaient nettement moins approbateurs.

— Il n'y a rien à faire ? demanda quelqu'un.

— Il est trop tôt pour le dire, répondit celui qui leur servait de directeur financier. Je vous rappelle que l'argent que nous avons déjà récupéré grâce à ces arrangements égale à peu près les bénéfices que nous aurions eus normalement. Alors, on peut dire que nous avons très peu perdu, en dehors des gains supplémentaires que nous espérions tirer de ces investissements.

Même à ses oreilles, ce discours ne paraissait guère consolant.

— Je pense que nous avons supporté assez d'ingérences, dit avec force Escobedo. Le directeur des *federales* des États-Unis sera à Bogota en fin de journée.

— Oh ! Et comment le sais-tu ?

— Cortez. Je vous ai dit que ça valait la peine de l'embaucher. J'ai convoqué cette réunion pour vous donner l'information qu'il a dénichée pour nous.

— Ça suffit. Nous ne pouvons pas en supporter davantage, approuva un autre membre. Nous devons passer aux actes. Avec toutes nos forces.

On approuva. Le Cartel n'avait pas encore appris qu'il ne fallait jamais prendre de décision sous l'effet de la colère, mais il n'y eut personne pour conseiller la modération. Vertu que ces hommes n'étaient pas réputés posséder, de toute façon.

Le train 111 du Metroliner Service en provenance de New York arriva une minute plus tôt que prévu, à 13 h 48. Cortez en descendit, ses deux bagages à la main, et gagna aussitôt la station de taxis devant la gare. Le chauffeur fut enchanté d'avoir une course jusqu'à Dulles. Le voyage dura plus de trente minutes, et rapporta au chauffeur un pourboire que Cortez jugea décent : deux dollars. Il entra par le niveau supérieur, prit à gauche, emprunta l'escalier mécanique pour redescendre et se retrouva devant le comptoir Hertz. Là il loua une nouvelle fois une grosse Chevrolet et utilisa le temps qu'il lui restait pour charger ses bagages. Moira fut ponctuelle. Ils s'étreignirent. Elle n'était pas du genre à échanger des baisers dans un endroit public.

— Où t'es-tu garé ?

— Sur le parc de stationnement de longue durée. J'y ai laissé mes bagages.

— Alors on va aller les chercher. Où allons-nous ?

— Il y a un endroit sur la Skyline Drive où General Motors tient parfois ses conférences importantes. Pas de téléphone dans les chambres, pas de télévision, pas de journaux.

— Je le connais ! Comment as-tu fait pour avoir une chambre en t'y prenant si tard ?

— J'ai réservé une suite pour tous les week-ends depuis que nous sommes ensemble, expliqua Cortez.

C'était la vérité. Il s'immobilisa :

— Ça paraît... incorrect ?

Son arrêt pour marquer son embarras était parfait.

— Pas à moi, répondit Moira en lui agrippant le bras.

— Je peux dire que le week-end sera long.

En quelques minutes, ils furent sur l'Interétats 66, roulant vers l'ouest, en direction des Blue Ridge Mountains.

Quatre membres de la sécurité de l'ambassade, en uniforme d'une compagnie aérienne, jetèrent un dernier regard sur les lieux, puis l'un d'eux tira de sa poche un téléphone radio-satellite perfectionné et donna le signal ultime.

Le VC-20A, version militaire de l'avion d'affaires G-111, avec son transpondeur réglé comme celui d'un avion commercial, atterrit à 17 h 39 sur l'aéroport international El Dorado, à douze kilomètres environ de Bogota. A la différence de la plupart des VC-20A appartenant à la 89e escadre aérienne de la base Andrews, cet appareil avait été spécialement modifié pour voler dans des zones à haut risque et transportait un équipement de brouillage inventé par les Israéliens pour contrer les missiles sol-air aux mains des terroristes... ou des hommes d'affaires. L'appareil fit gronder ses moteurs et effectua un atterrissage parfait dans un léger vent d'ouest, puis roula jusqu'à un coin éloigné du terminal commercial, vers lequel se dirigeaient les voitures et les jeeps. Bien entendu, l'identité de l'appareil ne serait plus un secret pour quiconque prendrait la peine de le regarder. A peine s'était-il arrêté que les premières jeeps se disposaient sur le côté gauche. Des soldats armés bondirent à terre et prirent position, leurs armes automatiques pointées vers des dangers peut-être imaginaires, peut-être pas. La porte de l'appareil s'ouvrit. On commença à installer un escalier, mais le premier homme à sortir de l'avion n'en tint pas compte. Il sauta, une main glissée sous son pardessus, bientôt rejoint par un autre garde du corps. C'étaient des agents spéciaux du FBI dont le boulot consistait à préserver la sécurité physique du patron, le directeur Emil Jacobs. Ils se tenaient à l'intérieur du cercle formé par les soldats colombiens, membres d'une unité anti-insurrectionnelle. Tous étaient nerveux. La sécurité n'était jamais une affaire de routine dans ce pays. Trop de gens étaient morts pour prouver le contraire.

Jacobs sortit ensuite, accompagné par son assistant spécial et par Harry Jefferson, directeur de l'office de répression du trafic des stupéfiants, la DEA. Ce dernier posa le pied sur le sol à l'instant où la limousine de l'ambassadeur arrivait. Elle ne s'arrêta pas longtemps. L'ambassadeur descendit pour saluer ses hôtes, mais une minute plus tard tous se retrouvaient à l'intérieur de la voiture. Les soldats remontèrent dans leurs jeeps, qui formèrent l'escorte de l'ambassadeur. Le chef de l'équipage de l'avion ferma la porte du Gulfstream, dont les moteurs n'avaient pas cessé de ronfler, et celui-ci se remit aussitôt à rouler. Il repartait pour l'aéroport de la Grenade, construit par les Cubains pour le plus grand profit des Américains à peine quelques années plus tôt. L'appareil serait plus facile à surveiller là-bas.

— Comment s'est passé le vol, Emil ? demanda l'ambassadeur.

— A peine plus de cinq heures. Pas mal, laissa tomber le directeur.

Il se laissa aller sur le velours de la spacieuse limousine, dont toutes les places étaient occupées. A l'avant, il y avait le chauffeur de l'ambassadeur et son garde du corps. Ce qui faisait quatre mitraillettes dans la voiture, et le directeur était sûr que Harry Jefferson avait son automatique de service. Jacobs, qui n'avait jamais porté d'arme de sa vie, ne voulait pas se préoccuper de ces détails : si ses deux gardes du corps et son assistant — lui aussi tireur d'élite — ne suffisaient pas à le protéger, qui le pourrait ? Non qu'il fût particulièrement courageux, mais après quarante ans passés à lutter contre toute espèce de criminalité — la pègre de Chicago l'avait autrefois assez sérieusement menacé —, il était las de tout ce cirque. Il avait fini par s'en accommoder au mieux : le danger faisait maintenant partie du décor et il n'y accordait désormais pas plus d'attention qu'au motif d'un papier ou à la couleur d'une pièce.

En revanche, s'il y avait quelque chose qui éveillait son attention, c'était l'altitude. La ville de Bogota s'étend sur un haut plateau à 2 630 mètres. A cette hauteur, l'air est rare et il se demanda comment l'ambassadeur pouvait le supporter. Même le couvercle humide qui pesait l'été sur Washington était préférable, décida-t-il.

— Demain à 9 heures, c'est ça ? demanda-t-il.

— Absolument, acquiesça l'ambassadeur. Je crois qu'ils seront d'accord pour tout ce que nous voudrons.

Évidemment, l'ambassadeur ne savait pas sur quoi portait l'entrevue, ce qui ne lui plaisait guère.

— Ce n'est pas le problème, observa Jefferson. Je sais qu'ils sont bien disposés, ils ont perdu assez de flics et de juges pour ça. La question est : est-ce qu'ils vont nous suivre sur ce terrain ?

Est-ce que nous le ferions, dans des circonstances semblables ? se demanda Jacobs, puis il dévia la conversation dans une autre direction.

— Vous savez, nous n'avons jamais été particulièrement bons voisins, non ?

— Que voulez-vous dire ? demanda l'ambassadeur.

— Je veux dire : quand ça nous arrangeait que ces pays soient gouvernés par des truands, nous laissions faire. Quand les démocraties finissaient par s'implanter, et que leurs idées ne nous revenaient pas tout à fait, nous avons bien souvent fait preuve de mauvaise volonté et bousillé leurs efforts. Et maintenant que les trafiquants menacent leurs gouvernements à cause de ce que nos propres citoyens leur achètent... nous les attaquons.

— La démocratie a du mal à prendre ici, remarqua l'ambassadeur, les Espagnols n'étaient pas très forts pour ça...

— Si nous avions fait notre boulot voilà cinquante ou cent ans, nous n'aurions pas la moitié des problèmes que nous avons maintenant. Bon, on s'y est mal pris. Ce qui est sûr, c'est que maintenant, on a intérêt à s'y prendre bien.

— Si vous avez des suggestions, Emil...

Jacobs éclata de rire.

— Bon sang, Andy, je suis flic... enfin, disons, juriste, pas diplomate. C'est votre problème. Comment va Kay ?

— Très bien.

L'ambassadeur Andy Westerfield n'avait pas à s'enquérir de Mme Jacobs. Il savait que l'épouse d'Emil, après s'être courageusement battue, avait été vaincue par le cancer neuf mois plus tôt. Le directeur avait beaucoup souffert mais Ruth lui avait laissé tant de beaux souvenirs... Et puis il avait un boulot qui l'occupait. Tout le monde avait besoin de ce dérivatif, et Jacobs plus que quiconque.

Au terminal, un homme muni d'un Nikon 24 x 36 et de puissants téléobjectifs prenait des clichés depuis deux heures. Quand les limousines et leur escorte se dirigèrent vers la sortie, il ôta les objectifs, les plaça dans son sac et sortit vers une cabine téléphonique.

La limousine roulait vite, précédée et suivie d'une jeep. Les voitures de luxe accompagnées d'une escorte armée ne sont pas rares en Colombie. Il fallait lire la plaque d'immatriculation pour savoir que la voiture était enregistrée aux États-Unis. Les quatre hommes de chaque jeep ignoraient encore, cinq minutes avant de partir, leur mission d'escorte, et le trajet, s'il était prévisible, n'était pas long. Impossible, en si peu de temps, de monter une embuscade — pour autant qu'il se trouverait quelqu'un d'assez fou pour envisager une telle opération.

Il fallait être fou, n'est-ce pas, pour tuer un ambassadeur des États-Unis ; récemment ce n'était arrivé qu'au Soudan, en Afghanistan, au Pakistan... Et nul n'avait jamais rien tenté de sérieux contre un directeur du FBI.

Ils roulaient dans une Cadillac à châssis Fleetwood. Son équipement spécial comportait d'épaisses glaces lexan qui pouvaient arrêter une balle de FM, et un blindage de kevlar autour du compartiment des passagers. Les pneus étaient remplis de mousse anti-crevaison et le réservoir était fabriqué sur le modèle des avions militaires pour résister aux explosions. Comme de juste, la voiture était surnommée le Char dans le garage de l'ambassade.

Le chauffeur conduisait aussi habilement qu'un coureur professionnel. La puissance des moteurs lui permettait de foncer à plus de 160 kilomètres-heure ; avec son véhicule de trois tonnes, il effectuait des demi-tours sur place comme dans les films de gangsters et changeait de direction comme un cascadeur. Ses yeux allaient sans cesse de la route au rétroviseur. Une voiture les avait suivis pendant deux ou trois kilomètres mais elle avait tourné. Ce n'était sans doute rien, jugea-t-il. Quelqu'un qui revenait aussi de l'aéroport... La voiture possédait également un équipement radio perfectionné.

Ils se dirigeaient vers l'ambassade. L'ambassadeur avait une résidence séparée, jolie maison de deux étages entourée de trois hectares de jardin soigné et de bosquets, mais elle n'était pas assez sûre pour les visiteurs. Comme beaucoup d'ambassades américaines de notre époque, celle de Bogota ressemblait à un mélange d'immeuble de bureaux minable et d'une section de la ligne Maginot.

A 3000 kilomètres de là, l'écran d'un ordinateur afficha :

VOIX IDENT. VOIX 34 APPELLE RÉCEPT INCONNU Frq 889.980 MHZ
APPAREIL APPEL 2258Z IDENT INTERCEPT 381

Tony coiffa les écouteurs pour entendre en différé.

— Rien, dit-il un instant plus tard. Quelqu'un qui a démarré.

A l'ambassade, l'attaché juridique arpentait nerveusement le salon. Peter Morales, agent spécial du FBI, aurait dû se trouver à l'aéroport. C'était son directeur qui venait, mais les consignes de sécurité disaient une seule voiture, puisque c'était une visite surprise — et la surprise, comme chacun sait, fonctionne mieux sans démonstration de force massive. Morales ne faisait pas partie de ces « chacun-sait », car lui croyait aux démonstrations de force. Morales était d'origine californienne ; son nom était espagnol, mais sa famille se trouvait dans la région de San Francisco quand le major Fremont y était arrivé, et il avait dû travailler à réapprendre une langue maternelle quelque peu oubliée pour remplir ses fonctions présentes, qui impliquaient aussi de laisser aux États-Unis sa femme et ses enfants. Comme le disait son plus récent rapport, ici, c'était dangereux. Dangereux pour les habitants, dangereux pour les Américains, et très dangereux pour les flics américains.

Morales jeta un coup d'œil à sa montre. Encore deux minutes. Il se dirigea vers la porte.

— Juste à l'heure, nota un homme à quelques centaines de mètres de l'ambassade. Il parla dans une radio portative.

Il y a peu de temps, le RPG-7D était encore l'arme antichar légère courante des Soviétiques. Elle a pour ancêtre le Panzerfaust allemand, et vient d'être remplacée par le RPG-18, copie fidèle du M-72 LAW américain. L'adoption du nouveau modèle a permis de disposer de l'ancien, qui est venu augmenter un peu plus les réserves des bazars d'armes du monde. Conçue pour percer des trous dans les chars de combat, ce n'est pas une arme facile à utiliser. C'est pourquoi il y en avait quatre braquées sur la limousine.

La voiture se dirigeait vers le sud, le long de la

Carrera 13, dans le district appelé Palermo. Elle avait ralenti à cause de la circulation. Si les gardes du corps du directeur avaient connu le nom du quartier et le numéro de la rue, ils auraient soulevé des objections superstitieuses. La lenteur du trafic rendait tout le monde nerveux, en particulier les soldats des jeeps de l'escorte, qui tendaient le cou pour scruter les fenêtres des différents immeubles. Mais on ne peut pas normalement regarder de l'extérieur à travers une fenêtre. Même si elle est ouverte, ce n'est qu'un rectangle plus sombre que le mur extérieur, et l'œil s'accommode à la lumière ambiante, non à celle d'un endroit particulier. Il n'y eut pas d'avertissement.

Ce qui rendit la mort des Américains inévitable fut un simple feu tricolore. Un technicien travaillait sur un signal défectueux — les gens s'en plaignaient depuis une semaine — et, pendant qu'il vérifiait le mécanisme d'horlogerie, l'appareil passa au rouge. Tout le monde s'arrêta, presque en vue de l'ambassade. Des fenêtres du troisième étage, des deux côtés de la rue, quatre projectiles expédiés chacun par un RPG-7D différent jaillirent. Trois touchèrent la voiture, dont deux sur le toit.

L'éclair suffit. Morales se mit en mouvement avant même que le bruit parvienne aux portes de l'ambassade, et il courut, pleinement conscient de la futilité de son geste. Sa main droite extirpa l'automatique Smith & Wesson de son étui de ceinture, et il le tint comme on le lui avait appris, pointé vers le haut. Il ne lui fallut pas plus de deux minutes.

Ejecté de la voiture avec des blessures qu'aucun médecin ne pourrait suturer à temps, le chauffeur était encore vivant. Les soldats de la jeep de tête avaient disparu, mais il y avait du sang sur le siège arrière. Le conducteur de la jeep de queue était encore au volant, les mains sur un visage déchiqueté par le verre cassé ; l'homme à côté de lui était mort, mais les deux autres avaient disparu...

Puis Morales comprit. Des tirs d'armes automatiques éclatèrent sur sa gauche, s'arrêtèrent, reprirent. Un hurlement vint d'une fenêtre, puis s'arrêta aussi. Morales aurait voulu courir jusqu'au bâtiment, mais il n'avait aucun droit d'intervenir, et il était bien trop professionnel pour risquer stupidement sa vie. Il approcha de la limousine écrasée. C'était aussi, il le savait, un geste futile.

Ils étaient tous morts instantanément, ou du moins aussi vite qu'un homme peut mourir. Les deux gardes du corps du directeur portaient des gilets de kevlar, capables d'arrêter les balles mais pas les fragments d'un projectile de guerre hautement explosif, et qui s'étaient démontrés aussi peu efficaces que le blindage des chars. Car Morales comprit ce qui avait frappé les voitures : des armes conçues pour détruire les chars. Les vrais. Pour ceux qui étaient à l'intérieur, la seule chose remarquable était qu'on puisse encore dire qu'un jour ils avaient été des êtres humains. Morales se détourna.

Seul au milieu de la rue, il s'efforçait d'agir sans laisser ses sentiments humains affecter son jugement. Le seul soldat vivant en vue était trop grièvement blessé pour bouger — il ne savait sans doute plus qui ni où il était. Aucun passant n'était venu proposer son aide... mais certains d'entre eux, à ce qu'il vit, étaient blessés aussi, et leurs blessures occupaient l'attention des autres. Morales comprit que l'état de la voiture suffisait pour que tout le monde sache où il était encore utile de concentrer ses efforts. Le regard de l'agent balaya la rue. Il ne vit pas le technicien à la boîte de contrôle des feux. L'homme était déjà parti.

D'un immeuble sortirent deux soldats, dont l'un portait un lance-roquette RPG-7. Morales reconnut l'un d'eux, le capitaine Edmundo Garza. Du sang maculait son pantalon et sa chemise kaki, et il y avait dans ses yeux ce regard éperdu que Morales n'avait plus revu depuis son séjour chez les marines. Derrière lui, deux hommes en transportaient un troisième, blessé aux bras et à l'aine. Morales rangea son automatique avant de s'avancer, lentement, les mains bien visibles jusqu'à ce qu'il fût sûr qu'on l'eût reconnu.

— *Capitán*... dit-il.

— Un autre mort là-haut et un des miens. Quatre équipes. Des voitures pour la fuite sur l'arrière.

Garza jeta sur son avant-bras un coup d'œil ennuyé pour évaluer ses blessures. De toute façon, pour l'instant, il ne pouvait compter que sur le choc pour repousser le moment de la douleur. Il examina ensuite la voiture pour la première fois depuis quelques minutes, dans l'espoir que sa première impression eût été fausse, et dans la certitude qu'il n'en était rien. Son beau visage ensanglanté se tourna vers celui de l'Américain qui secoua la tête en réponse. Garza était un homme fier, un soldat professionnel voué de toute son âme au service de son pays, et il avait été choisi pour cette mission en raison de sa compétence et de son intégrité. Lui qui ne craignait pas la mort, il venait de subir ce que les soldats redoutent par-dessus tout. Il avait échoué dans sa mission. Pis encore, il ne savait pas pourquoi.

Ignorant toujours ses blessures, Garza se tourna vers leur unique prisonnier.

— On va avoir une petite conversation, lui promit-il avant de s'évanouir dans les bras de Morales.

— Salut, Jack !

Dan et Liz Murray venaient d'arriver chez les Ryan. Dan dut se défaire de son automatique et de l'étui, qu'il abandonna sur une étagère d'un air quelque peu embarrassé.

— Je croyais que t'avais un revolver, dit Jack avec un large sourire.

C'était la première fois qu'ils recevaient les Murray.

— Je regrette mon Python, mais le Bureau a adopté les automatiques. De toute façon, je cours plus après les crapules. Je cours après les mémoires, les tableaux d'affectation et les estimations budgétaires. Le pied, conclut-il, lugubre.

— Je connais, acquiesça Ryan en conduisant Murray à la cuisine. Une bière ?

— Volontiers.

La première fois qu'ils s'étaient rencontrés, voilà quelques années, au St. Thomas's Hospital pour être précis, Murray était attaché juridique à l'ambassade américaine, et Ryan souffrait d'une blessure par balle. Toujours grand et maigre, le cheveu un peu plus rare mais pas encore gris, Murray était un homme affable et vif qu'on n'aurait jamais pris pour un flic, encore moins pour l'un des meilleurs. Enquêteur doué, il avait pourchassé toutes les sortes de criminels et s'il s'irritait de l'absence de vrai travail policier, il exécutait ses tâches administratives avec autant de talent que les autres.

— Qu'est-ce que c'est que ce nouveau coup de filet dont j'ai entendu parler ? demanda Jack.

— Tarpon ? Le Cartel a assassiné un type qui blanchissait de l'argent à grande échelle... et qui se remplissait largement les poches aussi. Il a laissé des registres derrière lui. Nous les avons trouvés. Nous avons eu une quinzaine très occupée à suivre toutes les pistes.

— On m'a parlé de six cents millions.

— Ça va être beaucoup plus. Les Suisses ont déniché un nouveau compte cet après-midi.

— Ben dis donc !

Ryan décapsula deux bières.

— Un sacré coup de filet, hein ?

— Je crois qu'ils s'en souviendront, approuva Murray. Qu'est-ce que j'ai entendu dire, à propos de ton nouveau boulot ?

— Sans doute la vérité. Simplement que tu ne voudrais pas d'une promotion de ce genre.

— Ouais. J'ai jamais rencontré l'amiral Greer, mais le directeur pense beaucoup de bien de lui.

— Ils se ressemblent. D'honorables gentlemen à l'ancienne, observa Jack. Espèce en voie de disparition.

— Bonjour, monsieur Murray, dit Sally Ryan depuis le seuil.

— Monsieur Murray ?

— Oncle Dan !

Sally s'élança et le serra dans une étreinte frénétique.

— Tante Liz dit que toi et papa feriez mieux de sortir d'ici, gloussa-t-elle.

— Pourquoi des guerriers comme nous se laissent-ils marcher sur les pieds comme ça ?

— Peut-être parce qu'elles sont plus fortes que nous ? proposa Ryan.

Dan éclata de rire.

— Ouais, c'est sans doute ça. Je...

Puis son récepteur de poche grésilla. Murray détacha la petite boîte de plastique de sa ceinture. Le minuscule écran à cristaux liquides montra le numéro qu'il était supposé appeler.

— ... Tu sais, j'aimerais bien m'occuper du fumier qui a inventé ces machins.

— Il est déjà mort, répliqua Jack, pince-sans-rire. Il a débarqué à l'hosto avec des douleurs dans la poitrine et quand le médecin a découvert qui il était, ils ne se sont pas pressés de le soigner. Le médecin a déclaré par la suite qu'il avait eu un coup de fil important et... oh, dis donc, s'interrompit Ryan. Tu as besoin d'une ligne sûre ? J'en ai une dans la bibliothèque.

— Ça ferait mec important, observa Murray. Non, je peux utiliser celui-là ?

— Bien sûr, le bouton sur l'arrière te branche sur la ligne de Washington.

Sans avoir besoin de le relire sur son récepteur, Murray composa le numéro. C'était celui du bureau de Shaw.

— Ici Murray. Vous m'avez appelé, Alice ? D'ac... Salut, Bill, qu'est-ce qu'il y a ?

Ce fut comme si un froid soudain tombait sur la pièce. Ryan le sentit avant de comprendre le changement qui s'opérait sur le visage de Murray.

— Aucun espoir que... oh, ouais, je connais Pete.

Murray jeta un coup d'œil à sa montre.

— Je serai là dans quarante minutes.

Il raccrocha.

— Qu'est-ce qui se passe ?

— On a flingué le directeur, répondit simplement Dan.

— Quoi... où ?

— A Bogota. Il était là-bas pour une rencontre secrète, avec le chef de la DEA. Ils sont partis cet après-midi. Ils avaient vraiment maintenu le secret.

— Aucun espoir de...

Murray secoua la tête.

— C'est Peter Morales, l'attaché. Un bon agent, j'ai déjà travaillé sur le terrain avec lui. Il a dit qu'ils ont été tous tués sur le coup. Emil, Harry Jefferson, l'ambassadeur, tous les types de la sécurité.

Il se tut un instant en voyant l'expression de Jack.

— Ouais, les tueurs étaient drôlement bien renseignés.

Ryan hocha la tête.

— C'est la conclusion à laquelle j'étais arrivé...

— Je crois que tout le monde, jusqu'au dernier agent de la base, adorait cet homme.

Murray posa sa bière sur le comptoir.

— Navré, mon vieux.

— Qu'est-ce que tu disais ? Une espèce en voie de disparition ?

Murray secoua la tête et alla chercher sa femme. Ryan n'avait pas fini de fermer la porte derrière eux que son téléphone de sécurité sonnait.

Le Hideaway, sis à quelques kilomètres seulement du Luray Caverns, était un immeuble contemporain en dépit de l'absence délibérée de quelques commodités modernes. Pas de télévision par câble dans les chambres, pas de télévision satellite payante, pas de journaux posés devant la porte chaque matin. Mais il y avait l'air conditionné, l'eau courante et la carte des plats servis en chambre faisait six pages, celle des vins, dix. L'hôtel hébergeait les nouveaux mariés qui n'avaient pas besoin de distractions, et ceux qui cherchaient quelques distractions à leur mariage. Service à l'européenne. Le client n'était pas censé faire autre chose que manger, boire et froisser les draps, bien qu'il y eût des chevaux, des courts de tennis et une piscine pour ceux, peu nombreux, qui ne disposaient pas d'une baignoire assez grande pour en faire office. Moira laissa son amant abandonner dix dollars de pourboire au chasseur avant de songer à poser la question qui s'imposait.

— Sous quel nom nous as-tu inscrits ?

— M. et Mme Juan Diaz.

Nouveau regard gêné.

— Excuse-moi, mais je n'ai pas su quoi dire d'autre. Je ne pensais pas..., s'empressa-t-il de mentir. Et je ne voulais pas... qu'est-ce que je pourrais dire sans être embarrassé ? demanda-t-il enfin avec un geste de frustration.

— Bon, j'ai besoin d'une douche. Puisque nous sommes mariés, tu peux te joindre à moi. Ça a l'air assez grand pour deux.

Elle sortit de la chambre en laissant au passage son chemisier de soie sur le lit.

Cinq minutes plus tard, Cortez conclut que la douche était assez grande pour quatre. Vu la tournure des événements, c'était juste bien.

Le Président était venu à Camp David pour le week-end, et lui-même sortait de la douche quand son aide militaire adjoint — c'était un lieutenant de marine qui assumait la charge — lui apporta le téléphone sans fil.

— Oui, qu'y a-t-il ?

La première réaction du lieutenant en voyant l'expression du Président fut de se demander où était son pistolet.

— Je veux que le ministre de la Justice, l'amiral Cutter, le juge Moore et Bob Ritter viennent tout de suite. Dites au secrétaire de presse de m'appeler dans un quart d'heure pour qu'on travaille sur la déclaration. On les ramène tous ? Bon, nous avons une heure ou deux pour y réfléchir. Pour l'instant, le protocole habituel. C'est bien. Non, rien du département d'État. Je m'en occupe d'ici, puis le secrétaire pourra dire son mot. Merci.

Le Président coupa et rendit l'appareil au marine.

— Monsieur, s'il y a quelque chose que les personnels de la garde doivent...

— Non.

Le Président expliqua brièvement ce qui s'était passé.

— Retournez à vos affaires, lieutenant.

— A vos ordres, monsieur le Président.

Le marine sortit. Le Président mit sa sortie de bain et s'approcha du miroir pour se coiffer. Il lui fallut utiliser le tissu de sa manche pour essuyer la condensation sur la glace.

— Bon, dit le Président des États-Unis au miroir. Puisque vous voulez jouer à ça, crapules...

Le vol d'Andrews vers Camp David fut effectué à bord d'un des nouveaux hélicoptères VH-60 Blackhawk que la 89e escadrille de transport militaire venait juste d'acquérir. Somptueusement aménagé pour le déplacement des VIP, c'était encore un appareil trop bruyant pour permettre une conversation normale. Chacun des quatres passagers contemplait, à travers les vitres des portes coulissantes, les collines du Maryland qui s'étalaient sous l'appareil. Chacun était seul avec sa colère et son chagrin. Le vol prit vingt minutes. On avait dit au pilote de se dépêcher.

A l'atterrissage, les quatre hommes furent embarqués dans une voiture pour le court trajet jusqu'au bungalow du Président dans le parc. Quand ils arrivèrent, il raccrochait le téléphone. Il avait fallu une demi-heure pour retrouver le secrétaire de presse, ce qui avait exacerbé l'humeur déjà orageuse du chef de l'État.

L'amiral Cutter commença à dire combien il était désolé mais s'interrompit en voyant l'expression du Président.

Ce dernier s'assit sur un divan en face de l'âtre. Devant lui se trouvait ce que la plupart des gens auraient pris pour une table basse, mais le couvercle relevé, on découvrait un ensemble d'écrans d'ordinateurs et d'imprimantes thermiques silencieuses reliés aux principales agences de presse et aux autres canaux d'information gouvernementaux. Quatre téléviseurs, dans la pièce voisine, étaient branchés sur CNN et les autres grands réseaux. Les quatre visiteurs le fixaient, contemplant la colère qui fusait du Président comme la vapeur d'une bouilloire.

— Nous n'allons pas laisser passer ça en faisant le dos rond et en nous lamentant, dit calmement le Président en levant les yeux. Ils ont tué mon ami. Ils ont tué mon ambassadeur. Ils ont directement défié la souveraineté des États-Unis d'Amérique. Ils veulent jouer dans la cour des grands, poursuivit le Président d'une voix trop calme. Bon, ils vont apprendre les règles des grands. Peter, annonça-t-il au ministre de la Justice, désormais, selon une directive présidentielle officieuse, le Cartel de la drogue a entamé une guerre non déclarée contre le gouvernement des États-Unis. Ils ont choisi d'agir comme un État hostile. Nous les traiterons ainsi. En tant que Président, je suis résolu à mener le combat contre l'ennemi comme nous le mènerions contre n'importe quel terrorisme d'État.

Le ministre de la Justice ne dit rien mais acquiesça d'un signe de tête. Le Président se tourna vers Moore et Ritter.

— On ne prend plus de gants. Je viens de mettre au point l'habituel discours gnangnan que mon secrétaire de presse va diffuser, mais on ne prend plus de gants. On applique le plan jusqu'au bout. Je veux que ces salopards dégustent. Plus de conneries du genre « faire passer un message ». Je veux leur expédier le message, que le téléphone sonne ou pas. Monsieur Ritter, vous avez votre permis de chasse, et il n'y pas de contingentement. C'est suffisamment clair ?

— Oui, monsieur, répondit le directeur des Opérations.

En fait, ça ne l'était pas. Le Président n'avait pas prononcé une seule fois le mot « tuer », comme le prouveraient les magnétophones qui étaient sûrement quelque part dans la pièce. Mais il y avait des choses qui ne se faisaient pas. Par exemple, obliger le Président à parler clairement quand il préférait l'éviter.

— Trouvez-vous un bungalow et revenez avec un plan. Peter, je veux que vous restiez ici avec moi un moment.

En clair : le ministre de la Justice, une fois qu'il avait acquiescé au désir du Président de faire quelque chose, n'avait pas besoin de savoir ce qui allait être fait. L'amiral Cutter, qui connaissait mieux Camp David que les deux autres, montra le chemin jusqu'aux bungalows des hôtes. Comme il était devant eux, Moore et Ritter ne purent voir le sourire sur son visage

Au même moment, Ryan arrivait à son bureau, après avoir conduit lui-même, habitude qu'il commençait à perdre. Quand il sortit de l'ascenseur, le chef des officiers de permanence l'attendait dans le couloir. L'exposé prit en tout quatre minutes, puis Ryan se retrouva seul dans son bureau, avec rien à faire. Étrange. Il était à présent dans le secret de tout ce que le gouvernement savait de l'assassinat de ses hommes — en fait, pas beaucoup plus que ce qu'il avait appris par la radio en venant, bien qu'il puisse maintenant mettre des noms sur les « sources anonymes ». C'était important quelquefois, mais pas cette fois-ci. Le directeur des Informations centrales et le directeur adjoint des Opérations, lui avait-on apris tout de suite, étaient à Camp David avec le Président.

Pourquoi pas moi ? se demanda-t-il avec étonnement.

Il aurait dû y penser tout de suite, bien sûr, mais il n'était pas habitué au rôle de dirigeant. Comme il n'avait rien à faire, son esprit prit la tangente pendant quelques minutes. La conclusion était évidente. Il n'avait pas besoin de savoir de quoi on discutait... mais cela signifiait que quelque chose était déjà en train, n'est-ce pas ? Si c'était le cas, quoi ? Et depuis combien de temps ?

Le lendemain à midi, un transporteur Starflifter C-141B des forces aériennes atterrit à l'aéroport international El Dorado. On n'avait jamais vu un tel dispositif de sécurité depuis les funérailles d'Anouar El Sadate. Des hélicoptères armés tournaient dans le ciel. Un bataillon entier de parachutistes bouclait l'aéroport, qui était fermé pour trois heures. Sans compter, bien sûr, les gardes d'honneur, qui avaient tous le sentiment que leur honneur était perdu.

Le cardinal Esteban Valdez et le grand rabbin de la modeste communauté juive de Bogota prièrent ensemble sur les cercueils. Le Vice-Président représentait le gouvernement américain, et l'un après l'autre, les soldats colombiens remirent les cercueils aux porteurs, tous soldats des États-Unis. On prononça les discours habituels et prévisibles. Le plus éloquent fut le court message délivré par le ministre de la Justice colombien, qui pleura sans honte sur son ami et compagnon d'université. Le Vice-Président monta à bord de son appareil et partit, suivi par le gros transporteur Lockheed.

La déclaration du Président, déjà diffusée, parlait de réaffirmer la prééminence de cette loi à laquelle Emil Jacobs avait consacré sa vie. Mais même à ceux qui n'en savaient pas plus, cette déclaration parut aussi légère que l'air de l'aéroport international d'El Dorado.

Dans la ville de Eight Mile, banlieue de Mobile, dans l'Alabama, un policier nommé Ernie Braden, aux commandes d'une tondeuse autoportée, tondait son gazon. Membre de la brigade anticambriolage, il connaissait toutes les astuces de son gibier, en particulier les techniques permettant de désactiver les complexes systèmes d'alarme utilisés, par exemple, par les riches promoteurs. Ce savoir-faire, s'ajoutant aux informations glanées lors des bavardages de bureau — la tanière des stups était juste à côté de la section anticambriolage —, lui permettait d'offrir ses services à qui lui donnait de quoi payer l'orthodontiste et les profs de ses enfants. Braden n'était pas vraiment un ripoux, simplement un flic qui faisait ce boulot depuis plus de vingt ans et qui s'en foutait désormais complètement. Si les gens voulaient se droguer, grand bien leur fasse. Si des trafiquants voulaient tuer leurs semblables, c'était tant mieux pour le reste de la société. Et si une de ces arrogantes têtes de nœud de banquier se révélait être un fieffé filou, alors, là aussi, tant pis ; tout ce qu'on avait demandé à Braden, c'était de perquisitionner la maison du type pour vérifier qu'il ne laissait pas de registres. C'était vraiment dommage pour l'épouse et pour les gosses, mais ce que ce type avait fait, ça s'appelait jouer avec le feu.

Braden rationalisait le dommage causé à la société simplement en continuant à enquêter sur ses cambriolages et même en attrapant un vrai truand de temps en temps. Le cambriolage était un délit fort intéressant. On ne lui avait jamais accordé l'attention qu'il méritait. Pas plus qu'aux gens chargés d'enquêter sur ce type d'affaire — sans doute la partie la moins considérée des défenseurs de la loi. Il avait préparé pendant neuf ans l'examen de lieutenant et ne l'avait jamais réussi. Braden avait besoin, ou du moins envie de l'argent que cette promotion lui aurait rapporté, et il voyait ces promotions aller aux cracs des stups et des homicides pendant que lui trimait... et pourquoi pas lui ? Par-dessus tout, Ernie Braden en avait sa claque. Il en avait marre des longues heures de service. Marre des victimes qui passaient leur colère sur lui quand il essayait simplement de faire son boulot. Marre qu'on l'envoie dans les écoles du quartier faire pour la forme des conférences contre le crime que personne n'écoutait. Il en avait même marre d'entraîner la petite équipe de base-ball locale, alors que cette activité avait été la seule joie de sa vie. Marre de tout, mais il ne pouvait pas se permettre de prendre sa retraite, pour l'instant. Pas encore, en tout cas.

Le bruit de la tondeuse autoportée Sears traversait l'air brûlant et humide de la rue silencieuse dans laquelle lui et sa famille vivaient. Il se passa un mouchoir sur le front et contempla la bière glacée qu'il avait quasiment terminée. Ça aurait pu être pire. Trois ans plus tôt, il en était encore à pousser une saloperie de tondeuse. Maintenant au moins, il pouvait rester assis en accomplissant sa corvée hebdomadaire : couper cette saloperie d'herbe. Sa femme était vraiment fana des pelouses et des jardins. *Pour ce qu'on en a à foutre*, grommela Braden.

Il se concentra sur ce qu'il faisait, s'assurant que les lames étaient passées au moins deux fois sur chaque centimètre carré de cette saloperie d'herbe qui, si tôt dans la saison, poussait presque aussi vite qu'on la coupait. Il ignora le minibus Plymouth qui descendait la rue. Comme il ignorait que ses bailleurs de fonds étaient très mécontents d'une intervention clandestine qu'il avait faite pour leur compte.

Comme beaucoup d'hommes et la plupart des policiers, Braden avait plusieurs manies. En l'occurrence, il ne sortait jamais sans arme. Même pour tondre le gazon. Dans le dos de sa chemise graisseuse, il avait un Chief's Special Smith & Wesson, un revolver cinq coups en acier, la seule chose qu'il eût jamais réussi à avoir, portant la mention « Chief ». Quand il remarqua enfin le minibus qui se garait derrière sa Chevy Citation, il n'y accorda guère d'attention, notant seulement qu'il y avait deux hommes à l'intérieur, qui regardaient dans sa direction.

Toutefois, son instinct de flic ne l'abandonna pas tout à fait. Ils le fixaient très durement. Ce qui le fit regarder mieux, surtout par curiosité. Qui pouvait s'intéresser à lui un samedi après-midi ? Quand la porte du côté passager s'ouvrit et qu'il vit l'arme, la question s'évanouit.

Comme il roulait à terre, son pied lâcha la pédale du frein, provoquant un effet opposé à celui qu'il aurait obtenu dans une voiture. Le motoculteur s'arrêta sur un mètre, ses lames continuant de rogner le mélange de gazon et de fétuque qui couvrait la pelouse. Braden tomba juste devant l'orifice d'éjection de la tondeuse et sentit dans ses genoux le contact de grains de sable et de minuscules cailloux mais cela n'avait guère d'importance pour l'instant. Son revolver était déjà sorti quand l'homme du minibus tira le premier coup de feu.

Il utilisait un Ingram Mac-10, sans doute un 9 mm, et ne savait pas très bien s'en servir. La première balle atteignit en gros la cible, mais l'arme notoirement instable échappa à son contrôle, il ne toucha même pas la tondeuse et ses tirs se perdirent dans le ciel. Braden répliqua par deux coups de revolver mais la distance était de plus de dix mètres et le Chief's Special n'a qu'un canon de deux pouces, ce qui lui donne un rayon d'efficacité d'à peine quelques mètres. La brusque tension nerveuse s'ajoutant aux défauts d'une arme mal choisie eurent pour résultat qu'il ne toucha que le minibus, une fois, derrière la cible.

Mais le bruit d'un PM est aisément reconnaissable — impossible de le confondre avec l'explosion de pétards — et le voisinage se rendit compte immédiatement qu'il se passait quelque chose de très inhabituel. Dans une maison de l'autre côté de la rue, un garçon de quinze ans nettoyait sa carabine. C'était une vieille Marlin .22 qui avait autrefois appartenu à son grand-père et son heureux propriétaire avait appris à s'en servir auprès de Braden, qu'il considérait comme un type bien. Le jeune homme en question, Erik Sanderson, posa son nécessaire de nettoyage et s'approcha de la fenêtre juste à temps pour voir son professeur tirer sur quelqu'un de derrière sa tondeuse. Avec la clarté d'esprit qui s'impose en de tels instants, Erik Sanderson vit que des gens essayaient de tuer son instructeur, un policier, qu'il se trouvait à trente mètres de là avec une carabine et des cartouches à la main et que ce serait une Bonne Action s'il se servait de son arme pour venir en aide au défenseur de l'ordre. Qu'il eût passé la matinée à canarder des boîtes de conserve signifiait seulement qu'il était prêt. La grande ambition d'Erik Sanderson était de devenir marine et il saisit la chance d'avoir un avant-goût de sa future carrière.

Tandis que les coups de feu continuaient de claquer dans la rue ombragée, il saisit la carabine et une poignée de petites cartouches de cuivre coloré et courut sur la véranda. D'abord il extirpa la tige actionnée par un ressort, qui pousse les balles dans le magasin sous le canon. Il tira trop fort, la fit tomber mais le jeune homme eut le bon sens de ne pas s'attarder là-dessus. Il glissa les balles de .22 dans le chargeur une à une, surpris de se sentir déjà les mains moites. Quand il eut chargé quatorze balles, il se baissa pour prendre la tige et deux balles tombèrent sur le devant du tube. Il prit le temps de les recharger, de réinsérer la tige, la bloqua, puis monta et descendit le levier, chargeant le canon et relevant le chien.

Il se précipita sur le trottoir, et prit position derrière le capot de la voiture paternelle. De ce point il voyait les deux hommes qui tiraient tous deux, pistolet-mitrailleur à la hanche. Braden tirait sa dernière balle, qui rata sa cible aussi lamentablement que les autres. Le policier se retourna pour courir s'abriter dans la maison, mais trébucha et eut du mal à se relever. Les deux tueurs avançaient sur lui, en remettant un chargeur dans leur arme. Les mains d'Erik Sanderson tremblaient quand il épaula son fusil. Il avait des viseurs d'acier à l'ancienne et, tandis qu'il mettait en joue, dut s'arrêter pour se rappeler comment on lui avait appris à les aligner, le viseur de devant centré sur l'entaille du viseur arrière, le haut de la tige de mire à la même hauteur que le haut de la lame arrière.

Il avait horriblement peur d'arriver trop tard. Les deux hommes déchiquetèrent son entraîneur avec des rafales à bout portant. A cet instant, quelque chose se déclencha dans la tête d'Erik. Il visa la tête du tueur le plus proche et tira.

Comme beaucoup de tireurs jeunes et inexpérimentés, il leva immédiatement la tête pour voir ce qui se passait. Rien. Il avait raté son coup — avec une carabine, à trente mètres, il avait raté son coup. Étonné, il visa de nouveau et pressa la détente, mais rien ne se passa. Le chien était baissé. Il avait oublié d'actionner le levier. En lâchant un juron qui lui aurait valu une gifle maternelle, il rechargea la Marlin .22 et visa très très soigneusement avant d'appuyer une nouvelle fois sur la détente.

Les tueurs n'avaient pas entendu son premier coup et les oreilles encore pleines de leur propre tir, ils n'entendirent pas le deuxième, mais la tête de l'un des hommes pencha brusquement sur le côté sous l'effet brûlant d'une balle qui bourdonna à ses oreilles. L'homme comprit ce qui se passait, se tourna vers la gauche et lâcha une longue rafale en dépit de la terrible douleur qui s'empara en un instant de son crâne. L'autre vit Erik et fit feu à son tour.

Mais le jeune homme rechargeait à présent son arme aussi vite qu'il tirait. Il fixait avec rage ses cibles qu'il continuait de manquer, sursautant à chaque coup, s'acharnant à vouloir tuer les deux hommes avant qu'ils atteignent leur véhicule. Il eut la satisfaction de les voir se baisser pour s'abriter et gaspilla ses trois dernières balles à tirer dans le minibus pour essayer de les atteindre. Mais aucune .22 n'a jamais accompli un tel exploit et le véhicule démarra.

Erik le regarda s'éloigner, en regrettant de ne pas avoir chargé plus de balles dans son fusil, en regrettant de ne pas pouvoir tirer dans la baie arrière du minibus avant qu'il tourne à droite et disparaisse.

Le jeune homme n'eut pas le courage d'aller voir ce qui était arrivé à Braden. Il se contenta de rester là, couché sur le coffre du camion, en se maudissant de les avoir laissés s'échapper. Il ne savait pas, et ne croirait jamais, qu'il s'était en fait mieux conduit que ne l'aurait fait n'importe quel policier entraîné.

Dans le minibus, l'un des tueurs remarqua davantage la balle dans sa poitrine que celle dans sa tête. Mais ce fut cette dernière qui le tua. Comme l'homme se baissait, une artère endommagée se rompit complètement et inonda la cabine de sang, à la grande surprise du mourant qui n'eut que quelques secondes pour comprendre ce qui s'était passé...

C'est à bord d'un autre appareil de l'Air Force, un C-141B, que M. Clark se rendit du Panama jusqu'à Andrews, où l'on se livrait à de rapides préparatifs pour la cérémonie de l'arrivée. Avant que l'appareil qui transportait les corps eût atterri, Clark se trouvait déjà à Langley où il s'entretenait avec son patron, Bob Ritter. Pour la première fois depuis une génération, la direction des Opérations recevait du Président un permis de chasse. John Clark, enregistré sur les listes du personnel comme un instructeur, était le chef des chasseurs de la CIA. On ne lui avait pas demandé d'exercer ce talent particulier depuis très longtemps, mais il le possédait toujours.

Ritter et Clark ne regardèrent pas la retransmission télévisée de l'arrivée. Tout cela était désormais entré dans l'histoire, et si tous deux s'intéressaient à l'histoire, c'était surtout à son aspect jamais écrit.

— Nous allons réexaminer l'idée que vous m'avez présentée à St. Kitts, annonça le directeur adjoint des Opérations.

— Quel est l'objectif ? demanda prudemment Clark.

Il n'était pas difficile de comprendre le pourquoi de cette entrevue, ni d'où venait la directive. Voilà pourquoi il fallait être prudent.

— En bref, se venger, répondit Ritter.

— Administrer un châtiment serait une expression mieux choisie, avança Clark.

Il manquait d'éducation scolaire mais il avait beaucoup lu.

— Les cibles représentent un danger imminent pour la sécurité des États-Unis.

— C'est le Président qui a dit ça ?

— Ce sont ses mots, affirma Ritter.

— Parfait. Donc tout est légal. Pas moins dangereux, mais légal.

— Vous pouvez le faire ?

Clark eut un sourire distant.

— Je mènerai ma part de l'opération à ma façon. Sinon, laissez tomber. Je ne veux pas mourir à cause d'indiscrétions. Vous me donnez la liste et les coordonnées des cibles. Je fais le reste, à ma façon, à mon rythme.

— D'accord, dit Ritter.

Clark fut plus qu'étonné de la rapidité avec laquelle ses conditions étaient acceptées.

— Alors je peux le faire. Que deviennent les garçons que nous avons lâchés dans la jungle.

— Nous les sortons cette nuit.

— Pour les réinfiltrer où ?

Ritter le lui dit.

— C'est vraiment dangereux, observa l'instructeur, bien que la réponse ne l'eût pas surpris. C'était sans doute prévu depuis longtemps... mais, si c'est le cas...

— Nous le savons.

— Ça ne me plaît pas, dit Clark après un moment de réflexion. Ça complique les choses.

— Nous ne vous payons pas pour que ça vous plaise.

Clark dut le reconnaître. Mais il était assez honnête envers lui-même pour admettre cette part de lui-même à qui cela ne plaisait pas. C'était un boulot comme celui-là, après tout, qui l'avait jeté dans les bras protecteurs de la CIA, bien des années auparavant. Mais ce boulot-là était l'œuvre d'indépendants. Celui-ci était légal, mais discutable. Autrefois cela n'aurait pas dérangé M. Clark, mais maintenant qu'il avait femme et enfants, si.

— Je peux aller voir ma famille pour deux jours ?

— Bien sûr. Il me faudra un moment pour mettre les choses au point. Je vous ferai passer toutes les informations dont vous avez besoin par la Ferme.

— Comment appellerons-nous cette opération ?

— Réciprocité.

— C'est pas mal choisi, je crois, observa Clark en se fendant d'un large sourire.

En gagnant l'ascenseur, il croisa le nouveau directeur adjoint de l'Information qui se dirigeait vers le bureau du juge Moore. Bien que leurs vies se fussent déjà croisées en deux occasions, Clark et Ryan ne s'étaient encore jamais vraiment rencontrés. Le moment n'était pas encore venu.

14

LE RAMASSAGE

— Je dois un grand merci à ton patron, dit Juan. Peut-être le rencontrerai-je un jour.

Il avait pris tout son temps, le temps d'établir entre eux l'intime confiance qui est censée régner entre mari et femme — le véritable amour, après tout, ne connaît pas de secret — et il lui soutirerait tous les renseignements qu'il voudrait.

— Peut-être, répondit Moira rêveusement.

Une part d'elle-même pensait déjà que le patron viendrait à son mariage. Était-ce trop espérer ?

— Pourquoi est-il allé en Colombie ? demanda Juan tandis que ses doigts exploraient à nouveau ce qui lui était devenu un terrain très familier.

— Oh, je peux en parler, maintenant, puisqu'ils l'ont annoncé à la télé. C'est à cause de l'opération Tarpon.

Pendant que Moira lui expliquait de quoi il s'agissait, il s'appliqua à ne pas interrompre un instant ses caresses.

Ce qui était la moindre des choses, pour un ancien officier des services secrets. Il se surprit même à regarder le plafond en souriant paresseusement. *L'imbécile. Je l'ai averti. Et plus d'une fois, même, dans son propre bureau. Mais non, il se croit trop fort et trop malin pour suivre mes conseils. Peut-être ce crétin va-t-il m'écouter, maintenant...* Il lui fallut encore quelques secondes avant de se demander comment allait réagir son employeur. Soudain son sourire s'effaça, sa main s'immobilisa.

— Qu'est-ce qu'il y a, Juan ?

— Ton patron a mal choisi son moment pour aller à Bogota. Ils vont être furieux. S'ils apprennent qu'il est là...

— C'est un voyage top secret. Leur ministre de la Justice est un vieil ami de Jacobs. Ils se connaissent depuis quarante ans, je crois qu'ils sont allés à l'école ensemble.

Le voyage *était* top secret. Cortez se dit qu'ils ne pouvaient pas être assez fous pour... mais si, ils en étaient capables. Il s'étonna que Moira ne remarque pas le frisson glacé qui lui parcourait le corps. Que faire ?

Comme toutes les familles de militaires ou de cadres commerciaux, la famille de Clark avait l'habitude de le voir partir du jour au lendemain, pour des laps de temps plus ou moins longs, et de le voir réapparaître pratiquement sans prévenir. C'était presque un jeu, un jeu auquel, curieusement, sa femme acceptait de se prêter. Ce jour-là, il prit une voiture de service et fit seul les deux heures et demie de route jusqu'à Yorktown, Virginie, afin de passer en revue l'opération qu'il allait lancer. Quand il prit la bretelle de l'Inter-États 64, il avait résolu tous les problèmes de procédure. Les détails attendraient qu'il ait le temps de regarder le dossier que Ritter avait promis de lui envoyer.

La maison des Clark correspondait en tous points à la demeure classique du cadre moyen américain, quatre chambres, deux niveaux, murs de briques, et un demi-hectare de terrain dans une de ces pinèdes communes au Sud des États-Unis. Elle était située à dix minutes de la Ferme, le centre d'entraînement de la CIA dont l'adresse postale était à Williamsburg, mais qui se trouvait en fait plus près de Yorktown, juste à côté d'installations où la marine entreposait à la fois ses missiles balistiques équipant les sous-marins et leurs têtes nucléaires. Les autres maisons de la résidence étaient pour la plupart occupées par des instructeurs de la CIA, ce qui lui évitait d'avoir à élaborer trop de mensonges à l'intention de ses voisins. Sa famille, bien entendu, savait en gros quel était son métier. Ses deux filles, Maggie, dix-sept ans, et Patricia, quatorze, l'appelaient de temps à autre « l'homme des services secrets », nom qu'elles avaient emprunté à une vieille série télévisée de Patrick McGoohan que repassait une des chaînes câblées, mais elles savaient ne pas en parler avec leurs camarades de classe — ce qui ne les empêchait pas à l'occasion de prévenir leurs petits amis qu'ils avaient intérêt à faire gaffe en présence de leur père. Conseil inutile. Face à lui, les hommes étaient d'instinct sur leurs gardes. John Clark n'affichait pas une force particulière, mais, en général, un regard suffisait pour comprendre qu'il n'était pas de ceux avec qui on pouvait plaisanter. Sa femme Sandy en savait plus que ses filles. Elle était en particulier au courant de tout ce qu'il avait fait avant de travailler pour la CIA. Infirmière, elle formait les nouvelles recrues en salle d'opération à l'hôpital universitaire de la région. Elle avait donc l'habitude d'affronter des problèmes de vie ou de mort, et aimait à penser que son époux était un des rares « non-médicaux » à comprendre ces questions, mais d'un point de vue inverse. Aux yeux de sa femme et de ses enfants, John Terence Clark était bon mari et bon père, quoique un peu trop paternaliste par moments. Maggie s'était un jour plainte qu'il eût fait fuir d'un regard un garçon qui aurait pu devenir son « régulier ». Que le garçon en question eût été par la suite arrêté pour conduite en état d'ivresse n'avait fait que donner raison à Clark, ce qui avait exaspéré la jeune fille. Mais il était plus facile de lui extorquer des faveurs qu'à leur mère, et il était toujours prêt à écouter leurs confidences. Chez lui, il parlait d'un ton égal, donnait son avis de façon posée, calme, se montrait détendu ; pourtant les trois femmes savaient qu'une fois passé le seuil de la porte, Clark devenait un autre homme. Elles ne s'en inquiétaient pas.

Il se gara dans l'allée juste avant l'heure du dîner,

prit son sac de voyage, et entra dans la cuisine où régnait la délicieuse odeur d'un vrai repas. Sandy avait trop l'habitude de ces arrivées surprises pour s'exclamer qu'elle n'avait pas prévu, que si elle avait su...

— D'où viens-tu ? demanda-t-elle sans espoir de réponse, avant de jouer à la devinette. Pas terrible, le bronzage. Quelque part où il fait froid ? Un ciel toujours nuageux ?

— J'ai passé la plupart de mon temps enfermé, répondit Clark sans mentir. Coincé avec ces deux clowns dans une foutue camionnette en haut d'une colline perdue dans la jungle. Exactement comme au mauvais vieux temps. Enfin presque.

Elle avait beau être fine mouche, elle ne devinait presque jamais d'où il venait. Et elle n'était pas censée le faire.

— Combien de temps... ?

— Quarante-huit heures. Ensuite je dois repartir. C'est important.

— Ça a quelque chose avoir avec...

Elle fit un geste vers la télévision.

Clark sourit et secoua la tête.

— Comment crois-tu que ce soit arrivé ?

— D'après ce que je sais, les barons de la coke ont eu beaucoup de chance, dit-il d'un ton léger.

Sandy savait ce que son mari pensait des trafiquants de drogue, et pourquoi. Nous avons tous nos haines personnelles. John Terence Clark haïssait les dealers — et elle aussi. Elle était infirmière depuis trop longtemps, avait trop souvent vu les dégâts que pouvait faire la drogue pour qu'il en soit autrement. C'était la seule chose à propos de laquelle il eût jamais fait la leçon à leurs filles, bien que révoltées comme l'est tout adolescent normalement constitué, elles ne flirtaient pas avec la défonce.

— Le Président a l'air furieux.

— Il a de quoi ! Le directeur du FBI était son ami — dans la mesure où les politiciens ont des amis, ajouta-t-il en homme qui se méfiait de quiconque jouait un rôle politique, même quand il s'agissait de quelqu'un pour qui il votait.

— Que va-t-il faire ?

— Je ne sais pas, Sandy. Je me le demande moi aussi. Où sont les filles ?

— A Busch Gardens avec leurs copains. Il y a un nouveau Grand Huit et elles sont probablement en train de hurler tant qu'elles peuvent.

— J'ai le temps de prendre une douche ? J'ai voyagé toute la journée.

— On dîne dans une demi-heure.

— Parfait.

Il l'embrassa et se dirigea vers leur chambre, son sac sur l'épaule. En entrant dans la salle de bain, il mit son linge sale dans le panier prévu à cet effet. Il allait se donner un jour de congé avec les siens avant de se remettre au travail et d'organiser sa mission. Il n'y avait pas le feu. Dans ce genre de boulot, la hâte entraînait la mort. Il espérait que les politiciens le comprendraient.

Mais non, sûrement pas, se dit-il avant d'ouvrir la douche. *Ils ne comprennent jamais.*

— Ce n'est pas grave, dit Moira. Tu es fatigué. Je suis désolée, je t'ai épuisé.

Elle enfouit la tête de son amant contre sa poitrine. L'homme n'était pas une machine, après tout, et cinq fois en à peine plus d'une journée... Honnêtement, que pouvait-elle attendre de plus ? Il avait besoin de dormir, de se reposer. Moi aussi, d'ailleurs, comprit-elle en s'assoupissant.

Quelques minutes plus tard, Cortez se dégagea doucement, et tout en la regardant respirer lentement, régulièrement, le visage éclairé d'un sourire tranquille, il se demanda ce qu'il pouvait faire. S'il pouvait faire quelque chose. Passer un coup de téléphone, et tout risquer pour une brève conversation sur une ligne qui n'était pas sûre ? Que ce fût le fait de la police colombienne, des Américains ou de n'importe qui d'autre, tous ces numéros étaient certainement sur écoutes. Non, cela aurait été plus dangereux que de ne rien faire du tout.

Cortez était assez pro pour savoir que l'inaction constituait à cet instant la meilleure des tactiques. Il regarda son sexe. Inactif, justement. C'était la première fois que cela lui arrivait depuis très longtemps.

L'équipe Couteau, bien entendu, n'avait absolument — et peut-être heureusement — aucune idée de ce qui s'était passé la veille. Pas de maison de la presse, dans la jungle, et leur radio était réservée aux communications officielles. Cela ne rendait que plus surprenant le message qui venait d'arriver. Chavez et Vega avaient repris leur place, dans la chaleur moite qui suit les violents orages. Il était tombé six centimètres d'eau en une heure, leur poste d'observation s'était transformé en mare, et la pluie allait reprendre dans l'après-midi, avant que le ciel ne s'éclaircisse complètement.

Le capitaine Ramirez réapparut, les prenant cette fois presque complètement par surprise, même Chavez qui était si fier de ses talents d'homme des bois. Il se dit que le capitaine avait beaucoup appris à le regarder faire.

— Mon cap'taine ! salua Vega.

— Du nouveau ? demanda Ramirez.

Les jumelles devant les yeux, Chavez répondit :

— Nos deux amis font leur sieste du matin.

Ils en feraient une autre après le déjeuner, évidemment.

En entendant ce qu'annonça ensuite le capitaine, Chavez laissa retomber ses jumelles :

— Eh bien, qu'ils en profitent. Ce sera la dernière.

— Vous pouvez répéter, cap'taine ? demanda Vega.

— L'hélico vient nous reprendre ce soir. La zone d'atterrissage est par là. Le moment est venu, soldats. — Ramirez tendit la main vers la piste. — Nous allons foutre tout ça en l'air avant de partir.

Chavez réfléchit rapidement. Il n'avait jamais aimé les trafiquants de drogue. Et devoir rester là à regarder ces feignants vaquer à leurs occupations l'air aussi dégagé que s'ils s'étaient trouvés sur un terrain de golf n'avait en rien transformé ce sentiment.

Ding hocha la tête.

— Okay, cap'taine. Comment allons-nous procéder ?

— Dès qu'il fera sombre, nous partons tous les deux de l'autre côté de la piste. Le reste de l'escouade se divise en deux pour nous couvrir si besoin est. Vega, tu restes là avec ton FM. Nous plaçons l'autre environ quatre cents mètres plus bas. On règle leur compte aux deux gardiens, et on fait sauter les réservoirs du hangar, en guise de cadeau d'adieu. L'hélico nous prendra à l'autre bout de la piste à 23 heures. On emporte les cadavres avec nous, probablement pour les balancer en mer.

Eh bien, ça alors ! pensa Chavez.

— Il nous faudra trente à quarante minutes pour arriver près d'eux, en comptant large, mais vu la façon dont ces deux salauds se traînent, ça va pas être trop dur, cap'taine.

Le sergent savait que ce serait à lui de tuer les deux hommes. C'était lui qui avait le silencieux.

— Vous êtes censés me demander si cette fois nous allons nous battre pour de vrai, leur fit-il remarquer.

C'était exactement la question qu'il venait de poser par radio à ses supérieurs.

— Vous nous dites de faire quelque chose, je vous crois, mon capitaine. Ça ne m'inquiète pas plus que ça, affirma le sergent Domingo Chavez à son chef.

— Okay, on se met en route à la nuit tombée.

— Oui, mon cap'taine.

Ramirez leur donna une petite tape sur l'épaule à chacun et se retira vers le point de ralliement. Chavez le regarda s'éloigner, puis sortit sa gourde. Il dévissa son bouchon de plastique et but longuement avant de tourner les yeux vers Vega.

— Putain de merde ! lança doucement le mitrailleur.

— Celui qui mène la danse doit en avoir une sacrée paire, reconnut Ding.

— Ça va être chouette de retrouver l'air conditionné et les douches, dit ensuite Vega.

Que deux hommes aient à mourir pour ça ne tirait

pas à conséquence, une fois que l'ordre en avait été donné. Après des années sous les drapeaux, qu'on leur dise enfin de faire exactement ce pour quoi ils avaient été patiemment entraînés laissait les deux hommes rêveurs. Le problème moral ne se posait pas pour eux. Ils étaient soldats et servaient leur patrie, leur pays avait décidé que ces deux feignants qui somnolaient à quelques centaines de mètres d'eux étaient des ennemis qui devaient mourir, cela leur suffisait. Mais ils se demandaient quel effet cela allait leur faire d'agir cette fois « pour de bon ».

— On va préparer notre coup, dit Chavez en reprenant ses jumelles. Il faut que tu fasses vraiment gaffe, avec le FM, Oso.

Vega examina la situation.

— Je ne tirerai à gauche du hangar que si tu me fais signe.

— D'accord. Je vais arriver dans la direction de ce gros arbre. Ça ne devrait pas poser de problème, réfléchit-il à voix haute.

— Normalement, non.

Sauf que cette fois il ne s'agissait plus de simulation. Chavez regarda les deux hommes que, dans quelques heures, il allait tuer.

Le colonel Johns reçut l'ordre de mettre ses troupes en état d'alerte à peu près en même temps que tous ses collègues des autres armes. Ces ordres étaient accompagnés d'un tas de nouvelles cartes d'état-major qu'il lui faudrait étudier. Seul dans son bureau avec le capitaine Willis, il passa en revue le plan d'action de la nuit suivante. Il s'agissait d'une opération de ramassage. Les patrouilles qu'ils avaient envoyées en mission rentraient beaucoup plus tôt que prévu. PJ croyait savoir pourquoi. En tout cas en partie.

— Rien à craindre autour des terrains d'aviation ? demanda le capitaine Willis.

— Non, c'est-à-dire que quand il ne s'agit pas de nids abandonnés, nos hommes les auront nettoyés avant que nous arrivions pour le ramassage.

— Oh !

Il ne fallut que quelques instants au capitaine pour comprendre.

— Mettez la main sur Buck et faites-lui de nouveau vérifier les canons à tir rapide. Il comprendra. Je vais jeter un coup d'œil à la météo.

— Processus inverse à celui du largage ?

— Oui... Nous nous ravitaillerons à cinquante milles de la côte et recommencerons après le ramassage.

— Bien.

Willis s'en alla à la recherche du sergent Zimmer. PJ partit dans l'autre sens, en direction du bureau de la météo. Les prévisions concernant la nuit à venir étaient décevantes : légers vents, ciels clairs et lune croissante. Un temps parfait en toute autre occasion, mais qui n'arrangeait personne lors d'une opération spéciale. Seulement voilà, on ne pouvait rien y faire.

Ils quittèrent l'hôtel Hideaway à midi. Cortez remercia le destin qui lui souriait, car c'était Moira qui avait proposé de raccourcir leur week-end. Elle avait prétendu qu'elle devait rentrer à cause de ses enfants, mais il se doutait qu'elle avait plutôt décidé de laisser se reposer son amant fatigué. Aucune femme n'avait jamais eu besoin de le prendre en pitié jusque-là, pourtant il supporta d'autant mieux l'affront qu'il lui fallait au plus vite découvrir ce qui se passait.

Ils prirent l'Inter-États 81 et roulèrent en silence, comme d'habitude. La voiture de location avait des banquettes ordinaires et Moira s'était assise au milieu, tout contre lui, pour qu'il passe son bras droit autour de ses épaules. Comme des adolescents, hormis le silence. Une fois de plus, il lui fut reconnaissant de savoir se taire. Mais pour une nouvelle raison. S'il conduisait raisonnablement, observant très exactement la limitation de vitesse, son cerveau travaillait à deux cents à l'heure. Il aurait pu allumer la radio, mais cela risquait de sembler bizarre à Moira. Un autre risque à ne pas prendre. Si son employeur s'était servi de son intelligence — et il n'en manque pas, s'obligea-t-il à reconnaître —, alors la femme qu'il serrait contre lui était toujours pour eux une fabuleuse source de renseignements. Escobedo savait voir à long terme, en ce qui concernait ses affaires. Il comprenait. Mais Cortez connaissait aussi le caractère arrogant du Colombien. Son orgueil si facilement blessé. Ce n'était pas assez pour lui de gagner. Il avait aussi besoin d'humilier, d'écraser, de détruire complètement ceux qui l'offensaient le moins du monde. Il avait le pouvoir et l'argent que ne détiennent en général que les gouvernements, mais il manquait de distance. Malgré son intelligence, Escobedo était un homme dirigé par des impulsions immatures. Tandis qu'il tournait sur l'Inter-États 66 vers l'est, en direction de Washington, Cortez se laissa envahir par cette seule pensée. *Comme il est étrange*, se disait-il, *que dans ce monde où l'information est reine, je sois à cet instant obligé de m'en tenir à mes propres spéculations, alors qu'il suffirait de tourner le bouton de la radio.* Un geste qu'il s'interdit une fois de plus.

Quand ils arrivèrent sur le parking de l'aéroport, il alla se garer à côté de la voiture de Moira et sortit ses sacs du coffre.

— Juan...

— Oui ?

— Ne t'en fais pas pour hier soir. C'est ma faute, dit-elle calmement.

Il réussit à sourire.

— Je t'avais dit que je n'étais plus si jeune. Eh bien, nous savons maintenant tous les deux combien c'est vrai. Je vais me reposer afin de faire mieux la prochaine fois.

— Quand...

— Je ne sais pas. Je t'appellerai.

Il l'embrassa doucement. Elle partit très vite et il resta debout à la regarder s'éloigner, comme elle devait l'espérer. Puis il remonta en voiture. Il était presque 16 heures, il alluma la radio pour prendre les nouvelles. Deux minutes plus tard, il avait ramené la voiture au parking de Hertz, pris ses affaires et il traversait le terminal, à la recherche du premier avion en partance. Il réussit à avoir une place sur un vol en direction d'Atlanta, un aéroport suffisamment important pour qu'il y trouve une correspondance. Il arriva juste à temps pour le dernier appel.

Moira Wolfe conduisait avec un sourire teinté de culpabilité. Ce qui était arrivé à Juan la nuit dernière était une des expériences les plus humiliantes qu'un homme puisse connaître, et c'était sa faute. Elle avait trop exigé de lui et, comme il le disait lui-même, il n'était plus si jeune. Elle avait laissé son enthousiasme l'emporter sur sa raison et ce faisant blessé un homme qu'elle... aimait. Elle en était certaine maintenant. Elle avait pensé ne plus jamais connaître ce sentiment amoureux et pourtant il était là, en elle, aussi rayonnant et plein d'insouciance qu'au temps de sa jeunesse, et si Juan n'avait plus la vigueur d'un jeune homme, il compensait ce manque par sa patience et son extraordinaire habileté. Elle tendit le bras vers le bouton de la radio, chercha une station FM qui ne passait que des tubes d'autrefois et, pendant le reste du trajet, se laissa baigner dans la chaleur du plus délicieux des sentiments, tandis que les souvenirs heureux de sa jeunesse étaient ravivés par le son des slows sur lesquels elle avait dansé trente ans plus tôt.

Elle sursauta presque en voyant garée devant chez elle ce qui ressemblait à une voiture de la Maison. Peut-être n'était-ce au fond qu'une voiture de location bon marché, ou quelque chose comme ça. Mais non, elle avait une antenne. C'était bien une voiture du FBI. Bizarre, quand même, se dit-elle. Elle s'arrêta juste après le tournant, sortit ses bagages et alors qu'elle faisait les derniers pas qui la séparaient de chez elle, sa porte s'ouvrit et elle vit Frank Weber, un des directeurs des gardes du corps du directeur.

— Bonjour Frank, dit-elle à Weber qui prit son sac, le visage grave. Qu'est-ce qui ne va pas ?

Lui annoncer la nouvelle était une sale mission, et Weber se sentait presque coupable de gâcher le retour de ce qui avait dû être pour elle un week-end très spécial.

— Emil a été tué vendredi soir. Nous avons essayé de vous joindre, mais sans succès.

— *Quoi ?*

— Ils ont monté une embuscade sur la route de l'ambassade. Ils sont tous morts, toute l'équipe. On enterre Emil demain, les autres mardi.

— Oh, mon Dieu !

Moira s'effondra sur une chaise.

— Eddie, Leo...

Les deux jeunes gardes du corps d'Emil étaient pour elle comme ses propres enfants.

— Tous, répéta Weber.

— Je ne savais rien, dit-elle. Je n'ai pas ouvert un journal ni allumé la télé depuis... vendredi soir. Où sont... ?

— Vos enfants sont au cinéma. Nous avons besoin de votre aide, au bureau. Nous enverrons quelqu'un s'occuper d'eux.

Il lui fallut plusieurs minutes avant de pouvoir bouger. Quand la réalité de ce que venait de lui dire Weber l'eut emporté sur les nouveaux sentiments qu'elle portait en elle, les larmes se mirent à couler.

L'idée d'accompagner Chavez ne plaisait pas au capitaine Ramirez. Il n'était pas question de lâcheté, bien entendu, mais de la place qu'il avait à tenir dans leur mission. Ses responsabilités de chef étaient un peu incertaines. En tant que capitaine qui avait récemment eu une compagnie sous ses ordres, il avait appris que le verbe « commander » prenait un sens différent selon le grade de celui qui commandait. Le capitaine qui commandait une compagnie était supposé rester à une certaine distance du front afin d'« organiser » — l'armée n'aimait pas ce mot — les opérations et de manœuvrer ses unités tout en gardant une vue d'ensemble de la bataille afin de contrôler les événements ; tandis que les chefs de section assumaient le combat proprement dit. Il était censé mettre en application à l'échelon supérieur ce qu'il avait appris en « dirigeant au front » quand il était lieutenant, quoique, dans certaines circonstances, on pouvait attendre d'un capitaine qu'il participe au combat. Il ne commandait ici qu'une escouade, et bien que cette mission demandât réflexion et circonspection, la taille de son unité exigeait qu'il dirige directement certaines opérations. De plus, il ne pouvait pas vraiment envoyer deux de ses hommes tuer pour la première fois de leur vie sans les accompagner, même si Chavez avait pour se déplacer une habileté que Ramirez n'espérait jamais atteindre. Si ces contradictions troublaient le jeune officier, il prit pourtant comme il le devait le parti de participer au combat. Il ne pouvait commander ses hommes de loin tant qu'ils n'auraient pas une confiance absolue en ses capacités de chef sur le terrain. Il savait que si tout allait bien cette fois, il n'aurait plus jamais à se reposer ce problème. *Peut-être est-ce toujours comme ça que ça marche*, se dit-il.

Après avoir installé les deux équipes de tir, il partit avec Chavez en direction du côté nord de la piste. Le sergent marchait en tête. Les deux cibles traînaient toujours sur le terrain, fumant leurs joints — ou autre chose — et bavardant à voix suffisamment forte pour être entendus à une centaine de mètres derrière les arbres. Chavez avait soigneusement préparé leur approche, se basant sur les rapports des patrouilles organisées la nuit précédente par le capitaine. Tout se passa comme prévu et au bout de vingt minutes, ils tournèrent en direction de leur objectif et virent bientôt de nouveau la piste.

Chavez restait en tête, se dirigeant sans difficulté grâce à l'étroit chemin que les camions suivaient pour leurs livraisons. Ils restèrent du côté nord du chemin, ce qui les mettrait à l'abri des lignes de tir qu'ils avaient établies pour les FM de l'escouade. A l'heure prévue, ils virent l'abri. Chavez attendit que son officier, qui, jusque-là, marchait à dix mètres de lui, se rapproche. Ils communiquaient par gestes.

Chavez partirait tout droit, tandis que le capitaine resterait sur sa droite. C'était le sergent qui devait tirer, mais Ramirez serait en place pour l'aider en cas de besoin. Le capitaine tapa quatre traits sur sa radio et reçut les deux réponses attendues. Ses hommes étaient en place de l'autre côté de la piste, conscients de ce qui allait se passer et prêts à jouer le rôle qui leur incombait.

Ramirez fit signe à Ding d'avancer.

Chavez prit sa respiration, surpris de la vitesse à laquelle battait son cœur. Après tout, il avait déjà fait ça des centaines de fois. Il secoua ses bras pour les détendre, puis ajusta la bretelle de son arme. Son pouce se posa sur le sélecteur, mettant le PM-5 en position salves de trois coups. Les crans étaient marqués au tritium et brillaient juste assez pour être visibles dans la presque totale obscurité de la forêt équatoriale. Il avait rangé ses lunettes de vision nocturne dans sa poche, elles risquaient de le gêner s'il les mettait.

Il avançait très lentement maintenant, contournant arbres et buissons, tâtonnant à la recherche d'un sol sûr où poser ses pieds et écartant les feuilles mortes de la pointe de ses bottes entre chaque pas. Son corps semblait moins tendu, pourtant ses oreilles bourdonnaient légèrement, comme pour lui dire : « Attention nous ne sommes plus à l'exercice. »

Ça y est !

Ils étaient à découvert, debout, à deux mètres l'un de l'autre, et à environ vingt mètres de l'arbre contre lequel Chavez s'appuyait. Ils parlaient encore, et bien qu'il pût comprendre assez facilement leurs mots, ceux-ci lui étaient pour une raison inconnue aussi étrangers que l'aboiement des chiens. Ding aurait pu s'approcher, mais il ne voulait pas prendre ce risque, et vingt mètres suffisaient. Ils étaient en plein dans sa ligne de mire.

OK.

Il remonta lentement le pistolet, ajusta les viseurs, s'assura qu'il voyait le cercle blanc sur tout le pourtour, plaça le point central en plein sur la masse noire, circulaire, l'arrière d'une tête qui n'était plus pour lui celle d'un être humain — une simple cible, un simple objet. Son doigt pressa doucement la détente.

Il sentit le léger sursaut de l'arme dans sa main, mais la double bretelle la maintenait fermement en place. La cible tomba. Avant qu'elle eût atteint le sol, il orienta son canon vers la droite. L'autre cible tournoya sur elle-même, essayant de comprendre, lui offrant dans le clair de lune un cercle blanc terne sur lequel viser. Une autre détente. Il n'avait fait pratiquement aucun bruit. Il attendit, déplaçant son arme de droite à gauche vers les deux corps, mais ils ne bougeaient plus.

Chavez s'élança au-delà des arbres. L'un des deux hommes abattus tenait encore entre ses mains un AK-47. Il l'envoya balader d'un coup de pied et sortit de sa poche de poitrine une lampe torche dont il éclaira les cibles. La première avait trois trous ronds à l'arrière de la tête. L'autre n'en avait que deux, mais tous deux en plein front, et son visage marquait la surprise. La première cible n'avait plus de visage. Le sergent s'agenouilla près des cadavres, regarda autour de lui, vérifiant que rien ne bougeait. Il se sentit d'abord envahi d'un étonnant sentiment d'exaltation. Tout ce qu'il avait appris, tout ce à quoi il s'était entraîné, tout cela marchait ! On ne pouvait pas dire que c'était vraiment facile, mais il n'y avait pas non plus de quoi en faire un plat.

Ninja ! La nuit nous appartient !

Un instant plus tard, Ramirez le rejoignait. Il n'avait qu'une chose à dire :

— Beau travail, sergent. — Il mit sa radio en marche. — Ici Six. Cibles tombées, arrivez.

Il fallut à peine deux minutes au reste de ses hommes pour arriver jusqu'au hangar. Comme le font généralement les soldats, ils se regroupèrent autour des deux cadavres, leur première véritable image de guerre. Le spécialiste des renseignements fouilla leurs poches tandis que le capitaine plaçait ses hommes en position de défense.

— Rien de très intéressant, annonça le sergent des renseignements.

— Allons voir le hangar.

Chavez s'était assuré qu'il n'y avait pas d'autre garde dont la présence aurait pu leur échapper. Ramirez trouva quatre bidons d'essence et une pompe à main. Sur un des bidons était posée une cartouche de cigarettes à propos desquelles le capitaine fit un commentaire sinistre. Il y avait quelques boîtes de conserve sur des étagères de bois mal équarri, et deux rouleaux de papier hygiénique. Aucun livre, aucun document. Seul un paquet de cartes à jouer écornées traînait là.

— Comment voulez-vous les faire sauter ? demanda le sergent des renseignements.

Ancien béret vert, il était expert en explosifs.

— Détonation en trois points.

— OK.

Facile. Il creusa un trou dans le sol avec ses mains, y plaça quelques petits morceaux de bois pour en renforcer les côtés, puis y glissa un bloc de cinq cents grammes de plastic C-4 — un explosif utilisé dans le monde entier. Il monta deux détonateurs et une amorce semblable à celles que l'on utilise pour les mines. Il fit courir les fils sur la terre battue, jusqu'à la porte et la fenêtre, où il plaça des détonateurs invisibles de l'extérieur. Puis il recouvrit les fils de terre. Satisfait, il fit rouler un bidon qu'il installa en douceur au-dessus de l'amorce. Si quelqu'un ouvrait la porte ou la fenêtre, le plastic exploserait sous deux cents litres d'essence, avec les conséquences habituelles. Mieux encore, si quelqu'un de vraiment très malin déjouait le piège de la porte et de la fenêtre puis suivait les fils jusqu'aux bidons pour récupérer le plastic... eh bien, cela ferait un petit malin de moins dans l'équipe adverse. N'importe qui pouvait tuer un ennemi idiot. Tuer les plus intelligents était tout un art.

— C'est prêt, mon capitaine. Attention à ce que personne ne s'approche plus du hangar.

— Je m'en occupe.

Ainsi fut fait. Deux hommes traînèrent ensuite les cadavres au milieu de la piste, et tous s'installèrent pour attendre l'hélicoptère. Ramirez redéploya son escouade afin d'assurer leur sécurité jusqu'au départ. Mais le plus important maintenant était d'inventorier les paquetages, afin d'être certains qu'ils ne laisseraient rien derrière eux.

PJ procéda au ravitaillement en vol. La bonne visibilité facilitait l'opération, mais elle aiderait aussi ceux qui les cherchaient. L'entonnoir se déplia entre le réservoir du Combat Talon MC-130E et le bout d'un tuyau de caoutchouc renforcé, et la perche de ravitaillement du Pave Low s'avança comme un télescope, plongeant dans son centre.

Beaucoup pensaient que ravitailler en vol un hélicoptère était pure folie. La perche et l'entonnoir n'étaient réunis qu'à quatre mètres en dessous de l'arc de rotation, et tout contact entre les pales et le tuyau signifiait une mort certaine pour ceux qui étaient à bord de l'hélicoptère. A cela l'équipage du Pave Low répondait toujours que c'était en fait une opération tout à fait normale, et qu'ils pratiquaient couramment. Cela n'empêcha pas le colonel Johns et le capitaine Willis d'accorder à cette procédure une attention si intense qu'ils ne proférèrent pas la moindre syllabe inutile avant d'en avoir terminé.

— Dégagez ! Dégagez ! s'exclama PJ.

Il relâcha le manche pour remonter ses pales et les écarter du tuyau. Obéissant, le MC-130E grimpa à une altitude de croisière confortable, où il tournerait en rond jusqu'à ce que l'hélicoptère revienne pour un nouveau ravitaillement. Le Pave Low III tourna vers la plage et descendit afin de traverser la frontière en un point désert.

— Aïe aïe aïe, murmura Chavez en entendant le bruit.

C'était le bruit laborieux d'un moteur V-8 qui avait besoin d'une bonne révision, et d'un nouvel échappement. Seconde par seconde, il s'amplifiait.

— Six, ici Point, terminé, appela-t-il immédiatement.

— Ici Six. A vous, répondit le capitaine Ramirez.

— Nous allons avoir de la compagnie. On dirait un camion, mon capitaine.

— Couteau, ici Six, lança immédiatement Ramirez. Retirez-vous du côté ouest. Mettez-vous à couvert. Point, dégagez !

— Compris.

Chavez quitta son poste sur le chemin, courut de l'autre côté du hangar, dont il se tint toujours à distance raisonnable, et traversa la piste. Il rejoignit alors Ramirez et Guerra qui traînaient les cadavres vers la lisière du bois. Il aida le capitaine à transporter son fardeau à couvert puis revint donner un coup de main au sergent des opérations. Ils ne retrouvèrent la sécurité des arbres qu'à la dernière seconde.

Le camion à plateau roulait pleins phares. Son faisceau lumineux oscilla de droite et de gauche à travers les buissons, puis apparut tout à côté du hangar. Le véhicule s'arrêta, et l'étonnement de ses passagers put presque se sentir avant même que le moteur se taise et qu'ils descendent. Dès que les phares s'éteignirent, Chavez alluma ses lunettes de vision nocturne. Cette fois encore ils étaient quatre, deux dans la cabine et deux à l'arrière. De toute évidence, le chauffeur jouait le rôle de chef. Il regarda autour de lui, furieux. Un instant plus tard, il cria quelque chose puis fit signe à un des hommes qui venaient de sauter de l'arrière du camion. L'homme se dirigea droit vers le hangar...

— Oh merde ! — Ramirez alluma sa radio. — Tout le monde à terre ! ordonna-t-il inutilement.

... et ouvrit la porte d'un geste brusque.

Le bidon d'essence s'élança vers le ciel comme une fusée spatiale, traversant le toit du hangar en laissant derrière lui un cône de flammes blanches. Le feu qui avait gagné les autres bidons s'étendit latéralement. L'homme qui avait ouvert la porte ne fut plus qu'une ombre noire, comme s'il avait ouvert la porte de l'enfer et, un instant plus tard, il disparut dans les flammes. Deux de ses compagnons furent noyés dans la même masse lumineuse et brûlante. Le troisième, qui avait échappé au premier embrasement, se mit à courir, droit sur les soldats, jusqu'à ce qu'une pluie d'essence, tombant du bidon volant s'abatte sur lui. Ce ne fut plus qu'une silhouette de feu, le temps d'une dizaine de pas. Les flammes formaient un cercle de quarante mètres au centre duquel les quatre hommes poussaient des hurlements stridents qui s'élevaient au-dessus du grondement sourd de la fournaise. Le réservoir du camion ajouta ensuite son contrepoint à l'explosion. Il y avait probablement près de huit cents litres d'essence enflammée qui projetait dans l'ombre un champignon de fumée éclairé par le brasier. Moins d'une minute plus tard, les munitions des armes abandonnées crépitaient à leur tour dans le feu comme des pétards. Seule la lourde pluie qui était tombée ce jour-là empêcha l'incendie de gagner la forêt.

Chavez s'aperçut qu'il était allongé à côté du spécialiste des renseignements.

— Beau travail ! lui dit-il.

— J'aurais préféré que ces cons arrivent après notre départ.

Les cris s'étaient tus.

— Ouais.

— Rassemblement, ordonna Ramirez à la radio.

Ils étaient tous là. Tous sains et saufs.

Le feu mourut rapidement. L'essence s'était répandue en couche fine sur une grande surface et avait brûlé très vite. Au bout de trois minutes, il ne restait qu'une vaste étendue calcinée, encerclée d'herbes et de buissons grillés. Le camion n'était plus qu'une carcasse noire à l'intérieur de laquelle brûlait encore une boîte de balises. Elles continueraient à brûler un bon moment.

— Bon sang, qu'est-ce que c'est que ça ? se demanda le capitaine Willis, assis dans le fauteuil de gauche de l'hélicoptère. Ils venaient d'effectuer le premier ramassage et tandis qu'ils remontaient à leur altitude de croisière, la lueur qui embrasa l'horizon apparut comme un lever de soleil sur leurs systèmes de vision à infrarouges.

— On dirait un avion qui s'est écrasé... Mais... c'est exactement dans la direction du dernier ramassage, s'aperçut alors le colonel Johns.

— Super.

— Buck ! Il y a peut-être une activité hostile au Point Quatre.

— Enregistré, mon colonel, répondit brièvement le sergent Zimmer.

Là-dessus, le colonel poursuivit sa mission. Il découvrirait la vérité bien assez tôt. Chaque chose en son temps.

Une demi-heure après l'explosion, le feu était assez calmé pour que le sergent des renseignements enfile ses gants afin de tenter de récupérer ses détonateurs. Il en retrouva un morceau, mais comprit que ce projet, quoique sage, n'irait pas plus loin. Les cadavres restèrent là où ils étaient : inutile de les fouiller. Les portefeuilles en cuir résistaient assez bien au feu, mais leur absence ne serait pas passée inaperçue. Les deux gardiens morts furent de nouveau traînés jusqu'au centre de la partie nord de la piste, point prévu pour le ramassage. Ramirez redéploya ses hommes pour ne pas être pris par surprise au cas où quelqu'un aurait remarqué le feu et en aurait averti qui de droit. Il lui fallait aussi s'inquiéter de l'avion qui allait certainement venir chercher la cargaison apportée par le camion. Si tout se passait comme l'autre fois, ils avaient encore deux heures devant eux, mais ils n'avaient assisté qu'à une seule opération complète, et c'était un peu juste pour en tirer des conclusions définitives.

Et si l'avion arrive ? se demandait Ramirez.

C'était une question qu'il s'était déjà posée, mais elle constituait maintenant une menace immédiate.

On ne pourrait laisser l'équipage de cet avion faire savoir à qui que ce soit qu'il avait vu un gros hélicoptère. D'un autre côté, des traces de balles dans la carcasse de cet avion constitueraient un message tout aussi clair.

Ce que je ne comprends pas là-dedans, se disait Ramirez, *c'est la raison pour laquelle on nous a donné l'ordre de tuer ces deux pauvres types et de partir d'ici plutôt que du point originellement prévu.*

Alors qu'est-ce que je fais si l'avion arrive ?

Il ne savait pas. Sans les balises de signalisation, l'avion n'atterrirait pas. D'autre part, les passagers du camion avaient avec eux une petite radio haute fréquence. Ces trafiquants étaient assez malins pour avoir prévu des messages codés assurant à l'équipage que tout était OK à terre. Et si l'avion restait au-dessus d'eux pour essayer de comprendre ce qui s'était passé ? L'hélicoptère pourrait-il le descendre ? Et s'il essayait et le ratait ? Et si, et si, et si ?

Quand ils étaient partis, Ramirez trouvait que leur mission avait été merveilleusement bien préparée, toute contingence envisagée, puis, bien avant la date prévue, on les rapatriait, ce qui fichait en l'air le plan initial. Quel était le couillon qui avait pris cette décision ?

Mais enfin, qu'est-ce qui se passe ? Ses hommes le regardaient, attendant de lui qu'il leur explique, les rassure et leur donne des ordres. Il devait faire comme si tout était normal, comme s'il contrôlait parfaitement la situation, alors qu'il n'en était rien. Ce qu'il savait de l'ensemble de l'opération ne faisait qu'augmenter son ignorance de la situation actuelle réelle. Il avait l'habitude d'être manipulé comme un pion sur un échiquier. Tel était le destin de tout jeune officier — mais cette fois, c'était la guerre. Il y avait déjà six morts pour le prouver.

— Couteau, ici Faucon de Nuit, terminé, les appela la radio.

— Faucon de Nuit, ici Couteau. Zone d'atterrissage au nord de Reno. Prêts pour extraction. Terminé.

— Bravo X-Ray, terminé.

Le colonel Johns demandait si tout allait bien.

Selon le code établi, Juliet Zoulou indiquait qu'ils étaient entre les mains de l'ennemi et que le ramassage ne pouvait avoir lieu. Charlie Foxtrot signifiait qu'ils étaient en contact actif mais qu'on pouvait encore venir les prendre. Et si Ramirez répondait Lima Whiskey, c'était qu'il n'y avait pas de problème.

— Lima Whiskey, terminé.

— Répétez, Couteau, terminé.

— Lima Whiskey, terminé.

— Okay, compris. Nous sommes à trois minutes.

— Armez, ordonna PJ à son équipage.

Le sergent Zimmer abandonna ses instruments pour se mettre en position de tir sur la droite de l'appareil. Il activa son canon à tir rapide sur six-coups. La dernière version de l'ancien Gatling se mit à tourner, prête à faire sortir ses projectiles du magasin, sur la gauche de Zimmer.

— Paré à droite, lança-t-il dans l'intercom.

— Paré à gauche, dit Bean de l'autre côté.

Munis de leur lunettes de vision nocturne, les deux hommes fouillaient la forêt du regard.

— J'ai une lumière stroboscopique à dix heures, annonça Willis à PJ.

— Je la vois. Merde, mais qu'est-ce qui s'est passé, ici ?

Quand le Sikorsky ralentit, ils aperçurent très clairement les quatre cadavres près de ce qui avait été auparavant un simple hangar de bois... et il y avait aussi un camion. Pourtant, l'équipe Couteau était bien à l'endroit prévu. Avec deux autres cadavres.

— Ça a l'air OK, Buck.

— On y va, PJ.

Zimmer abandonna son poste de tir et se dirigea vers l'arrière. Le sergent Bean pourrait, s'il le fallait, passer d'un bond de ce côté, mais c'était à Zimmer de superviser le dernier ramassage. Il fit de son mieux pour éviter de se cogner dans les autres, mais les soldats lui pardonnèrent facilement de leur marcher sur les pieds, indulgents envers ceux qui les aidaient à quitter un territoire ennemi.

Chavez laissa sa lampe allumée jusqu'à ce que l'hélicoptère touche terre, puis il courut rejoindre son escouade. Debout près de la rampe, le capitaine Ramirez comptait ses hommes au fur et à mesure qu'ils s'engouffraient dans l'hélicoptère. Ding attendit son tour. La main du capitaine se posa enfin sur son épaule.

— Dix ! l'entendit-il crier tandis qu'il enjambait des corps.

Il entendit ensuite le gros sergent de l'Air Force répéter ce chiffre puis dire :

— Onze ! Partez ! pendant que le capitaine montait à son tour.

L'hélicoptère redécolla immédiatement. Chavez tomba brutalement sur le sol de métal, où Vega le retint. Ramirez s'accroupit à côté de lui puis se releva et suivit Zimmer à l'avant.

— Qu'est-ce qui s'est passé ? demanda PJ à Ramirez une minute plus tard.

L'officier d'infanterie le mit rapidement au courant. Le colonel Johns accéléra et continua de voler à relativement basse altitude, ce qu'il aurait fait de toute façon. Il demanda à Zimmer de rester encore deux minutes près de la rampe, au cas où l'avion arriverait, ce qui ne fut pas le cas. Buck revint à l'avant, bloqua son arme, et reprit sa surveillance devant les instruments de navigation. Dix minutes plus tard, ils rasaient les vagues, prêts au ravitaillement en vol grâce auquel ils pourraient rejoindre Panama. A l'arrière, les fantassins s'installaient et s'endormaient les uns après les autres.

Sauf Chavez et Vega, qui se retrouvèrent à côté des six cadavres allongés ensemble sur la rampe. C'était un spectacle assez horrible, même pour des soldats de métier et dont l'un avait tué lui-même deux de ces hommes. Mais pas aussi horrible que le feu. Ils n'avaient jamais vu personne mourir dans les flammes. Une sale fin, même pour des trafiquants de drogue, ils devaient le reconnaître.

Le vol du Pave Low devint plus inconfortable quand l'hélicoptère prit son biberon, mais cela ne dura pas longtemps. Quelques minutes plus tard, le sergent Bean — le petit, comme l'appelait Chavez — vint à l'arrière, enjamba soigneusement les hommes endormis. Il accrocha son harnais puis dit quelques mots dans le micro de son casque. Hochant la tête, il s'approcha de la rampe et demanda d'un signe de la main à Chavez de l'aider. Ding l'attrapa par la ceinture et le regarda pousser du pied les cadavres vers l'extérieur. Cela semblait un peu dur, mais après tout, se dit le jeune éclaireur, ces pauvres types n'en ont plus rien à foutre. Il ne prit pas le temps de les regarder tomber à l'eau. Non, il préférait dormir, maintenant.

A cent cinquante kilomètres derrière eux, un bimoteur privé survolait la piste d'atterrissage — uniquement connue de l'équipage comme le Numéro Six — que seules quelques flammes signalaient encore. Ils voyaient la clairière, mais aucune balise de signalisation n'indiquait la piste elle-même. Atterrir dans ces conditions aurait été de la folie. Frustrés, quoique soulagés en même temps car ils savaient ce qui était arrivé à un certain nombre de leurs collègues au cours des quinze derniers jours, ils reprirent le chemin du terrain d'aviation d'où ils étaient partis. A leur arrivée, ils passèrent un coup de téléphone.

Cortez avait pris le risque de voler directement de Panama à Medellin, mais en payant à l'aide d'une carte de crédit qu'il n'avait encore jamais utilisée, afin que l'on ne puisse pas le suivre à la trace. Il rentra chez lui au volant de sa propre voiture et quand il essaya de contacter Escobedo, il apprit que son employeur était dans son hacienda de la montagne. Felix n'avait pas le courage de faire la route si tard, après une aussi longue journée. Et bien qu'on lui eût répété que ces lignes étaient absolument sûres, il refusait de se lancer dans une conversation sérieuse sur le téléphone cellulaire. Fatigué, furieux, et frustré pour plus d'une raison, il se servit un verre et se mit au lit. Tous ces efforts perdus ! Il jura dans l'ombre. Il ne pourrait plus jamais se servir de Moira. Ne l'appellerait plus, ne lui parlerait plus, ne la verrait plus jamais. Et le fait que sa dernière « performance » se fût soldée par un échec parce qu'il avait peur — à juste titre ! — des réactions de son employeur, ne donnait que plus de sincérité à ses jurons.

Avant l'aube, une demi-douzaine de camions se rendirent sur six autres aérodromes. Deux de leurs équipes moururent de mort violente. Un troisième arriva sur la piste et y trouva exactement ce à quoi il s'attendait : plus rien. Pour les trois autres, tout fut normal : les gardes les accueillirent, heureux de rompre la monotonie de leur tâche. D'autres camions furent envoyés à la recherche de ceux qui n'étaient pas revenus, et les renseignements qu'ils rapportèrent furent rapidement transmis à Medellin. Réveillé par le téléphone, Cortez reçut de nouveaux ordres de mission.

A Panama, les fantassins dormaient. On leur avait accordé un jour de repos, avec heures de sommeil supplémentaires dans le confort de l'air conditionné — à l'abri sous de chaudes couvertures — après des repas, sinon très fins, tout au moins différents de l'ordinaire dont ils avaient dû se satisfaire toute la semaine. Les quatre officiers, cependant, furent réveillés de bonne heure et convoqués à une réunion. L'opération Showboat, leur apprit-on, avait pris un tour très sérieux. On leur expliqua aussi pourquoi, et savoir d'où provenaient leurs nouvelles instructions était aussi excitant que troublant.

Le nouveau S-3, officier d'opérations pour le 3e bataillon de la 17e compagnie d'infanterie qui faisait partie de la 1re brigade, 7e division d'infanterie (légère), quitta son bureau tandis que son épouse bataillait avec les déménageurs. Un casque Mark-2 Kevlar, appelé Fritz pour sa ressemblance avec la coiffure de l'ancienne Wehrmacht allemande, était déjà posé sur son bureau. Sur les casques de la 7e DIL, la toile de camouflage était encore dissimulée sous des cordelettes tressées du même tissu. Les femmes se moquaient d'eux en les appelant des « choux-fleurs », et comme un chou, ils avaient un contour irrégulier qui les rendait plus difficiles à repérer. Le commandant du bataillon était en réunion avec le sous-officier en second, aussi le nouveau S-3 décida-t-il de faire la connaissance du S-1, l'officier d'état-major. Il s'avéra qu'ils avaient servi en Allemagne ensemble cinq ans plus tôt, et ils se racontèrent devant une tasse de café ce qu'ils avaient fait depuis.

— Comment était-ce, au Panama ?

— Chaud, désagréable, mais côté politique, je te raconte pas ! Un truc marrant : juste avant de partir j'ai retrouvé un de nos anciens Ninjas.

— Ah oui ? Qui ça ?

— Chavez. Un sergent. Le salaud m'a tué pendant l'exercice.

— Je me souviens de lui. C'était un bon élément, de euh... sergent Bascomb ?

— Oui ?

Une tête apparut dans l'entrebâillement de la porte.

— Le sergent Chavez, avec qui était-il ?

— Compagnie Bravo. Section du lieutenant Jackson... Deuxième escouade, je crois. Oui, celle que le caporal Ozkanian avait prise. Chavez a été transféré à Fort Benning, il est instructeur, maintenant.

— Vous en êtes certain ? demanda le nouveau S-3.

— Oui. Il y a eu un problème de paperasserie au sujet de cette nouvelle affectation. Ils ont été plusieurs, comme ça, à partir brusquement. Vous vous souvenez, commandant ?

— Oui, ça me revient maintenant. Quel bordel, hein ?

— Ouais.

— Que fichait-il donc dans la zone du Canal ? se demanda à haute voix l'officier des opérations.

— Le lieutenant Jackson le sait peut-être, mon commandant, suggéra Bascomb.

— On pourra lui poser la question demain.

— Il est bien ?

— Pour un jeune qui nous vient tout droit de l'Hudson, oui, il s'en sort très bien. Bonne famille. Le père est pasteur, un de ses frères pilote des avions de chasse de la marine, commandant d'escadron, je crois. Je l'ai rencontré par hasard à Monterey il y a quelque temps. Mais, pour en revenir à Tim, oui, c'est un assez bon chef de section.

— Et ce petit Chavez était un fameux sergent. Je n'ai pas l'habitude qu'on m'en remontre — le S-3 montra la cicatrice sur son visage — et que je sois damné s'il n'avait pas à m'en apprendre !

— Nous avons un paquet de bons éléments, Ed. Tu vas te plaire, ici. On va déjeuner ?

— Bonne idée. A quelle heure on commence l'entraînement, le matin ?

— Six heures quinze. Le patron aime cavaler.

Le nouveau poussa un grognement en sortant. Bon retour au sein de l'armée, la vraie.

— On dirait que nos amis de là-bas sont un peu fâchés, lança l'amiral Cutter en regardant le télex qu'il venait de recevoir des responsables Farce de l'opération. Qui a eu l'idée d'enregistrer leurs communications ?

— M. Clark, répondit le DAO.

— Celui qui...

— Celui-là même.

— Que savez-vous de lui ?

— Ancien SEAL dans la marine, a servi dix-neuf mois en Asie du Sud-Est dans un de ces groupes d'opérations spéciales qui n'ont jamais existé officiellement. A été blessé plusieurs fois. Puis il a quitté la marine à vingt-huit ans, avec le grade de maître d'équipage. Il était un des meilleurs qu'ils aient jamais eus. C'est lui qui est allé sauver le fils de Dutch Maxwell.

Les yeux de Cutter s'éclairèrent.

— J'ai bien connu Dutch Maxwell, j'ai travaillé un moment avec lui juste après être passé lieutenant. Alors comme ça, c'est Clark qui a sauvé la peau de son fiston ? Je n'ai jamais su toute l'histoire.

— L'amiral Maxwell l'a nommé maître sur-le-champ. Mais il a quitté la marine, s'est marié, a monté une affaire de plongée, spécialisée dans les démolitions — il est expert en explosifs. Puis sa femme a été tuée dans un accident de voiture dans le Mississippi et ça a été le début de la série noire. Il a rencontré une autre fille, elle s'est fait kidnapper et assassiner par le gang de dealers du coin — apparemment elle leur servait de passeur avant de le rencontrer. Et notre ancien Seal a décidé de partir en solitaire à la chasse au gros. Il ne s'est pas mal débrouillé, mais la police a fini par être au courant de ses activités. L'amiral Maxwell était OP-O3 à ce moment-là. Il est tombé lui aussi sur une guerre de gangs. Il connaissait James Greer, et une chose en entraînant une autre, nous avons décidé que M. Clark possédait des talents dont nous avions besoin. Alors, l'Agence l'a aidé à mettre en scène sa « mort » dans un accident de bateau. Nous lui avons donné une nouvelle identité, et maintenant il travaille pour nous.

— Comment...

— Facile. Ses états de service ont disparu. Nous avons fait la même chose avec les hommes de Showboat. Les empreintes de son dossier du FBI ont été changées — c'était à l'époque où Hoover avait encore les choses en main et... il y avait alors moyen de monnayer. Il est mort et ressuscité sous le nom de John Clark.

— Qu'a-t-il fait depuis ? demanda Cutter, à qui cette mystérieuse histoire plaisait beaucoup.

— Il est instructeur à la Ferme. Et nous avons de temps à autre des opérations qui nécessitent ses talents très spéciaux, expliqua Ritter. C'est lui qui est allé sur la plage chercher la femme et la fille de Gerasimov, par exemple [1].

1. Voir *Le Cardinal du Kremlin*, rééd. « Le Livre de Poche », Albin Michel.

— Oh ! Et tout cela a commencé à cause d'une histoire de drogue ?

— Exactement. Il a une dent contre les dealers et trafiquants de tout acabit. Il hait ces salauds. C'est à peu près la seule chose qui ne soit pas parfaitement pro en lui.

— Pas pro...

— Je veux simplement dire que sur un coup comme ça, il va se régaler. Cela ne changera rien à la qualité de son travail, mais il doit être ravi. Ne vous méprenez pas, Clark est un officier très capable. Il a un instinct formidable, et beaucoup de cervelle. Il sait et organiser les choses, et les réaliser.

— Quel est son plan ?

— Ça vous plaira, vous allez voir. Vous allez adorer.

Ritter ouvrit son porte-documents et commença à en sortir des documents. Pour la plupart, des photographies satellite.

— Lieutenant Jackson ?

— Bonjour commandant, dit Tim au nouvel officier des opérations après un salut impeccable.

Le S-3 visitait le quartier du bataillon pour se faire connaître.

— On m'a dit beaucoup de bien de vous. (C'était le genre de phrase qu'un nouveau lieutenant était toujours content d'entendre.) Et j'ai rencontré un de vos chefs d'escouade.

— Qui donc, commandant ?

— Chavez, je crois.

— Oh, vous revenez de Fort Benning, commandant ?

— Non, j'étais instructeur à l'École de guerre des Tropiques, au Panama.

— Qu'est-ce que Chavez faisait là-bas ? demanda le lieutenant Jackson.

— Il épuisait même des gens comme moi, répondit le commandant avec une grimace. Tous vos hommes sont aussi fortiches ?

— C'était mon meilleur chef d'escouade. Bizarre,

je croyais qu'ils allaient faire de lui un sergent instructeur.

— A l'armée, c'est la vie. Je vais avec la compagnie
Bravo demain soir suivre l'exercice à Hunter-Liggett.
Je voulais vous prévenir.

— Content de vous avoir parmi nous, commandant, lui dit Tim Jackson.

Ce n'était pas tout à fait vrai, évidemment. Jackson
n'était pas encore passé maître dans l'art de
commander, et le regard d'un supérieur le mettait
mal à l'aise, mais il devait bien vivre avec ça. Il
s'étonnait également à propos de Chavez et se promit de demander au sergent Mitchell de vérifier ce
que le commandant venait de lui dire. Après tout,
« Ding » faisait toujours partie de « ses » hommes.

— Clark.

C'était toujours ainsi qu'il répondait au téléphone.
Et cette fois, on l'appelait sur sa ligne « affaires ».

— Vous avez le feu vert. Soyez ici demain matin à
10 heures.

— Bien.

Clark raccrocha.

— Quand ? demanda Sandy.

— Demain.

— Pour combien de temps ?

— Une quinzaine de jours. Moins d'un mois.

Il n'ajouta pas « probablement ».

— Est-ce...

— Dangereux ? — John Clark sourit à sa femme.
— Mon boulot, ma chérie, si je le fais bien, n'est
jamais dangereux.

— Comment se fait-il, s'étonna Sandra Burns
Clark, que ce soit moi qui aie des cheveux gris ?

— Parce que moi, je ne pourrais pas me les faire
teindre chez le coiffeur.

— C'est une histoire de drogue, hein ?

— Tu sais que je ne peux pas en parler. En savoir
plus ne servirait qu'à t'inquiéter, et tu n'as aucune
raison de t'inquiéter.

Son mari lui mentait souvent, elle le savait, et la

plupart du temps préférait qu'il en soit ainsi. Mais pas cette fois.

Clark se remit à regarder la télévision. Intérieurement, il souriait. Il n'était pas allé à la chasse aux dealers depuis longtemps, très longtemps, et ne s'en était de toute façon jamais pris à d'aussi gros requins — il ne savait pas comment faire ; à l'époque, il n'avait pas les bonnes infos. Mais maintenant il tenait en main toutes les cartes nécessaires. Y compris l'autorisation du Président. Travailler pour l'Agence présentait certains avantages.

Cortez regarda la piste, ou ce qu'il en restait, à la fois furieux et content. Ni la police ni l'armée n'étaient encore jamais venues ici, bien que cela dût arriver un jour ou l'autre. En attendant, ceux qui les avaient précédées avaient fait un parfait boulot de professionnels.

Que dois-je en déduire ? Les Américains avaient-ils envoyé leurs bérets verts ? C'était le cinquième des terrains qu'il visitait ce jour-là, transporté de l'un à l'autre en hélicoptère. Même s'il n'avait pas la formation d'un spécialiste, on lui en avait assez appris sur les explosifs pour qu'il sache exactement ce qu'il devait chercher.

Comme sur les autres terrains, les hommes avaient tout bonnement disparu. Cela signifiait certainement qu'ils étaient morts, mais pour l'instant, la seule chose certaine, c'était qu'ils n'étaient plus là. Peut-être étaient-ce eux qui avaient fait tout sauter, mais ces hommes n'étaient que de simples paysans embauchés par le Cartel, des rustres sans aucun entraînement qui n'avaient probablement même pas patrouillé autour de la piste pour s'assurer que...

— Venez avec moi.

Il descendit de l'hélicoptère, suivi d'un de ses assistants, un ancien policier doté d'un strict minimum d'intelligence ; lui, au moins, savait obéir aux ordres.

Si je voulais surveiller un terrain comme ça... je me mettrais à couvert, je penserais au vent, et je chercherais un moyen de fuir rapidement...

Il y avait une chose de bien avec les militaires, ils agissaient selon des méthodes prévisibles.

Ils avaient dû chercher un endroit d'où ils verraient toute la piste ainsi que le hangar. Quelque part derrière un des deux coins, se dit Cortez en se dirigeant vers le nord-ouest. Il passa une demi-heure à fouiller les buissons en silence, toujours suivi par son assistant qui n'y comprenait rien.

C'est ici qu'ils étaient, pensa-t-il bientôt. Derrière le monticule, la terre était tassée. Des hommes s'y étaient étendus. Il vit ensuite une marque laissée dans le sol par le trépied d'un FM.

Il lui était impossible de dire pendant combien de temps ils avaient surveillé la piste, mais il se doutait que leur présence expliquait la disparition de l'avion. Des Américains ? Si oui, pour qui travaillaient-ils ? La CIA ? La DEA ? Ou s'agissait-il d'un groupe d'opérations spéciales de l'armée ?

Et pourquoi étaient-ils repartis ?

Et pourquoi en faisant tant de dégâts ?

Et si les gardes n'étaient pas morts ? S'ils étaient passés à l'ennemi ?

Cortez se releva et brossa la terre qui salissait son pantalon. C'était un message. Évidemment. Après le meurtre du directeur du FBI — il n'avait pas encore eu le temps de parler de cette folie avec *El Jefe* —, ils avaient voulu signifier au Cartel qu'ils ne toléreraient pas que de tels actes se reproduisent.

La réaction des Américains était pourtant inhabituelle. Kidnapper ou assassiner des citoyens américains était à peu près l'acte le plus sûr que puisse faire un terroriste international. La CIA avait laissé torturer à mort un des chefs de station au Liban sans intervenir. Et tous ces marines qui avaient sauté... sans que les Américains bougent le petit doigt. De temps en temps, ils envoyaient un message, et c'était tout. Les Américains étaient des imbéciles. Ils avaient essayé d'envoyer des messages aux Nord-Viêt-nam pendant presque dix ans, sans aucun résultat, et cela ne leur avait pas servi de leçon. Cette fois, donc, ils avaient abandonné leur passivité au profit d'un geste encore plus inutile. *Ils ne savent même pas se servir de leur puissance*, pensa Cortez. Pas comme les Russes. Quand un des leurs avait été kidnappé au Liban, les hommes du KGB avaient pris des otages dans les rues et les avaient renvoyés — sans tête, disaient certains, sans parties génitales, prétendaient d'autres. Les otages russes avaient été aussitôt remis en liberté, avec des excuses. Les Russes étaient peut-être cruels, mais ils connaissaient les règles du jeu. Ils observaient les lois de la clandestinité afin que leurs ennemis sachent ce qu'ils ne toléreraient point. Ils étaient sérieux. Et pris au sérieux.

Pas les Américains. Bien qu'il eût prévenu son employeur de se méfier d'eux, Cortez était certain qu'ils ne réagiraient même pas à un acte aussi outrageant que l'assassinat d'un important représentant de leur gouvernement.

Dommage, pensa Cortez. Il aurait pu utiliser une telle occasion à son profit.

— Bonsoir, patron, dit Ryan en s'asseyant.
— Bonsoir, Jack.

L'amiral Greer sourit de son mieux.
— Content de vos nouvelles fonctions ?
— Je vous garde la place au chaud, patron.
— C'est la vôtre, maintenant. Même si je sortais d'ici, je pense qu'il serait temps de prendre ma retraite.

Jack n'aimait pas la façon dont l'amiral avait dit « même si ».
— Je ne crois pas encore être prêt, amiral.
— Personne n'est jamais prêt. Je commençais à peine à connaître le boulot d'officier de marine qu'il a fallu que je quitte la marine. C'est la vie, Jack.

Ryan réfléchit un instant, tout en regardant autour de lui. L'amiral Greer était nourri par l'intermédiaire de tubes de plastique transparent. Un engin bleu-vert qui ressemblait à une attelle maintenait les aiguilles dans ses veines, sur des bras marbrés de bleu à cause des intraveineuses qui avaient « infiltré ». C'était toujours mauvais signe. A côté du flacon de perfusion, se trouvait une petite bouteille étiquetée D5W. Son médicament, un traitement de chimiothérapie. Drôle de nom pour un poison, car ce n'était pas autre chose : un biocide censé tuer le cancer un peu plus vite qu'il ne tuait le malade. Il ne savait pas exactement ce qu'était celui-là, quelque composition mise au point par l'Institut national de la santé plutôt que par le Centre de guerre chimique de l'armée. Ou peut-être, se dit Jack, coopèrent-ils à la fabrication de ces concoctions. En tout cas, Greer ressemblait à la victime de quelque ignoble expérimentation.

Mais non, ce n'était pas vrai. Les spécialistes faisaient tout ce qu'ils pouvaient pour le maintenir en vie. Sans succès. Ryan n'avait jamais vu son patron aussi maigre. Il lui semblait qu'à chacune de ses visites — jamais moins de trois par semaine —, il avait encore perdu du poids. Ses yeux brûlaient d'une énergie pleine de défi, mais la lumière qui éclairait le bout de ce douloureux tunnel n'était pas celle de la guérison. Il le savait. Et Jack aussi. Il n'y avait qu'une seule chose qu'il pût faire pour soulager sa douleur. Il ouvrit donc son attaché-case et en sortit des dossiers.

— Voulez-vous y jeter un coup d'œil ? demanda-t-il en les lui tendant.

Les papiers faillirent se prendre dans les tubes de perfusion et Greer maugréa contre ces foutus spaghetti de plastique.

— Vous partez pour la Belgique demain soir ?

— Oui, amiral.

— Saluez pour moi Rudi et Franz de la BND. Et attention à la bière belge, fiston.

Ryan rit.

— Oui, patron.

L'amiral Greer feuilleta le premier dossier.

— Les Hongrois continuent, à ce que je vois.

— On leur a conseillé de se calmer, et ils l'ont fait, mais le problème de fond ne va pas disparaître comme ça. Je crois qu'ils devraient calmer le jeu dans l'intérêt de tous ceux qui sont concernés. Notre ami Gerasimov nous a donné quelques tuyaux sur la façon d'aborder ce sujet avec certains d'entre eux.

Greer éclata presque de rire.

— Normal. Comment l'ancien chef du KGB s'adapte-t-il à la vie en Amérique ?

— Pas aussi bien que sa fille. Il s'est avéré qu'elle avait toujours rêvé de se faire refaire le nez. Voilà au moins un rêve réalisé. — Jack grimaça un sourire. — La dernière fois que je l'ai vue, elle travaillait à son bronzage. Elle reprend l'université à l'automne prochain. L'épouse est toujours un peu nerveuse, et Gerasimov toujours aussi coopératif. Nous ne savons pas encore ce que nous ferons de lui quand nous aurons fini.

— Dites à Arthur de lui montrer ma vieille maison du Maine. Le climat lui plaira, et ce devrait être facile à surveiller.

— Je ferai passer le message.

— Quel effet cela vous fait-il d'être dans le coup de toutes les opérations, maintenant ?

— Eh bien, ce que j'en ai vu semble assez intéressant, mais il y manque tout ce que je « n'ai pas besoin de savoir » !

— Qu'est-ce que c'est que cette histoire ? demanda Greer, surpris.

— Décision du Juge, répondit Jack. Il y a une ou deux choses dont ils ne veulent pas me mettre au courant.

— Vraiment ? — Greer se tut un instant. — Écoutez, Jack, reprit-il, au cas où personne ne vous l'aurait dit, le directeur, le directeur adjoint — ils n'ont pas encore rempli cette place, hein ? — et les chefs de directorat doivent être tenus au courant de tout. Vous êtes maintenant chef d'un directorat, vous êtes censé tout savoir. Vous *devez* savoir ! C'est vous qui informez le Congrès.

Ryan écarta le problème d'un geste. Ce n'était pas vraiment important.

— Peut-être que le Juge ne voit pas les choses ainsi et que...

Le directeur du Renseignement essaya de s'asseoir dans son lit.

— Écoutez, fiston, vous dites des bêtises ! Vous

devez savoir, et dites à Arthur que c'est moi qui vous l'ai dit. Ces conneries s'arrêtent à la porte de mon bureau, compris ?

— Oui, amiral, je vais m'en occuper immédiatement.

Ryan ne voulait pas que son patron s'énerve. Il ne faisait après tout qu'office de chef du directorat, et avait l'habitude d'être tenu à l'écart des problèmes opérationnels qu'il avait toujours, depuis six ans, été ravi de laisser aux autres. Mais Jack n'était pas prêt à défier celui qui était toujours pour lui son patron pour une histoire de ce genre. Bien entendu, il soulèverait le problème de sa responsabilité d'informateur du Congrès sur les activités de la direction du Renseignement.

— Je ne plaisante pas, Jack.

— Compris, amiral.

Ryan sortit un autre dossier, il livrerait cette bataille à son retour d'Europe.

— Ce qui se passe en Afrique du Sud est très intéressant, reprit-il, et si vous voulez mon avis...

15

LES MESSAGERS

Clark débarqua à l'aéroport de San Diego et loua une voiture pour se rendre à la base navale, ce qui ne lui prit pas très longtemps. En apercevant les hautes coques bleu-gris, il ressentit, comme toujours, une légère nostalgie. Ce monde avait été le sien autrefois, et il gardait de cette époque, où pourtant il était si jeune et si bête, le souvenir ému d'un temps où tout était plus simple.

L'USS *Ranger* ressemblait à une ruche en pleine activité. Clark gara la voiture dans l'espace réservé aux membres de l'équipage puis se dirigea vers le quai, slalomant entre les camions, grues, et autres machines qui grouillaient, allaient et venaient dans tous les sens. Le porte-avions devait quitter le port huit heures plus tard, aussi des milliers de marins s'activaient-ils au chargement de provisions en tous genres. Le pont d'envol était vide, à l'exception d'un Phantom-F4 qui n'avait plus de moteur et servait uniquement à l'entraînement des nouveaux matelots affectés à cette partie du pont. Les avions du *Ranger*, encore dispersés dans trois bases aéronavales, s'envoleraient quand il serait en mer. Cela éviterait aux pilotes d'être mêlés au désordre qui accompagnait toujours le départ d'un porte-avions. Seul l'un d'eux serait à bord.

Clark s'approcha de la passerelle d'embarquement des officiers gardée par un caporal des marines qui consultait la liste de visiteurs et passa le coup de téléphone prévu par ses instructions tandis que Clark continuait à monter les marches. Il arriva à la hauteur des hangars et chercha comment accéder au pont supérieur. Trouver son chemin sur un porte-avions n'est jamais facile pour les non-initiés, mais en montant, on finit toujours par se retrouver sur le pont d'envol. C'est ce que fit Clark, qui alla prendre l'ascenseur avant sur tribord. Il y avait là un officier dont le col kaki portait la feuille argentée des capitaines de frégate de l'US Navy. Et l'on pouvait voir sur une de ses poches de chemise une étoile dorée, marque de ceux qui détenaient un commandement en mer. Clark cherchait le commandant d'une escadrille de bombardiers Intruder Grumman A-6E.

— C'est vous, Jensen ? demanda-t-il. (Il était arrivé en avance au rendez-vous.)

— Oui, Roy Jensen. Vous êtes M. Carlson ?

Clark sourit.

— Quelque chose comme ça.

Il fit signe à l'officier de le suivre. Le calme régnait sur la plate-forme. La plus grosse partie du chargement se faisait à l'arrière. Ils marchèrent vers la proue sur le revêtement rugueux du pont, assez semblable à celui de n'importe quelle route de campagne. Les deux hommes devaient presque crier pour s'entendre, car au bruit des docks se surajoutait un vent de quinze nœuds qui venait du large. Tout le monde pouvait les voir discuter, mais, au milieu d'une telle activité, il y avait peu de chances pour que quiconque fit attention à eux. Impossible d'installer des écoutes sur un pont d'envol. Clark tendit à Jensen une enveloppe, le laissa lire son contenu, puis la reprit. Ils étaient quasiment arrivés à la proue et s'arrêtèrent entre les deux pistes de catapultage.

— C'est sérieux ?

— Oui. Vous pouvez assurer ?

Jensen réfléchit un instant, le regard perdu vers la base navale.

— Bien sûr. Qui sera sur le terrain ?

— Je ne suis pas censé vous le dire — mais ce sera moi.

— Le groupement de combat ne devait pas descendre jusque là-bas, vous savez...

— Les plans ont été changés.

— Et les armes ?

— On les chargera à bord du *Shasta* demain. Elles seront peintes en bleu et elles sont légères...

— Je sais. J'ai assuré un des largages il y a quelques semaines au lac China.

— Votre commandant recevra ses ordres dans trois jours. Mais il ne saura pas ce qui se passe. Ni lui ni personne d'autre. Nous enverrons un « technicien » avec les armes. Il surveillera ce côté-ci de la mission. C'est à lui que vous remettrez les cassettes vidéo. Personne d'autre ne doit les voir. Il apportera les siennes, qui sont codées avec des bandes orange et violettes de façon à ne pas pouvoir être confondues avec d'autres. Vous avez un navigateur-bombardier qui sait tenir sa langue ?

— Vu les ordres reçus, dit Jensen, pas de problème.

— Parfait. Le « technicien » aura des instructions détaillées. Il doit se présenter au commandant, mais demandera d'abord à vous voir. A partir de là, motus. Le commandant sait que nous ne voulons pas faire de bruit autour de cette mission. S'il vous pose des questions, dites-lui qu'il s'agit de tester une nouvelle arme. — Clark releva un sourcil. — C'est d'ailleurs vrai, non ?

— Les gens que nous...

— Qui ? Vous n'avez pas besoin de savoir, l'interrompit Clark. Si cela vous pose un problème, vous devez me le dire tout de suite.

— Non, je vous ai dit que c'était d'accord. Pure curiosité de ma part.

— Vous êtes assez grand pour ne pas tomber dans ce genre de piège, dit Clark d'une voix douce.

Il ne voulait pas insulter cet homme, mais il devait lui faire comprendre.

— Compris.

L'USS *Ranger* partait en mer pour des manœuvres visant à préparer un déploiement de combat dans l'océan Indien. Ils en avaient pour trois semaines d'entraînement intensif concernant aussi bien les problèmes d'atterrissage sur le porte-avions que d'approvisionnement en route. Une attaque simulée d'un autre porte-avions qui rentrait du Pacifique ouest était également prévue. Les opérations se dérouleraient, comme venait à peine de l'apprendre le commandant Jensen, à environ trois cents milles de Panama et non au point prévu à l'origine, plus loin à l'ouest. Le commandant d'escadrille se demandait qui avait le culot de faire changer de route trente et un navires, dont certains consommaient d'outrageuses quantités de fuel. Cela ne pouvait s'être décidé qu'à un très haut niveau, d'où il recevait les ordres qui venaient de lui être transmis. Jensen était un homme prudent. Bien qu'ayant été prévenu par un coup de téléphone très officiel, et malgré la clarté du contenu de l'enveloppe que lui avait apportée M. Carlson, il était agréable d'en avoir confirmation.

— C'est tout. Vous serez prévenu en temps utile. C'est-à-dire environ huit heures à l'avance. Cela vous suffira ?

— Parfait. Je m'assurerai que les armes seront installées en lieu sûr. Soyez prudent sur le terrain, monsieur Carlson.

— J'essaierai.

Clark serra la main du pilote et se dirigea vers l'arrière pour quitter le navire. Il reprenait l'avion dans deux heures.

Les flics de Mobile étaient d'humeur particulièrement maussade. Comme s'il ne suffisait pas que l'un d'eux eût été tué de façon aussi bête et brutale, il avait fallu que Mme Braden commette l'erreur de venir à la porte voir ce qui se passait et se prenne deux balles dans la peau ! Si les chirurgiens l'avaient maintenant presque certainement sauvée, les policiers, au bout de trente-six heures, n'avaient pratiquement pas avancé leur enquête d'un pouce. Ils n'avaient que le témoignage de ce gamin, même pas en âge de conduire, qui prétendait avoir touché un des tueurs avec la Marlin .22 de son grand-père, et quelques taches de sang qui pouvaient ou non confirmer son histoire. La police préférait croire que c'était Braden qui avait fait mouche, mais les enquêteurs spécialisés savaient qu'un flingue de deux pouces était la dernière des armes à utiliser, à moins que la fusillade n'eût lieu dans un ascenseur bondé. Tous les flics du Mississippi, d'Alabama, de Floride et de Louisiane cherchaient une camionnette Plymouth bleue à bord de laquelle se promenaient deux hommes de type méditerranéen, cheveux noirs, taille moyenne, armés et dangereux, soupçonnés d'avoir assassiné l'un des leurs.

Le véhicule fut retrouvé le lundi après-midi par un citoyen conscient de son devoir — il y en avait quelques-uns en Alabama — qui appela le bureau du shérif local qui, à son tour, appela la police de Mobile.

— Le môme avait raison, fit remarquer le sergent responsable de l'affaire.

Le corps qui gisait à l'arrière de la camionnette était aussi répugnant à manipuler que le serait n'importe quel cadavre ayant passé deux jours enfermé dans une voiture au mois de juin en Alabama, mais le trou qu'il avait juste sous le crâne, au ras des cheveux, était définitivement l'œuvre d'une .22. Et il était mort sur le siège avant droit, qu'il avait inondé de sang. Mais ce n'était pas tout.

— J'ai déjà vu ce type. C'est un dealer, fit remarquer un autre enquêteur.

— Dans quoi Ernie est-il allé se foutre ?

— Dieu seul le sait. Et ses enfants ? demanda le

sergent. Ils perdent leur père et on va aller crier sur les toits que leur père était un ripoux ? On va faire ça à deux orphelins ?

Il suffit aux deux hommes d'échanger un regard pour tomber d'accord sur le fait que non, on ne pouvait pas faire ça. Ils trouveraient un moyen de faire de Ernie un héros, et sûr et certain que quelqu'un féliciterait le petit Sanderson.

— Vous vous rendez compte de ce que vous avez fait ? demanda Cortez.

Il se retenait pour ne pas laisser exploser sa fureur. Dans une organisation exclusivement composée de Latins, sa voix serait, devait être, celle de la raison. Ils la respecteraient de la même façon que les Romains respectaient la chasteté : une qualité rare et admirable qu'ils appréciaient chez les autres.

— J'ai donné une leçon aux *Norteamericanos*, répondit Escobedo avec une patience arrogante qui faillit faire craquer la carapace d'autodiscipline de Cortez.

— Et qu'ont-ils fait ensuite ?

Escobedo eut un geste majestueux, un geste d'homme puissant et satisfait.

— Une piqûre d'insecte !

— Vous avez également conscience, je suppose, d'avoir foutu en l'air tous les efforts que j'avais accomplis pour avoir une source de renseignements valable, comme si...

— Quelle source ?

— La secrétaire du directeur du FBI, répondit Cortez avec à son tour un sourire fier.

— Et vous ne pouvez plus vous servir d'elle ?

Escobedo semblait stupéfait. L'imbécile !

— Pas à moins que vous ne souhaitiez me voir arrêté, *jefe*. Si cela arrivait, je ne vous servirais plus à rien. Nous aurions pu utiliser les renseignements de cette femme pendant des années. Être au courant de leurs tentatives d'infiltration de notre organisation. Découvrir les nouvelles idées des *Norteamericanos*, être capable de les contrer, en agissant toujours prudemment et intelligemment, protéger nos opérations en leur laissant croire qu'ils obtenaient des résultats.

Cortez faillit dire qu'il savait pourquoi tous ces avions avaient disparu, mais il préféra se taire. Ce n'était pas tant qu'il contrôlât sa colère : il venait de comprendre qu'il pouvait en fait supplanter l'homme en face de lui. Mais il lui faudrait d'abord démontrer sa valeur à l'organisation et prouver à tous ces criminels qu'il leur était plus utile que ce bouffon. Mieux valait les laisser mijoter dans leur jus un moment, ils n'en apprécieraient que mieux la différence entre une intelligence de professionnel entraîné et un tas de richards ignares.

Ryan contemplait l'océan, à plus de dix mille mètres en dessous d'eux. On s'habituait facilement à être traité en VIP. En tant que chef de service, il avait droit à un vol spécial qui allait l'amener directement sur un terrain militaire situé à côté du quartier général de l'OTAN à Mons, en Belgique. Il allait représenter la CIA à une conférence bisannuelle réunissant ceux qui faisaient le même travail que lui au sein de l'Alliance européenne. Une mission fondamentale. Il devrait, par son discours et son attitude au cours des débats, donner bonne impression. S'il connaissait la plupart de ceux qui seraient là, ce n'était qu'en tant que faire-valoir de James Greer. Il devait maintenant montrer sa valeur personnelle. Et il allait réussir, il le savait. Le fait d'être accompagné de trois des directeurs de son service et son confortable fauteuil du VC-20 A lui rappelaient à quel point il était un personnage important. Il ne savait pas que c'était justement cet avion qui avait emmené Emil Jacobs en Colombie. Cela valait mieux. Homme intelligent et cultivé, Ryan n'en restait pas moins vaguement superstitieux.

En tant que directeur adjoint, Bill Shaw était au sommet de la hiérarchie du FBI, et, jusqu'à ce qu'un nouveau directeur fût nommé par le Président et accepté par le Sénat, il assumerait ses fonctions. Cela pouvait durer un bon moment. En cette année d'élection présidentielle, on pensait plus conventions que nouvelles nominations. Cela ne le dérangeait pas. Ainsi, il tiendrait la barre, et pour une affaire de cette importance, la maison avait besoin d'un flic expérimenté aux commandes. Les « réalités politiques » ne comptaient pas beaucoup pour William Shaw. Une affaire criminelle était une chose que le FBI devait résoudre, et à ses yeux c'était à ça que se résumait son travail. A ça et à rien d'autre. Dès qu'il avait appris la mort de Jacobs, il avait rappelé son ami Dan Murray. Ce serait à Dan de superviser cette affaire. Elle se présentait sous au moins deux angles différents, ceux des deux enquêtes menées en Colombie et à Washington. L'expérience acquise par Murray en tant qu'attaché juridique à Londres lui donnait la sensibilité politique nécessaire pour comprendre que les aspects internationaux de l'affaire pouvaient ne pas être menés de façon satisfaisante pour le FBI. Murray arriva dans le bureau de Shaw à 7 heures du matin. Ni l'un ni l'autre n'avait beaucoup dormi au cours des dernières quarante-huit heures. Jacobs devait être enterré à Chicago le jour même et, pour se rendre à l'enterrement, ils allaient prendre l'avion qui transporterait son cercueil.

— Alors ?

Dan feuilleta son dossier.

— Je viens d'avoir Morales, à Bogota. Le tireur qu'ils ont arrêté est un second couteau du M-19 et ne sait rien. Hector Buente, vingt ans, déchet de l'université des Andes, où il était plutôt mal noté. Évidemment les flics de là-bas n'ont pas été tendres avec lui, Morales dit qu'ils sont verts de rage, seulement ce môme n'a rien à dire. Les tireurs ont été avertis il y a quelques jours qu'un boulot important les attendait, mais on ne leur a dit quand et où que quatre heures avant la fusillade. Ils ne savaient pas qui était dans la voiture avec l'ambassadeur. D'ailleurs une seconde équipe avait été placée sur un autre itinéraire. Ils ont des noms, et la police locale passe la ville au peigne fin pour les retrouver. A mon avis, ça ne les mènera nulle part. C'était un boulot ponctuel et tous ceux qui savaient quelque chose ont disparu depuis longtemps.

— Et les endroits d'où ils ont tiré ?

— Deux appartements. Ils avaient certainement dû les repérer à l'avance. Le moment venu, ils sont entrés, ont ligoté les occupants, plus exactement leur ont passé les menottes — et se sont installés. Un vrai travail de pro, du début jusqu'à la fin.

— Quatre heures avant la fusillade, hein ?

— Oui.

— C'est-à-dire après le départ de l'avion, fit remarquer Shaw.

Murray hocha la tête.

— Cela prouve clairement que la fuite vient de chez nous. Le plan de vol de l'avion était enregistré en direction de la Grenade, où il est finalement arrivé deux heures plus tard. Le ministre colombien de la Justice était le seul à savoir qu'Emil allait là-bas, et il ne l'a annoncé que trois heures avant l'atterrissage. D'autres membres du gouvernement savaient que quelque chose se préparait, et cela aurait pu expliquer l'ordre d'alerte donné à nos amis du M-19, mais l'heure ne correspond pas. La fuite vient de chez nous, à moins que leur ministre de la Justice n'ait lâché le morceau plus tôt qu'il ne le dit. Morales pense que c'est très improbable. Cet homme est censé être leur Cromwell, honnête comme le Christ et courageux comme un lion. On ne lui connaît aucune maîtresse avec qui il aurait pu bavarder, ni rien de ce genre. La fuite vient de chez nous, Bill.

Shaw se frotta les yeux en se demandant s'il n'allait pas boire un autre café, mais il avait déjà ingurgité assez de caféine pour réveiller une statue.

— Ensuite ?

— Nous avons interrogé tous ceux qui étaient au courant du voyage d'Emil. Inutile de dire que personne ne s'est vanté d'en avoir parlé. J'ai demandé une commission rogatoire pour qu'on vérifie les lignes téléphoniques, mais je ne m'attends pas à ce que cela nous aide beaucoup.

— Et en ce qui concerne...

— Les gars d'Andrews ? continua Dan avec un sourire. Ils sont sur la liste. Il y avait peut-être quarante personnes, au maximum, qui étaient au courant, et dont certaines ne l'ont été qu'une heure après le décollage.

— Des éléments matériels ?

— Nous avons un des lance-grenades et quelques autres armes. Les soldats colombiens ont drôlement bien réagi, il faut un sacré courage pour se précipiter dans un immeuble où l'on sait qu'il y a de telles armes, oui, un sacré courage. Les types du M-19 avaient aussi des armes légères venant du bloc soviétique, probablement de Cuba, mais c'est secondaire. Je voudrais demander aux Soviétiques de nous aider à identifier le RPG et sa provenance.

— Tu crois qu'ils vont coopérer ?

— Au pire, ils ne pourront que dire non. Cela nous permettra de voir s'ils se foutent ou non du monde avec leur fameuse glasnost.

— D'accord, essaie.

— Le reste ne fera que confirmer ce que nous savons déjà. Peut-être les Colombiens arriveront-ils à remonter la filière M-19, mais j'en doute. Ils travaillent sur ce groupe depuis pas mal de temps, et c'est un gros morceau.

— Vu.

— Tu as l'air crevé, Bill, remarqua Murray. Laisse les jeunes s'épuiser à la tâche, chacun son tour. Nous autres vieux cons sommes supposés savoir nous économiser.

— Oui, d'accord, mais je dois encore me mettre au courant de tant de choses, dit Shaw en montrant son bureau couvert de paperasses.

— A quelle heure décolle l'avion ?

— Dix heures et demie.

— Bon, je vais retourner dans mon bureau m'allonger un moment. Tu devrais en faire autant.

Shaw comprit que ce n'était pas une mauvaise idée. Dix minutes plus tard, malgré le café, il sombrait dans le sommeil. Il dormait depuis une heure quand Moira Wolfe vint frapper en vain à sa porte. Elle ne voulait pas ouvrir, inutile de le déranger, pensa-t-elle. Certes, ce qu'elle voulait lui dire était important, mais cela pouvait malgré tout attendre qu'ils soient dans l'avion.

— Bonjour, Moira, dit la secrétaire de Shaw qui arriva au moment où elle repartait. Il y a quelque chose qui ne va pas ?

— Je voulais voir M. Shaw, mais il doit dormir. Il a travaillé non-stop depuis...

— Je sais. Apparemment un peu de repos ne te ferait pas de mal à toi non plus.

— Ce soir, peut-être.

— Tu veux que je lui dise...

— Non, je le verrai dans l'avion.

Il y eut un léger cafouillage au niveau de la commission rogatoire. Le ministre de la Justice s'était trompé de nom de juge et l'agent responsable dut attendre dans l'antichambre jusqu'à 9 h 30, car le juge était en retard ce lundi-là. Dix minutes plus tard, notre agent avait tout ce qu'il lui fallait. Par bonheur, le bureau local de la compagnie du téléphone ne se trouvait qu'à quelques minutes de voiture et pouvait lui donner accès aux listes d'appel dont il avait besoin. Il avait une centaine de noms à vérifier, avec plus de deux cents lignes et soixante et une cartes dont certaines n'étaient pas celles de la compagnie. Il lui fallut une heure pour obtenir une copie de tous les appels l'intéressant, puis il revérifia les noms qu'il avait donnés afin de s'assurer qu'il n'y avait ni coquille ni omission. C'était un nouvel agent. Sorti de l'Académie depuis à peine quelques mois, son premier poste au sein de la division de terrain de Washington consistait essentiellement à jouer les garçons de course pour son supérieur, ce qui lui permettait d'apprendre entre-temps les ficelles du métier. Il n'avait donc pas accordé beaucoup d'attention aux renseignements qu'il venait de recevoir. Il ne savait pas, par exemple, que le préfixe 58 en face d'un certain numéro de téléphone indiquait un appel international vers le Venezuela. Mais il était jeune et allait l'apprendre avant la fin de la matinée.

L'avion était un VC-135, version militaire du vieux 707, dépourvu de hublots, ce que regrettaient même les passagers les plus blasés, mais doté d'une large porte indispensable à l'embarquement de M. Jacobs pour son dernier voyage à destination de Chicago. Le Président partait sur un autre vol dont l'arrivée à l'aéroport international d'O'Hare était prévue quelques minutes avant la leur. Il prendrait la parole à la synagogue et au cimetière.

Le VC-135 dans lequel se trouvaient Shaw, Murray et plusieurs autres hauts responsables du FBI était souvent utilisé pour ce genre de missions car équipé du matériel nécessaire au maintien du cercueil dans la partie avant de la cabine. Ils purent donc contempler à loisir la boîte de chêne verni pendant la totalité du voyage, sans même la possibilité de détourner leurs regards vers un hublot. Et finalement cela rendit les choses plus simples. Ce fut un vol très calme, avec, pour tenir compagnie aux vivants et au mort, le seul sifflement des moteurs turbo.

Cet avion faisait partie de la flotte personnelle du Président et était équipé de tous les systèmes de communication nécessaires. Un lieutenant de l'Air Force vint à l'arrière, demanda Murray et le conduisit à l'avant vers la console de communications.

Mme Wolfe avait un fauteuil d'aile quelques mètres derrière les chefs de service. Des larmes coulaient sur ses joues et, quand elle se rappela qu'elle avait quelque chose à dire à M. Shaw, elle trouva que ce n'était ni le moment ni le lieu. Cela n'avait pas d'importance, de toute façon. Il s'agissait juste d'une erreur qu'elle avait faite quand elle avait été interrogée la veille. C'était à cause du choc. Un choc terrible. Elle avait vécu trop de deuils ces dernières années, et en plus il y avait eu ce week-end, comme un lavage de cerveau, qui l'avait, comment dire... ? troublée ? Elle ne pouvait exprimer ce qu'elle ressentait exactement, et puis ce n'était pas le moment. L'heure était venue pour elle de se souvenir du meilleur patron qu'elle ait jamais eu, un homme aussi compréhensif avec elle qu'avec les agents qui l'adulaient. Elle vit M. Murray se diriger vers l'avant de la cabine, marcher devant le cercueil sur lequel elle avait passé sa main en montant à bord, en signe d'adieu au patron.

La conversation ne dura pas plus d'une minute.

Murray ressortit du petit compartiment radio le visage aussi composé qu'à l'ordinaire. Moira remarqua qu'il retournait s'asseoir à côté de sa femme sans un regard pour le cercueil.

— Et merde ! souffla Dan une fois dans son fauteuil.

Son épouse se tourna vers lui. Ce n'était pas des mots à prononcer en un instant pareil. Elle posa sa main sur son bras et il secoua la tête. Quand il leva les yeux vers elle, elle y lut une certaine tristesse.

Le vol dura à peine plus d'une heure. Les hommes qui formaient la garde d'honneur, impeccables dans leur uniforme de cérémonie, montèrent prendre le cercueil. Les passagers descendirent derrière eux à la rencontre du reste de l'assemblée qui les attendait sous la surveillance des caméras de la télévision. La garde d'honneur emporta son fardeau entre deux drapeaux, celui de leur pays et celui du FBI, où était inscrite la devise de la maison : « Fidélité — Bravoure — Intégrité ». Murray regarda le vent jouer dans la toile, les mots se tordre sous son souffle, et comprit combien ces mots étaient intangibles. Mais il ne pouvait le dire à Bill maintenant. On l'aurait remarqué.

— Au moins nous savons pourquoi nous avons tout fait sauter avant de partir, dit Chavez qui suivait la cérémonie dans le salon de la caserne.

Les choses étaient plus claires, maintenant.

— Mais pourquoi nous ont-ils fait revenir ? demanda Vega.

— On va y retourner, Oso. Et l'air sera rare, là où on retourne.

Larson n'avait pas besoin de regarder le reportage de la télé. Penché au-dessus d'une carte, il faisait le relevé des lieux de fabrication, connus ou soupçonnés, situés au sud-ouest de Medellin. Il savait, comme tout le monde, quelles étaient les régions concernées, mais de là à isoler des points précis... Une question difficile, certes, mais d'ordre purement technique. Les Américains avaient inventé une technologie moderne de reconnaissance et passé presque trente ans à la perfectionner. Larson était maintenant en Floride, après être officiellement rentré aux États-Unis pour prendre livraison d'un nouvel avion, qui avait des problèmes de moteur incroyablement compliqués.

— Depuis combien de temps sommes-nous là-dessus ?

— A peine deux mois, répondit Ritter.

Même avec des données aussi minces, ce n'était pas si difficile que ça. Toutes les villes, tous les villages, bien sûr, apparaissaient sur cette carte, ainsi que les maisons isolées. Comme il y avait maintenant l'électricité presque partout, on repérait facilement les bâtiments, et une fois identifiés, l'ordinateur les effaçait. Cela laissait les sources d'énergie qui n'étaient ni des villes, ni des villages ni des fermes isolées. Certaines de ces sources étaient assez constantes. Ils avaient arbitrairement décidé que tout ce qui apparaissait plus de deux fois par semaine était trop voyant pour les intéresser, aussi les effaçaient-ils aussi. Il leur restait ainsi une soixantaine de points qui apparaissaient et disparaissaient selon un diagramme établi avec la carte et des photos. Chacun d'entre eux pouvait être un de ces lieux où commençait le processus de raffinage des feuilles de coca. Ce n'étaient en tout cas certainement pas des campements de boy-scouts colombiens.

— On ne peut pas les repérer chimiquement, dit Ritter. J'ai vérifié. Les vapeurs d'éther et d'acétone qui s'en échappent équivalent à ce qui se dégagerait si on renversait du dissolvant de vernis à ongles, sans parler des phénomènes biochimiques caractéristiques de ce genre d'environnement. On est en pleine forêt tropicale. Des monceaux de racines pourrissent et relâchent des gaz en tous genres. C'est pour cela que l'on n'obtient par le satellite que les infrarouges habituels. Ils procèdent toujours au raffinage la nuit. Je me demande pourquoi.

Larson hocha la tête en grognant.

— Ça leur est resté de l'époque où l'armée les pourchassait sérieusement. Une vieille habitude, je suppose.

— En tout cas on a quelque chose, non ?

— Et qu'est-ce qu'on va en faire ?

Murray n'avait jamais assisté à un enterrement juif. Ce n'était pas très différent d'un enterrement catholique. Bien que les prières fussent dites dans une langue qu'il ne connaissait pas, il comprit que le message était pratiquement le même. Seigneur, nous renvoyons chez vous un homme de bien. Merci de nous l'avoir laissé quelque temps. Le Président fit l'éloge du défunt dans un portrait qu'avait tracé le spécialiste des discours de la Maison Blanche et qui citait la Thora, le Talmud et le Nouveau Testament. Puis il parla de la Justice, ce dieu séculaire qu'Emil avait servi toute sa vie. Cependant, quand, vers la fin, il expliqua que les hommes devaient détourner leurs cœurs de la vengeance, Murray se dit... que ces mots étaient mal choisis. Ce discours était aussi poétique que tous ceux qu'il avait entendus, mais là, les paroles du Président résonnaient comme celles d'un politicien. Est-ce mon cynisme habituel ? se demanda Dan. Il n'était qu'un flic, après tout, et pour lui, le mot justice signifiait que les salauds qui commettaient des crimes devaient payer. Bien entendu, malgré ses belles phrases d'homme d'État, le Président pensait absolument la même chose. Et c'était aussi bien.

Les soldats suivirent le reportage en silence. Certains en profitèrent pour aiguiser leurs couteaux, seul bruit qui troubla l'atmosphère recueillie. Les autres restèrent immobiles, écoutant parler leur Président. Ils savaient qui étaient les assassins de cet homme dont, la veille, peu d'entre eux connaissaient le nom. Chavez avait été le premier à tirer de tout cela une juste conclusion, mais cela ne lui avait pas demandé un grand effort d'imagination. Tous acceptaient la nouvelle avec flegme. Ils y voyaient la preuve que leur ennemi les attaquait directement en s'en prenant à l'un des plus importants symboles de leur nation. Le drapeau de leur pays était drapé autour du cercueil, avec la bannière de l'organisation qu'avait dirigée le défunt. Mais ce n'était pas un travail pour les flics. Aussi, tandis que leur commandant en chef disait ce qu'il avait à dire, ces soldats échangeaient-ils des regards entendus. Au moment où la cérémonie se terminait, la porte de la salle s'ouvrit. Leur capitaine entra.

— Nous repartons ce soir. Une bonne nouvelle : il fera plus frais là où nous allons, annonça Ramirez à ses hommes.

Chavez lança un clin d'œil à Vega.

L'USS *Ranger* prit la mer avec la marée descendante, assisté par une flottille de remorqueurs, tandis que son escorte se formait devant le port, déjà soulevé par la houle du Pacifique. Une heure plus tard il gagnait le large à une vitesse de vingt nœuds. Deux heures après le départ, les opérations de vol commencèrent. Les hélicoptères furent les premiers à arriver. L'un d'eux se ravitailla et redécolla pour se mettre en position de garde sur l'arrière, à tribord du navire. Puis vinrent les bombardiers d'assaut Intruder, conduits, évidemment, par leur chef d'escadrille, le commandant Jensen. En sortant, il avait vu l'USS *Shasta*, le navire pourvoyeur de munitions, qui commençait à prendre de la vitesse pour rejoindre le groupement de ravitaillement qui ferait route à deux heures derrière le groupement de combat. C'était le *Shasta* qui transportait les armes que Jensen allait larguer. Il savait déjà de quel ordre étaient ses cibles. Il n'en connaissait pas encore les positions exactes, mais en avait une vague idée. *Et je ne veux pas en savoir plus*, se dit-il en descendant de son avion. Comme on le lui avait dit plus tôt ce jour-là, ce qu'on appelait « les dommages collatéraux » ne le concernait pas. Quel terme étrange ! pensa-t-il. Dommages collatéraux. Quelle façon commode de condamner des gens que le destin avait placés au mauvais endroit ! Il les plaignait, mais pas trop, juste ce qu'il fallait pour arranger sa conscience.

Clark arriva à Bogota en fin d'après-midi. Personne ne l'attendait et, comme d'habitude, il loua une voiture. Il roula pendant une heure, puis se gara au bord d'une route secondaire. Il attendit plusieurs longues et désagréables minutes qu'une autre voiture s'arrête à sa

hauteur. Le chauffeur, un officier de la CIA responsable de la station locale, lui tendit un paquet et redémarra sans un mot. Un paquet de taille moyenne, qui
pesait une dizaine de kilos, et composé en partie d'un
solide trépied. Clark le posa doucement devant le siège
du passager et repartit. Il avait quelquefois joué les
« courriers » dans le temps, mais jamais de façon aussi
précise que ça. Et l'idée venait de lui. Enfin, dans
l'ensemble. Cela ne lui en donnait que plus d'attrait.

Le VC-135 redécolla deux heures après l'enterrement. Dommage qu'il n'y eût pas eu de veillée à
Chicago. C'était une coutume irlandaise, qui ne
concernait pas les juifs d'Europe centrale ; pourtant
Emil aurait apprécié, Dan Murray en était certain. Il
aurait compris que l'on boive bière et whisky en souvenir de lui ce soir-là, et, où qu'il fût, il en aurait ri, de
son rire sourd. Tant pis. Dan avait demandé à sa
femme de s'installer avec Mme Shaw de l'autre côté de
l'avion pour qu'il puisse s'asseoir avec Bill. Une
manœuvre qui, évidemment, n'échappa pas à Shaw.
Pourtant, ce dernier attendit que l'avion eût atteint son
altitude de croisière pour demander :
— Qu'y a-t-il ?
Murray lui tendit la feuille qu'il avait sortie de
l'imprimante quelques heures plus tôt.
— Oh merde ! jura Shaw entre ses dents. Pas Moira,
non, pas elle !

16

LES CIBLES

Je suis ouvert à toutes les suggestions, dit Murray,
qui regretta immédiatement cette phrase.
— Pour l'amour de Dieu, Dan !
L'espace d'un instant, le visage de Shaw qui était

devenu gris comme de la cendre n'exprima plus que la colère.

— Désolé... mais bon sang, Bill, qu'est-ce qu'on fait ? On prend le taureau par les cornes, ou on tourne autour du pot pendant cent sept ans ?

— On prend le taureau par les cornes.

— Un des jeunes du bureau de Washington lui a posé les questions habituelles et elle a dit qu'elle n'en avait parlé à personne. C'est peut-être vrai, mais à qui a-t-elle téléphoné au Venezuela ? Ils ont vérifié ses appels depuis un an et il n'y en avait jamais eu d'autre. Le gars qui s'en occupe est allé plus loin : le numéro correspond à un appartement d'où l'on a appelé la Colombie quelques minutes plus tard.

— Oh mon Dieu ! murmura Shaw en secouant la tête.

S'il s'était agi de n'importe qui d'autre, il n'aurait été que furieux, mais Moira avait travaillé avec Emil avant même qu'il ne revienne à Washington de son poste de directeur de la Division new-yorkaise.

— Peut-être son coup de fil était-il totalement innocent. Peut-être n'est-ce qu'une coïncidence.

— Nous ne pouvons nous contenter de « peut-être », Danny.

— Non.

— Bien. Nous retournons tous au bureau en arrivant. Je l'interrogerai moi-même une heure après l'atterrissage. En ta présence.

— Okay.

C'était au tour de Murray de secouer la tête. Moira avait versé autant de larmes que tous les autres au cimetière. Il avait au cours de sa carrière été confronté à plus de duplicité qu'une vie n'aurait suffi pour en voir, mais penser ça de Moira tenait de l'impossible. *Ce n'est peut-être qu'une coïncidence. Peut-être qu'un de ses enfants a un correspondant là-bas. Ou quelque chose comme ça*, se dit-il.

Les enquêteurs qui fouillèrent la maison du sergent Braden trouvèrent ce qu'ils cherchaient. Ce n'était pas grand-chose. Un étui d'appareil photo, simplement.

Mais il contenait un Nikon F-3 et différents objectifs, un équipement qui valait dans les huit ou neuf mille dollars, et qu'un membre de la police ne pouvait en aucun cas s'offrir. Pendant que le reste de l'équipe poursuivait les recherches, leur chef appela le siège de la Compagnie Nikon, donna le numéro de l'appareil en demandant si le propriétaire avait pris une garantie. Oui. Et quand on lui dit sous quel nom, le policier sut qu'il devait maintenant prévenir le FBI. Cette affaire était liée à une enquête fédérale. Mais, corrompu ou non, Braden laissait des enfants. Peut-être le FBI comprendrait-il.

Il commettait un délit en agissant ainsi. Mais l'avocat considérait qu'il avait avant tout le devoir d'aider ses clients. Il s'agissait d'une de ces zones grises qui illustrent non pas tant les codes de droit que les volumes de la jurisprudence. Il était certain qu'un délit avait été commis, certain qu'aucune enquête n'avait été menée, et certain que si lui s'en chargeait, il pourrait s'en servir dans une affaire où ses clients risquaient la peine capitale. Son sens du devoir et ses sentiments envers la peine de mort rendaient sa décision inébranlable.

On n'appelait plus « Aux joyeux drilles » le mess des sous-officiers, pourtant rien n'avait vraiment changé. Stuart avait fait son service sur un porte-avions — une cité flottante de six mille habitants avait besoin de quelques hommes de lois. Il connaissait donc bien les marins et la bière. Il s'était rendu dans un magasin qui vendait des uniformes, avait acheté de quoi se faire passer pour un premier maître des gardes-côtes, avec tous les rubans qu'il fallait, et avait traversé la base en direction du mess où, tant qu'il paierait comptant les verres qu'il commandait, personne ne ferait particulièrement attention à lui. Il connaissait assez bien le jargon pour passer inaperçu. Ce qu'il lui fallait maintenant, c'était trouver un des équipiers du *Panache*.

Le *Panache* finissait au chantier le séjour qui suit toujours une sortie en mer et en prépare une autre. Les hommes d'équipage allaient passer au mess, heureux de pouvoir y boire une bière après leur journée de travail. Il lui fallait seulement trouver les bons. Il connaissait leurs noms, et avait vu leurs visages dans les archives des chaînes de télévision locales. Ce fut par pure chance qu'il tomba sur Bob Riley. Il en savait plus sur la carrière de ce dernier que sur celle de tous les autres quartiers-maîtres.

Le vieil ami du capitaine entra à 16 h 30, après dix heures de dur labeur pendant lesquelles il avait supervisé les réparations d'accastillage. Il n'avait pris qu'un déjeuner léger et n'en avait que plus transpiré, et il pensait maintenant que quelques pintes de bière remplaceraient toute la sueur qu'il avait perdue sous le chaud soleil d'Alabama. En le voyant entrer, la serveuse remplit un véritable de Samuel Adams qu'elle plaça devant lui avant même qu'il ne soit assis. Une demi-pinte plus tard, Edward Stuart s'approchait de lui.

— Vous ne seriez pas Bob Riley ?

— Si, dit le premier maître avant de se retourner. A qui ai-je l'honneur ?

— Je pensais bien que vous auriez oublié. Matt Stevens. Vous m'avez presque tordu le cou sur le *Mellon* il y a déjà longtemps. Vous disiez que je me sortirais jamais de ma merde.

— On dirait que je me suis trompé, répondit Riley en cherchant à se rappeler ce visage.

— Pas du tout. J'étais un vrai branleur à l'époque, mais... je vous dois beaucoup, chef. Si j'en suis sorti, c'est en grande partie grâce à vous. — Stuart tendit la main. — Allez, je vous dois bien une bière.

Ce n'était pas la première fois que Riley s'entendait dire ce genre de chose.

— Eh oui, nous avons tous besoin de coups de pied au cul. J'en ai pris quelques-uns moi aussi, quand j'étais môme.

— Chacun son tour, enchaîna Stuart en souriant. Une fois passé quartier-maître, faut savoir prendre ses responsabilités et se faire respecter, non ? Qui ferait de bons officiers, autrement ?

Riley poussa un grognement d'approbation.

— Tu bosses pour qui, maintenant ?

— L'amiral Hally. A Buzzard's Point. On est descendus en avion, il est venu voir le commandant de la base. Il doit être en train de faire une partie de golf, en ce moment. Vous êtes sur le *Panache*, non ?

— Exact.

— Avec le capitaine Wegener ?

— Ouais.

Riley finit sa bière et Stuart fit signe à la serveuse de remplir leurs verres.

— Il est aussi fort qu'on le dit ?

— Encore meilleur marin que moi, répondit Riley très sincèrement.

— J'ai du mal à le croire, chef. J'étais là quand vous avez ramené le... bon sang, comment s'appelait ce cargo qui avait été coupé en deux ?

— L'*Arcic Star*, se souvint Riley avec un sourire. Que je sois pendu si on n'a pas bien mérité notre paie, ce jour-là.

— Je m'en souviens comme si c'était hier. Sur le moment, j'ai cru que vous étiez complètement fou. Enfin... Quand je pense que tout ce que je fais maintenant c'est manipuler un traitement de texte pour l'amiral ! Heureusement qu'avant de passer quartier-maître j'ai fait quelques virées sur un quarante et un au large de Norfolk. Mais rien qui valait l'*Arcic Star*, évidemment.

— C'est quand même pas rien, Matt. Pour ma part, je ne demanderais pas mieux qu'une planque, maintenant. Je me fais un peu vieux pour les tragédies.

— On mange bien, ici ?

— Correct.

— Je vous invite à dîner ?

— Je ne me souviens même pas de ce que je t'avais dit, Matt.

— Moi si, répondit Stuart. Et Dieu sait ce que je serais devenu si vous m'aviez pas remis sur le droit chemin. C'est pas du baratin, chef. Je vous dois beaucoup. Allez, venez.

Il entraîna Riley vers un box contre le mur. Ils vidaient leur troisième bière quand le quartier-maître Oreza arriva.

— Hé, Portagee, appela Riley en voyant son vieil ami.

— Je vois qu'on se laisse pas aller, Bob.

Riley fit un geste de la main vers Stuart.

— Je te présente Matt Stevens. On était sur le *Mellon* ensemble. Je t'ai jamais raconté la virée sur l'*Arcic Star* ?

— Plusieurs dizaines de fois, répondit Oreza.

— Tu veux que je t'explique comment ça s'est passé, Matt ? demanda Riley.

— Pourquoi pas, je n'y ai assisté que de loin et...

— Ouais. La moitié de l'équipage vomissait tripes et boyaux. Ça soufflait vraiment dur. Impossible de faire décoller l'hélico, et ce cargo, ou plutôt sa moitié arrière, car l'avant avait déjà coulé, allait bientôt s'enfoncer à son tour, alors...

Une heure plus tard, deux autres tournées avaient été servies et les trois hommes vidaient leurs assiettes de choucroute-saucisses, un plat qui s'arrosait facilement de bière. Stuart racontait à son tour des anecdotes sur l'amiral, sur le Conseil des gardes-côtes, dont les conseillers juridiques sont tous des officiers de marine censés savoir comment manœuvrer un navire et commander son équipage.

— Qu'est-ce que c'est que cette histoire qu'on raconte sur le *Panache* et ces deux sales dealers ? finit par demander l'avocat.

— Quelle histoire ? répondit Oreza, encore relativement sobre.

— Les mecs du FBI sont venus vous voir, non ? C'est moi qui ai tapé le rapport sur mon Zénith.

— Qu'est-ce qu'il racontait, ce rapport ?

— Je suis pas censé... Oh et puis merde, vous êtes des types réglo. Le FBI a laissé tomber. Ils ont dit à votre capitaine que ça allait pour cette fois, à condition qu'il ne recommence plus, vu ? La merde que vous avez foutue avec ces deux ordures ! L'opération Tarpon, vous en avez entendu parler, non ? Eh bien elle a démarré à cause de votre histoire, vous le saviez ?

— Quoi ?

Riley n'avait ni lu un journal ni regardé la télévision

depuis des jours. Il savait que le directeur du FBI était mort, mais n'avait pas imaginé une seconde que cette mort pouvait avoir un rapport avec le « pendu » et son copain, comme il les appelait maintenant.

Stuart leur expliqua ce qu'il savait, c'est-à-dire beaucoup de choses.

— Un demi-milliard de dollars ? demanda Oreza d'une voix sourde. De quoi nous construire quelques nouvelles coques.

— Et Dieu sait que la marine en a besoin, reconnut Stuart. Mais vous l'avez pas... vous n'avez pas vraiment pendu un de ces salauds, quand même ?

Stuart fouilla dans sa poche et poussa à fond le bouton du volume d'un minimagnétophone à cassettes.

— C'est Portagee qui a eu cette idée géniale, dit Riley.

— Sans toi, on n'y serait jamais arrivé, intervint Oreza bon prince.

— Ouais, le problème, c'était de simuler la pendaison, expliqua Riley. Il fallait que ça ait l'air vrai, si on voulait foutre les chocottes au p'tit, tu comprends. En fait, une fois trouvé le truc, c'était pas tellement dur. On les a séparés, puis l'infirmier a filé un shoot d'éther au premier pour le mettre dans les vaps quelques minutes, et je lui ai accroché un harnais sur le dos. Le nœud coulant était accroché par-derrière au harnais, et quand je lui ai passé la corde autour du cou, on l'a pas soulevé par le cou, mais par le harnais. On voulait pas le tuer, ce salaud, quoique moi, ça m'aurait pas gêné, mais Red pensait que c'était pas une bonne idée. L'autre problème, reprit-il, c'était de faire en sorte qu'il se balance mollement là-haut. On lui a mis un capuchon noir qui lui couvrait le visage, avec une compresse imbibée d'éther. Ce salaud a hurlé à l'assassin quand il a senti ça, mais il est tombé tout de suite dans les vaps.

« Le petit a tout avalé. Il en a pissé dans son falzar, cette ordure ! Et quand on l'a ramené il a craché tout ce qu'il savait. Évidemment dès qu'il a eu les yeux tournés, on a dépendu son pote et on l'a réveillé. De toute façon ils étaient tous les deux déjà à moitié partis, avec toute l'herbe qu'ils avaient fumée dans la journée. Je crois qu'ils ont rien pigé. Non, rien du tout.

— De l'herbe ?

— Ça, c'était l'idée de Red. Ils avaient leur provision avec eux, des joints qui ressemblaient à des cigarettes normales. On les leur a rendus et ils se sont pas gênés pour les fumer. Entre ça, l'éther et tout le reste, ils ont rien pu comprendre.

Pratiquement rien, pensa Stuart en espérant que le petit magnétophone ne perdait pas un mot de cette conversation.

— J'aurais aimé qu'on les pende vraiment, dit Riley quelques secondes plus tard. Tu ne peux pas imaginer à quoi ressemblait le yacht, Matt. Ils les avaient tués tous les quatre, une vraie boucherie. Tu as déjà senti l'odeur du sang ? Je ne savais pas que ça existait, mais si, affirma Riley. Ils ont violé la femme et la petite fille, et après, ils les ont coupées en morceaux comme... Seigneur, les cauchemars que je me paie depuis... Voilà une mission que je préférerais oublier. Moi aussi, j'ai une petite fille. Quand je pense que ces ordures ont violé celle-là, l'ont tuée, coupée en morceaux et jetée en pâture aux requins ! Une vraie gamine, pas même assez grande pour avoir son permis de conduire ou sortir le soir avec un petit ami.

« Et on est supposé être des flics, des pros, on est censé garder notre sang-froid, ne pas sentir concerné ! Quelle merde ! s'exclama Riley.

— Oui, c'est le règlement, dit Stuart.

— Le règlement n'a pas été fait pour des cas comme ça, intervint Portagee. Des types qui font des trucs comme ça, c'est pas des humains. Je sais pas ce qu'ils sont, mais en tout cas pas des gens comme toi et moi. Quelqu'un de normal fait pas ce genre de saloperie, Matt.

— Qu'est-ce que vous voulez que je vous dise ? demanda Stuart soudain sur la défensive, et sincère, cette fois. Nous avons des lois pour s'occuper de ces gens-là.

— Des lois, tu parles, pour ce qu'elles servent ! lança Riley.

La différence qu'il y a entre les hommes que je suis obligé de défendre et ceux que je dois accuser, se dit Stuart à travers les brumes de l'alcool, est que les méchants sont mes clients. Et maintenant, en se faisant passer pour un garde-côte, il avait lui aussi contrevenu à la loi, comme les gardes-côtes, et comme eux, pour une cause plus importante et plus juste. Il se demandait qui avait raison dans tout cela. Non que cela dût changer quoi que ce soit, évidemment.

Le vol fut beaucoup plus mouvementé cette fois. Le vent d'ouest qui soufflait de l'océan Pacifique était arrêté par les pentes abruptes des Andes et remontait en tourbillonnant, cherchant des passages où se glisser. On aurait senti ces turbulences à dix mille mètres d'altitude, et là, à cent mètres au-dessus du sol, le vol était très éprouvant, d'autant plus que l'hélicoptère sous pilotage automatique suivait toutes les irrégularités du terrain. Pour réduire l'effet des soubresauts, Johns et Willis s'étaient solidement attachés. Mais ceux qui étaient à l'arrière passaient un mauvais quart d'heure, ballottés par le gros Sikorsky qui rebondissait de dix ou douze mètres toutes les cinq secondes. PJ gardait la main sur le manche à balai, prêt à prendre la relève du pilote automatique au moindre signe de défaillance. Ça, c'était piloter !

Traverser la passe — ou plutôt ce col — n'arrangea pas les choses. Avec un sommet de trois mille mètres au sud, un autre de deux mille cinq cents mètres au nord, la masse d'air en provenance du Pacifique s'engouffrait entre les deux, et le Pave Low avançait difficilement. S'étant ravitaillés à peine quelques minutes plus tôt au large de la côte colombienne, ils étaient très lourds.

— Voilà Mistrato, annonça le colonel Johns.

Le système de navigation automatique les avait déjà fait virer vers le nord, ils devaient éviter et la ville et les routes. Les deux pilotes surveillaient également tout ce qui aurait pu ressembler à un être humain, une voiture ou une maison. Leur itinéraire avait beau avoir été tracé grâce aux photos-satellite, des clichés infrarouges de jour et de nuit, l'imprévu pouvait toujours arriver.

— Zone d'atterrissage numéro un dans quatre minutes, Buck, annonça PJ dans l'intercom.

— OK.

Ils survolaient la province de Risalda, dans la large vallée qui s'étend entre deux immenses chaînes de montagnes érigées contre le ciel du fait de quelque défaut de la croûte terrestre. PJ était passionné de géologie. Sachant l'énergie qu'il fallait pour élever une machine volante à une telle altitude, il s'émerveillait devant les forces qui avaient poussé jusque là-haut ces sommets.

— Zone d'atterrissage numéro un en vue, annonça le capitaine Willis.

— Vu.

Le colonel Johns prit le manche à balai. Il brancha son micro.

— Une minute. Chargez.

— Compris.

Le sergent Zimmer quitta sa place et se dirigea vers l'arrière, tandis que le sergent Bean activait son arme, au cas où... Zimmer glissa et faillit tomber dans une mare de vomi. Ça n'arrivait pas souvent. Le vol était plus calme à l'abri des montagnes, mais il y avait à l'arrière quelques mômes impatients de retrouver la terre ferme, un truc difficile à comprendre pour Zimmer. C'était au sol que les attendait le véritable danger.

Quand l'hélicoptère heurta le sol, la première escouade était prête, et, comme la fois précédente, tous ses hommes descendirent par l'arrière en courant. Zimmer les compta, attendit qu'ils soient tous passés devant lui et arrivés en bas sains et saufs, puis il fit signe au pilote de remonter.

La prochaine fois, se dit Chavez, je viens à pied ! Il avait déjà connu des vols turbulents, mais jamais comme celui-là. Il partit se mettre à couvert sous les arbres et attendit les autres.

— Content de retrouver le plancher des vaches ? lui demanda Vega en arrivant.

— Je ne pensais pas avoir autant mangé, grommela Ding.

Tout ce qu'il avait ingurgité au cours des dernières heures était resté à bord de l'hélicoptère. Il ouvrit sa gourde et but un demi-litre d'eau pour essayer de faire passer le goût amer de la bile.

— Moi qui adorais les Grands Huit, dit Oso, je crois que je ne pourrai plus jamais y remonter, *hermano* !

— Putain, moi non plus ! s'exclama Chavez en se souvenant des interminables queues qu'il avait faites pour quelques minutes de sensations fortes à la foire de Knott's Berry Farm et autres centres récréatifs de Californie. Plus jamais !

— Ça va, Ding ? demanda le capitaine Ramirez.

— Désolé, capitaine. Ça ne m'était jamais arrivé, jamais ! Mais ça sera oublié dans une minute, promit-il à son chef.

— Prenez votre temps. Nous avons choisi un coin bien tranquille pour atterrir. J'espère.

Chavez secoua la tête pour se débarrasser des dernières traces de nausée. Il ne savait pas que le mal de cœur, en mer, en avion ou en voiture provenait d'un déséquilibre au niveau de l'oreille interne, n'ayant jusqu'à la demi-heure précédente tout simplement jamais su ce qu'était le mal de cœur. Pourtant, il fit ce qu'il fallait, respira à fond et secoua la tête pour rétablir son équilibre. Et bien qu'une partie de son cerveau n'en fût pas si certaine, il réussit à se persuader que le sol ne bougeait pas.

— On va où, capitaine ? demanda-t-il.

— Vous êtes déjà dans la bonne direction, répondit Ramirez en lui donnant une tape sur l'épaule. Allons-y.

Chavez mit ses lunettes à amplification de luminosité et se mit à avancer à travers la forêt. Il se sentait terriblement gêné et se promit de ne jamais refaire quoi que ce soit d'aussi stupide. Malgré l'impression persistante d'une présence, il se concentra sur chacun de ses pas, et se retrouva bientôt à deux cents mètres en avant du reste de l'escouade. Leur première mission dans les basses terres marécageuses n'avait été qu'un simple exercice, rien de vraiment difficile, se disait-il maintenant. Les choses sérieuses ne faisaient que commencer. Avec cette idée en tête, il chassa définitivement sa nausée et passa à l'action.

Tout le monde travailla tard ce soir-là. Il fallait à la fois faire avancer l'enquête et régler les affaires courantes. Quand elle entra dans le bureau de M. Shaw, non seulement Moira avait déjà mis au point la liste de tout ce qu'il avait besoin de savoir quant à la routine, mais elle était décidée à lui dire ce qu'elle avait oublié de mentionner au cours de son interrogatoire. Aussi fut-elle surprise lorsqu'il lui parla le premier.

— Avez-vous été interrogée à propos du voyage d'Emil, Moira ? demanda Dan.

Elle hocha la tête.

— Oui. Et j'ai oublié quelque chose. Je voulais vous en parler ce matin, monsieur, mais vous dormiez quand je suis arrivée. Connie m'a vue, lui assura-t-elle.

— De quoi s'agissait-il ? dit Billie en se demandant s'il devait se sentir ou non soulagé de la réponse de Moira.

Moira Wolfe s'assit, puis se retourna vers la porte ouverte. Murray alla la fermer. A son retour, il posa sa main sur son épaule.

— Tout va bien, Moira.

— J'ai un ami. Il vit au Venezuela. Nous nous sommes rencontrés... heu, il y a environ un mois et demi et... ce sont des choses dont il est difficile de parler.

Elle se tut, fixa le tapis pendant quelques secondes, puis releva les yeux.

— Nous sommes tombés amoureux. Il vient aux États-Unis de temps en temps, et nous attendions que le patron s'absente pour pouvoir passer un week-end ensemble... au Hideaway, à la montagne, près des Grottes de Luray.

— Je connais, dit Shaw, un endroit parfait pour tout oublier.

— Quand j'ai su que M. Jacobs allait partir et que je pouvais profiter d'un long week-end, je lui ai téléphoné. Il a une usine. Il fabrique des pièces de voiture.

Deux usines, même, une au Venezuela, l'autre au Costa Rica. Des carburateurs, etc.

— Vous l'avez appelé chez lui ? demanda Murray.

— Non, à l'usine. Il travaille presque tout le temps, vous comprenez. Voilà le numéro, ajouta-t-elle en montrant la feuille du Sheraton que Diaz lui avait donnée. J'ai eu sa secrétaire, Consuela. Il était à l'atelier, il m'a rappelée et je lui ai dit que nous pouvions nous voir. Il est venu ici, nous nous sommes retrouvés à l'aéroport vendredi après-midi. J'ai quitté le bureau juste après M. Jacobs.

— A quel aéroport ?

— Dulles.

— Comment s'appelle votre ami ? demanda Shaw.

— Diaz. Juan Diaz. Vous pouvez l'appeler à l'usine, il...

— Ce numéro est celui d'un appartement, pas d'une usine, Moira, l'interrompit Murray.

Tout était dit.

— Mais... mais il... — Elle s'arrêta. — Non, oh non, il ne m'aurait pas men...

— Nous avons besoin d'une description complète, Moira.

— Oh non !

Sa bouche s'ouvrit et ne se referma pas. Elle regarda tour à tour Murray et Shaw, comme si l'horreur de ce qui lui arrivait se refermait sur elle. Elle était habillée en noir, bien entendu, probablement des mêmes vêtements que ceux qu'elle avait portés pour enterrer son mari. Pendant quelques semaines, elle avait de nouveau été une femme heureuse, belle, rayonnante. C'était fini. Les deux dirigeants du FBI ressentirent sa douleur et se maudirent d'être ceux par qui cette douleur arrivait. Moira était une victime. Mais elle représentait aussi une piste, une piste dont ils avaient besoin.

Moira Wolfe rassembla toute la dignité qui lui restait et, d'une voix qui avait la fragilité du cristal, leur donna la description la plus précise qu'ils aient jamais eue. Puis elle s'effondra. Shaw la fit raccompagner chez elle par son assistant.

— Cortez, dit Murray, dès que la porte se fut refermée derrière elle.

— Oui, c'est sûrement notre homme, répondit le directeur adjoint. D'après ce que nous savons de lui, il se débrouille mieux que personne pour compromettre ceux qui ont la malchance de le rencontrer. Il l'a prouvé encore une fois. — Shaw tendit le bras vers la cafetière en hochant la tête. — Je pense qu'il ne devait pas savoir ce qu'ils feraient.

— Non, il ne serait pas venu ici, s'il l'avait su. Enfin, logiquement, et les criminels n'agissent pas toujours logiquement. Bon, nous allons commencer par vérifier tous les points de contrôle d'immigration, hôtels, compagnies d'aviation. Histoire de tenter de retrouver la trace de ce salaud. Je m'en occupe. Qu'est-ce qu'on fait, pour Moira ?

— Elle n'a contrevenu à aucune loi. C'est le plus extraordinaire de l'affaire. Il faut lui trouver un poste où elle n'aura plus accès aux documents secrets, peut-être dans une autre administration. Nous ne pouvons pas la démolir, nous aussi.

— Non.

Moira Wolfe arriva chez elle un peu avant 23 heures. Les enfants n'étaient pas couchés, ils l'attendaient. Ils pensèrent que ses larmes étaient dues à l'enterrement. Ils connaissaient Emil Jacobs, sa disparition les attristait eux aussi. Moira leur parla à peine et monta se coucher, les laissant devant la télévision. Seule dans la salle de bains, elle fixa dans le miroir cette femme qui s'était laissé séduire et utiliser comme... comme la dernière des imbéciles, une vieille femme seule, vaine et assez bête pour croire qu'elle pouvait retrouver sa jeunesse. Et elle avait fait tuer... combien ? Sept personnes ? Elle ne savait plus au juste, ne voyait plus que son visage vide dans la glace. Les jeunes gardes du corps d'Emil étaient pères de famille. Elle avait tricoté un chandail pour le premier-né de Leo. Un tout petit enfant qui ne pourrait même pas se souvenir du beau et courageux jeune homme qu'avait été son père.

Tout est ma faute.

C'est moi qui les ai tués.

Elle ouvrit l'armoire à pharmacie. Comme la plupart des gens, les Wolfe ne jetaient jamais leurs médicaments. Elle trouva le tube de Placidyl tout de suite. Il en restait six. Cela suffirait sûrement.

— Qu'est-ce qui t'amène cette fois ? demanda Timmy Jackson à son grand frère.

— Je dois sortir avec le *Ranger* pour assister à des manœuvres. Nous allons essayer de nouvelles tactiques d'interception que j'ai aidé à mettre au point. Et un de mes amis vient de recevoir le commandement de l'*Entreprise*, alors je suis venu un jour plus tôt pour assister à la cérémonie. Je descends à Diego demain et je ferai amener sur le *Ranger* le CL.

— Le CL ?

— Le camion de livraison du porte-avions, expliqua Robby. Un bimoteur à hélices. Et comment va la vie dans l'infanterie légère ?

— On crapahute toujours autant. On s'est pris un sacré savon, pendant les dernières manœuvres. Notre nouveau chef d'escouade a vraiment déconné. C'est pas juste.

— Qu'est-ce que tu veux dire ?

Le lieutenant Jackson vida son verre.

— Un bleu comme lieutenant, et un bleu comme chef d'escouade, c'est quand même exagéré — voilà ce qu'on m'a dit. Il nous avait accompagnés. Évidemment le capitaine ne voyait pas tout à fait les choses de la même façon. J'ai passé un sale quart d'heure hier. Si seulement Chavez pouvait revenir.

— Qui ?

— Chavez, un chef d'escouade que j'ai perdu. Il... c'est bizarre d'ailleurs. Il était censé rejoindre un centre d'entraînement pour devenir instructeur, mais on dirait qu'il s'est perdu en route. On l'aurait vu au Panama il y a quelques semaines. J'ai demandé au sergent de ma section de retrouver sa trace, de savoir ce qu'il devenait... Il fait toujours partie de mes hommes, tu comprends... — Robby hocha la tête, il comprenait — et son dossier a disparu, on le cherche en vain. Ils ont appelé de Fort Benning, où ils l'attendent encore. Et bon sang, personne ne sait où est Ding. Ce genre de connerie arrive aussi, dans la marine ?

— Quand un type disparaît, c'est généralement qu'il veut disparaître.

Tim secoua la tête.

— Non, pas Ding. Il fera de vieux os avec nous. Je ne crois même pas qu'il s'arrêtera après vingt ans. Il finira chef de bataillon. Non, c'est pas le genre à se faire la belle.

— Peut-être alors que quelqu'un a simplement rangé son dossier dans le mauvais tiroir, suggéra Robby.

— Peut-être. Tout cela est tellement nouveau pour moi, répondit Tim pensivement. Enfin, c'est quand même curieux qu'il ait réapparu sous les tropiques. Bon, passons. Comment va Sis ?

La seule chose de bien, cette fois, c'était qu'il ne faisait pas chaud. En fait, il faisait même plutôt frais. *Peut-être l'air est-il trop rare pour se réchauffer*, se dit Ding. L'altitude était légèrement moins élevée qu'au centre d'entraînement du Colorado, seulement il y avait déjà des semaines de ça, et il leur faudrait quelques jours pour se réacclimater. Cela allait les ralentir, mais Chavez pensait que la chaleur était plus débilitante que l'air rare, et qu'on s'y habituait difficilement.

Ces montagnes — personne n'aurait appelé ces saloperies des collines — présentaient un terrain accidenté et, bien qu'elles fussent très boisées, il devait faire extrêmement attention à chacun de ses pas. Les épaisses frondaisons limitaient la visibilité, ce qui était une bonne chose. Sa torche, qui pendouillait sur sa tête comme une casquette mal conçue, ne lui permettait pas d'y voir à plus de cent mètres, et encore, la plupart du temps n'y arrivait-il même pas, mais au moins y voyait-il quelque chose sans qu'on puisse détecter la lumière qui l'y aidait. Une mission solitaire et effrayante. Pourtant, Chavez se sentait de nouveau parfaitement à l'aise.

Il ne se dirigeait pas droit vers leur objectif, il suivait la stratégie militaire habituelle, passer une fois à droite, une fois à gauche, et ainsi de suite. Il s'arrêtait toutes les demi-heures, se retournait, attendait d'apercevoir le reste de l'escouade. Les autres se reposaient alors à leur tour et en profitaient pour vérifier que personne ne s'intéressait à leur présence dans les hautes terres de la forêt tropicale.

La courroie de son PM-5 était passée en double de façon qu'il puisse le porter en position de tir. Son canon était couvert de chatterton pour ne pas s'obstruer, ainsi que les boucles des courroies, à cause du bruit. Le bruit constituait leur plus grand ennemi. Voilà sur quoi Chavez devait se concentrer : minimiser le bruit, voir où il mettait les pieds, et mille autres détails dont dépendait leur sécurité. Cette fois ce n'était plus du bidon. On les avait prévenus avant le départ. Il ne s'agissait pas d'une simple mission de reconnaissance.

Six heures plus tard, le point de campement était en vue. Chavez envoya le message radio — cinq clics auxquels devaient en répondre trois — demandant au reste de l'escouade de s'immobiliser en attendant qu'il ait passé les lieux en revue. Ils avaient choisi un véritable nid d'aigle — une aire, dans le langage savant — d'où, de jour, ils verraient serpenter sur des kilomètres et des kilomètres, de Manizales à Medellin, la route près de laquelle se trouvaient les sites de raffinage, tout au moins une demi-douzaine d'entre eux, situés à moins d'une nuit de marche du point de campement. Chavez fit le tour de ce dernier lentement, vérifia qu'il n'y trouvait aucune empreinte, aucun objet abandonné, rien qui puisse y trahir une activité humaine. Un coin trop extraordinaire pour ne jamais avoir été utilisé, se dit-il. Ne serait-ce que par un reporter du *National Geographic* pour photographier la vallée. D'un autre côté, arriver jusque-là, ce n'était vraiment pas de la tarte. Ils surplombaient la route d'un bon millier de mètres, sur un terrain où on ne pouvait même pas s'aventurer avec un tank, et encore moins une voiture. Il tourna en rond, resserrant progressivement les cercles qu'il parcourait, mais ne trouva toujours rien. Une demi-heure plus tard, il envoya un nouveau message radio. Le reste de l'escouade avait eu amplement le temps de surveiller leurs arrières et, si par hasard ils avaient été suivis, ils l'auraient contacté. Quand le capitaine Ramirez le rejoignit, le soleil soulignait de rouge le mur oriental de la vallée. L'opération d'insertion avait bien raccourci leur nuit et ce n'était pas plus mal. Après six heures de marche ils étaient fatigués, mais pas trop, et il leur restait une journée pour se réadapter à l'altitude. A vol d'oiseau, ils étaient à sept kilomètres du point d'atterrissage, ce qui voulait dire qu'ils en avaient parcouru dix, en s'élevant de sept cents mètres.

Comme la fois précédente, Ramirez plaça ses hommes par deux. Il y avait un ruisseau. Chavez et Vega prirent position sur l'une des deux voies d'approche les plus accessibles, une pente douce où ne poussaient que quelques arbres et donc un excellent champ de tir. Ding n'était évidemment pas arrivé par là.

— Comment tu te sens, Oso ?

— Pourquoi est-ce qu'on ne se retrouve jamais dans des coins frais et plats, où l'air ne manque pas ?

Le sergent Vega se glissa hors de son équipement de camouflage qu'il installa de façon à en faire un confortable oreiller. Chavez en fit autant.

— Les guerres se passent jamais dans des coins comme ça, mec. On y joue plutôt au golf.

— Saloperie de merde !

Vega installa son arme automatique contre des roches qui affleuraient. Le canon était couvert de tissus de camouflage. Il aurait pu le recouvrir de branchages arrachés aux buissons environnants, mais ils préféraient ne toucher à rien, afin de laisser le moins de traces possible de leur passage. Quand ils tirèrent au sort, Ding gagna. Il s'endormit sans un mot.

— Maman ?

Il était plus de sept heures et elle était déjà debout d'habitude, en train de préparer le petit déjeuner de ses lève-tôt d'enfants. Dave tapa à sa porte. Pas de réponse. C'est à ce moment-là qu'il sentit la peur le gagner. Il avait déjà perdu son père et savait que même les parents, bien que centre de l'univers dans lequel grandissent les enfants, ne sont pas immortels. C'était pour les enfants de Moira un cauchemar permanent, dont ils ne parlaient jamais, même entre eux, comme si en parler aurait pu rendre plus plausible cette éventualité : et s'il arrive quelque chose à maman ? Avant même que sa main se soit posée sur la poignée, les yeux de David se remplirent de larmes à l'idée de ce qu'il risquait de trouver.

— Maman ?

Sa voix tremblait maintenant, et non seulement il en avait honte, mais il craignait que les autres ne s'en aperçoivent. Ce n'était pas la peine de les affoler. Il ouvrit la porte doucement.

Les volets ouverts laissaient passer librement la lumière du matin dans la chambre. Elle était là, allongée sur le lit, toujours vêtue de ses habits de deuil. Elle ne bougeait pas.

Dave ne s'avança pas. Les larmes inondèrent son visage tandis que le cauchemar devenu réalité le frappait avec la violence d'un coup de poing.

— Maman ?

Dave Wolfe avait autant de courage que peut en avoir un adolescent, et il en eut besoin ce matin-là. Il rassembla toutes ses forces, s'avança jusqu'au lit, prit la main de sa mère. Elle était tiède. Il chercha son pouls. Il battait, lent et faible, mais il battait. Cela le galvanisa. Il décrocha le téléphone et composa le 911.

— Service des urgences, répondit une voix.

— C'est pour une ambulance. Ma mère ne s'est pas réveillée.

— Votre adresse ? demanda la voix.

David répondit.

— Bon, essayez de nous décrire l'état de votre mère.

— Elle dort, on ne peut pas la réveiller et...

— Est-ce qu'elle a l'habitude de boire ?

— Non ! cria-t-il outré. Elle travaille au FBI. Hier soir, elle est allée se coucher directement en revenant du bureau. Elle... — alors il le vit, là, sur la table de nuit... — Oh, mon Dieu ! Il y a un tube de médicaments...

— Lisez-moi l'étiquette ! ordonna la voix.

— P-l-a-c-i-d-y-l. C'était à mon père et...

La standardiste n'avait pas besoin d'en savoir plus.

— Nous serons là dans cinq minutes.

En fait, l'ambulance arriva quatre minutes et quelques secondes plus tard. La maison des Wolfe se trouvait à trois blocs d'une caserne de pompiers. L'équipe paramédicale entra dans le salon avant que les autres enfants de Moira ne se soient aperçus de quoi que ce soit. Ils montèrent en courant et trouvèrent David au chevet de leur mère, tremblant de la tête aux pieds. Le premier pompier l'écarta, vérifia la respiration de Moira, ses yeux, son pouls.

— Quarante, faible. Respiration... huit, faible aussi. Placidyl, ajouta-t-il.

— Oh non, pas cette merde !

Le deuxième pompier se tourna vers Dave.

— Combien y en avait-il ?

— Je ne sais pas...

— Allons-y, Charlie, dit le premier pompier en la soulevant dans ses bras. Pousse-toi, petit, il faut qu'on se magne.

Ils n'avaient pas le temps de sortir la civière et tout le chambardement. Il était grand et carré et portait Moira comme un bébé.

— Vous pouvez nous suivre jusqu'à l'hôpital.

— Est-ce que...

— Elle respire encore, petit. C'est tout ce qu'on peut dire, pour l'instant, répondit le deuxième pompier en sortant.

Bon sang, que se passe-t-il ? se demanda Murray. Il était venu prendre Moira, d'une part parce que sa voiture était restée dans le garage du FBI, mais également parce qu'il pensait qu'il fallait la déculpabiliser, lui rappeler qu'elle était avant tout elle aussi une victime, la victime d'un homme qui avait cherché et trouvé ses faiblesses, et les avait exploitées avec un professionnalisme hors pair. Tout le monde avait ses faiblesses. C'était une des leçons que lui avaient enseignées ces longues années passées dans la Maison.

Bien que ne les ayant jamais rencontrés, il savait que Moira avait des enfants, et il devina que c'était eux qui sortaient de la maison derrière les pompiers. Il se gara en double file et descendit rapidement de voiture.

— Qu'est-ce qui se passe ? demanda-t-il en montrant sa carte pour obtenir une réponse immédiatement.

— Tentative de suicide. Cachets, répondit le pompier en se mettant au volant.

— Dépêchez-vous, dit Murray en s'écartant.

Quand il se retourna vers les enfants, il comprit que cet horrible mot, « suicide », venait d'être prononcé devant eux pour la première fois et les avait atteints en plein cœur.

Salaud de Cortez ! Tu me le paieras !

— Je m'appelle Dan Murray, les enfants. Je travaille avec votre mère. Vous voulez que je vous emmène à l'hôpital ?

L'enquête pouvait attendre. Les morts étaient morts, ils avaient tout le temps de se montrer patients. Emil aurait compris.

Il les déposa devant l'entrée des urgences pour aller se garer et en profita pour se servir du téléphone de sa voiture.

— Passez-moi Shaw, demanda-t-il au standardiste.

Il n'attendit pas longtemps.

— Dan ? C'est Bill. Que se passe-t-il ?

— Moira a fait une tentative de suicide. Cachets.

— Qu'est-ce que tu vas faire ?

— Il faut que quelqu'un reste avec les enfants. Est-ce qu'elle a des amis qu'on pourrait appeler ?

— Je vais voir.

— J'attends avec eux, Bill. Tu comprends...

— Je comprends. Tiens-moi au courant.

— OK.

Murray raccrocha et se dirigea vers l'hôpital. Les enfants étaient assis dans la salle d'attente. Dan avait l'habitude des hôpitaux. Et il savait que le badge doré d'un agent du FBI pouvait ouvrir à peu près n'importe quelle porte. Une fois de plus, ce fut le cas.

— Vous venez de recevoir une femme, dit-il au premier médecin qu'il vit. Moira Wolfe.

— Ah oui, l'overdose.

Il s'agit d'un être humain, pas d'une foutue overdose ! Mais il se contenta de hocher la tête.

— Où est-elle ?

— Vous n'avez pas le droit...

Murray interrompit le médecin d'une voix glacée.

— Elle est mêlée à une affaire très importante. Je dois savoir ce qui se passe.

Le médecin le conduisit en salle de réanimation. Ce n'était pas bien beau à voir. Un tube dans la gorge, une perfusion dans chaque bras — ou plus exactement une perfusion d'un côté, et de l'autre un tuyau dans lequel son sang semblait s'écouler pour être filtré plus loin et revenir dans le même bras. Ils l'avaient déshabillée et avaient branché sur sa poitrine les fils de l'électrocardiogramme. Murray se détesta de la voir comme ça. Les hôpitaux dépouillent les gens de toute dignité. Pourtant la vie est plus importante que la dignité, non ?

Pourquoi n'as-tu pas su voir les signes, Dan ? se demanda-t-il. *Tu aurais dû laisser quelqu'un avec elle pour la surveiller. Elle n'aurait pas pu faire ça, bon sang, si tu l'avais placée sous surveillance !*

Peut-être aurions-nous mieux fait de l'engueuler. Peut-être qu'elle a mal compris notre silence. Peut-être, peut-être, peut-être.

Tu es un homme mort, Cortez, mon salaud. La seule chose que je ne sache pas, c'est quand.

— Elle va s'en sortir ? demanda-t-il.

— Qui vous a permis de... ? demanda le médecin sans se retourner.

— FBI, et il faut que je sache.

Le médecin ne se retourna toujours pas.

— Moi aussi, j'aimerais bien savoir, cher ami. Elle a pris du Placidyl, un somnifère très puissant qu'on ne prescrit presque plus jamais, à cause de ce genre d'histoire. La dose mortelle moyenne va de cinq à dix cachets. Je ne sais pas combien elle en a pris. Il lui reste un souffle de vie, mais si faible que ce n'en est pas très rassurant. Nous dialysons son sang afin qu'aucun poison ne se disperse plus dans son organisme. Après la tente à oxygène, elle restera sous perfusion. Il n'y a plus qu'à attendre. Le coma va durer encore au moins un jour. Peut-être deux. Ou trois. On ne peut pas savoir. Je ne peux pas non plus vous dire quelles sont ses chances. Bon, maintenant que vous en savez autant que moi, sortez de cette pièce. Laissez-moi travailler.

— Il y a trois enfants dans la salle d'attente, docteur.

Cette fois il se retourna.

— Dites-leur que nous arriverons probablement à la tirer de là, mais que ce sera dur. En tout cas, ce qu'il y a de bien, avec le Placidyl, c'est que si elle s'en sort, elle s'en sort complètement. Cette saloperie ne laisse généralement aucune séquelle. Ou elle vous tue, ou non, c'est tout.

— Merci.

Murray rassura les enfants comme il le pouvait. Dans l'heure qui suivit, des voisins vinrent prendre la relève à leurs côtés. Dan partit discrètement après l'arrivée d'un agent chargé de monter la garde dans la salle d'attente. Moira constituait pour l'instant leur unique lien avec Cortez, ce qui signifiait qu'elle n'était peut-être pas la seule à être désireuse d'attenter à sa vie. Murray arriva au bureau juste après 9 heures, toujours dans le même état de colère froide. Trois autres agents l'attendaient, à qui il fit signe de le suivre.

— Bon, où en est-on ?

— M. « Diaz » s'est servi d'une carte de l'American Express au Hideaway. Un numéro que nous avons retrouvé à deux comptoirs de compagnies aériennes — vive l'informatisation du crédit ! Tout de suite après avoir déposé Mme Wolfe, il s'est envolé de Dulles vers Atlanta, et d'Atlanta vers Panama. C'est là que nous perdons sa trace. Il a dû payer le billet suivant en liquide. L'employé qui lui a vendu son billet à Dulles se souvient de lui, il était apparemment très pressé de partir. La description qu'il a donnée correspond à celle que nous avons. Par où il est arrivé la semaine dernière, mystère. En tout cas, pas par Dulles. Nous faisons tourner les ordinateurs et devrions avoir une réponse en fin de matinée. Disons que nous avons cinquante pour cent de chances de retracer son itinéraire. Je parierais sur un aéroport important, Dallas-Fort Worth, Kansas City ou Chicago. Mais nous avons découvert plus intéressant : l'Americain Express s'est aperçu qu'ils avaient tout un paquet de cartes au nom de Juan Diaz. Plusieurs d'entre elles ont été émises récemment, et ils ne savent pas comment.

— Vraiment ? dit Murray en se servant un café. Comment pouvaient-ils ne pas l'avoir remarqué ?

— D'abord parce que tout était toujours payé à temps, afin d'éviter de leur mettre la puce à l'oreille. Les adresses étaient toutes légèrement différentes, et le nom lui-même est assez courant, ce qui fait que les contrôles de routine pouvaient fort bien ne rien donner. Il semblerait que quelqu'un se soit branché sur leur système informatique et l'ait pénétré jusqu'à sa programmation générale, ce qui nous donne une nouvelle piste à suivre. S'il a gardé le même nom, c'est probablement au cas où Moira aurait vu sa carte. Quoi qu'il en soit, nous savons ainsi qu'au cours des quatre derniers mois, il est venu cinq fois dans le District de Columbia. Il doit bien y avoir un moyen de le coincer, mais à mon avis cela prendra du temps.

On frappa à la porte et un autre jeune agent entra.

— Dallas-Fort Worth, dit-il en tendant une feuille de fax. Les signatures concordent. Voilà par où il est entré. Puis il a pris un vol de nuit vers New York-La Guardia où il est arrivé après minuit heure locale vendredi. Il a probablement pris la navette jusqu'à Washington pour rejoindre Moira. On est en train de vérifier.

— Magnifique, dit Murray. Et d'où venait-il ?

— Nous n'en sommes pas encore certains. Il a pris son billet pour New York au comptoir de l'aéroport. Nous attendons que les services d'immigration nous disent où il a passé la douane.

— Bien. Ensuite ?

— Nous avons ses empreintes maintenant. Quelque chose qui devrait être son doigt gauche, sur le papier qu'il a donné à Mme Wolfe, et qui concorde avec celles laissées sur le reçu de la carte de crédit à l'aéroport de Dulles. Ça a été difficile, nos gars du laboratoire ont dû utiliser leurs lasers pour les faire apparaître. On a envoyé une équipe au Hideaway. Pour l'instant ils n'ont rien. Le ménage est bien fait dans cette planque, trop bien pour ce dont nous avons besoin, mais ils continuent à chercher.

— Il ne nous manque qu'une photo de ce salaud. Juste une photo, marmonna Murray. Et après Atlanta ?

— Oh ! je croyais vous l'avoir dit. Après une courte escale, il a pris un avion pour Panama.

— Quelle est l'adresse donnée par la carte de l'American Express ?

— Caracas, probablement une simple boîte à lettres. Comme toutes les autres.

— Comment se fait-il que les services d'immigration ne...

Murray fit la grimace. Bien sûr. Son passeport porte un autre nom, ou probablement en a-t-il toute une collection, un pour chaque carte.

— Nous avons affaire à un vrai pro, et nous avons eu de la chance d'en savoir autant.

— Quoi de neuf en Colombie ? demanda un autre agent.

— Pas grand-chose. Le laboratoire fait son boulot, mais ils n'ont rien appris que nous ne sachions déjà. Les Colombiens ont maintenant les noms de la moitié de ceux qui nous intéressent — le prisonnier dit qu'il ne les connaissait pas tous, et c'est probablement vrai. Ils ont lancé une opération de grande envergure pour essayer de les retrouver, pourtant Morales n'a pas grand espoir. Ces noms sont tous ceux de types après qui le gouvernement colombien en a déjà depuis quelque temps. Ils appartiennent tous au M-19. C'était un contrat. Exactement comme nous le pensions.

Murray regarda sa montre. On enterrait ce matin les

deux gardes du corps d'Emil. La cérémonie avait lieu à la cathédrale nationale et le Président y ferait encore un discours. Le téléphone sonna.

— Murray.

— Ici Mark Bright à Mobile. Nous avons du nouveau.

— Très bien.

— Un flic s'est fait descendre samedi. Des tueurs à gages, armés d'un Ingram, qui ont tiré de près, mais un môme du quartier a atteint l'un d'eux avec sa .22 juste derrière la tête. Il l'a tué. Nous avons retrouvé le corps et leur camionnette hier. Le tireur a été identifié, un dealer. La police locale a fouillé la maison de la victime — le sergent Braden — et a trouvé un appareil photo appartenant à la victime de l'affaire des pirates. Le sergent Braden était un spécialiste du cambriolage. Je pense qu'il travaillait pour les dealers et qu'il s'était, avant les meurtres, introduit chez la victime pour y chercher en vain les preuves que nous y avons trouvées ensuite.

Murray hocha la tête pensivement. Ils en savaient maintenant un peu plus : ainsi les assassins avaient-ils voulu s'assurer que la victime n'avait pas laissé de preuves derrière elle, avant de l'emmener avec sa famille se promener en mer, mais celui qu'ils avaient chargé de cette mission n'avait rien trouvé et cet échec lui avait valu la mort.

— Autre chose ?

— Cette histoire a foutu en rogne les flics du coin. C'est la première fois qu'on descend un flic comme ça, c'est-à-dire « devant tout le monde ». Sa femme s'est pris un pruneau au passage. Ils sont furieux. Un revendeur s'est fait descendre la nuit dernière. L'enquête aboutira à la légitime défense, mais je ne crois pas qu'il s'agisse d'une coïncidence. C'est tout pour l'instant.

— Merci, Mark. — Murray raccrocha. — Ces salauds nous ont déclaré la guerre, en bonne et due forme, murmura-t-il.

— Qu'est-ce que c'était ? demanda un de ses agents.

— Rien. Avez-vous vérifié les voyages précédents de Cortez, hôtels, locations de voiture ?

— Nous avons mis vingt personnes sur le coup. Nous devrions avoir des résultats d'ici deux heures.

— Tenez-moi au courant.

C'était avec Stuart que le procureur avait son premier rendez-vous ce matin-là. L'avocat ne semblait pas très en forme, se dit la secrétaire qui le reçut. Elle ne pouvait pas savoir qu'il avait tout simplement la gueule de bois.

— Bonjour, Ed, dit Davidoff sans se lever. — Son bureau était recouvert d'un monceau de papiers. — Qu'est-ce que je peux faire pour vous ?

— Ne pas demander la peine de mort, dit Stuart en s'asseyant. Je plaide coupable en échange de vingt ans, un marché auquel vous avez tout à gagner.

— On se verra au tribunal, répondit Davidoff en se replongeant dans ses dossiers.

— Vous ne voulez pas savoir ce que j'ai de nouveau ?

— Je sais que, si c'est valable, vous me le ferez savoir en temps utile.

— J'ai peut-être de quoi faire libérer définitivement mes clients. Vous voulez les voir s'en sortir comme ça ?

— Je croirai ce que je verrai, dit Davidoff, mais il avait relevé les yeux.

Stuart faisait généralement du zèle, le procureur le savait, pourtant il était honnête. Il ne mentait pas, tout au moins pas devant la cour.

Comme d'habitude, Stuart était arrivé avec à la main un vieux cartable de cuir demi-souple et non l'attaché-case rigide dernier cri qu'affectionnaient la plupart des avocats. Il en sortit un magnétophone à cassettes. Davidoff le regarda faire sans rien dire. Ils avaient tous les deux l'habitude des procès et étaient maîtres en l'art de cacher leurs sentiments et de dire ce qu'ils avaient à dire, quoi qu'ils ressentent. Mais comme les bons joueurs de poker, ils savaient aussi déchiffrer sur le visage de leur adversaire les signes les plus subtils. Quand il appuya sur le bouton, Stuart savait que le procureur était inquiet. La cassette se déroula pendant quelques minutes. La qualité du son était lamentable, mais c'était audible, et avec un léger nettoyage en laboratoire spécialisé — les accusés pouvaient s'offrir ça —, on obtiendrait quelque chose de suffisamment clair.

Davidoff choisit la tactique habituelle.

— Cela n'a rien à voir avec l'affaire qui sera jugée. Toute information concernant la façon dont ont été obtenus les aveux est exclue de la procédure. C'est ce qui a été décidé, non ?

Comme il avait maintenant les meilleures cartes en main, Stuart répondit d'une voix douce. Il pouvait se montrer magnanime.

— C'est ce que vous avez décidé. Je n'ai rien dit. Le gouvernement a commis une violation des droits constitutionnels de mes clients. Une exécution simulée constitue une torture mentale, pour le moins. Elle est en tout cas parfaitement illégale. Faites passer ces deux types à la barre et je crucifie vos gardes-côtes. Ça suffira peut-être à annuler tous les aveux des deux autres. On ne sait jamais de quel côté de la balance vont pencher les jurés.

— Ils peuvent aussi tous se lever et applaudir, répondit Davidoff, d'un air préoccupé.

— C'est un risque à courir. Nous verrons ça au procès, dit Stuart en remettant le magnétophone dans son cartable. Vous voulez toujours qu'il ait lieu le plus vite possible ? Avec ce que j'ai là, je pourrai démolir toutes vos preuves — après tout, si les gardes-côtes ont été assez fous pour monter ce numéro, mes clients pourraient aussi prétendre qu'ils les ont forcés à se masturber pour avoir ces traces de sperme dont vous avez parlé à la presse, ou bien qu'on leur a mis dans les mains les armes sur lesquelles on a retrouvé leurs empreintes. Ensuite, je relie tout cela à ce que je sais de la victime, et je pense avoir de bonnes chances de renvoyer mes clients chez eux, vivants et libres. — Stuart se pencha en avant, appuya ses bras sur le bureau de Davidoff. — D'un autre côté, comme vous le disiez, il est toujours difficile de prévoir les réactions des jurés. Alors voilà ce que je vous propose : ils plaident coupables avec l'assurance d'en prendre pour vingt ans, ou ce que vous voudrez, sans peine incompressible, et ils sont dehors, disons dans huit ans. Vous expliquez à la presse que vous avez eu des problèmes concernant les preuves, que vous êtes furieux, mais que vous n'y pouvez rien. Mes clients sont hors circuit pendant pas mal de temps. Vous obtenez votre condamnation, mais plus personne ne meurt. Voilà le marché que je vous propose. Je vous donne deux jours pour réfléchir.

Stuart se leva, prit son cartable et sortit sans ajouter un mot. Une fois dans le couloir, il chercha les toilettes. Il ressentait un besoin urgent de se laver les mains, sans très bien savoir pourquoi. Il était certain d'avoir fait son devoir. Les criminels, car il s'agissait bien de criminels, seraient déclarés coupables, mais ils ne mourraient pas sur la chaise électrique. Et qui sait, pensa-t-il, peut-être la prison leur ferait-elle du bien. Exactement le genre de mensonges que se racontent les avocats. Il n'aurait pas besoin de briser les carrières de ces gardes-côtes qui n'avaient probablement sauté le pas qu'une seule fois dans leur vie et ne recommenceraient jamais. Tous avaient quelque chose à gagner à la solution qu'il avait trouvée et, pour un avocat, c'était une réussite.

Pour Edwin Davidoff, les choses étaient plus compliquées. Car il ne s'agissait pas d'une simple affaire criminelle. La chaise électrique qui emmènerait les deux pirates en enfer l'aurait conduit, lui, à un fauteuil dans l'immeuble du Sénat. Déjà quand il était en terminale au lycée, Edwin Davidoff rêvait d'entrer au Sénat. Et il avait travaillé dur pour y arriver. Meilleur élève de sa promotion à la Duke Law School, longues heures sous-payées au service du ministère de la Justice, conférences à travers tout le pays, qui avaient presque détruit sa famille. Il avait sacrifié sa vie sur l'autel de la justice... et de l'ambition, reconnaissait-il intérieurement. Et maintenant, alors que le but qu'il avait si longtemps poursuivi était enfin à sa portée, alors qu'il pouvait de bon droit prendre la vie de ces deux criminels, tout risquait de s'effondrer.

En minimisant les chefs d'accusation, en négociant une peine réduite à vingt ans, il anéantirait en un instant tout son travail, tous ses discours sur la justice.

D'un autre côté, s'il ne tenait pas compte de ce que Stuart venait de lui apprendre et menait l'affaire devant une cour, il risquait de rester dans les mémoires de tous comme celui qui avait complètement perdu ce procès. Il pourrait évidemment accuser les gardes-côtes, mais avait-il le droit de sacrifier les carrières de ces hommes et peut-être même leur liberté ? Qu'il gagne ou qu'il perde l'affaire des pirates, des hommes, dans ce cas, souffriraient, alors que leur geste avait permis au gouvernement de mener son attaque la plus violente contre le Cartel.

La drogue. On en revenait toujours là. A son extraordinaire capacité de corruption. La drogue corrompait les gens, obscurcissait leurs idées, et finissait par mettre un terme à leur vie. Et la drogue engendrait des sommes d'argent propres à corrompre ceux qu'elle n'intéressait pas en elle-même. La drogue corrompait les institutions à tous les niveaux et de toutes les façons possibles. La drogue corrompait des gouvernements entiers.

Oh mon Dieu, qu'est-ce que je dois faire ?

Ces deux pirates méritent la mort. Et mon devoir envers leurs victimes ? Là il ne se mentait pas totalement, pas du tout même. Davidoff croyait réellement en la justice, il croyait que la loi était ce que les hommes avaient inventé pour se protéger des prédateurs, et que sa mission sur cette terre était de servir cette justice. Pourquoi autrement aurait-il travaillé si dur en échange de si peu de compensation ? L'ambition n'avait pas été son seul motif, après tout !

Une des victimes des pirates était un pourri, mais les trois autres ? Comment les militaires appelaient-ils cela ? Ah oui, « dommages collatéraux ». Voilà le terme qu'ils employaient quand une action visant une cible individuelle détruisait d'autres éléments qui se trouvaient malheureusement dans les parages. Dommages collatéraux. D'accord, lorsqu'il s'agissait d'une action de l'État en temps de guerre. Mais là, non, il s'agissait tout simplement de meurtre.

Non, pas seulement de meurtre. Les salauds avaient pris leur temps. Ils s'étaient bien amusés. Ne méritaient-ils que huit ans de prison ?

Et si tu perds le procès ? Même si tu le gagnes, peux-tu sacrifier ces gardes-côtes pour obtenir justice ? Feront-ils partie, eux aussi, des « dommages collatéraux » ?

Il devait y avoir une solution. Il y en avait presque toujours une, et il avait deux jours pour la trouver.

Ils avaient bien dormi, l'air rare des montagnes ne les affectait pas autant qu'ils l'avaient craint. Au coucher du soleil, les soldats étaient debout, et en pleine forme. Chavez but son café instantané penché sur la carte, en se demandant quelle cible ils iraient visiter ce soir-là. Toute la journée, des hommes de garde avaient surveillé attentivement la route, sachant plus ou moins ce qu'ils attendaient. Un camion d'acide. Une main-d'œuvre locale bon marché déchargerait les tonneaux et les emmènerait dans les collines, suivie de ceux qui transporteraient sur leur dos les sacs de feuilles de coca et l'équipement léger. Vers le crépuscule un camion s'arrêta. La nuit tomba avant qu'ils n'aient eu le temps de voir tout ce qui se passait, et leurs lunettes à vision nocturne n'étaient pas équipées pour une telle distance, mais le camion repartit assez vite, et il s'était arrêté à moins de trois kilomètres de Hôtel, une des cibles, située à cinq kilomètres d'eux.

Le spectacle va commencer. Les hommes se versèrent une bonne dose de produit anti-moustique dans les mains, puis s'en frottèrent le visage, le cou, les oreilles. Un truc efficace contre les insectes, et qui adoucissait la peinture de camouflage présentée sous forme d'un repoussant tube de rouge à lèvres dont ils devaient ensuite s'enduire. Toujours deux par deux, ils s'aidaient à accomplir cette corvée. Les ombres les plus foncées sur le front, le nez et les pommettes, les plus pâles sur les surfaces naturellement plus sombres, sous les yeux, au creux des joues. Ce n'étaient pas des peintures de guerre, comme on pouvait le croire au cinéma. Elles servaient à les rendre invisibles, et non à intimider leurs adversaires. En assombrissant les surfaces les plus lumineuses et en éclaircissant les plus sombres, ils faisaient de leur visage quelque chose qui ne ressemblait plus du tout à un visage.

Le moment était venu de justifier leur salaire. Chacun d'eux reçut ses instructions, on leur indiqua les voies d'approche et points de ralliement. Ils posèrent les questions qu'ils avaient à poser, écoutèrent les réponses, examinèrent les contingences, établirent des alternatives. Ramirez leur donna le signal du départ alors qu'une douce lumière baignait encore le mur oriental de la vallée, et ils descendirent vers leur objectif.

17

EXÉCUTION

Dans l'armée, l'ordre de mission de toute opération sur le terrain est résumé par le sigle SMESSCS : Situation, Mission, Exécution, Service et Soutien, Commandement et Signaux.

Situation : ensemble des données de base dont les soldats ont besoin.

Mission : description sommaire de la tâche à accomplir.

Exécution : méthode suivie pour l'accomplissement de la mission.

Service et Soutien : fonctions d'assistance qui pourraient aider à atteindre l'objectif poursuivi.

Commandement : désignation des responsabilités, suivant une chaîne reliant théoriquement le Pentagone au dernier exécutant de l'unité, qui en dernier ressort n'aura que lui-même à commander.

Signaux : différentes procédures de communication qui seront suivies.

On avait déjà fait un exposé général aux soldats sur la situation, mais ce n'était pas vraiment nécessaire.

Elle avait subi certaines modifications, et donc leur mission aussi mais cela, ils ne l'ignoraient pas. Le capitaine Ramirez les avait mis au courant des modalités d'exécution. Pas de soutien extérieur : ils ne devaient compter que sur eux-mêmes. Ramirez assurait le commandement sur le terrain, des chefs retransmettaient ses ordres et le remplaceraient en cas d'empêchement. Il avait déjà transmis les codes radio. Son dernier acte avant de faire descendre ses hommes de leur perchoir avait été de communiquer ses intentions à Variable, dont il avait reçu l'approbation.

Comme toujours, le sergent Domingo Chavez était à l'avant-garde, à une centaine de mètres de Julio Vega, qui marchait aussi « accroupi » à cinquante mètres du gros de la troupe, dont les hommes étaient déployés à des intervalles de dix mètres. La descente était plus dure pour les jambes, mais les hommes y faisaient à peine attention. Ils étaient trop crevés pour ça. Tous les deux ou trois cents mètres, Chavez cherchait un coin dégagé avec vue sur l'objectif — là où ils allaient frapper — et à la jumelle, il distinguait la vague lueur des lampes à pétrole. Comme il avait le soleil dans le dos, il n'avait pas à s'inquiéter des reflets éventuels. L'endroit était exactement où le disait la carte — il se demanda comment on avait recueilli ces informations — et ils suivaient précisément la procédure prévue. Ce boulot avait été drôlement bien préparé. Ils s'attendaient à trouver de dix à quinze personnes à Hôtel. Il espérait que ce renseignement aussi était exact.

Ça ne se passait pas trop mal. La végétation n'était pas aussi dense que dans la plaine et il y avait moins d'insectes. Peut-être, se dit-il, trouvaient-ils eux aussi l'air trop rare. Des oiseaux s'appelaient, le bavardage habituel de la forêt masquait l'approche de son unité — qui de toute façon, était sacrément silencieuse. Chavez avait entendu un gars glisser et tomber à une centaine de mètres mais seul un autre Ninja l'aurait remarqué. En une heure, il parvint à couvrir la moitié de la distance et s'arrêta au point de rassemblement prévu, où il attendit le reste de l'escouade.

— Jusque-là, ça va très bien, *jefe*, dit-il à Ramirez. Je

n'ai rien vu venir, pas même un lama, ajouta-t-il, pour montrer qu'il était décontracté. Il reste un peu plus de trois mille mètres.

— Bien, arrête-toi au prochain point de contrôle. N'oublie pas qu'il peut y avoir des types qui se baladent.

— Bien reçu, cap'taine.

Chavez repartit tout de suite. Les autres se remirent en route deux minutes plus tard.

Ding se déplaçait encore plus lentement à présent. La probabilité de contact augmentait à chaque pas qui les rapprochait de Hôtel. Attention, les trafiquants ne devaient pas être complètement stupides. Ils avaient sans doute un peu de jugeote, et ils utilisaient des gens du coin, qui avaient grandi dans cette vallée et la connaissaient comme leur poche. Et beaucoup d'entre eux devaient être armés. Il constatait avec surprise qu'il n'était pas du tout dans les mêmes dispositions d'esprit que la dernière fois. Mais, dans la précédente mission, il avait eu plusieurs jours pour surveiller et évaluer les cibles. Là, il n'avait pas même pu les compter correctement, ne savait pas comment ils étaient armés, ignorait leurs capacités.

Bon Dieu, on se bat pour de bon. On sait que dalle. Mais ça, c'est justement le boulot des Ninjas ! se dit-il, médiocrement réconforté par cette bravade.

Le temps commençait à lui jouer des tours. Chaque pas semblait durer une éternité, mais quand il parvint au point de rassemblement, ça n'avait pas pris si longtemps, en fait. A présent, il distinguait la lueur de l'objectif, vague demi-cercle gris dans les lunettes, mais il n'entendait toujours pas de mouvement dans les bois. Quand il parvint au dernier point de contrôle, Chavez repéra un arbre et se plaça à côté, tournant la tête de droite à gauche pour rassembler un maximum d'informations. Il lui semblait entendre quelque chose maintenant. Un bruit intermittent, bizarre, qui provenait du côté où ils allaient frapper. Il s'inquiétait de ne voir encore rien d'autre que cette lueur.

— Quelque chose ? chuchota le capitaine Ramirez.

— Écoutez.

— Mouais, fit l'officier après quelques instants.

Les soldats posèrent leur paquetage et se divisèrent conformément au plan. Chavez, Vega et Ingeles avanceraient directement vers Hôtel tandis que les autres prendraient par la gauche. Ingeles, le responsable des communications, portait en bandoulière, outre son fusil, un lance-grenades M-203, Vega avait le FM, et Chavez avait gardé son PM-5 à silencieux. Ils étaient chargés de la couverture. Ils s'approcheraient le plus près possible pour fournir un soutien à l'attaque proprement dite. S'ils rencontraient quelqu'un, ce serait à Chavez de lui régler son compte, sans bruit. Ding emmena son groupe d'abord, puis quelques minutes plus tard, le capitaine Ramirez se mit en route. Dans les deux unités, l'intervalle entre les hommes s'était réduit à cinq mètres. Ils couraient maintenant un autre risque important, celui de la confusion. Si l'un des soldats perdait le contact avec ses camarades, ou si une sentinelle ennemie se trouvait mêlée à eux, les conséquences pouvaient être mortelles pour la mission et pour les hommes.

Il leur fallut une demi-heure pour couvrir les derniers cinq cents mètres. La position de couverture de Ding était claire sur la carte, mais beaucoup moins dans les bois la nuit. Il n'avait pas spécialement peur, mais disons qu'il se sentait beaucoup moins sûr de lui. Toutes les deux minutes il se répétait qu'il savait exactement ce qu'il faisait, et à chaque fois, ça marchait — mais pour quelques minutes seulement, avant que l'incertitude le reprenne. La logique lui disait qu'il avait ce que les manuels appelaient « une réaction d'anxiété normale ». Chavez n'aimait pas ça, mais il pouvait faire avec. Exactement comme l'expliquaient les manuels.

Il vit un mouvement et s'immobilisa, balançant sa main gauche vers l'arrière, paume à la verticale, pour avertir les deux autres derrière lui. De nouveau, il tendit le cou, en se fiant à son entraînement. D'après ses manuels et son expérience, la nuit, l'œil humain ne perçoit que des mouvements. A moins que l'adversaire ait des lunettes de vision nocturne...

Ce n'était pas le cas. La forme humaine était à presque cent mètres de là, elle se déplaçait lentement et normalement, au milieu des arbres, entre Chavez et l'endroit où il voulait aller. Une chose toute simple qui condamnait le type à mort. Ding intima du geste l'ordre à Ingeles et Vega de ne pas bouger tandis qu'il se mouvait vers la droite, à l'opposé de la direction prise par sa cible, pour arriver derrière elle. Maintenant, il allait vite. Il lui fallait être en place dans un quart d'heure. En utilisant ses lunettes pour repérer les endroits adéquats, il posait ses pieds aussi légèrement que possible, au rythme d'une marche normale. Maintenant qu'il voyait ce qu'il avait à faire, l'action l'emportait sur l'anxiété. Il ne faisait pas le moindre bruit, en avançant courbé en deux, tandis que son regard allait et venait sans arrêt de son adversaire à son chemin. Il y avait là un vieux sentier. Cet idiot suit un sentier ! constata Chavez. Ce n'est pas comme ça qu'on peut espérer vivre longtemps.

Il revenait maintenant, à pas lents, mais il se déplaçait assez silencieusement, en suivant le vieux sentier. Ding s'en aperçut avec un temps de retard. Peut-être l'homme n'était-il pas totalement stupide. Sa tête était tournée vers le haut des pentes. Mais il portait le fusil en bandoulière. Chavez le laissa approcher, ôta ses lunettes quand l'homme regardait ailleurs. La suppression soudaine de la vision nocturne lui fit perdre de vue sa cible quelques secondes et les premiers mouvements de la panique apparurent dans sa conscience, mais Ding leur intima de se calmer. L'homme allait réapparaître en poursuivant vers le sud.

C'est ce qu'il fit, d'abord comme une silhouette spectrale, puis comme une masse noire descendant le couloir de jungle. Ding s'accroupit à la base de l'arbre, son arme dirigée sur la tête de l'homme, et le laissa s'approcher. Mieux valait attendre pour être sûr de le tuer d'un coup. L'homme se trouvait à dix mètres. Chavez ne respirait même plus. Il visa le centre de la tête et appuya une seule fois sur la détente.

Le bruit métallique du H&K lui parut incroyablement fort, mais l'ennemi tomba tout de suite, ne produisant qu'un claquement étouffé quand son fusil toucha le sol à côté du corps. Chavez bondit en avant, son PM fixé sur la cible mais l'homme — c'était un homme après tout — ne bougeait plus. En remettant ses lunettes, il vit le trou unique juste au centre du nez, et constata que la balle avait suivi un trajet oblique vers le haut, arrachant ainsi l'arrière du cerveau. Un meurtre instantané et silencieux.

Ninja ! exulta-t-il mentalement.

A côté du corps, face à la pente, il leva haut son arme. Tout va bien. Un instant plus tard, les silhouettes de Vega et d'Ingeles apparurent sur l'image verte. Il se tourna, repéra un endroit d'où observer l'objectif, et les attendit.

L'installation adverse était là, à soixante-dix mètres. La lueur des lampes à pétrole étincela dans ses lunettes et il s'aperçut qu'il pouvait les retirer définitivement. Chavez entendait des voix maintenant. Il pouvait même saisir ce qu'elles racontaient. C'était la conversation quotidienne et ennuyée de gens qui font leur boulot. Ding percevait un bruit de liquide ; quoi ? Il l'ignorait et peu importait pour l'instant. Leur position de soutien était en vue. Seulement, il y avait un petit problème.

L'endroit était mal orienté. Les arbres qui devaient fournir une couverture à leur flanc droit s'intercalaient en fait entre eux et l'objectif. Chavez jugea qu'ils avaient mal choisi. Il grimaça et changea les plans : il savait que le capitaine aurait agi de même. Ils trouvèrent un endroit presque aussi bien à quinze mètres de là, et orienté dans la bonne direction. Il vérifia sa montre. Presque l'heure. Il était temps de procéder à la dernière inspection de l'objectif. Elle était d'une importance vitale.

Il compta douze hommes. Le centre du site était occupé par... une espèce de baignoire portative. Deux hommes piétinaient à l'intérieur, écrasant, agitant ou traitant d'une manière quelconque une soupe de feuilles de coca d'apparence curieuse et... qu'est-ce qu'on leur avait raconté ? se demanda-t-il. *De l'eau et de l'acide sulfurique ?* Quelque chose comme ça. Bon

Dieu ! Ils marchent dans ce putain d'acide ! Des hommes faisaient cet ignoble boulot à tour de rôle. Il observa un changement d'équipe. Ceux qui sortaient du réservoir se versaient de l'eau sur les pieds et les chevilles. Ça devait les brûler. Mais à trente mètres de Ding, ils blaguaient, avec bonne humeur. L'un d'eux parlait de son amie en termes plutôt crus, en se vantant de ce qu'elle consentait à lui faire, et de ses propres prouesses.

Il y avait six hommes avec des Kalachnikov. *Bon Dieu, qu'est-ce qu'ils ont tous à trimbaler ces saloperies ?* Ils se tenaient à la périphérie du site, les regards tournés vers l'intérieur au lieu de surveiller les alentours. L'un d'eux fumait. Il y avait un sac à dos près de la lanterne. Un ouvrier dit quelque chose à un des gardes et tira du sac une bouteille de bière pour lui et une autre pour celui qui lui en avait donné la permission.

Imbéciles ! L'écouteur de la radio émit trois craquements de parasites. Ramirez était à son poste et demandait si Ding était près. En réponse, il appuya deux fois sur le bouton de sa radio, puis regarda à droite et à gauche. Vega avait placé son FM sur le pied et ouvert une des deux sacoches de munitions. Deux cents balles dans chacune.

Chavez se plaqua du mieux qu'il put contre un gros arbre et choisit la cible la plus éloignée. Il évalua la distance à quatre-vingts mètres, un peu long pour son arme, trop en tout cas pour un coup à la tête. Du pouce, il plaça le sélecteur sur le coup par coup, releva l'arme et mit soigneusement en joue dans le viseur dioptrique.

Trois balles. Le visage de l'homme manifesta sa surprise lorsque deux d'entre elles le touchèrent à la poitrine. Un cri rauque lui échappa, et les têtes se tournèrent dans sa direction. Chavez visa un autre garde, qui était en train de saisir son arme. Celui-là encaissa deux des trois balles, mais cela ne l'empêcha pas de braquer son arme au hasard.

Devant le risque de riposte, Vega entra en action. Il foudroya l'homme sous les balles traçantes de son FM, puis déporta son tir sur deux autres hommes armés. L'un fit feu à deux reprises, mais en l'air. Les ouvriers réagissaient avec plus de lenteur que les gardes. Deux d'entre eux détalèrent mais furent pris sous le feu de Vega. Les autres se jetèrent à terre et rampèrent. Deux autres adversaires, ou plutôt leurs armes, intervinrent. La trace enflammée du tir d'armes automatiques apparut dans les arbres, de l'autre côté du site, visant l'équipe de soutien. Exactement comme prévu.

Le groupe d'assaut, mené par le capitaine Ramirez, ouvrit le feu sur le flanc gauche. Le craquement particulier des M-16 éclata tandis que Chavez, Vega et Ingeles continuaient d'arroser l'objectif, en avant du groupe d'assaut. L'un de ceux qui tiraient depuis les arbres avait dû être touché. L'éclair qui jaillissait de la gueule de son arme s'éleva vers le ciel. Les deux autres tirèrent vers le groupe d'assaut avant d'être abattus. L'un des ouvriers qui piétinaient dans la baignoire voulut prendre un vieux fusil et n'acheva pas son geste. Un autre se dressa, semblant vouloir se rendre, mais ses mains ne s'élevèrent pas bien haut avant qu'une rafale le prenne en pleine poitrine.

Chavez et son équipe cessèrent le feu pour permettre au groupe d'assaut de pénétrer sur l'objectif. Ils achevèrent ceux qui bougeaient encore en dépit de leurs blessures. Puis tout s'arrêta. Il y eut un moment de silence. La lanterne sifflait toujours, illuminant la scène. Aucun autre son que l'écho des coups et les appels des oiseaux furieux.

Quatre soldats examinèrent les morts, le reste du groupe d'assaut formant maintenant un périmètre autour de l'objectif. Chavez, Vega et Ingeles mirent la sécurité à leurs armes, collectèrent leurs affaires et avancèrent.

La scène que découvrit Chavez était tout à fait horrible. Deux des hommes vivaient encore, mais pas pour longtemps. L'un d'eux avait essuyé une rafale de Vega et son abdomen était déchiqueté. Les jambes de l'autre avaient été pratiquement arrachées et il se vidait de son sang sur la terre battue. L'infirmier posa sur eux un regard dépourvu de pitié. Tous deux seraient morts dans une minute. Les ordres de l'escouade étaient un peu vagues sur la question des prisonniers. Légalement, on ne pouvait interdire d'en faire à des soldats américains, et le capitaine Ramirez s'était un peu emmêlé dans les circonlocutions, mais le message avait été bien reçu. C'était moche, mais ces gens étaient impliqués dans l'assassinat par la drogue de gosses des États-Unis, et ça non plus, ça ne respectait pas les lois de la guerre ! C'était salement moche. Mais ils eurent d'autres sujets de préoccupation.

Chavez était à peine arrivé sur le site quand il entendit quelque chose. Comme tout le monde. Quelqu'un courait, dévalait la pente. Ramirez désigna du doigt Ding, qui se lança à la poursuite du fuyard.

Tout en courant, il tendit les mains vers ses lunettes de vision nocturne et essaya de les prendre, puis s'aperçut qu'il s'y prenait mal. Il s'arrêta, fixa les lunettes sur ses yeux et chercha en même temps un chemin et l'homme qui courait. Il y a un temps pour la prudence, et un temps pour l'audace. Son instinct lui dit qu'il se trouvait dans le deuxième cas de figure. Chavez courut le long du sentier, en se fiant à ses dons de coureur de brousse pour choisir où poser le pied. Il repéra rapidement le bruit qu'il cherchait. Trois minutes plus tard, il put entendre l'homme qui se débattait et tombait dans les broussailles. Ding s'arrêta et utilisa ses lunettes. A cent mètres devant, à peine. Il se remit à courir, le sang battant dans ses veines. Cinquante mètres. Il quitta le sentier par la gauche. Ses mouvements d'approche évoquaient un pas de danse compliqué. Tous les cinquante mètres, il s'arrêtait et utilisait la vision nocturne. L'homme était fatigué et allait plus lentement. Chavez tourna à droite et déboucha sur le sentier en avant de lui. Il l'attendit.

Ding avait failli se tromper dans ses calculs. Il avait à peine eu le temps de relever son arme que la forme apparut et le sergent tira d'instinct, à trois mètres, dans la poitrine. L'homme tomba contre Chavez avec un grognement désespéré. Ding rejeta le corps et tira de nouveau dans la poitrine. Il n'y eut pas d'autre bruit.

— Bon Dieu, dit le sergent.

Il s'agenouilla pour reprendre sa respiration. Qui avait-il tué ? Il remit les lunettes et baissa les yeux.

Le type était pieds nus. Il portait la chemise de coton et les pantalons d'un... Chavez venait de tuer un paysan, un de ces pauvres abrutis qui dansaient dans la soupe de coca. Il y avait de quoi être fier, hein ?

La gaieté qui suit souvent une opération réussie le quitta comme l'air qui s'échappe d'un ballon. Un pauvre type, qui n'avait pas même de godasses. Les trafiquants les embauchent pour porter leur saloperie dans les collines, les paient des clopinettes pour faire le boulot pourri du préraffinage.

La boucle de sa ceinture était défaite. Il était dans les broussailles en train de se soulager quand la fusillade a éclaté et tout ce qu'il voulait, c'était se tirer, mais son pantalon en berne avait rendu l'effort futile. Il était à peu près de l'âge de Ding, plus petit et de carrure plus chétive, mais le visage bouffi par le régime des paysans, à base de féculents. Des traits ordinaires, qui portaient encore les signes de la panique et de la douleur au milieu desquelles la mort l'avait surpris. Il n'était pas armé. Il faisait son boulot. Il était mort parce qu'il était au mauvais endroit au mauvais moment.

Pas de quoi être fier. Chavez appuya sur le bouton de sa radio.

— Six, ici Point. Je l'ai eu. Il était seul.

— Besoin d'aide ?

— Négatif. J'y arriverai.

Chavez hissa le corps sur ses épaules, pour regrimper jusqu'à l'objectif. Ça lui prit dix épuisantes minutes, mais ça faisait partie du boulot. Ding sentait le sang de l'homme qui suintait de sa poitrine, souillant le dos de sa chemise kaki.

Quand il arriva, les corps avaient été tous étendus côte à côte et fouillés. Il y avait beaucoup de sacs de feuilles de coca, plusieurs bidons d'acide, et un total de quatorze morts quand Chavez laissa tomber le sien au bout de l'alignement.

— T'as l'air un peu crevé, observa Vega.

— J'suis pas aussi costaud que toi, Oso, haleta Ding.

On recensa deux petites radios et divers objets personnels, mais rien qui eût une utilité militaire. Quelques hommes lorgnèrent vers les packs de bière, mais pas un ne blagua là-dessus. Impossible de savoir qui avait été le chef : dans la mort, tous les hommes se ressemblent. Ils étaient tous habillés à peu près de la même manière, hormis les étuis de pistolet des gardes. Dans l'ensemble, c'était un spectacle assez triste. Des gens vivants une demi-heure plus tôt ne l'étaient plus. A part ça, il n'y avait pas grand-chose à dire sur la mission.

Le sergent Guerra avait été éraflé par une balle, mais l'escouade n'avait pas subi de pertes. Ramirez acheva l'inspection du site puis prépara ses hommes à partir. Chavez reprit la tête.

La grimpette fut rude et laissa au capitaine le temps de réfléchir. Sur un point auquel il aurait dû penser depuis longtemps, bon Dieu.

Quel est le but de cette mission ? Ramirez cherchait sous le M de Mission, la deuxième lettre du sigle, non pas la description du boulot qu'ils venaient de faire, mais la raison de leur présence sur les hauts plateaux colombiens.

Il comprenait que la surveillance des aéroports avait pour effet direct de stopper les vols transportant de la drogue. Ils avaient accompli une opération de reconnaissance secrète et les informations qu'ils avaient collectées étaient utilisées. Jusque-là, ce n'était pas très simple, mais ça avait un sens. Mais, bon Dieu, qu'est-ce qu'ils fabriquaient maintenant ? Son escouade venait de réaliser un modèle de raid pour petites unités. Ses hommes avaient été parfaits — aidés par la stupidité de l'ennemi, bien sûr.

Ça allait changer. L'ennemi allait apprendre salement vite. Leur défense s'améliorerait. Bien avant qu'ils aient vraiment compris ce qui se passait. Il leur suffirait d'apprendre qu'un site avait été liquidé pour comprendre qu'il leur fallait renforcer leurs dispositifs de sécurité.

Qu'est-ce qu'ils avaient obtenu avec cette attaque ?

Cette nuit quelques quintaux de feuilles de coca ne seraient pas travaillés. Ramirez n'avait pas d'instruction concernant la destruction de cette matière première, et même s'il en avait eu, le seul moyen disponible c'était le feu, et il n'était pas idiot au point d'en allumer un à flanc de montagne, qu'il eût des ordres ou pas. Ce qu'ils avaient obtenu cette nuit... rien. Rien du tout, vraiment. La récolte de coca se comptait par tonnes et il y avait des dizaines, des centaines peut-être, de sites de raffinement. Cette nuit, ils n'avaient pas porté un coup au trafic. Pas même une piqûre d'épingle.

Alors, on risque nos vies pourquoi, bon Dieu ? se demanda-t-il. Il aurait dû poser la question à Panama, mais comme ses trois collègues officiers, il avait été pris par la colère qui avait saisi l'État après l'assassinat du directeur du FBI et des autres. Et puis, il n'était que capitaine. Un exécutant plus qu'un décideur. Soldat de métier et officier, il avait l'habitude de recevoir des ordres de colonels ou de chefs de bataillons, militaires professionnels quadragénaires qui savaient bien ce qu'ils faisaient, la plupart du temps. Mais maintenant ses ordres venaient d'ailleurs — d'où ?

Qu'est-ce qu'on fout ici ?

Il l'ignorait, parce que personne ne le lui avait jamais dit, qu'il n'était pas le seul jeune capitaine à se poser cette question, beaucoup trop tard, et que c'était presque une tradition dans l'armée américaine, ces brillants jeunes officiers qui se demandaient pourquoi bon Dieu on les avait envoyés là. Presque toujours, la question venait trop tard.

Évidemment, il n'avait pas le choix. Il fallait qu'il assume, comme son expérience et son entraînement le lui avaient appris, le fait que la mission fût dépourvue de sens. Contre ce que lui dictait sa raison — il était tout, sauf stupide —, il s'obligea à faire confiance à son commandement. Ses hommes avaient confiance en lui. Il devait avoir la même confiance pour l'échelon supérieur. L'armée ne pourrait pas fonctionner autrement.

Deux cents mètres en avant, la chemise de Chavez

lui collait dans le dos et il se posait d'autres questions. Il ne lui était jamais arrivé jusque-là d'avoir à transporter le cadavre sanglant d'un ennemi à mi-pente d'une montagne. Il n'avait pas imaginé combien ce souvenir concret pèserait sur sa conscience. Il avait tué un paysan. Pas un homme armé, pas un vrai ennemi, mais un pauvre plouc dont le seul tort était d'avoir trouvé du boulot du mauvais côté de la barrière, pour nourrir sa famille, sans doute. Mais Chavez avait-il le choix ? Aurait-il pu le laisser partir ?

Pour le sergent, c'était plus simple. Il avait un officier qui lui disait ce qu'il fallait faire. Cette idée le soulagea tandis qu'ils redescendaient la montagne vers le point Rond, mais sa chemise ensanglantée collait toujours à son dos, comme les questions à une conscience inquiète.

Tim Jackson revint à son bureau à 22 h 30, après un bref exercice d'entraînement d'une escouade à l'intérieur du camp de Fort One. Il venait juste de s'asseoir sur sa chaise pivotante quand le téléphone sonna. L'exercice ne s'était pas bien passé. Ozkanian était un peu lent à comprendre son rôle d'éclaireur de la deuxième escouade. C'était la deuxième fois qu'il se plantait. Mais il fallait que ça rentre. En ce moment le sergent Mitchell était en train d'expliquer deux ou trois choses au fautif, à la manière des sergents de patrouille, c'est-à-dire avec vigueur, enthousiasme et quelques spéculations sur les ancêtres d'Ozkanian. S'il en avait.

— Lieutenant Jackson, annonça Tim en décrochant après la deuxième sonnerie.

— Ici le colonel O'Mara, du commandement des Opérations spéciales.

— A vos ordres, colonel !

— J'ai appris que vous faisiez du foin à propos d'un sergent du nom de Chavez. C'est exact ?

Jackson leva les yeux pour regarder Mitchell qui entrait, son « chou-fleur » posé sur son bras en sueur, un sourire bizarre aux lèvres. Ozkanian avait compris, cette fois.

— Oui, monsieur, il ne s'est pas présenté là où il aurait dû. C'est un de mes hommes et...

— Faux, lieutenant ! C'est un homme à moi, maintenant. Il effectue un boulot que vous n'avez pas besoin de connaître. *Et vous allez cesser, j'insiste là-dessus, vous allez cesser immédiatement d'encombrer les lignes téléphoniques à faire des histoires sur quelque chose qui ne vous concerne pas. Est-ce clair, lieutenant ?*

— Mais, colonel, excusez-moi, mais je...

— Vous avez les oreilles bouchées, mon gars ?

La voix était plus calme, maintenant, et c'était réellement effrayant pour un lieutenant qui avait déjà eu une rude journée.

— Non, colonel. Simplement, j'ai reçu un coup de fil de...

— Je sais. Je m'en suis occupé. Le sergent Chavez effectue un boulot que vous n'avez pas à connaître. Point. C'est clair ?

— Oui, colonel.

Fin de la communication.

— Ben merde ! observa le lieutenant Jackson.

Mitchell n'avait pas saisi les paroles, mais il devina.

— Chavez ?

— Ouais. Un colonel des Opérations spéciales, de Fort MacDill, je suppose, me dit qu'ils l'ont et qu'il est en action quelque part. Et que cela ne me regarde pas.

— Oh, c'est des conneries, rétorqua Mitchell en s'asseyant en face du lieutenant. Vous permettez que je m'assoie ? demanda-t-il ensuite.

— Qu'est-ce qui se passe, à votre avis ?

— J'en sais foutrement rien, mon lieutenant. Mais je connais un type à MacDill. Je crois que je vais lui passer un coup de fil demain. Ça me plaît pas qu'un de mes gusses disparaisse comme ça. Normalement, ça devrait pas se passer de cette manière. Il a pas à vous engueuler non plus. Quand vous vous occupez de ce que deviennent vos hommes, vous faites votre boulot et vous empêchez pas les gens de faire le leur. Si vous voulez mon avis, on remonte pas les bretelles à un pauvre lieutenant pour un truc pareil. On bigophone tranquillement au chef de bataillon, ou peut-être à son adjoint et on lui demande de régler ça en douceur. Les lieutenants sont assez emmerdés comme ça par leurs colonels, ils ont pas besoin que des gens de l'extérieur viennent encore leur souffler dans les bronches. C'est pour ça qu'il y a une hiérarchie, pour savoir qui remonte les bretelles à qui.

— Merci, sergent, dit Jackson avec un sourire. Ça fait du bien à entendre.

— J'ai dit à Ozkanian qu'il devait se concentrer un peu plus sur son boulot d'éclaireur au lieu de jouer les Rambo. Je crois que cette fois, il a compris. C'est un bon petit gars, vraiment. Il a juste besoin qu'on lui secoue les puces.

Mitchell se leva.

— On se retrouve à la gym demain, lieutenant. Bonne nuit.

— Bien. Bonne nuit.

Tim Jackson jugea qu'il valait mieux dormir que remuer des paperasses. En roulant vers le quartier des officiers, il réfléchissait encore au coup de fil de ce colonel O'Mara sorti d'on ne sait où. Les lieutenants ne frayaient pas avec les colonels, ils étaient censés rester à leur place. D'un autre côté, une des nombreuses leçons qu'il avait retenues de West Point, c'est qu'on est responsable de ses hommes. Cette accumulation de faits : le départ si... irrégulier de Chavez, son absence de Fort Benning, l'engueulade pour une demande de renseignements somme toute légitime, tout cela excitait encore plus la curiosité du jeune officier. Il laisserait Mitchell passer ses coups de fil, mais il se tiendrait à l'écart pour l'instant. Pas question d'attirer encore l'attention sur lui tant qu'il n'en saurait pas davantage. En cela, Tim Jackson avait de la chance. Il avait un frère aîné qui trimait pour parvenir au grade de capitaine ou de colonel, bien qu'il ne fût qu'un vulgaire marin d'eau douce. Robby pourrait le conseiller et il avait bien besoin d'un conseil.

Le « camion de livraison » effectuait un vol sans histoire. Mais Robby Jackson n'aimait guère ça. Il n'aimait pas être assis tourné vers l'arrière, et ce qui lui déplaisait par-dessus tout, c'était de se trouver à bord d'un avion sans tenir le manche à balai. Pilote de combat et d'essai, et plus récemment encore chef de l'une des escadrilles d'élite de chasseurs embarqués, il savait qu'il figurait parmi les meilleurs pilotes du monde, et n'appréciait guère de confier sa vie à un autre aviateur moins bon que lui. De plus, sur les appareils de la marine, les serveuses ne valaient rien. En l'occurrence, c'était une petite joufflue de New York, à en juger par son accent, qui réussit à répandre du café sur son voisin.

L'homme portait un uniforme kaki avec l'insigne « US » au col : un technicien civil travaillant pour la marine. On en rencontrait toujours à bord des transports, électroniciens et autres ingénieurs spécialisés qui fournissaient un service nécessité par un nouvel équipement, ou aidaient à la formation du personnel qui l'utilisait. Leur rang était équivalent à celui d'un adjudant mais on les traitait plus ou moins comme des officiers : ils avaient accès à leur mess et étaient hébergés de manière relativement luxueuse — très relativement si l'on considérait le confort moyen à bord des navires américains, en dehors de l'appartement du pacha ou de l'amiral.

— Qu'est-ce que vous allez faire ? s'enquit Robby.

— Vérifier le fonctionnement d'une nouvelle pièce d'artillerie. J'ai bien peur de ne pas pouvoir en dire plus.

— Encore un de ces trucs, hein ?

— J'en ai bien peur, dit l'homme, en examinant les taches de café sur ses genoux.

— Vous faites ça souvent ?

— C'est la première fois. Et vous ?

— Je gagne ma vie en décollant du pont des bateaux, mais en ce moment je suis au Pentagone. Au bureau des tactiques de combat.

— J'ai jamais atterri sur un porte-avions, ajouta l'homme, nerveux.

— Pas trop de problèmes, lui assura Robby. Sauf de nuit.

— Oh ?

L'homme n'était pas aveuglé par la frousse au point de ne pas s'apercevoir qu'il faisait sombre au-dehors.

— Oui, bon, les atterrissages sur les porte-avions ne sont pas trop durs de jour. Quand on se pose sur un aérodrome normal, on regarde devant et on repère l'endroit où on va toucher le sol. C'est la même chose sur les porte-avions, sauf que la piste est plus courte. Mais de nuit, on ne voit pas vraiment où on se pose. Alors, c'est un peu délicat. Ne vous bilez pas. La nana qui pilote...

— C'est une femme ?

— Ouais, les pilotes des appareils de transport sont souvent des femmes. Celle qui est aux commandes est très bonne, on m'a dit qu'elle était instructeur.

Les gens se sentaient plus à l'aise quand on leur racontait que le pilote était instructeur, sauf quand on ajoutait malicieusement, comme Jackson :

— Elle forme un nouveau, un enseigne, ce soir.

Il adorait taquiner les nerfs des gens qui n'aimaient pas voler : il ne ratait jamais une occasion de torturer son ami Jack Ryan avec ça.

— Un enseigne ?

— Vous savez, expliqua paisiblement Jackson, un gosse qui vient juste de sortir de l'École de l'Air. Je suppose qu'il était pas assez doué pour piloter des chasseurs, alors on lui enseigne le métier de livreur. Faut bien qu'ils apprennent, hein ? Tout le monde, un jour ou l'autre, réussit son premier appontage. Je l'ai fait. C'est pas si dur.

Sur cette dernière phrase, il vérifia que la ceinture de sécurité de son interlocuteur était bien serrée. Voilà des années qu'il avait découvert qu'un moyen sûr de supporter la peur était de la refiler à quelqu'un d'autre.

— Merci.

— Vous participez à l'exercice de tir ?

— Comment ?

— L'exercice que nous sommes en train de faire. On va tirer quelques vrais missiles sur des cibles télé-guidées. ETM, Exercice de Tir de Missiles.

— Je ne crois pas.

— Oh, j'espérais que vous étiez de Hughes. Nous voulons voir si le système de guidage des Phœnix, qui vient d'être réparé, marche vraiment.

— Oh, non, désolé. Je travaille sur autre chose.

— Bon.

Robby tira un bouquin de sa poche et se mit à lire. Maintenant qu'il était sûr que quelqu'un à bord de l'appareil était plus mal à l'aise que lui, il pouvait se concentrer sur la lecture. Bien entendu, il n'avait pas vraiment peur. Il espérait simplement que le bleu assis sur le siège du copilote n'allait pas écraser l'avion sur la piste.

L'escouade était fatiguée en arrivant au point Rond. Les hommes prirent position pendant que le capitaine lançait un appel radio. Dans chaque équipe de deux, un des soldats démonta son arme pour la nettoyer, même quand il était l'un des rares à ne pas avoir tiré.

— Eh bien, Oso et son FM ont fait un carton ce soir, remarqua Vega en enfonçant un bout de tissu dans le canon de vingt et un pouces. Tu as fait du sacré boulot, Ding, ajouta-t-il.

— Ils étaient pas très bons.

— Hé, dis donc, *mano*, on a été super, on leur a pas laissé la possibilité d'être bons ou mauvais.

— Pour l'instant, c'est salement facile. Ça pourrait changer.

Vega leva les yeux et le fixa un instant.

— Ouais, t'as raison.

En position géosynchrone au-dessus du Brésil, un satellite météo de l'Administration nationale des océans et de l'atmosphère pointait en permanence sa caméra à basse définition en direction de la planète qu'il avait quittée onze mois plus tôt et sur laquelle il ne retournerait jamais. Il semblait rester suspendu en un point fixe, à 36 363 kilomètres au-dessus des jungles émeraude de la vallée amazonienne, mais en fait il se déplaçait à la vitesse de 11 263 kilomètres à l'heure, son orbite suivant exactement la rotation de la planète. Bien entendu, le satellite contenait d'autres instruments mais cette caméra télé couleur avait le boulot le plus simple. Elle surveillait les nuages qui flottaient comme de lointaines balles de coton. Une fonction aussi prosaïque avait néanmoins permis de sauver des milliers de vies. Pour la plupart, les vies épargnées étaient celles de marins dont les navires se seraient retrouvés sur le passage de tempêtes non détectées. Du haut de son perchoir, le satellite voyait le grand océan du Sud, de l'Antarctique jusqu'au cap Nord et à la Norvège, et aucune tempête n'échappait à sa surveillance.

Presque directement au-dessous du satellite, pour des raisons non encore complètement élucidées, des cyclones prenaient naissance dans les eaux tièdes de l'Atlantique, au large de la côte occidentale de l'Afrique, et se déplaçaient vers l'ouest et le Nouveau Monde où on les appelait par leur nom caraïbe, des ouragans. Les données enregistrées par le satellite étaient renvoyées à Coral Gables, en Floride, au Centre national des ouragans, où météorologistes et informaticiens les étudiaient dans l'espoir d'élucider le mystère de l'origine de ces tempêtes. Une centaine de personnes examinaient les photographies de la première de la saison. Certains espéraient qu'il y en aurait beaucoup, de manière à réunir un riche matériau d'étude. Les plus expérimentés connaissaient ce sentiment, mais ils savaient aussi que ces tempêtes océaniques étaient les forces les plus destructrices et les plus mortelles de la nature, et que tout ce qu'ils pouvaient faire pour l'instant, c'était les repérer, les suivre, mesurer leur intensité et avertir ceux qui se trouvaient sur leur passage. On leur donnait des noms, choisis des années à l'avance, en suivant l'ordre alphabétique. Le premier nom de l'année était Adèle.

Tandis que la caméra observait, des nuages grossissaient à huit cents kilomètres des îles du Cap-Vert, berceau des ouragans. Nul n'aurait su dire s'ils se transformeraient en un véritable cyclone tropical ou si ce serait simplement un gros orage. C'était encore tôt dans la saison. Mais le désert d'Afrique occidentale était inhabituellement chaud pour un printemps, et l'on avait démontré une relation entre la chaleur dans cette région et les ouragans.

Le camion arriva à l'heure dite pour prendre la pâte tirée des feuilles de coca et ceux qui l'avaient fabriquée, mais personne n'était au rendez-vous. Il attendit une heure et les autres n'apparaissaient toujours pas. Le chauffeur, le « chef » du groupe ne voulait plus jamais s'embêter à grimper dans ces maudites montagnes. Il avait deux hommes avec lui, et il les envoya sur le lieu de raffinage. Alors, pendant qu'il fumait, ils grimpèrent. Il patienta encore une heure. La circulation était assez dense sur la route, avec en particulier des poids lourds à moteur diesel dont le pot d'échappement et les systèmes anti-pollution étaient moins strictement contrôlés que dans des régions plus prospères — ôter le silencieux permettait de faire des économies. C'est pourquoi l'homme qui attendait ne remarqua pas le bruit. Au bout d'une heure et demie, il lui apparut clairement qu'il allait devoir monter lui-même. Il verrouilla les portières, alluma une autre cigarette et avança sur le sentier.

Le chauffeur trouva la pente raide. Il avait grandi dans ces collines, et avait franchi autrefois ces côtes en courant, mais il conduisait son camion depuis un certain temps et l'activité musculaire de ses jambes se réduisait maintenant à pousser les pédales. Il lui fallut une heure pour couvrir la distance et quand il fut presque arrivé, il était furieux, trop furieux et trop fatigué pour prêter attention à des détails qui auraient dû déjà le frapper. Les bruits de la circulation en bas lui parvenaient, il entendait les oiseaux qui gazouillaient dans les arbres autour de lui, mais il ne percevait aucun autre bruit, ce qui n'était guère normal. Il s'arrêta, penché en avant pour reprendre sa respiration et aperçut le premier signe inquiétant. C'était une trace noire sur la piste. Quelque chose avait noirci la terre. Mais quoi ? Il était pressé de voir ce qui se passait là-haut et ne s'attarda pas là-dessus. Après tout, il y avait longtemps que l'armée et la police ne leur créaient plus d'ennuis et il se demandait même pourquoi on faisait le travail si haut dans la montagne. Ce n'était plus nécessaire.

Cinq minutes plus tard, il aperçut la petite clairière et alors seulement, remarqua que le silence y régnait. Il sentit aussi une étrange odeur âcre. Sans aucun doute l'acide qu'ils utilisaient pour le préraffinage. Puis il passa le dernier virage et vit.

Le chauffeur du camion était habitué à la violence. Il avait participé aux batailles qui avaient précédé la constitution du Cartel. Il avait donc déjà vu du sang, et en avait lui même répandu une certaine quantité.

Mais pas cela. Les quatorze hommes qu'il avait convoyés la nuit précédente étaient proprement alignés épaule contre épaule. Les corps étaient déjà boursouflés et des bestioles s'étaient attaquées aux blessures ouvertes. Les deux hommes qu'il venait d'envoyer étaient morts eux aussi. Le chauffeur ne le sut pas, mais ils avaient été tués en examinant les cadavres qui avaient été piégés. Leurs corps étaient déchiquetés et le sang coulait toujours. L'un des deux visages exprimait la surprise et le choc. L'autre homme était couché sur le ventre. Une partie de son dos avait disparu.

Le chauffeur resta immobile pendant une minute, craignant de bouger dans n'importe quelle direction. Ses mains tremblantes cherchèrent une autre cigarette, et en laissèrent tomber deux qu'il était bien trop terrifié pour ramasser. Avant d'en avoir pris une troisième, il avait fait demi-tour et se dirigeait doucement vers le sentier. Cent mètres plus loin, il courait à perdre haleine, chaque cri d'oiseau, chaque bruissement de feuillage devenant un soldat lancé à ses trousses. C'était forcément des soldats. Il en était sûr. Il n'y avait qu'eux pour tuer avec cette précision.

— Vous nous avez donné un rapport excellent, cet après-midi. Nous n'avions pas considéré la question des « nationalités » avec autant de pénétration que vous. Vos capacités analytiques sont toujours aussi solides.

Sir Basil Charleston releva ses lunettes.

— Vous avez bien mérité votre promotion. Félicitations, Sir John.

— Merci, Bas, dit Ryan. J'aurais quand même préféré qu'elle ait lieu dans d'autres circonstances.

— Il est vraiment mal ?

— J'en ai bien peur, opina Jack.

— Et il y a eu Emil Jacobs, aussi. Vous passez un sale moment, les copains !

Ryan grimaça un sourire.

— On peut le dire.

— Et qu'est-ce que vous allez faire ?

— Je crains de ne pas pouvoir dire grand-chose à ce sujet, répondit prudemment Jack.

Je ne peux rien dire et en plus je ne sais rien.

— Normal, acquiesça le chef du service secret de Sa Majesté. Quelle que soit votre réplique, je suis sûr qu'elle sera appropriée.

A cet instant, Ryan sut que Greer avait raison. Il devait être tenu au courant s'il ne voulait pas passer pour un idiot auprès de ses homologues d'ici et d'ailleurs. Il rentrait dans quelques jours et en parlerait avec le juge Moore.

Le lieutenant-colonel Jackson s'éveilla après six heures de sommeil. Lui aussi jouissait du plus grand des luxes à bord d'un vaisseau de guerre, l'intimité. Son rang et son ancienne affectation de commandant d'escadrille le plaçaient tout en haut de la liste des personnalités et il se trouvait qu'une cabine à un lit était encore libre dans cette ville flottante. A l'oreille, on devinait qu'elle était près des catapultes de lancement, ce qui expliquait que l'un des commandants d'une escadrille du *Ranger* n'en eût pas voulu. A son arrivée, il avait passé les coups de fil requis par la courtoisie et il n'aurait pas de corvée officielle avant encore... trois heures. Après la toilette et le café du matin, il décida de vaquer à ses propres affaires. Robby descendit au magasin du porte-avions.

C'était un grand compartiment au plafond relativement bas, où étaient conservés les bombes et les missiles. Il y avait plusieurs salles, et des ateliers où les armes « intelligentes » pouvaient être vérifiées et réparées par des techniciens artilleurs. Jackson s'occupait quant à lui des missiles air-air Phoenix AIM-54C. Des difficultés étaient apparues du côté des systèmes de guidage et l'un des buts de l'exercice était de s'assurer du bon fonctionnement du relèvement fourni par une société contractante.

Il fallait évidemment montrer patte blanche pour entrer. Robby se présenta au maître principal, et ils découvrirent qu'ils avaient servi tous deux sur le *Kennedy* des années plus tôt. Ils entrèrent dans l'espace de travail où des artilleurs s'affairaient autour des missiles. Une boîte à l'allure bizarre était accrochée au nez de l'un d'eux.

— Qu'est-ce que t'en penses ? demanda l'un d'eux.

— Ça m'a l'air OK, pour moi, Duke, répondit celui qui avait l'oscilloscope. Laisse-moi essayer une simulation de brouillage.

— Ce sont ceux qu'on prépare pour l'exercice de tir, expliqua le maître principal. Pour l'instant, ils ont l'air de bien marcher, mais...

— Mais c'est bien vous qui avez trouvé le premier qu'il y avait un problème ?

— Moi et mon vieux chef, le lieutenant de vaisseau Frederickson, acquiesça le vieil officier. Notre découverte a coûté plusieurs millions de dollars au fournisseur. Et ce qui aurait dû être le plus efficace missile air-air de la marine est resté sur la touche.

Le maître principal conduisit Jackson devant la réserve d'équipements de vérification.

— Nous sommes censés en tirer combien ?

— Assez pour décider si ça marche ou pas, répondit Robby.

L'officier grogna.

— Ça risque d'être un sacré exercice.

— Les cibles téléguidées ne sont pas chères ! rétorqua Robby, ce qui était un mensonge éhonté.

Mais son interlocuteur comprit ce qu'il voulait dire. Cela reviendrait moins cher que de s'apercevoir, par exemple en plein océan Indien, au moment de tirer sur des chasseurs iraniens F-14A (eux aussi en avaient) que ces putains de missiles ne marchaient pas correctement. Et puis la réparation avait l'air efficace, pour autant que les tests pouvaient permettre d'en juger. On le vérifierait, annonça Robby au maître principal, en envoyant entre dix et vingt Phoenix plus un grand nombre de Sparrow et de Sidewinder.

Jackson s'apprêta à partir. Il avait vu ce qu'il avait besoin de voir, et les artilleurs avaient du pain sur la planche.

— On dirait qu'on va vider ce magasin. Nous sommes en train de faire des vérifications sur de nouvelles bombes. Vous êtes au courant ?

— Non. J'ai rencontré un technicien sur le transport. Je ne lui ai pas arraché grand-chose. Alors, quoi de neuf ? Rien qu'une bombe de plus ?

Le chef éclata de rire.

— Allons, venez, je vais vous montrer la Bombe chut-chut.

— Quoi ?

— Vous n'avez jamais regardé Rocky et Bullwinkle ?

— Alors, là, je ne vous suis plus.

— Ben, quand j'étais gosse, je regardais Rocky l'écureuil volant et Bullwinkle la souris, et l'une des histoires, c'était comment Boris et Natasha — les méchants — essayaient de voler la Bombe chut-chut. C'était un explosif silencieux. On dirait que les gars de China Lake ont trouvé mieux encore !

Le chef ouvrit la porte d'une salle de stockage de bombes. Les engins aérodynamiques — ils resteraient dépourvus d'ailettes et de fusées jusqu'au moment où ils seraient montés sur le pont — étaient disposés sur des palettes fixées par des chaînes. D'autres étaient placés près de l'ascenseur rectangulaire qui devait les monter sur l'accastillage. Leur peinture bleue en faisait des munitions d'exercice, mais d'après l'inscription au pochoir sur leur palette, ils étaient chargés. Pilote de chasseurs, Robby Jackson n'avait pas largué beaucoup de bombes, mais c'était tout de même un autre aspect de sa profession. Les munitions qu'il avait sous les yeux ressemblaient à des bombes standard d'une tonne, transportant jusqu'à quatre cents kilos d'explosifs puissants dans un conteneur d'acier d'à peine plus de deux cent cinquante kilos. La seule différence entre une bombe « bête » ou « d'acier » et son homologue « intelligente » était qu'on fixait à la seconde une tête chercheuse sur le nez, et des ailettes mobiles à la queue. Les fusées faisaient partie du système de guidage mais, pour des raisons évidentes, on les gardait à part. Dans l'ensemble, en tout cas, les bombes bleues avaient l'air passablement ordinaires.

— Alors ? demanda-t-il.

Le chef donna une chiquenaude à l'engin le plus proche. Il rendit un son étrange. Assez pour que Robby imite le maître principal.

— Ce n'est pas du métal.

— De la cellulose. Ces sacrés trucs, ils les ont faits en papier !

— Ah, fit Robby. Des bombes furtives.

— Mais ces charmantes choses doivent être guidées. Leurs fragments ne vaudront pas un clou.

Le but d'une bombe en acier est de se transformer en milliers de rasoirs à grande vitesse qui déchirent tout ce qu'ils rencontrent à l'intérieur de leur rayon de portée. Ce n'est pas la détonation qui tue mais plutôt les fragments qu'elle fabrique.

— C'est pour ça qu'on l'a surnommée la bombe chutchut. Elle fera un sacré putain de bruit, mais quand la fumée se dissipera on se demandera ce que c'était.

— La nouvelle merveille en provenance de China Lake, conclut Robby.

A quoi est-ce que ça pouvait bien servir ? C'était sans doute destiné au bombardier tactique furtif. Il ne connaissait rien dans ce domaine. Ça ne faisait pas partie de sa mission au Pentagone. Mais la tactique des chasseurs, oui, et Robby alla relire ses notes en compagnie du chef de l'escadrille. La première partie de l'exercice commençait dans un peu plus de vingt-quatre heures.

La nouvelle parvint très vite à Medellin. A midi, on savait que deux sites de raffinage avaient été éliminés et un total de trente et une personnes tuées. La perte de main-d'œuvre était secondaire. Dans les deux cas, plus de la moitié des morts étaient des paysans du coin qui faisaient le boulot de base, et les autres des employés permanents à peine plus importants, qui tenaient les curieux à l'écart avec leurs fusils, en recourant généralement plutôt à la force de l'exemple qu'à la persuasion. Mais si la nouvelle se répandait, on aurait quelques difficultés à recruter du personnel. Voilà certes qui était gênant.

Le plus ennuyeux, c'était tout simplement que personne ne savait ce qui se passait : L'armée colombienne repartait-elle à l'assaut des montagnes ? Le M-19, ou le FARC avaient-ils rompu leurs engagements ? Autre chose encore ? Nul ne le savait. Cette ignorance les troublait par-dessus tout, car ils dépensaient beaucoup d'argent pour avoir des informations. Mais le Cartel, comme son nom l'indiquait, regroupait un certain nombre de personnes et on ne bougerait qu'après être parvenu à un consensus. On tomba d'accord sur la nécessité d'une réunion. Mais n'était-ce pas dangereux ? C'était clair : il y avait dans la nature des gens qui n'avaient pas d'égard pour la vie humaine, et qui disposaient d'armes lourdes. Voilà qui inquiétait aussi les chefs du Cartel. On décida donc de tenir la réunion dans l'endroit le plus sûr possible.

FLASH
TOP SECRET**** FARCE
1914Z
RAPPORT SIGINT
INTERCEPT 1993 EMET 1904Z Frq 887.020 MHZ
EMET : SUJET FOXTROT
RECE : SUJET UNIFORM
F : C'EST D'ACCORD. ON SE RÉUNIT CHEZ TOI DEMAIN À (2000L)
U : QUI VIENDRA ?
F : (SUJET ECHO) NE PEUT PAS Y ASSISTER, MAIS ÇA NE CONCERNE PAS LA PRODUCTION, DE TOUTE FAÇON. (SUJET ALPHA), (SUJET GOLF) ET (SUJET WHISKEY) VIENDRONT AVEC MOI. COMMENT EST TA SÉCURITÉ ?

U : DANS MON (INSISTANCE) CHÂTEAU ? (RIRE). MON AMI, ON POURRAIT TENIR TÊTE À UN RÉGI-MENT ICI, ET MON HÉLICOPTÈRE EST TOUJOURS PRÊT. COMMENT TU VIENS ?

F : TU AS VU MON NOUVEAU CAMION ?

U : GROS PIEDS ? (SENS INCONNU) NON, J'AI PAS ENCORE VU TON MERVEILLEUX NOUVEAU JOUJOU.

F : C'EST À CAUSE DE TOI QUE JE L'AI ACHETÉ, PABLO. QU'EST-CE QUE T'ATTENDS POUR RÉPARER LA ROUTE DE TON CHÂTEAU ?

U : ELLE EST SANS ARRÊT DÉTRUITE PAR LA PLUIE. OUI, JE SAIS, JE DEVRAIS LA PAVER, MAIS JE VIENS TOUJOURS EN HÉLICOPTÈRE.

F : ET TU TE MOQUES DE MES JOUETS ! (RIRE) À DEMAIN SOIR, L'AMI.

U : AU REVOIR.

FIN DE L'APPEL. INTERRUPTION DU SIGNAL. FIN DE L'INTERCEPTION.

Le texte de l'interception fut porté au bureau de Bob Ritter quelques minutes après sa réception. Voilà, ils tenaient leur chance. Voilà à quoi visait l'exercice. Ce signal-là, il l'intercepta tout de suite, sans avoir besoin d'en parler à Cutter ou au Président. Après tout, c'était lui qui avait le permis de chasse.

A bord du *Ranger*, le « technicien » reçut le message crypté moins d'une heure plus tard. Il passa aussitôt un coup de téléphone au commandant Jensen, puis fonça le voir. Ce n'était pas si difficile. C'était un officier expérimenté et il se débrouillait particulièrement bien avec les cartes. C'était très utile à bord d'un porte-avions où même les marins émérites se perdaient sans arrêt dans ce labyrinthe peint en gris. Le commandant Jensen fut donc parti-culièrement surpris de le voir arriver si vite mais son navigateur personnel était déjà dans son bureau pour l'exposé de la mission.

Clark lui aussi reçut le signal. Il se mit en relation avec Larson et s'entendit avec lui pour effectuer un vol dans la vallée au sud de Medellin, dernière reconnaissance de l'objectif.

Ding Chavez se débarrassa de ses scrupules en lavant sa chemise. Il y avait un joli petit ruisseau à cent mètres de la base de l'escouade. Les soldats allèrent l'un après l'autre y laver leurs affaires et se débarbouiller tant bien que mal sans savon. Après tout, pauvre plouc ou pas, il faisait quelque chose qu'il n'aurait pas dû faire. Le principal sujet de préoccupation de Chavez était maintenant qu'il avait usé un chargeur et demi, et que l'escouade était à court de ces mines qui, apprendraient-ils quelques jours plus tard, avaient fonctionné exactement comme prévu. Leur spécialiste du renseignement était vraiment doué pour les pièges. Quand il en eut terminé avec son hygiène personnelle, Ding revint dans le périmètre de l'unité. Cette nuit, ils dormiraient. Ils mettraient un guetteur à cinq cents mètres et une patrouille de routine vérifierait que personne ne les cherchait, mais ce serait une nuit de repos. Le capitaine Ramirez avait expliqué qu'ils ne voulaient pas qu'ils soient trop actifs dans cette zone. Ça risquait de faire monter les enchères plus qu'ils ne voulaient.

18

FORCE MAJEURE

Pour le sergent Mitchell, le plus facile était encore d'appeler son ami à Fort MacDill. Quand il avait servi avec Ernie Davis dans la 101e division d'assaut aérienne, il occupait un appartement tout près du sien, et bien souvent ils avaient vidé des canettes ensemble après un barbecue dans le jardin. Ils étaient tous deux E-7, bien entraînés dans une armée qui en fait était dirigée par les sergents. Les officiers gagnaient plus d'argent et avaient plus de soucis mais les sous-off faisaient tourner les affaires. Il avait un annuaire de l'armée sur son bureau et trouva le numéro.

— Ernie ? C'est Mitch.

— Alors, c'est comment la vie, là-bas ?

— Crapahutage dans les collines, mon vieux. Et la petite famille ?

— Ça va bien. Et la tienne ?

— Annie devient une vraie jeune fille. Bon, je t'appelle parce que voulais m'assurer qu'un de nos gars est bien arrivé chez vous. Le sergent Domingo Chavez. Il te plairait, Ernie, c'est un brave type. Enfin, il y a eu des conneries dans la paperasse, et je voulais être sûr qu'il est arrivé à destination.

— Pas de problème. Chavez, tu m'as dit ?

— C'est ça, dit Mitchell avant d'épeler.

— Ça ne me dit rien. Attends, il faut que je change de ligne.

Un instant plus tard, la voix d'Ernie revint, accompagnée du tic-tic d'un clavier d'ordinateur. Décidément, où allait-on, même les sergents devaient se mettre à l'informatique.

— Redis voir le nom ?

— Chavez, Domingo, E-6, dit Mitchell en indiquant le numéro d'identification, identique au numéro de Sécurité sociale.

— Il n'est pas là.

— Quoi ? Le colonel O'Mara a appelé de chez vous...

— Qui ?

— Un type nommé O'Mara. C'est mon ordonnance qui a pris l'appel, il a dû se mélanger les pinceaux. Il a encore beaucoup à apprendre, expliqua Mitchell.

— Je n'ai jamais entendu parler d'un colonel O'Mara. Tu es peut-être tombé sur le mauvais poste, Mitch.

— Sans blague ? dit Mitchell, réellement intrigué. Mon ordonnance n'a vraiment rien compris. Bon, Ernie, je vais m'en occuper d'ici. Donne le bonjour à Hazel.

— Je n'y manquerai pas. Donne le bonjour à ta chère et tendre. Salut, mec.

Mitchell fixa le téléphone. Ding n'était pas à Benning, ni à MacDill. Que s'était-il passé ? Le sergent chercha le numéro des services du personnel de l'armée, situés à Alexandria, Virginie. Le cercle des sergents est très uni, surtout pour les E-7. Il appela le sergent Peter Stankowski. Il lui fallut deux essais avant d'arriver jusqu'à lui.

— Salut, Stan, c'est Mitch.

— Tu veux une nouvelle affectation ?

Stankowski s'occupait des mutations et, à ce titre, disposait de pouvoirs considérables.

— Non, je suis très bien dans l'infanterie légère. Alors, il paraît que tu nous mets des blindés au cul ?

Comme Mitchell venait de l'apprendre, Stankowski faisait également partie de la 1re division de cavalerie de Fort Hoo, où il dirigeait son escouade de l'intérieur d'un M-2 Bradley.

— Hé, Mitch, mes genoux battent la chamade. Tu crois pas que ça fait du bien de s'asseoir de temps en temps ? Et puis, avec ta mitrailleuse vingt-cinq millimètres, t'as une bonne compensation. Que puis-je faire pour toi ?

— Retrouver les traces de quelqu'un. Un de mes sergents a été muté il y a quelques semaines, on doit lui envoyer ses affaires et il n'est pas là où il devrait être.

— OK. Attends que je branche ma machine magique et je vais te le retrouver. Comment il s'appelle ?

Mitchell lui donna les informations demandées.

— Onze-Bravo ?

Cela désignait Chavez comme un homme d'infanterie légère, l'infanterie mécanisée était la Onze-Mike.

— Ouais, dit Mitchell.

— C-h-a-v-e-z ?

— Exact.

— Bon, il devait aller à Benning et enfiler la casquette...

— C'est lui !

— Mais on a changé ses ordres et on l'a envoyé à MacDill.

450

Mais il n'est pas à MacDill ! Mitchell réussit à se taire.

— Ils sont un peu craignos là-bas. Tu connais Ernie Davis, non ? Il y est, tu devrais l'appeler.

— D'accord.

Mais c'est ce que je viens de faire !

— Quand est-ce que tu viens à Hood ? demanda Mitchell de plus en plus intrigué.

— En septembre.

— Bon, ben, appelle-moi. Et soigne-toi bien, Stan.

— On se téléphone, d'accord ? Bien le bonjour à ta famille.

Merde, se dit Mitchell après avoir raccroché.

Chavez n'existait plus, bizarre. L'armée n'était pas censée perdre des gens, pas de cette façon, du moins. Le sergent ne savait plus quoi faire, à part peut-être en parler à son lieutenant.

— On a eu une autre cible hier soir, dit Ritter à l'amiral Cutter. On est sous une bonne étoile. Un blessé, mais rien de grave. Trois sites découverts, et quarante-quatre ennemis...

— Ensuite ?

— Ce soir, quatre membres prééminents du Cartel vont avoir une réunion, ici même, dit Ritter en donnant une photo satellite ainsi que le texte du message intercepté. Tous les manitous de la production : Fernández, d'Alejandro, Wagner et Untiveros. Qu'ils fassent attention à leurs fesses !

— Parfait, allez-y, répondit Cutter.

Clark examinait la même photo ainsi que quelques prises de vue basses qu'il avait faites lui-même et des plans de la maison.

— Vous voyez cette pièce ici ?

— Je n'y suis jamais allé, mais ça ressemble à une salle de conférences, répondit Larson. Vous devrez beaucoup vous approcher ?

— Je préférerais moins de quatre mille mètres, mais le DL a une portée de six mille.

— Et cette colline, là ? On a une bonne vue sur la maison.

— Combien de temps pour y aller ?

— Trois heures, deux heures de route, une heure de marche. Vous savez, on pourrait presque le faire d'avion...

— Du vôtre ? demanda Clark avec un sourire malicieux.

— Je ne parierais pas ma tête là-dessus.

Ils prirent une Subaru à quatre roues motrices. Larson avait toute une série de plaques d'immatriculation et, de toute façon, la voiture ne lui appartenait pas.

— J'ai le numéro et un téléphone cellulaire, dit-il.

Clark acquiesça. Il attendait ce moment avec impatience. Il s'en était déjà pris à ce genre de personnage, mais jamais avec une autorisation officielle, et jamais à de si grosses têtes.

— Bon, je dois demander la dernière autorisation. Passez me prendre à 15 heures.

Murray quitta son bureau en hâte dès qu'il apprit la nouvelle. Les hôpitaux n'embellissaient jamais les gens, mais Moira paraissait avoir vieilli de dix ans. Elle avait les mains sanglées. Surveillance particulière. C'était indispensable, Murray le savait, mais elle en avait déjà assez bavé et cela n'arrangeait rien.

La chambre était ornée de fleurs. Seule une poignée d'agents du FBI savaient ce qui s'était réellement passé, et les gens supposaient qu'elle avait mal supporté la mort d'Emil, ce qui n'était pas loin de la vérité.

— Eh bien, vous nous avez flanqué une de ces trouilles !

— C'est ma faute, dit-elle, incapable de le regarder dans les yeux plus de quelques secondes.

— Vous avez été une victime, Moira. Vous avez eu affaire à un type très fort, même pour les plus malins, vous pouvez me croire, je sais de quoi je parle.

— Je l'ai laissé m'utiliser. Je me suis conduite comme une pute...

— Taisez-vous. Vous vous êtes trompée, ça arrive à tout le monde. Vous n'avez pas voulu faire de mal, et vous n'avez enfreint aucune loi. Cela ne vaut pas la peine de mourir pour ça. Cela ne vaut pas la peine de mourir, surtout que vous avez des enfants qui ont besoin de vous.

— Qu'est-ce qu'ils vont penser, qu'est-ce qu'ils vont penser quand ils apprendront...

— Vous leur avez déjà fait assez peur. Ils vous aiment, Moira. Vous croyez qu'il y a quelque chose de plus important ? Pas moi, dit Murray en hochant la tête.

— Ils ont honte de moi.

— Ils ont eu peur, et ils se sentent coupables. Ils pensent que c'est à cause d'eux...

Cela toucha un point sensible.

— Mais ce n'est pas leur faute ! C'est moi...

— Je viens de vous dire que non. Moira, vous vous êtes fait happer par un camion, appelé Felix Cortez.

— C'est son vrai nom ?

— C'est un ancien colonel de la DGI. Entraîné au KGB. Et il est vraiment très fort. Il s'est servi de vous parce que vous êtes veuve, jeune et belle. Il vous a étudiée, s'est imaginé que vous vous sentiez seule, comme la plupart des veuves, et il a exercé son charme. Il a sûrement pas mal de talents naturels et il a été entraîné par des spécialistes. Vous n'aviez pas la moindre chance. Vous vous êtes fait écraser par un camion que vous n'avez pas vu arriver.

— Je ne pourrai pas rester au Bureau.

— Non. Il va falloir renoncer à votre habilitation, ce n'est pas une grosse perte. Vous aurez un poste au ministère de l'Agriculture, juste au bout de la rue. Même salaire, même grade, dit Dan gentiment. Bill a tout arrangé.

— M. Shaw, mais... pourquoi ?

— Parce que vous êtes une brave fille, Moira, d'accord ?

— Alors, qu'est-ce qu'on va faire ? demanda Larson.

— On verra bien, répondit Clark en regardant la carte routière.

Non loin du lieu où ils allaient, il y avait un village appelé Don Diego. Clark se demanda si c'était là que Zorro habitait.

— Quelle est votre couverture au cas où quelqu'un nous verrait ensemble ?

— Vous êtes géologue et je vous ai emmené faire des tours en avion pour chercher des nouveaux filons d'or.

— Parfait.

C'était l'une des couvertures habituelles de Clark. La géologie était un de ses hobbies et il aurait pu tromper n'importe quel professeur. En fait, il l'avait déjà fait. Cela expliquerait également une partie du matériel à l'arrière du break, du moins pour un observateur non initié. Le DL était un instrument d'observation, expliquerait-il, ce qui n'était pas loin de la vérité.

La route n'avait rien d'inhabituel. La chaussée était loin de présenter la qualité de revêtement qu'on trouve aux États-Unis, et il y avait peu de garde-fous, mais le plus gros risque restait les chauffards, toujours très exubérants dans le coin. Cela amusait Clark. Il aimait l'Amérique du Sud. Malgré tous les problèmes sociaux, les gens avaient une vitalité et une ouverture d'esprit rafraîchissantes ; peut-être avait-ce été comme ça aux États-Unis, un siècle plus tôt, sûrement dans l'Ouest, en tout cas. Leur échec économique était fort regrettable, mais Clark n'était pas sociologue. Lui aussi sortait de la classe ouvrière, et, pour les choses importantes, les ouvriers sont les mêmes partout : ici, les gens devaient détester les trafiquants autant que lui ; personne n'aime les criminels, surtout ceux qui abusent de leurs pouvoirs, et ils devaient être furieux contre la passivité de la police. Furieux et impuissants. Le seul groupe « populaire » qui avait essayé de mettre le holà était un groupe de guérilla marxiste, le M-19, rassemblement de quelques intellectuels et universitaires citadins, en fait. Ils avaient kidnappé la sœur d'un gros trafiquant de cocaïne, mais les autres trafiquants avaient tout fait pour la récupérer, tuant plus de deux cents membres du M-19, et formant le Cartel de Medellin par la même occasion. L'erreur du Cartel maintenant, c'était de croire qu'il pouvait jouer contre un autre ennemi, beaucoup plus puissant, et que celui-là ne riposterait pas.

A cinq cents kilomètres au large de la côte colombienne, l'USS *Ranger* se tourna contre le vent pour commencer les opérations de vol. Le groupe de combat était composé du porte-avions, d'un croiseur de la classe Aegis, le *Thomas S. Gates*, d'un autre croiseur armé de missiles, de quatre destroyers et frégates, également armés de missiles, et de deux destroyers anti-sous-marins. La flotte d'approvisionnement, avec un ravitailleur, un bateau de munitions, le *Shasta* et trois escorteurs, naviguait un peu plus près de la côte, à quatre-vingts kilomètres. A huit cents kilomètres plus au large, une flottille similaire revenait d'une mission de déploiement dans l'océan Indien. Elle simulait l'arrivée d'une flotte ennemie.

Les premiers avions sortis, comme le voyait Robby Jackson du poste de contrôle situé au sommet du navire, étaient des chasseurs Tomcat F-14, chargés à leur poids maximum, qui crachaient des cônes de feu, amarrés sur leurs catapultes. Tel un ballet de tanks, les lourds avions se déplaçaient selon une chorégraphie réglée par des adolescents en chemises crasseuses de couleurs différentes, qui donnaient leurs instructions en une sorte de pantomime tout en restant hors de portée des gaz d'échappement. Ceux qui étaient en violet, les « raisins », remplissaient les réservoirs tandis que les hommes en rouge, les « cerises », chargeaient les armes peintes en bleu. L'exercice de tir ne commencerait pas avant le lendemain. Aujourd'hui, ils s'entraîneraient aux tactiques d'interception contre leurs camarades de la marine. Demain, l'Air Force C-130 décollerait de Panama pour un rendez-vous avec la flotte qui revenait de l'océan Indien et lancerait une série d'objets-cibles, que, tout le monde l'espérait, les Tomcat élimineraient du ciel avec leurs missiles Phoenix AIM-54C. Ce n'était pas un simple test de fabricant. Les cibles seraient sous le contrôle des sous-officiers de l'armée de l'air, qui auraient pour mission d'esquiver l'attaque comme si leur vie en dépendait, et toute évasion réussie impliquerait un sérieux gage, versé sous forme de bière par les pilotes qui les auraient manqués.

Robby observa le lancement des douze avions avant de descendre au pont d'envol. Déjà en uniforme vert olive, il portait également son casque de vol. Ce soir, il prendrait un des Hawkeye E-2C, un avion de reconnaissance avancée, version allégée du AWAC E-3A, duquel il verrait si ses nouvelles dispositions tactiques fonctionnaient mieux que les procédures habituelles. L'appareil disposait de tous les ordinateurs de bord, mais les ordinateurs, ce n'était pas la réalité.

L'équipage de l'E-2C l'accueillit à la porte du pont. Un instant plus tard, le capitaine, un sous-officier première classe en chemise brune, vint le conduire à l'appareil. Le pont d'envol était un endroit trop dangereux pour qu'on laisse les pilotes s'y promener seuls si bien qu'ils furent accompagnés d'un jeune guide de vingt-cinq ans qui en connaissait tous les pièges. En allant vers l'arrière, Robby remarqua qu'on chargeait une bombe bleue, munie d'un dispositif de guidage qui la convertissait en GBU-15 à détection laser, dans un Intruder A-E6. C'était l'appareil du commandant d'escadrille. Ce n'était pas si souvent qu'on avait l'occasion de lâcher une vraie bombe, et les commandants d'escadrille aimaient bien s'amuser. Robby se demanda ce que pouvait être la cible, un radeau sans doute, mais pour le moment, il avait d'autres soucis. Ils arrivèrent à l'appareil quelques minutes plus tard. Le patron d'appareils échangea quelques mots avec le pilote, puis salua avant de se consacrer à ses autres tâches. Robby s'attacha sur le siège du compartiment radar, un peu amer d'être seulement passager et non pilote.

Après la routine des vérifications d'usage, le commandant Jackson sentit les turbines vibrer tandis que les turbos s'allumaient. Le Hawkeye cahota vers l'une des catapultes. Les moteurs furent poussés à plein régime après que l'appareil eut été attaché à la catapulte, et le pilote signala à l'équipage au sol qu'il était prêt. En à peine trois secondes, l'appareil de fabrication allemande passa de l'immobilité à une vitesse de cent quarante nœuds. La queue plongea au moment où il quitta le pont puis l'appareil se stabilisa avant de remonter pour grimper à six mille mètres. Presque immédiatement, les contrôleurs de radar procédèrent aux vérifications, et, vingt minutes plus tard, le E-2C était à son poste, à quatre-vingts milles de son porte-avions, pour le début de l'exercice. Jackson était installé de façon à voir la « bataille » tout entière sur les écrans, et comment la flottille du *Ranger* exécutait son plan tandis que le Hawkeye dessinait un circuit dans le ciel.

De sa position, il pouvait également observer les forces de base. Une demi-heure après le décollage, Robby remarqua que deux appareils décollaient. Le radar informatisé suivit automatiquement leurs traces. Ils grimpèrent à neuf mille mètres, apparemment pour un rendez-vous. Un exercice de ravitaillement en vol. Un des avions retourna immédiatement à la base, tandis que l'autre prenait une route est-sud-est. Cette fois, l'exercice d'interception commençait pour de bon, mais toutes les quelques secondes, Robby observa le cours du nouveau contact, jusqu'à ce qu'il ait disparu de l'écran, pour se diriger vers la côte sud-américaine.

— Bon, je viens, dit Cortez. Je ne suis pas encore prêt, mais je viens.

Il raccrocha en jurant, et prit ses clés de voiture. Felix n'avait pas encore eu l'occasion d'aller voir le site détruit, et on voulait qu'il parle devant la... « Commission de production », comme disait *El Jefe*. C'était à hurler de rire. Ces imbéciles tenaient tellement à renverser le gouvernement national qu'ils avaient adopté une terminologie officielle. Il jura encore en sortant de chez lui. Aller dans ce château prétentieux en haut de la colline ! Il regarda sa montre. Il lui faudrait au moins deux heures. Et il serait en retard. D'ailleurs, il n'avait rien à leur dire car il n'avait pas eu le temps d'obtenir des informations. Ils seraient furieux et il faudrait que lui se montre humble. Il en avait marre de s'abaisser devant ces gens-là. On le payait des fortunes, mais l'argent ne valait pas le respect de soi-même. Il aurait dû y penser avant de s'engager. Il lança encore un juron.

Le nouveau message intercepté par Farce, numéro 2091, venait d'un téléphone sans fil de l'appartement du sujet Écho. Le texte apparut sur l'imprimante personnelle de l'ordinateur de Ritter. Moins de trente secondes plus tard, ce fut le tour du message 2092. Il les tendit à son assistant.

— Cortez... là-bas ? C'est Noël en été !

— Comment prévenir Clark ? demanda Ritter.

L'homme réfléchit un instant.

— Impossible.

— Pourquoi ?

— Nous n'avons pas de ligne assez sûre. A moins... on peut avoir un circuit sûr jusqu'au porte-avions, qui transmettrait à A-6 et ensuite, de A-6 à Clark.

Ce fut à Ritter de jurer. Non, impossible. Leur officier à bord devrait contacter le commandant et demander une ligne secrète pour passer le message sans qu'il tombe dans d'autres oreilles que les siennes. Ce serait trop risqué, même si le commandant acceptait. Il poserait sûrement des questions, trop de questions. Il jura encore avant de se reprendre. Après tout, Cortez arriverait peut-être à temps.

Larson gara la Subaru à une centaine de mètres de la route dans un endroit choisi à l'avance où on aurait du mal à la détecter. La grimpette jusqu'à leur perchoir ne fut pas trop difficile et ils arrivèrent avant le coucher du soleil. Les photos avaient révélé un endroit parfait, au sommet de la crête, avec une vue sur la maison à vous couper le souffle. Plus de trois cents mètres de façade, deux étages, un périmètre de vingt hectares entouré de murs, à quatre kilomètres de là et à cent mètres en contrebas de leur position. Clark avait une paire de jumelles à grossissement sept qu'il utilisa pour analyser les forces de sécurité pendant que la lumière le permettait encore. Vingt hommes en tout, tous armés de PM. Deux équipes s'occupaient des deux mitrailleuses intégrées dans le mur renforcé à cet effet. Bob Ritter avait raison : style Frank Lloyd Wright et Louis II de Bavière. C'était une maison splendide si on aimait le style espagnol néo-classique, fortifiée afin d'éloigner tous les péquenots indésirables. Bien sûr, il y avait l'héliport de rigueur avec le Sikorsky S-76 flambant neuf qui attendait.

— D'autres détails que j'aurais besoin de connaître sur la maison ? demanda Clark.

— Construction solide, comme vous voyez. Moi, ça m'inquiéterait, dans une zone sismique. J'aimerais mieux quelque chose de plus léger, du bois et des poutres, mais eux, ils préfèrent le béton, sans doute pour arrêter les balles et les mortiers.

— De mieux en mieux, observa Clark.

Il fouilla dans son sac à dos et en sortit un lourd trépied qu'il installa rapidement sur le sol. Ensuite, il y fixa le DL. Il prit également un Varo Noctron-V, un instrument de vision nocturne. Le désignateur laser avait les mêmes possibilités, bien sûr ; une fois réglé, Clark ne voulait plus le bouger. Le Noctron n'avait qu'une puissance de grossissement égale à cinq et Clark préférait la maniabilité des jumelles, petites, légères, pratiques. De plus, elles amplifiaient la lumière ambiante cinquante mille fois. Cette technologie n'était plus nouvelle depuis son époque dans le Sud-Est asiatique, mais pour lui cela tenait toujours de la magie noire. Il se souvenait encore ne rien avoir eu de mieux qu'un lorgnon Mark-1. Larson s'occuperait de la radio. Il n'y avait plus qu'à attendre. Larson sortit des sandwiches et les deux hommes s'installèrent.

— Eh, bien, maintenant on sait qui est « Gros pieds », dit Clark en riant une heure plus tard et en tendant le Noctron à Larson.

— Mon Dieu, la seule différence entre un homme et un enfant...

C'était un camion à plateau Ford, avec quatre roues motrices en option. Du moins, c'était dans cet état qu'il avait quitté l'usine. Depuis, il avait dû consulter quelque garagiste, car on lui avait ajouté des pneus d'un mètre vingt de diamètre. C'était à peine assez grotesque pour le baptiser « Gros Pieds » après les camions monstrueux qu'on voyait dans les expositions, mais il produisait le même effet. Pourtant, le plus bizarre c'est qu'il restait pratique. La route vers la *casa* demandait un sérieux coup de main, et le camion ne sembla même pas s'apercevoir de la difficulté, bien que les gardes, eux, eussent du mal à suivre le merveilleux jouet de leur patron.

— Ça doit bouffer un max, dit Larson en le voyant passer le portail.

— Il a les moyens.

Clark reprit les jumelles et regarda le camion manœuvrer. C'était trop beau, mais c'était vrai. Le camion se gara juste à côté de la maison, en face des fenêtres de la salle de conférences. Le propriétaire ne voulait sans doute pas quitter son joujou des yeux.

Deux hommes descendirent du véhicule. Ils furent accueillis par une poignée de main et une accolade de leur hôte à la véranda — Clark ne savait pas comment ça s'appelait en espagnol — pendant que des vigiles armés les surveillaient, presque aussi agités que les gardes du corps du Président. Clark les vit se détendre quand leurs protégés entrèrent à l'intérieur pour se mêler à leurs partenaires. Après tout, le Cartel n'était qu'une grande famille.

Pour l'instant ! pensa Clark. Il ne pouvait s'empêcher de sourire en voyant le camion à cette place précise.

— Voilà le dernier, dit Larson en montrant des phares qui grimpaient le chemin de terre.

C'était une Mercedes, blindée comme un tank, sans doute... comme *la voiture de l'ambassadeur*, pensa Clark. Poétique ! Ce dernier personnage fut lui aussi accueilli avec la pompe qui seyait aux circonstances. A présent, on voyait au moins une cinquantaine de vigiles. Le plus étrange, c'était qu'il ne semblait y avoir personne en dehors de l'enceinte. Peu importait. Les lumières s'allumèrent dans la pièce juste derrière le camion. C'était cela qui comptait.

— On dirait que vous ne vous êtes pas trompé.

— Je suis payé pour ça. A quelle distance est le camion ?

Clark avait déjà vérifié en lançant un rayon laser sur la maison et le camion.

— Trois mètres du mur. C'est parfait.

Le commandant Jensen termina de ravitailler

l'avion, et se sépara du KA-6 dès que les jauges atteignirent le niveau maximal. Il rentra la perche de ravitaillement et descendit pour laisser le champ libre au ravitailleur. Le profil de la mission n'aurait pu être plus clair. Prendre un cap un-un-cinq, et redresser à neuf mille mètres. Il pouvait se détendre et profiter de la beauté du vol, ce qu'il appréciait toujours. Le siège de l'Intruder était fixé assez haut pour permettre une bonne visibilité, et au cours d'un raid, vous vous sentiez passablement exposé, se souvenait Jensen qui avait accompli quelques missions avant la fin de la guerre du Viêt-nam. Il se rappelait encore les tirs des mitrailleuses antiaériennes de 100 mm au-dessus de Haiphong, véritables boules de coton noir au cœur rouge de feu. Pas ce soir. Ce soir, son siège était un trône qui dominait le monde. Les étoiles brillaient, la lune se lèverait bientôt. Tout allait bien. Et avec cette mission, il n'aurait pu rêver mieux.

A la seule lueur des étoiles, on repérait la côte à plus de deux cents milles. L'Intruder volait en vitesse de croisière à un peu moins de cinq cents nœuds. Jensen tira le manche vers la droite dès qu'il sortit du champ radar de l'E-2C, pour prendre un cap plus au sud, vers l'Équateur. Arrivé à la côte, il vira vers la gauche pour longer la Cordillère des Andes. Il brancha son transpondeur IFF [1]. Ni l'Équateur ni la Colombie ne possédait de système radar antiaérien. C'était un luxe dont ces pays n'avaient pas besoin. Les seuls radars visibles sur l'écran ESM électronique de l'Intruder étaient donc les radars de contrôle usuels du trafic commercial, très modernes par ailleurs. Paradoxalement, ces nouveaux radars perfectionnés ne détectaient pas les avions, mais simplement les transpondeurs. Tous les avions commerciaux du monde sont munis d'une « boîte noire » qui prend note de la réception d'un signal radar et répond par son propre signal, qui donne le numéro d'identification de l'appareil, ainsi que d'autres informations utiles, sur les écrans de

1. IFF : Identification Foe or Friend, identification ami ennemi.

contrôle, d'un aéroport le plus souvent, pour qu'on en prenne bonne note. C'est un système moins onéreux et plus fiable que les vieux radars qui donnaient un écho de l'empreinte de l'avion sous forme de bips anonymes et dont l'identité, le cap et la vitesse devaient être établis par une équipe au sol toujours débordée. Étrange que dans l'histoire de la technologie, un progrès puisse présenter un pas en avant et un pas en arrière simultanément.

L'Intruder ne tarda pas à entrer dans l'aire de contrôle de l'aéroport international d'El Dorado, près de Bogota. Un contrôleur appela l'appareil dès que son numéro de code apparut sur l'écran.

— Roger, El Dorado, répondit immédiatement le commandant Jensen. Ici Quatre-Trois Kilo. Nous sommes un cargo Inter-America, vol numéro six, en partance de Quito, vers l'aéroport de Los Angeles. Altitude trente mille pieds, cap trois-cinq-zéro, vitesse quatre-neuf-cinq. Terminé.

L'aiguilleur vérifia les données sur son radar et répondit en anglais, la langue internationale de l'aviation.

— Quatre-Trois Kilo, Roger. Pas de trafic sur votre route. Temps dégagé. Maintenez le cap et l'altitude. Terminé.

— Roger. Merci. Et bonne nuit.

Jensen coupa la radio et s'adressa à son navigateur-bombardier par le micro.

— Facile, non ? Allez, au boulot !

Sur le siège de droite, légèrement en arrière de celui du pilote, l'officier de navigation prit sa radio.

A H moins quinze minutes, Larson décrocha son téléphone cellulaire et composa un numéro.

— *Señor Wagner, por favor.*

— *Momento*, répondit la voix.

Larson se demanda qui c'était.

— Wagner, dit une autre voix un peu plus tard. Qui est-ce ?

Larson défit l'emballage de cellophane d'un paquet de cigarettes et le froissa contre l'écouteur en marmonnant de vagues syllabes et enfin « Je n'entends rien, Carlos, je vous rappelle dans cinq minutes. »

Il coupa l'appareil. De toute façon, il était à la limite du système cellulaire.

— Joli travail, dit Clark d'un ton appréciateur. Wagner ?

— Son père était sergent chez les SS, il a travaillé à Sobibor, il est revenu en 46, s'est marié avec une fille du pays, s'est lancé dans le trafic de drogue et il est mort avant qu'on ait pu le rattraper, dit Larson. L'éducation, ça sert. Carlos est un sacré salaud, il n'apprécie les femmes que couvertes de bleus. Ses collègues ne sont pas fous de lui non plus, mais il fait bien son boulot.

— Chouette, dit Clark.

La radio crépita cinq minutes plus tard.

— Bravo Whiskey, ici Zoulou X-Ray, terminé.

— Zoulou X-Ray, ici Bravo Whiskey. Je vous reçois cinq sur cinq. Terminé.

Larson répondit immédiatement. Sa radio était codée par un système UHF, utilisé par les avions de reconnaissance avancée.

— Nous sommes en place. Mission en cours. Je répète, mission en cours.

— Roger, noté, mission en cours. Il nous reste dix minutes, envoyez la musique.

Larson se tourna vers Clark.

— Allumez.

Le DL était déjà branché. Clark tourna l'interrupteur. Le DL, mieux connu sous le nom de désignateur laser, destiné aux soldats sur le champ de bataille, projetait un rayon laser infrarouge (donc invisible) à travers une série complexe de lentilles. Fixé au système, un senseur infrarouge permettait à l'opérateur de viser, un peu comme un viseur télescopique. « Gros pied » avait une caisse en fibre de verre à l'arrière, et Clark régla les microprismes sur l'une des petites fenêtres, en utilisant le bouton de réglage de précision du trépied avec délicatesse. Le rayon laser apparut là où il le voulait, mais il décida de tirer avantage du fait qu'il était sur un point plus élevé que la cible et recentra son tir sur le toit du véhicule. Ensuite, il brancha la caméra vidéo alimentée par le GLD. Les grands garçons de Washington DC voulaient du spectacle.

— OK, dit-il calmement. La cible est éclairée.

— La musique est là, le son est excellent, dit Larson dans sa radio.

Cortez grimpait la colline, après avoir franchi le premier poste de sécurité gardé par deux hommes qui buvaient de la bière, avait-il noté, dégoûté. La route était équivalente à ce qu'il rencontrait à Cuba, et il avançait lentement. On lui reprocherait son retard malgré tout.

C'était trop facile, pensa Jensen en entendant la réponse. Se promener à neuf mille mètres, par une nuit claire, sans bombes et sans missiles à esquiver... Même un test de constructeur était plus passionnant.

— Je l'ai, dit le navigateur-bombardier en regardant son écran.

Par une nuit sans nuages, on voit très loin à neuf mille mètres d'altitude, surtout avec un système à des millions de dollars qui regarde pour vous. Sous l'Intruder, le TRAM repéra le point éclairé au laser à quatre-vingt-dix kilomètres de là. C'était un rayon modulé, bien sûr, et le TRAM connaissait son signal. Ils disposaient à présent d'une identification complète de la cible.

— Zoulou X-Ray, effectivement, le son est excellent, dit Jensen à la radio, puis à l'interphone : Étape suivante.

Au poste d'armement à bâbord, la tête chercheuse fut allumée. Elle nota immédiatement le point laser. A l'intérieur de l'appareil, un ordinateur enregistrait la position de l'avion, son altitude, son cap et sa vitesse, et le navigateur-bombardier programma la position de la cible avec une précision de deux cents mètres. Il aurait pu viser plus serré, bien sûr, mais ce n'était pas la peine. Le lancement serait entièrement automatique et, à cette altitude, le « panier » laser dans lequel la bombe devait tomber avait des dimensions infinies. L'ordinateur prit les données en compte et décida de faire un lancement optimal dans la portion favorable du panier.

Perché sur les coudes, sans toucher l'appareil sauf du sourcil où il appuyait son œil contre le cache caoutchouté du viseur, Clark avait les yeux fixés sur le rayon laser.

— D'une seconde à l'autre, à présent, dit le navigateur-bombardier.

Jensen maintenait l'Intruder à un cap et une altitude constants, se dirigeant droit vers la route électronique déterminée par les appareils de bord. L'exercice échappait à présent aux mains humaines. L'ordinateur envoya un signal au rail de lancement. Plusieurs balles de fusil — c'était ça qui était utilisé — explosèrent, détachant la bombe de ses pièces d'attaches métalliques fixées en haut du caisson de la bombe. La bombe se sépara de l'avion.

— Dégagez, dégagez, dit Jensen.

Cortez aperçut enfin le mur. Sa voiture — il lui faudrait une jeep s'il venait là souvent — adhérait mal sur les graviers, mais il atteignit malgré tout le portail et, s'il avait bon souvenir, la route à l'intérieur du périmètre était correctement pavée, avec des restes de matériaux de l'héliport, sans doute.

— C'est parti, dit Larson à Clark.

La bombe voyageait toujours à cinq cents nœuds. Une fois libérée de l'avion, elle commença à dessiner un arc vers le sol, sous l'effet de la gravité. En fait, elle accéléra même un peu dans l'air raréfié, et la tête chercheuse imprimait une légère correction pour rectifier l'influence des vents. Fabriquée en fibre de verre, elle ressemblait à une balle arrondie, munie de quelques ailerons. Quand le rayon laser sortait du centre de son champ de vision, tout le corps de la tête se déplaçait et orientait les ailerons dans la direction appropriée pour le ramener à sa place. La bombe devait effectuer une descente de neuf mille mètres, et les microchips du système essayaient de toucher la cible exactement. Ils avaient tout le temps de procéder aux corrections nécessaires.

Clark ne savait pas quoi attendre. Il s'était passé trop longtemps depuis la dernière fois qu'il avait assisté à une intervention aérienne. Est-ce que ça sifflait ? Il n'arrivait pas à s'en souvenir. Il gardait les yeux fixés sur la cible, veillant toujours à ne pas toucher le trépied de peur de faire tout rater. Il y avait plusieurs hommes autour du camion. L'un d'entre eux alluma une cigarette pendant que les autres discutaient. Cela lui semblait prendre un temps fou. Il ne vit rien arriver. Pas de signe, pas de sifflement.

Cortez sentit son pare-chocs se soulever en arrivant sur le sol pavé.

La bombe GRU-15 guidée au laser avait une précision « garantie » de moins de trois cents mètres, mais dans des conditions de combat, et là, c'était l'un des tests les plus faciles du système. Elle atterrit à quelques centimètres du point d'impact prévu et frappa au beau milieu du toit. Deux détonateurs, l'un dans le nez, l'autre dans la queue, se déclenchèrent sous l'impulsion d'une puce informatique quelques microsecondes après l'impact. Il y avait également des systèmes de secours, mais ils ne furent pas nécessaires. Même les explosifs ont besoin de temps, et la bombe s'enfonça encore de soixante centimètres avant l'explosion. L'explosif était constitué d'Octol, produit chimique très coûteux utilisé comme détonateur pour les bombes atomiques, avec un taux de détonation de plus de huit cents mètres par seconde. La bombe se désintégra en quelques microsecondes. Puis le gaz de l'explosion projeta des fragments de camion dans toutes les directions — sauf à la verticale — ce qui fut immédiatement suivi de l'onde de choc. Celle-ci heurta le mur de béton en moins d'un millième de seconde. L'effet était prévisible. Le mur se désintégra en millions de cailloux lancés à la vitesse d'une balle, tandis que l'onde de choc continuait à se propager dans le bâtiment. Le système nerveux humain ne fonctionne pas assez vite pour de tels événements, et les occupants de la salle de conférences ne surent pas que leur dernière heure était arrivée.

Le senseur du DL devint d'un blanc éclatant (avec une nuance de vert). Clark recula instinctivement et vit un éclair encore plus lumineux sur la cible. Ils étaient trop loin pour percevoir le bruit immédiatement. Ce n'était pas souvent qu'on avait la chance de *voir* du bruit, mais les bombes rendent ce miracle possible, un mur blanc fantomatique qui s'élargissait en cercle à partir du point d'impact, à une vitesse de trois cents mètres par seconde. Il fallut douze secondes pour que le vacarme parvienne aux oreilles de Clark et Larson. Tous les occupants de la salle de conférences étaient déjà morts à ce moment, et le boum fit penser aux cris des âmes perdues.

— Mon Dieu ! dit Larson.

— Vous croyez qu'on a mis assez de dynamite ? demanda Clark, faisant de son mieux pour ne pas rire.

C'était une première. Il avait tué sa part d'ennemis, et n'en n'avait jamais tiré aucune joie, mais la nature particulière de la cible, associée aux méthodes d'attaque, en faisait une farce. *Bande de salauds !* Il se calma bientôt. Sa « farce » se soldait par la mort de plus de vingt personnes, dont quatre seulement étaient des ennemis connus, et ce n'était pas une plaisanterie. Son envie de rire s'éteignit. C'était un professionnel, pas un psychopathe.

Cortez se trouvait à moins de deux cents mètres de l'explosion, et sa position en contrebas lui sauva la vie car la plupart des fragments passèrent au-dessus de lui. L'onde de choc fendit son pare-brise qui resta malgré tout en place, maintenu par les joints de caoutchouc. Sa voiture se retourna, mais il réussit à sortir avant même de comprendre ce qu'il venait de voir. Il lui fallut trente secondes avant que le mot « explosion » lui vienne à l'esprit. En cela, ses réactions furent bien plus rapides que celles des gardes de sécurité, dont la moitié étaient morts ou mourants, de toute façon. Son premier mouvement intelligent fut de sortir son pistolet et d'avancer vers la maison.

A part qu'il n'y avait plus de maison. Il était trop assourdi pour percevoir les cris des blessés. Plusieurs gardes erraient, arme au poing, pointées contre... quoi, ils ne le savaient pas. Ceux qui gardaient l'enceinte étaient le moins affectés. Le corps de la maison avait absorbé la plus grande partie de l'explosion, les protégeant de tout, sauf des projectiles, parfois mortels, eux aussi.

— Bravo Whiskey, ici Zoulou X-Ray, demandons état des lieux.

Larson prit son micro une fois de plus.

— J'évalue l'ECP [1] à zéro, je répète, zéro. Très forte détonation. Terminé.

— Roger. Terminé, dit Jensen avant de débrancher sa radio. Tu sais, dit-il dans le micro, je me souviens encore quand j'étais lieutenant, j'ai fait une croisière sur le *Kennedy*, et nous, les lieutenants, on avait peur de se promener parce que les troupes s'amusaient avec la drogue.

— Ouais, répondit le navigateur-bombardier. Vous inquiétez pas, cap'taine, c'est pas moi qu'aurai des scrupules, et si c'est OK pour la Maison Blanche, c'est OK pour moi.

Jensen conserva son cap jusqu'à ce qu'il sorte de la couverture radar d'El Dorado. Ensuite, il vira vers le sud pour retrouver le *Ranger*. Une belle nuit, oui, vraiment. Il se demanda comment se passait l'exercice de tir de missiles.

Cortez avait peu d'expérience en matière d'explosifs, et les hasards de tels événements étaient nouveaux pour lui. Par exemple, la fontaine en face de la maison coulait toujours. Les fils électriques qui l'alimentaient

---

1. ECP : écart circulaire probable.

étaient enterrés, mais sans en avoir souffert, et le disjoncteur tenait le coup. Il se passa le visage sous l'eau. Quand il se releva, il se sentait presque normal, à part un affreux mal de tête.

Il y avait une dizaine de véhicules à l'intérieur de l'enceinte au moment de l'explosion. La plupart étaient en lambeaux et de petits feux individuels illuminaient le parc. L'hélicoptère d'Untiveros n'était plus qu'un tas de ferraille contre le mur en ruine. Affolés, des gens se précipitaient. Cortez resta immobile et se mit à réfléchir.

Il se souvenait d'avoir vu un camion, avec d'énormes roues, garé devant... Il avança près de la zone en question. Les trois hectares de terrain étaient jonchés de débris, mais là, il n'y avait rien qu'un cractère vide deux mètres de profondeur et six mètres de large.

Un camion piégé.

Au moins mille kilos, pensa-t-il en se détournant du trou pour mieux se concentrer.

— Je crois qu'on n'a pas besoin d'en voir plus, dit Clark.

Il regarda une dernière fois par le viseur du DL et le coupa. Il leur fallut moins de dix minutes pour remballer le matériel.

— Qui est-ce ? demanda Larson en reprenant son sac à dos.

— Ce doit être le type qui est arrivé en BMW. Vous croyez que c'est quelqu'un d'important ?

— Je sais pas. On l'aura peut-être la prochaine fois.

— Ouais, dit Clark en ouvrant le chemin.

Les Américains évidemment. La CIA, cela ne faisait pas le moindre doute. Ils avaient soudoyé quelqu'un et réussi à placer une tonne d'explosifs dans le camion. C'était le camion de Fernandez — il en avait entendu parler mais ne l'avait jamais vu. *Maintenant, je ne le verrai plus*. Fernandez y tenait tellement qu'il l'avait garé juste... Oui, cela ne s'expliquait pas autrement. Les Américains avaient eu de la chance. Bon, comment s'y étaient-ils pris ? Ils ne s'étaient sûrement pas sali les mains eux-mêmes. Qui alors ? Un type..., non, bien plus, au moins quatre ou cinq des M-19 ou du FARC. Oui, c'était plausible. Un arrangement indirect peut-être. Par l'intermédiaire des Cubains ou du KGB ? Avec tous ces bouleversements entre l'Est et l'Ouest, la CIA avait-elle réussi à obtenir un tel accord ? Peu probable, pensa Felix, mais possible. Une attaque directe contre des hauts fonctionnaires du gouvernement tels que ceux que le Cartel avait exécutés n'était pas du genre à faire de bons compagnons de route.

La bombe avait-elle été placée là par hasard ? Les Américains étaient-ils au courant de la réunion ?

On entendait des voix sous les ruines de ce qui avait été un château. Les gardes fouillaient et Cortez alla les rejoindre. La famille d'Untiveros était là, une femme, deux enfants, et au moins huit ou dix personnes sous leurs ordres, qu'il devait traiter comme des esclaves. Il les avait peut-être profondément humiliés, en couchant avec leurs filles par exemple. C'était partout comme ça. Le droit du seigneur. Un terme français, mais que les chefaillons comprenaient. Les idiots !

Déjà, les gardes essayaient de déblayer les décombres. Étrange qu'il y eût des rescapés. Son ouïe revenait un peu, et il percevait des hurlements. Il se demandait combien il y aurait de survivants. Il retourna à sa BMW renversée. L'essence fuyait par le bouchon du réservoir, mais Cortez monta et prit son téléphone cellulaire. Il alla à une vingtaine de mètres avant de le brancher.

— *Jefe*, c'est Cortez. Il y a eu un attentat.

Par une étrange ironie, Ritter fut informé du succès de l'opération grâce à un message intercepté par Farce. Mais la bonne nouvelle, c'était surtout qu'à présent, ils avaient une empreinte vocale de Cortez, ce qui améliorait sérieusement les chances de le localiser. C'était mieux que rien, pensait-il quand son visiteur vint le voir pour la deuxième fois de la journée.

— On a raté Cortez, dit-il à l'amiral Cutter. Mais on a eu Alejandro, Fernandez Wagner et Untiveros, plus quelques dommages collatéraux.

— Que voulez-vous dire par là ?

Ritter regarda les photos satellite de la maison. Il lui en faudrait de nouvelles pour mesurer l'étendue des dégâts.

— Il y avait quelques gardes dans les parages, et on en a sûrement eu quelques-uns. Malheureusement, la famille d'Untiveros était là aussi, une femme, deux gosses, et les domestiques.

Cutter bondit sur ses pieds.

— Mais vous ne m'en n'aviez pas parlé ! Cela devait être une opération chirurgicale !

Ritter leva les yeux, terriblement embarrassé.

— Voyons, Jimmy, à quoi vous vous attendiez ? Vous êtes toujours officier de marine, non ? On ne vous a jamais dit qu'il y avait toujours des dommages collatéraux ? On s'est servi d'une *bombe,* ne l'oubliez pas. On ne fait pas de la chirurgie à coups de bombe, malgré ce qu'en disent les experts. Regardez la réalité en face.

Ritter ne se réjouissait guère des morts supplémentaires, mais c'était le prix à payer, comme le savaient parfaitement les membres du Cartel.

— Mais j'ai dit au Président...

— Eh bien, à moi, le Président a accordé un permis de chasse, illimité. C'est à moi d'organiser les opérations.

— Cela ne devait pas se passer comme ça. Et si la presse a vent de l'histoire ? C'est un assassinat de sang-froid.

— Parce qu'il aurait mieux valu éliminer les trafiquants et leurs sbires ? Ça aussi, c'est du meurtre. Ou cela le serait si le Président n'avait pas dit qu'on ne prenait plus de gants. C'est la guerre, c'est vous qui l'avez dit. Je suis désolé pour les victimes, mais c'est inévitable. S'il y avait eu un moyen de s'en prendre à eux sans tuer des innocents, on l'aurait fait. Mais il n'y en a pas.

Dire que Ritter était sidéré n'expliquait rien du tout. Ce type était officier de marine ; la mort, cela faisait partie de son boulot. Bien sûr, Cutter avait passé la moitié de sa vie derrière un bureau au Pentagone. Il n'avait sans doute pas vu beaucoup de sang depuis qu'il avait appris à se raser. Un chat caché dans la peau d'un lion. Non, même pas, un chat, tout simplement. Trente ans sous l'uniforme, et il ne savait pas que les armes ne tiraient pas de manière aussi précise qu'au cinéma. Tu parles d'un officier ! Et il était conseiller du Président à la sécurité nationale. Fantastique !

— Je vais vous dire, amiral. Si vous n'en parlez pas à la presse, je n'en parlerai pas non plus. Cortez a dit que c'était une voiture piégée.

— Et si la police locale fait une enquête ?

— D'abord, on ne sait même pas si les flics iront sur les lieux. Et ensuite, qu'est-ce qui vous fait croire qu'ils ont les moyens d'apprendre la vérité ? On s'est démenés comme des chiens pour que ça ressemble à une voiture piégée, et même Cortez s'est laissé tromper. Et puis qu'est-ce qui vous fait penser que la police ne s'en fiche pas comme de sa première chemise ?

— Et les médias ?

— Vous n'avez que ça à la bouche. C'est vous qui avez voulu qu'on déclare la guerre à ces salopards, et maintenant vous changez d'avis ? C'est un peu tard, dit Ritter, dégoûté.

C'était la meilleure opération de son directorat en bien des années, et celui qui en était à l'origine se dégonflait.

L'amiral Cutter ne prêtait pas assez d'attention aux propos de Ritter pour être en colère. Il avait promis d'éliminer en douceur ceux qui avaient assassiné Jacobs. Il n'avait pas négocié la mort d'« innocents ». Et plus important encore, Wrangler non plus.

Chavez était trop au sud pour avoir entendu l'explosion. L'escouade surveillait un autre laboratoire. De toute évidence, ils fonctionnaient à tour de rôle. Sous ses yeux, deux hommes installaient la baignoire portable, protégés par plusieurs gardes armés, et il entendait les grognements et les mouvements d'autres qui grimpaient la colline. Quatre paysans apparurent, avec des bidons d'acide dans leur sac à dos. Deux hommes armés de fusils les accompagnaient.

Ils ne se doutaient encore sans doute de rien, pensa Ding, sûr que leurs prouesses de l'autre nuit décourageraient les gens d'arrondir ainsi leurs fins de mois. Le sergent ne songea pas qu'ils en arrivaient là pour nourrir leur famille.

Dix minutes plus tard, une troisième équipe apporta les feuilles de coca ; avec cinq hommes armés cette fois. Des ouvriers munis de seaux de toile pliables allèrent chercher de l'eau dans un courant proche. Le chef ordonna à deux de ses hommes de monter la garde à l'orée de la forêt. C'est là que les choses se gâtèrent. L'un d'eux avança droit sur l'escouade, à cinquante mètres de là.

— Oh ! là, là ! dit Vega tranquillement.

Chavez tapa quatre traits sur sa radio, le signal de danger.

— J'ai vu, répondit le capitaine, par deux traits. — Ensuite trois. — Préparez-vous.

Oso prit son FM et défit le cran de sécurité.

Ils l'élimineront peut-être en silence, espéra Chavez.

Les ouvriers revenaient avec leur seau quand Chavez entendit un hurlement à sa gauche. Les vigiles armés réagirent immédiatement. Vega tira.

Ces coups qui venaient d'une direction différente surprirent les gardes et ils commencèrent à réagir comme tout le monde face à une mitraillette, ils tirèrent dans le tas.

— Merde ! s'exclama Ingeles, en lançant une grenade sur l'objectif.

Elle tomba en plein milieu des bidons et explosa, projetant de l'acide sulfurique partout. Les balles fusaient, des hommes tombaient, mais tout était si confus, si imprévu que les soldats ne savaient pas exactement ce qui se passait. Les tirs cessèrent en quelques secondes. A présent, il n'y avait plus un homme debout en vue. Le groupe d'assaut approcha et Chavez alla les rejoindre. Ils comptèrent les corps, il en manquait deux.

— Guerra, Chavez, retrouvez-les, ordonna le capitaine Ramirez.

Il n'avait pas besoin de préciser : *tuez-les !*

Mais ils ne les retrouvèrent pas. Chavez trouva un seau, à trois cents mètres de l'objectif. Si les hommes s'étaient trouvés là au début des coups de feu, cela signifiait qu'ils avaient cinq minutes d'avance dans un terrain où ils étaient nés. Les deux soldats passèrent une demi-heure à courir dans tous les coins, mais en vain, deux hommes étaient libres.

Un des leurs était mort. Rocha, l'un des fusiliers, avait reçu une rafale en plein cœur et avait péri sur le coup. Toute l'escouade était silencieuse.

Jackson aussi était de mauvaise humeur. L'agresseur avait eu le dessus. Les chasseurs du *Ranger* s'en étaient mal sortis. Son schéma tactique s'était effondré lorsqu'un des escadrons avait tourné du mauvais côté, et ce qui aurait dû être un piège magistral s'était transformé en une route parfaitement dégagée pour l'« ennemi » qui s'était engouffré, s'approchant suffisamment du porte-avions pour lâcher ses bombes. C'était fort gênant, même si cela n'était pas totalement inattendu. Il fallait du temps pour mettre les nouvelles idées au point, et il devrait peut-être en repenser des éléments entiers. Ce n'était pas parce que cela avait marché sur l'ordinateur de simulation de vol que le plan était parfait. Jackson continuait à observer le radar, essayant de se souvenir du schéma général et des différents mouvements. Soudain un bip apparut. Il venait du sud et se dirigeait vers le porte-avions. Il se demanda de qui il s'agissait tandis que le Hawkeye s'apprêtait à atterrir.

Le E-2C fit un appontage parfait et avança pour laisser la place au suivant. C'était l'Intruder, celui qu'il avait vu à bord du Hawkeye quelques heures auparavant. L'avion personnel du commandant d'escadrille. Celui qui s'était dirigé vers la côte. Peu importait. Le lieutenant-colonel Jackson se rendit aux quartiers généraux pour son compte rendu.

Le commandant Jensen dégagea la piste. Les ailes de l'Intruder se replièrent pour économiser l'espace du poste de stationnement. Le patron d'appareils les attendait en bas. Le navigateur-bombardier avait déjà retiré la bande vidéo de son compartiment, et la tendit au commandant d'escadrille — avant d'aller se mettre en sécurité. Là, le « technicien de maintenance » les accueillit et Jensen lui remit la cassette.

— Quatre, paraît-il, dit le pilote.

Jensen ne s'arrêta pas.

Le tech de maintenance emporta la cassette dans sa cabine où il la glissa dans un coffre métallique qu'il ferma à clé. Il le scella avec des bandes adhésives multicolores, et posa une étiquette « top secret » des deux côtés. Ensuite, il la mit dans une autre boîte qu'il plaça dans un compartiment sur le troisième pont. Il y avait un vol du « camion de ravitaillement » prévu dans une demi-heure. La boîte partirait dans les poches d'un courrier et s'envolerait pour Panama ; un officier de l'Agence l'y reprendrait avant de l'emmener à la base aérienne d'Andrews où elle prendrait enfin un vol pour Langley, sa destination finale.

19

RETOMBÉES

Les services du Renseignement mettent un point d'honneur à transmettre une information du point A aux points B, C, D, etc. à une vitesse phénoménale. Dans le cas de données particulièrement sensibles qui ne peuvent être fournies que par des méthodes clandestines, ils sont effectivement très compétents. Mais pour les informations disponibles au commun des mortels, ils sont souvent très en retard par rapport aux médias, ce qui explique l'admiration des services d'espionnage américains pour les chaînes de télévision câblées.

Ryan ne fut donc guère surpris d'apprendre l'explosion de Medellin par le journal télévisé. C'était l'heure du petit déjeuner, et, dans la section réservée aux manitous de l'OTAN, il avait accès au service câblé. Il alluma le poste en buvant sa deuxième tasse de café et vit immédiatement une image, prise d'hélicoptère, sur une pellicule très sensible. La légende indiquait : MEDELLIN, COLOMBIE.

« Mon Dieu ! » s'exclama Jack dans un souffle en reposant sa tasse. L'hélicoptère ne s'était pas vraiment approché, sans doute par crainte des balles de ceux qui fouillaient dans les ruines, mais un gros plan était totalement inutile. Ce qui avait été une imposante demeure n'était plus qu'un amas de pierres, proche d'un immense cratère. On ne pouvait s'y tromper. *Une voiture piégée*, pensa Ryan avant que la voix du reporter n'émette la même hypothèse. Donc, l'Agence n'avait rien à voir dans l'affaire. Les voitures piégées ne faisaient pas partie des méthodes américaines. Les Américains préféraient les coups bien dirigés. La précision de tir, c'était une invention des États-Unis.

Pourtant, à la réflexion, il changea d'avis. Tout d'abord, l'Agence avait les dirigeants du Cartel à l'œil, et la CIA excellait dans les opérations de surveillance. Mais, si une opération de surveillance était en cours, il aurait dû apprendre l'explosion par les canaux internes et non par les informations. Quelque chose clochait.

Qu'avait donc dit Sir Basil ? « Nous donnerons une réponse appropriée. » Qu'est-ce que cela signifiait ? Au cours de la dernière décennie, la CIA était restée plutôt civilisée. Dans les années cinquante, renverser des gouvernements était monnaie courante. Les assassinats, plus rares, offraient malgré tout une solution. Mais le fiasco de la baie des Cochons et la mauvaise presse sur les opérations au Viêt-nam — qui était une guerre après tout, et les guerres ne sont jamais tendres — avaient contribué à calmer le jeu. Étrange, mais vrai. Même le KGB évitait de se « mouiller » et confiait les tâches délicates à ses subordonnés comme les Bulgares, voire aux groupes terroristes qui fournissaient ses services. Ryan, quant à lui, pensait que les actions violentes étaient parfois nécessaires, d'autant plus à présent que le monde se détournait de la guerre franche au profit de combats dans l'ombre, mus par le terrorisme d'État et les conflits latents. Les forces d'« opérations spéciales » offraient donc une solution de rechange, relativement civilisée par rapport à la violence destructrice plus organisée des forces armées conventionnelles. *Si la guerre n'est qu'une forme de meurtre punitif à l'échelle industrielle, n'était-il pas plus humain d'appliquer la violence de manière plus modérée sur une cible mieux déterminée ?*

C'était une question éthique à laquelle il valait mieux ne pas songer au petit déjeuner.

Où était la justice et l'injustice à ce niveau ? se demandait Ryan. La loi, comme la morale et la religion admettent qu'un soldat qui tue dans l'exercice de ses fonctions n'est pas un criminel. Cela impliquait une question : était-ce la guerre ? Une génération plus tôt, la réponse aurait été évidente. Les États-nations auraient assemblé leurs armées et leurs marines et les auraient envoyées sur le champ de bataille pour un prétexte futile — après coup, on se serait aperçu qu'il y aurait eu une solution pacifique — et c'était acceptable, d'un point de vue moral. Mais la guerre changeait, non ? Et qui décidait de ce qu'était la guerre ? Les États-nations. Un État-nation pouvait-il déterminer quels étaient ses intérêts vitaux et réagir de manière cohérente ? Comment le terrorisme entrait-il dans cette équation ? Des années plus tôt, quand lui-même en avait été la cible, Ryan avait décidé que l'on pouvait le considérer comme une forme moderne de piraterie, et les pirates avaient toujours été considérés comme les ennemis de l'humanité tout entière.

Et comment considérer les trafiquants de drogue ? Était-ce un crime de droit pénal à traiter comme tel ? Et si les trafiquants pouvaient aliéner une nation à leur propre volonté commerciale ? Cette nation deviendrait-elle l'ennemi de l'humanité, comme les Barbares et les pirates d'antan ?

Merde ! se dit Ryan. Il ne savait pas ce que prévoyait la loi. Malgré sa formation d'historien, ses diplômes ne lui servaient à rien. Sa seule expérience en matière de trafic de drogue, il l'avait connue entre les mains d'un puissant État-nation qui menait une « véritable » guerre afin d'établir son droit et de vendre de l'opium à des pays dont les gouvernements s'y opposaient, mais qui avait perdu la guerre et, en même temps, le droit de protéger ses propres citoyens contre l'usage illégal de la drogue.

Précédent des plus troublants.

Son éducation le poussait à trouver des justifications. Profondément convaincu de l'existence du bien et du mal, en tant que valeurs identifiables, il devait parfois trouver lui-même les réponses que le code juridique ne fournissait pas. En tant que père, il haïssait les dealers. Comment certifier que ses propres enfants ne seraient jamais tentés par cette cochonnerie ? N'avait-il pas le devoir de les protéger ? En tant que représentant des services secrets de son pays, ne devait-il pas étendre cette protection à tous les enfants de la nation ? Et si l'ennemi s'attaquait directement à sa patrie ? Est-ce que cela modifierait les règles ? Pour le terrorisme, il avait déjà trouvé la réponse : prenez-vous-en à un État-nation, et vous courez un sacré risque ! Les États-nations, comme les États-Unis, ont des capacités presque impossibles à comprendre. Ils emploient des gens en uniforme dont la seule tâche consiste à semer la mort parmi leurs prochains. Et pour cela, ils disposent d'outils fantastiques, d'une balle qui touche un homme en plein cœur à quelques centaines de mètres, aux bombes de deux cents kilos qui passent par une fenêtre bien choisie...

— Putain !

On frappa à la porte. Un des aides de Sir Basil lui tendit une enveloppe et disparut.

Quand vous rentrerez, dites à Bob qu'il a fait du bon boulot. Bas.

Jack remit le mot dans l'enveloppe et la glissa dans sa poche de manteau. Sir Basil ne se trompait pas, Ryan en était sûr. Restait à savoir si c'était juste ou pas. Il comprit vite qu'il était plus facile de juger de ces décisions quand elles avaient été prises par d'autres.

Il fallait partir, bien sûr. Ramirez leur confia une

tâche à tous. Plus ils travailleraient, moins ils penseraient. Ils devaient d'abord éliminer toute trace de leur présence et enterrer Rocha. Sa famille, s'il en avait, recevrait un cercueil scellé lesté de soixante-quinze kilos de ballast pour simuler le corps qui ne s'y trouverait pas. Chavez et Vega furent chargés de la tombe. Ils creusèrent la tranchée habituelle de deux mètres, tout en répugnant à laisser là un de leurs camarades. Il y avait toujours l'espoir qu'on vienne un jour le rechercher, mais les chances étaient bien minces. Bien qu'on fût en temps de paix, tous avaient déjà frayé avec la mort. Chavez se souvenait des deux gosses en Corée, et d'autres, tués à l'entraînement dans des accidents d'hélicoptère ou autres. La vie du soldat est dangereuse, même en période de paix. Ils essayaient donc d'y penser comme à une mort accidentelle. Mais Rocha n'était pas mort par accident. Il était mort sur le champ de bataille, en servant sa patrie, dans un uniforme dont il était fier. Il connaissait les risques, avait tenté sa chance, et on l'abandonnait en terre étrangère.

Chavez savait s'être montré naïf en pensant que cela n'arriverait jamais. Pourtant, c'était d'autant plus surprenant que, comme les autres, Rocha était un véritable professionnel, intelligent, qui maniait habilement les armes, qui se déplaçait en silence et prenait à cœur ce combat contre les trafiquants, pour des raisons qu'il n'avait jamais confiées à personne. Étrangement, cela le réconfortait un peu. Rocha était mort pour son pays. Glorieuse épitaphe. Quand la tranchée fut terminée, ils y déposèrent le corps aussi délicatement que possible. Le capitaine Ramirez prononça quelques mots, et on remplit le trou. Comme d'habitude, Olivero aspergea la tombe de gaz lacrymogène pour empêcher les animaux de creuser, et on tassa le sol pour effacer les dernières traces. Ramirez prit la peine de relever la position exacte, au cas où on reviendrait chercher le corps. Il était temps de décamper.

Ils continuèrent à progresser bien après l'aube en direction d'une base de secours à sept kilomètres de celle que Rocha gardait seul à présent. Ramirez voulait que ses hommes prennent un peu de repos avant d'entamer la prochaine mission, le plus vite possible. Mieux valait ne pas leur laisser trop de temps libre.

Un porte-avions, un peu comme les bateaux de guerre, fonctionne comme une véritable communauté, avec plus de six mille hommes, un hôpital de bord, un centre commercial, une église et une synagogue, une police, un club-vidéo, et même ses propres journaux et sa chaîne de télévision. Les hommes font de longues journées et ils méritent largement les avantages mis à leur disposition. D'ailleurs, la marine s'était aperçue qu'ils travaillaient mieux lorsqu'ils pouvaient profiter de leurs loisirs.

Robby Jackson se leva et se doucha avant de se rendre au carré pour avaler un café. Il déjeunait avec le capitaine, mais préférait arriver bien éveillé. Les officiers regardaient la télévision accrochée dans un coin, comme s'ils avaient été chez eux. La plupart des Américains commencent la journée en regardant les informations du matin.

« Vers 9 heures, hier soir, une bombe a détruit la demeure d'Esteban Untiveros. Le señor Untiveros était l'une des grandes figures du Cartel de Medellin. Apparemment, l'un de ses amis ne s'est pas montré si amical et a planté une bombe dans une voiture piégée qui a totalement détruit sa somptueuse demeure au sommet de la colline, ainsi que tous ses habitants.

« Chez nous, la première séance des conventions politiques s'ouvrira la semaine prochaine à Chicago. Le gouverneur, J. Robert Fowler, candidat à la nomination de son parti, a toujours une centaine de voix de retard pour obtenir la majorité. Il doit rencontrer des représentants... » Jackson regarda autour de lui. A une dizaine de mètres, le commandant Jensen se tourna vers le poste en plaisantant avec un de ses hommes qui souriait dans sa tasse sans rien dire.

Tout d'un coup, Robby eut un déclic.

Une attaque aérienne.

Un technicien de maintenance qui n'avait guère envie de bavarder.

Un A-6E qui s'était dirigé vers la côte à un-un-cinq et

avait atterri sur le *Ranger* en provenance d'une route deux-zéro-cinq. La pointe de ce triangle devait — pouvait — mener... au-dessus de la Colombie.

Une annonce de voiture piégée.

Une bombe munie d'un réservoir de combustible. Une bombe téléguidée avec réservoir de combustible, se corrigea Jackson.

Bordel de merde !

Sous plus d'un aspect, c'était amusant. Éliminer un trafiquant ne lui torturait guère la conscience. Merde, mais pourquoi ne pas se contenter de descendre les avions ? Toutes ces discutailleries politiques sur les menaces à la sûreté de l'État et les gens qui menaient une guerre chimique contre les États-Unis ? Ouais, eh bien, pourquoi pas les lessiver pour de bon ? Ce ne serait même plus la peine de dépenser de l'argent à gaspiller des leurres. Personne ne rechignerait à liquider un trafiquant ou deux. On prend les ennemis là où ils se trouvent — là où les autorités supérieures disaient qu'ils se trouvent, plutôt, et s'occuper de l'ennemi, c'était le métier de Robert Jefferson Jackson, USN. Les attaquer à la bombe et faire croire qu'il s'agissait d'autre chose, c'était de l'art.

Le plus drôle, c'était que Jackson croyait savoir ce qui s'était passé. C'était ça l'ennui avec les secrets, on n'arrivait jamais à les garder. D'une façon ou d'une autre, ils étaient mis au grand jour. Il n'en parlerait à personne. Quel dommage !

Mais pourquoi garder le silence ? se demanda Robby. Après le meurtre du directeur du FBI... c'était bien une déclaration de guerre. Pourquoi ne pas l'annoncer au public et dire : « Bon, puisque c'est comme ça, vous allez voir de quel bois on se chauffe ? » Et une année d'élections en plus ! Quand les Américains avaient-ils lâché un président qui avait annoncé qu'il allait s'attaquer à l'ennemi ?

Mais Jackson n'était pas un politicien. Il était temps d'aller voir le capitaine. Deux minutes plus tard, il arriva dans la salle de conférences. Un garde lui ouvrit la porte et Robby trouva le capitaine du *Ranger* en train de lire des télex.

— Vous n'êtes plus lieutenant-colonel ! dit l'homme d'une voix austère.

— Pardon, monsieur ? dit Robby, figé, vérifiant que sa braguette était bien fermée.

— Tenez.

Le capitaine du *Ranger* se leva et lui tendit un message.

— Vous venez de recevoir du galon, Robby, pardon, capitaine de vaisseau Jackson. Félicitations. C'est encore mieux que le café pour vous remonter le moral le matin, pas vrai, Bob ?

— Merci, monsieur.

— Bon, si on pouvait faire marcher votre nouvelle tactique...

— Oui, monsieur.

— Ritchie.

— OK, Ritchie.

— Vous avez toujours le droit de m'appeler « monsieur » sur la passerelle et en public, souligna le capitaine.

Les officiers nouvellement promus se faisaient toujours rabrouer. Et ils devaient payer un coup pour arroser ça.

L'équipe de télévision arriva le matin de bonne heure. Eux aussi eurent du mal à monter la colline jusqu'à la maison d'Untiveros. La police était déjà sur les lieux. Il ne vint pas à l'esprit de l'équipe de se demander s'ils faisaient partie de la police « apprivoisée ». Il portaient des uniformes et des revolvers et semblaient se conduire comme des vrais flics. La recherche des survivants, menée sous la direction de Cortez, était déjà terminée et les deux rescapés avaient été emmenés ainsi que les gardes encore vivants et la plupart des armes à feu. Les gardes personnelles étaient assez fréquentes en Colombie, bien que les armes automatiques et les mitrailleuses fussent plus rares. Bien sûr, Cortez lui aussi avait disparu. Quand l'équipe — dont certaines des voitures étaient équipées de liaisons satellite, bien qu'un des camions de matériel n'ait pas pu monter jusqu'en haut — commença à filmer, les recherches de la police légale étaient bien avancées. La partie la plus aisée des recherches, amoureusement enregistrée pour la postérité par les caméras, avait commencé dans la salle de conférences, à présent une pile de gravats d'un mètre de haut. Le plus important reste humain était une jambe, parfaitement intacte, coupée en dessous du genou, avec la chaussure encore lacée au bon pied. Plus tard, on établirait que ce « vestige » appartenait à Carlos Wagner. La femme d'Untiveros et deux jeunes enfants regardaient un film vidéo au moment des faits de l'autre côté du bâtiment, au deuxième étage. On trouva le magnétoscope, toujours allumé, la cassette en place, avant les corps. Une autre caméra suivit un homme — un garde de sécurité provisoirement séparé de son AK-47 — qui portait le corps inerte d'un enfant vers une ambulance.

— Oh, mon Dieu ! s'exclama le Président devant l'une des télévisions du Bureau ovale. Si jamais quelqu'un devine la vérité...

— Monsieur le Président, nous avons déjà fait ce genre d'opération avant, dit Cutter. Le bombardement en Libye sous Reagan, les raids aériens au Liban...

— Et à chaque fois, cela ne nous a attiré que des ennuis ! Personne ne se demande pourquoi nous avons agi ainsi, tout ce qu'ils savent, c'est qu'on a tué des innocents. Qu'est-ce qu'on va dire ? « Oui, désolé, mais ils n'avaient qu'à ne pas être là ? »

« On soupçonne le propriétaire, dit le reporter, d'être un membre du cartel de Medellin, mais la police locale nous signale qu'il n'a jamais été inculpé et... »

Le reporter marqua une pause devant la caméra.

« Vous voyez l'effet de cette voiture piégée sur sa femme et ses enfants. »

— Splendide, grogna le Président.

Il prit la télécommande pour couper l'émission.

— Ces salauds peuvent faire ce qu'ils veulent avec nos femmes et nos enfants, mais si on les attaque sur leur terrain, tout d'un coup, ce sont des victimes ! Est-ce que Moore en a déjà parlé au Congrès ?

— Non, monsieur le Président. La CIA n'a rien à dire avant quarante-huit heures après le début des opérations. Et pour des raisons administratives, cette opération n'a commencé qu'hier après-midi.

— Ils ne trouveront jamais tout seuls. Si on leur dit quelque chose, on est sûr d'avoir des fuites. Vous n'avez qu'à demander à Moore et à Ritter.

— Monsieur le Président, je ne peux pas...

— Comment ça, vous ne pouvez pas ! Je viens de vous donner un ordre, monsieur, dit le Président en allant vers la fenêtre. Ça ne devait pas tourner comme ça, grommela-t-il entre ses dents.

Cutter savait quel était le vrai problème. La convention de l'opposition s'ouvrirait prochainement. Le candidat, le gouverneur Bob Fowler du Missouri, arrivait devant le Président dans les sondages. C'était normal, bien sûr. Le Président avait traversé les primaires sans opposition sérieuse, tandis que Fowler s'était battu bec et ongles pour la nomination dans son parti et avait encore quelques points de retard sur d'autres candidats. Les électeurs se laissaient toujours séduire par les campagnes animées, et bien que Fowler fût à peu près aussi dynamique qu'une serpillière, ses prestations avaient été les plus vivantes. Et, comme tous les candidats depuis Nixon et la première guerre antidrogue, il relevait que le Président n'avait pas tenu ses promesses sur ce point. Cela n'avait rien d'original pour les occupants du Bureau ovale. Il répétait la même chose depuis quatre ans et avait soulevé le problème, ainsi que d'autres devant le Congrès. Maintenant, Fowler aurait un argument plus radical : le gouvernement des États-Unis a utilisé ses armes les plus perfectionnées pour tuer des gosses et leur mère, voilà ce qu'il dirait. Après tout, on était en période électorale.

— Monsieur le Président, cela serait malsain de mettre fin à l'opération au point où nous en sommes. Si vous voulez vraiment venger la mort du directeur et porter atteinte au trafic de drogue, vous ne pouvez pas tout bloquer maintenant, dit Cutter. Et avec cette opération de blanchiment, nous pourrons dire que nous avons remporté une victoire considérable.

— Et comment expliquer le bombardement ?

— J'y ai réfléchi, monsieur le Président. Si nous

disions que nous ne savons pas, il resterait deux hypothèses. D'abord, cela pourrait être un coup du M-19. Récemment, ils se sont attaqués aux grands manitous de la drogue. Ensuite, cela pourrait être un conflit au sein du Cartel.

— Et comment ? demanda le Président sans même se tourner.

C'était mauvais signe quand Wrangler ne vous regardait pas dans les yeux, et Cutter s'inquiétait vraiment. *Quelle bande d'enfoirés, ces politiciens*, pensa l'amiral ; pourtant, c'était malgré tout le gibier le plus intéressant.

— L'assassinat de Jacobs était une action irresponsable de leur part. Tout le monde le sait. Nous pouvons faire courir le bruit qu'une partie du Cartel se venge des autres pour avoir ainsi compromis leurs opérations.

Cutter était fier de lui, l'argument venait de Ritter, mais le Président n'en savait rien.

— Les trafiquants hésitent rarement à tuer les familles de leurs ennemis, c'est presque une signature. Comme ça, nous pourrons aussi expliquer ce qu'ils font, nous aurons le beurre et l'argent du beurre, conclut-il en souriant.

Le Président se détourna de la fenêtre. Il avait toujours l'air sceptique mais...

— Vous y croyez réellement ?

— Oui, monsieur le Président. Et puis cela nous permet de faire encore au moins une opération Réciprocité.

— Il faut que je prouve que je ne reste pas inactif. Et ces soldats qui se promènent dans la jungle ?

— Ils ont éliminé cinq laboratoires. Nous avons deux morts, et deux blessés légers. C'est le prix à payer, monsieur le Président. Ils connaissaient les risques. Ils sont fiers de leur mission. Vous n'avez pas à vous inquiéter sur ce point. Ce sont des professionnels. Bientôt, les paysans du coin penseront qu'ils feraient mieux de ne plus travailler pour les trafiquants. Cela sera un sérieux handicap pour la production. Temporaire, bien sûr, quelques mois au plus, mais réel malgré tout. C'est quelque chose que vous pourrez mettre en valeur. Le prix de la cocaïne ne va pas tarder à monter dans la rue. C'est à cela que l'on juge le succès ou l'échec d'une opération. La presse en parlera avant même que vous n'ayez besoin de l'annoncer.

— Tant mieux, dit le Président avec son premier sourire de la journée. Bon, soyons plus prudents quand même.

— Oui, monsieur le Président.

Pour la 7e division, l'entraînement matinal commençait à 6 h 15. Ce qui expliquait les vertus puritaines de l'unité : bien que les soldats, surtout les jeunes, aiment boire autant que l'Américain moyen, l'exercice physique avec une gueule de bois, c'est un pas vers la mort. Il faisait déjà chaud à Fort Ord, et vers 7 heures, à la fin de la course quotidienne de cinq kilomètres, le peloton avait déjà bien transpiré. Il était l'heure du déjeuner.

Les officiers le prirent ensemble ce jour-là et à table ; comme dans le reste du pays, un seul sujet occupait les conversations.

— C'est pas trop tôt, dit un capitaine.

— Il paraît que c'était une voiture piégée.

— Je parierais que l'Agence y est pour quelque chose. Avec l'expérience du Liban et tout ça..., suggéra un officier.

— Pas si simple que vous le croyez, remarqua l'officier du renseignement du bataillon. Mais de toute façon, c'est du beau travail.

Ancien commandant de compagnie dans les Rangers, il savait ce qu'étaient une bombe et une voiture piégée.

— Dommage qu'on puisse pas aller là-bas, remarqua un lieutenant.

Les plus jeunes grommelèrent leur approbation. Les aînés se taisaient. Les projets de mission pour le contingent faisaient l'objet de discussions depuis des années. Et déployer des unités dans une optique de guerre n'était pas à prendre à la légère, bien que le consensus s'accorde à dire que c'était possible... si les gouvernements locaux acceptaient. Ce qui n'arrivait jamais, bien sûr, c'était compréhensible, mais néanmoins fort regrettable, du point de vue des officiers. Les plus anciens se souvenaient encore des problèmes de drogue dans les années soixante-dix, époque où l'armée était largement aussi dégénérée qu'on le prétendait, et où on entendait souvent parler de supérieurs qui ne pouvaient se déplacer sans leurs gardes du corps. Il avait fallu des années d'efforts pour vaincre cet ennemi intérieur. Aujourd'hui encore, l'armée devait se soumettre à des tests faits au hasard. Pour les officiers et les sous-off, pas de pardon. Un seul test positif, et c'était la porte. Pour les sergents et les soldats, la règle était plus souple : un test positif vous valait un avertissement et un bon sermon, le deuxième, et c'en était fini du service. Le slogan officiel ne pouvait être plus limpide : pas dans mon armée. Mais il y avait aussi un autre aspect. A cette table, la plupart des hommes étaient mariés et pères de famille, et des dealers risquaient de choisir un jour leurs enfants comme clients potentiels. Si un dealer se risquait à vendre de la came au fils d'un soldat, c'était un homme mort, selon la légende. En fait, cela se produisait rarement, car les soldats sont un peuple discipliné, mais le désir était là. Et de temps à autre, un dealer disparaissait, sa mort étant toujours attribuée à des combats de rue. La plupart du temps, on ne retrouvait jamais les coupables.

C'est là qu'est Chavez ! pensa Jackson. Lui, Muñoz et Leon. Tous de langue maternelle espagnole. Tous mutés le même jour. Une opération spéciale, sans doute dirigée par la CIA. C'était un travail dangereux, mais c'était leur métier. Le lieutenant Jackson respirait plus aisément à présent qu'il « savait » ce qu'il n'aurait pas dû savoir. Quoi que fasse Chavez, c'était parfait. Il n'aurait plus besoin de suivre sa trace. Tim Jackson espérait que tout se passerait bien. Chavez était sacrément bon : si quelqu'un pouvait y arriver, c'était bien lui.

Les équipes de télévision se lassèrent vite et s'en

allèrent pisser leur copie ou réviser leur bande-son. Cortez ressortit dès que le dernier véhicule disparut sur la route de Medellin. Cette fois, il avait pris une jeep. Fatigué et de mauvaise humeur, il était surtout curieux. Il s'était passé quelque chose de très étrange et il n'arrivait pas à deviner quoi. Il ne serait pas satisfait avant d'avoir la clé de l'énigme. Les deux rescapés de la maison avaient été transportés à Medellin où ils seraient soignés par un médecin de confiance. Cortez les interrogerait, mais il avait encore une petite chose à régler. Sur les lieux, les forces de police étaient commandées par un capitaine qui depuis longtemps avait trouvé un modus vivendi avec le Cartel. Il ne verserait sûrement pas de larmes sur Untiveros et ses confrères, mais quelle importance ? Le Cubain se gara et alla retrouver le capitaine qui discutait avec deux de ses hommes.

— Bonjour, *capitán*. Vous savez de quel type de bombe il s'agit ?

— Une voiture piégée, très certainement, dit l'homme.

— Oui, c'est aussi ce que je pensais, dit Cortez, plein de patience. Les explosifs ?

— Aucune idée, dit le capitaine en haussant les épaules.

— Vous finirez peut-être par le découvrir, dit Felix, au cours de l'enquête de routine.

— OK, je vous tiens au courant.

— Merci.

Il retourna vers sa jeep pour prendre la direction du nord. Une bombe de fabrication locale aurait sans doute utilisé de la dynamite, ce n'était pas ce qui manquait dans les carrières du coin, ou simplement du plastic, ou encore un composé à base d'engrais au nitrate. Si c'était le M-19, on pouvait s'attendre à du Semtex, un explosif tchèque en vogue chez les terroristes marxistes du monde entier, pour son efficacité et son coût peu élevé. Déterminer la nature de l'explosif lui donnerait de nouveaux éléments ; et c'était drôle que la police accepte de lui fournir l'information, pensa-t-il en souriant.

L'élimination de quatre chefs du Cartel ne l'attristait pas plus que les policiers. Après tout, ce n'étaient que des hommes d'affaires, race que Cortez méprisait. Celui qui avait procédé au bombardement avait accompli un fantastique travail de professionnel. Ce qui lui faisait penser que la CIA n'y était pour rien. Elle n'y connaissait pas grand-chose en matière de tuerie. Cortez n'était pas choqué d'avoir frôlé la mort de si près. C'était un agent secret professionnel, et il connaissait les risques. D'ailleurs, s'il avait été la cible primordiale de ce plan magistral, il ne serait pas là à se poser des questions. De toute façon, l'élimination d'Untiveros, Fernandez, Wagner et d'Alejandro signifiait simplement quatre ouvertures au sommet du Cartel, quatre figures puissantes et prestigieuses en moins pour lui barrer la route si... Oui. Eh bien, pourquoi pas ? Une place au soleil, certainement. Peut-être même plus. Mais il y avait du travail à faire et un « crime » à élucider.

Quand il arriva à Medellin, les deux rescapés de la colline, après quelques soins, étaient en état d'être interrogés ainsi qu'une demi-douzaine de serviteurs de l'appartement de feu le lord de Medellin. Il se rendit au dernier étage d'un building anti-incendie, très bien insonorisé. Cortez trouva les huit fidèles serviteurs attachés à leurs chaises par des menottes.

— Qui était au courant de la réunion d'hier ? demanda Cortez d'un ton léger.

Quelques signes de tête. Ils le savaient tous, bien sûr, Untiveros était un bavard impénitent, et les domestiques n'avaient jamais les oreilles dans leur poche.

— Très bien. Qui en a parlé, et à qui en avez-vous parlé ? demanda-t-il d'un ton guindé. Personne ne sortira d'ici tant que je ne connaîtrai pas la réponse à cette question.

Il y eut un brouhaha confus de dénégations. Cortez s'y attendait. La plupart devaient dire la vérité, Cortez en était sûr.

Dommage.

Felix regarda le garde et indiqua la chaise à l'extrême gauche.

— On va commencer par elle.

Le gouverneur Fowler sortit de sa suite en sachant que le but auquel il avait consacré ces trois dernières années était enfin à portée de main. *Presque*, se dit-il, se souvenant qu'en matière de politique, les certitudes n'existent pas. Mais un congressiste du Kentucky qui avait mené une campagne excessivement sévère venait de renoncer pour un poste au cabinet, ce qui plaçait Fowler loin devant avec une marge de plusieurs centaines de votes. Bien sûr, il ne pouvait pas en parler, c'était au représentant du Kentucky d'annoncer la nouvelle, sans doute le deuxième jour de la convention, pour rester sous les feux de la rampe un jour de plus. Les politiciens, tous des hypocrites. C'était d'autant plus étrange que Fowler était d'une sincérité et d'une honnêteté à toute épreuve et qu'il ne se permettrait jamais de violer les règles du jeu.

Il les respecta donc devant les projecteurs de la télévision et s'arrangea pour ne rien dire en six minutes de discours ininterrompu. Il y avait eu « des discussions intéressantes » sur les grands problèmes auxquels « la nation devait faire face ». Le gouverneur et le congressiste étaient à l'unisson dans leur désir de trouver de nouveaux leaders pour le pays, qui, il en était sûr mais il ne le dit pas, continuerait à prospérer quel que fût l'homme qui gagnerait les élections en novembre, car les nuances entre les présidents se fondaient dans le brouhaha du Capitole. De toute façon, les partis politiques américains étaient si désorganisés que l'élection présidentielle ressemblait à un concours de beauté. C'était peut-être aussi bien comme ça, pensait Fowler, malgré tout un peu frustré de pressentir que le pouvoir qu'il visait n'était qu'une illusion. Le moment des questions était arrivé.

La première le surprit beaucoup. Il n'avait pas vu qui l'avait posée tant il était ébloui par les lumières. Et après plusieurs mois de ce traitement, il se demandait si sa vue s'en remettrait jamais. C'était une voix d'homme, d'un grand quotidien national sans doute.

— Monsieur le gouverneur, on a annoncé qu'une

voiture piégée avait explosé en Colombie, détruisant la demeure d'une des grandes figures du cartel de Medellin et tuant toute sa famille. Si peu de temps après l'assassinat du directeur du FBI, est-ce que vous accepteriez de nous dire ce que vous en pensez ?

— Excusez-moi, mais je n'ai pas eu le temps d'écouter les informations ce matin, car je devais déjeuner avec un congressiste. Quelles sont vos hypothèses ? demanda Fowler.

Il venait de passer de l'optimisme du futur vainqueur à la prudence d'un homme politique qui espère devenir chef d'État. Qu'est-ce que c'était que cette histoire ?

— Des bruits prétendent que les États-Unis auraient pu jouer un rôle, souligna le journaliste.

— Ah ? Le Président et moi-même, nous avons de nombreux points de divergence, mais je ne connais aucun président qui commettrait un meurtre de sang-froid et je me garderai bien d'accuser le Président actuel, dit Fowler dans sa plus belle voix de chef d'État.

Il voulait ne rien exprimer du tout, c'est à ça que sert le ton neutre, se taire ou sortir des évidences. Il s'était comporté correctement pendant toute la campagne, même ses adversaires les plus farouches — il en avait plusieurs au sein de son propre parti sans mentionner ceux de l'opposition — disaient que c'était un homme respectable qui savait éviter l'invective et la calomnie. Sa déclaration en était un témoignage. Il ne voulait pas bouleverser la politique des États-Unis mais simplement piéger ses adversaires. Pourtant, sans le savoir, il venait de faire les deux.

Le Président avait prévu son voyage longtemps à l'avance. Il était d'usage qu'il ne se fît pas remarquer pendant la convention de l'opposition. Camp David, c'était pratique pour travailler, et encore plus pratique pour repousser les journalistes. Mais il fallait se bagarrer sec pour y aller. Tandis que l'hélicoptère de la marine VH-3 attendait sur la pelouse de la Maison Blanche, le Président sortit avec la première dame des

États-Unis et deux fonctionnaires et, de nouveau, une armée de journalistes et de caméras l'attendait. Il se demanda si les Russes savaient à quoi ils allaient s'exposer avec leur *glasnost*.

— Monsieur le Président, appela un reporter de la télévision. Le gouverneur Fowler espère que nous ne sommes pas impliqués dans l'attentat à la bombe en Colombie ! Vous avez une déclaration ?

En franchissant le cordage qui délimitait le cercle des journalistes, il savait qu'il faisait une erreur, mais il se sentait irrémédiablement attiré, il ne pouvait *pas* s'esquiver. A la façon dont l'homme avait crié, tout le monde savait qu'il avait entendu et ne pas répondre aurait déjà été une réponse. « Le Président a refusé de répondre à la question... » Et puis, il ne pouvait pas quitter Washington pendant une semaine et abandonner les feux de la rampe à l'opposition, surtout pas en laissant cette question en suspens sur la pelouse de la Maison Blanche.

— Les États-Unis, dit-il, n'assassinent pas des femmes et des enfants innocents. Les États-Unis se battent contre ceux qui agissent ainsi. Nous ne tombons pas à leur degré de bestialité. Est-ce que la réponse est assez claire ?

Il avait parlé d'une voix calme et raisonnée, mais son regard ébranla les journalistes les plus expérimentés. Parfait, pensa le Président, son pouvoir marchait encore sur ces enfoirés.

C'était le deuxième mensonge politique de la journée. Fowler savait pertinemment que John et Robert Kennedy avaient comploté la mort de Castro et de quelques autres avec une jubilation digne d'un roman de Ian Fleming, pour apprendre à leurs dépens que le meurtre était un sale boulot. Un bien sale boulot, car il y avait toujours des gens qu'on ne voulait pas particulièrement tuer qui se trouvaient dans le coin. Le Président actuel savait très bien ce qu'étaient les « dommages collatéraux », terme combien haïssable mais révélateur d'une nécessité impossible à expliquer à ceux qui ne comprenaient pas le fonctionnement du monde réel : terroristes, criminels, et tous ces lâches —

les brutes sont souvent des lâches — qui se cachaient derrière des innocents, pour que personne ne puisse agir, usant de l'altruisme de leurs ennemis comme d'une arme qui se retournait contre eux : vous ne pouvez pas me toucher. C'est nous les méchants, et vous les bons, vous ne pouvez pas vous en prendre à nous sans détruire votre propre image. C'était leur trait le plus exécrable et parfois, rarement mais parfois, il fallait leur prouver que cela ne marchait pas à tous les coups. Du beau gâchis, oui, un peu comme un accident de voiture à l'échelle internationale.

Mais comment expliquer ça au peuple américain ? En période électorale ? Réélisez le Président qui vient de tuer une femme, deux enfants et quelques domestiques, simplement pour protéger vos enfants de la drogue... ? Le Président se demandait si le gouverneur Fowler savait à quel point le pouvoir est illusoire, et quel vacarme pouvaient provoquer des principes qui se contredisaient les uns les autres. C'était encore pire que les hurlements des journalistes. Il dut chasser ces pensées en se dirigeant vers l'hélicoptère. Le sergent des marines le salua lorsqu'il monta les marches. Le Président lui rendit son salut comme le voulait la tradition bien qu'aucun chef d'État n'eût jamais porté l'uniforme. Il s'attacha et se retourna vers la foule. Les caméras étaient toujours braquées sur lui pour prendre le décollage. Cette image ne passerait pas aux informations, mais on ne savait jamais, en cas d'accident, mieux valait laisser tourner les moteurs.

La police de Mobile fut informée un peu tard. Les clercs de la cour s'occupaient de la paperasse et, en cas de fuite, c'était par là qu'il fallait commencer à chercher. Cette fois, le clerc était furieux. Les affaires lui filaient entre les mains. Âgé d'une bonne cinquantaine d'années, il avait conduit ses enfants jusqu'à l'université en les protégeant de l'épidémie de la drogue. Mais ce n'était pas le cas de tous les enfants de sa banlieue. Juste à côté de chez lui, le plus jeune de la famille venait de s'acheter un peu de crack lorsqu'il avait jeté sa voiture par-dessus un pont à cent cinquante kilomètres-heure. Le clerc l'avait vu grandir, l'avait conduit à l'école, lui avait donné de l'argent de poche quand il tondait la pelouse. Le cercueil scellé avait été amené à l'église baptiste de Cypress Hill, et la mère avait fait une dépression nerveuse après avoir dû identifier ce qui restait du corps. Le prêtre avait parlé des souffrances de la drogue comme des souffrances de la passion du Christ. C'était un grand orateur, dans la pure tradition baptiste, et, tandis qu'il priait pour le repos de l'âme du jeune homme, la fureur de la congrégation envers la drogue n'avait fait que s'amplifier.

Le clerc ne comprenait pas. Davidoff était un très bon procureur. Juif ou pas, c'était un élu de Dieu, un héros dans une profession envahie par les charlatans. Et ces deux salauds allaient s'en tirer ! Non, c'était *mal*.

Le clerc n'était pas un habitué des bars. Très religieux, il n'avait jamais touché à l'alcool ; juste une fois, adolescent, par bravade, il avait bu une bière et s'en était définitivement senti coupable. C'était l'un des sujets sur lesquels ce citoyen honorable avait l'esprit étroit. L'autre, c'était la justice. Il croyait en la justice comme il croyait en Dieu, foi qui avait résisté à ses trente ans passés dans une cour fédérale. La justice était celle de Dieu, pas celle des hommes. Les lois venaient de Dieu, pas des hommes. La législation des États de l'Ouest n'était-elle pas fondée sur les saintes Écritures ? Il révérait la Constitution comme un document divin, car la liberté, c'est ce que Dieu avait voulu pour l'homme, qu'il apprenne à le servir en homme libre et non en esclave. C'est ainsi que les choses devaient être. Mais hélas, le bien n'avait pas toujours le dessus. Au fil des ans, il s'était fait à cette idée. C'était frustrant, mais en fin de compte, Dieu serait le juge, et sa Justice gagnerait. Mais il y avait des moments où la justice de Dieu avait besoin d'un petit coup de main, et il était bien connu qu'Il choisissait ses instruments parmi ceux qui avaient la Foi. C'en était ainsi par ce chaud après-midi de l'Alabama. Le clerc avait la Foi, et Dieu avait trouvé son instrument. Le clerc se trouvait dans un bar à flics, à deux pas du commissariat général et buvait un club soda pour être dans la note. La police le connaissait bien sûr, il était là à tous les enterrements. Il dirigeait un comité de charité qui s'occupait des familles de policiers et de pompiers dont les maris étaient morts en faisant leur devoir. Il n'avait jamais rien demandé en retour, pas même qu'on lui fasse sauter une contravention, il n'en avait jamais eu de sa vie, mais personne n'avait jamais pensé à vérifier.

— Salut, Bill, dit-il à un flic de la brigade criminelle.

— Alors, comment ça se passe à la cour ? demanda le lieutenant détective.

Il trouvait le clerc un peu bizarre mais beaucoup moins que bien d'autres. Il lui suffisait de savoir qu'il s'occupait bien des flics, le reste...

— Tiens, j'ai entendu quelque chose qui devrait vous intéresser.

— Ah ? dit le lieutenant en levant le nez de sa bière.

Lui aussi était baptiste, mais à ce point-là ! D'ailleurs même en Alabama, peu de flics étaient très respectueux des vertus religieuses, et comme la plupart, il se sentait coupable.

— Les « pirates » vont s'en sortir.

— Quoi ?

Ce n'était pas exactement « son » affaire, mais ils étaient enfermés dans la même boutique que ses prisonniers.

Le clerc expliqua ce qu'il savait, c'est-à-dire pas grand-chose. L'affaire avait mal tourné. Un problème de procédure ou un autre. Le juge ne lui avait pas bien expliqué. Davidoff était furax, mais il n'y avait rien à faire. Oui, quel dommage ! Davidoff faisait partie des « bons ». C'est là que le clerc glissa son mensonge. Il n'aimait pas mentir, mais parfois la justice l'exigeait. Le système juridique lui avait au moins appris ça. C'était une application pratique de ce que disait le pasteur : « Les voies du Seigneur sont impénétrables dans sa volonté d'accomplir ses miracles. »

Le plus drôle, c'est que ce n'était pas tout à fait un mensonge.

— Les types qui ont tué le sergent Braden étaient

liés aux pirates. Les feds pensent que les pirates ont commandité l'assassinat, le sien et celui de sa femme.

— Vous en êtes sûr ?

— Aussi sûr qu'on peut l'être.

Le clerc vida son verre et le reposa.

— Bon, merci. Nous n'avons jamais entendu parler de rien. Merci aussi pour les gosses de Braden.

Le clerc se sentit gêné. Il n'aidait pas les familles de policiers pour avoir des remerciements. C'était son Devoir, son simple Devoir. La récompense viendrait de celui qui lui avait confié cette mission.

Le clerc s'en allait et le lieutenant alla rejoindre ses collègues dans un box. Ils s'accordèrent vite à dire que les deux pirates ne pouvaient pas s'en tirer — ne s'en tireraient pas — avec un marchandage d'informations. Loi fédérale ou pas, ils étaient coupables de meurtre et de viol et sans doute d'un double meurtre qui concernait directement la police de Mobile. Le bruit courait déjà dans les rues : la vie des dealers était en danger. C'était une nouvelle occasion d'envoyer un message. L'avantage des flics sur les hauts fonctionnaires du gouvernement, c'est qu'ils parlaient un langage que les criminels comprenaient parfaitement.

Mais qui délivrerait le message ?

— Et les Patterson ?

— Ah, dit le capitaine.

Il réfléchit un moment à la question avant de dire :

— Bon, OK.

Après tout, c'était une décision plus facile à mettre en œuvre que les grandes décisions du gouvernement, et bien plus facilement réalisable.

Les deux paysans arrivèrent à Medellin au coucher du soleil. Cortez se sentait vraiment frustré. Huit corps dont il fallait se débarrasser — à Medellin, ce n'était pas si difficile que cela — et pour rien. A présent, il en était sûr. Comme il avait été sûr du contraire six heures plus tôt. Alors, où était la fuite ? Trois femmes et cinq hommes venaient de mourir pour prouver leur innocence. Les deux derniers, dans un état catatonique après avoir assisté à la mort moins charitable de leurs camarades, inutiles, avaient simplement reçu une balle dans la tête. La pièce était un vrai chantier, et Cortez se sentait souillé. Tous ces efforts perdus. Tuer sans raison. Il était trop furieux pour avoir honte.

Il accueillit les paysans dans une autre pièce, à un autre étage après s'être lavé les mains et changé. Ils étaient terrifiés, mais ils n'avaient pas peur de Cortez, ce qui le surprit grandement. Il lui fallut plusieurs minutes pour comprendre. Ils racontèrent leur histoire de manière un peu incohérente, parfois contradictoire sur certains détails, mais ce n'était pas surprenant puisqu'ils étaient deux.

— Les fusils, ce n'était pas des AK-47, assura l'un d'eux. Je connais le bruit. C'était pas pareil.

L'autre haussa les épaules, il ne reconnaissait pas les armes.

— Vous avez vu quelqu'un ?

— Non, señor. On a entendu les coups de feu et on s'est sauvés.

Très intelligent de votre part, nota Cortez.

— Des coups de feu, vous dites ? Quelle langue ils parlaient ?

— Ben, la nôtre. On les a entendus nous courir après, mais ils nous ont pas rattrapés. On connaît les montagnes, expliqua l'expert en armement.

— Vous n'avez rien entendu d'autre ?

— Les coups de feu, l'explosion, la lumière, les éclairs des fusils, c'est tout.

— Et l'endroit où ça c'est passé, vous y allez souvent ?

— Oui, souvent, confirma l'autre. Ça fait un an qu'on va là.

— Ne dites à personne que vous êtes venus me voir. Ne parlez de rien à personne, leur ordonna Felix.

— Mais les familles de ceux...

— Ne dites rien à personne, répéta Cortez d'une voix grave et posée.

Les deux hommes savaient reconnaître une situation critique.

— Vous serez récompensés, et les familles des autres recevront des compensations.

Cortez estimait être juste. Ces deux types avait servi ses intérêts, et ils seraient récompensés. Il ne savait toujours pas d'où venait la fuite, mais si jamais il mettait la main sur... qui ? Les bandes du M-19 ? Il n'y croyait pas.

Qui alors ?

Les Américains ?

La mort de Rocha n'avait fait que renforcer leur détermination. La nouvelle base de patrouille ne se trouvait qu'à trois kilomètres d'une des nombreuses plantations de café de la région et à trois kilomètres d'un autre site. Pour les hommes, c'était la routine quotidienne, la moitié dormait, l'autre montait la garde.

Ramirez était seul dans son coin. Il avait mal supporté le coup. D'un point de vue intellectuel, il était capable d'accepter la mort d'un de ses hommes, mais les émotions n'obéissent pas toujours à l'intellect. C'était vrai aussi que, bien que Ramirez n'y songe pas en ces termes, historiquement, on ne pouvait pas savoir quels officiers s'adapteraient aux opérations de combat et lesquels ne s'y feraient jamais. Ramirez avait commis une erreur typique. Il était trop proche de ses hommes. Il ne pouvait se résoudre à penser à eux comme à des forces qu'on pouvait perdre. Son échec n'avait rien à voir avec le courage. Il n'en manquait pas : risquer sa vie faisait partie d'un travail qu'il avait librement accepté. Mais il n'avait pas réussi à comprendre que risquer la vie des autres aussi faisait partie du métier. Il avait oublié que ses hommes pourraient mourir. En tant que commandant de compagnie, il avait guidé les troupes sur des exercices de terrain, il les avait entraînées, formées, il avait engueulé ses hommes quand le senseur au laser explosait, simulant une mort. Mais Rocha, ce n'était pas de la simulation. Et ce n'était pas comme si Rocha était un bleu sans expérience. C'était un pro. D'une certaine façon, il les avait trahis, se disait Ramirez tout en sachant que ce n'était pas vrai. S'ils s'étaient mieux déployés, s'il avait fait plus attention, si, si, si... Le jeune capitaine essaya de chasser ces pensées, mais en vain. Il ferait encore plus attention la prochaine fois.

Les cassettes arrivèrent juste après le repas de midi. A l'ignorance de l'équipage de l'appareil du *Ranger*, leur vol avait été coordonné avec un courrier en provenance de Bogota. Larson s'était chargé d'une partie des opérations, et avait convoyé la cassette de l'explosion à El Dorado, où il la transmit à un autre officier de la CIA. Les deux cassettes furent glissées dans la valise d'un courrier de l'Agence qui voyageait dans la cabine avant d'un transporteur C-A5 de l'Air Force, profitant de quelques heures de sommeil sur une des couchettes peu confortables à droite de l'appareil. Le vol arriva directement à Andrews, et, après l'atterrissage, le courrier descendit par l'échelle de douze mètres qui sortait du ventre caverneux du cargo et se dirigea immédiatement vers une voiture de l'Agence qui fila à Langley.

Ritter avait deux postes de télévision dans son bureau, tous deux équipés d'un magnétoscope. Il regarda les films seul, réglant le départ jusqu'à ce que les deux cassettes fussent synchronisées. La bande prise d'avion ne montrait pas grand-chose, à part le point éclairé au laser et les vagues contours de la maison, mais guère plus avant le moment de l'explosion. La cassette de Clark était bien meilleure. On voyait la demeure, avec ses fenêtres éclairées, éblouissantes sur la pellicule infra-rouge, ainsi que les gardes qui faisaient leur ronde. Ceux qui fumaient apparaissaient comme des vers luisants ; chaque fois qu'ils tiraient une bouffée, leur visage semblait illuminé par un éclair. La bombe. Cela ressemblait un peu à un film de Hitchcock, pensa Ritter. Il savait ce qui se passait, mais pas ceux qui figuraient sur l'écran. Ils erraient apparemment sans but, inconscients du rôle qu'ils jouaient dans un scénario pondu dans le bureau du directeur adjoint des Opérations de la Central Intelligence Agency. Mais...

— C'est drôle, se dit Ritter.

Il fit un retour rapide. Quelques secondes avant l'explosion, une nouvelle voiture était arrivée. « Qui peux-tu bien être ? » demanda-t-il à l'écran. Ensuite, il fit dérouler la bande rapidement. La voiture, une BMW, s'était retournée sous le choc, mais quelques secondes plus tard, le chauffeur en était sorti, pistolet au poing.

Il s'arrêta sur l'image. Cela ne lui disait pas grand-chose, à part que c'était un homme de taille moyenne. Alors que tous les autres semblaient courir dans tous les sens, lui, il était resté immobile pendant un instant, puis s'était rafraîchi à la fontaine — bizarre, elle fonctionnait toujours ! — et s'était ensuite dirigé vers le point d'impact. Cela ne pouvait pas être un des membres du Cartel. Ils étaient tous sous les décombres. Non, celui-là essayait de comprendre ce qui s'était passé. Ce fut tout à la fin de la bande que Ritter eut la meilleure image. Cortez ! Oui, c'était Felix Cortez qui fouinait partout, qui réfléchissait. C'était l'attitude d'un pro.

— Merde, on l'a raté de peu. Une minute de plus et il se garait à côté des autres. A une minute près !

Ritter retira les deux cassettes et les rangea dans son coffre avec les dossiers Œil d'Aigle, Showboat et Réciprocité. *La prochaine fois*, promit-il aux cassettes. Puis il se mit à réfléchir. Cortez était-il impliqué dans l'assassinat de Jacobs ?

— Nom de Dieu ! s'écria Ritter à voix haute.

Oui, il y avait déjà songé mais... Aurait-il organisé le crime avant de se réfugier aux États-Unis ? Et pourquoi ? Selon le témoignage de la secrétaire, il n'avait pas vraiment cherché à obtenir des informations. C'était un week-end d'amoureux classique. Premièrement, séduire la cible. Deuxièmement, savoir si on pouvait soutirer des informations à la dame. Troisièmement, renforcer la relation et s'en servir. Si Ritter avait bien compris, Cortez n'était pas encore arrivé au but...

Non, non, ce n'était pas Cortez. Il avait probablement signalé l'information au cours d'une conversation, sans rien savoir encore sur l'opération du FBI contre l'argent blanchi du Cartel. Il n'était même pas là quand on avait pris la décision de tuer le directeur. Et il aurait été contre. Pourquoi tout faire foirer au moment où on suivait une bonne piste ? Non, ce n'était pas professionnel du tout.

Alors, Cortez, qu'est-ce que tu penses de tout ça ?
Ritter aurait beaucoup donné pour pouvoir poser la
question, bien que la réponse fût évidente. Les officiers
du Renseignement étaient toujours trahis par leurs
supérieurs politiques. Ce n'était pas la première fois
pour Cortez, mais sa fureur serait la même. Il serait au
moins aussi furieux que Ritter envers Cutter.

Pour la première fois, Ritter se demanda ce que
manigançait Cortez. Il avait sans doute fui Cuba et
s'était engagé comme mercenaire. Le Cartel l'avait
embauché pour son expérience, croyant acheter un
mercenaire comme les autres, sacrément fortiche, ça
c'était sûr, mais un mercenaire quand même. Tout
comme ils achetaient les flics locaux — ouais, les flics
américains aussi ! — et les politiciens. Mais un officier
de police ne valait pas un espion formé à Moscou. Il
leur prodiguait ses conseils et il estimerait que le Cartel l'avait trahi ou du moins, s'était conduit bêtement,
car l'assassinat d'Emil Jacobs avait été motivé par
l'émotion, pas par la raison.

Pourquoi n'ai-je pas compris avant ? grommela intérieurement Ritter. Réponse : parce que ne rien voir lui
avait donné un prétexte pour faire quelque chose dont
il avait envie depuis toujours. Parce que, s'il avait
réfléchi, cela l'aurait empêché d'agir.

Cortez était un terroriste, non ? Un espion. Il avait
travaillé avec les Macheteros parce qu'on l'y avait
obligé. Avant, il ne s'occupait que d'espionnage, et
parce qu'il avait été mêlé à ce groupe de cinglés porto-
ricains, ils avaient cru... C'était sans doute une des
raisons pour lesquelles il avait fui Cuba.

C'était plus clair à présent. Le Cartel avait embauché
Cortez pour ses talents et son expérience. Mais ils
avaient fait entrer le loup dans la bergerie !

Ritter appela un employé et lui demanda de prendre
la meilleure photo de Cortez, de la passer dans l'ordinateur pour agrandissement, et de la transmettre au
FBI. Cela en valait la peine, s'il pouvait isoler l'image
de l'arrière-plan.

L'amiral Cutter resta dans son bureau de la Maison

Blanche pendant le séjour du Président à Maryland. Il arrivait tous les matins de bonne heure pour la réunion habituelle — qui avait lieu un peu plus tard pendant les « vacances » du Président — mais, pendant la majeure partie de la journée, il ne bougeait pas. Il avait ses propres fonctions, l'une étant celle de haut fonctionnaire de l'administration, du moins c'est le titre qu'il se donnait lors des conférences de presse officieuses. Les informations ainsi divulguées faisaient partie d'un jeu essentiel dans la politique présidentielle : les fuites officielles. Cutter lançait des « ballons d'essai », ce que, sur le marché de la consommation, on appelle des tests de marketing. Lorsque le Président n'était pas très sûr du bien-fondé d'une nouvelle idée, Cutter, ou le secrétaire du cabinet approprié (lui aussi considéré comme un haut fonctionnaire de l'administration), en parlait dans l'ombre, un compte rendu apparaissait dans les quotidiens, et le Congrès et les autres pouvaient ainsi réagir avant que l'*imprimatur* du Président ne fût officiellement accordé. Cela permettait aux partenaires de Washington de jongler sur la scène politique sans avoir jamais besoin de perdre la face, concept oriental transposé dans les confins politiques de l'Occident.

Bob Holtzman, le plus ancien correspondant de la Maison Blanche pour les journaux de Washington, s'installa en face de Cutter pour écouter des révélations de premier ordre. Les deux côtés comprenaient parfaitement la règle du jeu. Cutter pourrait dire tout ce qu'il voulait sans craindre de voir apparaître son nom, son titre, ni même le lieu de l'entretien. Holtzman pourrait écrire ce qu'il voulait, dans les limites du raisonnable, tant qu'il ne compromettait pas sa source, sauf auprès de son propre directeur. Les deux hommes ne s'aimaient pas. La haine de Cutter pour les journalistes était le seul point commun qu'il partageait avec ses anciens collègues militaires, bien qu'il fût sûr de pouvoir cacher ses sentiments. Il les prenait tous, surtout celui qui se trouvait face à lui, pour des fainéants, des imbéciles qui ne savaient même pas écrire et ne réfléchissaient pas plus loin que le bout de leur nez.

Holtzman pensait que Cutter n'était pas à sa place. Il ne supportait pas qu'un militaire soit si proche du Président. De plus, il trouvait que Cutter était un égocentrique prétentieux qui nourrissait des illusions de grandeur, un vulgaire arrogant qui traitait les journalistes comme une race de vautours apprivoisés. En fin de compte, chacun dans leur état d'esprit, ils s'entendaient à merveille.

— Vous allez suivre la convention la semaine prochaine ? demanda Holtzman.

— J'essaie de ne pas m'intéresser à la politique, répondit Cutter. Du café ?

Exact ! pensa le reporter.

— Non, merci. Alors, qu'est-ce qui se passe au paradis de la coca ?

— Cela faisait un moment qu'on avait ces salauds à l'œil. A mon avis, Emil a été tué par une faction du Cartel — rien d'étonnant — mais sans qu'il y ait eu de décision officielle. Le bombardement de la nuit dernière pourrait signifier qu'il y a des luttes de tendances au sein de leur organisation.

— Eh bien, quelqu'un a la rogne mauvaise ! observa Holtzman en griffonnant des notes. On raconte que le Cartel a contacté le M-19 pour qu'ils se chargent de la sale besogne, et que les Colombiens s'en sont donné à cœur joie.

— Peut-être.

— Comment étaient-ils informés de la visite du directeur Jacobs ?

— Je ne sais pas.

— Ah bon ? Vous savez que sa secrétaire a fait une tentative de suicide. Tout le Bureau en parle, mais je trouve que c'est une drôle de coïncidence.

— Qui s'occupe de l'enquête chez eux ? Croyez-moi ou pas, mais je n'en ai pas la moindre idée.

— Dan Murray, un directeur adjoint. Il ne s'occupe pas de l'enquête sur le terrain, mais c'est lui qui transmet les informations à Shaw.

— C'est pas mon rayon. Moi, je m'occupe des rebondissements outre-mer, mais les affaires intérieures, ce n'est pas moi qui m'en charge, dit Cutter dressant ainsi un rempart que Holtzman ne pourrait pas franchir.

— Alors, donc, le Cartel était remonté contre l'opération Tarpon, et certains membres importants sont passés à l'action sans l'accord du reste de l'organisation ? Et les autres ont pensé que c'était précipité et ont éliminé ceux qui avaient passé le contrat ?

— Oui, après coup, c'est ce qu'il semblerait. Vous devez bien comprendre que nos renseignements là-dessus sont assez minces.

— Nos renseignements sont toujours assez minces, souligna Holtzman.

— Vous pourriez demander des précisions à Bob Ritter, dit Cutter en reposant sa tasse.

— Oui, dit Holtzman en souriant.

S'il y avait deux personnes qui ne laissaient jamais passer de fuites, c'était bien Bob Ritter et Arthur Moore.

— Et Jack Ryan ?

— Il vient juste d'être nommé. Il était en Belgique toute cette semaine, pour la conférence de l'OTAN.

— Au Capitole, on raconte qu'il serait temps d'intervenir contre le Cartel, que l'assassinat de Jacobs représente un danger imminent pour...

— Je regarde la télévision aussi. Ça ne coûte rien de parler...

— Et ce qu'a dit le gouverneur Fowler ce matin ?

— Je laisse la politique aux politiciens.

— Vous savez que le prix de détail de la cocaïne a grimpé ?

— Ah ? Je ne suis pas client.

Cutter n'avait pas encore entendu la nouvelle. *Déjà*...

— Pas énormément, mais un peu. Il paraît que les approvisionnements sont difficiles.

— Eh bien, tant mieux.

— Pas de commentaires ? Vous avez été le premier à dire que c'était une guerre ouverte et que l'on devrait la traiter en tant que telle.

Un instant, le sourire de Cutter se figea.

— C'est le Président qui a autorité pour juger d'une guerre.

— Et le Congrès ?

— Oui, le Congrès aussi, mais depuis que je suis au service du gouvernement, le Congrès n'a fait aucune déclaration à ce sujet.

— Que penseriez-vous, personnellement, si nous étions impliqués dans cet attentat ?

— Je ne sais pas. Nous n'avons rien à y voir.

L'interview ne se déroulait pas comme prévu. Que savait Holtzman exactement ?

— C'était une hypothèse, souligna le journaliste.

— D'accord. Mais, là, cela reste entre nous. En théorie, même si on tuait tous ces salauds, ce n'est pas moi qui verserais des larmes sur eux. Et vous ?

— Entre nous, je suis d'accord avec vous. J'ai grandi ici. Je me souviens encore du temps où on pouvait se promener dans les rues sans avoir peur. Aujourd'hui, je compte les morts tous les jours, et je me demande si je suis à Washington ou à Beyrouth. Alors, ce n'était pas nous ?

— Non. Je crois que les membres du Cartel se dévorent entre eux. Ce n'est que de la spéculation, bien sûr, mais pour le moment, c'est ce qui paraît le plus vraisemblable.

— Bon, très bien. Je suppose que je vais pouvoir tirer un papier de tout ça.

20

DÉCOUVERTES

Cortez était là depuis plus d'une heure, avec six hommes armés, et un chien censé suivre les traces de ceux qui avaient détruit le labo. Les douilles, pour l'essentiel, étaient du 5.56 mm, utilisé à présent par la plupart des pays de l'OTAN. Il y avait aussi quelques douilles 9 mm ainsi qu'un cratère creusé par une grenade 40 mm. Un des attaquants avait été blessé, gravement peut-être. Méthode de combat classique, une force de feu sur la colline et une force d'assaut au même niveau, vers le nord. Ils étaient partis en hâte, sans même poser de mines contrairement à ce qui s'était passé sur les deux autres sites, sans doute à cause du blessé. Ou parce qu'ils savaient... se doutaient... Non, savaient, que deux hommes s'étaient échappés.

Décidément, il y avait plus d'une équipe qui hantait les montagnes. Trois ou quatre au moins à en juger par le nombre de sites attaqués. Cela innocentait le M-19. Il n'avait pas assez d'hommes entraînés pour ce genre de chose, sinon, ça se saurait, rectifia Cortez. Le Cartel avait fait mieux que soumettre les factions locales. Il avait placé des informateurs dans chaque unité, ce que le gouvernement colombien n'avait jamais réussi à faire.

Donc, il s'agissait probablement d'une intervention secrète américaine. Quels Américains ? Des soldats, ou des mercenaires ultra-entraînés ? Des soldats sans doute. Les mercenaires n'étaient plus ce qu'ils étaient et, de toute façon, ils n'avaient jamais été brillants.

Il examinait les indices à la manière d'un policier. Les douilles de fusil et de pistolet-mitrailleur sortaient de la même manufacture. Il n'avait pas tous les éléments en mémoire mais il remarqua que les douilles portaient le même type de code gravé sur la tête que celles qu'il avait ramassées sur les aérodromes de la côte nord. Peu de chances pour qu'il s'agisse d'une simple coïncidence. Donc, l'équipe qui surveillait les pistes était arrivée jusque-là ? Et par quel moyen ? En bus ou en camion ? Non, trop facile, c'est comme ça que le M-19 procéderait. Trop risqué pour les Américains. Les yanquis se déplaçaient en hélicoptère. Basé où ? Sur un bateau ? Au Panama plus vraisemblablement. Il était au courant des exercices effectués à portée d'hélicoptère sur la côte. Un gros appareil, capable d'être ravitaillé en vol ? Il n'y avait que les Américains pour ça. Oui, oui, au Panama. Et il avait des connaissances au Panama. Cortez mit les douilles dans sa poche et descendit la colline. A présent, il savait par où commencer ses recherches, et, pour lui, c'était tout ce dont il avait besoin.

Le VC-20A de Ryan — il devait toujours faire un effort d'imagination pour y penser comme à *son* avion — décolla de l'aéroport de Mons au début de l'après-midi. Sa première apparition dans le monde de l'espionnage international s'était bien passée. Son rapport sur l'Union soviétique et les activités en Europe de l'Est avait reçu l'approbation générale, et il s'était senti gratifié d'apprendre que les analystes de l'OTAN partageaient les mêmes opinions que lui sur la politique de leur ennemi : personne n'y comprenait rien. Les théories allaient du : « La paix dans le monde s'effiloche et qu'allons-nous devenir ? » au « Tout cela n'est qu'une vaste fumisterie », mais au moment de passer aux choses sérieuses, ceux qui avaient connu ce domaine bien avant la naissance de Jack se contentaient de hocher la tête et de plonger le nez dans leur verre de bière. La bonne nouvelle de l'année, c'était le succès des groupes de contre-espionnage face aux opérations du KGB en Europe, et bien que la CIA n'ait dit à personne (sauf à Sir Basil qui était sur place au moment de l'action) comment cela s'était passé, l'Agence jouissait d'un prestige considérable. Le gros problème, Jack en était déjà conscient quand il était encore homme d'affaires : la puissance militaire de l'OTAN ne s'était jamais portée aussi bien, les services de sécurité fonctionnaient mieux que jamais, mais les différents partenaires devaient affronter un doute politique permanent. Ryan pensait qu'en fait cela ressemblait à un succès complet, tant que les politiciens ne se laisseraient pas monter la tête.

Il y avait donc de quoi sourire tandis que la Belgique s'éloignait sous ses pieds, jusqu'à ce qu'elle ne ressemble plus qu'à une mince couverture à carreaux. Du moins, dans le clan de l'OTAN.

Les analystes, allemands, italiens, anglais, norvégiens, danois et portugais, avaient tous exprimé en revanche leur inquiétude face aux problèmes de la drogue. Les activités du Cartel commençaient à faire des dommages en Europe et ne se contentaient plus du marché américain. Les professionnels du contre-espionnage avaient bien sûr entendu parler de l'assassinat du directeur Emil Jacobs et se demandaient si l'organisation du narco-terrorisme n'avait pas pris un tournant fort dangereux contre lequel on devait réagir. Les Français, au passé historique vigoureux, qui n'hésitaient pas à protéger leur pays, voyaient d'un fort bon œil l'explosion à Medellin et restaient stupéfiés par la réponse légèrement exaspérée de Ryan : *No comment*. Leur réaction était prévisible. Si un haut fonctionnaire français avait été assassiné avec autant de publicité, la DGSE aurait immédiatement réagi. Les Français étaient très forts pour ce genre de choses et, de plus, la presse et le peuple comprenaient parfaitement. Si bien que les représentants de la DGSE s'attendaient à un sourire entendu, qui aurait compensé l'absence de commentaire et non à un mutisme gêné.

A cinq mille kilomètres de chez lui, Ryan voyait les choses d'un œil plus objectif. En l'absence de toute procédure légale possible dans ce genre d'affaires, peut-être avait-on décidé d'agir directement, d'ailleurs c'était sans doute la meilleure réaction qui soit. Si vous défiez un État-nation, vous prenez vos risques. Si on avait bombardé un pays étranger pour avoir soutenu un attentat contre des soldats américains dans une discothèque de Berlin, alors pourquoi ne pas... tuer des gens sur le territoire d'un pays démocratique ami ?

Et la dimension politique ?

C'était ça l'os, non ? La Colombie avait ses propres lois. Ce n'était pas la Libye, dirigée par une bande de clowns d'une stabilité douteuse. Ce n'était pas l'Iran, une théocratie fasciste. La Colombie avait une réelle tradition démocratique, elle avait mis en jeu ses propres institutions et s'était battue pour protéger les citoyens d'un pays étranger contre... elle-même.

Alors, nom d'un chien, qu'est-ce qu'on fabrique ?

Le bien et le mal n'ont plus la même valeur à un si haut niveau dans la hiérarchie d'État. A moins que si ? Quelles étaient les règles ? Quelle était la loi ? Existait-elle seulement ? Avant de pouvoir répondre, Ryan devait découvrir les faits. Ce serait déjà assez difficile. Il s'installa confortablement dans son siège et regarda la Manche, qui s'ouvrait comme un canal entre les terres tandis que l'avion poursuivait sa route vers l'Ouest. De l'autre côté de ces rochers meurtriers et solitaires, s'étendait l'océan Atlantique, et plus loin, l'Amérique. Il avait encore sept heures pour réfléchir à ce qu'il ferait une fois à destination. *Sept heures*, se dit Jack, se demandant combien de fois il se poserait les mêmes questions, trouvant d'autres questions à la place de réponses.

La loi est un piège, pensa Murray, une déesse à vénérer, une jolie femme de bronze qui brandit sa lanterne dans le noir pour vous montrer le chemin. Et s'il ne mène nulle part ? A présent, ils avaient un dossier contre le « suspect » numéro un dans l'assassinat du directeur. Les Colombiens avaient obtenu des aveux complets, et les trente pages de texte dactylographié à interligne simple se trouvaient sur son bureau. Il y avait toutes les preuves matérielles nécessaires, soigneusement examinées par les services légendaires du Bureau. Il n'y avait qu'un petit problème. Le traité d'extradition avec les États-Unis n'était pas applicable pour le moment. La cour suprême de Colombie, ou plutôt les juges encore vivants après l'assassinat de douze de leurs collègues par le M-19 il n'y avait pas si longtemps — tous en faveur du traité d'extradition — avaient décidé que ce dernier était en contradiction avec la Constitution. Pas de traité, pas d'extradition. L'assassin serait jugé par la cour locale et aurait sans doute une lourde peine de prison, mais Murray et le Bureau l'auraient préféré enfermé à Marion, Illinois, la prison la plus sûre du pays, à défaut de mieux. Car le ministère de la Justice aurait sûrement invoqué la loi qui permettait de demander la peine de mort pour les crimes liés à la drogue. Pourtant, les aveux obtenus par les Colombiens ne l'avaient pas été exactement selon les lois américaines, et ils risqueraient d'être écartés par une cour américaine, et là, plus de peine de mort. De plus, celui qui avait fait la peau du directeur risquait de devenir une célébrité à Marion, car les prisonniers n'accordaient en général pas la même affection au Bureau que l'ensemble des citoyens. C'était la même chose dans l'affaire des pirates, avait-il appris la veille. Un salaud d'avocat avait découvert la ruse des gardes-côtes, et c'en était fini de la peine de mort. La seule chose réconfortante, c'était que le gouvernement avait répondu de manière plus que satisfaisante, mais d'une manière qui tombait dans la catégorie du meurtre de sang-froid.

Cela l'inquiétait un peu de considérer cela comme réconfortant. Ce n'était pas ce qu'on lui avait appris pendant son passage à l'académie du FBI, d'abord comme étudiant et ensuite comme instructeur. Que se passait-il quand les gouvernements enfreignaient les lois ? Les manuels répondaient : l'anarchie... La véritable définition du criminel, c'était bien celui qui se faisait prendre à briser les lois, non ?

Non, se dit Murray.

Il avait suivi la lumière de la justice, car dans la nuit noire, c'était le seul trait de santé de la société. Sa mission, tout comme celle du Bureau, consistait à faire appliquer la loi, fidèlement et honnêtement. Il y avait des lacunes ; c'était obligatoire, les textes ne pouvaient pas tout prévoir, mais lorsque la lettre était insuffisante, on essayait de s'inspirer de l'esprit. Ce n'était pas toujours satisfaisant, mais cela valait mieux que rien.

Clark avait une conception fort différente. La loi, ce n'était pas son problème, du moins pas dans l'immédiat. Pour lui, « légal », cela signifiait qu'il avait le feu vert, pas qu'un législateur avait concocté une série de règles, signées par un Président ou un autre. Pour lui, cela signifiait que le Président en place avait décidé que l'existence de quelque chose ou de quelqu'un était contraire aux intérêts du pays. Il avait commencé son service dans les SEAL, l'unité d'élite de la marine, les commandos secrets. Serpent, c'est ainsi qu'on l'appelait, parce qu'on ne l'entendait jamais arriver. Qu'il sache, aucun ennemi qui l'ait aperçu n'avait vécu assez longtemps pour raconter son histoire. Bien sûr il portait un nom différent à l'époque, mais seulement parce qu'après avoir quitté la marine il avait commis l'erreur... — oui, une erreur, mais au sens technique du terme — d'exercer ses talents en free-lance. Et plutôt bien, d'ailleurs, jusqu'à ce que la police découvre son identité. Il en avait conclu que si les gens ne faisaient pas vraiment d'enquête sur le champ de bataille, il en allait autrement ailleurs, ce qui exigeait une plus grande circonspection de sa part. Une erreur stupide en y réfléchissant, qui avait eu pour résultat de le faire remarquer aux yeux de la CIA qui avait parfois besoin de gens comme lui. C'était presque une blague : « Si vous devez tuer, faites appel à un professionnel. » Enfin, cela lui avait paru drôle, il y avait près de vingt ans.

La loi, comme il l'avait un jour découvert, c'était qu'il n'y avait pas de loi. Si le Président disait : « On tue », Clark n'était plus que l'instrument d'une politique gouvernementale, d'autant plus que des membres du Congrès devaient forcément accorder leur soutien à l'exécutif. Les règles qui de temps à autre interdisaient de telles actions étaient des ordres émanant des bureaux exécutifs du Président, ordres que celui-ci pouvait violer en toute liberté, ou, plus précisément, redéfinir en fonction de la situation. Bien sûr, Clark n'accomplissait pas souvent ce genre de mission. La plupart du temps, son travail pour l'Agence faisait appel à ses autres talents, aller et venir sans se faire remarquer par exemple, ce pour quoi il n'avait pas son égal. Mais c'est pour tuer qu'on l'avait engagé, et pour Clark, baptisé sous le nom de John Terence Kelly à la paroisse de Saint-Ignatus à Indianapolis, Indiana, ce n'était qu'un acte de guerre. Le Viêtnam n'avait jamais obtenu la sanction légale d'une véritable guerre, après tout, et si tuer les ennemis de son pays avait été normal à l'époque, pourquoi pas maintenant ? Pour John T. Clark, le meurtre c'était tuer sans une cause juste. La loi, il la laissait aux juristes ; sa définition à lui était simplement plus pratique, et beaucoup plus efficace.

Ce qui l'inquiétait pour le moment, c'était sa prochaine cible. Il disposait encore de deux jours d'habilitation sur le porte-avions et il aurait aimé organiser un autre bombardement.

Clark habitait dans une maison de banlieue de Bogota, investie par la CIA dix ans plus tôt, et qui était censée appartenir à une entreprise qui la louait aux hommes d'affaires américains de passage. Elle n'avait aucune caractéristique particulière. Le téléphone paraissait tout à fait ordinaire mais on y avait fixé un appareil d'encryptage — un modèle simple qui n'aurait pas échappé aux yeux des censeurs soviétiques, mais qui suffisait ici étant donné la faiblesse des menaces d'interception. Il y avait également une antenne satellite parabolique dissimulée dans un trou discret du toit, et la ligne passait à travers un autre système de codage qui ressemblait à un simple magnétophone à cassette.

La prochaine fois ? Le précédent bombardement avait été soigneusement préparé pour simuler une voiture piégée. Pourquoi pas une autre ? Une vraie ? L'astuce consistait à foutre une trouille de tous les diables aux cibles prévues pour qu'elles se réfugient dans une zone plus exposée. Il fallait donc que la tentative paraisse sérieuse, sans toutefois risquer de blesser des innocents. C'était là le problème avec les voitures piégées.

Une faible détonation ? Oui, c'était une idée. Faire croire à une vraie bombe qui aurait raté au dernier moment. Trop difficile.

Rien ne valait un assassinat pur et simple, avec un bon fusil, mais cela non plus, ce n'était pas aisé. Rien qu'installer une perche qui donne sur l'endroit adéquat serait délicat et dangereux. Les barons du Cartel avaient des mouchards à toutes les fenêtres. Si un Américain louait une maison, et qu'un coup de feu en soit tiré... Ce ne serait pas une couverture idéale. Il ne fallait pas qu'ils sachent ce qui avait pu se passer.

Les concepts opératoires de Clark étaient d'une limpidité élégante. Si limpides et si élégants, que même les experts de Langley n'y avaient pas songé. Il voulait simplement tuer assez de gens pour exacerber la paranoïa de la communauté visée. Les tuer tous relevait de l'impossibilité. Autant en liquider une partie seulement et du même coup déclencher des réactions.

Le Cartel était composé d'hommes impitoyables, toujours conscients du danger, mais le danger, ils le voyaient à l'intérieur aussi bien qu'à l'extérieur. Malgré le succès de leur collaboration, ils restaient des rivaux. Inondés de pouvoir et d'argent, ils en voulaient toujours plus. Du pouvoir, surtout. Clark pensait qu'ils cherchaient avant tout le contrôle de leur propre pays, mais les pays ne sont jamais dirigés par des comités. Il lui suffisait de leur faire croire qu'il y avait une tentative de prise de pouvoir au sein de leur propre hiérarchie, et ils se mettraient à s'entre-tuer.

Oui, son plan avait au moins trente pour cent de chances de succès. Même si cela ratait, des pièces importantes seraient éliminées du jeu, et cela serait au moins un succès tactique, sinon stratégique. Affaiblir le Cartel permettrait peut-être à la Colombie de s'attaquer à lui, ce qui offrait une autre solution stratégique. La guerre qu'il espérait provoquer aurait peut-être le même résultat que le dernier acte de la guerre de Castellammare, dont on se souvenait sous le nom de la nuit des Vêpres siciliennes au cours de laquelle des dizaines de mafiosi avaient péri sous les coups de leurs pairs. Seulement, il en était sorti un réseau du crime mieux organisé, plus dangereux et plus efficace que lorsque l'organisation dépendait de la direction complexe de Carlo Luchiano et Vito Genovese. C'était là le vrai danger. Mais les choses pouvaient difficilement s'aggraver. Du moins, ainsi en avait décidé Washington. Le pari valait d'être tenté.

Larson arriva chez lui. Il n'était venu qu'une fois et bien que ce fût toujours dans le cadre de l'activité de couverture de Clark, la prospection — d'ailleurs il y avait des caisses de pierres tout autour de la maison pour l'accréditer —, cela l'ennuyait un peu.

— Vous avez entendu les infos ?

— Tout le monde parle d'une voiture piégée, répondit Larson en souriant. Nous n'aurons pas autant de chance la prochaine fois.

— Sans doute pas. La prochaine fois, faudra que ce soit vraiment spectaculaire.

— Ne me regardez pas comme ça. Vous n'espérez tout de même pas que ce soit moi qui vous dise quand sera la prochaine fois.

Dommage. Mais Clark n'en attendait pas tant.

— Non, espérons que nous intercepterons un nouveau message. Il faudra bien qu'ils se réunissent. Au moins pour discuter de ce qui s'est passé.

— Affirmatif. Mais ce ne sera peut-être plus dans la montagne.

— Ah ?

— Ils ont tout ce qu'il faut dans la plaine aussi.

Clark avait oublié ce détail. La cible en serait d'autant plus difficile à viser.

— Peut-on repérer un laser d'avion ?

— Je ne vois pas ce qui l'empêcherait. Mais après, j'atterris, je fais le plein, et je quitte ce foutu pays pour toujours.

Henry et Harvey Patterson, jumeaux de vingt-sept ans, étaient la preuve vivante des théories de tout sociologue de la criminologie. Leur père avait été un criminel professionnel bien que peu efficace durant sa courte vie, soudainement abrégée lorsqu'un propriétaire de magasin de spiritueux lui avait enfoncé une balle de douze à trois mètres. C'était un élément important pour les tenants de l'école behavioriste, peuplée de conservateurs. Ils étaient également le produit d'un ménage à parent unique, d'une maigre scolarité passée dans un groupe social hostile, dans une banlieue pauvre. Facteurs essentiels pour les environnementalistes, politiquement libéraux pour la plupart.

Quelles que soient les raisons expliquant leur comportement, c'étaient des criminels, qui appréciaient leur vie telle qu'elle était et se fichaient pas mal de savoir s'ils avaient été prédéterminés ou s'ils avaient subi de mauvaises influences durant leur jeunesse. Ils n'étaient pas stupides. Si les tests n'avaient pas privilégié les connaissances littéraires, ils auraient sans doute un peu dépassé la moyenne. Ils possédaient une ruse animale qui leur suffisait pour rendre le travail de la police excessivement délicat, et une connaissance toute populaire de la législation qui leur avait permis de manipuler le système juridique à leur profit. Ils avaient des principes également. Ils buvaient et frôlaient de peu l'alcoolisme, mais ils ne se droguaient pas. Ce qui les démarquait un peu de la normale, mais comme ils ne se souciaient guère des normes, s'écarter du profil général de la criminalité ne les choquait pas outre mesure.

Ensemble, ils avait volé, dévalisé, agressé dans tout le sud de l'Alabama depuis leur adolescence. Leurs pairs les traitaient avec un respect considérable. Il était arrivé à certains d'en rencontrer un — et comme ils se ressemblaient comme deux gouttes d'eau, rencontrer l'un signifiait rencontrer l'autre — et de ne jamais s'en relever. Mort par traumatisme (matraque) ou blessure (couteau ou arme à feu). La police les soupçonnait de cinq meurtres. Oui, mais lequel était coupable ? Leur similitude compliquait les choses, ce dont ils s'étaient aperçus dès le début de leur carrière, et ce que leurs avocats n'avaient pas manqué d'exploiter de manière spectaculaire. Chaque fois qu'on découvrait une victime des Patterson, la police pouvait parier que l'un des deux, généralement celui qui avait tous les mobiles requis — aurait été vu à des centaines de kilomètres des lieux. De plus, leurs victimes n'étaient jamais d'honnêtes citoyens mais des membres de leur propre milieu, ce qui modérait largement l'ardeur des enquêteurs.

Pas cette fois.

Il avait fallu quatorze ans depuis leur première infraction connue à la loi, mais Henry et Harvey Patterson avaient finalement raté leur coup, comme les flics de l'État l'apprirent de leur supérieur : la police avait fini par les coincer pour un crime de taille, et, grâce, dirent-ils avec une note de plaisir non dissimulé, à une autre paire de jumeaux, de jumelles plutôt. Deux prostituées, de charmantes gamines de dix-huit ans, avaient fait fondre le cœur des frères Patterson. Depuis cinq semaines, Henry et Harvey ne se lassaient pas de

Noreen et Doreen Grayson, et, tandis que les patrouilles du voisinage regardaient fleurir l'amourette, tout le monde se demandait comment ils faisaient pour ne pas se tromper — les behavioristes prétendaient que de toute façon cela n'avait pas la moindre importance, les environnementalistes leur répliquaient que ce n'était que des conneries pseudo-scientifiques, sans parler de perversion sexuelle, mais les deux clans s'amusaient beaucoup à ses spéculations. Quoi qu'il en soit, l'amour causa la chute des Patterson.

Henry et Harvey avaient décidé de libérer les sœurs Grayson de l'emprise de leur maquereau-dealer, homme méprisable mais redoutable, soupçonné de la disparition de plusieurs de ses filles. Ce qui avait tout déclenché, c'étaient les coups reçus par les deux sœurs qui avaient refusé de lui donner un bijou, un présent des Patterson pour l'anniversaire de leur premier mois ensemble et qui les avaient envoyées toutes deux à l'hôpital. Les jumeaux ne prenaient pas ce genre d'outrage à la légère, et une semaine plus tard, cachés dans une allée obscure, ils avaient pris des Smith & Wesson identiques pour mettre fin à la vie d'Elrod McIlvane. Par malchance, une patrouille de police se trouvait non loin de là. Même si les flics pensaient que cette fois, les Patterson avaient rendu un fier service à la ville de Mobile.

Le lieutenant de police les interrogea tous les deux dans son bureau. Leur prudence habituelle n'était plus qu'une fleur fanée. On avait retrouvé les armes à moins de cinquante mètres du crime. Bien qu'il n'y eût pas d'empreintes identifiables — les armes ne se prêtent pas toujours bien à ce genre d'exercice —, les quatre balles retrouvées dans le corps de McIlvane correspondaient. Les Patterson avaient été arrêtés quelques pâtés de maisons plus loin et avaient des traces de poudre sur les mains. De plus, les mobiles ne leur manquaient pas. Il y avait plus de preuves qu'il n'en fallait. La seule chose qui manquait, c'était des aveux. Aucune chance de pouvoir faire un marchandage d'aucune sorte — le procureur les haïssait encore plus que les flics —, mais même s'ils étaient sûrs de prendre une lourde peine, ils échapperaient sans doute à la chaise, car les jurés hésiteraient à les exécuter pour avoir liquidé un maquereau qui avait envoyé deux prostituées à l'hôpital et sans doute quelques autres au cimetière. Cela pouvait même être considéré comme un crime passionnel, et donc entraîner des circonstances atténuantes.

Dans leurs uniformes de prisonnier identiques, ils étaient installés en face du policier dans la salle du parloir. Le lieutenant n'arrivait même pas à les reconnaître, et d'ailleurs ne prit pas la peine de demander qui était qui car ils lui auraient menti, par pur mépris.

— Et notre avocat ? demanda Harvey ou Henry.

— Ouais, souligna Henry ou Harvey.

— Nous n'avons pas vraiment besoin de lui. Et si vous nous rendiez un petit service, les gars, on pourrait peut-être se montrer plus gentils avec vous.

Cela réglait le problème de l'avocat.

— Qu'est-ce que c'est que ces conneries ? répondit l'un d'eux, comme ouverture à la négociation.

On leur tendait une perche. La prison les attendait, et même si ni l'un ni l'autre n'y avait séjourné très longuement, ils y avaient passé assez de temps pour savoir qu'on ne s'y amusait pas tous les jours.

— Alors, ça vous enchante, perpète ? demanda le lieutenant, peu impressionné par leur agressivité. Vous savez comment ça marche, sept ou huit ans au frais, et après éventuellement une remise de peine. Et encore avec de la chance. C'est long, huit ans. Qu'en pensez-vous ?

— Faut pas nous prendre pour des cons. Qu'est-ce qu'on fiche ici ? dit l'autre Patterson, montrant qu'il était prêt à collaborer.

— Vous faites un petit boulot pour nous, et... eh bien, vous pourriez avoir une bonne surprise.

— Quel boulot ? répondirent-ils en chœur, disposés à accepter l'arrangement.

— Vous connaissez Ramon et Jesus ?

— Les pirates ? Merde !

Dans la communauté pénitentiaire, il y a une hiérarchie. Les « pointeurs », violeurs de femmes et d'enfants, sont le rebut de la société. Les Patterson n'avaient jamais fait de mal à une femme. Ils ne s'en prenaient qu'aux hommes, des hommes plus petits qu'eux la plupart du temps, mais des hommes quand même. C'était important pour leur image de marque.

— Ouais, on les connaît, ces saligauds. Les rois de l'ordure, moi je vous le dis. On est pas des saints, mais nous, on a jamais violé personne. Et ils vont s'en tirer, il paraît. Merde ! On liquide une saleté de maquereau qui tabasse ses filles, et on risque la chaise. Ah, c'est ça que vous appelez la justice. Merde !

— S'il leur arrivait quelque chose, quelque chose de grave, dit le lieutenant d'un ton calme, cela pourrait peut-être arranger vos affaires.

— Et comment ?

— Disons que vous pourriez voir Noreen et Doreen régulièrement. Vous installer quelque part.

— Merde ! s'exclama Henry ou Harvey.

— C'est ce qui peut vous arriver de mieux.

— Parce que vous voudriez qu'on liquide ces fils de pute ?

Cette question, c'est Harvey qui la posa, au grand dam de son frère qui se prenait pour le plus intelligent.

Le lieutenant les regarda.

— Oh, on a bien entendu. Comment on peut savoir que vous tiendrez parole ?

— Et qu'est-ce que vous pensez de ça ? Ramon et Jesus ont tué toute une famille, ils ont violé la femme et l'enfant d'abord, et ils sont sans doute mouillés dans le meurtre d'un policier et de sa femme. Mais il y a eu un problème juridique et, au pire, ils en prendront pour vingt ans, et sortiront dans sept ou huit maxi. Pour avoir tué six personnes. Ce n'est pas très juste, non ?

Les deux jumeaux avaient saisi le message, cela se voyait dans leurs yeux, deux regards identiques. Ensuite, la décision. Deux paires d'yeux méfiants qui réfléchissaient déjà aux méthodes possibles. Puis, la sérénité. Ils hochèrent la tête, et ce fut tout.

— Bon, faites attention maintenant. La prison, c'est un endroit dangereux.

Le lieutenant se leva pour appeler le gardien. Si on lui posait la question, il dirait qu'avec leur permission il les avait interrogés sans la présence d'un avocat sur une autre affaire, une attaque à main armée dans laquelle ils n'étaient pas impliqués mais sur laquelle ils auraient pu disposer d'informations à monnayer contre une remise de peine. Malheureusement, ils ne savaient rien et moins de cinq minutes plus tard, il les avait renvoyés à leur cellule. S'ils parlaient du véritable contenu de la conversation, ce serait la parole de deux criminels avec une peine de mort suspendue sur la tête contre celle d'un lieutenant de police. Au pire, il y aurait quelques lignes dans le *Mobile Register*, qui n'était jamais tendre envers les criminels déclarés. Et puis, ils pourraient difficilement avouer avoir tué deux hommes sur ordre de la police.

En homme honorable qu'il était, le lieutenant retourna immédiatement à son travail, pensant que les Patterson feraient de même. Des quatre balles retrouvées dans le corps, l'une était inutilisable pour toute étude balistique parce que trop endommagée, et les autres étaient à la limite. Le lieutenant ordonna qu'on les sorte à nouveau pour les réexaminer, ainsi que tout le dossier et les photos. Bien sûr, il avait signé le formulaire, car la loi exigeait que, une fois extraites du lieu du crime, les pièces à conviction soient toujours conservées dans un lieu connu et sous bonne garde, pour maintenir la « chaîne d'authenticité ». C'était une garantie contre toute preuve fabriquée. Si l'on en perdait une, même si on la retrouvait plus tard, on ne pouvait pas l'utiliser car son authenticité était entachée. Il alla vers le laboratoire où les spécialistes étaient déjà tous sur le départ. Il demanda à l'expert en balistique s'il pouvait revérifier les balles de l'affaire Patterson dès le lundi matin. L'homme accepta, la correspondance de l'une des balles était un peu juste, mais cela devrait suffire pour les besoins du procès. Il voulait bien y regarder à deux fois malgré tout.

Le policier retourna dans son bureau avec les balles

dans une enveloppe en papier kraft qui portait le numéro de l'affaire, et, comme elles étaient toujours sous bonne garde, la chaîne n'était pas rompue. Il gribouilla sur son buvard qu'il les emportait avec lui parce qu'il ne voulait pas les laisser traîner pendant tout le week-end et mit le paquet dans son attaché-case fermé par une combinaison secrète. A cinquante-trois ans, le lieutenant n'était qu'à quatre mois de la retraite, avec pension complète. Trente ans de service lui avaient suffi et il attendait avec impatience les parties de pêche en bateau. Il pouvait difficilement garder la conscience tranquille quand deux assassins de flic allaient s'en sortir avec huit douces années d'emprisonnement.

L'argent de la drogue avait produit des tas d'effets secondaires en Colombie, et l'un des plus paradoxaux était que la police avait obtenu un laboratoire de criminologie très perfectionné. Les résidus de la demeure d'Untiveros subirent les tests chimiques habituels, et en quelques heures on put déterminer que l'explosif était un mélange de cyclotétraméthylènetétranitramine et de trinitrotoluène, plus connus sous le nom vernaculaire de HMX et de TNT ; lorsqu'on les associait dans la proportion 70-30, nota le chimiste, on obtenait de l'Octol, un produit assez cher, très stable, au fort pouvoir explosif, surtout fabriqué aux États-Unis, et qu'on pouvait obtenir dans le commerce auprès de firmes américaines, européennes, et d'une société asiatique. Le chimiste donna son dossier à sa secrétaire qui le transmit à Medellin par télécopieur, où une autre secrétaire en fit une photocopie, qui se retrouva vingt minutes plus tard sur le bureau de Felix Cortez.

Ce rapport était une autre énigme à résoudre pour l'ancien agent secret. Aucune des mines et carrières locales n'utilisait d'Octol. Trop cher, et un simple explosif à base de nitrate suffisait pour les applications commerciales. Si vous aviez besoin de plus d'explosif, vous creusiez un trou plus gros et vous en mettiez plus, c'est tout. Les militaires, eux, n'ont pas toujours cette possibilité. La taille d'une balle d'artillerie est limitée par le diamètre du canon, et celle d'une bombe par la charge aérodynamique qu'elle impose à l'avion qui la transporte. Donc, les organisations militaires recherchaient toujours des explosifs plus puissants. Cortez sortit un livre de référence de sa bibliothèque qui confirma que l'Octol était presque entièrement réservé à un usage militaire, et servait d'agent détonateur pour les armes nucléaires. Cela provoqua un bref éclat de rire.

Il comprit ainsi deux ou trois petites choses. Au tout début, il avait cru qu'on avait utilisé une tonne de dynamite. On pouvait obtenir le même résultat avec moins de cinq cents kilos d'Octol.

Mais pourquoi diable n'y avait-il aucun fragment ? La moitié du poids de la bombe est constituée par l'enveloppe d'acier. Cortez écarta cet élément pour l'instant.

Une bombe lancée d'un avion expliquerait bien des choses. Il se souvenait de son entraînement à Cuba, où des officiers vietnamiens étaient venus leur expliquer comment fonctionnaient les « bombes intelligentes » qui avaient été la plaie de leurs bases et centrales électrique pendant la courte mais violente campagne de bombardements en 1972. Après des années d'échecs coûteux, les bombardiers américains avaient détruit des dizaines de cibles impeccablement défendues en quelques jours, grâce à un système de guidage excessivement précis.

Si on avait visé le camion, il y aurait toute raison de croire à un véhicule piégé, non ?

Mais pourquoi pas de fragments ? Il relut le dossier du laboratoire. Il y avait également des résidus de cellulose que le chimiste attribuait aux cartons ayant contenu l'explosif.

De la cellulose ? Donc des fibres de bois. Une bombe en papier ? Cortez prit un autre livre. Un énorme volume avec une couverture... en carton, recouverte de tissu. Aussi simple que ça ? Si on s'amusait à faire du papier assez solide dans un but aussi prosaïque qu'une reliure alors...

Cortez s'enfonça dans son fauteuil et alluma une cigarette pour se récompenser, lui et les *Norteamericanos*. C'était génial ! Ils avaient envoyé un bombardier équipé d'une bombe à tête chercheuse en visant ce camion ridicule, qui n'avait pratiquement laissé aucune trace derrière elle. Qui avait pu mettre au point un plan aussi grandiose ? se demanda-t-il effaré devant l'efficacité des Américains. Le KGB aurait assemblé toute une compagnie de commandos et mené une véritable bataille d'infanterie, laissant toutes les preuves qu'on voulait, et délivrant son message à la manière russe, clairement, mais sans la moindre subtilité. Pour une fois, les Américains s'étaient montrés dignes d'un Espagnol, d'un Cortez ! Remarquable.

À présent qu'il connaissait le comment, il lui restait à résoudre le pourquoi. Bien sûr ! Il y avait eu un article sur l'éventualité d'une guerre des gangs. Il y avait eu quatorze barons du Cartel, il n'en restait plus que dix. Les Américains essaieraient-ils de réduire ce nombre ? S'imagineraient-ils que ce seul incident déclencherait une riposte sauvage ? Non, un seul ne suffisait pas. Deux peut-être, mais pas un.

Donc les Américains avaient des commandos dans les montagnes, au sud de Medellin ; ils avaient lâché une bombe et avaient trouvé une nouvelle méthode pour intercepter les vols. Tout devenait clair. Ils abattaient les avions, bien sûr. Ils avaient posté des observateurs aux aéroports, qui transmettaient leurs renseignements pour le passage à l'action. Tout cela n'était qu'une seule et gigantesque opération. Le plus incroyable, c'était que cela marchait. Les Américains faisaient quelque chose qui marchait ! Ça, ça tenait du miracle. Pendant qu'il avait opéré comme agent secret, la CIA était une organisation efficace en ce qui concernait le renseignement, mais n'avait jamais su passer à l'action.

Felix se leva et se dirigea vers le bar. Cela demandait une réflexion sérieuse, c'est-à-dire un bon cognac. Il se servit une triple dose dans un verre à dégustation, fit tourner la liqueur, la laissant chauffer dans sa main pour que les vapeurs aromatiques lui caressent les sens avant la première gorgée.

Dans les idéogrammes chinois — Cortez avait rencontré sa dose d'agents secrets chinois —, le symbole qui signifiait « crise » était un mélange de « danger » et « occasions ». Ce dualisme l'avait surpris dès la première fois qu'on le lui avait mentionné, et depuis, il ne l'avait pas oublié. Des occasions comme celle-ci étaient excessivement rares et dangereuses. Et le plus grand danger, c'était de ne pas savoir comment les Américains déployaient leur source de renseignement. Tout indiquait une infiltration de l'organisation. Quelqu'un de haut placé, mais pas autant qu'il le voudrait. Les Américains avaient compromis quelqu'un, comme lui-même l'avait fait si souvent. Procédure du renseignement traditionnelle ; la CIA était très bonne pour ça. Quelqu'un. Qui ? Quelqu'un qui s'était senti lésé et voulait se venger tout en briguant une place dans la cour des grands ? Il y avait pas mal de gens dans cette catégorie. Comme Felix Cortez par exemple. Et au lieu d'avoir à déclencher sa propre opération pour parvenir à ses fins, à présent, il pouvait se reposer sur les Américains pour le faire à sa place. Drôle d'idée de faire confiance aux Américains, mais en fait, c'était amusant par certains aspects. Cela avait tout de la parfaite opération secrète. Tout ce qu'il avait à faire, c'était de les laisser agir à leur guise, rester dans l'ombre, et contempler le chef-d'œuvre. Il fallait de la patience et une grande confiance en son ennemi — sans parler des risques à courir —, mais pour Cortez, le jeu en valait la chandelle.

Ne sachant pas comment transmettre l'information aux Américains, il ne lui restait plus qu'à faire confiance à la chance. Non, pas la chance. Les informations, il les avait eues, il les aurait encore. Puis, à la réflexion, il prit une autre disposition. Il ne pouvait pas espérer que les Américains feraient exactement ce qu'il voulait au moment où il le voulait. Il fallait qu'il intervienne, lui aussi.

L'avion de Jack Ryan atterrit à la base d'Andrews un peu après 19 heures. Un de ses assistants — c'était bien d'avoir des assistants — prit en charge les documents confidentiels et les conduisit à Langley tandis que Jack fourrait ses bagages dans le coffre de sa voiture pour rentrer chez lui. Il passerait une bonne nuit pour atténuer les effets du décalage horaire et demain il serait de nouveau à son bureau. Sa première tâche, pensa-t-il sur la route 50, consisterait à savoir ce que fabriquait l'Agence en Amérique du Sud.

Ritter secoua la tête, stupéfait. Farce avait encore frappé. Cortez en personne, cette fois aussi. Ils n'avaient pas encore compris que leur système de communications était vulnérable. Ce n'était pas nouveau bien sûr. C'était déjà arrivé aux Allemands et aux Japonais pendant la Seconde Guerre mondiale et cela n'avait fait que se répéter depuis. Les Américains étaient simplement très forts pour capter les communications. Et le moment n'aurait pu être mieux choisi. Le porte-avions n'était disponible que pour trente heures, tout juste le temps de transmettre le message à leurs hommes du *Ranger*. Ritter rédigea les ordres de mission sur son ordinateur personnel. Il les imprima, les mit sous enveloppe, et les passa à l'un de ses subordonnés, qui prit un avion de ravitaillement de l'Air Force pour le Panama.

Le capitaine de vaisseau Robby Jackson se sentait un peu mieux. Il pouvait toujours sentir le poids de la quatrième barrette sur les épaulettes de sa chemise blanche, et l'aigle d'argent qui remplaçait la feuille de chêne sur le col de sa chemise kaki, symbole quand même plus satisfaisant pour un pilote. Sa nouvelle promotion signifiait qu'il était bien parti pour obtenir le commandement de sa propre flotte aérienne de porte-avions — ce serait son dernier travail de volant, il le savait, mais le plus grandiose. Il vérifierait tous les types d'appareils, serait responsable de plus de quatre-vingts oiseaux, avec leur équipage et leur équipe de maintenance, sans qui l'avion n'était qu'un pauvre ornement sur le pont d'envol.

Sa nouvelle tactique avait été loin de donner les résultats espérés, mais il se consolait en se disant que toutes les nouvelles idées avaient besoin de temps pour

mûrir. Il avait détecté des failles dans son projet originel, et les améliorations proposées par les commandants d'escadrilles avaient presque toutes fonctionné,
avaient affiné le concept de base en fait. Ça aussi,
c'était normal. On pouvait dire la même chose des
missiles Phoenix, dont les têtes chercheuses s'étaient
bien comportées : pas aussi bien que le fabricant
l'avait promis, mais là non plus, il n'y avait pas de quoi
s'étonner.

Robby se trouvait dans le centre d'information de
combat du porte-avions. Pas d'opération de vol pour le
moment. Le groupement de combat était pris dans
une tempête qui s'éclaircirait dans quelques heures, et
bien que les équipes de maintenance travaillent toujours sur les oiseaux, Robby et les officiers supérieurs
regardaient les bandes vidéo pour la sixième fois. Les
forces « ennemies » s'étaient remarquablement défendues, avaient détecté le plan de défense du *Ranger* et
avaient réagi assez rapidement pour avoir les chasseurs dans leur champ de tir. Que les avions de
combat les ait pourchassées au début ne comptait pas.
Toute la stratégie de cet ETM reposait sur un écrase-
ment de l'ennemi au moment du retour à la base.

Six fois, c'était assez. Robby avait appris tout ce qu'il
voulait savoir, et son esprit s'égarait. Il s'adossa sur sa
chaise tandis que la conversation tournait autour de
lui. La mauvaise organisation des chasseurs attirait un
commentaire acerbe du contre-amiral qui avait le
grade que Robby espérait obtenir à présent. C'était
instructif d'écouter ces remarques, bien qu'un peu
déprimant. La bande vidéo continuait à se dérouler, et,
une fois de plus, l'A-6 apparut, retournant vers le
porte-avions après avoir accompli sa mission, quelle
qu'elle fût. Robby savait qu'il n'avait émis qu'une hypothèse, et pour un officier, les hypothèses sont dangereuses. Malgré tout...

— Capitaine Jackson ?

Un sous-officier approchait avec un classeur. Il tendit un message à Jackson qui signa avant de le
prendre.

— Alors, Rob ? demanda l'officier de manœuvre.

— L'amiral Painter va à l'école des officiers de marine. Il veut que je le rejoigne là-bas, et pas à Washington. Je pense qu'il est impatient d'apprendre le succès grandiose de ma nouvelle tactique.

— Ne t'inquiète pas, ils vont pas te reprendre tes barrettes !

— Je n'avais pas réfléchi à tout, dit Robby en indiquant l'écran.

— Personne n'est parfait !

Le *Ranger* sortit du mauvais temps une heure plus tard. Le premier « camion de livraison » à partir allait apporter du courrier au Panama et reprendre celui qui attendait. Il revint quatre heures plus tard. Le « technicien de maintenance » l'attendait, prévenu par un signal innocent sur une fréquence libre. Après avoir lu le message, il se rendit chez le commandant Jensen.

On montra des copies de la photo à l'hôtel Hideway, mais le plus proche témoin se trouvait à Alexandria et on alla également la lui montrer.

Il était trop malin pour demander d'où elle venait : les circonstances qui entouraient cet incident faisaient partie de ce qu'il « n'avait pas besoin de savoir », du moins était-ce ce qu'on lui aurait dit s'il avait posé la question — ce dont il s'était abstenu. Cela valait mieux.

Moira allait mieux. On l'avait libérée de ses sangles, mais on la soignait toujours pour les effets secondaires des pilules qu'elle avait prises. Une sorte de crise de foie, mais elle supportait bien le traitement. Murray la trouva assise dans son lit. Les heures de visite étaient terminées, ses enfants étaient venus la voir, et ça, c'était le meilleur remède possible. La version officielle était une overdose accidentelle. L'hôpital savait la vérité, et il y avait eu des fuites, mais le Bureau affirmait qu'il s'agissait d'un accident, car elle n'avait pas avalé une dose mortelle. Le psychiatre du FBI venait la voir deux fois par jour, et ses rapports semblaient optimistes. La tentative de suicide était une réaction impulsive, et non la suite d'une longue réflexion. Avec des soins et une aide adaptée, elle s'en remettrait sans doute.

— Vous avez l'air beaucoup mieux. Comment vont les enfants ?

— Je ne leur ferai jamais plus un coup pareil. C'était stupide et égoïste.

— Je n'arrête pas de vous le dire, vous vous êtes fait renverser par un camion.

Murray s'assit sur une chaise à côté du lit et ouvrit l'enveloppe en papier kraft.

— C'est lui, le camion ?

Elle prit la photo et l'observa un instant. Prise de très loin avec un téléobjectif puissant et un agrandissement par ordinateur, elle n'avait même pas la qualité des instantanés que prenaient ses enfants. Mais dans une personne, il n'y a pas que l'expression qui compte. La forme de la tête, un peu inclinée à son habitude, la coiffure, l'attitude, cette façon de tenir sa main...

— C'est lui. C'est Juan Diaz. Où avez-vous eu cette photo ?

— Par une autre agence du gouvernement, répondit Murray, restant dans le vague, le vague signifiant CIA. Ils surveillaient un endroit je ne sais où et ils ont réussi à obtenir ça. Ils pensaient qu'il pouvait s'agir de notre type. Pour votre information, c'est la première photo que nous ayons de Felix Cortez, un ancien de la DGI. Au moins, nous savons à quoi il ressemble.

— Attrapez-le.

— Oh, on l'aura, lui promit Murray.

— Je sais, il faudra que je témoigne et tout ça. J'y arriverai, je vous jure, monsieur Murray.

Elle ne plaisante pas ! Ce n'était pas la première fois que la vengeance sauverait une vie, et Murray était content de voir cette progression. Un but de plus pour lui donner une raison de vivre. Et c'était à lui qu'il revenait de s'assurer de la vengeance du FBI.

En arrivant à son bureau le lendemain matin de bonne heure, Jack trouva la pile de travail habituelle, avec un mot du juge Moore sur le dessus.

« La convention se termine ce soir, vous prenez le dernier vol pour Chicago. Demain matin, vous aurez un entretien avec le gouverneur Fowler. Procédure normale pour les candidats à la présidence. Veuillez trouver ci-joint les lignes générales de votre entretien ainsi qu'une copie de cette même discussion sur les problèmes de sécurité nationale effectuée durant la campagne présidentielle de 1984. Vous pourrez parler d'informations "délicates" et confidentielles, mais interdiction d'aborder le "top secret". J'ai besoin de voir votre présentation avant cinq heures. »

Toute sa journée fichue en l'air ! Ryan appela chez lui pour dire à sa famille qu'il serait absent une nuit de plus. Ensuite, il se mit au travail.

Il n'aurait plus le temps d'interroger Ritter et Moore avant le lundi suivant. Et Ritter passerait la plus grande partie de la journée à la Maison Blanche. Jack appela Bethesda pour prendre des nouvelles de Greer et lui demander conseil. Il fut surpris d'apprendre que le vieil homme avait procédé lui-même au dernier entretien de ce genre, et guère étonné de constater que sa voix était encore plus faible qu'à l'habitude. La bonne humeur était toujours là, mais, aussi bienvenu que fût ce son, c'était un peu comme la vue d'un champion de patinage qui glisse sur une glace mince et fragile.

21

EXPLICATIONS

Il n'avait jamais pensé au « camion de livraison » comme à l'appareil le plus occupé de toute l'escadrille ; pourtant, c'était bien le cas, et il l'avait toujours su, mais cet avion à hélice affreux et lent ne présentait guère d'attrait pour un pilote né dans un Phantom-II F-4N et vite passé au Tomcat F-14A. Il n'avait pas volé dans un chasseur depuis des semaines, et, en allant vers le « camion de livraison », au nom officiel de Greyhound C-2A, il décida de s'échapper quelques heures à Pax River pour voler dans un oiseau digne de ce nom. « Ça me manque, la vitesse me manque », murmura-t-il. L'appareil était placé de façon à partir d'une catapulte de tribord et, en avançant, Robby revit une fois de plus l'Intruder, l'avion personnel du commandant d'escadrille. Vers l'extérieur de la structure se trouvait un espace réduit, appelé la ferme à bombe, qu'on utilisait pour le stockage et la préparation du matériel. C'était un endroit pratique, trop exigu pour y garer un avion, mais proche de l'eau, si bien qu'on pouvait jeter les bombes par-dessus bord en cas de nécessité. On les déplaçait sur de petits chariots lents, et, au moment même où il embarquait, on emmenait une bombe bleue marquée « exercice », munie d'une tête chercheuse à laser vers l'Intruder.

Tiens, tiens, un autre largage ce soir ? Il y avait de quoi rire. *Celle-là aussi, fichez-la en plein dans le mille !* Dix minutes plus tard, il s'envolait pour Panama où il prendrait un avion de l'Air Force jusqu'en Californie.

Ryan survolait la Virginie dans un vol commercial, sur un DC-9 de l'American Airlines, pas aussi prestigieux que les appareils réservés aux VIP de l'Air Force, mais cette fois, rien ne justifiait un traitement particulier. Il était accompagné d'un garde du corps, ce dont il finissait par prendre l'habitude. Celui-ci était un officier blessé pendant le service. Il était tombé et s'était cassé la hanche. Quand il serait entièrement remis, il retournerait sûrement sur le terrain. Il s'appelait Roger Harris, la trentaine environ, plutôt intelligent.

— Que faisiez-vous avant de vous engager ?
— Eh bien, monsieur...
— Jack. On ne nous donne pas d'auréole avec le titre.
— Vous ne me croiriez pas. Flic à Newark. Je voulais un métier moins dangereux, alors, je me suis engagé, et voilà ce qui m'est arrivé !

L'avion n'était qu'à moitié plein. Ryan regarda autour de lui pour vérifier qu'il n'y avait personne autour d'eux. Sur les avions, les engins d'écoute ne captent jamais que les bruits de moteur.

— Où cela s'est-il passé ?

— En Pologne. Une mauvaise rencontre... Enfin, je sentais que cela allait mal tourner et j'ai décidé de me tirer. Mon acolyte s'en est bien sorti, et moi je suis parti de l'autre côté. Un peu à l'écart de l'ambassade, j'ai sauté par-dessus un mur. Enfin, j'ai essayé. Il y avait un chat, un vieux chat de gouttière, je lui ai marché dessus, il a hurlé, j'ai trébuché, et je me suis brisé la hanche comme une vieille femme dans sa baignoire. Ce boulot, c'est jamais comme au cinéma !

— Un jour je vous raconterai une histoire comme ça qui m'est arrivée.

— Sur le terrain ?

Il savait que Jack s'occupait du renseignement, pas des opérations.

— Une sacrée bonne histoire, dommage que je puisse pas en parler.

— Alors, qu'allez-vous raconter à J. Robert Fowler ?

— C'est ça le plus drôle. Rien qu'il ne puisse apprendre par les journaux, mais ce n'est pas officiel tant que cela ne vient pas de nous.

L'hôtesse s'approcha. Le vol était trop court pour un repas, mais Jack commanda deux bières.

— Monsieur, je dois pas boire en service.

— Vous avez une dispense. Je n'aime pas boire seul, et je bois toujours en avion.

— Oui, il paraît que vous n'aimez pas trop quitter le plancher des vaches.

— Plus maintenant, répondit Jack presque sincèrement.

— Alors ? demanda Escobedo.

— Bon, plusieurs choses.

Cortez s'exprimait lentement, précautionneusement, pour prouver à *El Jefe* qu'il y avait encore des éléments dans l'ombre mais qu'il usait de tous ses talents analytiques pour trouver la bonne réponse.

— Il me semble que les Américains ont deux ou trois équipes de mercenaires dans les montagnes. Comme vous le savez, ils attaquent les laboratoires, dans un but de guerre psychologique sans doute. Déjà, les paysans rechignent à nous aider. Ce n'est pas difficile de terrifier ces pauvres bougres. S'ils insistent, nous aurons du mal à assurer la production.

— Des mercenaires ?

— Un terme technique, *jefe*. Comme vous le savez, un mercenaire offre ses services contre de l'argent, la plupart du temps le terme recouvre des tâches paramilitaires. Nous savons qu'ils parlent espagnol. Cela pourrait être des Colombiens, ou des Argentins. Vous savez que les *Norteamericanos* prennent des gens de l'armée argentine pour entraîner les *contrats* ? Des types de la Junte, des brutes dangereuses. Peut-être qu'avec tous les troubles dans leur pays, ils ont décidé de vendre leurs services aux États-Unis sur une base semi-permanente. Ce n'est qu'une des hypothèses, bien sûr. Vous comprenez bien qu'il faut pouvoir nier facilement une opération comme ça. D'où qu'ils viennent, ces mercenaires ne savent peut-être même pas qu'ils travaillent pour les États-Unis.

— Bon, qu'est-ce que vous allez faire d'eux ?

— Eh bien, ouvrir la chasse bien sûr, proposa Cortez d'un ton neutre. Il nous faut environ deux cents hommes armés, mais ce n'est pas difficile à trouver. Nous avons déjà des gens qui fouillent la région. J'ai besoin de votre autorisation pour rassembler les forces nécessaires au nettoyage des collines.

— Vous l'avez. Et l'attentat chez Untiveros ?

— Quelqu'un a fichu quatre cents kilos d'un explosif très puissant dans son camion. Très habile, *jefe*. Dans un autre véhicule cela aurait été impossible, mais dans ce camion...

— Je sais, rien que les pneus pèsent plus lourd que ça. Mais qui ?

— Pas les Américains ni leurs sbires, répondit Cortez, très affirmatif.

— Mais...

— *Jefe*, réfléchissez un peu. Qui avait accès à ce camion ?

Escobedo rumina la question un instant. Ils se trouvaient à l'arrière de sa Mercedes, une vieille 600, amoureusement entretenue, à l'état neuf. Les Mercedes-Benz sont toujours très prisées de ceux qui ont des ennemis violents. Lourdes, leur moteur puissant leur permet de transporter sans mal cinq cents kilos d'armature Kevlar pour renforcer les parties vitales, et leurs vitres épaisses au polycarbone arrêtent des balles de calibre .30. Les pneus, remplis de mousse et non d'air, se dégonflent moins rapidement en cas de déchirure. Et le réservoir d'essence est recouvert d'un revêtement gaufré en alliage spécial qui n'empêcherait pas un incendie mais préviendrait une explosion plus dangereuse. A cinquante mètres en avant et en arrière, se trouvaient des BMW rapides, puissantes, remplies d'hommes armés, comme pour l'escorte d'un chef d'État.

— L'un d'entre nous, alors ?

— Possible, *jefe*.

Le ton de sa voix indiquait que c'était plus que probable. Il avançait prudemment dans ses révélations sans quitter la route des yeux.

— Mais qui ?

— C'est à vous de trouver la réponse. Je suis agent de renseignement, pas flic.

Que Cortez puisse s'en tirer avec des arguments aussi éhontés prouvait la paranoïa d'Escobedo.

— Et l'appareil disparu ?

— Je ne sais pas non plus. Peut-être que la piste était surveillée. Une équipe paramilitaire américaine, mais probablement les mercenaires qui hantent les montagnes. Ils ont sans doute saboté l'avion, peut-être avec la complicité des gardes au sol. Quand ils sont partis, ils ont tué les gardes, pour faire disparaître les preuves, et ils ont miné les réservoirs pour faire croire à quelque chose de complètement différent. C'est une opération très habile, mais à laquelle nous aurions su nous adapter, sans l'assassinat de Bogota.

Cortez inspira profondément avant de continuer.

— C'était une erreur, *jefe*. Cela a obligé les Américains à transformer une opération qui nous gênait un peu en une entreprise d'envergure qui menace directement nos activités. Ils ont soudoyé quelqu'un au sein de l'organisation, qui se met à leur disposition par ambition ou par désir de vengeance.

Cortez parlait toujours d'une voix posée, celle qu'il utilisait lors de ses entretiens avec ses supérieurs à La Havane, celle du professeur qui s'adresse à un élève brillant. Il faisait penser à un médecin, surtout pour les Latins qui se laissent aller à la colère mais respectent ceux qui savent contrôler leurs passions. En reprochant la mort du directeur à Escobedo — Escobedo n'aimait pas les reproches et savait que Cortez le savait —, Felix ne faisait qu'ajouter à sa propre crédibilité.

— Les Américains ont peut-être essayé de nous guider sur une fausse piste. Ils ont peut-être cru qu'il y avait une guerre des gangs au sein de l'organisation. C'est bien des Américains de se servir de la vérité pour démentir la vérité, pourtant, le truc est usé. Ils croient peut-être que l'organisation ne s'est rendu compte de rien, mais dans le milieu du renseignement, tout le monde le sait.

Ça, Cortez venait tout juste de l'inventer, mais ça sonnait bien. Et ça eut l'effet escompté. Escobedo regardait à travers les vitres épaisses, réfléchissant à ces nouvelles informations.

— Je me demande bien qui...

— C'est une question à laquelle je ne peux pas répondre. Peut-être pourrez-vous avancer là-dessus avec le señor Fuentes ce soir.

Le plus difficile, c'était de garder son sérieux. Malgré son intelligence et sa dureté, *El Jefe* n'était qu'un enfant qu'on pouvait aisément manipuler une fois qu'on avait trouvé la corde sensible.

La route se glissait le long d'une vallée. Il y avait également une voie ferrée qui, comme elle, suivait un chemin creusé dans la roche par une rivière de montagne. D'un strict point de vue tactique, ce n'était pas un bon endroit. Bien qu'il n'eût jamais été soldat — à part lors de son entraînement paramilitaire à Cuba —, il connaissait les inconvénients d'une situation en contre-bas. De haut, on vous repérait de loin. Les pancartes de la route se présentaient comme de mauvais présages. Felix savait tout ce qu'il fallait savoir sur cette voiture. Elle avait été modifiée par le plus grand fabricant de blindage qui la vérifiait régulièrement. Les vitres étaient changées deux fois par an car le soleil altérait la structure cristalline du polycarbone, d'autant plus vite du fait de la latitude et de l'altitude. Les vitres arrêteraient des 7.62 des mitrailleuses de l'OTAN et, dans de bonnes circonstances, les feuilles de Kevlar des portes et autour du moteur stopperaient des calibres plus puissants encore. Cortez était nerveux mais, par un effort de volonté, réussissait à maîtriser son angoisse.

— Je me demande bien qui..., répéta Escobedo alors que la voiture arrivait dans un virage serré.

Il y avait cinq équipes de deux hommes chacune, un mitrailleur et un préposé aux munitions, armées de mitrailleuses MG3 ouest-allemandes que l'armée colombienne venait d'adopter car elles utilisaient les mêmes balles de 7.63 que leurs armes d'infanterie traditionnelle, le G3, de manufacture allemande également. Ces cinq-là venaient d'être « volées » à l'armée, en fait achetées à un cupide sergent responsable d'un dépôt. S'appuyant sur le succès de l'ancienne MG-42 de la Seconde Guerre mondiale, la MG3 avait gardé le cycle de douze cents coups par minute, vingt coups par seconde. Les armes se trouvaient à trente mètres l'une de l'autre, et deux devaient s'occuper de la voiture de tête, deux de la voiture de queue et une seulement de la Mercedes. Cortez n'avait pas une confiance absolue dans le blindage. Il regarda sa montre à affichage lumineux. Ils étaient exactement dans les temps. Escobedo avait de bons chauffeurs. Oui, mais Untiveros aussi avait de bons serviteurs.

Le museau des canons était protégé par une sorte de cône. Ce dispositif, souvent mal interprété par le profane, sert à préserver le mitrailleur de l'aveuglement provoqué par l'éclair de son arme. Cacher la lumière de la flamme de tout autre point tenait de l'impossibilité matérielle.

Les mitrailleurs se mirent à tirer au même moment, et cinq cylindres de flammes d'un blanc pur jaillirent du côté droit de la route. Avec ce jet de lumière, les mitrailleurs n'avaient même plus besoin d'utiliser leurs viseurs métalliques pour suivre leur cible.

Les occupants des véhicules n'eurent pas le temps d'entendre le tir, mais ils perçurent l'impact des balles sur la carrosserie, du moins ceux qui vécurent assez longtemps pour ça.

Escobedo se raidit comme une barre d'acier en voyant la ligne jaune atteindre le véhicule de tête. Il n'était pas aussi protégé que la Mercedes. Les feux arrière oscillèrent vers la gauche, puis la droite et la voiture quitta la route en biais, tel un jouet d'enfant. Avant de la voir disparaître, Cortez et Escobedo sentirent l'impact de vingt balles sur leur voiture. On aurait dit de la grêle sur un toit métallique. Mais c'étaient des balles, pas de la glace, qui frappaient une armure de Kevlar, et non du fer-blanc. Le chauffeur, bien entraîné, toujours sur ses gardes fit déraper la Mercedes pour éviter le véhicule de tête tout en appuyant sur l'accélérateur. Le moteur de six litres de cylindrée répondit immédiatement — lui aussi était protégé par un blindage — doublant immédiatement sa puissance et envoyant les passagers rebondir sur leur siège. Escobedo s'était tourné vers la menace et il crut que les balles se dirigeaient droit sur son visage, miraculeusement arrêtées par la vitre épaisse, qui se fendillait sous l'impact.

Cortez se précipita sur Escobedo et le jeta à terre. Aucun des deux n'eut le temps de prononcer une parole. La voiture roulait à plus de cent kilomètres-heure au début de la fusillade, déjà elle approchait les cent quarante, et échappait à la zone meurtrière plus vite que les mitrailleurs ne pouvaient viser. Deux minutes plus tard, Cortez se redressa.

Il fut surpris de voir que deux balles avaient frappé la vitre gauche de l'intérieur. Les mitrailleurs étaient un peu trop bons tireurs et avaient réussi à marteler les fenêtres. Il n'y avait plus trace des autres véhicules. Felix inspira profondément. Il venait de remporter le plus grand pari de sa vie.

— Prenez la prochaine bifurcation, cria-t-il au chauffeur.

— Non, tout droit...

— Idiot ! s'écria Cortez en faisant tourner *El Jefe*.

Vous voulez tomber dans une autre embuscade ? Comment vous imaginez qu'ils savaient qu'on allait passer par là ? Tournez au prochain carrefour, répéta-t-il au chauffeur.

Le chauffeur, qui connaissait bien la tactique des embuscades, écrasa le frein et tourna vers la droite dans un réseau de petites routes qui desservaient les fermes locales.

— Trouvez un endroit tranquille pour s'arrêter.

— Mais...

— Ils s'attendent à nous voir fuir, pas réfléchir. Ils s'attendent à nous voir faire tout ce qu'on dit dans les manuels antiterroristes. Il n'y a que les imbéciles qui sont prévisibles.

Cortez brossa les fragments de polycarbone dans ses cheveux. Il avait sorti son pistolet et le replaça ostensiblement dans son holster d'épaule.

— José, vous avez été formidable.

— Les deux voitures ont disparu, dit le chauffeur.

— Rien d'étonnant. Eh bien, *Jésus Marie*, on l'a échappé belle !

Escobedo avait bien des défauts, mais on ne pouvait l'accuser de lâcheté. Lui aussi vit les dégâts causés sur les vitres, à quelques centimètres de sa tête. Deux balles avaient traversé la voiture, et s'étaient enfoncées dans le verre. *El Jefe* en prit une dans le creux de la main. Elle était encore brûlante.

— Il faudra que je dise deux mots à ces fabricants de fenêtres, dit-il d'un ton neutre.

Il s'aperçut enfin que Cortez venait de lui sauver la vie.

Le plus étrange, c'est que c'était vrai. Mais Cortez était surtout impressionné par ses propres réflexes, il avait agi rapidement et avait sauvé sa propre vie. Cela faisait longtemps qu'il n'avait pas passé les tests de forme physique de la DGI. A des moments pareils, le plus circonspect des hommes pouvait se croire invincible.

— Qui savait que nous allions chez Fuentes ? demanda-t-il.

— Il faut...

Escobedo saisit le téléphone et composa un numéro. Cortez lui prit gentiment l'appareil et le raccrocha.

— Ce serait peut-être une très grave erreur, *jefe*. Avec tout votre respect, señor, laissez-moi m'occuper de cela. C'est un travail de professionnel.

Escobedo n'avait jamais été aussi impressionné par Cortez.

— Je n'oublierai pas ce que je vous dois, dit-il à son fidèle vassal.

Escobedo s'en voulait de l'avoir parfois maltraité et, surtout, d'avoir négligé ses conseils.

— Que devrions-nous faire ?

— José, trouvez un endroit en hauteur d'où on peut voir la maison de Fuentes.

Une minute plus tard, le chauffeur trouva un terre-plein surplombant la vallée. Il s'arrêta et les trois hommes sortirent. José inspecta la voiture. Ni les pneus ni le moteur n'avaient été touchés. Bien que la carrosserie soit à refaire, elle pouvait toujours rouler. José aimait beaucoup cette voiture et bien qu'il regrettât de la voir ainsi défigurée, il faillit pleurer de fierté en pensant qu'elle leur avait sauvé la vie.

Dans le coffre, il y avait plusieurs fusils, des G3 allemands, mais achetés légalement, et une paire de jumelles. Cortez laissa les fusils aux autres et prit les jumelles qu'il braqua sur la maison illuminée de Fuentes à dix kilomètres de là.

— Qu'est-ce que vous cherchez ?

— *Jefe*, s'il est mouillé dans l'embuscade, il doit savoir que nous nous en sommes peut-être sortis, et il devrait y avoir une certaine activité autour de chez lui. S'il n'y est pour rien, tout doit être calme.

— Et ceux qui ont tiré sur nous ?

— Vous croyez qu'ils savent qu'on s'en est sorti ? Non, ils ne peuvent pas en être sûrs. D'abord, ils vont essayer de prouver qu'ils ont réussi, que la voiture a continué un moment et que... Alors, ils vont nous chercher. José, vous avez tourné combien de fois pour arriver ici ?

— Six, monsieur, et il y a beaucoup de routes.

Le chauffeur avait une sacrée allure avec son fusil.

— Vous voyez, *jefe* ? A moins qu'ils aient une équipe très nombreuse, il y a trop de routes à vérifier. Nous n'avons pas affaire à la police ni à des militaires. Sinon, nous serions toujours en train de bouger. Ces embuscades... non, *jefe*, une fois que ça rate, ça rate pour de bon. Regardez.

Il lui tendit ses jumelles. C'était le moment de faire son petit numéro de machisme. Il ouvrit la porte et prit quelques bouteilles de Perrier. Escobedo en était fou. Il les ouvrit en insérant les goulots dans un trou de balle percé dans le coffre. Même José eut un petit rire amusé et Escobedo adora ce genre de bravade.

— Le danger me donne soif, expliqua Cortez en faisant passer les bouteilles.

— Oui, quelle nuit ! répondit Escobedo en avalant une longue gorgée.

Pour le commandant Jensen et son navigateur-bombardier, elle n'avait rien d'exceptionnel. La première sortie, comme toute première fois, avait été passionnante, mais déjà tout tombait dans la routine. C'était trop facile. Jensen avait fait face à des missiles surface-air et à des bombes qui filaient droit sur lui et avait mis son courage à l'épreuve dès vingt ans contre les forces nord-vietnamiennes, qui avaient elles aussi leur expérience et leur habileté. Et pour lui, ces sorties d'entraînement étaient aussi passionnantes que d'aller poster une lettre à la boîte ; en fait, le courrier transportait parfois des choses essentielles. La mission se déroulait exactement selon les plans. L'ordinateur lança la bombe au moment voulu, et le bombardier régla son viseur TRAM pour garder sa cible en vue. Cette fois, Jensen laissa errer ses yeux sur l'écran.

— Je me demande ce que manigance Escobedo, dit Larson.

— Il est peut-être arrivé en avance, répondit Clark, l'œil fixé au DL.

— Peut-être. Vous avez vu, il n'y a aucune voiture garée près de la maison, cette fois.

— Oui, le détonateur est réglé au centième de seconde, il devrait se déclencher au moment où ils s'installeront à la table de conférence.

De loin, c'était encore plus impressionnant, pensa Cortez. Étrangement, il ne vit pas la bombe tomber, n'entendit pas l'avion qui l'avait larguée mais vit l'éclair de lumière bien avant que le son parvienne à ses oreilles. *Ah, ah, les Américains et leurs beaux jouets ! Un peu dangereux !* Le plus dangereux, c'était que leur source de renseignement fonctionne aussi bien. Felix ne savait toujours pas d'où partaient les fuites, ce qui l'inquiétait énormément.

— Eh bien, on dirait que Fuentes n'y est pour rien, nota Cortez avant même d'avoir entendu le bruit de l'explosion.

— Et dire qu'on aurait pu y être !

— Oui, mais on n'y était pas ! Il est temps de partir, je crois.

— Qu'est-ce que c'est ? demanda Larson.

Deux phares apparurent sur une colline, à cinq kilomètres d'eux. Ni Larson ni Clark n'avait vu la Mercedes se garer sur le terre-plein. Ils s'étaient concentrés sur la cible, mais Clark se reprocha de ne pas avoir pensé à vérifier les alentours. Ce genre d'erreur pouvait se révéler fatale.

Clark braqua ses jumelles Noctron sur le véhicule dès que les phares ne furent plus dans son axe. C'était une grosse...

— Quelle est la voiture d'Escobedo ?

— Au choix, ça ressemble à la collection de chevaux de Churchill Downs. Porsche, Rolls, Mercedes...

— Oui, on dirait une limousine, une Mercedes peut-être. Drôle d'endroit. Bon, il est temps de filer. Deux expéditions comme ça, c'est assez. Les bombes, c'est fini.

Quatre-vingts minutes plus tard, leur Subaru dut ralentir. Une série de voitures de police et d'ambulances étaient garées sur le bas-côté, tandis que des hommes en uniforme apparaissaient et disparaissaient dans les lueurs rosées des flammes. Deux Mercedes noires gisaient sur le flanc. Quelqu'un avait vraiment l'air de ne pas les apprécier, ces limousines. Il n'y avait pas beaucoup de circulation, mais comme partout dans ce monde, les conducteurs ralentissaient pour voir ce qui se passait.

— Eh bien, ça a pété sec ! s'exclama Larson.

— Mitrailleuses lourdes à bout portant, évalua Clark de manière plus professionnelle. Embuscade. Ce sont des BMW M3.

— La grosse ultra-rapide ? Des richards alors, vous ne pensez pas...

— Dans ce métier, mieux vaut ne pas faire de supposition. Dans combien de temps saurez-vous ce qui s'est passé ?

— Deux heures après que nous serons rentrés.

— Bien.

La police observait les voitures, sans les fouiller. Un homme braqua sa lampe-torche vers l'arrière de la Subaru. Il y avait de drôles de trucs là-dedans, mais rien qui n'ait la taille ou la forme d'une mitrailleuse. Il leur fit signe de continuer. Clark non plus ne pouvait s'empêcher de faire des suppositions. La guerre des gangs aurait-elle déjà commencé ?

Robby Jackson disposait de deux heures d'attente avant le départ du C-114B de l'armée de l'air qui, avec son dispositif de ravitaillement, ressemblait à un gros serpent vert. Le pilote regarda d'un air amusé la soixantaine de soldats qui se trouvaient à bord. C'était comme ça que son petit frère gagnait sa vie. Un major s'assit à côté de lui après lui en avoir demandé la permission — Robby avait deux grades de plus.

— Quelle division ?

— Septième infanterie légère.

Le major se pencha en arrière, essayant de s'installer le plus confortablement possible, et posa son casque sur les genoux. Robby le prit. De la forme des casques allemands de la Seconde Guerre mondiale, il était en Kevlar, recouvert d'un tissu de camouflage sur le dessus ainsi que, retenue par un élastique, d'une série de bandelettes tressées qui le faisait ressembler à une méduse.

— Mon frère aussi en a un comme ça. C'est plutôt lourd. A quoi ça sert tout ça ?

— Le chou-fleur ? dit le major en souriant, les yeux

fermés. Eh bien le Kevlar, c'est pour éviter de vous faire lacérer le crâne, et ce balai c'est pour que les contours soient plus flous. Ça vous rend plus difficile à repérer dans les buissons. Votre frère est avec nous ?

— Oui, c'est un nouveau gradé, sous-lieutenant, chez vous, je crois. Dans le euh, Ninja je ne sais quoi.

— Troisième bataillon, 7ᵉ infanterie, 1ʳᵉ brigade. Moi, je suis brigade Renseignement, la deuxième. Et vous ?

— Je suis au Pentagone pour deux ans. Je pilote des chasseurs quand je ne suis pas derrière un bureau.

— Ça doit être chouette de travailler assis.

— Pas vraiment. L'avantage c'est que je peux aller pisser quand je veux.

— Affirmatif. Qu'est-ce qui vous amène au Panama ?

— On a un porte-avions au large. J'étais là en observateur. Et vous ?

— Déplacement de routine d'un bataillon. La jungle, c'est là qu'on opère. On se cache beaucoup.

— Tactiques de guérilla ?

— Plus ou moins. C'était surtout un exercice de reconnaissance, s'infiltrer, rassembler des informations, effectuer quelques raids, ce genre de trucs.

— Comment ça a marché ?

— Bof, pas aussi bien qu'on l'espérait. On a perdu des bons éléments, c'est sans doute la même chose pour vous, non ? Les types sont mutés, et il faut un moment pour former les nouveaux. L'unité de reconnaissance, surtout, a perdu des sacrés caïds, et ils nous ont fichtrement manqué. Bah, c'est pour ça qu'on s'entraîne ; ça n'arrête jamais.

— Chez nous, c'est pas pareil. On se déploie en unité et en général on ne perd personne avant la fin de la mission.

— J'ai toujours pensé qu'ils étaient plus malins dans la marine.

— Ah, oui, c'est à ce point-là ? Mon frère m'a dit avoir un bon... chef d'escouade ? C'est si important que ça ?

— Parfois, oui. J'avais un type, Muñoz, sacrément

fortiche sur le terrain. Il a disparu un jour, pour une opération spéciale, qu'on m'a dit. Celui qui l'a remplacé n'est pas à la hauteur. Ça arrive, il faut s'y faire.

Le nom de Muñoz lui rappelait vaguement quelque chose, mais il ne se souvenait plus où il l'avait entendu.

— Comment je fais pour aller à Monterey ?

— C'est à deux pas ! Vous voulez qu'on vous emmène, capitaine ? Oh, bien sûr, on a pas tout le confort de la marine.

— Nous aussi, on vit à la dure. Une fois, on ne m'a pas changé mes draps pendant trois jours, et la même semaine, on nous a servi des hot dogs au dîner. Je n'oublierai jamais cette croisière ! Le vrai bordel. Vos jeeps ont l'air conditionné, je présume ?

Les deux hommes éclatèrent de rire.

Ryan avait une suite au-dessus de celle du gouverneur, payée sur les frais de la campagne, ce qui le surprit beaucoup. Mais cela réglait les problèmes de sécurité. Fowler avait sa garde rapprochée personnelle, qu'il conserverait au moins jusqu'en novembre, et pour quatre ans de plus s'il remportait les élections. C'était un hôtel moderne, charmant, avec des murs épais et un sol de béton, malheureusement mal insonorisé.

On frappa à sa porte au moment où il sortait de la douche. Il y avait un peignoir en éponge marqué au sigle de l'hôtel. Il l'enfila pour aller ouvrir. C'était une femme d'une quarantaine d'années, sur son trente et un.

— Vous êtes monsieur Ryan ?

Immédiatement, sa façon de parler lui déplut, il avait l'impression d'être atteint d'une maladie contagieuse.

— Exact. A qui ai-je l'honneur ?

— Elizabeth Elliot.

— Madame Elliot...

Comment l'appeler, avec ces féministes, on ne savait jamais s'il fallait leur dire Madame ou Mademoiselle.

— Madame Elliot...

— Je ne sais toujours pas qui vous êtes.

— Je suis le conseiller en politique étrangère.

— Bon, très bien, entrez, dit Ryan en ouvrant la porte en grand.

Il aurait dû s'en souvenir, c'était E.E., professeur de sciences-po à Bennington, dont les vues politiques auraient fait ressembler Lénine à Theodore Roosevelt. Il avait déjà fait plusieurs pas avant de se rendre compte qu'elle ne le suivait pas.

— Alors, vous entrez ou pas ?

— *Comme ça ?*

Elle resta immobile avant de continuer à parler. Plus curieux qu'autre chose, Ryan s'essuyait toujours les cheveux sans rien dire.

— Je sais bien ce que vous êtes.

A quel jeu jouait-elle, Jack ne le savait pas. De toute façon, il avait eu une longue journée, souffrait toujours du décalage horaire de son voyage en Europe, et venait encore d'y ajouter une heure. Cela expliqua en partie sa réponse.

— Écoutez, c'est vous qui m'avez surpris à la sortie de ma douche. J'ai deux enfants et une femme, qui sort aussi de Bennington, d'ailleurs. Je ne m'appelle pas James Bond, et je ne suis pas un dragueur. Si vous avez quelque chose à me dire, soyez assez gentille pour le dire. Ça fait une semaine que je voyage, je suis fatigué et j'ai besoin de sommeil.

— Êtes-vous toujours aussi insolent ?

Jésus Marie !

— Madame Elliot, si vous avez envie de jouer dans la cour des grands à Washington, la leçon numéro un, c'est que les affaires sont les affaires. Vous avez quelque chose à me dire, dites-le, vous avez quelque chose à demander, demandez-le.

— Qu'est-ce que vous fichez en Colombie ? hurlat-elle.

— De quoi parlez-vous ? demanda Jack sur un ton plus modéré.

— Vous savez très bien de quoi je parle.

— Dans ce cas, vous seriez gentille de me rafraîchir la mémoire.

— Il y a eu un attentat chez un autre baron de la

drogue, dit-elle en regardant d'un œil méfiant dans le couloir, comme si on avait pu se demander si elle était en train de négocier son prix pour la nuit ; cela se passait souvent lors des conventions, et E.E. n'était pas déplaisante physiquement.

— Je n'ai pas la moindre information sur une opération de ce genre conduite par un gouvernement ou un autre. Je ne suis pas omniscient. Pour être précis, je ne sais rien sur cette affaire, ce qui s'appelle rien. Croyez-moi ou pas, mais ce n'est pas parce que vous travaillez à la CIA que vous savez tout ce qui se passe sous chaque caillou, dans chaque flaque d'eau du monde entier. Qu'en disent les journaux ?

— Mais vous êtes censé savoir ! protesta Elizabeth Elliot, pourtant intriguée.

— Madame Elliot, il y a deux ans, vous avez écrit un livre sur nos pouvoirs de persuasion. Ça me rappelle une vieille histoire juive. Un vieux qui possédait deux poulets et un vieux cheval éreinté dans la Russie tsariste passait son temps à lire le torchon antisémite du coin, les juifs ceci, les juifs cela... Alors un voisin lui a demandé pourquoi et il a répondu que c'était chouette d'apprendre à quel point il était puissant. C'est ça votre livre, un pour cent de faits, et quatre-vingt-dix-neuf pour cent d'invectives. Si vous avez vraiment envie de savoir quelles sont les limites de notre pouvoir, je vous répondrai, dans la mesure où je ne toucherai pas à des informations confidentielles. Je vous jure que vous serez aussi déçue que moi. J'aimerais bien que nous soyons aussi puissants que vous l'imaginez.

— Mais vous avez *tué* des gens !

— Moi, personnellement ?

— Oui !

Cela expliquait peut-être partiellement son attitude.

— Oui, j'ai tué. Un jour je vous parlerai de mes cauchemars. Vous croyez que j'en suis fier ? Non. Content ? Oui. Pourquoi ? Ma vie, la vie de ma femme et de mes enfants, la vie d'innocents était menacée, et j'ai fait ce qu'il fallait faire pour protéger ma vie et celle des autres. Vous vous en souvenez, non ?

Cela ne l'intéressait pas.

— Le gouverneur veut vous voir à 8 h 15.

Six heures de sommeil, voilà ce que cela signifiait pour Ryan.

— J'y serai.

— Il vous posera des questions sur la Colombie.

— Eh bien, donnez-lui une première : je ne sais pas.

— S'il gagne, monsieur Ryan, vous êtes...

— Viré ? dit Jack en souriant gentiment. Ça ressemble à un mauvais film, madame Elliot. Si votre patron gagne, vous aurez peut-être le pouvoir de me faire virer. Vous voulez savoir ce que cela signifie pour moi ? Vous aurez le pouvoir de me libérer de deux heures et demie de route par jour, le pouvoir de me libérer d'un travail stressant et difficile qui m'éloigne de ma famille beaucoup plus que je ne le voudrais, le pouvoir de me forcer à vivre une vie facile grâce à l'argent que j'ai gagné voilà une bonne dizaine d'années ; le pouvoir de me forcer à écrire de nouveaux livres d'histoire, ce qui est exactement la raison pour laquelle j'ai passé mon doctorat. Madame Elliot, on a pointé des mitrailleuses sur ma femme et ma fille, et j'ai réussi à surmonter cette menace. Si vous voulez me menacer sérieusement, il faudra trouver quelque chose de plus sérieux que le chômage. Je vous verrai demain matin, je suppose, mais je dois vous préciser que l'entretien ne concerne que le gouverneur Fowler et moi. J'ai ordre de ne laisser entrer personne d'autre dans la pièce.

Jack ferma la porte, la verrouilla et mit la chaîne de sécurité. Il avait bu trop de bière dans l'avion, mais personne n'avait jamais tiré sur la corde à ce point.

Elizabeth Elliot descendit par l'escalier, et non par l'ascenseur. Parfaitement sobre, comme la plupart des gens de son entourage — il ne buvait pratiquement jamais —, le gouverneur Fowler était au travail sur la campagne qui commencerait dès la semaine suivante.

— Alors ?

— Il prétend ne rien savoir. Je crois qu'il ment.

— Et à part ça ? demanda Arnold Van Damm.

— Il est insolent, arrogant et insultant.

— Vous aussi, Beth.

Ils rirent tous les deux. Ils ne s'aimaient pas vraiment mais la politique fait d'étranges compagnons de route. Le directeur de la campagne lisait un rapport sur Ryan établi par Alan Trent, congressiste, nouveau président de la Commission de contrôle des services de Renseignements. Trent n'était pas du genre à pardonner une insulte, ni à faire des louanges gratuites. Mais son rapport utilisait des termes comme « intelligent », « courageux » et « honnête ». Qu'est-ce que tout cela voulait bien dire ? se demandait Van Damm.

Cela allait être leur troisième nuit bredouille, Chavez en était sûr. Ils étaient en marche depuis le coucher du soleil et venaient de passer près d'un nouveau site, tous les signes étaient là. Sol décoloré par l'acide, terre battue, détritus partout, tout prouvait que des hommes venaient là régulièrement, mais pas ce soir, pas plus que les deux nuits précédentes. Il fallait s'y attendre. Tous les manuels, tous les instructeurs avaient toujours souligné que les opérations de combat étaient un mélange d'ennui et de terreur, d'ennui parce que la plupart du temps, il ne se passe rien, de terreur, parce que « cela » peut se produire d'une seconde à l'autre. A présent il comprenait pourquoi les gens devenaient négligents sur le terrain. En exercice, on était sûr qu'il se passerait quelque chose. L'armée gaspillait peu de temps à organiser des exercices qui n'aboutissaient à rien, cela coûtait trop cher. Finalement, c'était exaspérant, le terrain, c'était beaucoup moins passionnant que l'entraînement et beaucoup plus dangereux. Cela suffisait à lui donner mal à la tête.

Et il en avait assez des migraines ! Il avalait des cachets d'aspirine toutes les quatre heures, à cause des douleurs musculaires, de la tension et du stress. Malgré sa jeunesse, il découvrait qu'une vie physiquement exténuante, associée à un stress permanent, vous vieillissait prématurément. En fait il n'était guère plus fatigué qu'un rond-de-cuir après une journée de bureau un peu trop longue, mais la mission et l'environnement amplifiaient toutes les sensations ; joie ou tristesse, excitation ou dépression, peur ou sentiment d'invincibilité étaient exacerbés. En un mot, les opérations de combat, c'était pas la joie. Alors pourquoi... non, ce n'est pas que cela lui plaisait mais... quoi ? Il repoussa cette pensée, cela affectait sa concentration.

Et bien qu'il ne sache pas, là se trouvait la réponse, Ding Chavez était un soldat-né. Tout comme un chirurgien ne prend aucun plaisir à voir des corps meurtris, Chavez aurait préféré se trouver dans un bar à côté d'une jolie fille ou en train de regarder un match de foot avec des copains. Mais le chirurgien savait que ses talents étaient cruciaux pour la vie de ses patients et Chavez que les siens étaient indispensables à la mission. Il était à sa place. Ici, tout était clair, même quand la situation était confuse, la confusion était claire, étrangement, différemment. Tel un radar, il scrutait les arbres, filtrant les chants d'oiseaux et le bruissement des animaux. Son esprit reflétait un équilibre parfait entre la paranoïa et la confiance. Il était une arme pour son pays. Il le comprenait et, malgré sa peur, malgré l'ennui, il se battait pour rester en alerte, pour protéger ses camarades. C'était une machine qui respirait, pensait, dans le but de détruire les ennemis de son pays. C'était un boulot dur, mais Ding était fait pour ça.

Une nuit pour rien. Les pistes étaient froides, les sites désertés. Chavez s'arrêta à un point de ralliement prédéterminé et attendit le reste de l'escouade. Il débrancha ses lunettes — il ne fallait s'en servir qu'un tiers du temps, de toute façon — et but un peu d'eau. Au moins, l'eau du ruisseau de montagne était bonne.

— Rien de rien, capitaine, dit-il à Ramirez quand l'officier arriva. Rien vu, rien entendu.

— Des pistes, des traces ?

— Rien qui remonte à moins de deux ou trois jours.

Ramirez savait déterminer l'âge d'une piste mais pas avec la même précision que Chavez. Il sembla presque soulagé.

— Bon, on fait marche arrière. Repose-toi encore quelques minutes avant d'ouvrir la route.

— Oui. Capitaine ?

— Oui, Ding.

— Tout se vide sur notre passage.

— Tu as peut-être raison, mais on va attendre deux ou trois jours de plus pour s'en assurer.

D'une certaine façon, le capitaine se réjouissait qu'il n'y ait plus eu de contact depuis la mort de Rocha, et cela estompait les signaux qu'il aurait dû percevoir. L'émotion lui disait que c'était une bonne chose, alors qu'une froide analyse aurait dû l'avertir que ce n'était qu'un leurre.

Chavez ne comprenait pas non plus la situation. Il n'y avait qu'un lointain bourdonnement à la périphérie de sa conscience, un peu comme le calme qui précède la tempête ou les premiers nuages qui pointent à l'horizon dans un ciel bleu. Ding était trop jeune et trop inexpérimenté pour le remarquer. Il avait du talent, il était fait pour ce métier, mais manquait encore de pratique. Cela non plus, il ne le savait pas.

Il y avait du travail à faire. Il se mit en route cinq minutes plus tard, évitant les pistes et les traces, prenant d'autres sentiers que ceux par lesquels ils étaient arrivés, toujours conscient du danger, mais en oubliant un autre, beaucoup plus lointain, tout aussi menaçant.

Le C-141B atterrit un peu durement, pensa Robby, bien que les soldats n'aient pas semblé le remarquer. En fait, la plupart dormaient et il fallut les secouer. Jackson dormait rarement en avion, c'était une mauvaise habitude pour un pilote. L'avion de transport de troupes roula sur la piste, paraissant maladroit sur l'étroit pont d'envol jusqu'à ce que les portes s'ouvrent à l'arrière.

— Venez avec moi, capitaine, dit le major.

Il se leva et prit son sac à dos. Il paraissait lourd.

— J'ai demandé à ma femme de m'amener ma voiture.

— Comment va-t-elle rentrer ?

— Elle s'arrange avec une amie. Comme ça le chef de bataillon et moi, on peut discuter de l'exercice en allant à Ord. On vous déposera à Monterey.

— Vous pouvez m'emmener à Ord ? Je donnerai un coup de pied au cul à mon petit frère.

— Il sera peut-être sur le terrain.

— Un vendredi soir ? Je peux toujours tenter le coup.

En fait, ce n'était pas sa seule motivation. C'était sa première conversation avec un officier de l'armée de terre depuis des années. A présent qu'il était capitaine de vaisseau, la prochaine étape, c'était l'amirauté. Si c'était cela qu'il voulait — il avait parfaitement confiance en lui mais le pas entre capitaine et contre-amiral était grand à franchir —, en savoir un peu plus ne nuirait pas. Cela ferait de lui un meilleur officier de commandement et, après son poste, il ne serait plus bon qu'à retourner dans les bureaux.

— D'accord.

Robby eut de la chance. Il découvrit que son frère venait de rentrer après une longue nuit en ville. Peu importait, la banquette, c'était tout ce qu'il lui fallait. Il n'était guère habitué à ça, mais pour une fois, il supporterait de dormir à la dure.

Jack et son garde du corps arrivèrent à l'heure fixée dans la suite du gouverneur. Il ne connaissait pas les gardes de sécurité, mais ceux-ci s'attendaient à son arrivée et il avait toujours son laissez-passer de la CIA. D'habitude, il portait son badge plastifié avec sa photo et son numéro d'identification mais sans nom autour de son cou, mais cette fois, il le sortit de sa poche et le rangea après l'avoir présenté.

L'entretien eut lieu lors de l'institution chérie des hommes politiques, le petit déjeuner de travail. Moins important socialement qu'un déjeuner et encore moins qu'un dîner, pour une raison ou une autre, il est perçu comme un moment d'importance. Les petits déjeuners ne sont pas à prendre à la légère.

L'honorable J. (pour Jonathan, prénom qu'il détestait) Robert (appelez-moi Bob) Fowler, gouverneur de l'Ohio, avait une bonne cinquantaine. Comme le Président en place, c'était un ancien procureur qui avait mis pas mal de monde sous les verrous. Il s'était gagné la réputation de l'homme qui avait nettoyé Cleveland à la chambre des Représentants, mais on ne passait pas de ce poste à la Maison Blanche. Il s'était fait élire gouverneur six ans auparavant, et à présent visait le poste suprême.

Élégant, un mètre quatre-vingts, les yeux bruns, il avait à peine quelques cheveux blancs sur les tempes. Et il était fatigué. Les Américains sont très exigeants avec leurs candidats à la présidence, les commandos de la marine sont de tout repos à côté. Ryan se trouvait en face d'un homme de vingt ans son aîné, qui depuis six mois tenait sur du café, de mauvais dîners politiques et réussissait malgré tout à sourire à toutes les mauvaises blagues racontées par des gens qu'il n'aimait pas et, plus remarquable encore, qui donnait l'impression de faire un nouveau discours d'un baratin répété au moins quatre fois par jour. Et en matière de politique étrangère, il en savait à peu près autant que Ryan sur la théorie de la relativité... pas grand-chose.

— Vous êtes monsieur Ryan, sans doute, dit Fowler en levant le nez de son journal.

— Oui, monsieur.

— Excusez-moi de rester assis. Je me suis foulé la cheville la semaine dernière, et ça me fait horriblement souffrir.

Fowler indiqua la canne à côté de lui. Ryan ne l'avait pas remarquée lors des informations du matin. Fowler avait fait son discours d'acceptation en sautillant sur la scène... avec une cheville foulée. Il avait du cran. Jack s'approcha pour lui serrer la main.

— On m'a dit que vous faisiez fonction de directeur adjoint des Renseignements.

— Le titre exact est directeur adjoint du Renseignement. C'est-à-dire que je dirige l'une des principales directions de l'Agence. Les autres sont Opérations, Sciences et Techniques et Administration. L'Administration, son nom indique bien de quoi il s'agit. Les Opérations rassemblent des informations à l'ancienne manière, sur le terrain, ce sont de vrais espions. Les Sciences et Techniques s'occupent des programmes satellites et de tout ce genre de bidules. Le Renseignement essaie de déchiffrer ce que les Ops et les S et T nous balancent. C'est ce que j'essaie de faire. Le véritable DAR est l'amiral James Greer. Il est...

— Oui, je sais. C'est bien dommage. J'ai entendu dire que c'était un chic type. Même ses ennemis disent qu'il est honnête. C'est sans doute le meilleur compliment qui soit. Vous voulez déjeuner ?

Fowler remplissait le premier critère du candidat, il était aimable. Charmant.

— Avec plaisir. Je peux vous aider ?

— Non, j'y arriverai.

Fowler se leva en s'aidant de sa canne.

— Vous êtes un ex-marine, ex-agent de change, ex-professeur d'histoire. Je suis au courant de cette histoire de terroristes il y a quelques années. Mes assistants... mes informateurs, je devrais dire, ajouta-t-il avec un sourire, me disent que vous avez grimpé l'échelle de la CIA plutôt rapidement, mais personne ne veut m'expliquer pourquoi. Ce n'est pas dans la presse non plus. Je trouve cela plutôt bizarre.

— Nous savons garder des secrets, monsieur. Je n'ai pas le droit de parler de tout ce que vous aimeriez savoir, et de toute façon, il faudra vous fier aux autres pour en savoir plus sur moi. Je ne suis pas très objectif à ce sujet.

— Vous avez eu une sacrée bagarre avec Trent, il y a un certain temps, mais il dit sur vous des choses qui vous feraient rougir de plaisir, comment ça se fait ?

— Il faudra le lui demander.

— Il refuse de répondre. En plus, il ne vous aime pas beaucoup.

— Je n'ai pas le droit de parler de cette histoire. Mais si vous gagnez en novembre, vous apprendrez sûrement la vérité.

Comment lui expliquer qu'Al Trent avait aidé la CIA à organiser l'évasion du chef du KGB, pour se venger des gens qui avaient mis un de ses meilleurs amis russes dans un camp de travail[1] ? Même s'il le disait, qui le croirait ?

1. Voir *Le Cardinal du Kremlin*.

— Et vous avez plutôt énervé Beth Elliot hier soir.

— Monsieur, vous voulez que je vous parle comme un politicien, ou préférez-vous que je vous exprime franchement ma pensée ?

— Allez-y franco. C'est l'un des rares plaisirs de ma profession.

Ryan ne comprit pas le message.

— Je trouve madame Elliot insolente et agressive. Je n'aime pas qu'on se fiche de moi. Je lui dois peut-être des excuses, mais elle m'en doit aussi.

— Elle veut votre peau, et la campagne n'a même pas commencé, dit-il en riant.

— J'ai le cuir tanné.

— Ah, monsieur Ryan, ne vous lancez jamais dans la politique.

— Ne vous méprenez pas, mais il n'y a aucune chance que je me soumette un jour à ce que les gens comme vous doivent supporter.

— Et ça vous plaît d'être un employé du gouvernement ? Ce n'est pas une menace, je pose simplement la question.

— Monsieur, je fais mon métier parce que c'est important et je suis bon pour ça.

— Le pays a besoin de vous ? demanda le candidat à la présidence d'un ton léger mais Ryan dut s'appuyer sur son dossier. C'est difficile de répondre n'est-ce pas ? Si vous dites non, alors, vous ne méritez pas votre poste car quelqu'un d'autre pourrait l'occuper mieux que vous. Si vous dites oui, vous n'êtes qu'un arrogant qui se croit sorti de la cuisse de Jupiter. Tirez-en la leçon, docteur Ryan. Ce sera mon conseil de la journée. Bon, alors, si nous passions à ce que vous avez à me dire. Parlez-moi du monde, plutôt donnez-moi votre version.

Jack sortit ses notes. Il lui fallut un peu moins d'une heure et seulement deux tasses de café. Fowler écoutait attentivement et posait des questions pertinentes.

— Si je vous comprends bien, vous dites ne pas savoir ce que les Soviétiques ont en tête. Vous avez pourtant rencontré le secrétaire général.

— Eh bien..., commença Ryan avant de s'arrêter

brusquement. Monsieur, je ne peux pas... enfin, je lui ai serré la main deux fois lors de réceptions diplomatiques.

— Vous l'avez vu plus longuement que cela, mais vous n'avez pas le droit d'en parler ? Très intéressant. Vous n'êtes pas fait pour la politique. Vous dites la vérité avant de penser à mentir. Apparemment, vous estimez que le monde est plutôt en bonne forme.

— Cela pourrait être pire, gouverneur, répondit Jack, heureux de s'en tirer aussi facilement.

— Alors, pourquoi ne pas aller plus loin, réduire les armements, comme je le propose ?

— J'estime que c'est prématuré.

— Pas moi.

— Alors, nous ne sommes pas d'accord.

— Que se passe-t-il en Amérique du Sud ?

— Je ne sais pas.

— Est-ce que cela signifie que vous ne savez pas ce qu'on fait, que vous ne savez pas si on fait quelque chose, ou que vous savez parfaitement, mais que vous n'avez pas le droit d'en parler ?

Il s'exprime vraiment comme un avocat.

— Comme je l'ai dit à Mme Elliot hier, je ne sais rien à ce sujet. C'est la vérité. Je vous ai toujours dit lorsqu'il s'agissait d'informations que je ne pouvais pas divulguer.

— Je trouve cela très étrange, étant donné votre position.

— J'étais en Europe pour une conférence des services de renseignements de l'OTAN quand tout a commencé et, de plus, je suis un spécialiste de l'Europe et de l'Union soviétique.

— À votre avis, comment devrions-nous réagir après le meurtre du directeur Jacobs ?

— Dans l'abstrait, nous devrions réagir violemment au meurtre d'un quelconque de nos concitoyens, et encore plus dans un cas pareil. Mais je fais partie du Renseignement, pas des Opérations.

— Y compris le meurtre de sang-froid ?

— Si le gouvernement décide que tuer des gens est la réaction juste dans l'intérêt national, alors, cela ne tombe pas dans la définition légale du meurtre.

— C'est un point de vue intéressant, continuez.

— Le fonctionnement même de notre gouvernement exige que de telles décisions... soient le reflet de la volonté du peuple, ou de ce que serait sa volonté s'il avait le pouvoir de prendre ces décisions. C'est pour cela que le Congrès a le droit de regard sur les opérations secrètes, pour à la fois s'assurer que l'opération est appropriée, et pour la dépolitiser.

— Alors, vous prétendez que ce genre de décision dépend d'hommes raisonnables qui décident de manière raisonnée... de commettre un meurtre.

— C'est un peu simpliste, mais oui.

— Je ne suis pas d'accord. Les Américains sont partisans de la peine de mort ; c'est une erreur. Nous nous rabaissons et nous trahissons les idéaux de notre pays, qu'en pensez-vous ?

— Je crois que vous vous trompez, gouverneur, mais je ne fais pas la politique du gouvernement. Je me contente de fournir des informations à ceux qui s'en chargent.

Soudain, la voix de Bob Fowler prit une intonation que Ryan n'avait pas encore entendue.

— Alors, nous savons à quoi nous en tenir. Vous vivez en accord avec vos idéaux, monsieur Ryan. Vous êtes honnête mais, en dépit de votre jeunesse, je pense que vos vues reflètent une époque révolue. Les gens comme vous *font effectivement* la politique du gouvernement, en orientant vos analyses comme vous l'entendez. Attention, je ne mets pas en cause votre intégrité, dit Fowler en se levant. Je suis sûr que vous faites votre travail du mieux possible, mais dire que vous ne faites pas de politique, cela tient du non-sens patent.

Ryan devint écarlate, il essaya de se contrôler mais échoua lamentablement. Fowler ne mettait pas en cause son intégrité mais son intelligence, la deuxième étoile dans sa constellation personnelle. Il voulait riposter, pourtant, il ne trouva rien à dire.

— Vous allez me dire que si je savais tout ce que vous savez, je penserais différemment, c'est ça ?

— Non, monsieur. Je ne me sers jamais de cet

argument, c'est de la connerie. Vous me croyez ou vous ne me croyez pas, je peux essayer de vous persuader, pas vous convaincre. Il m'arrive sûrement de me tromper, tout ce que je peux, c'est faire de mon mieux. Puis-je vous donner une leçon à mon tour, gouverneur ?

— Allez-y.

— Le monde n'est pas toujours tel qu'on le souhaiterait, mais les vœux pieux n'y changent rien.

Fowler semblait amusé.

— Alors, je devrais vous écouter, même si vous avez tort. Et si je sais pertinemment que vous avez tort ?

Une merveilleuse discussion philosophique aurait pu s'ensuivre, mais Ryan était battu. Il venait de perdre quatre-vingt-dix minutes. Une dernière tentative peut-être ?

— Gouverneur, c'est un monde de requins. Un jour, j'ai vu ma propre fille à moitié morte à l'hôpital parce quelqu'un qui me détestait a essayé de la tuer. Cela ne me plaisait pas, j'aurais souhaité que cela ne se passe pas ainsi, mais cela n'a pas marché. J'ai sans doute appris une autre leçon à la dure. J'espère que cela ne vous arrivera jamais.

— Merci. Au revoir, monsieur Ryan.

Ryan rassembla ses notes et sortit. Cela lui rappelait un vague souvenir de la Bible. Il avait été défié par l'homme qui serait peut-être le prochain Président et était encore plus abasourdi par sa propre réaction. *Qu'il aille se faire foutre !* En fait, il tombait dans les reproches de Fowler. C'était idiot.

— Allez, remue-toi ! dit Tim Jackson.

Robby ouvrit un œil et vit Timmy dans son uniforme de camouflage.

— Il est l'heure du jogging matinal.

— Arrête ton char, j'ai changé tes couches !

— Faudrait que tu m'attrapes d'abord. Allez, tu as cinq minutes pour te préparer.

Le capitaine Jackson sourit. C'était un maître du kendo, en excellente condition physique.

— Je vais te botter les fesses.

Quinze minutes plus tard, le capitaine aurait aimé tomber. Cela lui aurait permis de se reposer quelques secondes. Il commença à chanceler. Tim ralentit l'allure.

— T'as gagné ! haleta Robby. Je ne changerai jamais plus tes couches !

— Eh, on n'a même pas fait trois kilomètres.

— Un porte-avions ne mesure que trois cents mètres.

— Ouais, et je parie que le métal du pont t'esquinte les genoux. Allez, rentre, va déjeuner, capitaine. J'ai encore trois bornes à me taper.

— A vos ordres.

Où sont mes bâtons de kendo ? Je pourrai toujours lui flanquer une bonne fessée !

Il fallut plus de cinq minutes à Robby pour trouver le bon baraquement. En croisant les officiers qui revenaient de leur entraînement, pour la première fois, Robby Jackson se sentit vieux. Ce n'était pas juste, il était l'un des plus jeunes capitaines de vaisseau et un sacré pilote. Et il savait préparer un déjeuner correct. Tout était sur la table quand Timmy revint.

— Ne t'en fais pas, Rob. Je fais ça à longueur de temps. Je ne sais pas piloter.

— Ta gueule ! Bois ton jus d'orange.

— Au fait, où est-ce que tu es en ce moment ?

— Sur le *Ranger*. C'est un porte-avions, mon garçon. Je surveille des exercices au large du Panama. Mon boss va à Monterey cet après-midi et je dois l'y rencontrer.

— Là où les bombes dégringolent ? observa Tim en beurrant un toast.

— Encore une hier soir. Ouais, ça se comprend.

— On dirait qu'on a eu la peau d'un autre trafiquant. C'est chouette de voir que la CIA ou je ne sais qui a un petit peu de couilles au cul pour une fois. J'aimerais savoir comment ils s'y prennent.

— Qu'est-ce que tu veux dire ?

— Rob, je sais ce qui se trame. C'est nous qui sommes là-bas.

— Je ne te suis pas.

Le lieutenant Timothy Jackson, infanterie, se pencha sur la table, d'un air conspirateur.

— Écoute, je sais que c'est un secret et tout ça, mais faut pas être vraiment bien malin pour deviner. Un de mes types est là-bas en ce moment. Imagine-toi, un de mes meilleurs sergents disparaît, il ne se montre pas là où il devait aller... là où l'armée le croit, bordel ! Il est de langue maternelle espagnole. Il y en a d'autres qui sont partis bizarrement, Muñoz est introuvable, Leon aussi, et deux autres. Tous d'origine espagnole. Tu vois ? Et tout d'un coup, y a du grabuge au pays des bananes. Faut vraiment pas être malin.

— Tu en as parlé à quelqu'un ?

— Pour quoi faire ? Je suis un peu inquiet pour Chavez, c'est un de mes types, c'est normal, mais il est sacrément bon. J'aimerais simplement savoir comment ils ont fait pour la bombe. Ça pourrait être pratique un jour.

C'est la marine qui s'est chargée des bombes, pensa très haut Robby.

— Et on en parle beaucoup ?

— Pour la première bombe, tout le monde pensait que c'était sacrément bien ficelé, mais qu'on sache que c'est nous ? Heu, il y a peut-être des gens qui pensent comme moi, mais on cause pas de ce genre de truc. Secret défense, non ?

— Exact, Tim.

— Tu connais un type bien placé à la CIA, non ?

— Oui. Je suis le parrain de Jack Junior.

— Eh bien dis-lui qu'ils les massacrent tous.

— D'accord.

Oui, cela devait être une opération de l'Agence. Une opération « noire », mais pas encore assez. Si un bleu d'officier à peine sorti de l'école pouvait deviner... Les types du *Ranger*, les sous-off... Il y en avait pas mal qui devaient savoir. Et ils ne seraient pas tous du bon côté.

— Laisse-moi te donner un conseil. Si tu entends parler de ça, dis aux gens de la boucler. Si on commence à parler de trucs comme ça, des types se mettent à disparaître.

— Hé, Rob, si y en a qui s'en prennent à Chavez et Muñoz...

— Écoute-moi, mon garçon. Je suis allé là-bas. On m'a tiré dessus à la mitraillette, et mon Tomcat s'est pris un missile dans l'aile un jour, on a failli me tuer mon meilleur coéquipier. C'est dangereux, et les paroles en l'air, on peut en mourir. On n'est plus au collège, Tim.

Tim réfléchit pendant un moment. Son frère avait raison. Rob aussi se demandait que faire, il avait l'intention de s'asseoir dessus, mais un pilote de chasse était un homme d'action, peu enclin à l'immobilité. Il devrait au moins prévenir Jack que le secret n'était pas si bien gardé que ça.

22

DIVULGATIONS

Contrairement aux généraux des armées de l'Air et de Terre, la plupart des amiraux de la marine ne disposent pas de leur pilote personnel pour les emmener là où ils veulent et en sont donc réduits à emprunter les lignes commerciales. Bien sûr, toute une coterie d'ordonnances et de chauffeurs viennent leur prêter main-forte à l'arrivée, et Robby Jackson mit un point d'honneur à venir accueillir son patron dès que le 727 atterrit sur la piste. Il lui fallut attendre que les passagers de première classe débarquent, car même les officiers de haut rang voyagent en classe économique.

Le vice-amiral Joshua Painter était directeur assistant des Opérations navales pour le matériel de guerre, connu des initiés comme le OP-05. Ses trois étoiles tenaient du miracle. Honnête homme, d'une franchise à toute épreuve, Painter estimait que la place de la marine se trouvait en mer et non à l'embouchure du Potomac. Fait rarissime parmi les officiers, il était l'auteur d'un livre. La marine n'encourage guère ses hommes à coucher leurs pensées sur du papier, à part quelques réflexions sur la thermodynamique ou le comportement des neutrons dans un vaisseau à réaction. Intellectuel, original, et soldat dans une armée qui devenait de plus en plus anti-intellectuelle, conformiste et bureaucratique, il se considérait comme l'exception dans ce qui devenait l'Industrie de la marine. Cet acerbe natif du Vermont, petit, maigrichon, caustique, les yeux bleus, si pâles qu'on les aurait crus transparents, avait une langue acérée à vous couper des pierres en deux. C'était le dieu vivant de la communauté aérienne. Il avait survolé le Viêtnam dans plus de quatre cents missions, dans différents modèles de Phantom et avec deux Mig à son crédit. Le panneau latéral de son jet, avec deux étoiles rouges peintes, était accroché dans son bureau du Pentagone, avec la légende : « Avec les missiles, mieux vaut ne jamais avoir de regrets. » Bien que perfectionniste et très exigeant envers ses subordonnés, rien n'était jamais trop bon pour ses pilotes et ses appelés.

— Je vois qu'on vous a transmis le message, observa Painter en touchant du doigt la nouvelle barrette de Robby.

— Oui, monsieur.

— Il paraît que votre nouvelle tactique a tourné au désastre.

— Cela aurait pu aller mieux.

— Oui, ça aide, si le porte-avions résiste. Peut-être qu'avec un commandement, ça finira par vous entrer dans le crâne. Je viens de donner mon accord. Vous aurez l'escadrille six. Félicitations. Essayez de pas trop déconner pendant les vingt prochains mois. Alors, qu'est-ce qui a mal tourné dans l'exercice ?

— L'ennemi a triché. Il s'est conduit intelligemment.

Cela lui valut un éclat de rire. Malgré son esprit caustique, Painter avait le sens de l'humour. La discussion occupa tout le trajet jusqu'au quartier de l'école des officiers de la marine de Floride, à Monterey.

— D'autres nouvelles des trafiquants ? demanda Painter tandis qu'une ordonnance s'occupait des bagages.

— Nous leur avons fait passer un mauvais quart d'heure apparemment.

— Que voulez-vous dire ?

— Je ne suis pas censé savoir, mais... j'étais là, alors j'ai tout vu.

Painter lui fit signe d'entrer.

— Allez voir dans le frigo. Essayez de me dénicher un Martini pendant que je vais faire la vidange. Servez-vous ce que vous voulez.

Celui qui avait préparé l'appartement connaissait les goûts de Painter en matière de boissons. Jackson s'ouvrit une canette.

Painter réapparut sans sa chemise d'uniforme et but une gorgée. Il renvoya l'ordonnance et regarda Jackson de près.

— J'aimerais que vous me répétiez ce que vous m'avez dit dans l'escalier.

— Amiral, je sais que je ne suis pas habilité, mais je ne suis pas aveugle. J'ai vu l'A-6 se diriger vers la côte sur le radar, et je ne pense pas que ce soit une pure coïncidence. Ceux qui se sont chargés de la sécurité auraient pu mieux faire leur boulot.

— Jackson, il va falloir que vous me pardonniez, mais je viens de passer six heures à côté des moteurs dans un vieux 727. Vous me dites que les bombes sont tombées d'un de *mes* A-6 ?

— Oui, monsieur. Vous ne le saviez pas ?

— Non.

Painter termina son verre et le reposa.

— Mon Dieu, quel est le cinglé qui a monté ce coup tordu ?

— Mais cette nouvelle bombe, il fallait bien... Les ordres..., merde pour ce genre de truc, il faut remonter jusqu'à l'OP-05 !

— *Quelle* nouvelle bombe ? cria presque Painter qui parvint malgré tout à se contrôler.

— Un truc en plastique ou en fibre de verre, un nouveau chemisage. On dirait une chaussette aérodynamique, environ une tonne, avec une tête chercheuse, mais pas en acier ni en métal, et peinte en bleu, comme une bombe d'exercice.

560

— Ah bon. On travaille un peu sur une bombe difficilement repérable, pour l'ATA. (Painter se référait au nouvel avion de combat que préparait la marine.) Mais il n'y a eu que des tests préliminaires, pas plus d'une dizaine de lâchers. Tout le programme est expérimental. Et je vais sans doute faire tout abandonner, c'est de l'argent fichu en l'air pour rien. Ce n'est même pas encore sorti de China Lake.

— Sir, il y en avait plusieurs sur le *Ranger*. Je les ai vues, je les ai même touchées. On en a fixé une sur un A-6. Et il était sur mon radar pendant l'exercice. Il est allé vers la côte et est revenu d'une direction différente. Ce n'est peut-être qu'une coïncidence, mais je ne parierais pas grand-chose là-dessus. Quand je suis parti, j'en ai vu une autre fixée au même avion, et le lendemain, j'apprends que la maison d'un autre trafiquant a explosé. Et à mon avis, une demi-tonne, ce serait parfait pour un tel résultat. Une bombe combustible ne laisserait aucune preuve derrière elle.

— Quatre cent trente-huit kilos d'Octol, c'est ça qu'on met là-dedans. Ça suffirait pour une maison... Qui était le pilote ?

— Roy Jensen, le commandant...

— Je le connais. Nous étions ensemble sur... Robby, qu'est-ce qui se passe ? J'aimerais que vous recommenciez depuis le début et que vous me disiez tout ce que vous avez vu.

Le récit de Jackson prit dix minutes.

— Et d'où sort ce « tech de maintenance » ?

— Je n'ai pas posé la question.

— Combien vous voulez parier qu'il n'est même plus à bord ? Fiston, je me suis fait griller. Ces ordres auraient dû passer par mon bureau. Quelqu'un utilise mes avions, et on ne me dit rien !

Ce n'étaient pas les bombes qui l'ennuyaient, mais on avait offensé son sens de la propriété. Et en violant toutes les consignes de sécurité. Si la marine s'était chargée de la mission, elle s'y serait mieux prise. Painter et ses équipes des A-6 se seraient arrangés pour qu'il n'y ait pas de témoins encombrants, comme Robby. Il craignait qu'à présent la responsabilité ne

retombe sur les siens pour une opération commandi-
tée d'en haut, en passant hors des filières hiérarchiques.

— On fait venir Jensen ? demanda Robby.

— J'y ai pensé. Trop voyant. Il pourrait avoir des
ennuis. Mais il faut absolument que je sache d'où
venaient ces ordres. Le *Ranger* est en mer pour une
dizaine de jours encore ?

— Oui, je crois.

— C'est sûrement l'Agence, dit Painter calmement.
Avec une autorisation qui venait de plus haut, mais
c'est forcément l'Agence.

— Écoutez, pour ce que ça vaut, j'ai un ami qui est
haut placé. Je suis le parrain de son fils.

— Qui est-ce ?

— Jack Ryan.

— Oui, je l'ai rencontré. Il était avec moi sur le
Kennedy pendant un jour ou deux quand... Vous vous
souvenez sûrement de la croisière, Rob. Juste avant
cette histoire de missile. A l'époque, il était sur l'*Invincible*.

— Comment ? Jack était à bord ? Et il n'est pas
venu me voir ?

— Vous n'avez jamais su quel était le but de l'opération, dit Painter en hochant la tête au souvenir d'*Octobre rouge*. Je peux peut-être vous en parler maintenant.

Robby accepta, ne posa pas la moindre question et
en revint aux affaires présentes.

— Là aussi, il y a des implications à terre, amiral.

Il s'expliqua pendant quelques minutes de plus.

— Charlie Fox, dit Painter.

C'était une version polie d'une expression de marine
désignant une opération confuse et autodestructrice,
« Cluster-Fuck ».

— Robby, vous reprenez le premier avion pour
Washington et vous dites à votre ami que son opération va lui exploser à la figure. Mon Dieu, ils n'apprendront donc jamais rien, ces clows de l'Agence ! Si cela
tombe dans les mauvaises oreilles, et d'après ce que
vous me dites, ça arrivera à coup sûr, ça va faire mal ;
ça nuira à tout le pays. On n'a pas besoin de ce genre

de bordel, pas avec des élections en vue et ce connard de Fowler comme candidat. Et puis, dites-lui que la prochaine fois qu'il décide de jouer au petit soldat, il ferait mieux de demander conseil à ceux qui connaissent leur métier.

Le Cartel ne manquait pas de gens habitués à manier des armes, et les rassembler ne demanda que quelques heures. Cortez était chargé de l'opération, qu'il coordonna à partir du village d'Anserma, le centre de la région où les « mercenaires » semblaient mener leurs actions. Il n'avait pas dit à son patron tout ce qu'il savait, bien sûr, et ne révéla pas plus ses véritables objectifs. Le Cartel fonctionnait comme une coopérative, et près de trois cents hommes, envoyés par les chefs locaux, arrivèrent en camion, voiture, bus, véhicule personnel. Tous étaient relativement en forme et habitués à la violence. Leur présence ici réduisait les effectifs de la garde personnelle des barons de la drogue. Escobedo pourrait en tirer un avantage considérable pour découvrir lequel de ses collègues cherchait à prendre le pouvoir pendant que Cortez s'occupait des forces sur le terrain. Felix avait la ferme intention d'exterminer tous les Américains, mais il n'était pas pressé. Il avait toute raison de supposer qu'il avait affaire à des troupes d'élite, les Bérets Verts peut-être, des ennemis fantastiques qu'il respectait infiniment. Il devait donc s'attendre à de lourdes pertes dans son camp. Il se demandait combien d'hommes devraient être tués pour faire basculer à son propre avantage l'équilibre au sein du Cartel.

Il n'avait pas à s'expliquer devant les hommes. Ces brutes brandissaient leurs armes à la manière des samouraïs japonais dans tous ces mauvais films qu'ils se plaisaient tant à regarder. Et, tout comme ces acteurs qui jouaient les assassins, ils avaient l'habitude de voir s'écrouler les gens devant eux, les soldats invincibles du Cartel, armés de leurs AK-47, qui semaient la panique dans les villages. Comique !

Oui, comique. Cortez s'en fichait. Ce serait un numéro très divertissant, datant de plus d'un millénaire, rappelant l'époque où on enchaînait un ours dans une fosse pour lui lâcher les chiens. L'ours mourait, et bien que ce fût une dure épreuve pour les chiens, on pouvait toujours s'en procurer d'autres. Et ces chiens seraient entraînés différemment pour obéir à un nouveau maître... Merveilleux. Cortez jouait avec des hommes au lieu de chiens, des hommes au lieu d'ours, un jeu auquel plus personne ne jouait depuis César. Il comprenait pourquoi certains des barons de la drogue étaient devenus tels qu'ils étaient. Ce pouvoir quasi divin détruisait l'âme. Il faudrait qu'il s'en souvienne, mais d'abord, il devait se mettre au travail.

La chaîne hiérarchique fut établie. Cinq groupes, composés d'une cinquantaine d'hommes. On leur attribua des zones, ils communiqueraient par radio, coordonnés par Cortez, qui se trouvait en sécurité dans sa maison à l'extérieur du village. Seule une intervention éventuelle de l'armée colombienne aurait pu compliquer les choses. Escobedo s'en chargeait. Le M-19 et le FARC provoqueraient des troubles ailleurs, cela occuperait les militaires.

Les « soldats », comme ils s'appelèrent immédiatement eux-mêmes, partirent pour les collines en camion. *Bonne soirée*, leur dit Cortez. Et bonne chance ! Bien sûr, Cortez ne leur souhaitait rien de tel. La chance n'était plus un facteur dans l'opération, ce qui convenait parfaitement à l'ancien agent secret. Dans les manœuvres bien dirigées, elle n'entrait jamais en jeu.

C'était une journée tranquille dans les montagnes. Chavez entendit les cloches d'une église appeler les fidèles à la messe. Était-on dimanche ? Il ne savait plus très bien. Quoi qu'il en fût, l'activité semblait réduite. A part la mort de Rocha, tout allait bien. Ils n'avaient pas gaspillé beaucoup de leurs munitions, et dans quelques jours ils seraient ravitaillés par hélicoptère. On n'avait jamais trop de munitions, Chavez l'avait appris. Le bonheur, c'est une bandoulière pleine, une gamelle pleine, et un repas chaud.

La topographie de la vallée leur permettait

d'entendre excessivement loin. Le son montait le long des pentes avec un minimum d'atténuation dans l'air raréfié, et gardait une clarté limpide. Chavez entendit les camions de loin et prit ses jumelles pour voir de quoi il s'agissait. Il ne manifestait pas la moindre inquiétude. Il les régla pour avoir une image nette ; de toute façon, le sergent avait de bons yeux. Trois, des camions de paysans avec des flancs de bois amovibles, mais remplis d'hommes, armés apparemment. Les camions s'arrêtèrent et les hommes descendirent. Chavez donna un coup de coude à son camarade endormi.

— Oso ! Va chercher le capitaine, tout de suite.

Ramirez arriva moins d'une minute plus tard, avec ses propres jumelles.

— Ne restez pas debout, couchez-vous, cria Chavez.

— Excuse-moi, Ding.

— Vous voyez ?

— Ouais.

Ils erraient sans but, mais il était impossible de ne pas voir les armes en bandoulière sur les épaules. Tandis que les soldats les observaient, ils se divisèrent en quatre groupes et disparurent dans le bois.

— Il leur faudra trois heures pour arriver jusqu'ici, estima Chavez.

— Eh bien, nous serons à huit kilomètres au nord. Préparez-vous à bouger.

Ramirez brancha sa radio-satellite.

— Variable, ici Couteau. Terminé.

Il obtint une réponse dès le premier appel.

— Couteau, ici Variable. Nous vous recevons cinq sur cinq. A vous.

— Des hommes pénètrent dans les bois à sept kilomètres au sud-est de notre position. Ils se dirigent vers nous, force estimée, un peloton renforcé.

— Des soldats ?

— Négatif. Je répète, négatif. Armes en vue, mais pas d'uniforme. Je répète, pas d'uniforme. Nous sommes prêts à partir.

— Bien reçu. Terminé.

— Qu'est-ce que c'est que cette histoire ? demanda l'un des officiers.

— Je ne sais pas. Dommage que Clark ne soit pas là. Mieux vaut contacter Langley.

Jackson réussit à prendre un vol à San Francisco en direction de l'aéroport international de Dulles. L'amiral Painter avait appelé à l'avance et une voiture emmena Robby à Washington, où il avait garé sa Corvette qui, exceptionnellement, n'avait pas été volée. Robby avait répété ce qu'il avait à dire pendant tout le trajet. Dans l'abstrait, les opérations de la CIA étaient des histoires drôles, des espions qui venaient on ne sait d'où et faisaient ce qu'ils avaient à faire. Il n'était guère troublé par le contenu des événements, mais on utilisait la marine, et ça ne se faisait pas sans prévenir. Il passa d'abord chez lui pour se changer, puis téléphona.

Ryan profitait d'un séjour à la maison. Il avait réussi à rentrer vendredi soir un peu avant sa femme, il avait bien dormi samedi pour atténuer les effets du voyage. Il avait passé le reste de la journée à jouer avec ses enfants et à les emmener à la messe du soir pour faire une autre grasse matinée le dimanche et avoir un peu de temps à passer avec sa femme. A présent, il tondait la pelouse. Il avait beau être à la tête de la CIA, il tondait toujours sa pelouse lui-même. Pour lui, c'était une thérapie. Il accomplissait ce rituel pendant trois heures tous les quinze jours, parfois plus souvent au printemps, mais en cette saison, la croissance de l'herbe était plus raisonnable. Il aimait l'odeur de l'herbe coupée. Il aimait l'odeur du moteur de la tondeuse. Pourtant, il n'échappait pas totalement à la réalité. Il avait un téléphone sans fil coincé dans la ceinture dont la sonnerie était audible malgré le ronronnement du moteur. Jack coupa sa machine roulante.

— Allô ?
— Jack ? C'est Rob.
— Comment tu vas, Robby ?
— Je viens d'avoir du galon.
— Félicitations, *capitaine* Jackson. Tu ne serais pas un petit peu jeune pour ça ?

— Quoi de plus normal que de laisser les pilotes rattraper les marins ? Hé, Sissy et moi, on va à Annapolis. Ça ne te dérange pas qu'on passe ?

— Pas du tout. On en profitera pour déjeuner.

— Tu es sûr que cela ne pose pas de problème ?

— Hé, depuis quand tu fais des manières avec moi ?

— Depuis que tu es devenu quelqu'un d'important. Dans un peu plus d'une heure, ça te va ?

— OK, j'aurai fini la pelouse. A tout de suite.

Ryan raccrocha et passa un coup de fil chez lui, où il avait trois lignes. Paradoxalement, c'était un appel interurbain. Il avait besoin d'une liaison directe avec Washington, et Cathy, d'une liaison avec Baltimore, ainsi qu'une ligne locale pour les autres problèmes.

— Allô ?

— Rob et Sis viennent déjeuner. Qu'est-ce que tu dirais de saucisses grillées au barbecue ?

— J'ai les cheveux dans un état !

— On les fera griller aussi. Tu peux t'occuper du charbon ? Je devrais avoir fini dans vingt minutes.

En fait, il lui fallut une demi-heure. Ryan rangea la tondeuse au garage à côté de sa Jaguar et alla se laver. Il avait à peine fini de se raser quand la voiture de Robby arriva dans l'allée.

— Comment t'as fait pour arriver si vite ? dit Ryan.

— Ah, parce que tu préférerais que je sois en retard ?

Cathy arriva à la porte. On échangea des poignées de main et des baisers, et les papotages commencèrent. Cathy et Sissy allèrent au salon pendant que Jack et Robby emmenaient les saucisses sur la terrasse. Il n'y avait pas encore assez de braises.

— Alors, qu'est-ce que cela te fait d'être capitaine ?

— Ce sera encore mieux quand ils me paieront pour ce que je vaux.

Robby pouvait porter quatre barrettes, mais sa paie était toujours celle d'un simple lieutenant-colonel.

— L'amiral m'a dit que j'allais avoir mon escadrille.

— Merde ! Eh bien, c'est le pas suivant, non ?

— Oui, la marine donne d'un côté ce qu'elle reprend de l'autre. Il faudra que je renonce à une partie de mon merveilleux voyage au Pentagone, mec. En fait, ce n'est pas pour ça que je suis là.

— Ah ?

— Jack, qu'est-ce que vous fabriquez en Colombie ?

— Rob, je ne sais pas.

— Écoute, on est entre nous. Moi, je sais ! Votre sécurité sur l'affaire est nase ! Oh, je sais, « t'as pas besoin de savoir », mais mon amiral est furax que vous utilisiez son matos en douce.

— Quel amiral ?

— Josh Painter. Tu l'as rencontré sur le *Kennedy*, tu t'en souviens ?

— Qui t'a raconté ça ?

— Une source sûre. J'ai réfléchi. Cette histoire de Russes qui avaient perdu un sous-marin qu'on les aidait à rechercher [1]... Mais en fait, ça été difficile de me faire avaler que mon Tomcat avait besoin de trois semaines de réparations avant de voler. Je pensais qu'il y avait autre chose là-dessous que ce qu'on voyait dans les journaux. Dommage que je ne puisse pas être au courant. De toute façon, laissons ça de côté pour le moment. Ce n'est pas pour ça que suis là. Ces deux repaires de trafiquants qui ont explosé... Les bombes ont été lâchées par un A-6E Intruder, bombardier moyen, appartenant à l'US Navy. Je ne suis pas le seul à savoir. Celui qui a manigancé cette opération s'y est pris comme un manche, Jack. Et puis, il y a aussi des soldats d'infanterie légère qui crapahutent dans les collines, là-bas. Pour quoi faire, je n'en ai pas la moindre idée, mais là non plus, je ne suis pas le seul à savoir. Alors tu peux peut-être m'expliquer ce qui arrive. OK, c'est top secret, tu ne peux rien me dire. Mais, Jack, moi je te dis : ça commence à se savoir. Et y en a qui vont être furax au Pentagone quand on lira ça dans les journaux. Je ne sais pas quel est le con qui a pris ça sous son bonnet, mais la chose qui est sûre, c'est que nous, les gars de la marine, cette fois, on ne laissera pas, tu m'entends, on ne laissera pas les choses nous retomber dessus.

1. Voir *Octobre rouge*, « Le Livre de Poche ».

— Calme-toi, Rob, dit Ryan en ouvrant deux boîtes de bière.

— Jack, nous sommes amis, et ça ne changera pas. Je sais que tu n'aurais jamais fait un truc aussi débile mais...

— Je ne sais pas de quoi tu parles. Je ne sais rien. J'étais en Belgique la semaine dernière, et je leur ai dit que je ne savais rien. Vendredi, j'étais à Chicago, avec Fowler, et je lui ai dit que je ne savais pas, et à toi je le répète, je ne sais pas.

Jackson garda le silence pendant un moment.

— N'importe qui d'autre, je le traiterais de menteur. Je connais tes nouvelles fonctions, Jack. Et tu voudrais me faire croire que tu ne sais rien. Enfin, Jack, c'est important !

— Parole d'honneur, capitaine. Je ne sais absolument rien.

Robby termina sa bière et écrasa la boîte.

— C'est toujours comme ça ? Des gens se font tuer, ou blesser, et personne ne sait rien. Eh bien, je préfère n'être qu'un pion. Tu sais, je n'hésite pas à prendre des risques, mais j'aime autant savoir pourquoi.

— Je ferai de mon mieux pour le savoir.

— Excellente idée. Ils ne t'ont pas dit ce qui arrivait ?

— On ne m'a pas dit un mot, mais tu peux être sûr que je vais m'arranger pour le savoir. Et puis, tu pourrais dire un mot à ton patron ?

— Oui, quoi ?

— De ne pas trop se faire remarquer avant que je te contacte.

Si les frères Patterson éprouvaient encore des doutes, ils prirent fin ce samedi après-midi. Les sœurs Grayson vinrent les voir, s'assirent en face de leur homme respectif (les deux paires n'avaient aucun problème pour se reconnaître) et proclamèrent leur amour pour ceux qui les avaient libérées. La question n'était plus simplement de sortir de prison. Ils prirent leur décision en retournant à leur cellule.

Henry et Harvey partageaient la même cellule, surtout pour des raisons de sécurité. Si on les avait séparés, en échangeant leurs chemises, par exemple, ils auraient pu intervenir leurs cellules. En plus, les frères ne se battaient jamais, ce qui changeait par rapport au reste de la population carcérale. Mais, calmes et silencieux, ils travailleraient sans crainte d'être dérangés.

Les prisons sont conçues pour résister aux plus durs traitements. Les tapis ou les carrelages risquant d'être arrachés à des fins coupables, le sol était en béton armé nu. Ce qui offrait un excellent affûteur. Les frères disposaient d'un épais fil de métal qu'ils avaient arraché à leur sommier. Personne n'avait encore conçu de lit de prison sans métal, et le métal, ça donnait de bonnes armes. La loi exige que les prisons soient autre chose que des cages pour enfermer les prisonniers, comme dans un zoo, et ici comme ailleurs, il y avait un atelier. L'oisiveté est l'atelier du diable, déclarent les juges depuis des générations. Que le diable soit déjà présent dans l'esprit des criminels signifie simplement que le véritable atelier fournit des instruments pour acérer les armes. Les deux frères avaient donc un morceau de bois et de l'adhésif d'électricien. Chacun leur tour, Henry et Harvey frottèrent leur arme contre le sol pour lui donner le tranchant d'une lame de rasoir, pendant que l'autre montait la garde. Leur câble était de très bonne qualité et l'aiguisage demanda des heures et des heures, mais en prison, ce n'est pas le temps qui manque. Ils inséraient les fils dans une fente du tenon de bois, qui avait exactement la longueur idéale, grâce à un habitué de l'atelier. L'adhésif maintenait les fils en place, et à présent chaque frère disposait d'un « couteau » de douze centimètres, capable de provoquer de sérieux dommages dans un corps humain.

Ils cachèrent leur arme — les prisonniers sont très forts pour ça — et commencèrent à parler tactique. Tout élève d'un groupe terroriste ou d'une unité de commando aurait été impressionné. Bien que leur langage ne fût pas des plus raffinés, que la discussion manquât du jargon technique des professionnels de la guérilla urbaine, les Patterson avaient une idée très claire de ce qu'était une *mission*. Ils comprenaient parfaitement les méthodes d'approche à couvert, connaissaient l'importance des manœuvres de diversion, savaient comment dégager le terrain une fois la mission accomplie. Là, ils comptaient sur l'assistance tacite de leurs camarades, car bien que violentes, les prisons n'en restent pas moins des communautés, et décidément les pirates n'étaient guère populaires alors que les Patterson occupaient un échelon respectable dans la hiérarchie. Et puis, tout le monde savait qu'il valait mieux ne pas se mettre sur leur chemin, ce qui décourageait collaboration et dénonciation.

Les prisons ont également des règles d'hygiène. Comme les criminels sont souvent enclins à détester l'eau et le savon et rechignent à se laver les dents, et comme ce genre de comportement engendre des épidémies, la douche est obligatoire. Les Patterson comptaient bien dessus.

— Que voulez-vous dire par là ? demanda l'homme à l'accent espagnol à Stuart.

— Eh bien, ils sortiront dans huit ans. Si l'on considère qu'ils ont tué toute une famille et se sont fait prendre en flagrant délit avec une cargaison de cocaïne, c'est plutôt la bonne aubaine, répondit l'avocat.

Il n'aimait pas travailler le dimanche, surtout pas avec un tel bonhomme dans son salon et sa famille dans le jardin, mais c'était son choix de défendre des trafiquants. Il s'était répété une bonne dizaine de fois à chaque affaire qu'il avait eu tort de commencer — et surtout de faire libérer son premier client : les agents de la DEA avaient foiré leur perquisition, et entaché de nullité toutes les pièces à conviction, ce qui lui avait permis d'obtenir l'arrêt des poursuites sur des motifs de procédure. Ce succès, qui lui avait rapporté cinquante mille dollars pour quatre jours de travail, lui avait donné un « nom » dans le milieu de la drogue, qui ne manque pas d'argent à jeter par les fenêtres, ou à verser à un bon avocat. Ce n'est pas facile de dire non à de telles gens. Ils étaient vraiment effrayants, ils *tuaient* les avocats qui refusaient d'obéir. Et puis, ils payaient bien, si bien qu'il pouvait offrir ses talents à des clients indigents. Au moins, c'était un des arguments qui le réconfortaient dans ses nuits d'insomnie.

— Écoutez, ces types auraient dû avoir la chaise, perpétuité au minimum, et je me suis arrangé pour qu'ils en prennent pour vingt ans et soient libérables dans huit. Qu'est-ce que vous voulez de plus, nom d'un chien !

— Je crois que vous pouvez faire mieux, répondit l'homme, avec un regard froid et une voix si dépourvue d'émotion qu'elle en était presque mécanique... et terrifiante.

C'était l'autre donnée de l'équation. Il y avait un autre avocat dans l'histoire, qui prodiguait des conseils sans s'impliquer directement. Cette mesure permettait aux trafiquants de s'assurer que leur propre avocat ne faisait pas d'arrangements avec l'État. C'était un peu le cas, cette fois. Stuart aurait pu amener l'affaire devant la cour et jouer sur les informations qu'il avait arrachées aux gardes-côtes pour obtenir l'acquittement. L'homme estimait que Stuart avait cinquante pour cent de chances de gagner. Mais aucun avocat ne pouvait jamais prévoir la réaction du jury — surtout au sud de l'Alabama, un jury en faveur de la loi et l'ordre — dans un cas pareil. Quel que fût l'homme de l'ombre qui prodiguait ses conseils de l'extérieur, il n'était pas aussi persuasif que Stuart devant un tribunal. Sans doute un universitaire, pensa l'avocat, un enseignant qui arrondissait ses fins de mois avec des missions de consultant occulte. Qui était-ce ? D'instinct, Stuart le ou la haïssait déjà.

— Si je fais ce que vous me dites, nous risquons de tout perdre. Ils risqueraient même de finir sur la chaise.

Et puis, cela aurait également mis fin à la carrière des gardes-côtes, qui avaient eu tort, bien sûr, mais pas autant que ses clients. Sa morale d'avocat lui dictait de donner les meilleures chances possibles à ses clients, dans les limites de la loi et de la déontologie de la profession, mais surtout en fonction de sa propre expérience et de son instinct, dont la force était difficile à quantifier. La manière dont un avocat trouvait l'équilibre entre ces trois éléments faisait l'objet de cours interminables à l'université, mais les réponses étaient toujours beaucoup plus claires dans le prétoire que sur les pelouses verdoyantes du campus.

— Ils pourraient être acquittés.

Il espère gagner en appel ! Oui, c'était bien un universitaire qui le conseillait.

— En avocat, j'ai conseillé à mes clients d'accepter ce qu'on leur proposait.

— Eh bien, vos clients refuseront. Ils vous l'annonceront demain matin. Comment dit-on ? Quitte ou double ? répondit l'homme avec le sourire d'une machine dangereuse. Ce sont nos ordres, bonne journée, maître Stuart. Je trouverai la porte tout seul.

La machine sortit.

Stuart resta les yeux fixés sur sa bibliothèque pendant quelques instants avant de décrocher le téléphone. Autant le faire tout de suite. Inutile de faire attendre Davidoff. Pour le moment, aucune déclaration publique n'avait été faite, bien que les rumeurs aillent bon train. Il se demandait comment allait le prendre le procureur. C'était facile de prévoir sa réponse. « Je croyais que c'était marché conclu ! s'écrierait-il, outragé. Eh bien, parfait, nous verrons ce que le jury en pense ! » Bien entendu, Davidoff userait de tous ses talents, et le procès serait épique. Mais c'était bien à ça que servaient les tribunaux, non ? Ce serait un exercice technique tout à fait fascinant, mais comme la plupart de ces envolées, ça n'aurait pas grand-chose à voir avec le bien et le mal, encore moins avec ce qui s'était passé sur l'*Empire Builder*, et absolument aucun rapport avec la justice.

Murray était à son bureau. S'installer dans sa maison en ville n'était que pure formalité. Il y dormait, la plupart du temps, mais y passait encore moins de temps que dans son appartement de Kensington à Londres à l'époque où il était attaché à l'ambassade de Grosvenor Square. C'était injuste ; avec ce que cela lui avait coûté de retourner à Washington — la ville qui abritait le gouvernement des États-Unis était incapable de fournir des logements corrects aux employés du gouvernement ! —, il aurait pu espérer profiter un peu de sa maison.

Sa secrétaire était absente le dimanche et il répondait lui-même au téléphone. Là, c'était sa ligne directe qui sonnait.

— Murray, bonjour.

— Mark Bright. Bon, Dan, il y a du nouveau dans l'affaire des pirates. L'avocat vient juste d'appeler le procureur. C'en est fini de l'arrangement. Il veut se battre au tribunal. Il va foutre les gardes-côtes à la barre et essayer d'obtenir l'acquittement à cause du coup monté. Davidoff est très inquiet.

— Qu'en pensez-vous ?

— Eh bien, il va remettre l'affaire sur ses vraies bases, meurtres liés au trafic de drogue. Cela veut dire impliquer les gardes-côtes, tout a son prix. C'est lui qui le dit, pas moi, souligna Bright.

Comme beaucoup d'agents du FBI, il était aussi membre du barreau.

— Si je m'en fie à mon expérience, et pas à la sienne, je serais plutôt pessimiste, Dan. Davidoff est bon, il se défend comme un chef en face d'un jury, mais Stuart, le type de la défense aussi. Les mecs de la DEA peuvent pas le saquer, mais il est sacrément efficace. Et puis, la loi est un peu complexe. Que dira le juge ? Tout dépend du juge. La réaction du jury dépend de ce que dit et fait le juge. C'est comme si on pariait dès maintenant sur le prochain Super Bowl, avant le début de la saison. Et cela ne prend même pas en compte la décision de la cour d'appel après la fin du procès. Quoi qu'il arrive, les gardes-côtes vont en prendre plein la gueule. Dommage. Davidoff va les étriper pour l'avoir mis dans un tel pétrin.

— Prévenez-les.

Il se dit un instant que c'était une réaction impulsive, mais ce n'était pas le cas. Il faisait plus confiance à la justice qu'à la loi.

— Vous pouvez répéter ça ?

— C'est eux qui nous ont donné Tarpon.

— Monsieur Murray... (Ce n'était plus Dan maintenant.) Je vais peut-être devoir les arrêter. Davidoff pourrait convoquer un grand jury et...

— Prévenez-les. C'est un ordre, monsieur Bright. Je suppose que les flics ont un bon avocat pour les représenter. Conseillez-le au capitaine Wegener et à ses hommes.

Bright hésita avant de répondre.

— Monsieur, cela pourrait être considéré comme...

— Mark, ça fait un moment que je travaille pour le Bureau. Trop longtemps peut-être. Mais je ne vais pas rester sans rien faire et regarder ces types se faire alpaguer parce qu'ils nous ont filé un sacré coup de main. Il faudra bien qu'ils tentent leur chance au tribunal, mais bon Dieu, ils auront les mêmes avantages que ces salauds de pirates. On leur doit bien ça. Considérez cela comme un ordre, et obéissez.

— Oui, monsieur.

Murray entendit le reste de la réponse non prononcé. *Bordel de merde !*

— De votre côté, vous avez encore besoin de quelque chose pour l'affaire ?

— Non monsieur. Les résultats du labo sont tous là. De ce côté, c'est du béton. Les analyses d'ADN correspondent au sperme des deux meurtriers et au sang de deux des victimes. La femme était donneur de sang, et on a retrouvé un échantillon dans un frigo de la Croix-Rouge, la deuxième tache appartient à la fille. Davidoff peut se défendre, rien qu'avec ça.

Les nouveaux progrès sur l'analyse de l'ADN devenaient l'une des armes les plus fantastiques du Bureau. Grâce au travail accompli par deux biochimistes du Bureau dans un petit laboratoire relativement peu coûteux, la chaise menaçait deux Californiens qui croyaient avoir accompli un crime et un viol parfaits.

— Bon, si vous avez besoin de quoi que ce soit, appelez-moi sur ma ligne directe. Cette affaire est liée au meurtre d'Emil, et j'ai les pleins pouvoirs.

— Oui, monsieur. Excusez-moi de vous avoir dérangé un dimanche.

Cela lui donna presque une raison de rire en se retournant pour admirer Pennsylvania Avenue. Un beau dimanche après-midi, et des gens qui, tels des pèlerins, arpentaient la rue des Présidents, s'arrêtant de temps à autre pour acheter une glace ou des T-shirts. Plus loin, au-delà du Capitole, dans la zone que les touristes évitaient soigneusement, il y avait d'autres lieux où les gens pénétraient, comme des pèlerins, eux aussi, et qui s'arrêtaient pour faire des achats.

— Saleté de drogue ! Quels dégâts va-t-elle encore faire ?

Le DAO était lui aussi dans son bureau. En deux heures, il avait reçu trois messages de Variable. Bien sûr, il fallait s'attendre à une réaction des forces d'opposition. Ils réagissaient simplement plus vite et de manière mieux organisée qu'on aurait pu le croire, mais c'était un aspect auquel il avait négligé de réfléchir à l'avance. S'il utilisait les troupes, c'était essentiellement à cause de leurs capacités sur le terrain... et de leur anonymat. S'il avait pris des Bérets Verts du centre John F. Kennedy de Fort Bragg, Caroline du Nord, ou des Rangers de Fort Stewart, Californie, ou des types des opérations spéciales à MacDill, cela aurait fait trop de monde dans un milieu trop restreint et ne serait pas passé inaperçu. Mais l'infanterie légère avait quatre divisions presque complètes et totalement indépendantes, plus de quarante mille hommes, de New York à Hawaï, avec les mêmes talents que les commandos spéciaux, et quarante personnes ôtées de quarante mille, c'était plus facile à dissimuler. Il y aurait des pertes. Il savait ce qui se passait, et les soldats aussi. C'étaient des forces, et parfois, on les perdait, c'était dur, mais c'était la réalité. Si les hommes d'infanterie avaient voulu mener une vie tranquille, ils auraient choisi un autre métier, n'auraient pas rempilé au moins une fois chacun et ne se seraient pas portés volontaires pour une mission qu'on leur avait dit dangereuse. Ce n'étaient pas des gratte-papier envoyés dans la jungle pour se défendre tant bien que mal, mais des soldats professionnels qui connaissaient les risques.

Du moins, c'est ce que Ritter se disait. *Mais si toi, tu ne les connais pas à l'avance, comment eux les connaîtraient-ils ?*

Le plus fou, c'est que tout marchait comme prévu... sur le terrain. L'idée géniale de Clark, utiliser quelques actes violents pour déclencher une guerre au sein du Cartel, semblait porter ses fruits. Comment expliquer autrement la tentative d'embuscade contre Escobedo ? Finalement, il était content que Cortez et son patron s'en soient sortis. A présent, la revanche et la confusion étaient inévitables, et l'Agence pourrait reculer sur ses pas et couvrir ses traces.

« Qui ? Nous ? » demanderait l'Agence, en guise de réponse aux questions des journalistes qui ne manqueraient pas de fuser dès le lendemain. En fait, Ritter était même surpris que cela n'ait pas commencé. Mais les pièces du puzzle se mélangeaient au lieu de s'organiser. Le groupe de combat du *Ranger* ferait cap vers le nord, et poursuivrait son ETM tout en faisant route vers San Diego. Le représentant de la CIA avait déjà quitté le porte-avions et avait pris le chemin du retour avec sa deuxième et dernière bande vidéo. Le reste de l'exercice se déroulerait en mer, et les bombes seraient lâchées sur des vieux radeaux, comme il se doit. Qu'elles ne soient jamais officiellement sorties du centre de munitions basé en Californie passerait totalement inaperçu. Sinon ? Bof, une erreur de paperasse, ça arrivait tout le temps. Le seul problème, c'était les troupes sur le terrain. Il aurait pu s'organiser pour les rapatrier, mais mieux valait les laisser sur place quelques jours de plus. Il y aurait peut-être du travail à faire, et tant qu'ils seraient prudents, tout irait bien. L'ennemi n'était pas si bon que ça.

— Alors ? demanda le colonel Johns à Zimmer.

— Faut changer le moteur. Il est mort. Les brûleurs fonctionnent, mais le compresseur déconne complètement. Ils pourront peut-être le réparer chez nous. Mais ici, impossible de s'en occuper.

— Combien de temps ?

— Six heures, si on s'y met tout de suite.

— OK, Buck.

Ils avaient deux moteurs de rechange bien sûr mais le hangar qui abritait le Pave Low III n'était pas assez vaste pour l'hélicoptère et le MC-130, avion ravitailleur qui contenait aussi les pièces de rechange. Zimmer fit donc signe à un autre sous-officier de lui ouvrir la porte. De toute façon, ils avaient besoin d'un chariot pour manier les moteurs turbo T-64.

Les portes glissèrent sur les rails métalliques au moment où un vendeur ambulant avançait sur la piste. Immédiatement des hommes se précipitèrent vers lui. Il fait très chaud dans la zone du Canal et quand on y voit de la neige, c'est à la télévision. Il était l'heure des rafraîchissements. Tout le monde connaissait le chauffeur, un Panaméen qui faisait ce travail depuis la nuit des temps et gagnait plutôt bien sa vie.

Et les zincs, c'était son dada. Après des années d'observations et de conversations avec les mécanos, il aurait pu dresser l'inventaire complet du matériel de l'Air Force, et aurait été un espion aussi efficace qu'un autre si jamais on avait songé à faire appel à lui. De toute façon, il ne leur aurait jamais fait de mal. En dépit de son mauvais caractère, chaque fois qu'il avait des ennuis avec son camion, on le lui réparait gratuitement sur place, et à Noël — tout le monde savait qu'il avait des enfants — il y avait toujours des cadeaux pour ses fils et lui. Il avait même réussi à leur faire offrir une ou deux virées en hélicoptère. Ce n'étaient pas tous les pères qui pouvaient faire ça pour leurs enfants ! Les *Norteamericanos* n'étaient pas parfaits, mais ils étaient justes et généreux si on était honnête avec eux, d'autant plus que c'était une attitude à laquelle ils ne s'attendaient pas de la part des autochtones. C'était encore plus vrai à présent qu'ils avaient des ennuis avec la face de banane qui dirigeait le gouvernement du pays.

En passant ses Coca-Cola et ses casse-croûte, il remarqua un énorme Pave Low III dans le hangar, monstrueux, immense, un hélicoptère magnifique à sa façon. Effectivement, cela expliquait le Combat Talon de transport-ravitaillement et les gardes armés qui l'avaient empêché de prendre le chemin habituel. Il connaissait bien les deux appareils. Il ne révélerait jamais ce qu'il savait sur leurs possibilités, mais ce ne serait pas un crime de dire qu'il les avait vus, si ?

La prochaine fois, quand on lui aurait remis l'argent, on lui demanderait de surveiller les allées et venues.

Ils avancèrent très rapidement pendant la première heure puis ralentirent et reprirent leur allure prudente et silencieuse. Pourtant, bouger en plein jour, ce n'est pas ce qu'ils préféraient. La nuit appartenait peut-être aux Ninjas, mais le jour était à tout le monde, et il était plus facile de chasser en pleine lumière que dans l'obscurité. Bien que les soldats aient toujours des avantages pratiques sur leurs poursuivants, le jour les minimisait. Tels des joueurs, les combattants légers préféraient utiliser tous leurs atouts. Ils n'étaient peut-être pas fair-play, mais le combat avait cessé d'être un sport lorsqu'un gladiateur nommé Spartacus avait décidé de tuer en homme libre, même s'il avait fallu plusieurs générations aux Romains pour comprendre ce qui se passait.

Tous portaient leurs peintures de guerre ainsi que des gants, malgré la chaleur. L'autre équipe Showboat la plus proche était à quinze kilomètres au sud, et en cas de contact, il se serait forcément agi d'un ennemi ou d'un innocent, pas d'un ami, et, pour un soldat qui essaie de sauver sa peau, le concept d'« innocent » est bien mince. Il fallait donc éviter toute rencontre, et en cas d'imprévu, il faudrait réagir sur-le-champ.

Les autres règles aussi avaient changé. Ils n'avançaient plus en file indienne. Trop de gens qui suivent un même chemin laissent des traces. Bien que Chavez soit toujours l'éclaireur, suivi d'Oso à une vingtaine de mètres, le reste de l'escouade avançait sur un plan, en changeant souvent de direction, un peu comme un arrière sur un terrain de football, mais sur une étendue beaucoup plus vaste. Bientôt ils firent demi-tour pour voir si on les suivait. Dans ce cas, ils réserveraient une surprise aux attaquants. Pour le moment, la mission consistait à se déplacer vers un point déterminé et à évaluer les forces adverses.

Le lieutenant de police n'allait pas souvent au service du soir à l'église baptiste, mais cette fois, il fit une exception. Il était en retard ; chez lui, c'était une manie, bien qu'il ne se déplace jamais sans sa voiture de service. Il se gara à la périphérie du parking bondé, entra dans l'église et s'installa au fond, pour que personne ne remarque qu'il chantait faux.

Quinze minutes plus tard, un autre véhicule tout à fait ordinaire se gara à côté du sien. Un homme en sortit avec une manivelle, brisa la fenêtre de la voiture du policier, côté passager, vola la radio ainsi que l'arme cachée sous le tableau de bord et l'attaché-case fermé à clé. En moins d'une minute il était parti. On ne retrouverait l'attaché-case que si les Patterson ne tenaient pas leur promesse. Les flics sont des gens honnêtes.

23

LES JEUX SONT FAITS

La routine matinale était toujours la même bien qu'il se fût absenté depuis une semaine. Son chauffeur se réveilla de bonne heure et alla à Langley pour prendre la Buick officielle et quelques documents pour son passager. Ils étaient dans un attaché-case fermé par une combinaison et muni d'un dispositif auto-destructeur. Personne n'avait jamais essayé de s'attaquer à la voiture ni à ses occupants, mais on ne pouvait jurer de rien. Le chauffeur, un des gardes du corps de la CIA, portait un Beretta 9 mm 92-F, et il y avait un pistolet-mitrailleur Uzi sous le tableau de bord. Il avait été entraîné par le Secret Service et mettait un point d'honneur à protéger son « patron » comme il se plaisait à appeler le DAR par intérim. Il aurait simplement aimé qu'il habite plus près de Washington, ou qu'on lui donne une prime pour tous les kilomètres qu'il se tapait. Il prit l'échangeur de Capitole Beltway, puis la bretelle est qui donnait sur la route 50.

Jack Ryan se leva à 6 h 15, heure qu'il trouvait de plus en plus matinale à l'approche de la quarantaine, et suivit la routine habituelle des travailleurs, bien que son épouse médecin lui garantisse un petit déjeuner équilibré, c'est-à-dire composé de tout ce qu'il n'aimait pas. Qu'est-ce qu'on avait contre le sucre, la graisse et les conservateurs, de toute façon ?

Vers 6 h 55, il avait fini de déjeuner, de s'habiller et en était à la moitié de son journal. C'était Cathy qui conduisait les enfants à l'école. Il embrassa sa fille sur le palier, mais Jack Junior se trouvait trop grand pour ces enfantillages. La Buick de l'Agence arrivait tout juste, aussi précise que les avions et les trains aimeraient l'être.

— Bonjour, monsieur Ryan.

— Bonjour, Phil.

Jack préférait ouvrir ses portes lui-même. Il s'installa sur le siège arrière. D'abord, il terminerait la lecture du *Washington Post*, lirait comme d'habitude les bandes dessinées en dernier, et Gary Larson tout à la fin. S'il y avait quelque chose dont un agent secret ne pouvait se passer, c'était bien *The Far Side*, de loin la bande dessinée la plus populaire à Langley. Ils étaient maintenant dans les bouchons de la Route 50. Ryan ouvrit l'attaché-case en se servant de sa carte d'identification pour ne pas déclencher le détonateur. Les documents étaient importants, mais si quelqu'un s'était attaqué à la voiture, il aurait été plus intéressé par Ryan que par la paperasse et, à l'Agence, personne ne se faisait d'illusions sur Ryan ou sur quiconque si quelqu'un essayait vraiment de leur extraire des informations. Il disposait de quarante minutes pour se mettre au courant des derniers développements du week-end afin de pouvoir poser des questions judicieuses aux chefs de sections qui dirigeraient la réunion.

La lecture des journaux donnait un éclairage plus correct sur les rapports de la CIA. Ryan ne faisait pas totalement confiance aux journalistes — leurs analyses étaient souvent erronées — mais en fait, sur le fond, ils faisaient le même travail : obtenir des informations et les diffuser, et à part dans certains domaines techniques, d'une importance souvent capitale comme le contrôle des armements, leur travail était souvent aussi bon, sinon meilleur que celui d'un agent. Bien sûr, les bons correspondants étrangers gagnaient beaucoup plus qu'un agent au grade équivalent, et le talent s'en va souvent là où est l'argent. De plus, les journalistes avaient le droit d'écrire des livres, et cela, ça rapportait vraiment, comme tous les correspondants basés à Moscou avaient pu s'en apercevoir. En fait, l'habilitation, c'était simplement connaître les sources, comme l'avait appris Ryan au fil des ans. Même à son niveau hiérarchique, souvent il avait accès à des informations peu différentes de celles que diffusaient tout bon journal, mais lui, il savait d'où elles venaient, élément crucial pour juger de leur fiabilité.

Le dossier s'ouvrait sur l'Union soviétique. Il s'y passait des tas de choses tout à fait intéressantes, mais personne ne comprenait ce que cela signifiait ni où cela allait mener. Parfait. Aussi loin qu'il s'en souvienne, Ryan et la CIA faisaient cette analyse. Les gens s'attendaient à mieux. Comme cette stupide Elliot, qui haïssait l'Agence pour ce qu'elle faisait — pour ce qu'elle ne faisait plus depuis longtemps — mais s'attendait à ce qu'elle sache tout. Quand auraient-ils un peu de plomb dans la cervelle et comprendraient-ils qu'il n'était pas plus facile pour un agent de prédire l'avenir que de savoir qui serait sélectionné au championnat de base-ball pour un journaliste sportif. Dommage que l'on n'ait pas ouvert un bureau de pari sur le thème « qui fera partie du Politburo », « l'avenir de la *glasnost* » ou « l'issue du problème des nationalités », cela lui donnerait peut-être des indices supplémentaires ! Lorsqu'ils arrivèrent sur le périphérique, il en était à l'Amérique du Sud. Ouais, un nommé Fuentes avait bien pris une bombe sur la tronche.

Vraiment, quel dommage ! pensa Ryan, mais très vite

il revint sur ses pieds. Effectivement, il n'y avait personne à regretter, c'était ennuyeux malgré tout qu'il ait été tué par une bombe américaine. C'était pour ça que les Beth Elliot haïssaient la CIA. Toutes ces histoires de juge-jurés et exécuteurs. Cela n'avait rien à voir avec le bien et le mal, pour elle, c'était une question de politique, peut-être d'esthétique aussi. Les politiciens s'inquiétaient plus des « objectifs » que des « principes », mais ils parlaient comme si les deux mots avaient le même sens.

Dis donc, tu fais ta crise de cynisme du lundi ?

Et comment Robby Jackson est-il au courant ? Qui a organisé l'opération ? Et si cela parvenait aux oreilles du public ?

Mieux encore : *Pourquoi je m'occupe de ça ? Oui, pourquoi ? Et pourquoi pas ? ? ?*

Comme souvent, cela aurait prêté à une de ces merveilleuses discussions philosophiques que, grâce à son éducation chez les Jésuites, Ryan appréciait grandement. Mais là, il ne s'agissait pas d'analyser les principes et les hypothèses dans l'abstrait. Il était censé connaître la réponse. Si un membre de la Commission de contrôle lui posait des questions ? Cela pouvait arriver d'un moment à l'autre. Il n'aurait pour trouver une réponse valide que le temps du trajet de Langley au Capitole.

Et s'il mentait, il irait en prison, c'était le revers de la médaille de sa nouvelle promotion.

D'ailleurs, s'il disait honnêtement qu'il ne savait pas, il ne serait pas cru, ni par les membres de la Commission, ni même peut-être par un jury. Même la sincérité ne le protégeait pas, amusant, non ?

Jack regarda par la fenêtre en passant devant le temple mormon, près de Connecticut Avenue. Étrange bâtiment, dépourvu de grandeur avec ses colonnes de marbre et sa flèche dorée. Les croyances représentées par cette bâtisse impressionnante semblaient étranges à Ryan, qui avait toujours été catholique, mais les tenants de cette foi étaient honnêtes, travailleurs et loyaux envers leur pays, car ils croyaient aux valeurs que défendait l'Amérique. Et c'était là tout le problème, non ? Ou l'on défendait une cause, ou non. Facile d'être « contre ». Tout le monde pouvait l'être, comme un gosse turbulent qui prétend ne pas aimer les légumes. Mais, ces gens, on savait quelles valeurs ils défendaient. Ils sacrifiaient une partie de leur revenus pour construire des monuments consacrés, tout comme les paysans du Moyen Age pour leurs cathédrales, et pour les mêmes raisons. Les paysans ont été oubliés par tous sauf par le Dieu en qui ils plaçaient leur foi. Les cathédrales, témoignages de leur ardeur religieuse, se dressent dans toute leur gloire et sont toujours des lieux de culte. Qui se souvient des objectifs politiques de cette époque ? La noblesse et ses châteaux se sont écroulés, le sang bleu n'existe plus, il ne reste plus que les monuments consacrés à quelque chose de plus important que l'existence corporelle, qui s'exprime dans les pierres travaillées de la main de l'homme. Qu'est-ce qui pourrait mieux prouver ce qui compte vraiment ? Jack n'était pas le premier à s'en émerveiller, mais c'était sans doute la première fois que la Vérité éclatait ainsi à ses yeux. A côté, la politique paraissait bien pâle, éphémère, inutile. Pourtant, il lui restait à savoir ce qu'il allait faire. Ses actes lui seraient peut-être dictés par d'autres, mais il savait quelle ligne de conduite, quels critères il suivrait. Bon, ça suffisait pour le moment.

La voiture franchit le portail quinze minutes plus tard et contourna le bâtiment pour aller au garage. Ryan rangea ses dossiers et monta au septième étage par l'ascenseur. Nancy avait déjà préparé le café. Les autres n'arriveraient que dans cinq minutes pour la réunion. Il avait encore un peu de temps.

Sa réflexion des instants précédents commençait à s'estomper. A présent, il devait agir, et si sa ligne de conduite allait être dictée par ses principes, ses actes seraient dirigés par la tactique... Et il ne savait pas comment s'y prendre.

Ses chefs de division arrivèrent à l'heure. Ils trouvèrent le DAR étrangement réservé et silencieux. D'habitude, il posait des questions et lançait toujours une plaisanterie ou deux. Cette fois, il se contenta de hocher la tête et de grommeler sans prononcer un mot ou presque. Il avait peut-être passé un mauvais week-end.

Pour d'autres, le lundi matin signifiait aller au tribunal, affronter jurés et avocats. Comme les accusés avaient le droit de se montrer sous leur meilleur jour, c'était le jour de la douche pour les prisonniers de la prison de Mobile.

Comme dans toutes les prisons, la sécurité était un élément primordial. Les portes des cellules s'ouvraient et les prisonniers en sandales, une serviette sur le bras, allaient au bout du corridor sous les yeux de trois matons expérimentés. Humeur habituelle : plaisanteries et jurons. Seuls pendant une grande partie de la journée et durant les repas, les prisonniers avaient tendance à former des groupes selon leurs races, mais la politique de la prison interdisait la ségrégation — pour les gardiens, c'était synonyme de violence, mais les juges qui faisaient les lois se fondaient sur les principes et non sur la réalité. D'ailleurs, si quelqu'un se faisait tuer, c'était toujours la faute des gardiens, pas vrai ? Raillés par les flics de rue, haïs par les prisonniers et mal vus de toute la société, les matons étaient les plus cyniques de tous les représentants de la loi. Il leur était difficile de s'investir dans leur travail, et leur seul but, c'était leur propre survie. Le danger était réel. La mort d'un prisonnier n'était pas non plus une petite affaire, bien entendu. Elle entraînait une enquête menée par les gardiens et la police, ou même parfois, les fédéraux — mais la vie d'un prisonnier avait moins d'importance que celle d'un gardien, aux yeux des autres matons du moins.

Malgré tout, ils faisaient de leur mieux. Ils avaient de l'expérience et savaient de quoi se méfier. La même chose s'appliquait aux prisonniers, bien sûr, et la situation n'était guère différente de celle qu'on rencontre sur un champ de bataille ou dans les guerres entre agents secrets. Les tactiques évoluent en même temps que les modifications de règlement et certains prisonniers sont plus rusés que d'autres. Certains sont même de vrais génies. D'autres, les plus jeunes surtout, sont terrorisés et partagent le même objectif que les matons : assurer leur propre survie dans un environnement dangereux. Chaque type de prisonnier demande une attention légèrement différente, et les gardiens étaient tendus. Les erreurs sont inévitables.

Les serviettes étaient accrochées aux portemanteaux. Chaque prisonnier avait son propre savon, et ils entrèrent nus dans la salle de douches, où se trouvaient vingt cabines, tandis qu'un maton s'assurait qu'aucune arme n'était visible. Mais il était jeune et ne savait pas encore qu'un homme déterminé réussissait toujours à cacher quelque chose.

Henry et Harvey Patterson prirent des cabines côte à côte en face de celles des pirates qui, bêtement, s'étaient placés hors de vue du gardien. Les jumeaux échangèrent un clin d'œil complice. Ces deux connards étaient peut-être de belles ordures, mais ils n'avaient rien dans le ciboulot. Pourtant, les jumeaux n'étaient pas très à l'aise. L'adhésif d'électricien sur leur couteau maison était assez lisse, mais il y avait des angles, et avancer jusqu'à la douche d'un air naturel exigeait de gros efforts. Cela faisait mal et le local se remplissait de buée. Ils placèrent leur savon de façon à dissimuler leur arme, dont une partie aurait été visible pour tout observateur attentif, mais ils savaient que le maton était un nouveau. Harvey fit un signe à deux prisonniers au fond de la salle. Le rideau se leva sur un dialogue éculé.

— Hé, rends-moi mon savon, fils de pute !
— Va te faire foutre, répondit l'autre.
Il avait longuement réfléchi à sa réplique.
Un coup donné, et rendu.
— C'est bientôt fini, ce bordel, hurla le gardien.
C'est là que deux autres personnages entrèrent en scène, l'un parce qu'il savait pourquoi, l'autre, un primaire, parce qu'il avait peur et voulait se protéger. La réaction en chaîne se propagea dans toute la salle. A l'extérieur, le gardien recula pour appeler de l'aide.
Henry et Harvey se retournèrent, l'arme cachée dans leur poing. Ramon et Jesus observaient la bagarre,

mais regardaient du mauvais côté. Ignorant qu'il s'agissait d'un coup monté, ils ne se sentaient pas concernés.

Harvey se chargea de Jesus et Henry de Ramon.

Jesus ne vit rien arriver jusqu'à ce qu'une forme sombre l'approche, et qu'il reçoive un coup dans la poitrine, suivi d'un autre. Il baissa les yeux et vit le sang couler d'un trou qui allait droit au cœur. A chaque battement, la plaie s'ouvrait un peu plus. Une main brune le frappa à nouveau et un troisième arc rouge vint s'ajouter aux deux autres. Pris de panique, il mit la main sur une des blessures pour arrêter le sang, sans savoir que l'essentiel coulait à l'intérieur et provoquerait sa mort par arrêt cardiaque. Il tomba contre le mur et s'effondra par terre. Jesus mourut sans savoir pourquoi.

Henry, qui se croyait le plus malin des deux, voulut frapper plus vite. Ramon lui facilita le travail en voyant le danger arriver et en se détournant. Henry le poussa vers le mur carrelé et lui enfonça son outil dans la tempe, là où le crâne est aussi fragile qu'une coquille d'œuf. Une fois enfoncé, il tourna son instrument de droite à gauche et de bas en haut, deux fois. Ramon frétilla comme un poisson hors de l'eau, puis retomba, inerte comme une poupée de son.

Chaque Patterson mit son arme dans les mains de la victime de son frère — sous la douche, ils n'avaient pas à s'inquiéter des empreintes —, poussèrent les corps l'un contre l'autre et retournèrent dans leur cabine. Ils se lavèrent vigoureusement pour éliminer toute trace du sang qui aurait pu les éclabousser. A présent, les choses s'étaient un peu calmées. Les hommes qui s'étaient battus pour le savon s'étaient serré la main, avaient présenté leurs excuses au gardien et terminaient leurs ablutions matinales. La vapeur envahissait toujours le local et les Patterson se lavaient consciencieusement. La propreté valait presque la divinité, quand il était question de dénicher des preuves. Cinq minutes plus tard, l'eau s'arrêta et les hommes sortirent.

Le maton fit les comptes — s'il y a quelque chose

que les matons savent faire, c'est compter — et s'aperçut qu'il en manquait deux alors que les dix-huit autres
se séchaient déjà et échangeaient des plaisanteries
grossières, comme dans tout bon environnement
mâle. Il passa la tête dans la salle, prêt à hurler des
insultes mais, dans la vapeur, vit ce qui ressemblait à
un corps tout au fond.

— Merde !

Il se retourna et appela un autre garde.

— Que personne ne bouge, cria-t-il aux prisonniers.

— Qu'est-ce qui se passe ? demanda une voix anonyme.

— Hé, mec, faut que je sois au tribunal dans une
heure, cria un autre.

Les frères Patterson se séchèrent, enfilèrent leurs
sandales et attendirent tranquillement. D'autres
conspirateurs auraient pu échanger un regard de satisfaction — ils venaient juste de commettre le crime
parfait sous le nez d'un flic —, mais les jumeaux
n'avaient pas besoin de ça. Ils savaient exactement à
quoi l'autre pensait : la Li-ber-té ! Ils venaient d'effacer
un crime en en accomplissant deux autres. Les flics
seraient réglos, ce lieutenant était un moraliste, et les
moralistes tiennent parole.

La nouvelle de la mort des pirates se répandit
comme une traînée de poudre. Le lieutenant remplissait un formulaire à son bureau quand elle lui parvint.
Il hocha la tête et continua à remplir sa déclaration de
vol, expliquant dans quelles circonstances on avait
forcé sa voiture pour lui dérober une radio très coûteuse, son attaché-case, et pis encore, son arme. Rien
que pour ce dernier objet, il fallait tout un tas de
paperasse.

— Eh bien, c'est peut-être le bon Dieu qui a voulu te
dire que tu aurais mieux fait de rester chez toi et de
regarder la télé ! dit un autre lieutenant.

— Espèce de mécréant ! Tu sais... Oh merde !

— Des emmerdes ?

— Les Patterson. J'avais les balles dans mon attaché-case ! J'avais oublié de les sortir. C'est fichu,

Duane, les balles ne sont plus là, les photos, les notes du labo... tout !

— Eh bien, tu vas te faire bien voir du juge d'instruction. Tu viens de leur rendre la liberté !

Oui, mais ça valait la peine, ne dit pas le lieutenant.

A quelques pas de là, Stuart décrocha le téléphone et poussa un soupir de soulagement. Il aurait dû avoir honte, bien sûr, mais cette fois, il n'arrivait pas à pleurer ses clients. Pour le système qui les avait trahis, si, mais pas pour leur vie, qui ne rapportait rien de bon à personne. Et puis, il s'était fait payer à l'avance comme tout avocat intelligent qui traite avec des trafiquants.

Quinze minutes plus tard, le procureur général fit une déclaration disant qu'il était scandalisé que les prisonniers soient morts de cette façon, que les autorités compétentes mèneraient une enquête approfondie. Il ajouta qu'il espérait obtenir leur mort par les moyens légaux, mais mourir dans le cadre de la législation, c'était tout autre chose que de succomber aux mains d'un meurtrier. En fin de compte, c'était une excellente déclaration, qui passerait à tous les journaux télévisés de midi et du soir, ce qui ravissait Davidoff encore plus que ces deux morts. S'il avait perdu l'affaire, cela aurait risqué de mettre fin à ses velléités de carrière au Sénat. A présent, les gens penseraient que justice avait été faite, et ils y associeraient son visage et sa déclaration. C'était presque aussi bien qu'une condamnation.

L'avocat des Patterson était dans la pièce bien sûr, ses clients ne s'adressaient jamais à des policiers sans sa présence, du moins le croyait-il.

— Hé, dit Harvey. Moi, je déconne pas, alors, personne déconne avec moi. Ouais, j'ai entendu du bruit. Et voilà, quand y commence à y avoir du raffut dans un endroit pareil, alors, le plus malin, c'est encore de regarder ailleurs. Vaut mieux pas trop en savoir.

— Il semblerait que mes clients ne puissent en rien vous aider à votre enquête, dit l'avocat. Serait-il possible que les deux hommes se soient entre-tués ?

— Nous ne savons pas, nous interrogeons tous ceux qui auraient pu être témoins.

— J'entends donc que vous n'envisagez pas d'inculper mes clients pour cet incident regrettable.

— Pas pour le moment, maître.

— Très bien. Je voudrais que cela soit noté. Et puis, notez également que mes clients n'ont aucune information relative à votre enquête. Et puis, je veux que ce soit officiel aussi, vous n'interrogerez pas mes clients en dehors de ma présence.

— Bien, maître.

— Merci. Maintenant, si vous voulez bien m'excuser, j'aimerais échanger quelques mots avec mes clients en privé.

— Bien, maître.

L'entretien dura environ un quart d'heure. Et l'avocat savait. Ce qui ne veut pas dire qu'il « savait » au sens métaphysique ou juridique du terme, mais il savait. Selon les canons de l'éthique, bien sûr, il ne pouvait pas agir en fonction de spéculations sans violer son code de déontologie. Alors, il fit ce qu'il pouvait. Il remplit quelques lignes dans le dossier. A la fin de la journée, il y ajouterait les preuves de ce qu'il ne savait pas.

— Bonjour, monsieur le juge, dit Ryan.

— Bonjour, Jack. Il faut aller vite, je dois partir dans quelques instants.

— Monsieur, si on me demande ce qui se passe en Colombie, qu'est-ce que je réponds ?

— Oui, on vous a laissé un peu en dehors de tout ça.

— C'est le moins qu'on puisse dire.

— J'ai des ordres. Vous imaginez facilement d'où ils viennent. Tout ce que je peux vous dire, c'est que l'Agence n'a pas mis de bombe. OK ? Nous avons effectivement une opération en cours, mais nous n'avons pas mis de voiture piégée.

— Ça fait plaisir à entendre. Je ne croyais pas vraiment que nous étions mêlés à une histoire de voiture piégée, dit Ryan, d'un ton aussi décontracté qu'il le pouvait.

Merde ! Le juge aussi !

— Alors, si je reçois un coup de fil du Capitole, c'est ce que je leur dirai, exact ?

Moore se leva en souriant.

— Il faudra vous y habituer, Jack. Ce n'est pas facile, ce n'est jamais très amusant, mais vous finirez par vous apercevoir qu'on peut traiter avec eux. Pas comme avec ce Fowler et ses acolytes, d'après ce qu'on m'a dit ce matin.

— J'aurais pu mieux m'en tirer, admit Ryan. Il me semble que l'amiral s'était occupé du dernier entretien. Je pense que j'aurais dû lui demander conseil avant.

— Personne n'est parfait, Jack.

— Merci, monsieur.

— Je m'envole pour la Californie.

— Bon voyage, alors, dit Ryan en sortant.

Jack retourna à son bureau et ferma sa porte avant de laisser son visage exprimer autre chose que la neutralité.

— Oh, mon Dieu !

Si cela avait été un mensonge simple et direct, cela aurait été plus facile à accepter. Mais ce n'était pas le cas. Le mensonge avait été soigneusement dissimulé, et sans doute bien préparé, bien répété. *Nous n'avons pas mis de voiture piégée.*

Non, nous avons demandé à la marine de lâcher les bombes pour vous.

OK, OK, Jack. Bon, alors, qu'est-ce que tu fais maintenant ?

Il ne savait toujours pas, mais il avait toute la journée pour y penser.

Quels qu'aient été leurs doutes, ils furent dissipés dès lundi à l'aube. Ceux qui avaient investi les collines n'étaient pas partis. Ils avaient passé la nuit dans un campement à quelques kilomètres au sud, et Chavez les entendait plaisanter. Il y avait même eu un coup de feu, mais il n'était pas dirigé contre un membre de l'escouade. Un cerf peut-être, ou quelqu'un qui avait trébuché et laissé partir son arme. C'était bien assez inquiétant comme ça.

L'escouade avait adopté une ferme position défensive. Ils avaient trouvé une excellente cachette, et il y avait des allées pare-feu, mais surtout, leur position était inattendue. Ils avaient rempli leurs gourdes en route et se trouvaient loin de tout courant. Tous ceux qui les chercheraient s'attendraient au contraire. On les croirait aussi à un endroit plus élevé, mais leur localisation était au moins aussi bonne. Sur le sommet, on ne pouvait s'aventurer sans bruit dans la végétation trop dense. En contrebas, la pente était traîtresse et tous les sentiers qui menaient vers eux se voyaient du bas, si bien qu'ils auraient pu battre en retraite si nécessaire. Ramirez avait un don pour sélectionner le terrain. Pour le moment, leur mission consistait à éviter tout contact si possible et, sinon, à frapper et à fuir. Chavez et ses camarades n'étaient plus les seuls chasseurs des bois. Et si personne ne voulait avouer sa peur, leur méfiance avait néanmoins doublé.

Chavez se trouvait un peu en dehors du périmètre à un poste d'observation qui donnait sur le chemin le plus probable menant au reste de l'escouade avec un sentier discret en arrière au cas où il devrait s'échapper. Guerra, le sergent des opérations, était avec lui.

— Ils vont peut-être finir par s'en aller, murmura Ding.

— Ouais, on les a peut-être chatouillés un peu trop fort. Ce qu'il faut, maintenant, c'est se cacher dans un trou de souris.

— On dirait que c'est la pause casse-croûte pour eux. Je me demande combien de temps ça va durer.

— Ouais, et ils vont et viennent sans arrêt, ma parole, ils se prennent pour des balais. Si je me trompe pas on les verra arriver par là, ils descendront ici et ils nous tomberont droit dessus.

— Tu as peut-être raison, Paco.

— On devrait se tirer.

— Mieux vaut attendre la nuit. Maintenant qu'on sait ce qu'ils veulent, on peut s'arranger pour ne pas se trouver sur le chemin.

— Peut-être. On dirait qu'il va pleuvoir. Ils vont

rentrer chez eux ou ils vont rester connement sous la flotte comme nous ?

— On le saura dans une heure ou deux.

— Ouais, et on n'y verra goutte !

— Affirmatif.

— Regarde !

— J'ai vu.

Chavez pointa ses jumelles sur la ligne des arbres. Il en vit deux d'un coup, rejoints par six autres. Même de loin, on voyait qu'ils étaient hors d'haleine. L'un deux s'arrêta et but dans une bouteille. De la bière ? Là, debout, comme s'il voulait qu'on lui tire dessus ! Qui étaient ces connards ? Ils portaient des vêtements ordinaires, sans le moindre camouflage et étaient armés de AK-47 pliables.

— Six, ici Point. Terminé.

— Ici, Six, à vous.

— J'en vois huit, non dix. Avec des AK à un demi-kilomètre à l'est, et en contrebas de la colline à deux-zéro-un. Ils ne font pas grand-chose pour le moment.

— Où est-ce qu'ils regardent ?

— Nulle part, ils branlent rien.

— Tiens-moi au courant.

— Affirmatif, terminé.

Chavez reprit ses jumelles. Un des hommes fit signe de grimper jusqu'au sommet. Les autres le suivirent sans grand enthousiasme.

— Qué qui y a mon petit, on veut pas grimper la pétite colline ?

Bien que Guerra ne s'en aperçût pas, Ding imitait son sergent en Corée.

— Je crois qu'ils en ont déjà plein les bottes.

— Tant mieux, ils vont peut-être rentrer.

Oui, ils en avaient plein les bottes. Et ils prirent tout leur temps pour grimper là-haut. Une fois arrivés, ils hurlèrent aux autres qu'il n'y avait personne. En contrebas, la plupart des hommes se tenaient dans la clairière. La confiance était un atout pour le soldat, mais là, c'était de l'inconscience, et ce n'étaient pas des soldats. Quand les trois grimpeurs furent redescendus à mi-côte, des nuages obscurcirent le soleil. Presque immédiatement, la pluie se mit à tomber. Un orage tropical se formait à l'ouest. Deux minutes plus tard, les éclairs fusaient. La foudre frappa la colline, là où s'étaient trouvés les grimpeurs et resta suspendue pendant une longue seconde, tel le doigt d'un dieu en courroux. D'autres éclairs éclatèrent en tous sens, et un rideau de pluie s'abattit. La merveilleuse visibilité se réduisit à un rayon de quatre cents mètres au maximum. Chavez et Guerra échangèrent un regard inquiet. Ils avaient pour mission de regarder et d'écouter, mais ils n'entendaient et ne voyaient plus rien. Pis encore, après l'orage, le sol serait-mouillé, l'humidité absorberait les sons. Les clowns de tout à l'heure pourraient s'approcher sans se faire remarquer. Mais si l'escouade devait bouger, elle serait capable d'avancer plus vite, avec moins de risques de détection. La nature était toujours neutre, n'accordant ses avantages qu'à ceux qui savaient les exploiter et imposant les mêmes handicaps à tous.

La pluie dégringola tout l'après-midi, la foudre tomba à plusieurs reprises à moins d'une centaine de mètres des sergents, expérience neuve pour les deux, et bien aussi terrifiante qu'un tir de barrage. Après l'orage, il faisait froid, humide.

— Ding, à gauche ! murmura Guerra.

— Merde !

Chavez n'avait pas besoin de se demander comment ils avaient pu approcher si près. Avec l'ouïe encore affectée par les coups de tonnerre et la montagne détrempée, il y avait deux hommes, à moins de deux cents mètres.

— Six, ici Point. On a une paire d'andouilles à deux cents mètres au sud-ouest. Restez à l'écoute. Terminé.

— Affirmatif. Pas de panique, Paco.

Guerra envoya un clic pour toute réponse.

Chavez avança lentement, mettant son arme en position de tir, le cran de sécurité bloqué, mais le doigt sur le levier. Dans les arbres, il se savait presque invisible. Les hommes portaient leurs peintures de guerre et, à une cinquantaine de mètres, ils se fondraient dans l'environnement à condition de rester totalement immobiles. C'était pour ça que l'armée entraînait les hommes à la discipline. Les deux sergents regrettaient leurs tenues de camouflage, mais il était un peu tard pour s'en préoccuper, et de toute façon, leur tenue kaki était tachée de boue. D'un accord tacite, ils s'étaient partagé le champ d'observation pour ne pas avoir à bouger inutilement la tête. Ils ne pourraient s'exprimer qu'en chuchotant, mais ne parleraient qu'en cas d'urgence.

— J'entends quelque chose derrière nous, dit Chavez dix minutes plus tard.

— Mieux vaut jeter un œil.

Ding prit plus de trente secondes pour tourner la tête.

— Ouille ! Ils vont camper là !

Plusieurs hommes déroulaient des couvertures.

L'ennemi avait poursuivi sa patrouille de routine et avait décidé de monter le camp au point d'observation. Il y avait là une vingtaine d'hommes à présent.

— Plus on est de fous !

— Et en plus, faut que je pisse un coup ! dit Guerra pour essayer de plaisanter.

Ding leva les yeux vers le ciel. Il n'y avait plus qu'une faible bruine, mais le ciel était toujours bas. La nuit tomberait de bonne heure, dans deux heures peut-être.

L'ennemi s'était réparti en trois groupes, initiative pas trop stupide, mais chaque groupe allumait un feu, ce qui n'était vraiment pas malin. De plus, ils parlaient et chahutaient, comme s'ils dînaient à la *cantina* du village. Cela arrangeait drôlement Chavez et Guerra, car ils pouvaient se servir de leur radio.

— Six, ici Point. Terminé.

— Ici, Six.

— Six... euh, les méchants ont installé leur camp tout autour de nous. Ils ne nous ont pas vus.

— Qu'est-ce que vous allez faire ?

— Rien pour le moment. On pourra peut-être sortir de là quand il fera nuit. On vous le dira.

— O.K. Terminé.

— Sortir de là ?

— Inutile de l'inquiéter pour rien, Paco.

— Ben, y a plutôt de quoi s'inquiéter !
— Ça ne sert à rien.

Toujours pas de réponse. Ryan quitta son bureau après une journée de travail apparemment normale consacrée à rattraper les dossiers et le courrier en retard. Il n'avait pas fait grand-chose de toute façon, il était trop préoccupé.

Il demanda au chauffeur de le conduire à Bethesda. Il n'avait pas prévenu, mais cette démarche ne surprendrait personne. La sécurité de l'amiral était toujours aussi imposante, mais tous les gardes du corps connaissaient Ryan. Celui qui se tenait près de la porte hocha tristement la tête en le voyant arriver. Ryan comprit immédiatement le signal. Greer n'avait pas besoin de voir le visage de ses amis se décomposer, pourtant, Ryan avait du mal à dissimuler ses émotions.

Épouvantail qui avait autrefois été un homme, un officier de marine qui avait commandé des vaisseaux et dirigé des guerriers, Greer ne pesait plus que quarante-cinq kilos. Cinquante ans de loyaux services agonisaient sur un lit d'hôpital. C'était plus que la simple mort d'un homme. C'était la mort de toute une époque, d'une règle de conduite. Cinquante ans d'expérience et de sagesse s'évanouissaient. Jack s'assit près du lit et fit signe au garde de les laisser.

— Salut, patron.

Greer ouvrit les yeux.

Et maintenant ? Qu'est-ce que je fais ? Je lui demande comment il va ? Que dire à un mourant ?

— Alors, tu as fait bon voyage ?

— La Belgique, c'était pas mal. Tout le monde vous donne le bonjour. Vendredi, je suis allé voir Fowler, comme vous la dernière fois.

— Qu'est-ce que tu en penses ?

— Il a besoin d'éclaircissements sur la politique étrangère.

— Oui, plutôt. C'est un bon orateur quand même.

— Je ne me suis pas bien entendu avec un de ses collaborateurs, Elliot, la nana de Bennington.

Odieuse ! Si Fowler gagne, je prends ma retraite, c'est ce qu'elle m'a promis.

Ce n'était pas une chose à dire. Greer essaya de bouger, sans y parvenir.

— Alors, va la trouver, fais-lui une bise et réconciliez-vous ! Si tu dois l'embrasser devant tout le monde à Bennington, eh bien, fais-le. Quand est-ce que tu vas renoncer à ton entêtement d'Irlandais ? Demande à Sir Basil s'il aime beaucoup les gens pour qui il travaille ! Tu dois servir ton pays, Jack, pas les gens que tu aimes.

Un coup d'un boxeur professionnel n'aurait pu lui faire plus mal.

— Oui, monsieur, vous avez raison, j'ai encore beaucoup de choses à apprendre.

— Eh bien, apprends vite, je n'ai plus le temps de te donner beaucoup de leçons.

— Ne dites pas ça, amiral, dit Ryan sur le ton d'un enfant plaintif.

— C'est l'heure, Jack. Certains des hommes avec lesquels j'ai servi sont restés à Leyte où dans d'autres parties de l'océan. J'ai eu beaucoup plus de chance qu'eux, mais maintenant, c'est mon tour. Et c'est à toi de reprendre le flambeau. Je veux que tu prennes ma place.

— Amiral, j'ai besoin de vos conseils.

— La Colombie ?

— Je pourrais vous demander comment vous le savez, mais je n'en ferai rien.

— Quand un type comme Arthur Moore ne vous regarde pas dans les yeux, on sait qu'il y a quelque chose qui cloche. Il est venu samedi, impossible de croiser son regard.

— Il m'a menti aujourd'hui.

Ryan s'expliqua pendant quelques minutes, en disant ce qu'il avait appris par d'autres sources, ce qu'il soupçonnait et ce qu'il craignait.

— Et tu ne sais pas quoi faire ?

— J'aurais bien besoin de conseils, amiral.

— Pas du tout, tu es assez intelligent pour te débrouiller seul. Tu as tous les contacts nécessaires, et tu sais ce qui est juste.

— Mais la...

— Politique ? Cette merde ! dit Greer en riant presque. Jack, tu sais à quoi tu penses quand tu es comme ça ? Tu repenses à tout ce que tu aimerais refaire, en mieux, à toutes tes erreurs, aux gens que tu aurais pu mieux traiter, et tu remercies Dieu que cela n'ait pas été pire. Jack, tu ne regretteras jamais d'avoir été honnête, même si cela blesse quelqu'un. Quand on est nommé lieutenant dans la marine, on prête serment devant Dieu. Je comprends pourquoi maintenant. C'est pour nous aider, pas nous menacer. Cela te rappelle que les mots sont importants, que les idées sont importantes. Les principes sont importants. Et ta parole c'est ce qui compte le plus. Ta parole, c'est toi. C'est la dernière leçon que je te donne, il faudra continuer tout seul.

Il marqua une pause. Jack lut la souffrance dans son regard.

— Tu as une famille, Jack, va la retrouver. Donne-leur le bonjour de ma part, et dis à tes gosses que leur père est un brave type et qu'ils devraient être fiers de lui. Bonne nuit, Jack.

Greer sombra dans le sommeil.

Jack attendit quelques minutes avant de se lever. Il avait besoin de temps pour retrouver sa maîtrise de soi. Il se sécha les yeux et, en sortant, il rencontra le médecin. Jack l'arrêta et se présenta.

— Il n'en a plus pour longtemps. Moins d'une semaine. Je suis désolé, mais il n'y a jamais vraiment eu d'espoir.

— Faites qu'il ne souffre pas trop.

Une autre plainte enfantine.

— C'est ce que nous faisons. C'est pour ça qu'il dort tant. Il reste lucide quand il est éveillé. On a eu quelques bonnes discussions. Je l'aime bien, moi aussi.

Le médecin avait l'habitude de perdre des patients, mais cela l'attristait toujours.

— Dans quelques années, nous aurions peut-être pu faire quelque chose pour lui. Le progrès n'est jamais assez rapide.

— Jamais. Merci pour votre aide, merci de vous occuper de lui, docteur.

Ryan reprit l'ascenseur et demanda au chauffeur de le raccompagner chez lui. Ils repassèrent devant le temple mormon, illuminé par les projecteurs. Jack ne savait toujours pas exactement ce qu'il allait faire, mais il était sûr qu'il ne devait pas rester passif. Il en avait fait la promesse à un mourant, et rien n'aurait jamais autant d'importance.

Les nuages commençaient à se dégager, et bientôt ce serait le clair de lune. Il était temps. L'ennemi avait posté des sentinelles. Elles faisaient leur ronde, un peu comme les gardes des sites de raffinage. Les feux brûlaient toujours, mais les conversations s'étaient tues au fur et à mesure que les hommes, épuisés, s'étaient endormis.

— On va y aller normalement. S'ils nous voient ramper, ils seront sûrs qu'on n'est pas des leurs. Si on marche normalement, ils nous prendront pour des sentinelles.

— Ouais, astucieux.

Les hommes mirent leur arme de biais sur la poitrine. De profil, elle ne correspondrait pas à celles de l'ennemi, mais bien collée au corps, les contours seraient estompés dans l'obscurité et, de plus, elles seraient prêtes à l'emploi. Ding pouvait compter sur le MP5 SD2 pour tuer silencieusement. Guerra sortit sa machette. La lame de métal était noire, bien sûr, et seul brillait le tranchant acéré comme un fil de rasoir que Guerra n'arrêtait pas d'aiguiser. Il était très habile avec les armes blanches, et comme il était ambidextre, il la tenait négligemment dans sa main gauche tandis que la droite s'occupait du M-16.

L'escouade s'était avancée d'une centaine de mètres, prête à fournir son soutien en cas de nécessité.

— OK, Ding, passe le premier.

En fait Guerra avait un échelon supérieur à celui de Chavez, mais dans cette situation, le talent comptait plus que la hiérarchie. Chavez descendit la colline en restant à couvert aussi longtemps que possible puis tourna à gauche vers le nord et la sécurité. Ses lunettes étaient dans son sac au point de ralliement de l'escouade car il aurait dû être relevé avant la nuit. Elles lui manquaient, et sacrément !

Les deux hommes avançaient aussi silencieusement que possible, aidés par le sol mouillé, mais le sous-bois était très dense sur leur chemin. Ils n'avaient plus que trois ou quatre cents mètres à parcourir, c'était trop.

S'ils ne prenaient pas les sentiers, ils ne pouvaient pas toujours les éviter, et au moment où Guerra et Chavez traversaient un chemin sinueux, deux hommes apparurent.

— Qu'est-ce que vous ficez ici ? demanda l'un d'eux.

Chavez lui fit un signe amical, espérant que cela le rassurerait, mais il l'approcha malgré tout, son compagnon à ses côtés. Au moment où il remarqua que Ding ne portait pas la bonne arme, il était déjà trop tard.

Chavez reprit son PM à deux mains, le dégagea de la bandoulière et tira une seule balle sous le menton qui alla éclater dans la tête. Guerra se retourna et fit voler sa machette et, comme au cinéma, la tête s'arracha. Ils s'étaient jetés sur les victimes avant qu'elles n'aient eu le temps de faire du bruit.

Merde ! A présent, ils sauront qu'il y avait quelqu'un dans les parages. Ils n'avaient pas le temps de cacher les corps, ils risquaient de faire d'autres mauvaises rencontres. Eh bien, autant tirer profit de leur geste. Ding trouva la tête de la victime de Guerra et l'installa dans les mains inertes, façon de dire : *On ne plaisante pas avec nous !*

Guerra eut un hochement de tête approbateur et Ding guida de nouveau la marche. Il leur fallut encore dix minutes avant d'entendre un sifflement sur la droite.

— Eh, t'as failli tomber, dit Oso.

— Ça va ? chuchota Ramirez.

— On a rencontré deux types. Ils sont morts, dit Guerra.

— Mieux vaut partir avant qu'ils les trouvent.

Ils n'en n'eurent pas l'occasion.

Un instant plus tard, ils entendirent la chute d'un corps, suivie d'un cri et d'une rafale de AK-47 qui partait dans la mauvaise direction, mais qui suffit à

600

éveiller toute âme à la ronde sur quelques kilomètres. L'escouade activa ses lunettes de vision nocturne pour choisir un chemin aussi rapidement que possible pendant qu'au camp, un vacarme de cris et de jurons partait en tous sens. L'escouade ne s'arrêta pas avant deux heures. La nouvelle était tombée aussi officiellement qu'un ordre du satellite : à présent, c'étaient eux les bêtes traquées.

La situation évoluait à une vitesse exceptionnelle, à environ cent cinquante kilomètres des îles du Cap-Vert. Depuis des jours à présent, le satellite observait l'orage, sur différentes fréquences lumineuses. Les photos étaient retransmises à tous ceux qui disposaient de l'équipement adéquat et, déjà, les bateaux modifiaient leur route pour l'éviter. Des masses d'air chaud et sec, qui venaient du désert d'Afrique de l'Ouest, où l'été battait déjà des records de chaleur, attirées à l'est par les vents, se mêlaient à l'air humide de l'océan et formaient des cumulus, qui commençaient à se rassembler en un seul gros nuage. En approchant de la surface de l'eau, il absorbait encore un peu de chaleur qui venait renforcer son énergie. Lorsqu'il en arriva à un point critique de chaleur, de pluie et d'humidité, l'orage se forma. Les gens du National Hurricane Center ne comprenaient toujours pas pourquoi il en était ainsi — ni pourquoi, étant donné les circonstances, cela se produisait si rarement —, mais le fait était là. Le météorologue manipulait son ordinateur pour faire défiler en avant et en arrière les photos-satellite. L'image était claire. Les nuages commençaient leur course tourbillonnante en sens inverse des aiguilles d'une montre autour d'un point fixe. L'orage se transformait en cyclone, utilisant son mouvement circulaire pour augmenter sa cohérence et sa force, comme s'il savait que seule cette activité lui donnerait la vie. Ce n'était pas la première fois que l'on en voyait si tôt dans la saison, mais cette année les conditions atmosphériques étaient particulièrement favorables à leur formation. Toupies d'art moderne en gaze légère, ils étaient magnifique en photo. Oui, ils seraient vraiment splendides s'ils n'étaient pas si meurtriers. C'est sans doute pour ça qu'on leur donnait des noms, il aurait été inacceptable de voir tant de personnes tuées par un vulgaire numéro. Pour le moment, il en était encore au stade de la dépression tropicale, mais s'il continuait à grandir en taille et en force, il se changerait en ouragan. On l'appellerait Adèle.

La seule chose exacte dans les films d'espionnage, c'est que les espions fréquentent beaucoup les bars. Ce sont des lieux très utiles dans les pays civilisés. Les hommes s'y rencontrent et boivent quelques verres, et se lancent dans des conversations légères, dans des pièces anonymes et mal éclairées, avec un mauvais fond musical qui contribue à brouiller les mots au-delà d'un rayon très restreint. Larson arriva avec une minute de retard et se glissa vers Clark. Dans cette *cantina*, il n'y avait pas de tabouret, mais simplement un rail de cuivre pour y poser les pieds. Larson commanda une bière locale, les Colombiens en avaient de la bonne. D'ailleurs, sans la drogue, ce pays irait sans doute quelque part. La Colombie souffrait autant que... non plus que son propre pays. Le gouvernement colombien devait admettre qu'il menait un combat contre les trafiquants, et qu'il perdait... Contrairement aux Américains ? Contrairement aux États-Unis, le pouvoir était menacé ? Oui, effectivement, nous on est plus riches.

— Alors ? demanda-t-il une fois que le serveur se fut éloigné.

— C'est sûr, répondit tranquillement Larson en espagnol. Le nombre de vigiles a diminué considérablement. Ils sont partis.

— Pour aller où ?

— Au sud-ouest, il paraît. Ils parlaient d'une partie de chasse dans les collines.

— Oh, dit Clark.

— Qu'est-ce qu'il y a ?

— Nous avons environ quarante soldats d'infanterie légère là-bas.

Clark lui donna quelques précisions.

— Nous les avons *envahis* ? Quel est le cinglé qui a inventé ça ?

— Nous travaillons tous les deux pour lui, pour eux, plus vraisemblablement.

— Nom d'un chien, eh bien s'il y a quelque chose qu'on peut faire, c'est éviter que tout foire !

— Parfait. Vous vous envolez pour Washington et vous racontez tout ça au DAO. Si Ritter a pour deux sous de bon sens, il les rappelle immédiatement avant que ça tourne mal.

Clark réfléchissait intensément et n'appréciait pas certaines des idées qui lui venaient à l'esprit. Il se souvenait d'une mission...

— Si on allait y voir de plus près demain, vous et moi ?

— Non mais, vous voulez vraiment faire sauter ma couverture !

— Vous avez un trou à rat ?

Clark insinuait que tout bon agent secret a un lieu de secours pour s'y réfugier en cas de danger.

— Quelle est la couleur du cheval blanc d'Henri IV ?

— Et votre amie ?

— Si nous ne nous occupons pas d'elle, moi je me retire des affaires.

L'Agence encourageait la loyauté et l'entraide entre les agents, même si on ne couchait pas avec eux, et Larson était très attaché à sa maîtresse de toujours.

— On essaiera de faire passer ça pour un vol de prospection, mais après, avec mon autorisation, votre couverture est fichue et vous retournez à Washington. La même chose pour elle. C'est un ordre.

— Je ne savais pas que vous aviez ce pou...

— Officiellement, non, dit Clark en souriant. Mais bientôt, vous verrez que Ritter et moi, on se comprend. Je m'occupe du travail sur le terrain, et il ne conteste pas mes décisions.

— Personne n'aurait ce toupet.

Toute la réponse que Larson obtint, ce fut un sourcil levé qui paraissait bien plus dangereux qu'il ne l'aurait cru.

Cortez était installé dans la seule pièce correcte de la maison, la cuisine, assez grande pour les critères locaux, avec une table où il avait installé sa radio, ses cartes et une feuille de registre pour faire ses comptes. Pour le moment, il avait perdu onze hommes, au cours d'affrontements brefs et sanglants, la plupart du temps silencieux, et n'avait rien obtenu en échange. Les « soldats » qu'il avait envoyés au combat étaient encore trop en colère pour avoir peur, et cela l'arrangeait à merveille. La carte était couverte d'une feuille plastifiée et il prit un crayon rouge très gras pour délimiter les zones d'activité. Il y avait eu un contact avec deux, peut-être trois des équipes américaines. Il était au courant de ces contacts par les pertes, bien sûr. Il préférait croire qu'il avait perdu les onze hommes les plus stupides. C'était relatif, car la chance est toujours un facteur important sur le terrain, mais en gros, l'histoire nous apprenait que les plus bêtes mouraient en premier, qu'il y avait une sorte de sélection darwinienne sur le terrain. Il pensait en perdre encore une cinquantaine environ avant de changer de tactique. Là, il demanderait des renforts et déshabillerait les chefs du Cartel de leur garde personnelle. Il appellerait son patron et lui dirait qu'il avait identifié deux ou trois types dont les gars se comportaient bizarrement sur le terrain — il savait déjà qui accuser — et le lendemain, il préviendrait l'un d'entre eux — déjà choisi, lui aussi — qu'Escobedo avait une drôle d'attitude. Et d'ailleurs, il devait sa loyauté à l'organisation qui le payait, pas à des individus. Son plan prévoyait de faire tuer Escobedo. C'était nécessaire et pas franchement regrettable. Les Américains avaient déjà tué deux des chefs les plus intelligents, il s'arrangerait pour éliminer les deux autres. Les survivants auraient besoin de Cortez et le sauraient. Sa position serait revue à la hausse et il aurait droit à un siège à la table des négociations tandis que le reste du Cartel serait restructuré en fonction de ses propres volontés de manière plus sûre et plus organisée. Dans un an, il serait considéré comme un égal ; un an de plus, et il serait le premier. Il n'aurait même pas besoin de tuer les autres. Escobedo était un des plus intelligents et il n'était pas facile à manipuler. Avec les autres, plus intéressés par leur argent et leurs jouets luxueux que par le succès de l'organisation, ce serait un jeu d'enfant. Son plan était encore vague. Cortez n'était pas du genre à prévoir dix coups à l'avance. Quatre ou cinq suffisaient.

Il regarda de nouveau les cartes. Bientôt, les Américains prendraient conscience du danger et réagiraient. Il ouvrit son attaché-case et compara les photos aériennes avec les cartes. Il savait qu'on avait amené les Américains, sans doute avec un seul hélicoptère. Une folle audace ! Les Américains n'avaient pas tiré la leçon des plaines de l'Iran et des hélicoptères. Il fallait qu'il repère les zones d'atterrissage possible... Était-ce vraiment nécessaire ?

Cortez ferma les yeux et s'efforça de revenir aux principes de base. C'était le danger avec des opérations comme celles-ci, on se laissait prendre par les événements et on perdait la notion de la situation générale. Il y avait peut-être un autre moyen. Les Américains l'avaient déjà aidé, peut-être l'aideraient-ils à nouveau. Comment les y amener ? Que faire ? Comment les Américains pouvaient-ils l'aider ? Cela lui donnerait de quoi occuper sa nuit d'insomnie.

Le mauvais temps les avaient empêchés d'essayer le nouveau moteur, et, pour la même raison, ils devraient attendre 3 heures du matin pour faire un test. Le Pave Low ne devait être vu de jour sous aucun prétexte, sans un ordre venu d'en haut.

On sortit l'hélico du hangar, on déplia le rotor qu'on mit en place avant d'allumer les moteurs. PJ et le capitaine Willis donnèrent de la puissance tandis que le sergent Zimmer surveillait la console de navigation. Ils allèrent normalement sur la piste et commencèrent le décollage ; les tonnes de métal s'élevaient maladroitement et irrégulièrement, tel un bambin qui monte pour la première fois sur une échelle.

C'était difficile de savoir ce qui s'était passé en premier. Un crissement suraigu parvint aux oreilles du pilote, malgré les protections de mousse de son casque. Au même instant, un millième de seconde plus tôt peut-être, Zimmer hurla un avertissement dans l'interphone. Quoi qu'il en soit, le colonel Johns observa ses instruments et vit que le moteur Un ne tournait pas rond. Willis et Zimmer le coupèrent tandis que PJ faisait virer l'appareil, heureux de ne se trouver qu'à quinze mètres du sol. En moins de dix secondes, il reposa l'appareil et arrêta le second moteur.

— Alors ?

— Le nouveau moteur, monsieur. Il nous a lâchés. Absence totale de compression. Peut-être pire. Il faut que je voie si cela n'a rien endommagé d'autre.

— Vous avez eu des problèmes pour l'installer ?

— Négatif. Les instructions du manuel marchaient impec. C'est la deuxième fois avec cette série de moteur. Le fabricant a merdé avec le nouveau matériau des lames de turbine. Il va falloir tout vérifier jusqu'à ce qu'on identifie le problème, tous les oiseaux qui utilisent ce moteur, tous, ceux de la marine, l'armée, les nôtres.

Le moteur, d'une conception nouvelle, utilisait des lames de turbine en céramique et non en acier. C'était plus léger — cela permettait d'emporter plus de carburant — et moins cher — on pouvait acheter plus de moteurs. Les tests du fabricant avaient prouvé que cette nouvelle version était aussi fiable que l'ancienne... jusqu'à ce qu'on la mette en service. Le premier accident avait été mis sur le compte d'une surcharge, mais deux hélicoptères de la marine utilisant ce nouveau moteur avaient disparu sans laisser de traces. Zimmer avait raison, tous les appareils munis de ce nouveau moteur seraient cloués au sol jusqu'à ce qu'on résolve le problème.

— Eh bien, c'est formidable, dit Johns. Et le moteur de secours ?

— Qu'est-ce que vous pariez ? Je peux essayer de nous faire envoyer un vieux moteur réparé.

— Qu'est-ce que vous en pensez ?

— Je crois qu'il vaut mieux un moteur réparé, ou alors on en prend un sur un autre oiseau à Hurlburt.

— Bon, dès que les moteurs sont refroidis, occupez-vous de ça. Je veux deux moteurs en état, et tout de suite !

— Oui, monsieur.

Les hommes échangèrent un regard. Et les gars que nous sommes censés soutenir ?

Il s'appelait Esteves, et lui aussi était sergent d'escouade. Onze Bravo, US Army. Avant que tout commence, il avait fait partie de l'unité de reconnaissance du 5e bataillon, 14e régiment d'infanterie, 1re brigade de la 25e « Tropical Lightning », infanterie légère, basée à Schofield Barracks, Hawaï. Jeune et orgueilleux, comme tous les soldats de l'opération Showboat, il était épuisé, et frustré. Et malade en plus. Quelque chose qu'il avait bu, ou mangé. Le moment venu, il irait voir le toubib de l'escouade, mais pour le moment, ses boyaux le torturaient et il avait les bras en coton. Ils avaient été sur le terrain pendant très précisément vingt-sept minutes de moins que Couteau, mais ils n'avaient eu aucun contact depuis la surveillance de la piste d'aviation minable. Ils avaient trouvé six lieux de raffinage, dont quatre avaient visiblement été utilisés récemment, mais tous vides. Esteves aurait bien aimé marquer quelques points, les autres avaient sûrement réussi. Comme Chavez, il avait grandi dans une bande de rue, mais contrairement à lui, il avait été très mouillé, jusqu'à ce que le destin le frappe assez fort pour qu'il songe à rejoindre l'armée. Contrairement à Chavez également, il avait fait lui-même usage de la drogue jusqu'à ce que sa sœur meure d'une overdose d'héroïne en s'injectant un produit trop pur. Il était là, il l'avait vue s'évanouir comme si on venait de débrancher une prise de courant. Le lendemain, il retrouva le dealer et s'engagea pour échapper aux poursuites judiciaires, sans songer un instant qu'il deviendrait un soldat professionnel et qu'il y avait d'autres possibilités dans la vie que de laver des voitures et toucher le chèque des services d'aide publique. Il avait sauté sur l'occasion de prendre sa revanche sur les connards qui avaient tué sa sœur et asservi les siens. Et il n'avait encore tué personne, n'avait aucune prouesse à son tableau de chasse. La fatigue et la frustration forment une combinaison mortelle devant l'ennemi.

Enfin ! Il vit la lueur d'un feu à un demi-kilomètre. Il fit son devoir et annonça la nouvelle à son capitaine en attendant que l'escouade se sépare en deux équipes et s'approche des dix hommes qui piétinaient bêtement dans l'acide. Il conduisit deux hommes de sa section à un endroit idéal pour fournir le support de feu, tandis que le capitaine prenait en charge la force d'assaut. Cette nuit, tout serait différent, il le sentait. Effectivement...

Il n'y avait ni baquet ni sacs pleins de feuilles, mais seulement quinze hommes armés. Il envoya le signal de danger sur sa radio mais n'obtint pas de réponse. Sans qu'il s'en aperçoive, une branche avait brisé son antenne dix minutes plus tôt. Il cherchait des indices, des solutions, tandis que les deux soldats près de lui se demandaient ce qui se passait. Soudain, une crampe à l'estomac le plia en deux. Esteves trébucha sur une racine et laissa tomber son arme. Le coup ne partit pas, mais le bruit métallique était assez clair. C'est là qu'il aperçut un homme qu'il n'avait pas encore remarqué à une dizaine de mètres de lui.

Il était éveillé et se massait le mollet courbaturé pour pouvoir s'endormir. Alarmé par le bruit, sa première réaction fut de ne pas y croire. Il raisonnait en chasseur, et ne pensait pas qu'il puisse y avoir quelqu'un dans les parages. Il s'assura qu'aucun de ses compagnons ne s'était aventuré hors de son poste, car ce son ne pouvait venir que d'une arme. Son équipe avait été informée d'affrontements avec... qui que ce soit, ils avaient tué ceux qui devaient les tuer, ce qui le surprenait et l'inquiétait à la fois. Soudain, il prit peur. Il saisit son fusil et vida un magasin entier. Quatre balles touchèrent Esteves qui mourut assez lentement pour lancer un juron. Les deux hommes qui le couvraient répondirent et le vengèrent, mais déjà les quinze hommes s'étaient levés, et la force d'assaut n'était pas encore en place. Le capitaine eut une réaction sensée. Son équipe de support était tombée dans une embuscade et il fallait qu'il s'approche de l'objectif pour calmer les choses. Les forces de soutien dirigèrent leur feu vers le campement, et se rendirent compte qu'il y avait d'autres hommes dans les parages. La plupart fuirent le feu des camarades d'Esteves et se jetèrent dans la force d'assaut qui se précipitait en direction opposée.

S'il y avait eu un rapport sur l'affrontement, il aurait signalé que le contrôle de la situation avait été immédiatement perdu des deux côtés. Le capitaine réagit précipitamment, et en s'avançant immédiatement au lieu de réfléchir, il fut l'un des premiers à tomber. L'escouade n'avait plus de chef et ne le savait pas. Les prouesses individuelles des soldats n'en furent pas moindres, mais, du premier au dernier, les soldats font partie d'une équipe dont la force, en tant qu'organisme pensant, est bien supérieure au total des forces individuelles. Privés de chef, ils s'en remirent à ce qu'ils avaient appris à l'entraînement ; dans le vacarme et le noir, tout était confus. Les deux groupes d'hommes s'entremêlaient, et le manque d'organisation des Colombiens devenait moins gênant à présent qu'il s'agissait d'une bataille d'individus d'un côté, contre des soldats en binôme qui se soutenaient l'un l'autre. Cela dura moins de cinq minutes. Les binômes remportèrent la « victoire ». Ils tuèrent et se battirent efficacement avant de s'enfuir en rampant et de se réfugier au point de ralliement. Les ennemis encore vivants continuaient à tirer, à s'entre-tuer, surtout. Cinq hommes seulement parvinrent au point de ralliement, trois hommes de la force d'assaut et les deux camarades d'Esteves. La moitié de l'escouade avait péri, y compris le capitaine, le toubib et le radio. Les soldats ne savaient toujours pas sur quoi ils étaient tombés. A cause d'un problème du système de communication, ils n'avaient pas été prévenus des opérations du Cartel. Pourtant, ils en savaient assez. Ils retournèrent à la base, ramassèrent leurs sacs et s'en allèrent.

Les Colombiens en savaient à la fois plus et moins.

Ils savaient avoir tué cinq Américains — ils n'avaient pas encore trouvé Esteves — et avoir perdu vingt-six hommes, dont la plupart sous leur propre feu. Ils ne savaient pas si quelqu'un s'était échappé ni à quelle force ils avaient eu affaire. En fait, ils n'étaient même pas sûrs qu'il s'agissait d'Américains. Les armes étaient américaines, mais le M-16 était courant dans toute l'Amérique du Sud. Comme les hommes qu'ils avaient vaincus, ils savaient simplement qu'il se passait quelque chose de terrifiant. Ils se rassemblèrent, s'assirent, dormirent et connurent tous les chocs du combat, se rendant compte pour la première fois que la possession d'une arme automatique ne vous transforme pas systématiquement en dieu invincible. Le choc fit place à la fureur quand ils commencèrent à collecter les morts.

L'équipe Drapeau, du moins ce qu'il en restait, n'avait même pas ce réconfort. Les soldats n'avaient pas le temps de réfléchir pour savoir qui avait gagné ou perdu. Ils venaient d'apprendre une leçon épouvantable. Des êtres plus cultivés auraient peut-être pensé que le monde n'était pas prédéterminé, mais les cinq hommes de Drapeau se consolaient avec la plus pâle des observations de soldats : Des fois, ça merde.

24

LA LOI DU TERRAIN

Clark et Larson se mirent en route bien avant l'aube, et prirent la direction du sud dans leur Subaru empruntée. A l'avant, il y avait une serviette, à l'arrière, des cartons de pierres et, sous les cailloux, deux Beretta automatiques munis de silencieux. C'était dommage de maltraiter ainsi les armes, mais aucun des hommes ne songeait à les emporter en partant et, de plus, ils espéraient bien ne pas en avoir besoin.

— Qu'est-ce qu'on cherche ? demanda Larson après une demi-heure de silence.

— J'espérais que vous le sauriez. Quelque chose d'inhabituel.

— Ici, des gens avec des fusils, ça n'a rien d'exceptionnel, au cas où vous ne l'auriez pas remarqué.

— En groupe organisé ?

— Ça arrive, mais cela nous donne matière à réflexion. Nous ne verrons pas beaucoup de militaires.

— Pourquoi ?

— Des guérilleros s'en sont pris à un poste la nuit dernière, je l'ai entendu à la radio ce matin. Le M-19 ou le FARC.

— Cortez.

— Ouais, ça paraît logique. Orienter les forces officielles dans une autre direction.

— Il faudra que je le rencontre, celui-là, dit Clark.

— Et pourquoi ?

— Qu'est-ce que vous imaginez ? Ce salaud a fait partie d'un complot pour tuer nos ambassadeurs, le directeur du FBI et le chef de la DEA, plus un chauffeur et quelques gardes du corps. C'est un terroriste.

— Vous voulez le ramener ?

— Vous me prenez pour un flic ?

— Écoutez, on ne...

— Moi, si. D'ailleurs, vous avez déjà oublié les bombes ? Vous étiez là, je crois.

— Ce n'était pas...

— La même chose ? C'est toujours ce qu'ils disent. Effectivement, ce n'est pas la même chose, mais moi, je ne suis pas allé à Dartmouth, comme vous. Et la différence, je ne la vois plus très bien.

— On n'est pas au cinéma, bordel.

— Carlos, si on était au cinéma, vous seriez une belle blonde avec une grosse poitrine et un chemisier transparent. Je fais ce boulot depuis que vous jouez avec des petites voitures Matchbox, et je n'ai jamais baisé pendant le service. Jamais. C'est pas juste.

Il aurait pu ajouter qu'il était marié et que cela comptait pour lui, mais pourquoi troubler l'esprit de ce pauvre garçon ? Il avait obtenu ce qu'il voulait, Larson souriait.

— Eh bien, là, je vous ai battu.

— Où est-elle ?

— Partie jusqu'à la fin de la semaine. Un vol pour l'Europe. J'ai laissé un message à trois endroits. Enfin le message lui disant de prendre le premier avion pour Miami dès qu'elle sera de retour.

— Parfait. C'est assez compliqué comme ça. Quand tout sera terminé, mariez-vous, fondez une famille.

— J'y ai pensé. Mais... Enfin, avec ce métier...

— Statistiquement, votre travail est moins dangereux que de tenir une boutique de spiritueux dans une grande ville. Ils ont tous une famille. Ce qui vous permet de tenir sur un gros boulot loin de tout, c'est que vous avez quelqu'un à retrouver. Vous pouvez me faire confiance là-dessus.

— Bon, nous sommes là où vous vouliez aller. Qu'est-ce qu'on fait ?

— Prenez les petites routes, n'allez pas trop vite.

Clark baissa sa vitre et huma l'air. Il ouvrit sa serviette et en sortit une carte topographique. Il resta silencieux pendant quelques instants pour mieux s'imprégner de la situation. Il y avait des soldats, là-haut, des soldats entraînés qu'on poursuivait et qui tentaient d'éviter le contact. Il fallait qu'il se mette dans l'état d'esprit adéquat.

— Merde, qu'est-ce que je donnerais pas pour une radio.

C'est ta faute, Johnny, se dit Clark, *Tu aurais mieux fait de la demander. Tu aurais dû dire à Ritter qu'il fallait quelqu'un sur le terrain pour assurer la liaison au lieu de passer par un satellite comme pour une étude abstraite.*

— Pour leur parler ?

— Écoutez, combien de forces de sécurité vous avez vues pour le moment ?

— Aucune, pourquoi ?

— Bon, avec une radio, je pourrais leur dire de quitter les collines, de déblayer la région, et je les emmènerais à l'aéroport pour qu'ils rentrent chez eux, dit Clark, visiblement frustré.

— C'est dingue... Pourtant, vous avez raison. Toute

cette situation est dingue, dit Larson surpris de ne pas avoir compris plus tôt.

— Retenez la leçon. C'est toujours ce qui arrive quand on organise une opération de Washington, au lieu de la diriger directement du terrain. Ritter se prend pour un maître espion au lieu de se fier à son instinct animal comme moi. Et puis, cela fait trop longtemps qu'il est dans les bureaux. C'est ça le problème à Langley. Les types qui mènent la danse ont tout oublié, et en plus les règles ont beaucoup changé depuis leur temps. Et là, la situation n'est pas du tout telle qu'ils croient. Ce n'est pas une histoire de renseignement. C'est une guerre rampante. Il faut savoir à quel moment renoncer à sa couverture. Cette fois, c'est complètement différent.

— Ils ne couvrent jamais ce genre d'opérations à la Ferme.

— Rien de surprenant. La plupart des instructeurs sont un tas de vieilles... Ralentissez un peu.

— Qu'est-ce qu'il y a ?

— Arrêtez.

Larson obéit et s'arrêta sur les graviers. Clark sortit de la voiture avec sa serviette, attitude étrange en ces lieux, et prit les clés de contact. Il ouvrit l'arrière et relança les clés à Larson. Il fouilla sous les cailloux, sortit un Beretta. Il portait une saharienne et fit disparaître l'arme et son silencieux dans son dos, sous sa ceinture. Il fit signe à Larson de rester à sa place. Clark se mit à marcher avec sa carte et une photo à la main. Derrière la courbe de la route, il y avait un camion et quelques hommes armés. Clark regardait toujours sa carte et, quand les hommes crièrent, il redressa la tête d'un air surpris. Un homme brandit son AK d'une façon significative. *Approchez ou je tire !*

Larson avait envie de pisser dans son pantalon, mais Clark lui fit signe de ne pas bouger et avança d'un pas confiant vers le camion. Le plateau était couvert d'une bâche, mais Clark savait ce qu'elle dissimulait. Il l'avait senti, c'est pour cela qu'il s'était arrêté.

— Bonjour, dit-il.

— Vous avez bien mal choisi votre jour pour venir vous promener.

— Il m'a dit que je risquais de vous rencontrer. J'ai sa permission.

— Quelle permission ? La permission de qui ?

— Du señor Escobedo, bien sûr, l'entendit dire Larson.

Mon Dieu, mon Dieu, dites-moi que je rêve !

— Qui êtes-vous ? demanda l'homme au fusil avec un mélange de colère et de méfiance.

— Je suis prospecteur. Je cherche de l'or. Regardez, dit Clark en lui montrant la photo. Là où il y a la croix, je crois qu'il y a de l'or. Bien sûr, je ne serais jamais venu sans l'autorisation du señor Escobedo et il m'a dit de dire à ceux que je rencontrerai que je suis sous sa protection.

— De l'or ? Vous cherchez de l'or ? demanda un deuxième homme qui s'approchait.

Le premier s'en référa à lui, ce devait être le chef.

— Mon chauffeur, c'est señor Larson. C'est lui qui m'a présenté à señor Escobedo. Vous le connaissez sûrement si vous connaissez le señor Escobedo.

Visiblement, l'homme ne savait plus que faire ni penser. Clark s'exprimait dans un bon espagnol avec une pointe d'accent et d'un ton aussi neutre que s'il avait demandé son chemin à un policier.

— Vous voyez ? C'est de l'or, dit-il en indiquant les pierres. C'est peut-être le meilleur filon depuis Pizarro. Je crois que señor Escobedo et ses amis vont acheter tout le terrain.

— Ils ne m'en ont pas parlé.

— Bien sûr, c'est un secret, et señor, n'en parlez à personne, sinon, vous aurez des comptes à rendre à señor Escobedo.

Larson avait de plus en plus de mal à contrôler sa vessie.

— Quand est-ce qu'on s'en va ? demanda quelqu'un à l'intérieur du camion.

Clark regarda autour de lui pendant que les deux hommes essayaient de prendre une décision. Un chauffeur, et peut-être un autre homme. Il ne voyait personne d'autre. Il s'approcha du camion et vit ce qu'il craignait. D'une bâche, dépassait un M-16A2. Il devait prendre une décision en moins d'une seconde. Même pour Clark, c'était surprenant de voir à quel point les vieilles habitudes revenaient vite.

— Que personne ne bouge ! dit le chef.

— Est-ce que je peux charger mes échantillons dans votre camion, dit Clark sans se retourner. Pour les donner à señor Escobedo ? Il sera très content de voir ce que j'ai trouvé, je vous le promets.

Les deux hommes coururent pour arriver à son niveau, leurs fusils en bandoulière. Ils étaient à trois mètres quand Clark se retourna. Sa main droite resta sur place et prit le Beretta tandis que la gauche brandissait toujours la carte et la photo. Ni l'un ni l'autre ne vit rien arriver, tant les mouvements étaient souples.

— Non, pas dans le ca...

Ce fut encore une chose qui le surprit, mais ce serait la dernière. Clark visa dans le front du premier homme à environ un mètre cinquante. Avant que le chef ne tombe, le deuxième homme avait succombé à la même balle. Sans s'arrêter, Clark alla sur la droite du camion et sauta sur le marchepied. Il n'y avait que le chauffeur. Lui aussi prit une balle silencieuse dans la tête. A ce moment, Larson sortit de la voiture. Il s'approcha de Clark par-derrière et faillit recevoir une balle.

— Ne faites pas des trucs pareils !

— Mais je venais juste...

— On s'annonce dans une situation comme ça. Vous avez failli mourir à cause de votre imprudence. Souvenez-vous-en. Venez.

Clark monta dans le camion et souleva la bâche.

La plupart des morts étaient des paysans du coin, mais il reconnut vaguement deux visages. Il lui fallut un peu de temps pour savoir de qui il s'agissait.

— Capitaine Rojas. Toutes mes excuses.

— Qui est-ce ?

— Il était responsable de l'équipe Drapeau. Un des nôtres. Ces salauds les ont tués.

— Il semblerait que les nôtres se soient pas mal défendus...

— Laissez-moi vous expliquer une chose, mon

vieux. Dans un combat, il y a deux sortes de gens, les nôtres et les autres. La deuxième catégorie peut comprendre des non-combattants, on essaie de ne pas leur faire de mal si possible, mais la seule chose qui compte, ce sont les nôtres. Vous avez un mouchoir ?

— Deux.

— Donnez-les-moi, et mettez ces deux-là dans le camion.

Clark ôta le bouchon du réservoir sous la cabine. Il noua les mouchoirs et les glissa à l'intérieur. Le plein était fait et ils s'imprégnèrent immédiatement.

— Allez, on retourne à la voiture.

Clark démonta son arme et la remit dans la caisse de pierres. Il sortit son briquet.

— Approchez-vous le plus possible.

Larson obéit et arriva au niveau du camion au moment où la flamme jaillissait du briquet. Clark l'approcha des mouchoirs qui s'enflammèrent immédiatement. Il fut inutile de demander à Larson de dégager. Ils avaient déjà dépassé le deuxième virage quand le feu prit pour de bon.

— On retourne en ville. Quel est le moyen le plus rapide de se rendre au Panama ?

— Je peux vous y emmener dans quelques heures, mais cela veut dire que...

— Vous avez les codes radio pour joindre la base de l'Air Force ?

— Oui, mais...

— Vous partez d'ici. Votre couverture ne vaut plus rien. Faites parvenir un message à votre petite amie avant qu'elle revienne. Faites-la déserter, ou quitter le navire, je ne sais pas comment on dit ça dans l'aviation, mais qu'elle ne revienne pas. C'est fichu pour elle aussi. Vous êtes en danger tous les deux. Et c'est pas de la blague. Quelqu'un nous a peut-être vus venir par ici. Quelqu'un a peut-être remarqué que vous avez emprunté deux fois la même voiture. Sans doute pas, mais on ne fait pas de vieux os dans ce métier à prendre des risques inutiles. Vous ne pouvez plus rien faire pour contribuer au succès de l'opération, alors mettez-vous à l'abri.

Ils atteignirent la grande route avant que Larson reprenne la parole.

— Ce que vous venez de faire...

— Et alors ?

— Vous avez eu raison. On ne peut pas laisser des gens...

— Vous vous trompez. Est-ce que vous savez seulement pourquoi j'ai agi comme ça ?

Clark s'exprimait comme un professeur devant sa classe, mais il ne donna qu'une de ses motivations.

— Vous raisonnez en espion, et ce n'est plus une opération de renseignement. Nous avons des soldats qui se cachent dans les montagnes. C'est pour ça que j'ai fichu le feu. Pour créer une *diversion*. Ils penseront que nos gars sont revenus venger leurs morts, et peut-être qu'une partie des types qui les traquent regarderont du mauvais côté. Ce n'est pas grand-chose, mais c'est toujours ça. Je ne veux pas dire que cela ne m'a pas fait plaisir. Je n'aime pas voir tuer les nôtres et je ne supporte pas de ne pouvoir rien y faire. Cela fait trop longtemps que cela dure, le Moyen-Orient, partout... On perd des gens, et on ne réagit pas. Cette fois, j'avais une excuse. Ça faisait longtemps. Et c'est vrai, ça m'a drôlement fait du bien, admit Clark froidement. Alors, maintenant, taisez-vous et conduisez. Il faut que je réfléchisse.

Toujours silencieux, toujours perplexe, Ryan était à son bureau. Le juge Moore trouvait toute sorte d'excuses pour s'absenter. Ritter était toujours en rendez-vous à l'extérieur. Jack pouvait difficilement poser des questions à des absents. En plus, il était le seul responsable sur place, ce qui lui donnait tout un travail supplémentaire de paperasse et de coups de fil à passer. Pourtant, il fallait quand même qu'il sache ce qui se tramait et Moore et Ritter avaient commis deux erreurs. D'abord, ils croyaient que Ryan ne savait rien, ils auraient dû être plus malins. S'il était grimpé si vite à l'Agence, c'est parce qu'il avait le don de deviner les choses. Et de plus, ils avaient pensé qu'à cause de son inexpérience relative, il n'oserait pas pousser trop loin s'il commençait à se faire des idées sur la situation. Ils raisonnaient en bureaucrates. Les gens qui passent leur vie entre quatre murs sont terrifiés à l'idée de briser les règles. C'était le meilleur moyen de se faire virer. Mais là-dessus, Jack avait pris sa décision depuis longtemps. Il ne savait même pas quelle était sa profession. Il avait été marin, agent de change, professeur d'histoire avant d'entrer à l'Agence. Il pourrait toujours reprendre l'enseignement. L'université de Virginie avait déjà offert un poste à temps plein à Cathy et Jeff Pelt voulait que Ryan revienne mettre un peu de vie dans le département d'histoire comme vacataire extérieur. Ce serait agréable. De toute façon, il ne se sentait pas piégé par son travail. Et James Greer lui avait donné tous les conseils dont il avait besoin : *Fais ce que tu crois être juste.*

— Nancy, appela Jack par l'interphone. Quand M. Ritter doit-il revenir ?

— Demain matin. Il devait rencontrer quelqu'un à la Ferme.

— Bien, merci. Pourriez-vous appeler ma femme et lui dire que je rentrerai très en retard ce soir ?

— Bien, monsieur.

— Merci. Je voudrais le dossier ANMP, et le rapport OSWR.

— M. Molina est à Sunnyvale avec le juge, répondit Nancy.

Molina était à la tête de l'Office of Strategic Weapons Research, et contrôlait deux des départements dans le cadre du traité sur les armes nucléaires de moyenne portée.

— Je sais, je voudrais simplement voir le dossier pour pouvoir en discuter avec lui demain.

— On ne peut pas l'avoir avant un quart d'heure.

— Rien ne presse.

Ce document aurait suffi à occuper le roi Salomon en personne pendant trois jours, et cela lui donnait une excuse tout à fait plausible pour travailler tard. Le Congrès avait discuté des tas de points techniques au moment où les deux parties étaient d'accord pour détruire leurs lanceurs. Ryan et Molina devraient témoigner la semaine suivante. Jack poussa le sous-main, sachant déjà ce qu'il ferait après le départ de Nancy et des autres employés.

Cortez était un fin observateur politique. C'était d'ailleurs pour ça qu'il était passé colonel si jeune dans une organisation aussi bureaucratique que la DGI. Copiée sur l'image du KGB, elle présentait une collection d'employés, d'inspecteurs, d'officiers de sécurité, qui faisait ressembler la CIA à une famille et rendait son efficacité relative d'autant plus surprenante. Malgré tous leurs avantages, les Américains manquaient d'une véritable volonté politique et se battaient sur des points qui auraient dû être clairs pour tous. A l'Académie du KGB, un instructeur les avait un jour comparés au vieux parlement polonais, une collection de plus de cinq cents barons qui devaient *tous* être d'accord avant de prendre une décision, si bien qu'il ne se passait jamais rien. Et comme rien n'avançait, la Pologne était en proie à tous ceux qui étaient capables de prendre une décision simple.

Cette fois, les Américains avaient agi, vite et bien. Qu'est-ce qui avait changé ?

Ce qui avait changé — ce qui devait forcément changer —, c'est que les Américains violaient leurs propres lois. Ils avaient réagi émotivement. Non, pas tout à fait. Ils avaient réagi violemment à une attaque directe, tout comme l'auraient fait les Soviétiques, mais avec des différences tactiques mineures. L'aspect émotionnel dans tout cela, c'était qu'ils avaient nargué leur incroyable commission de contrôle, et au cours d'une année d'élections, en plus !

En fait, c'était aussi simple que ça. Les Américains l'avait déjà aidé, ils continueraient. Il fallait simplement qu'il identifie les bonnes cibles. Cela ne lui demanda que dix minutes de plus. Cela tombait à merveille qu'il soit colonel. Depuis des siècles, c'étaient toujours les colonels qui se chargeaient de ce genre de choses en Amérique latine.

Qu'en dirait Fidel ? Cortez faillit éclater de rire à cette pensée. Tant qu'il respirerait, cet idéologue barbu haïrait les Américains comme un évangéliste a horreur du péché. Il s'était amusé du moindre coup d'aiguille qu'il avait pu leur infliger, avait lancé ses criminels et ses cinglés contre ce naïf de Carter — *N'importe qui aurait pu tirer avantage de cet imbécile*, pensa Cortez — et joué de tous les atouts de la guérilla diplomatique, si futiles soient-ils. Oui, cela l'aurait vraiment beaucoup amusé. A présent, il n'avait plus qu'à trouver un moyen de faire passer le message. C'était risqué, pour le moment, il avait marqué tous les points et les dés étaient encore chauds dans sa main.

Cela avait peut-être été une erreur. Peut-être que laisser la tête dans les bras du corps n'avait fait que renfoncer leur rage, pensa Chavez. Quelle que soit la véritable cause, les Colombiens hantaient les collines avec beaucoup plus d'ardeur. Ils n'avaient pas encore retrouvé les traces de l'équipe Couteau qui prenait garde à ne pas en laisser, mais une chose était claire, l'affrontement devenait inéluctable et ne tarderait plus.

Pour le capitaine Ramirez, les choses n'étaient pas aussi limpides. Il avait ordre d'éviter le contact et il obéissait. La plupart des hommes de l'escouade ne mettaient pas cette décision en question, à part Chavez, qui aurait bien aimé... Mais les sergents ne posent pas de questions aux capitaines, du moins pas souvent, et seulement en privé. S'il devait y avoir un combat — et comment l'éviter ? — pourquoi ne pas l'organiser de façon à avoir l'avantage ? Dix hommes, bien entraînés, armés d'armes automatiques, de grenades et de deux FM, ça pouvait faire une sacrée embuscade. Donnons-leur une piste à suivre et entraînons-les dans un champ de massacre. Avec un peu de chance, ils toucheraient dix ou quinze hommes dès les trois premières secondes. Ensuite, les autres, du moins ceux qui couraient assez vite, ne seraient pas fumasses, ils auraient la chiasse ! Personne ne serait assez fou pour les poursuivre. Pourquoi Ramirez ne comprenait-il pas ? Il continuait à faire marcher ses hommes, à les fatiguer, sans même prendre la peine de choisir un bon endroit, de préparer une embuscade, et ensuite de déguerpir ! Il y avait un temps pour la prudence, et un temps pour l'offensive ! Ce mot favori de tous les manuels militaire : « l'initiative » signifiait qu'il fallait savoir saisir l'occasion. Chavez le savait d'instinct, mais Ramirez réfléchissait trop. A quoi, Chavez n'en savait rien, mais cela commençait à l'inquiéter de voir son capitaine si préoccupé.

Larson rendit la voiture et accompagna Clark à l'aéroport dans sa propre BMW. Elle lui manquerait, pensa-t-il en allant vers son avion. Clark emportait tous ses dossiers et son matériel secret, et rien d'autre. Il ne s'était pas arrêté pour faire ses bagages, n'avait même pas pris son rasoir, bien que le Beretta 92-F muni de son silencieux soit de nouveau sous sa ceinture. Il marchait calmement et normalement mais à présent, Larson savait comment la tension nerveuse s'exprimait chez Clark. Il paraissait plus décontracté que d'habitude, plus absent, pour se faire passer pour inoffensif aux yeux de ceux qui le regardaient. Comme un chat, un chat excessivement dangereux. Le pilote repensait à la scène des bois, à la manière dont Clark avait mis les deux hommes à l'aise, avait embrouillé leur esprit, leur avait demandé de l'aide. Il n'imaginait même pas qu'il y avait des gens comme lui à l'Agence.

Clark monta dans l'appareil, mit son matériel à l'arrière et s'impatienta un peu pendant que Larson procédait aux vérifications d'usage. Il ne reprit son état normal que lorsque le train d'atterrissage fut rentré.

— Combien de temps pour le Panama ?

— Deux heures.

— Survolez l'eau aussi vite que possible.

— Vous êtes nerveux ?

— Non, seulement à propos du vol, dit Larson dans le micro. Je m'inquiète pour ces trente gamins qu'on laisse moisir derrière nous.

Quarante minutes plus tard, ils quittèrent l'espace aérien colombien. Au-dessus de la baie de Panama, Clark reprit son matériel, ouvrit la porte et le jeta à la mer.

— Est-ce que vous pourriez me dire...

— Imaginons que toute l'opération s'écroule. Combien de preuves vous voulez amener devant le Sénat ? Il n'y a pas grand risque, bien sûr, mais si on nous voit transporter du matériel et qu'on se demande de quoi il s'agit ?

— Ah oui.

— Réfléchissez un peu, Larson. Henry Kissinger l'a dit : Même les paranoïaques ont des ennemis. S'ils veulent laisser les soldats là où ils sont, qu'est-ce qui nous arrivera ?

— Mais... M. Ritter...

— Je connais Ritter depuis longtemps, et j'ai quelques questions à lui poser. Il a intérêt à avoir de bonnes réponses à fournir. Ce qui est sûr, c'est qu'il ne nous a pas informés de choses que nous aurions dû savoir. C'est peut-être un simple exemple de la politique de Washington, mais ce n'est pas certain.

— Vous ne croyez tout de même pas...

— Je ne sais pas quoi penser. Appelez, ordonna Clark.

Inutile de pousser Larson à se poser des questions. Il était trop jeune à l'Agence pour comprendre les vrais problèmes.

Le pilote hocha la tête et fit ce qu'on lui dit. Il brancha sa radio sur une fréquence rarement utilisée et commença à transmettre.

— Howard Approach, ici vol spécial X-Ray Golf Whiskey Delta, demandons permission d'atterrir. Terminé.

— Whiskey Delta, ici Howard Approach, restez à l'écoute, répondit un aiguilleur du ciel sans visage qui vérifia ses codes.

Il ne savait pas qui était XGWD, mais ces initiales figuraient sur sa liste d'appareils « sensibles ». CIA, pensa-t-il, ou une autre agence qui envoyait des gens là où ils n'avaient rien à faire, c'était d'ailleurs tout ce qu'il avait besoin de savoir.

— Whiskey Delta, vous avez une piste, avec approche visuelle directe, vents à un-neuf-cinq, à dix nœuds.

— Roger, merci. Terminé.

Eh bien, au moins quelque chose se serait bien passé. Dix minutes plus tard, le Beech toucha la piste et suivit une jeep qui le guida vers l'aire de stationnement. La police de l'armée de Terre les attendait et les conduisit à la base. Elle était occupée à un exercice d'alerte. Tout le monde était habillé en vert et la plupart portaient des armes. Y compris le personnel des opérations, en costume de vol pour simuler des terroristes.

— Quel est le premier vol pour le pays ? demanda Clark à une jeune femme capitaine.

Elle portait les ailes d'argent des pilotes et il se demandait sur quel oiseau elle volait.

— Nous avons un 141 pour Charleston, mais si vous voulez le prendre...

— Ma jolie, vérifiez vos ordres pour ça, dit-il en lui tendant son passeport au nom de J. T. Williams. Opérations spéciales, ajouta-t-il pour l'aider.

Le capitaine se leva et ouvrit un tiroir de dossiers classés top secret, qui fermait grâce à une double combinaison. Elle en sortit un classeur rouge et alla immédiatement à la section « Opérations spéciales » qui identifiait certaines personnes, plus protégées encore que les simples « top secret ». Il ne lui fallut que quelque secondes.

— Merci, colonel Williams. Le vol part dans vingt minutes. Puis-je encore quelque chose pour vous ?

— Arrangez-vous pour que Charleston nous trouve un quatre-quatre pour foncer à Washington, s'il vous plaît, capitaine. Excusez-moi d'arriver si brutalement. Merci de votre aide.

— De rien, dit-elle en souriant à ce colonel si poli.

— Colonel ? demanda Larson en sortant.

— Opérations spéciales, pas moins ! Pas mal pour un ancien quartier-maître, non ?

Une jeep les conduisit au Lockheed Starlifter en moins de cinq minutes. La partie cargo en forme de tunnel était vide. C'était un vol des Réserves de l'Air Force, leur expliqua-t-on. Il avait livré la cargaison en route et retournait au port. Cela convenait parfaitement à Clark qui s'allongea dès que l'oiseau décolla.

Étonnant comme ses compatriotes excellaient dans des tas de domaines. Vous pouviez passer du danger mortel à la totale tranquillité en quelques heures. Le pays qui envoyait les soldats sur le terrain sans leur fournir le support adéquat les traitait eux comme des grands personnages, tant qu'ils avaient les papiers d'identité idoines dans la poche. Incroyable tout ce qu'on sait faire et ce que l'on ne sait pas faire. Un instant plus tard, il ronflait à côté d'un Carlos Larson abasourdi. Il ne se réveilla qu'au moment de l'atterrissage, cinq heures plus tard.

Comme toutes les institutions gouvernementales, la CIA avait des horaires réguliers. A 15 h 30, ceux qui arrivaient les premiers avec les « horaires libres » se précipitaient déjà pour devancer les embouteillages et, vers 17 h 30, même le septième étage était calme. Dans le bureau adjacent, Nancy couvrit d'une housse sa machine à écrire IBM — elle avait un traitement de texte, mais préférait souvent sa machine — et appuya sur le bouton de son interphone.

— Vous avez encore besoin de moi, monsieur Ryan ?

— Non, merci. A demain.

— Très bien. Bonsoir.

Jack tourna sur sa chaise pour regarder les arbres qui dissimulaient les bâtiments de la vue des badauds. Il essayait de réfléchir, mais son esprit était vide. Il ne savait pas ce qu'il allait découvrir, et en fait espérait ne rien trouver. Son geste allait peut-être lui coûter sa carrière à l'Agence, mais peu importait. S'il fallait tout sacrifier pour ce poste, cela ne valait pas la peine de l'occuper.

Mais qu'en penserait l'amiral ?

Jack ne connaissait pas la réponse. Il sortit un livre de poche de son bureau et se mit à lire. Quelques centaines de pages plus loin, il était 19 heures.

C'était le moment. Il décrocha son téléphone et appela les gardes du corps. Après le départ des secrétaires, c'étaient eux qui se chargeaient des courses.

— C'est M. Ryan. J'ai besoin de documents du

fichier central, dit-il avant de dicter les références. Ils sont énormes, vous feriez mieux de prendre quelqu'un avec vous pour vous aider.

— Oui, monsieur. Tout de suite.

— Ce n'est pas pressé à ce point-là.

Déjà, il avait la réputation d'être un patron facile. Dès qu'il eut raccroché le combiné, il se leva et alluma sa photocopieuse personnelle. Il alla dans le bureau de Nancy et épia le bruit des pas des gardes qui s'éloignaient dans le corridor.

On ne fermait pas les portes au septième. C'était inutile. Il fallait traverser dix contrôles de sécurité avant d'y parvenir, tous gardés par des hommes armés, et supervisés par un bureau central indépendant au premier étage. Il n'y avait pas de ronde non plus. Dans l'immeuble de la CIA, la sécurité était à peu près aussi sévère que dans une prison, et aussi oppressive, mais elle ne s'appliquait guère aux cadres supérieurs. Jack n'avait qu'à traverser le corridor pour aller dans le bureau de Ritter.

Le coffre du DAO, comme celui de Ryan, était dissimulé derrière un faux panneau du mur, moins pour des raisons de sécurité — un voleur un peu compétent le trouverait en moins d'une minute — que d'esthétique. Jack fit glisser le panneau et régla la combinaison. Il se demanda si Ritter savait que Greer la connaissait. Sans doute, mais il ne se doutait sûrement pas que l'amiral l'avait notée quelque part. C'était si incroyable à l'Agence que personne n'avait jamais envisagé cette éventualité. Les gens les plus intelligents ont leurs failles.

Le coffre était protégé par un système d'alarme perfectionné, et bien sûr infaillible, qui fonctionnait comme les verrouillages de sécurité sur les armes nucléaires, et c'étaient bien les meilleurs qui soient! Vous composiez un mauvais numéro, et l'alarme se déclenchait. Si vous vous trompiez la première fois, une lumière s'allumait, indiquant que vous disposiez de dix secondes pour trouver la bonne combinaison, sinon, deux autres voyants s'allumeraient sur deux comptoirs différents du service de sécurité. Une deuxième erreur déclencherait des alarmes supplémentaires. Une troisième bloquerait définitivement le coffre pour deux heures. Plusieurs hauts responsables de la CIA maudissaient ce système et étaient devenus la risée du service. Mais pas Ryan qui n'était pas encore familier avec ces combinaisons. En cas de cafouillage, l'ordinateur qui gardait une trace de ce genre d'incident déciderait qu'il s'agissait une nouvelle fois de Ritter.

Jack avait le cœur qui tambourinait. Il y avait plus de vingt dossiers, et son temps était compté. De nouveau, la routine de l'Agence vint à son secours. La première page de chaque dossier était constituée d'un sommaire présentant l'opération Machinchose. Il ne fit pas très attention aux détails, mais s'en servit pour sélectionner les sujets qui l'intéressaient. En moins de deux minutes, il avait opté pour Œil d'Aigle, Showboat I, Showboat II, Farce et Réciprocité. La pile mesurait près de cinquante centimètres. Jack prit bonne note de l'endroit où se trouvaient les dossiers et referma la porte sans la verrouiller. Il retourna à son bureau, et posa les dossiers par terre derrière son bureau. Il commença la lecture d'Œil d'Aigle.

— Nom de Dieu !

« Détection et capture des cargaisons de drogue » signifiait simplement... qu'on abattait les avions. On frappa à sa porte.

— Entrez.

C'était les gardes avec les dossiers qu'il leur avait demandés. Ryan les fit poser sur une chaise.

Jack disposait d'une heure, deux au plus pour faire ce qu'il avait à faire. Il aurait le temps de parcourir, pas de lire. Chaque dossier comportait un deuxième sommaire plus détaillé relatant les objectifs et les méthodes des opérations avec un tableau d'évolution journalier. La photocopieuse de Jack était une énorme machine trieuse perfectionnée et rapide. Il mit une ramette de feuilles dans le bac. L'alimentation automatique lui permettait de lire tout en s'occupant de la machine. Quatre-vingt-dix minutes plus tard, il avait copié six cents feuilles, environ le quart de ce qu'il avait pris. Ce n'était pas assez, mais il faudrait faire avec. Il appela les gardes et leur demanda d'aller ranger les dossiers qu'il avait fait sortir en ayant pris soin de déranger un peu les feuilles auparavant. Dès qu'ils furent partis, il rassembla les documents qu'il avait...

... volés ? Soudain, il comprit qu'il venait de violer la loi. Il n'y avait pas pensé auparavant. Vraiment pas. En rangeant les dossiers dans le coffre, il se dit que finalement il n'avait brisé aucune règle. En tant que haut responsable, il était habilité à connaître ces informations, et les règles ne s'appliquaient pas à lui. Oui, mais c'était une façon de penser un peu dangereuse. Il servait une cause plus juste. Il faisait ce qui lui semblait juste. Il...

— Merde, dit-il à voix haute, tu ne sais même pas ce que tu fais.

Une minute plus tard, il était de retour à son bureau.

Il était temps de partir. Tout d'abord, il nota le nombre de photocopies qu'il avait prises. On ne se servait pas d'une photocopieuse ici sans signer quelque chose, mais il y avait pensé. Le même nombre de pages, à peu près, une copie du rapport OSWR que Nancy lui avait sorti était ostensiblement rangée dans son coffre. Les chefs de direction pouvaient faire ce genre de copies librement. Il rangea les dossiers qu'il venait d'emprunter dans son attaché-case. Avant de partir, il modifia la combinaison de son coffre. Il fit un signe au garde en allant à l'ascenseur. La Buick de l'Agence l'attendait en bas.

— Excusez-moi de vous faire attendre si tard, Fred.

Fred était son chauffeur du soir.

— Des problèmes ? Chez vous ?

— Oui.

Il lui fallut user de toute son autodiscipline pour ne pas commencer à lire dans la voiture et s'efforcer au contraire de faire une petite sieste. Il dormirait sûrement très peu cette nuit.

Clark se rendit à la base d'Andrews un peu après 8 heures. Immédiatement, il appela Ritter, mais apprit qu'on ne pourrait pas joindre le DAO avant le lendemain matin. Comme ils n'avaient rien de mieux à faire, Clark et Larson, prirent une chambre d'hôtel près du Pentagone. Après avoir acheté de quoi se raser et une brosse à dents à la boutique, Clark s'endormit à nouveau, surprenant encore une fois son jeune compagnon, bien trop énervé encore pour en faire autant.

— Beaucoup de dégâts ? demanda le Président.

— Nous avons perdu neuf hommes, répondit Cutter. C'était inévitable. Nous savions dès le début que ce serait une opération dangereuse. Eux aussi. Ce que nous pouvons faire c'est...

— Mettre fin à cette opération et sur-le-champ ! Et mettre un couvercle sur la marmite. Il ne s'est jamais rien passé. Je n'ai jamais donné l'ordre de tuer des civils, et encore moins celui de perdre neuf soldats. Nom d'un chien, amiral, vous m'aviez juré que nos gars étaient des vrais champions...

— Monsieur le Président, je n'ai jamais...

— *Tu parles !* hurla le Président assez fort pour alarmer le garde du corps à l'extérieur. Comment avez-vous pu me fourrer dans cette galère ?

Le visage de patriarche de Cutter devint pâle comme un linge. Tout ce pour quoi il avait travaillé, toutes les actions qu'il avait proposées depuis trois ans... Et Ritter qui parlait de succès ! C'était ça le plus dingue.

— Monsieur, notre objectif était de porter un coup au Cartel. Nous avons réussi. L'officier de la CIA qui dirige Réciprocité en Colombie disait que nous pouvions déclencher une guerre des gangs, et c'est exactement ce que nous avons fait. Ils ont essayé d'assassiner un des leurs, Escobedo. Il y a de moins en moins de cargaisons qui arrivent. Nous ne l'avons pas encore annoncé, mais les journaux parlent déjà d'une augmentation du prix de détail. Nous sommes en train de remporter la victoire.

— Parfait. Allez donc raconter tout ça à Fowler !

Le Président fit claquer un dossier sur son bureau. Dans ses sondages personnels, son rival avait quatorze points d'avance.

— Monsieur, après la convention, le candidat de l'opposition est toujours...

— Ah, parce que vous me donnez des conseils politiques ? Monsieur, vous n'avez pas fait preuve de beaucoup de compétence dans votre propre domaine.

— Monsieur le Président...

— Qu'on arrête tout immédiatement. Et motus là-dessus. Ce sera vous qui vous en chargerez et vite ! C'est vous qui m'avez mis dans le pétrin, c'est vous qui m'en sortirez.

— Monsieur, comment voulez-vous que je m'y prenne ?

— Je ne veux pas le savoir. Prévenez-moi simplement quand se sera fait.

— Monsieur, cela signifie qu'il faudra peut-être que je disparaisse pendant un moment.

— Eh bien, *disparaissez !*

— Les gens risquent de s'en rendre compte.

— Eh bien vous serez en mission secrète pour le Président. Amiral, je veux qu'on en finisse, et peu m'importe ce que vous aurez à faire. Faites-le !

Cutter se mit au garde-à-vous. Il n'avait pas oublié le geste.

— Oui, monsieur le Président.

— Changement de cap ! cria Wegener.

Panache se plaça de manière à entrer dans le canal.

— Zéro à la barre.

— Barre à zéro, capitaine, annonça le jeune enseigne sous la surveillance du quartier-maître Oreza.

— Parfait. En avant, un tiers, gardez la route à un-neuf-cinq.

Wegener regarda le jeune officier aux commandes.

— Bon, vous avez les commandes. Faites-nous sortir dehors.

— Oui, monsieur, répondit l'enseigne, un peu surpris.

« Sortir dehors » signifie généralement que l'on procède aux manœuvres pour quitter le quai, mais le capitaine redoublait de prudence aujourd'hui. Le gosse qui tenait la barre s'en tirerait. Wegener alluma sa pipe et se dirigea vers le pont. Portagee le suivit.

— Je n'ai jamais été aussi heureux de me retrouver en mer.

La journée avait été terrifiante, cela n'avait pas duré longtemps, mais cela suffisait bien. Les avertissements de l'agent du FBI étaient tombés comme un coup de massue. Wegener avait fait passer ses hommes sur le gril un par un pour savoir qui avait craché le morceau, mais en vain, démarche aussi désagréable qu'infructueuse. Oreza pensait bien avoir une idée là-dessus, mais il était content de ne jamais avoir à en être sûr. Le danger s'était dissipé avec la mort des pirates. Pourtant les deux hommes avaient retenu la leçon. Désormais, ils s'en tiendraient aux règles.

— Cap'taine, à votre avis, pourquoi ce type du FBI nous a prévenus ?

— Bonne question, Portagee. Cela montre bien que ce qu'on a extorqué à ces salauds leur a permis d'effectuer cette saisie. Ils estiment sûrement qu'ils nous doivent quelque chose. D'ailleurs, Bright nous a dit que c'était son patron à Washington qui lui en avait donné l'ordre.

— Nous aussi, nous leur devons beaucoup.

— T'as raison.

Les deux hommes restèrent un peu sur le pont pour profiter d'un autre coucher de soleil en mer et *Panache* prit une route un-huit-un, pour sa patrouille habituelle dans le canal du Yucatan.

Chavez utilisait ses dernières piles. La situation n'avait fait qu'empirer. Il y avait un groupe derrière eux si bien que l'escouade devait monter une garde d'arrière. En tant qu'éclaireur, cela ne le concernait pas, mais les courbatures dans les mollets qui l'obligeaient à prendre de l'aspirine toutes les quelques heures le préoccupaient bien assez. Ce n'était peut-être qu'un hasard. A moins que la tactique d'évasion du capitaine Ramirez ait fini par devenir prévisible aux yeux de l'ennemi, mais il était trop fatigué pour réfléchir intelligemment. Le capitaine éprouvait peut-être les mêmes difficultés, d'ailleurs. Cela, c'était vraiment inquiétant. Les sergents étaient payés pour combattre et les officiers pour réfléchir. Et si Ramirez était trop fatigué, c'était comme s'il n'était pas là.

Un bruit. Le murmure d'une branche. Il n'y avait pas de vent. Un animal, peut-être. A moins...

Chavez s'arrêta et leva la main. Vega qui marchait à une cinquantaine de mètres en arrière fit passer le signal. Ding se faufila derrière un arbre et resta debout pour avoir la meilleure visibilité possible. Il s'appuya et commença à glisser. Il secoua la tête pour reprendre ses esprits. La fatigue commençait à avoir raison de lui.

Là. Un mouvement. Un homme. Une forme spectrale verte, à peine un bâton dans les lunettes, à deux cents mètres à droite de Ding. Il grimpait la colline et... Un autre, vingt mètres plus loin. Ils avançaient comme... des soldats, de la démarche élaborée qui semblait si ridicule sur quelqu'un d'autre.

Il n'y avait qu'un moyen de s'en assurer. Fixée à ses lunettes, il avait une lumière infrarouge destinée à permettre de lire les cartes. Invisible à l'œil humain, elle serait perçue par tous ceux qui portaient les mêmes lunettes. Il n'aurait même pas besoin de faire de bruit, ils regardaient constamment autour d'eux.

C'était un risque, bien sûr.

Chavez s'écarta de l'arbre. Ils étaient encore trop loin pour voir s'ils portaient leurs lunettes, mais...

Oui. L'éclaireur tourna la tête à droite et à gauche et regarda en direction de Chavez. Ding alluma son rayon infrarouge et lança trois éclairs. Il le coupa juste à temps pour voir l'autre lui répondre de la même façon.

— Je crois que c'est les nôtres, chuchota-t-il dans sa radio.

— Eh bien, ils sont plutôt perdus, répondit Ramirez. Fais attention, Ding.

Clic, clic. OK.

Chavez attendit qu'Oso installe son FM, puis s'approcha de l'homme, en s'assurant que Vega pourrait le couvrir. Le trajet lui parut durer une éternité, et pourtant, il ne pouvait pas viser en direction du contact. Il repéra un autre homme, il y en aurait encore. Si ce n'étaient pas des amis, ses chances de voir le lever du soleil se situaient entre zéro et pas grand-chose.

— Ding, c'est toi ? demanda un murmure à dix mètres. C'est Leon.

Chavez hocha la tête. Les deux hommes respirèrent en s'approchant pour s'enlacer. Une poignée de main n'aurait pas suffi en la circonstance.

— T'es paumé, Berto.

— Non, je sais parfaitement où on est, mais c'est vrai, on est paumés.

— Où est le capitaine Rojas ?

— Mort. Esteves, Delgado, la moitié de l'escouade.

— Merde.

— Six, ici, Point, nous sommes entrés en contact avec Drapeau. Ils ont des ennuis. Vous feriez mieux de venir.

Clic-clic.

Leon fit signe à ses hommes d'approcher. Chavez ne fit même pas le compte, cela suffisait de savoir que la moitié manquait.

— Que s'est-il passé ?

— On leur est tombé en plein dedans, mec. On croyait que c'était un labo ambulant. Ils devaient être trente ou quarante. Je crois qu'Esteves a merdé, et après, c'était le bordel. On se serait cru dans une bagarre de bal du samedi soir. Et puis, le capitaine Rojas est tombé... c'était affreux, *mano*. On est en cavale depuis.

— On a des types au cul aussi.

— C'est ça la bonne nouvelle ?

— Y en a pas eu beaucoup ces derniers temps, répondit Ding. Je crois qu'il est temps de décamper.

— Affirmatif, dit le sergent Leon au moment où Ramirez apparaissait.

— Capitaine, nous sommes tous crevés. Il nous faudrait un endroit pour nous reposer.

— Il a raison, confirma Guerra.

— Et ceux qui nous collent aux fesses ?

— Cela fait deux heures que je n'ai rien entendu, capitaine, rappela Guerra. Cette butte là-haut me paraît parfaite.

Il pouvait difficilement pousser son officier plus loin, mais cela ne fut pas la peine.

— Emmenez les hommes là-haut. Délimitez le périmètre et mettez deux postes de garde. On essaiera de s'arrêter jusqu'au coucher du soleil, et j'arriverai peut-être à obtenir de l'aide.

— Ça devrait aller comme ça, cap'taine.

Guerra se leva pour organiser les choses. Chavez partit immédiatement en reconnaissance pendant que l'équipe se dirigeait vers le campement de nuit, qui serait un campement de jour, cette fois. C'était une piètre tentative d'humour, mais il était incapable de faire mieux.

Il était 4 heures du matin, et seuls le café et la peur tenaient Ryan éveillé. Il en avait déjà appris de belles sur l'Agence, mais jamais à ce point-là. La première chose à faire c'était... ?

Dormir, ne serait-ce que quelques heures. Jack décrocha le téléphone et appela son bureau. Il y avait toujours un garde de service la nuit.

— C'est M. Ryan. Je serai en retard. J'ai une crise de foie, j'ai vomi toute la nuit. Non, ça va mieux maintenant, mais j'ai besoin de sommeil. Je prendrai la voiture demain... non tout à l'heure. Ouais, très bien, merci.

Il laissa un mot sur le frigo pour sa femme et alla se coucher dans la chambre d'amis pour ne pas la déranger.

Le plus facile pour Cortez fut de transmettre le message. Cela aurait été le point délicat pour n'importe qui d'autre, mais son premier travail après avoir rejoint le Cartel avait consisté à obtenir une liste des numéros de téléphone dans la région de Washington. Cela n'avait pas été bien difficile. Comme souvent, il avait suffi de connaître quelqu'un qui disposait de ces renseignements, et Cortez était excellent pour ça. Une fois la liste obtenue — cela lui avait coûté dix mille dollars, son meilleur investissement, ou plutôt le meilleur investissement de quelqu'un d'autre. Il ne restait plus qu'à connaître les emplois du temps. C'était un peu délicat, la personne risquait d'être absente, et dans ce cas cela pourrait créer des fuites, mais en mettant le bon « top secret » devant, cela écarterait sans doute le danger. Les secrétaires de ce genre de personne étaient disciplinées et perdaient leur travail si elles se montraient trop curieuses.

Le gadget technologique moderne le plus utile, c'était bien entendu le télécopieur dernier cri. Cela vous donnait un nouveau statut tout neuf. Et chacun en avait un sur sa ligne personnelle, qui ne passait pas par le secrétariat. Cortez s'était rendu à son bureau privé de Medellin et avait tapé le message lui-même. Il savait à quoi ressemblaient les messages officiels du gouvernement américain et fit de son mieux pour le reproduire. « Top secret, Nimbus » lui servait de titre, et si dans la rubrique « De », le nom était bidon, celui de « A » était tout ce qu'il y a de plus authentique, ce qui suffirait à attirer l'attention du destinataire. Le corps du texte était court et direct et donnait une adresse de boîte postale pour la réponse. Comment réagirait le destinataire ? Aucun moyen de le prévoir. Mais cela aussi, c'était un pari. Il inséra la feuille dans son fax, composa le numéro et attendit. La machine s'occupa du reste. Dès qu'il entendit le signal d'un autre fax qui reproduisait le message, il reprit l'original et le mit dans son portefeuille.

Surpris, le destinataire se retourna en entendant ronronner la machine. C'était sûrement très officiel, car seules une demi-douzaine de personnes connaissaient le numéro de cette ligne privée. (Il ne lui était jamais venu à l'esprit que l'organisme de télématique le connaissait aussi.) Il termina ce qu'il avait entrepris avant d'aller le chercher.

Nimbus ? Qu'est-ce que cela signifie ? Enfin, c'était réservé à son usage personnel, donc il le lut tout en buvant sa troisième tasse de café du matin et eut de la chance de le renverser sur son bureau et non sur son pantalon.

Si Cathy Ryan n'était pas ponctuelle, le monde n'aurait plus tourné rond. Dans la chambre d'amis, le téléphone sonna à huit heures et demie. Jack s'arracha de l'oreiller comme s'il avait subi un électrochoc, et décrocha l'odieux instrument.

— Allô ?

— Bonjour, Jack, dit sa femme gaiement. Qu'est-ce qui t'arrive ?

— J'ai veillé tard, j'avais du travail. Tu as trouvé mon mot ?

— Oui, mais...

— Je sais ce qu'il dit, ma chérie. Passe le coup de fil, c'est très important.

Le Dr Caroline Ryan était aussi intelligente qu'une autre pour comprendre la signification de ce mot.

— D'accord. Comment ça va ?

— Mal, mais j'ai du travail.

— Alors, fais-le. Au revoir.

— Ouais.

Jack raccrocha et se força à sortir du lit. D'abord, une douche...

Cathy devait aller en salle d'opération, et elle était pressée. Elle décrocha le téléphone et appela Washington. La sonnerie ne retentit qu'une seule fois.

— Dan Murray.

— Dan, c'est Cathy Ryan.

— Bonjour, que puis-je faire pour toi à cette heure matinale, docteur ?

— Jack m'a dit de te dire qu'il viendrait te voir un peu après 10 heures. Il veut que tu le laisses se garer dans le parking souterrain, et m'a demandé de te dire que les types du sous-sol ne sont pas censés le savoir. Je ne comprends pas ce que cela veut dire, mais c'est ce qu'il m'a dit.

Cathy ne savait pas si elle devait s'en amuser ou pas. Jack aimait faire des petites farces stupides avec les gens qui avaient les mêmes habilitations que lui et elle se demanda si c'était le cas. C'était surtout avec ses amis du FBI qu'il aimait plaisanter.

— OK, je m'en occupe.

— Bon, il faut que j'aille opérer des yeux. Donne le bonjour à Liz.

— Je n'y manquerai pas.

Murray raccrocha, intrigué. *Les types du sous-sol ne sont pas censés le savoir.* « Les types du sous-sol » était une expression que Murray avait utilisée la première fois qu'ils s'étaient rencontrés à l'hôpital St. Thomas de Londres alors que Dan était encore attaché à l'ambassade américaine de Grosvenor Square. Les types du sous-sol, c'était la CIA.

Mais Ryan était parmi les six premières têtes de la CIA, les trois premières, pouvait-on même dire.

Qu'est-ce que cela signifiait ?

Il appela sa secrétaire et lui dit de donner ordre aux gardes de laisser entrer Ryan dans le parking souterrain sous l'entrée principale du bâtiment Hoover. Il verrait bien de quoi il s'agissait.

Clark arriva à Langley à 9 heures du matin. Il n'avait pas de laissez-passer, ce n'est pas le genre de truc dont on a besoin sur le terrain, et devait donner un mot de passe pour qu'on le laisse entrer. Cela faisait très conspirateur. Il se gara dans le parking visiteurs et avança vers l'entrée principale, puis alla vers la gauche, pour obtenir un badge de visiteur, qui malgré tout faisait fonctionner les portes électroniques. Ensuite, il alla à droite, passa devant une peinture murale qui faisait croire qu'un enfant géant avait barbouillé le mur de boue. Le décorateur appartenait sûrement au KGB ! A moins qu'on n'ait simplement opté pour la solution la plus économique. Un ascenseur le conduisit au septième étage, il longea le corridor et tourna vers les bureaux des chefs qui avaient leur propre couloir sur la façade. Il s'arrêta devant la porte du DAO.

— M. Clark, je voudrais voir M. Ritter.

— Vous avez rendez-vous ?

— Non, mais je crois qu'il veut me voir, répondit Clark poliment.

Inutile de lui mentir, d'ailleurs Clark avait été élevé dans le respect des femmes. Elle décrocha le téléphone et transmit le message.

— Vous pouvez y aller, monsieur Clark.

— Merci.

Il ferma la porte derrière lui. Elle était lourde et insonorisée. Tant mieux.

— Qu'est-ce que vous fichez ici ? demanda le DAO.

— Il faut que vous mettiez fin à Showboat, dit Clark sans préambule. Tout part à vau-l'eau. Les méchants collent nos gars aux fesses et...

— Je sais. J'en ai entendu parler hier soir. Écoutez, je n'ai jamais imaginé que nous ne subirions aucune perte. Une de nos équipes s'est fait battre à plates coutures il y a trente-six heures, mais si on se base sur les interceptions, elles ont donné de meilleurs résultats que prévu et nos gars se sont vengés des types qui...

— Ça, c'était moi.

— Quoi ?

— Larson et moi, on est allés se promener hier à la même heure, et j'ai trouvé trois de ces... Ils finissaient tout juste de charger les corps dans un camion. Je n'ai pas vu pourquoi il aurait fallu leur laisser la vie sauve, dit Clark sur un ton parfaitement normal.

Cela faisait longtemps que personne à la CIA n'avait dit quelque chose comme ça.

— Mon Dieu, John !

Ritter était trop abasourdi pour songer à lui reprocher d'avoir compromis sa propre sécurité en se mêlant d'une opération séparée.

— J'ai reconnu un des corps, le capitaine Emilio Rojas, US Army. C'était un môme chouette, à propos.

— Je suis désolé. Personne n'a jamais dit que cela serait une partie de campagne.

— Je suis sûr que sa famille appréciera, s'il en a une. L'opération est morte. Il faut limiter les dégâts. Qu'est-ce qu'on va faire pour les ramener ?

— Je suis en train d'y réfléchir. Il faut que je coordonne les opérations avec quelqu'un d'autre, je ne suis pas sûr qu'il sera d'accord.

— Eh bien, dans ce cas, imposez-vous par la force.

— Dois-je prendre cela comme des menaces ?

— Non, monsieur. Je préférerais que vous ne le preniez pas comme ça. Sur la base de mon expérience, je vous dis qu'il faut en finir avec cette opération, le plus vite possible. C'est à vous de le faire comprendre à ceux qui la dirigent. Et si vous n'obtenez pas l'autorisation, je vous conseillerai d'y mettre un point final quand même.

— Je risquerais d'y perdre ma place.

— Après avoir reconnu Rojas, j'ai mis le feu au camion. Et il y a plusieurs raisons à cela. Je voulais créer une petite diversion, et je voulais aussi qu'on ne puisse plus reconnaître les corps. Je n'avais jamais brûlé le corps d'un ami et cela ne m'a pas plu. Larson ne sait toujours pas pourquoi j'ai fait ça, il est trop jeune pour comprendre, mais pas vous. Vous les avez envoyés sur le terrain, et vous êtes responsable de leur vie. Si vous croyez que votre poste est plus important que cela, vous vous trompez.

Clark n'avait pas plus élevé la voix qu'un homme raisonnable qui parle affaires, mais pour la première fois, Ritter s'inquiéta pour la sécurité de sa petite personne.

— A propos, votre manœuvre de diversion a parfaitement marché. L'opposition a maintenant un groupe de quarante personnes qui cherchent au mauvais endroit.

— Tant mieux. L'extraction n'en sera que plus facile.

— John, vous n'avez pas le droit de me donner des ordres.

— Je ne vous donne pas d'ordres, monsieur. Je vous dis ce qu'il faut faire. Vous m'avez dit que c'était à moi de régler le déroulement de l'opération.

— Je parlais de Réciprocité, pas de Showboat.

— On n'en est plus à l'heure de la sémantique, monsieur. Si vous ne les faites pas sortir de là, ils se feront tuer, et ça, ce sera votre responsabilité. Vous ne pouvez pas balancer des gars sur le terrain sans les soutenir, et vous le savez.

— Oui, vous avez raison. Mais je ne peux pas prendre la décision seul. Il faut que... Il faut que j'en informe... enfin, vous savez. Je m'en occuperai. On les fera sortir aussi vite que possible.

— Parfait.

Clark se détendit un peu. Ritter était un directeur sévère, souvent trop sec avec ses subordonnés, mais c'était un homme de parole. D'ailleurs, le DAO était trop intelligent pour le doubler sur un tel problème, Clark en était sûr. Il s'était clairement fait comprendre et Ritter avait reçu le signal cinq sur cinq.

— Larson et le courrier ?

— J'ai fait sortir Larson. Son avion est au Panama, et lui, il est au Marriott, juste au coin de la rue. Il se défend sacrément, d'ailleurs, mais en Colombie, il est grillé. La fille est en Europe, elle reviendra directement ici. Je crois qu'ils méritent bien quelques semaines de vacances.

— Sans problème. Et vous ?

— Moi, je peux repartir demain si vous voulez. Vous aurez peut-être besoin de moi pour l'exfiltration.

— Au fait, on a peut-être une piste sur Cortez.

— C'est vrai ?

— Et c'est vous qui nous avez fourni sa première photo.

— Ah ! Le type qu'on a raté de peu chez Untiveros.

— C'est cela même. Identification sans ambiguïté par la femme qu'il avait séduite. C'est lui qui dirige les types qu'ils ont dans les collines à partir d'une petite maison près d'Anserma.

— Il faudra que je ramène Larson pour ça.

— Vous croyez que cela vaut la peine de prendre le risque ?

— Pour avoir Cortez ? Ça dépend, dit Clark après un instant de réflexion. Ça vaut la peine de jeter un coup d'œil. Qu'est-ce qu'on sait sur sa sécurité ?

— Rien, admit Ritter. On a juste une vague idée de la situation de la maison. On a intercepté un appel. Ce serait bien de l'avoir vivant. Il a sûrement des choses à nous raconter. On le ramène et on lui fiche un meurtre sur le dos. Avec peine de mort.

Songeur, Clark hocha la tête. Dans les romans d'espionnage, les espions sont toujours prêts à avaler une capsule de cyanure s'ils sont capturés par l'ennemi au moment où ils ont des informations à donner. Les faits prouvent le contraire. Les hommes n'affrontent la mort courageusement que s'ils n'ont pas le choix. L'astuce consiste donc à leur proposer une ouverture, ce qui ne demande pas d'être un génie. S'ils attrapaient Cortez, la procédure normale consisterait à le faire passer en justice, à le condamner à mort — il suffirait de choisir le bon juge et, en matière de sécurité nationale, il y a toujours une grande marge de manœuvre. Au moment voulu, Cortez craquerait, sans doute même avant le début du procès. Après tout, ce n'était pas un imbécile, et il saurait à quel moment proposer un marché. Il avait déjà trahi son propre pays, vendre le Cartel serait de la bagatelle à côté.

Ryan tourna à gauche dans la 10e Rue pour entrer dans le passage souterrain. Des policiers en uniforme et en civil, dont l'un avec un bloc-notes, gardaient les lieux. Il s'approcha de la voiture.

— Jack Ryan, je voudrais voir Dan Murray.

— Pourrais-je voir vos papiers ?

Jack sortit son laissez-passer de la CIA. Le garde le reconnut comme authentique et fit signe à un autre.

Il pressa le bouton qui commandait la barrière d'acier, censée empêcher les conducteurs de voitures piégées d'entrer au quartier général du FBI. Jack avança et trouva une place pour se garer. Un jeune agent du FBI l'accueillit dans le hall et lui donna un badge qui ouvrirait la porte électronique du Bureau. Si quelqu'un trouvait le virus idoine, la moitié du gouvernement ne pourrait plus se rendre à son travail, pensa Jack. Et peut-être que la nation vivrait en toute sécurité jusqu'à ce qu'on trouve le remède.

Labyrinthe de couloirs en diagonale qui croisaient des couloirs au carré, le bâtiment Hoover avait décidément une architecture peu commune. C'était encore pire qu'au Pentagone pour y retrouver son chemin. Ryan était on ne peut plus désorienté lorsqu'ils arrivèrent devant la bonne porte. Dan l'attendait et le fit entrer dans son bureau. Jack referma la porte derrière lui.

— Qu'est-ce que c'est que ces cachotteries ?

Ryan posa son attaché-case sur le bureau et l'ouvrit.

— J'ai besoin de conseils.

— A quel sujet ?

— Au sujet d'une opération sans doute illégale, plusieurs en fait.

— Illégale ?

— Meurtre, dit Jack d'un ton aussi neutre qu'il le pouvait.

— Les voitures piégées en Colombie ?

— Bien visé. A part que ce n'était pas des voitures piégées.

Ah ? Dan s'assit et réfléchit un instant avant de parler. Il savait que toutes les opérations devaient être la rançon du meurtre d'Emil et des autres.

— Oui, mais la loi est quelque peu embrouillée à ce sujet. L'interdiction d'assassiner des gens dans une mission de renseignement est décret exécutif, promulgué par le Président. S'il écrit *sauf dans ce cas* au bas de la page, cela devient légal, plus ou moins. La loi est bien étrange à ce sujet. C'est surtout un problème constitutionnel, et la Constitution reste gentiment dans le vague là où il le faut.

— Oui, je sais. Ce qui est illégal, c'est qu'on m'ait demandé de transmettre des informations erronées au Congrès. Si la Commission de contrôle était au courant, il ne s'agirait pas de meurtre, ce serait une politique gouvernementale. Il ne s'agirait même pas de meurtre si le Congrès n'était prévenu qu'après-coup, parce qu'on a le droit de commencer une opération avant de l'avertir si les types de la Commission ne sont pas là. Mais si le directeur de l'Agence en personne me demande de donner de fausses informations, alors, on peut parler de meurtre parce que nous n'agissons plus conformément à la loi. Et ça, c'est la bonne nouvelle, Dan.

— Continue.

— La mauvaise, c'est que beaucoup trop de gens sont au courant, et si le public en est informé, eh bien, les types qu'on a sur le terrain vont encaisser les coups. Pour le moment, je laisse la dimension politique de côté, sauf pour dire qu'il n'y a pas que celle-là. Dan, je ne sais même pas ce que je dois faire.

Comme d'habitude, l'analyse de Ryan était juste, à part une toute petite erreur. Il ne savait pas quelle était la vraie mauvaise nouvelle.

Murray sourit, plus pour réconforter son ami que parce qu'il en ressentait l'envie.

— Qu'est-ce qui te fait croire que je peux t'aider ?

— Oh, je pourrais aller voir un prêtre, mais ils ne sont pas habilités. Toi, si, et le FBI, c'est presque aussi bien qu'un prêtre, non ?

C'était une plaisanterie de connivence, tous deux sortaient de l'université de Boston.

— Qui est-ce qui mène l'opération ?

— Devine. Ce n'est pas vraiment Langley. Elle est dirigée d'un établissement à quelques pâtés de maisons d'ici.

— Cela signifie que je ne peux même pas consulter le ministre de la Justice ?

— Ouais, il risquerait d'en parler à son patron.

— Et j'aurais des problèmes avec ma bureaucratie, dit Murray d'un ton léger.

— Je me demande si cela vaut la peine de se démener pour le gouvernement, dit Jack, retrouvant son humeur maussade. On pourrait prendre notre retraite ensemble. A qui peux-tu faire confiance ?

La réponse était facile.

— Bill Shaw.

— Allons le voir.

« Circuit » est un de ces mots du monde des ordinateurs qui prend de plus en plus de place dans la société. Il décrit les événements et les gens qui les provoquent, un cycle action-décision qui existe indépendamment des choses qui l'entourent. Les gouvernements ont un nombre infini de circuits, tous définis par leurs règles de fonctionnement, comprises par les joueurs. Dans les heures qui suivirent, un nouveau circuit s'établit. Il comprenait des membres choisis du FBI, mais pas le ministre de la Justice, qui avait toute autorité sur le Bureau. Il comprendrait également des membres du Secret Service, mais pas le patron, le secrétaire du Trésor. Les enquêtes de ce type étaient surtout un boulot de décorticage de paperasses, et

Murray, qui avait pris la responsabilité de cette tâche, fut très surpris de voir que l'un de ses « pions » bougea bientôt. Cela ne lui facilita pas le travail d'apprendre qu'il se dirigeait vers la base d'Andrews.

Ryan était de retour à son bureau, l'air un peu fatigué, bien sûr, mais tout le monde savait qu'il avait été malade la nuit précédente. Une crise de foie. A présent, il savait que faire : rien ! Ritter était parti, et le juge pas encore rentré. Ce n'était pas facile de ne rien faire, mais c'était encore plus dur de faire des choses dépourvues de toute parcelle d'importance à présent. Il se sentait un peu mieux. Le problème n'était plus simplement le sien. Il ne comprenait pas qu'il n'y avait là aucune raison de se sentir mieux.

25

LE DOSSIER ODYSSÉE

Murray envoya aussitôt à Andrews un agent principal, qui arriva juste à temps pour voir l'avion rouler au bout de la piste Un-Gauche. En présentant sa carte, le policier parvint jusqu'au colonel commandant la 89ᵉ escadrille, ce qui lui permit d'obtenir le plan de vol de l'appareil et d'utiliser le téléphone de l'officier pour appeler Murray. Puis il mit en garde le colonel : celui-ci devait considérer qu'il n'avait jamais vu d'agent, qu'aucune demande officielle de renseignements n'avait été formulée. Son intervention entrait dans le cadre d'une importante enquête criminelle et d'un dossier portant un nom de code : Odyssée.

Une minute après le coup de fil, Murray et Shaw se retrouvèrent. Ce dernier avait découvert qu'il pouvait assurer les tâches de directeur. Il était sûr que cela ne durerait pas. Dès qu'on aurait trouvé la personnalité politiquement adéquate pour assumer la direction, il retournerait à son poste de directeur adjoint aux Enquêtes. D'un certain point de vue, il le déplorait. Pourquoi le Bureau ne serait-il pas pris en main par un flic de carrière ? Mais, il le savait, l'aspect politique du travail prédominait et, en trente ans de boulot policier, il s'était bien rendu compte que la politique, ce n'était pas son truc.

— Il nous faudrait quelqu'un là-bas, avança Shaw. Mais qui donc, bon Dieu ?

— Et pourquoi pas l'attaché juridique au Panama ? proposa Murray. Je le connais. C'est un type solide.

— Il est en déplacement avec la DEA. Il ne sera pas de retour avant deux jours. Son adjoint n'est pas à la hauteur. Il n'a pas assez d'expérience pour s'en sortir tout seul.

— Morales est disponible à Bogota... mais son départ risquerait de ne pas passer inaperçu... C'est la course, et ce type fonce là-bas à sept cents kilomètres-heure... Si on envoyait Mark Bright ? Il peut peut-être sauter dans un avion des gardes-côtes.

— Vas-y !

— Agent spécial Bright, annonça-t-il en décrochant.

— Bonjour Mark, Dan Murray à l'appareil. J'ai besoin de toi. Prends un stylo et du papier.

Murray parla pendant deux minutes puis Bright marmonna un gros mot et sortit son carnet de téléphone. Il appela la base d'Eglin, puis les gardes-côtes de la région et enfin son domicile. Pas de danger qu'il soit là pour dîner. En gagnant la porte, Bright ramassa quelques affaires et se fit conduire par un autre agent à la caserne des gardes-côtes, où un hélicoptère l'attendait. Une minute après qu'il eut embarqué, l'appareil décolla et prit la direction d'Eglin.

L'armée de l'air ne possédait que trois F-15E Strike-Eagle, prototypes d'une version d'attaque au sol du gros chasseur bimoteur, et deux d'entre eux se trouvaient à la base pour des essais techniques pendant que le Congrès débattait du passage à une production de série. Hormis certains avions d'entraînement basés ailleurs, c'était la seule version à deux places du roi des appareils de combat. Le pilote, un major, l'attendait au pied de l'engin quand Bright descendit de l'hélicoptère. Deux rampants aidèrent l'agent à enfiler sa combinaison, son harnais de parachute et son gilet de sauvetage. Le casque était posé sur le siège arrière. En dix minutes, ils furent prêts à décoller.

— Qu'est-ce qui se passe ? s'enquit le major.

— J'ai besoin d'être à Panama, aussi vite que possible.

— Ah ben ça ! vous voulez seulement aller vite ? Alors, il n'y a pas le feu.

— Pardon ?

— Le ravitailleur décolle dans trois minutes. On va le laisser grimper à neuf mille mètres avant de décoller. On le rejoindra là-haut et on lui pompera le carburant. Un autre viendra de Panama à notre rencontre — comme ça, nous aurons de quoi atterrir. Vous disiez que vous étiez pressé ?

— Mmoui.

Bright essayait d'ajuster son casque, qui n'était pas à ses mesures. Il faisait chaud dans le cokpit, et l'air conditionné ne fonctionnait pas encore.

— Et si l'autre ravitailleur ne se présente pas ?

— L'Eagle est un bon planeur. Nous n'aurons pas besoin de nager trop longtemps.

Un message radio grésilla aux oreilles de l'agent spécial. Le pilote répondit, avant d'annoncer à son passager :

— Accrochez-vous. On y va.

L'Eagle gagna l'extrémité de la piste où il s'immobilisa un moment, tandis que le major faisait rugir les moteurs puis lâchait les freins. Dix secondes plus tard, Bright se demanda si un décollage sur un transport lancé par une catapulte serait plus impressionnant. Le F-15E prit un angle de quarante degrés et commença son accélération, laissant loin derrière la côte du golfe de Floride. Ils se ravitaillèrent à cent cinquante kilomètres de la côte — Bright était trop fasciné pour s'effrayer, même si le roulis de la manœuvre n'était pas particulièrement agréable. Après la séparation, l'appareil grimpa à douze mille mètres et le pilote poussa les réacteurs. Hormis les commandes de largage des bombes et des missiles, il y avait peu d'instruments à l'arrière. L'un d'eux annonça à l'agent qu'ils venaient d'atteindre mille sept cents kilomètres-heure.

— Pourquoi êtes-vous pressé ? demanda le pilote.

— Je veux arriver au Panama avant quelqu'un d'autre.

— Vous pouvez me donner des détails ? Ça pourrait être utile, voyez-vous.

— Un de ces appareils d'affaires — un G-111, je crois. Il a quitté Andrews voilà quatre-vingt-cinq minutes.

Le pilote rit.

— C'est tout ? Bon Dieu, vous aurez le temps de prendre une chambre d'hôtel avant qu'il atterrisse. On est déjà devant lui. On gaspille du carburant en allant si vite.

— Gaspillez, dit Bright.

— Je demande pas mieux. A Mach-2 ou le cul sur une chaise, on me paie pareil. Bon, alors, dites-vous qu'on est à quatre-vingts minutes devant votre type. Le voyage vous plaît ?

— Où est la réserve de bibine ?

— Il doit y avoir une bouteille près de votre genou droit. Un bon vignoble local, joli nez, mais pas de prétention pour un rond.

Bright saisit le flacon et goûta par curiosité.

— Sel et électrolytes, expliqua le pilote quelques secondes plus tard. Pour rester éveillé. Vous êtes du FBI, c'est ça ?

— Exact.

— Qu'est-ce-qui se passe ?

— Je peux pas le dire. Qu'est-ce que c'est que ça ? demanda Bright qui entendait un bip-bip dans ses écouteurs.

— Un radar de SAM.

— Quoi ?

— Il y a Cuba là-dessous. Il y a une batterie de SAM à cet endroit, qui n'aime pas les appareils militaires américains. Je ne comprends pas pourquoi. On est hors de portée, de toute façon. Vous en faites pas pour ça. C'est normal. On s'en sert pour calibrer nos systèmes. Ça fait partie du jeu.

Murray et Shaw lisaient les documents apportés par Jack. Les problèmes les plus urgents étaient, dans l'ordre, de déterminer ce qui était censé se passer, ensuite ce qui se passait réellement, puis si c'était légal ou non et enfin, dans ce dernier cas, de prendre l'initiative appropriée, une fois qu'ils en auraient imaginé une. Ce que Ryan venait de déposer sur le bureau de Murray, ce n'était pas un simple sac de nœuds. C'était un sacré merdier.

— Tu as une idée de comment ça pourrait finir ?

Shaw pivota sur son siège.

— Il vaut mieux pour notre pays que ça recommence pas.

En tout cas, ce ne sera pas de mon fait, ajouta-t-il mentalement.

— Ça recommence, qu'on le veuille ou non, rétorqua Murray, je reconnais que je suis partagé. D'un côté, je dirais « Allez, continuez », mais de l'autre, d'après ce que Jack m'a raconté, nous avons au minimum une violation formelle des lois sur le contrôle de l'exécutif.

— A moins qu'il n'y ait un codicille secret qu'on ignore. Et si le ministre de la Justice était au courant ?

— Et s'il est dans le coup ? Le jour où Emil a été flingué, le ministre est allé à Camp David avec les autres, tu te souviens ?

— Ce que je voudrais savoir, c'est ce que notre ami va foutre au Panama ?

— On va peut-être le découvrir. Il descend seul. Pas de forces de sécurité, le secret imposé à tout le monde. Qui enverrais-tu à Andrews pour leur faire cracher le morceau ?

— Pat O'Day, répondit Murray. Je veux qu'il s'occupe aussi de la liaison avec les types du Secret Service. Il a beaucoup travaillé avec eux. Quand ce sera le moment. Pour l'instant, on en est loin.

— D'accord. On a dix-huit personnes qui travaillent sur Odyssée. Ça suffit pas.

— Pour l'instant, il faut verrouiller. Je crois que la première chose à faire, maintenant, c'est de mettre quelqu'un de la Justice dans le coup pour nous couvrir. Qui ?

— Bon Dieu, j'en sais rien, rétorqua Shaw, exaspéré. Mener une enquête que le ministre connaît seulement dans ses grandes lignes, c'est une chose, mais je ne me souviens pas d'avoir jamais conduit des investigations qui lui étaient complètement inconnues.

— Prenons notre temps, alors. A présent, le principal, c'est de voir quel était leur plan, et ensuite on partira de là.

La remarque de Murray était logique. Mais elle était fausse. Ce devait être la journée des erreurs.

Le F-15E toucha le tarmac de l'aéroport Howard en temps voulu, soit quatre-vingts minutes avant l'heure prévue pour l'arrivée du vol en provenance d'Andrews. Bright remercia le pilote, qui refit le plein et décolla aussitôt pour un retour plus calme à Eglin. L'agent spécial fut accueilli par l'officier de renseignement de la base et par l'attaché judiciaire à Panama, jeune homme intelligent mais trop neuf dans ce poste pour une affaire aussi délicate. Bright leur exposa le peu qu'il savait et leur fit promettre le secret. Il profita de son premier arrêt pour se munir d'une tenue passe-partout. L'officier lui fournit une automobile très banale, avec des plaques du coin, qu'ils laissèrent devant la porte de l'aéroport. Sur la base, ils utilisèrent une voiture bleue anonyme de l'armée de l'air. La Plymouth était près de la piste au moment où le VC-20A atterrit. Bright sortit son Nikon de son sac et lui fixa un téléobjectif de mille millimètres. L'appareil roula jusqu'à l'un des hangars, et l'escalier se déploya. Bright commença à prendre des clichés de l'unique passager qui, à plusieurs centaines de mètres, descendait de l'avion et montait dans la voiture qui l'attendait.

— Bon Dieu, c'est vraiment lui.

Bright rembobina et sortit le film. Il le tendit à son collègue du Bureau et rechargea une pellicule de trente-six vues.

La voiture qu'ils suivaient était la jumelle de la leur. Elle se dirigea rapidement vers la sortie et ils eurent à peine le temps de changer de véhicule. Mais la conduite du colonel d'aviation était digne d'un pilote de circuit. Il parvint à remonter à une centaine de mètres derrière leur gibier et à s'y maintenir.

— Pourquoi n'a-t-il pas de gardes du corps ? demanda-t-il.

— On m'a dit qu'il ne tenait pas à en avoir, bizarre, hein ? répondit Bright.

— Ben oui, merde, quand on pense à ce qu'il est, qui il fréquente et où il se trouve en ce moment.

Le trajet jusqu'en ville fut sans histoire. La limousine de l'armée de l'air laissa Cutter devant un hôtel de luxe à la périphérie de Panama. Bright bondit sur le trottoir et l'observa pendant qu'il prenait une chambre comme un homme en voyage d'affaires. L'autre agent le rejoignit quelques minutes plus tard pendant que le colonel restait au volant.

— Et maintenant ?

— Tu as quelqu'un à qui on peut se fier dans la police d'ici ?

— Non. J'en connais quelques-uns, certains sont des types bien, mais de là à leur faire confiance... Ici, ça se trouve pas, mon vieux.

— Hum, il y a toujours la bonne vieille méthode, observa Bright.

— D'ac, fit l'attaché judiciaire adjoint en prenant son portefeuille.

Il se dirigea vers le comptoir de l'accueil et revint deux minutes plus tard.

— Le Bureau me doit vingt sacs. Il s'est inscrit sous le nom de Robert Fisher. Voilà son numéro d'American Express, ajouta-t-il en tendant un double carbone froissé qui portait une signature gribouillée.

— Appelle le Bureau et vérifie. Il faut qu'on garde un œil sur cette chambre. Il nous faut... Bon Dieu, qu'est-ce qu'on a comme personnel ?

— Pas assez pour ça.

Le visage de Bright se crispa un moment dans une vilaine grimace. Ce n'était pas une décision facile à prendre. Odyssée était une affaire confidentielle, et Murray avait beaucoup insisté sur la sécurité. Mais — il y avait toujours un « mais » — il fallait faire le boulot. Alors, voilà, sur le terrain, c'était lui le chef et il fallait y aller. Il savait que sur ce genre de décision, on jouait sa carrière. La chaleur était humide et étouffante mais ce n'était pas seulement pour ça que Bright transpirait.

— Bien, dis-lui qu'il nous faut une demi-douzaine de types solides pour nous aider à le surveiller.

— Tu es sûr...

— Je ne suis sûr de rien du tout ! L'homme que nous sommes censés suivre... si nous le suspectons... Seigneur ! tu te rends compte, si nous le suspectons...

Bright se tut. Il n'y avait pas grand-chose à ajouter.

— Ouais.

— Je reste par là. Dis au colonel d'organiser la chose.

Ils n'avaient pas besoin de se bousculer. Leur client — voilà ce qu'il était devenu maintenant, se dit Bright — se présenta dans le hall trois heures plus tard, propre et net dans son costume tropical. Quatre voitures l'attendaient, la petite Mercedes blanche dans laquelle il monta, et trois autres qu'il ne remarqua pas. Quand celle-là partit vers le nord, celles-ci démarrèrent à leur tour.

La nuit tombait. Bright n'avait pris que trois photos avec son deuxième rouleau. Il l'éjecta et le remplaça par une pellicule noir et blanc ultra-sensible. Il prit quelques clichés de la voiture pour s'assurer qu'il avait bien le numéro de la plaque. Son chauffeur n'était plus le colonel, mais le sergent du détachement d'enquête criminelle qui connaissait la région et était diablement impressionné de travailler avec le Bureau sur une affaire confidentielle. Il identifia la maison devant laquelle la Mercedes se gara. Ils auraient dû s'en douter.

Le sergent connaissait un endroit en surplomb à moins de mille mètres mais il était trop tard pour y aller et la voiture ne pouvait pas stationner sur la voie rapide. Bright et son collègue de l'Agence bondirent hors de la voiture et dégottèrent un coin humide et puant où ils se mirent à plat ventre et attendirent. Le sergent leur laissa une radio pour qu'ils puissent l'appeler à la rescousse et leur souhaita bonne chance.

Évidemment, le propriétaire de la maison était absent, pris par les affaires de l'État mais il avait été assez aimable pour leur en laisser le libre usage. Il avait mis à leur disposition un personnel peu nombreux et discret qui leur servit une légère collation et des boissons, et se retira en laissant les micros. Les deux hommes ne doutaient pas que les magnétophones tournaient. Peu importait, après tout.

Tu parles ! Ils savaient combien la conversation s'annonçait délicate et ce fut Cortez qui surprit son hôte en lui suggérant gracieusement de poursuivre leur entretien à l'extérieur, en dépit du temps. Après avoir retiré leurs vestes, ils passèrent dans le jardin. Celui-ci présentait au moins l'avantage d'être rempli d'une impressionnante collection de lumières bleues anti-insectes sur lesquelles toutes les bestioles de la création venaient s'écraser à grand renfort de craquements et d'étincelles. Le bruit réduirait à néant toute tentative d'enregistrement. Qui se serait attendu à ce qu'ils renoncent à l'air conditionné ?

— Merci d'avoir répondu à mon message, dit plaisamment Cortez.

Ce n'était pas le moment de frimer, mais de parler sérieusement et il lui fallait se montrer humble devant cet homme. Cela ne le dérangeait pas. C'était inévitable quand on traitait avec des hommes de ce rang, et Felix jugeait qu'il devait s'y habituer. Quand on est déférent avec eux, il leur est plus facile de rendre les armes.

— De quoi voulez-vous parler ? demanda l'amiral Cutter.

— De vos opérations contre le Cartel, bien sûr, répondit Cortez en montrant un fauteuil d'osier.

Il s'éclipsa et revint avec un plateau chargé de boissons et de verres. Pour ce soir, Perrier avait leur préférence. Ni l'un ni l'autre ne touchèrent aux alcools. Premier bon signe aux yeux de Felix.

— De quelles opérations parlez-vous ?

— Vous devriez savoir que je n'ai personnellement rien à voir avec la mort de M. Jacobs. C'était un acte de folie.

— Pourquoi devrais-je le croire ?

— J'étais aux États-Unis à l'époque. On ne vous l'a pas dit ?

Cortez fournit quelques détails supplémentaires.

— Une source d'information comme Mme Wolfe, conclut-il, valait bien plus qu'une stupide revanche dictée par l'émotion. Il est encore plus idiot de défier une puissante nation de manière si ouverte. Votre réplique a été fort bien exécutée. En fait, les opérations que vous menez sont très impressionnantes. Et quant à l'entreprise de surveillance de nos aéroports, je ne l'ai soupçonnée que lorsqu'elle était terminée. Et la façon dont vous avez simulé un attentat à la voiture piégée... du grand art, si je puis m'exprimer ainsi ! Pouvez-vous me dire quel était l'objectif stratégique que vous avez poursuivi ?

— Allons, colonel !

— Amiral, j'ai le pouvoir d'exposer la totalité de vos activités à la presse, annonça Felix, presque tristement. Ou bien vous me le dites, ou bien vous le direz à votre propre Congrès. Vous le trouverez bien moins arrangeant que moi. Après tout, nous sommes entre professionnels.

Cutter réfléchit un moment puis s'exécuta. Il fut au plus haut point irrité par l'éclat de rire de son interlocuteur.

— Superbe ! apprécia Cortez quand il fut capable de parler. Un jour, j'aimerais rencontrer cet homme, celui qui a eu l'idée. Voilà un vrai pro !

Cutter hocha la tête comme s'il acceptait le compliment. Un instant, Felix se demanda si c'était vrai... la vérification serait facile.

— Il faut me pardonner, amiral. Vous pensez que je prends votre opération à la légère. En toute honnêteté, ce n'est pas le cas. En fait, vous avez atteint votre but.

— Nous savons. Nous savons que quelqu'un a essayé de vous tuer, Escobedo et vous.

— Oui, fit Felix. Bien sûr. J'aimerais aussi savoir comment vous vous débrouillez pour être aussi bien renseigné. Mais cela, je sais que vous ne nous le direz pas.

Cutter abattit une carte. Elle valait ce qu'elle valait...

— Nous avons plus de ressources que vous ne croyez, colonel.

... c'est-à-dire pas grand-chose.

— J'en suis sûr, acquiesça Cortez. Je crois que nous avons un terrain d'entente.

— C'est-à-dire ?

— Vous voulez susciter une guerre à l'intérieur du Cartel. Eh bien, moi aussi.

Cutter se trahit en retenant sa respiration.

Cortez savait déjà qu'il avait gagné. Et cet idiot était conseiller du président des États-Unis ?

— Je vais participer *de facto* à votre entreprise, et restructurer le Cartel. Cela signifie bien entendu éliminer certains de ses membres les plus offensifs.

Cutter n'était pas complètement stupide mais il commit une nouvelle erreur en posant une question dont la réponse était évidente.

— Et vous-même deviendrez le chef ?

— Savez-vous quelle sorte de gens sont ces « patrons de la drogue » ? Des paysans vicieux, des barbares sans éducation, ivres de pouvoir, et ils se plaignent pourtant, comme des enfants gâtés, de ne pas être *respectés*.

Cortez sourit aux étoiles.

— Des gens comme nous ne sauraient les prendre au sérieux. Sommes-nous d'accord que le monde tournerait mieux sans eux ?

— J'ai eu la même idée, comme vous l'avez déjà observé.

— Alors, nous sommes d'accord.

— D'accord sur quoi ?

— Votre « attentat à la voiture piégée » a déjà éliminé cinq chefs. Je réduirai encore leur nombre. Parmi ceux qui seront éliminés figureront tous ceux qui ont approuvé le meurtre de votre ambassadeur et des autres. Si de telles actions demeuraient impunies, le monde serait plongé dans le chaos. En outre, pour manifester ma bonne foi, je réduirai unilatéralement de moitié les livraisons de cocaïne à votre pays. Le trafic de drogue est désordonné et extrêmement violent, remarqua judicieusement l'ancien colonel de la DGI. Il a besoin d'être restructuré.

— Nous voulons le supprimer ! rétorqua Cutter, conscient de dire une bêtise.

Cortez avala une gorgée de Perrier et poursuivit son discours raisonnable.

— Vous ne le supprimerez jamais. Aussi longtemps que vos concitoyens désireront se détruire le cerveau, quelqu'un leur en fournira les moyens. La question est donc : comment obtenir que cela se passe dans l'ordre ? Vos efforts d'éducation finiront par abaisser la demande de drogue à un niveau raisonnable. Jusque-là, je peux régulariser le trafic pour réduire l'éclatement de votre société. Je réduirai les exportations. Je peux même vous donner la possibilité d'opérer des arrestations importantes pour que la baisse du trafic soit attribuée à votre police. On est dans une année d'élections, non ?

La respiration de Cutter resta de nouveau suspendue un instant. Ils jouaient très gros et Cortez venait d'annoncer que les dés étaient pipés.

— Continuez, parvint-il à dire.

— N'était-ce pas le but de vos opérations en Colombie ? De frapper le Cartel et réduire le trafic de drogue ? Je vous offre le succès, le genre de succès dont votre Président peut se prévaloir. Une réduction des arrivages, quelques saisies et quelques arrestations spectaculaires, une guerre interne à l'intérieur du Cartel, pour laquelle on ne vous blâmera pas et dont vous pourrez vous créditer. Je vous donne la victoire...

— En échange de... ?

— Moi aussi, il faut que je remporte une petite victoire pour établir ma position auprès des chefs, non ? Vous retirez tout soutien aux Bérets Verts que vous avez envoyés dans ces horribles montagnes. Vous savez bien, les hommes que vous appuyez avec le gros hélicoptère noir du hangar n° 3 de la base Howard.

Vous comprenez, les chefs que je souhaite remplacer ont des troupes importantes à leur solde et la meilleure manière pour moi de réduire leur nombre, c'est de les faire tuer par vos hommes. Mais d'autre part, malheureusement, pour que je puisse m'imposer parmi mes *supérieurs* — ce mot fut prononcé avec une ironie qui pesait des tonnes —, mon opération sanglante et coûteuse doit pour finir être couronnée de succès. C'est une nécessité regrettable mais, de votre propre point de vue, cela élimine aussi un danger potentiel pour votre avenir politique, non ?

Mon Dieu. Cutter détourna le regard et contempla les ampoules dans la jungle.

— De quoi ils parlent, à ton avis ?

— J'en sais foutrement rien, répondit Bright.

Il en était à son dernier rouleau. Même avec les pellicules ultra-sensibles, pour obtenir un bon cliché, il lui fallait baisser la vitesse de l'obturation, ce qui l'obligeait à tenir l'appareil aussi fermement qu'un fusil de chasse braqué sur un élan.

Qu'est-ce que le Président a dit ? Arrêtez l'opération, et peu importe comment... Mais je ne peux pas faire une chose pareille.

— Désolé, dit Cutter. C'est impossible.

Cortez écarta les bras d'un air désespéré.

— En ce cas, nous informerons le monde que votre gouvernement a envahi la Colombie et commis des meurtres sur une échelle particulièrement impressionnante. Vous êtes conscient, bien sûr, de ce qui va sans doute vous arriver, à vous, à votre Président et à de nombreux dirigeants de votre gouvernement. Il vous a déjà fallu si longtemps pour vous dépêtrer de tous les autres scandales. Ce doit être gênant de travailler pour un gouvernement qui éprouve tant de difficultés avec ses propres lois et puis les utilise ensuite contre ses propres serviteurs.

— Vous ne pouvez pas faire chanter le gouvernement des États-Unis.

— Pourquoi pas, amiral ? Nos professions

comportent chacune des risques particuliers, non ? Vous avez failli me tuer avec votre première « voiture piégée » et je ne l'ai pourtant pas pris comme une offense personnelle. Votre risque à vous, c'est le scandale. Vous savez, dans la maison, il y avait aussi la famille d'Untiveros, sa femme et ses deux petits, et onze domestiques, je crois. Tous tués par votre bombe. Je ne compte pas les gardes, bien sûr. Le soldat sait à quoi il s'expose. Comme moi. Comme vous, amiral, sauf que vous, vous ne courez pas les mêmes dangers qu'un soldat. Vous, ce qui vous menace, ce sont les tribunaux, les journalistes des télés et les commissions du Congrès.

C'était quoi déjà le vieux code du soldat ? se demanda Cortez. *La mort plutôt que le déshonneur.* Il savait que son interlocuteur n'avait pas assez de tripes pour accepter l'un ou l'autre.

— J'ai besoin de temps pour...

— Vous croyez ? Excusez-moi, amiral, mais je dois être de retour dans quatre heures, ce qui signifie que je m'en vais dans quinze minutes. Mes supérieurs ignorent que je suis parti. Je n'ai pas le temps. Vous non plus. Je vous offre la victoire que vous et votre Président espériez. Je vous demande quelque chose en échange. Si nous ne pouvons nous mettre d'accord, alors les conséquences seront déplaisantes pour nous deux. C'est aussi simple que cela. Oui ou non, amiral ?

— Pourquoi il se serrent la main, à ton avis ?

— Cutter n'a pas l'air spécialement jouasse. Appelle la voiture ! On dirait qu'il se tirent.

— Mais c'est qui le type qu'il rencontrait ? Je ne le reconnais pas. Si c'est un truand, il n'est pas du milieu local, en tout cas.

— Je ne sais pas.

La voiture se fit attendre, mais la filature de Cutter les ramena à l'hôtel. Durant son trajet vers l'aéroport, Bright apprit que le client s'offrait une bonne nuit de sommeil. Le VC-20A devait repartir directement pour Andrews à midi. Bright imagina de le précéder en prenant un vol normal pour Miami et une correspondance pour Washington. Il arriverait à demi mort de fatigue, mais il arriverait.

Ryan prit l'appel pour le directeur : le juge Moore était enfin de retour mais il était encore à trois heures de Dulles. Le chauffeur de Jack était prêt lorsque l'ascenseur des dirigeants déposa ce dernier dans le garage, et ils partirent aussitôt pour Bethesda. Ils arrivèrent trop tard. Quand Jack entra dans la chambre, le lit était couvert d'un drap. Les médecins déjà partis.

— J'étais là à la fin. Il n'a pas souffert, lui dit un des types de la CIA.

Jack ne le reconnut pas, bien qu'il ait eu l'air de l'avoir attendu.

— Vous êtes M. Ryan, n'est-ce pas ?

— Oui.

— Une heure avant de nous quitter, il a dit quelque chose... que vous n'oubliiez pas ce dont vous avez parlé. Je n'en sais pas plus.

— Je ne vous connais pas.

— John Clark, dit l'homme en serrant la main de Ryan. Je suis aux Opérations. Mais c'est l'amiral Greer qui m'a recruté, moi aussi, il y a bien longtemps.

Clark soupira.

— C'est comme de perdre son père pour la deuxième fois.

— Ouais, fit Ryan d'une voix enrouée.

Il était trop fatigué, trop déchiré pour dissimuler ses émotions.

— Venez, je vous offre une tasse de café et je vous raconterai quelques histoires sur le vieux.

Clark était triste, mais c'était un homme habitué à la mort. Ce n'était manifestement pas le cas de Ryan. Voilà qui tombait bien.

La cafétéria était fermée et ils prirent du café dans la cafetière de la salle d'attente. Il était réchauffé et acide, mais Ryan ne voulait pas rentrer tout de suite et se rappela tardivement qu'il était venu au travail dans sa propre voiture. Il lui fallait conduire pour retourner chez lui. Il était trop épuisé pour ça. Il décida d'appeler Cathy pour lui dire qu'il restait en ville. La CIA avait un arrangement avec un hôtel Marriott. Clark s'offrit à le conduire et Jack renvoya son chauffeur. Puis les deux hommes opinèrent qu'il ne serait pas mauvais d'aller prendre un verre.

— A James Greer, le dernier des types bien, dit Clark en levant son verre.

Jack but une gorgée de café trop fort et il toussota.

— S'il vous a recruté comment...

— Les Opérations ?

Clark sourit.

— Je n'ai pas fréquenté l'école, mais Greer m'a repéré par l'un de ses contacts dans la marine. C'est une longue histoire, dont je suis censé taire certaines parties. Mais nos chemins se sont croisé trois fois.

— Oh ?

— Quand les Français ont coincé les gens d'Action directe que vous avez trouvés sur les photos-satellite, j'étais l'officier de liaison au Tchad. La deuxième fois qu'ils sont entrés, après que les types de l'ULA vous ont joué ce tour, j'étais dans l'hélicoptère. Et je suis le cinglé qui est allé sur la plage pour sortir Mme Gerasimov et sa fille. Et ça, c'était entièrement votre œuvre. Je fais le sale boulot, conclut Clark. Le travail de terrain que les gars de l'espionnage ont la trouille d'accomplir. Bien sûr, ils sont peut-être plus malins que moi.

— Je ne savais pas.

— Vous n'étiez pas censé savoir. Désolé qu'on ait raté ces ordures de l'ULA. J'ai toujours voulu vous présenter mes excuses pour ça. Les Français ont été très bien dans cette affaire. Ils étaient si contents qu'on leur ait donné Action directe qu'ils voulaient nous servir les chefs de l'ULA sur un plateau. Mais il y avait ces bon Dieu d'unités libyennes en manœuvre et l'hélico est tombé pile sur eux — c'est le problème quand on intervient à basse altitude —, et de toute façon, le camp était sans doute vide. Tout le monde était vraiment navré que ça n'ait pas tourné comme prévu. Ça vous aurait évité quelque ennuis. On a essayé. On a essayé, c'est sûr, monsieur Ryan.

— Appelez-moi Jack, dit Ryan en tendant son verre pour une deuxième tournée.

— Parfait. Appelez-moi John, dit Clark en remplissant les verres à ras bord. L'amiral m'a dit que je pouvais vous dire tout ça. Il a dit aussi que vous étiez tombé sur ce qui s'est passé là-bas dans le sud. J'y étais. Que voulez-vous savoir ?

— Vous êtes sûr que vous pouvez me le dire ?

— C'est ce que m'a assuré l'amiral. Il est, excusez-moi, il était directeur adjoint et je suppose que ça signifie que je peux lui obéir. Un simple gars de la base comme moi se perd un peu dans ces questions bureaucratiques mais je suppose qu'on ne fait pas trop de mal en disant la vérité. De plus, Ritter m'a dit que tout ce que nous faisions était légal, que nous avions la permission d'ouvrir la chasse. Cette permission ne pouvait émaner que d'une seule personne. Quelqu'un a décidé que le trafic de drogue constituait un « danger imminent » — je cite — pour la sécurité des États-Unis. Un seul homme avait le pouvoir d'en décider, et s'il l'a fait, il a autorité pour faire quelque chose dans cette affaire. Je ne suis peut-être jamais allé à l'école, mais j'ai beaucoup lu. Par où voulez-vous que je commence ?

— Par le commencement.

Jack écouta pendant plus d'une heure.

— Vous repartez ? demanda-t-il quand Clark eut terminé.

— Je pense que ça vaut le coup, puisqu'on a une chance de mettre la main sur Cortez, et je pourrai aider à tirer ces gosses des montagnes. Je ne peux pas dire que ça me réjouisse, mais c'est comme ça que je gagne ma croûte. Je suppose que dans son boulot de médecin, il y a un certain nombre de trucs dont votre femme ne raffole pas.

— Il y a une chose qu'il faut que je vous demande. Qu'est-ce que vous avez ressenti quand vous avez guidé la bombe ?

— Qu'est-ce que vous avez ressenti en tuant des gens, la dernière fois que vous l'avez fait ?

Jack hocha la tête.

— Excusez-moi, c'est sorti comme ça.

— Je me suis engagé dans les commandos marine. J'ai servi pour l'essentiel en Asie du Sud-Est. On m'a ordonné d'aller tuer des gens, et je l'ai fait. Ce n'était pas non plus une guerre déclarée, il me semble ? Pas de quoi se vanter, mais c'était le boulot. Depuis que je suis entré à l'Agence, je n'ai pas souvent exécuté ce genre de tâche — il y a eu des moments où j'aurais bien voulu, parce qu'à long terme, ça aurait sauvé des vies. J'ai eu la tête d'Abou Nidal dans mon viseur mais je n'ai jamais eu la permission de dégommer ce salopard. Pareil pour deux autres types aussi dangereux. On aurait pu démentir, ça pouvait être propre et net mais les spécialistes de la dentelle, à Langley, n'ont pas pu s'y résoudre. Ils m'ont demandé de vérifier si c'était possible, ce qui est aussi dangereux que d'appuyer réellement sur la détente, mais je n'ai jamais eu le feu vert. De mon point de vue, c'est une mission correcte. Ces crapules sont les ennemis de notre pays, ils tuent nos concitoyens — ils ont liquidé deux personnes de l'Agence aussi, et c'était pas joli joli — et nous ne bougeons pas. Dites-moi quel sens ça a. Mais j'obéis à la consigne, comme il convient. Je n'en ai jamais violé aucune depuis que je suis entré dans la Maison.

— Qu'est-ce que vous diriez d'en parler au FBI ?

— Vous plaisantez. Même si j'en avais envie, ce qui n'est pas le cas, mon principal sujet de préoccupation, ce sont ces gosses dans la nature. Si vous me tenez à l'écart, il va y avoir des morts parmi eux. Ritter m'a appelé au petit matin pour me demander si j'étais d'accord pour y retourner. Je pars demain à 8 h 40 pour Panama, et de là j'interviendrai en Colombie.

— Vous savez comment rester en contact avec moi ?

— Ce serait une bonne idée, acquiesça Clark.

La suite s'était bien passée pour tout le monde. Les maux de tête s'étaient calmés et tous espéraient que les courbatures disparaîtraient quand ils auraient bougé quelques heures. Ramirez réunit ses hommes et leur expliqua la nouvelle situation. Il avait lancé un appel par satellite pour demander leur extraction. Malheureusement, poursuivit-il, sa requête devait être transmise à l'échelon supérieur — avec avis favorable, avait assuré Variable — mais l'hélico était provisoirement inutilisable : on changeait le moteur. Ils allaient rester sur le terrain encore une nuit, peut-être deux. En attendant, ils devaient éviter les contacts et chercher un point d'extraction convenable. Celui-ci était déjà fixé. Le capitaine l'avait montré : à quinze kilomètres au sud. Alors, leur tâche de cette nuit consistait à passer au travers du groupe qui les traquait. Ce ne serait pas de la tarte, mais une fois la ligne ennemie franchie, ils fonceraient sans mal à travers une zone déjà ratissée. Pour cette nuit, ils allaient essayer de couvrir neuf ou dix kilomètres, et le reste la nuit suivante. En tout cas, la mission était terminée et ils se repliaient. Les nouveaux venus de l'équipe Drapeau formeraient une troisième équipe, augmentant la puissance de feu de Couteau, déjà formidable. Chacun conservait encore au moins deux tiers de ses munitions. Les provisions diminuaient mais ils en avaient encore assez pour deux jours et personne n'irait se plaindre de quelques gargouillements d'estomac. Ramirez termina son exposé sur une note de confiance. Ça n'avait pas été du tout cuit, mais ils avaient accompli leur mission et porté un sacré coup aux trafiquants. Maintenant, il suffisait de tenir bon pour le voyage de retour. Les soldats échangèrent des hochements de tête et se préparèrent à partir.

Chavez démarra vingt minutes plus tard. Comme l'adversaire avait manifesté une préférence pour les altitudes inférieures, il s'agissait de rester le plus haut possible dans la montagne. Comme toujours, Ding devait éviter tout ce qui ressemblait à une habitation. Cela imposait un large détour pour éviter les plantations de café et les villages qui les jouxtaient, mais ils avaient toujours agi ainsi. Ils devaient aussi se déplacer aussi vite que la prudence le leur permettait, ce qui signifiait qu'on descendait d'un cran dans les exigences de sécurité. Chose qu'on faisait souvent à l'exercice, avec assurance. L'assurance de Ding était pareillement descendue d'un cran depuis qu'il avait connu l'épreuve de la réalité. Pour lui, l'aspect positif de la situation, c'était que Ramirez se comportait de nouveau en officier. Sans doute avait-il eu lui aussi un coup de pompe.

Ce qu'il y avait de bien quand on était si près des plantations de café, c'est que leurs employés ramassaient du bois et que la végétation était donc un peu moins épaisse, ce qui augmentait l'érosion des sols, mais ça, ça ne concernait pas Chavez. Il allait plus vite, près de deux kilomètres-heure, nettement plus que prévu. A minuit, ses jambes lui faisaient payer chaque mètre franchi. Il vérifiait que la fatigue était un facteur cumulatif. Il fallait plus d'un jour de repos pour s'en débarrasser, même si on était très en forme. Peut-être aussi l'effet de l'altitude. Il s'efforçait toujours de tenir le rythme, de se souvenir du chemin qu'il était censé suivre. Les opérations d'infanterie sont bien plus pénibles qu'on ne l'imagine et l'intellect est la première victime de l'épuisement.

Il se souvint d'un petit village sur la carte, dans la vallée, à environ un demi-kilomètre de l'endroit où il se trouvait. A partir d'un repère qu'il avait resitué quarante minutes plus tôt, lors d'une pause au point de ralliement, il commença à effectuer un mouvement tournant. Du bruit lui parvenait de la direction du village. Cela lui parut bizarre. D'après ce qu'on lui avait dit, les paysans travaillaient dur sur les plantations. Ils auraient dû dormir. Ding perçut un cri — en fait plutôt un halètement, le genre de bruit qu'on fait quand...

Il alluma ses lunettes de vision nocturne et distingua une silhouette qui courait vers lui. D'abord, impossible de dire... puis, oui, il pouvait dire qui venait. C'était une fille qui courait dans le bois avec beaucoup d'habileté. Derrière elle, arrivait quelqu'un de beaucoup moins doué et de beaucoup plus bruyant. Chavez lança le signal radio de danger. Derrière lui chacun s'arrêta et attendit qu'il les invite à repartir.

Mais il n'en fit rien. La fille trébucha et changea de direction. Quelques secondes plus tard, elle trébuchait de nouveau et tombait aux pieds de Chavez.

Le sergent lui plaqua la main gauche sur la bouche. De son autre main, il se mit un doigt sur les lèvres, dans un geste universel invitant au silence. Les yeux de la fille s'élargirent et se brouillèrent en le voyant — plus précisément, en découvrant un barbouillage de peintures de camouflage qui semblait tout droit sorti d'un film d'horreur.

— Señorita, vous n'avez rien à craindre de moi. Je suis un soldat. Je ne maltraite pas les femmes. Qui est à votre poursuite ?

Il ôta sa main en espérant qu'elle n'allait pas crier.

Mais même si elle l'avait voulu, elle n'aurait pas pu. Elle avait couru trop vite.

— C'est un de leurs « soldats », haleta-t-elle, les hommes avec des fusils. Je...

Comme les craquements se rapprochaient, il lui colla de nouveau la main sur la bouche.

— Où es-tu ? susurra la voix.

Merde !

— Cours par là, dit Chavez en pointant le doigt. Ne t'arrête pas et ne regarde pas en arrière. Allez !

La jeune fille détala et l'homme se dirigea vers le bruit. Il surgit juste devant Ding, à un pas de lui. Le sergent plaqua sa main sur le visage de l'intrus et lui tira la tête en arrière. A l'instant où les deux hommes touchaient le sol, le poignard de combat de l'Américain exécutait une entaille latérale. Chavez fut surpris par le bruit. L'air qui s'échappait de la trachée et le jaillissement du sang produisirent un gargouillement qui lui donna la chair de poule. L'homme se débattit futilement pendant quelques secondes puis devint inerte et mou. La victime possédait aussi un couteau et Chavez le plaça dans la blessure. Il espérait qu'on n'attribuerait pas le meurtre à la fille mais en ce qui la concernait, il avait fait son possible. Une minute plus tard, le capitaine Ramirez se présentait. Il ne fut pas précisément content.

— Je n'avais guère le choix, plaida Chavez.

En fait il était plutôt fier de lui. Après tout, protéger les faibles, c'était le boulot des soldats, non ?

— Allez, bouge ton cul ! En avant !

L'escouade força l'allure pour s'éloigner au plus vite de ces parages. Personne n'entendit de bruit indiquant qu'on cherchait le somnambule amoureux. Ce fut le dernier incident de la nuit. Ils arrivèrent à la halte prévue juste avant l'aube. Ramirez installa sa radio et lança un appel.

— Bien reçu, Couteau, nous enregistrons votre position et votre objectif. Nous n'avons pas encore confirmation de l'extraction. S'il vous plaît, rappelez à dix-huit-zéro-zéro Lima. Nous devrions avoir mis les choses au point. Terminé.

— Bien reçu. Nous rappellerons à dix-huit-zéro-zéro. Ici Couteau, terminé.

— C'est triste, pour Drapeau, observa un de ceux qui avaient écouté Ramirez.

— Ce sont des choses qui arrivent.

— Vous vous appelez Johns ?

— Exact, répondit le colonel sans se retourner immédiatement. Il revenait à l'instant d'un vol d'essai. Le nouvel appareil (en fait, on avait rénové l'ancien, vieux de cinq ans) marchait à merveille. Le Pave Low III était de retour. Le colonel Johns se tourna pour voir à qui il parlait.

— Vous me reconnaissez ? lui demanda sèchement l'amiral Cutter.

Pour une fois, il était en grand uniforme. Cela ne lui était pas arrivé depuis des mois, mais les trois étoiles à chacune de ses épaulettes brillaient dans le soleil matinal, ainsi que les rubans et l'insigne d'officier de surface. En fait, l'effet général de cet uniforme, blanc jusqu'aux chaussures de daim, était assez impressionnant. Comme prévu.

— Oui, monsieur. Excusez-moi, je vous prie, amiral.

— Vos ordres ont changé. Vous retournez dès que possible à votre base d'attache. Dès aujourd'hui, insista-t-il.

— Mais que vont devenir...

— On va s'en charger par d'autres moyens. Dois-je vous dire quelle autorité je représente ?

— Non, amiral.

— Vous ne parlerez de cette affaire à personne. Et quand je dis personne, c'est personne, jamais. Avez-vous besoin d'instructions supplémentaires, colonel ?

— Non, amiral, vos ordres sont assez clairs.

— Très bien.

Cutter fit demi-tour et remonta dans la voiture du quartier général, qui démarra aussitôt. Son arrêt suivant fut pour le sommet d'une colline près de Gaillard Cut. Il y avait là une camionnette des communications. Le conseiller présidentiel passa devant le garde armé — il portait un uniforme de la marine mais c'était un civil — et monta dans le véhicule, où il tint un discours semblable. L'amiral fut surpris d'apprendre qu'il n'était pas facile de déplacer le fourgon, trop large pour la petite route de service, et qu'il faudrait un hélicoptère. En tout cas, il put les inviter à se taire. Pour l'hélico, il s'en occuperait. En attendant, ils ne bougeaient plus et ne faisaient plus rien. Il expliqua que leur système de sécurité avait été percé et que d'autres émissions risquaient de mettre en danger les gens avec qui ils communiquaient. On lui promit d'obéir et il repartit. A onze heures du matin, il monta à bord de son avion. Il serait rentré à Washington pour souper.

Mark Bright y fut juste après l'heure du déjeuner. Il remit ses pellicules à un laborantin et se rendit au bureau de Dan Murray, où il fit son rapport.

— Je ne sais pas qui il a rencontré mais vous reconnaîtrez peut-être son visage. Qu'est-ce que ça a donné, le numéro de la carte de crédit ?

— Un compte de la CIA auquel il a accès depuis deux ans. Mais c'est la première fois qu'il s'en sert. Le gars de Panama nous a faxé une photocopie pour que nous puissions examiner la signature. Les spécialistes ont déjà comparé l'écriture... Vous avez l'air assez crevé.

— Je ne sais pas pourquoi, bon Dieu, je dois avoir dormi trois heures en un jour et demi. J'ai fait mon temps à la capitale. Le poste de Mobile était censé être une villégiature.

Murray grimaça un sourire.

— Bon retour dans le monde irréel de Washington.

— J'ai eu besoin d'aide pour tirer ça au clair.

— Quel genre ?

— Du personnel de l'armée de l'air, des gens du renseignement et des enquêtes criminelles. Je leur ai dit que c'était une affaire sous nom de code et bon Dieu, même si je leur avais raconté tout ce que je sais, ce qui n'est pas le cas... de toute façon je ne sais pas grand-chose... J'en prends la responsabilité, bien sûr, mais si je n'avais pas agi ainsi, je n'aurais sans doute pas réussi à prendre les clichés.

— Il me semble que vous avez fait ce qu'il fallait. Je suppose que vous n'aviez guère le choix.

Bright comprit qu'il avait le pardon officiel.

— Merci.

Il leur fallut attendre quelques minutes que les photos soient développées. Les tirages avaient beau être faits en un temps record, on avait besoin d'un peu de temps. Le technicien, un chef de section, arriva enfin avec les épreuves humides.

— J'ai pensé que vous étiez pressé de voir les bébés...

— Vous avez eu raison, Marv... Bon Sang ! s'exclama Murray. Marv, n'oubliez pas que c'est une affaire ultra-confidentielle.

— Vous me l'avez déjà dit. C'est entendu : motus et bouche cousue. Nous pouvons en tirer d'autres, mais ça va prendre encore une heure. Vous voulez qu'on s'y mette ?

— Le plus vite possible, acquiesça Murray et le technicien sortit. Bon sang, répéta Murray en réexaminant les clichés. Mark, vous avez photographié un drôle de truc.

— Qui est-ce, bon Dieu ?

— Felix Cortez.

— C'est qui ?

— Avant, c'était un colonel de la DGI, nous l'avons raté de très peu quand nous avons coincé Filiberto Ojeda.

— L'affaire des Macheteros ?

Ça ne lui disait pas grand-chose.

— Non, pas exactement.

Murray secoua la tête. Depuis une minute il parlait presque solennellement. Il appela Bill Shaw et lui demanda de venir. Le directeur par intérim fut là promptement. Murray lui montra les photographies.

— Bill, tu ne vas pas en revenir.

— Mais bon Dieu, qui c'est, ce Felix Cortez ? demanda Bright.

— Quand il nous a glissé entre les doigts, à Porto Rico, répondit Shaw, il est allé travailler pour le Cartel. Il a trempé dans le meurtre d'Emil. A quel point je n'en sais rien, mais il est sûrement impliqué. Et là, en face de lui, il y a le conseiller du Président pour la Sécurité. Alors, de quoi croyez-vous qu'ils parlent ?

— Ce n'est pas dans ce rouleau, mais j'ai une photo d'eux où ils se serrent la main.

Shaw et Murray avaient gardé leurs yeux fixés sur l'agent qui venait de prononcer ces paroles. *L'homme chargé de la sécurité nationale auprès du Président en conversation avec quelqu'un qui travaille pour le Cartel de la drogue ?*...

— Dan, dit Shaw, que se passe-t-il, putain ? Le monde est en train de devenir fou, ou quoi ?

— Ça y ressemble, hein ?

— Passe un coup de fil à ton copain, ce Ryan. Dis-lui... Dis à sa secrétaire qu'il y a une affaire de terrorisme... non, on ne peut pas prendre ce risque. Tu peux le prendre pendant qu'il rentre chez lui ?

— Il a un chauffeur.

— Ça peut nous aider.

— Compris.

Murray souleva le combiné et composa un numéro à Baltimore.

— Cathy ? Ici Dan Murray. Oui, ça va très bien, merci. A quelle heure le chauffeur de Jack le ramène-t-il chez lui, en général ? Ah, il ne le ramène pas ? Très bien, j'ai besoin que tu fasses quelque chose pour moi, et c'est important, Cathy. Dis à Jack de s'arrêter chez Danny en rentrant, pour, hum, mettre les registres à jour. C'est tout, Cathy. Ce n'est pas une blague. Tu peux faire ça ? Merci, docteur.

Il raccrocha.

— Ça sent la conspiration, hein ?

— Qui est Ryan ? Il n'est pas de la CIA ?

— Si, répondit Shaw. C'est lui qui nous a mis cette affaire sur les bras. Malheureusement, Mark, vous n'êtes pas habilité à vous en occuper.

— Compris, monsieur.

— Et si vous filiez chez vous pour voir comment le bébé pousse ? Vous avez fait du sacré bon boulot. Je ne l'oublierai pas, promit le directeur par intérim.

Pat O'Day, inspecteur récemment promu au quartier général du FBI, était en faction sur le parc de stationnement tandis qu'un subordonné, dans une tenue sale de rampant, attendait sur la piste d'atterrissage. C'était une journée chaude et claire à la base d'Andrews, et un F-4C de la garde nationale du district fédéral de Washington atterrissait devant le VC-20A. L'avion d'affaires aménagé roula jusqu'au terminal 89, du côté gauche du complexe. L'échelle se déplia et Cutter descendit en tenue civile. Pendant ce temps, grâce au personnel du renseignement de l'armée de l'air, le Bureau apprit que, dans la matinée, il avait rendu visite à un équipage d'hélicoptère et à une camionnette des communications. Pour l'instant, personne n'avait pris contact avec les hommes qu'il avait vus, car le quartier général essayait encore d'y voir clair, et, selon O'Day, ils pataugeaient, mais c'était le quartier général et il fallait obéir. Il souhaitait retourner sur le terrain, là où sont les vrais flics. Mais cette affaire avait son charme. Cutter marcha jusqu'à sa voiture, posa son sac sur le siège arrière et démarra. O'Day et son chauffeur le suivirent sans jamais le perdre de vue. Le conseiller présidentiel prit la Suitland Parkway jusqu'à Washington, puis, une fois en ville, la I-395. Ils s'attendaient à le voir prendre la sortie de Maine Avenue, peut-être pour aller à la Maison Blanche, mais il continua de rouler jusqu'à sa résidence officielle de Fort Myer en Virginie. Une discrète surveillance ne nécessitait pas une équipe plus nombreuse.

— Cortez ? Je connais ce nom. Cutter a eu une entrevue avec un ancien de la DGI ?

— Voilà la photo, dit Murray en la lui tendant.

Les gens du labo l'avaient traitée par ordinateur et fait passer de l'état de cliché à gros grain à celui de parfaite image glacée. A titre de vérification définitive, on l'avait présentée à Moira Wolfe, qui avait confirmé l'identité de Cortez.

— En voilà une autre.

Sur la photo, les deux hommes se serraient la main.

— Elles auront leur petit effet devant un tribunal, observa Ryan en les lui rendant.

— Ce ne sont pas des preuves, répondit Murray.

— Ah ?

Shaw expliqua :

— Il y a fréquemment des rencontres entre de hauts responsables gouvernementaux et... de drôles de gens. Vous vous souvenez quand Kissinger a fait un voyage secret en Chine ?

— Mais c'était...

Ryan se tut en prenant conscience de la stupidité de son objection. Il se rappelait une rencontre clandestine avec le président du Politburo soviétique, dont il ne pouvait parler aux types du FBI. A quoi est-ce que *ça*, ça ressemblerait aux yeux de certains ?

— Cela ne prouve pas qu'il y a eu crime, ni même complot, assura Murray. Pour ça, il faudrait qu'on démontre que le sujet de leur conversation était illégal ! Son avocat assurera, sans doute avec succès, que sa rencontre avec Cortez était peut-être irrégulière, mais visait à mettre en œuvre un aspect délicat mais correct de la politique gouvernementale.

— Conneries, lança Jack.

— Le procureur s'insurgera contre votre vocabulaire, rétorqua Shaw, le juge fera retirer vos propos du compte rendu, demandera au jury de n'en pas tenir compte et vous invitera à surveiller votre langage en présence de la cour. Ce que nous avons là, c'est un élément d'information intéressant, non pas la preuve d'un crime, tant que nous ne savons pas qu'un crime a été commis. Autrement dit, c'est de la merde.

— Hum, j'ai rencontré le gus qui a fait exploser la « voiture piégée ».

— Où est-il ? demanda aussitôt Murray.

— Sans doute retourné en Colombie.

Ryan s'expliqua.

— Qui c'est ce type ? demanda Murray.

— Laissons son nom de côté pour l'instant, d'accord ?

— Je crois vraiment que nous devrions avoir un entretien avec lui, dit Shaw.

— Il ne tient pas à discuter avec vous. Il ne veut pas aller en prison.

— Il n'ira pas.

Shaw se leva pour arpenter la pièce.

— Au cas où vous l'ignoreriez, je suis juriste, moi aussi. J'ai mon diplôme. Si nous essayons de le juger, son avocat invoquera la jurisprudence Martinez-Barker. Vous savez ce que c'est ? Une conséquence peu connue du Watergate. Martinez et Barker figuraient parmi les conspirateurs du Watergate. Leur système de défense, sans doute de bonne foi, était qu'ils avaient cru que le cambriolage était couvert par une autorité constituée dans le cadre d'une enquête de sécurité nationale. Dans une décision obtenue avec une majorité assez conséquente, la cour d'appel a arrêté qu'ils n'avaient pas d'intention criminelle et qu'aucun crime n'avait donc été effectivement commis. Votre ami viendra dire à la barre qu'en entendant ses supérieurs invoquer la clause du « danger imminent », et lui assurer que l'autorisation venait de très haut, il avait simplement obéi aux ordres de ceux qui avaient autorité pour les lui donner, en vertu de la Constitution. Je suppose que Dan a déjà dû vous dire qu'il y a toujours un vide juridique dans une affaire. Bon Dieu, la plupart de mes agents paieraient volontiers un pot à votre copain pour avoir vengé la mort d'Emil.

— Ce que je peux vous dire, c'est que c'est un solide ancien du Viêt-nam, et pour autant que je sache, un type très droit.

— Je n'en doute pas. Quant aux meurtres... nous avons eu des avocats pour prétendre que les interventions des tireurs d'élite de la police équivalaient à des meurtres de sang-froid. Tracer la frontière entre le travail de flic et les actions de combat n'est pas toujours aussi facile qu'on aimerait. Dans cette affaire, où passe la limite entre le meurtre et une opération de contre-terrorisme légitime ? En fait, il reviendra aux juges d'en décider, en fonction de leurs propres convictions politiques, et ce aux différents stades de la procédure. Voilà : c'est politique. Donc drôlement plus complexe que de traquer les braqueurs de banques. Au moins on sait qui gagne.

— C'est là qu'est la clé de toute l'affaire, avança Ryan. Vous pariez combien que tout ça a démarré parce qu'on est dans une année électorale ?

Le téléphone de Murry sonna.

— Oui ? D'accord, merci.

Il raccrocha.

— Cutter a pris sa voiture. Il se dirige vers la GW Parkway. Quelqu'un veut parier sur sa destination ?

26

INSTRUMENTS DE L'ÉTAT

L'inspecteur O'Day qui, en véritable Irlandais, croyait à la bonne étoile, remercia la sienne de la stupidité de Cutter. Comme les précédents conseillers à la Sécurité, il avait renoncé à ses gardes du corps du Secret Service et ignorait manifestement tout des techniques de contre-surveillance. Le client entra directement sur la George Washington Parkway et prit la direction du nord, fermement convaincu que personne ne prêtait attention à lui. Il ne s'était pas rabattu sur le bas-côté, n'avait pas pris de voie à sens unique, rien de ce qu'on apprenait dans les feuilletons télé, ou mieux encore, dans la lecture des aventures de Philip Marlowe, distraction préférée de Patrick O'Day. Même dans les surveillances, il se croyait dans un roman de Chandler. Il avait du mal à séparer les affaires du « privé » de la réalité, mais cela prouvait seulement que Marlowe aurait fait un sacré G-Man. Il n'y avait pas besoin de beaucoup de talent pour traiter ce genre de cas. Cutter avait beau être un marin à trois étoiles, ce n'était qu'un gamin quand il s'agissait de comploter. Sa voiture resta toujours sur la même voie et à voir la sortie qu'il prenait, on devinait qu'il allait au siège de la CIA, à moins qu'il n'ait éprouvé un improbable intérêt pour la Station de recherche Fairbanks de l'Administration fédérale des routes nationales, laquelle était sans doute fermée de toute façon. L'ennui, c'est qu'il ne serait pas facile de le reprendre en filature à la sortie. Il n'y avait guère d'endroit où se garer — le dispositif de sécurité de l'Agence était au point. O'Day largua son collègue pour qu'il surveille depuis les bois de l'autre côté de la route, et passa un message pour qu'une autre voiture vienne à la rescousse. Il s'attendait à ce que Cutter réapparaisse et rentre directement chez lui.

Sans s'être à aucun moment douté qu'il était filé, le conseiller à la Sécurité nationale se gara à l'emplacement réservé aux VIP. Comme toujours, on lui tint la porte et on l'accompagna jusqu'au bureau de Ritter au septième étage. L'amiral s'assit sans prononcer un mot aimable.

— Votre opération tourne en eau de boudin, lança-t-il durement au directeur adjoint.

— Qu'est-ce que ça signifie ?

— Ça signifie que j'ai rencontré Felix Cortez la nuit dernière. Il est au courant, pour les soldats, pour les bombes et pour l'hélicoptère que nous utilisons dans Showboat. J'arrête tout. J'ai déjà fait rentrer l'hélicoptère à Eglin et j'ai ordonné aux gens de Variable d'arrêter leurs émissions.

— Bon sang, vous n'avez pas fait ça !

— Bien sûr que si ! Vos ordres, c'est de moi que vous les recevez, Ritter. Est-ce clair ?

— Et nos gars ? demanda le DAO.

— Je m'en suis occupé. Vous n'avez pas besoin d'en savoir plus. Maintenant, retour au calme. Vous avez ce que vous vouliez. La guerre des gangs est déclarée. Les arrivées de drogue vont diminuer de moitié. Nous pouvons laisser les journaux écrire que nous sommes en train de gagner la guerre contre la drogue.

— Et Cortez va prendre le pouvoir, c'est ça ? Est-ce qu'il vous est jamais venu à l'esprit que, dès qu'il aura triomphé, les choses vont changer ?

— Est-ce qu'il vous est jamais venu à l'esprit qu'il pouvait porter l'affaire sur la place publique ? A votre avis, qu'est-ce qui vous arriverait à Moore et à vous ?

— La même chose qu'à vous, ricana Ritter.

— Non, pas à moi. J'étais là, avec le ministre de la Justice. Le Président ne vous a jamais autorisé à tuer. Il n'a jamais suggéré qu'on envahisse un pays étranger.

— Toute l'opération est sortie de votre cerveau.

— Qui a dit cela ? Vous avez ma signature sur un seul rapport ? demanda l'amiral. Si ça explose, ce que vous pouvez espérer de mieux, c'est qu'on soit dans la même cellule. Si Fowler gagne, nous sommes foutus tous les deux. Conclusion : ça n'explosera pas, parce que nous ne le permettrons pas. D'accord ?

— J'ai bel et bien votre signature.

— Cette opération est déjà terminée et nous ne laissons derrière nous aucune preuve. Alors, que pouvez-vous faire pour m'exposer sans vous exposer, l'Agence et vous, à des accusations bien plus graves ?

Cutter était assez fier de lui. Dans l'avion du retour, il avait mis au point son plan d'attaque.

— En tout cas, c'est moi qui commande. La CIA n'a plus à se mêler de cette affaire. Vous êtes le seul à posséder des rapports. Je suggère que vous les éliminiez. Tous les échanges de notes à propos de Showboat, de Variable, de Réciprocité, et de Œil d'Aigle doivent être détruits. Nous pouvons garder Farce. L'autre partie n'a pas eu vent de cet aspect de l'entreprise. Transformez-le en opération ultra-secrète et nous pourrons encore utiliser les informations obtenues. Vous avez des ordres. Exécutez-les.

— Il va y avoir des fuites.

— Où ça ? Vous croyez qu'il y aura des volontaires pour un séjour dans une prison fédérale ? Votre M. Clark tiendra-t-il à annoncer qu'il a tué plus de trente personnes ? Est-ce que cet équipage de la marine va écrire un livre pour raconter comment il a largué deux bombes sur un pays ami ? Le pilote du chasseur a abattu des appareils, mais est-ce qu'il va le chanter sur les toits ? L'avion-radar qui l'a guidé ne l'a jamais vu faire, il a toujours décroché avant. L'équipe des opérations spéciales de Pensacola ne dira rien. Et les équipages interceptés ne sont pas très nombreux. De ce côté, je suis sûr que nous pourrons arranger ça.

— Vous oubliez les garçons qui sont dans les montagnes, dit calmement Ritter.

Il connaissait déjà cette partie de l'histoire.

— Je vais organiser leur récupération par mes propres canaux. Donnez-moi leurs coordonnées.

— Non.

— Ce n'était pas une requête. Vous savez, je pourrais simplement me contenter de vous dénoncer publiquement. Ensuite, si vous essayez de me mouiller, tout le monde penserait que vous voulez vous disculper.

— Ça empêcherait la réélection.

— Et entraînerait à coup sûr votre emprisonnement. Bon Dieu, Fowler hésite même à envoyer sur la chaise les tueurs fous. Comment croyez-vous qu'il réagira à l'idée qu'on a balancé des bombes sur des gens qui n'étaient même pas inculpés ? Et à propos de ces « dommages collatéraux » que vous avez traités avec tant de désinvolture ? C'est la seule solution, Ritter.

— Clark est retourné en Colombie. Je l'ai mis aux trousses de Cortez. On pourrait en finir de cette manière.

C'était sa dernière cartouche, et elle était un peu mouillée. Cutter bondit sur sa chaise.

— Et s'il fout tout en l'air ? Le jeu n'en vaut pas la chandelle. Rappelez votre chien. Là aussi, c'est un ordre. Maintenant, donnez-moi les coordonnées, et déchirez vos dossiers.

Ritter ne voulait pas. Mais il n'avait pas le choix. Le DAO s'approcha de son coffre mural — le panneau était ouvert — et en retira les dossiers. Dans « Show-boat-II » se trouvait une carte montrant les points d'exfiltration. Il la remit à Cutter.

— Je veux que tout soit réglé ce soir.

— Ce sera fait, soupira Ritter.

— Parfait.

Cutter plia la carte et la glissa dans la poche de son pardessus. Il quitta le bureau sans un mot de plus.

Tout ça pour en arriver là, se dit Ritter. Trente ans au service du gouvernement, à diriger des agents à travers le monde entier, à se rendre utile à son pays et maintenant il devait obéir à un ordre scandaleux, ou bien affronter le Congrès, les tribunaux, la prison. Et la meilleure solution qui s'offrait, c'était d'y entraîner les autres avec lui. C'était inutile. Bob Ritter s'inquiétait pour ces gosses dans les montagnes, mais Cutter avait dit qu'il s'en occupait. Le directeur adjoint des opérations de la CIA se dit qu'il pouvait croire son supérieur sur parole, en sachant que c'était faux et que seule la lâcheté lui dictait cette attitude.

Il prit lui-même les dossiers sur leurs étagères d'acier et les posa sur son bureau. Au pied du mur était posé l'un des instruments les plus importants des gouvernements contemporains : le broyeur. Le DAO avait en main des documents en un seul exemplaire. Sur leur colline de Panama, les gens des communications détruisaient les comptes rendus d'écoute aussitôt qu'ils en avaient transmis copie au bureau de Ritter. La NSA assurait l'exécution de Farce, mais ce dossier resterait perdu dans la masse de données conservées au sous-sol du complexe de Fort Meade.

C'était une grosse machine, à trémie aspirante. Il était tout à fait normal qu'un dirigeant gouvernemental détruise des papiers. On ne s'encombrait pas d'exemplaires superflus de documents. Nul n'y prêterait attention. Et nul ne saurait que cette charpie avait été une série de documents importants en matière de renseignement. La CIA brûlait chaque jour des tonnes de ce combustible qui servait à chauffer l'eau des salles de garde. Ritter plaça les papiers dans les dents de l'appareil, et regarda l'histoire entière de ses opérations se déchiqueter.

— Le voilà, dit l'agent dans sa radio portative. Il se dirige vers le sud.

O'Day le prit trois minutes plus tard. La deuxième voiture était déjà derrière Cutter et, quand O'Day l'eut rattrapée et relayée, il fut évident que l'amiral retournait à Fort Myer, sur la section VIP de la Sherman Road, à l'est du club des officiers. Cutter vivait dans une demeure de brique rouge, dont la véranda vitrée donnait sur le cimetière national d'Arlington, le jardin des héros. L'inspecteur O'Day, qui avait servi au Viêtnam, savait peu de choses sur son client. Il n'en trouva pas moins blasphématoire qu'il vive là. L'agent du FBI pensa qu'il sautait à de fausses conclusions, mais ses instincts lui dirent le contraire pendant qu'il regardait l'homme verrouiller sa voiture et entrer chez lui.

Etre conseiller du Président présentait au moins l'avantage d'avoir à sa disposition, en matière de sécurité, le meilleur personnel et les meilleurs matériels. Le Secret Service et les autres agences gouvernementales déployaient régulièrement de gros efforts pour vérifier que ses lignes téléphoniques étaient sûres. Le FBI devrait obtenir leur accord pour poser une écoute, et auparavant il lui faudrait une autorisation d'un tribunal. Rien de cela n'avait été fait. Cutter appela un numéro sur une ligne WATS — muni d'un numéro vert commençant par 800 — et prononça quelques mots. Si quiconque avait entendu la conversation, il aurait eu du mal à l'expliquer. Chaque mot correspondait à une page de dictionnaire. Le numéro de la page correspondante avait toujours trois chiffres et représentait l'une des coordonnées d'une carte colombienne. A l'autre bout de la ligne, l'homme répéta et raccrocha. L'appel sur la ligne WATS n'apparaîtrait pas sur la note de téléphone comme un coup de fil à l'étranger. Le compte WATS serait clos le lendemain. Pour terminer, il tira la disquette d'ordinateur de sa poche. Selon une habitude fort répandue, il conservait des messages collés sur la porte de son réfrigérateur par des aimants. Il frotta l'un d'eux sur la disquette pour détruire les données qu'elle contenait.

Cette petite plaque était la dernière trace des soldats de l'opération Showboat. C'était aussi le dernier moyen de rouvrir la liaison radio avec eux. Il la laissa choir dans la poubelle. Il n'y avait jamais eu de Showboat.

C'est du moins ce que se dit le vice-amiral James A. Cutter, de la marine des États-Unis. Il se prépara un verre, sortit sur la véranda et parcourut du regard les tombes alignées à l'infini sur le tapis de verdure. Souvent, il marchait jusqu'à la tombe du Soldat Inconnu pour observer la garde présidentielle dans ses allées et venues mécaniques devant les sépultures de ceux qui avaient servi leur pays jusqu'au bout. Il songea qu'il devait exister beaucoup d'autres soldats inconnus tombés dans des guerres inavouées. Le Soldat Inconnu avait été tué en France durant la Première Guerre mondiale, et il savait pourquoi il se battait, ou du moins croyait le savoir. La plupart du temps, les combattants ne comprenaient rien à ce qui était en jeu. On ne leur disait pas toujours la vérité mais leur pays les appelait et ils accomplissaient leur devoir. Il fallait vraiment prendre de la distance pour voir à quoi tout cela rimait. Et ça ne correspondait pas toujours — jamais ? — à ce qu'on leur racontait. Il se souvint de son propre service militaire, qu'il avait passé au large des côtes du Viêt-nam, comme officier sur un destroyer, à observer les obus de cinq pouces qui s'abattaient sur la baie et à se demander ce que devaient ressentir les soldats qui crapahutaient dans la boue. Ceux-là aussi avaient servi leur pays, sans savoir que ce dernier ignorait de quel service il avait besoin. Une armée est composée de jeunes gens qui font leur boulot sans comprendre, et offrent leur vie. Et dans le cas présent, ils offraient leur mort.

— Pauvres vieux, soupira-t-il.

C'était vraiment triste. Mais il n'y pouvait rien.

L'impossibilité d'établir la liaison radio étonna tout le monde. Le responsable des communications assura que son émetteur marchait parfaitement et que Variable ne répondait pas, à six heures, heure locale. Cela ne plut pas au capitaine mais il décida de poursuivre vers le point d'extraction. L'aventure de Chavez avec le violeur en puissance n'avait pas eu de conséquence et le jeune sergent avait découvert ce qu'il espérait : les forces ennemies avaient ratissé la zone, comme une bande d'éléphants stupides, et n'y reviendraient pas de sitôt. La nuit se passa sans problème. Ils avançaient vers le sud par tranches d'une heure, en revenant en arrière pour vérifier qu'ils n'étaient pas suivis. A 4 heures du matin, ils étaient au point d'exfiltration. Située au pied d'un pic culminant à deux mille cinq cents mètres, c'était une clairière plus basse que la ligne des crêtes, entourée d'une végétation favorable à l'approche. L'hélico aurait pu les prendre n'importe où, évidemment, mais leur principale préoccupation demeurait la discrétion. Si on les ramassait là, personne ne le saurait jamais. Dommage qu'ils aient perdu des hommes. Personne en vérité ne saurait jamais pourquoi ils étaient là et la mission, même si elle avait subi de grosses pertes, était couronnée de succès. Voilà ce qu'avait expliqué Ramirez.

Il disposa ses hommes sur un large périmètre pour prévenir toute approche, avec des positions de repli défensif pour le cas où l'inattendu surviendrait. Quand il eut terminé sa tâche, il réinstalla la radio et lança un nouvel appel. De nouveau, pas de réponse. Il ignorait la nature du problème mais, jusque-là, il n'avait pas flairé d'ennui sérieux. Les officiers d'infanterie étaient habitués aux difficultés de transmission. Celles-ci ne l'inquiétaient pas beaucoup. Pas encore.

Clark fut pris de court par le message. Larson et lui préparaient leur retour en Colombie quand arrivèrent quelques mots codés qui suffirent à déchaîner la fureur de Clark. Il lui fallut déployer de grands efforts pour se maîtriser, car il savait que la colère était son plus dangereux ennemi. Sa première réaction fut d'appeler Langley, puis il se ravisa, craignant que l'ordre lui soit confirmé d'une manière impossible à ignorer. Tandis qu'il retrouvait son sang-froid, son cerveau se remit à fonctionner. Il avait la tête trop près du bonnet. C'était dangereux. Il en oubliait de penser.

Or, il y avait urgence à réfléchir. En une minute, il décida qu'il était temps de prendre quelques initiatives.

— Venez, Larson, on va faire un petit tour.

Ce ne fut pas difficile. Pour l'armée de l'air, il était toujours le colonel Williams et on lui confia une voiture. Puis ils sortirent une carte et Clark fouilla sa mémoire pour se rappeler le chemin menant à cette colline... Il lui fallut une heure et les derniers cent mètres furent un cauchemar d'ornières et de nids-de-poule. La camionnette n'avait pas bougé et l'unique garde armé vint au-devant d'eux, la mine fort peu accueillante.

— Repos, mon vieux, je suis déjà venu.

— Ah, c'est vous. Mais, mon colonel, j'ai l'ordre de...

— Ne discutez pas avec moi, le coupa Clark. Je connais vos ordres. Je suis là pour quoi à votre avis ? Maintenant, soyez un gentil garçon et mettez la sécurité à votre arme. Vous risquez de vous blesser.

Clark passa devant lui, au grand ébahissement de Larson, que les armes chargées et pointées sur lui impressionnaient bien davantage.

— Qu'est-ce qui se passe ? demanda Clark dès qu'il fut à l'intérieur.

Il parcourut l'habitacle du regard. Tous les appareils étaient éteints. Le seul bruit venait de l'air conditionné.

— Ils nous ont fait tout arrêter, répondit le chef de l'équipe.

— Qui vous a fait arrêter ?

— Écoutez, je ne peux pas vous dire, vous comprenez. J'ai reçu l'ordre de tout arrêter. C'est comme ça. Si vous voulez des détails, allez les demander à M. Ritter.

Clark marcha sur lui.

— Il est trop loin.

— J'ai reçu des ordres.

— Quels ordres ?

— L'ordre de tout arrêter, putain de merde ! Nous n'avons plus rien émis ni reçu depuis hier midi.

— Qui vous a donné l'ordre ?

— Je ne peux pas le dire !

— Qui s'occupe des équipes sur le terrain ?

— Je ne sais pas. Quelqu'un d'autre. Il a dit que notre système de sécurité avait été percé et qu'il confiait le boulot à quelqu'un d'autre.

— Qui... cette fois, vous allez me le dire, annonça Clark avec une voix d'un calme effrayant.

— Non, je ne peux pas.

— Vous pouvez rappeler les équipes ?

— Non.

— Pourquoi pas ?

— Leurs radios-satellites sont codées. L'algorithme est sur une disquette d'ordinateur. Nous les avons retirées toutes les trois, et nous en avons effacé deux. Il a pris la troisième.

— Comment pouvez-vous rétablir la liaison ?

— On ne peut pas. C'est un algorithme unique basé sur les émissions des satellites NAVSTAR. Sacrément sûrs, et tout simplement impossible à copier.

— En d'autres termes, les gars sont complètement coupés de nous ?

— Ben, non, il a pris la troisième disquette et il y a quelqu'un d'autre qui...

— Vous y croyez vraiment ? demanda Clark.

L'hésitation de l'homme répondit pour lui. Quand l'officier de la direction des Opérations reprit la parole, ce fut d'une voix qui n'admettait pas de résistance.

— Vous venez à peine de me dire que la liaison était impossible à percer mais quand quelqu'un que vous n'aviez jamais vu jusque-là vient vous dire que c'est le cas, vous le croyez sur parole. On a trente gosses là-bas, et on dirait qu'ils ont été abandonnés. Alors, qui vous a donné l'ordre ?

— Cutter.

— Il était là ?

— Hier.

— Bon Dieu !

Clark jeta un regard circulaire. L'autre officier ne parvenait pas à lever les yeux. Les deux spécialistes des transmissions avaient réfléchi à ce qui s'était passé et ils en étaient arrivés à la même conclusion que lui.

— Qui a mis au point le système de communication pour cette mission ?

— Moi.

— Leurs radios de terrain, elles fonctionnent comment ?

— Ce sont des appareils du commerce légèrement modifiés. Ils ont un choix de dix fréquences BLU.

— Vous avez les fréquences ?

— Ben oui, mais...

— Donnez-les-moi tout de suite.

L'homme songea à répondre que c'était impossible, mais il se ravisa. Il dirait que Clark l'avait menacé et que le moment lui semblait mal choisi pour déclencher une petite guerre dans le fourgon. Il tira la feuille des fréquences d'un tiroir. Cutter n'avait pas jugé nécessaire de la détruire mais il l'avait mémorisée.

— Si quelqu'un vous demande...

— Vous n'êtes jamais venu ici.

— Très bien.

Clark sortit dans l'obscurité.

— On retourne à la base, annonça-t-il à Larson. On cherche un hélicoptère.

Après une escapade de six heures durant lesquelles il avait laissé un moyen de le joindre, Cortez revint à Anserma sans que son absence ait été remarquée. Après avoir pris un bain et s'être reposé, il attendit que son téléphone sonne. Il se félicitait, premièrement, d'avoir, dès son embauche par le Cartel, installé son réseau de communications en Amérique ; deuxièmement, d'avoir réussi son coup avec Cutter. Mais là, la performance était moindre : les choses avaient été rendues plus faciles par la stupidité de l'Américain, qui s'était conduit un peu comme Carter dans l'affaire des *marielitos*, sauf que le Président était mû par des motifs humanitaires, non par la recherche d'avantages politiques. Maintenant, il ne s'agissait plus que d'attendre. Ce qui était amusant dans l'histoire, c'était le code qu'ils utilisaient. D'habitude, quand on s'appuyait sur un livre, on transmettait des chiffres qui correspondaient à des mots, mais cette fois, on était dans le cas de figure inverse. Cortez avait déjà les cartes des Américains — leurs cartes d'état-major étaient en vente libre à l'Agence cartographique de la Défense, et il s'en servait pour mener la bataille contre les Bérets Verts. Le système de codage à partir d'un livre avait toujours été un moyen sûr de passer une information ; à présent, il l'était encore plus.

Cortez n'aimait pas spécialement attendre, alors il s'occupa l'esprit en dressant des plans pour l'avenir. Il connaissait les deux prochaines initiatives qu'il prendrait, mais après ? D'abord, le Cartel avait négligé l'Europe et le Japon. Dans ces deux régions, il y avait beaucoup d'argent en circulation. Le marché japonais serait difficile à pénétrer, comme pour les marchandises légales, mais ce serait beaucoup plus facile dans les pays de la CEE où allaient disparaître les barrières douanières. Voilà des occasions de profit. Il s'agissait seulement de trouver des points de passage mal surveillés ou dont les responsables se laissent acheter. La réduction des importations à destination de l'Amérique n'affecterait donc pas les revenus du Cartel. Il allait élargir les horizons de l'organisation à cette terre encore vierge : l'Europe. En Amérique, la réduction de l'offre entraînerait une augmentation des prix. Il s'attendait à ce que la promesse faite à Cutter — pour une période limitée, bien sûr — se traduise par un léger bénéfice sur le trafic. En même temps, la diminution des arrivages entraînerait une restructuration des réseaux américains trop désordonnés actuellement. Les forts et les efficaces survivraient et leur pouvoir fermement établi, ils mèneraient leurs affaires d'une manière moins anarchique. Pour les yanquis, les crimes violents étaient beaucoup plus graves que la consommation de drogue qui les provoquait. Si le niveau de violence baissait, les Américains ne placeraient plus au premier plan de leurs problèmes sociaux l'intoxication d'une partie de leurs concitoyens. Le Cartel continuerait d'accumuler richesse et pouvoir aussi longtemps que les gens réclameraient ses produits.

Pendant ce temps, la Colombie serait plus profondément mais aussi plus subtilement subvertie. Encore une région dans laquelle Cortez avait acquis une expérience professionnelle. Les maîtres actuels recouraient à la force brute, offraient de l'argent et menaçaient de mort. Cela aussi devait s'arrêter. L'attrait des pays développés pour la cocaïne ne durerait pas éternellement. Tôt ou tard, elle passerait de mode et la demande irait en diminuant. Réalité qui, entre autres, échappait aux chefs du Cartel. Quand ce phénomène interviendrait, il faudrait que l'organisation se soit établi une solide base économique et se soit diversifiée. Cela nécessiterait une attitude bien plus accommodante envers la mère patrie, que Cortez était aussi tout prêt à prendre. L'élimination des chefs les plus antipathiques contribuerait à soutenir ce nouveau cours. L'histoire enseigne qu'on peut trouver un *modus vivendi* avec pratiquement n'importe qui. Cortez venait d'en fournir un nouvel exemple.

Le téléphone sonna. Il répondit. Il nota les mots qu'on lui donna et après avoir raccroché, saisit le dictionnaire. Pendant une minute, il fit des marques sur sa carte d'état-major. Il constata que les Bérets Verts américains n'étaient pas fous. Leurs campements étaient tous situés sur des emplacements difficiles d'accès. Les attaquer et les détruire serait très coûteux. Tant pis. Chaque chose avait son prix. Il rassembla son équipe et commença à lancer des messages radio. Une heure plus tard, les groupes de traque descendaient des montagnes pour se redéployer. Il décida qu'il les frapperait l'un après l'autre. Cela lui donnerait assez de force pour écraser chaque détachement, et entraînerait suffisamment de pertes pour qu'ils aient à tirer sur les réserves des chefs. Bien sûr, il n'accompagnerait pas ses troupes dans la montagne. Dommage. Il allait y avoir du spectacle.

Ryan avait fort mal dormi. Comploter contre un ennemi extérieur, fort bien. C'était à quoi se résumait sa carrière à la CIA : travailler à obtenir des avantages pour son pays au détriment d'un autre. Mais à présent, lui, employé du gouvernement était plus ou moins engagé dans un complot contre ce dernier. Constatation qui lui ôtait le sommeil.

Jack était assis dans sa bibliothèque. Une unique lampe éclairait son bureau. Près de lui étaient posés deux téléphones, l'un sûr, l'autre non. Ce fut ce dernier qui sonna.

— Allô ?

— John à l'appareil.

— Qu'est-ce qui se passe ?

— Quelqu'un a supprimé le soutien des équipes sur le terrain.

— Mais pourquoi ?

— Quelqu'un veut peut-être qu'elles disparaissent.

Ryan sentit un frisson glacé sur sa nuque.

— Où êtes-vous ? demanda-t-il.

— A Panama. Les communications ont été coupées, et l'hélicoptère est parti. On a trente gusses dans la cambrousse, qui attendent une aide qui n'arrive pas.

— Comment puis-je vous joindre ?

Clark lui donna un numéro.

— Bon, je vous rappelle dans quelques heures.

— Ne perdons pas de temps à des conneries.

On raccrocha.

— Bon Dieu.

Le regard de Jack se perdit dans l'ombre de la bibliothèque. Il appela son bureau pour dire qu'il venait sans chauffeur. Puis il appela Dan Murray.

Ryan était de retour dans l'immeuble du FBI soixante minutes plus tard. Murray l'attendait et l'emmena à l'étage. Shaw était là aussi, et l'on prit du café.

— Notre type sur le terrain m'a appelé chez moi. Variable a été arrêté, et l'hélicoptère censé les ramener a été enlevé. Il croit qu'ils vont... Bon Dieu... il croit...

— Oui, fit Shaw. Si c'est ça, alors nous avons sans doute une infraction. Complot d'assassinat. Ça risque d'être un peu dur, dur à prouver.

— Ça, c'est votre baratin juridique... et les soldats ?

— Comment les sortir ? demanda Murray. Demander de l'aide aux... non, on ne peut pas mettre les Colombiens dans le coup, hein ?

— Comment crois-tu qu'ils réagiraient devant une

invasion en provenance d'un pays étranger ? objecta Shaw. De la même manière que nous.

— Et si on mettait Cutter en face...

— En face de quoi ? Qu'est-ce qu'on a ? Peau de balle. Oh, bien sûr, on peut mettre la main sur les types des communications et sur l'équipage de l'hélicoptère et discuter avec eux. Mais ils vont d'abord résister et puis ensuite ? Le temps que nous ayons un dossier, les soldats seront morts.

— Et si nous pouvons les tirer de là, alors qu'est-ce qu'on aura comme dossier ? demanda Murray. Tout le monde va se mettre à l'abri, les papiers seront détruits...

— Si je puis faire une suggestion, messieurs, nous devrions laisser tomber pour le moment les arguties juridiques et essayer de nous concentrer pour sortir ces gusses de ce putain de guêpier.

— Les sortir, c'est très bien mais...

— Vous pensez que votre dossier sera meilleur avec trente ou quarante victimes ? coupa Ryan. Quel est le but qu'on poursuit ici ?

— Ça, c'est un coup bas, Jack.

— Où est votre dossier ? Que deviendra-t-il si le Président a autorisé l'opération, avec Cutter comme intermédiaire, et qu'il n'y a aucun ordre écrit. La CIA a obéi à des ordres oraux, indubitablement légaux, sauf qu'on m'a demandé de tromper le Congrès si de ce côté-là on m'interroge — *ce qui n'a pas encore été fait !* Il y a aussi ce petit codicille à la loi qui dit que nous pouvons sans en parler aux représentants du peuple lancer n'importe quelle opération clandestine — en la matière, souvenez-vous, nous ne sommes limités que par les ordres de la Maison Blanche — à condition que nous finissions par les mettre au courant. Donc, un meurtre ordonné par le chef de l'exécutif ne peut devenir un crime que rétroactivement si quelque chose d'extérieur au meurtre fait défaut ! Quels sont les abrutis qui ont fixé de telles règles ? Est-ce qu'ils les ont vraiment essayées devant les tribunaux ?

— Tu oublies quelque chose, observa Murray.

— Ouais, la réponse la plus évidente de Cutter sera

que ce n'est pas du tout une opération clandestine, mais une intervention paramilitaire antiterroriste. Toute l'affaire échappe alors au contrôle des activités de renseignement. On rentrera dans la Résolution sur les pouvoirs de guerre, ce qui multiplie les délais. Est-ce que l'une ou l'autre de ces lois a jamais subi l'épreuve d'un procès ?

— Pas vraiment, répondit Shaw. Il y a eu beaucoup d'agitation autour d'elles, mais on n'en est jamais arrivé là. Les Pouvoirs de Guerre, en particulier, c'est un problème constitutionnel que les deux parties ont peur de confier à un juge. D'où sortez-vous, Ryan ?

— J'ai une agence à protéger, non ? Si ces événements sont portés à la connaissance du public, la CIA retournera à la situation des années 70. Par exemple, qu'est-ce qu'il adviendra de vos programmes antiterroristes si nous ne vous fournissons plus d'informations ?

Jack avait marqué un point. La CIA était leur alliée silencieuse dans la guerre contre le terrorisme. Elle fournissait la plupart de ses données au Bureau, et Shaw ne l'ignorait pas.

— D'un autre côté, d'après ce que nous discutons depuis deux jours, quel dossier avons-nous ?

— Si en retirant tout soutien à Showboat, Cutter a aidé Cortez à les tuer, nous avons une violation de la loi du district de Washington sur le complot visant à commettre un homicide. En l'absence de loi fédérale, on peut appliquer à un crime commis sur un domaine fédéral la loi municipale correspondante. Une partie de ces actes ont été accomplis ici ou en d'autres zones fédérales. C'est là-dessus qu'étaient fondées nos enquêtes des années 70.

— De quelles affaires s'agissait-il ? demanda Jack.

— Elles ont été déclenchées par les auditions de la Commission des Églises. Nous avons mené des investigations sur les complots ourdis par la CIA pour assassiner Castro et d'autres — ce n'est jamais venu devant la justice. Nous utilisions les lois sur la conspiration, mais les questions de droit constitutionnel étaient si embrouillées que l'enquête est morte de mort naturelle, au grand soulagement général.

— C'est la même chose ici, non ? Sauf que pendant que nous empapaoutons les mouches...

— Tu as mis dans le mille, déclara le directeur par intérim. La priorité des priorités, c'est de les sortir, à tout prix. Y a-t-il un moyen de le faire clandestinement ?

— Je ne sais pas encore.

— Écoutez, pour commencer, contactons votre officier sur le terrain, suggéra Murray.

— Il ne voudra pas...

— Il aura l'immunité, trancha Shaw. Vous avez ma parole. Bon Dieu, pour autant que je sache, il n'a de toute façon enfreint aucune loi — pensez à la jurisprudence Martinez-Barker — mais de toute façon, vous avez ma parole, Ryan. Il ne lui arrivera rien.

— Bien.

Jack tira le bout de papier de sa poche. Clark ne lui avait évidemment pas donné le véritable numéro mais en ajoutant et retranchant certains chiffres, selon un système convenu, il put l'appeler.

— Ryan à l'appareil. Je vous appelle du quartier général du FBI. Ne quittez pas et écoutez.

Jack tendit le combiné.

— Bill Shaw à l'appareil. Je suis le directeur par intérim. Avant tout, sachez que vous êtes blanc comme neige. Je vous en donne ma parole. Aucune poursuite ne sera entamée contre vous. Vous me faites confiance ?

Shaw sourit, fort étonné.

— Bien, nous sommes sur une ligne de sécurité et je suppose que de votre côté, c'est pareil. J'ai besoin de savoir ce qui se passe, et si vous avez des solutions à proposer. Nous sommes au courant pour les gars et nous cherchons comment les sortir de là. D'après Jack, vous avez peut-être des idées. Dites-les-nous.

Shaw poussa le bouton du haut-parleur et chacun commença à prendre des notes.

Quand Clark eut terminé, Ryan demanda :

— Combien de temps nous faut-il pour remettre les radios en route ?

— Les techniciens s'y mettent vers 7 h 30, ce sera pour le déjeuner je suppose. Et le transport ?

— Je crois que je peux arranger ça, dit Jack. Si vous voulez que ça reste confidentiel, je peux le faire. Mais ça signifie mettre quelqu'un d'autre dans le coup, quelqu'un en qui nous pouvons avoir confiance.

— Pas moyen d'y couper ? demanda Shaw à Clark, dont il ignorait toujours le nom.

— Négatif. Vous êtes sûrs d'assurer de votre côté ?

— Non, mais on va se défoncer pour y arriver, répondit Shaw.

— Alors à ce soir.

La ligne fut coupée.

— Maintenant, il ne nous reste plus qu'à piquer quelques avions, dit Murray, en réfléchissant à haute voix. Un bateau aussi, peut-être ? Ce serait peut-être mieux si on le subtilisait sans se faire remarquer ?

— Hein ? fit Ryan.

Murray s'expliqua.

A 6 h 50, l'amiral Cutter sortit pour son jogging matinal. Il prit la direction du fleuve et haleta dans l'allée parallèle à la George Washington Parkway. O'Day le suivait. Fumeur repenti, l'inspecteur n'eut pas de mal à garder le rythme et ne remarqua rien qui sorte de l'ordinaire. Pas de message passé, pas de billet laissé sur un banc, rien qu'un homme d'âge moyen essayant de garder la forme. Quand Cutter rentra chez lui, un autre agent relaya O'Day, qui alla se changer pour suivre Cutter à son travail.

Jack se présenta à son travail à l'heure habituelle, l'air aussi fatigué que quand il était parti. La conférence du matin dans le bureau du juge Moore commença à 8 h 30 et, pour une fois, l'équipe était au complet, alors que ce n'était pas nécessaire. Le directeur de la CIA et le directeur adjoint des opérations étaient calmes, hochaient la tête mais ne prenaient guère de notes.

« Ces gens-là... non, pensa Ryan, ce ne sont pas des amis. » Entre son mentor l'amiral Greer, et lui, il y avait eu de l'amitié. Mais le juge Moore avait été un bon patron et quoique Ritter et lui ne se soient jamais très bien accordés, le directeur adjoint des opérations avait toujours été correct avec lui. Jack décida tout à coup de leur laisser encore une chance. Quand la conférence fut terminée, il s'attarda à collecter ses affaires tandis que les autres sortaient. Moore s'en aperçut, ainsi que Ritter.

— Vous voulez nous dire quelque chose, Jack ?

— Je ne suis pas sûr de faire un bon DAR, commença Ryan.

— Pourquoi dites-vous cela ?

— Il se passe quelque chose dont vous ne me parlez pas. Si vous n'avez pas confiance en moi, je ne devrais pas avoir ce poste.

— Ce sont les ordres, assura Ritter, sans pouvoir dissimuler sa gêne.

— Alors, les yeux dans les yeux, jurez-moi que c'est légal. Je suis censé savoir. J'ai le droit de savoir.

Ritter lança un regard à Moore.

— J'aimerais être en mesure de vous mettre au courant, monsieur Ryan, assura le directeur de l'Agence.

Il essaya de lever les yeux sur Jack mais il flancha et il fixa le mur.

— Mais j'ai des ordres.

— Très bien. Je vais prendre un congé. Côté boulot, tout est en ordre. Je serai absent quelques jours. Je m'en vais dans une heure.

— Il y a l'enterrement demain.

— Je sais. J'y serai, mentit Ryan.

Puis il sortit de la pièce.

— Il sait, dit Moore dès que la porte fut refermée.

— Impossible.

— Il sait et il veut ne pas être à son bureau.

— Alors, que faisons-nous si vous avez raison ?

Cette fois, le directeur de l'Agence leva les yeux sur son interlocuteur.

— Rien. C'est ce que nous avons de mieux à faire pour l'instant.

C'était clair. Cutter avait fait mieux qu'il ne le croyait. En détruisant les codes radios nécessaires pour communiquer avec les quatre équipes, Couteau,

Drapeau, Image et Destin, il avait retiré à l'Agence la possibilité d'intervenir sur la suite des événements. Ni Ritter ni Moore ne s'attendaient vraiment à ce que le conseiller à la Sécurité nationale tire les hommes d'affaire, mais ils n'avaient pas d'autre choix pour se protéger, protéger l'Agence, leur Président et, incidemment, leur pays. Si Ryan voulait ne pas être là au cas où les choses tourneraient mal, eh bien, Moore ne lui donnait pas tort.

Il y avait encore quelques détails à régler. Ryan sortit de l'immeuble juste après 11 heures. Dans sa Jaguar, il décrocha son téléphone et appela un numéro au Pentagone.

— Le capitaine Jackson, s'il vous plaît.

Robby prit la ligne peu après.

— Salut, Jack !

— On peut casser une graine ensemble ?

— Excellente idée. Chez moi ou chez toi ?

— Tu connais Artie's Deli ?

— K Street au bord du fleuve. Oui.

— Sois-y dans une demi-heure.

— Entendu.

Robby repéra son ami à une table d'angle. Il y avait un sandwich qui l'attendait et un troisième homme était à la table.

— J'espère que tu aimes le corned-beef, dit Jack, et il ajouta en montrant son voisin : je te présente Dan Murray.

— Le gars du Bureau ? demanda Robby pendant qu'ils se serraient la main.

— Exact, capitaine. Je suis directeur adjoint.

— Vous faites quoi ?

— Eh bien, je suis censé être dans la division criminelle mais depuis que je suis revenu j'ai été occupé par deux affaires de premier plan. Vous devriez pouvoir deviner de quoi il s'agit.

— Oh, fit Robby en mordant dans son sandwich.

— Nous avons besoin d'aide, Rob, annonça Jack.

— De quel genre ?

— Il faut que tu nous emmènes quelque part discrètement.

— Où ?

— Eglin. Je sais. C'est là que travaille l'escadrille des Opérations spéciales, tout à côté de Pensacola. Depuis quelque temps, beaucoup de gens empruntent des appareils de la marine. Le patron n'aime pas ça.

— Vous pouvez lui en parler, dit Murray. Du moment que ça ne sort pas de son bureau. Nous essayons de régler quelque chose.

— Quoi ?

— Je ne peux pas te le dire, répondit Jack. Mais ça provient en partie de ce que tu m'as raconté. C'est un gâchis bien pire que ce que tu imagines. Il faut qu'on aille très vite et que personne ne soit au courant. Pour l'instant, nous avons simplement besoin qu'on fasse le taxi pour nous.

— Je peux, mais je veux d'abord l'accord de l'amiral Painter.

— Et ensuite ?

— On se retrouve à Pax River à 2 heures, au pied de la colline, à Strike. Bon Dieu, j'avais envie d'un peu d'entraînement en vol, de toute façon.

— Tu ferais peut-être mieux de terminer ton déjeuner.

Jackson les quitta cinq minutes plus tard. Ryan et Murray l'imitèrent et se rendirent en voiture chez ce dernier. Là, Jack passa un coup de fil à son épouse : il serait absent quelques jours, qu'elle ne s'inquiète pas. Ils repartirent dans la voiture de Ryan.

Le centre d'essais de l'Aéronavale de Patuxent River est situé à une heure de route de Washington, sur la rive ouest de Chesapeake Bay. Ancienne plantation parmi les plus belles d'avant la guerre de Sécession, c'était à présent le centre de première évaluation en vol de la marine, qui remplissait la plupart des fonctions de la base d'Edwards, en Californie et qui appartenait à l'armée de l'air. Le centre abritait l'École de pilotes d'essais de la marine, où Robby avait été instructeur, et diverses directions, dont l'une, à un ou deux kilomètres de la piste principale, s'appelait Strike. Celle-ci s'occupait de ces bolides sexy que sont les avions d'assaut et les chasseurs. La carte du FBI de Murray suffit à leur donner accès à la base et après avoir franchi le périmètre de sécurité de Strike, ils trouvèrent un endroit où attendre, dans le beuglement des moteurs de supersoniques en postcombustion. La Corvette de Robby arriva vingt minutes plus tard. Le nouveau capitaine les conduisit au hangar.

— Vous avez de la chance, leur dit-il. Nous avons deux Tomcat à Pensacola. L'amiral a téléphoné et ils sont déjà en train de les préparer pour le vol. Je, hum...

Un autre officier fit son entrée.

— Capitaine Jackson ? Je suis Joe Bramer, dit le lieutenant. On me dit que nous allons vers le sud.

— Exact. Ces messieurs viennent avec nous. Jack Murphy et Dan Tomlinson. Des employés du gouvernement qui ont besoin de se familiariser avec les procédures de vol de la marine. Vous pouvez mettre la main sur des casques et des combinaisons ?

— Sans problème. Je reviens dans une minute.

— Vous vouliez la clandestinité. Vous l'avez, dit Jackson avec un gloussement.

Il tira d'un sac sa combinaison et son casque.

— Qu'est-ce que vous emportez, les gars ?

— Un rasoir et un sac, répondit Murray.

— On peut caser ça.

Quinze minutes plus tard, chacun escaladait les échelles et s'installait à bord. Jack volerait avec son ami. Encore cinq minutes, et les chasseurs roulaient jusqu'au bout de la piste.

— Vas-y doucement, Rob, dit Ryan tandis qu'ils attendaient l'autorisation de décoller.

— Comme un avion de ligne, promit Jackson.

Ce ne fut pas exactement le cas. Les appareils s'arrachèrent au sol et grimpèrent à l'altitude de croisière vingt fois plus vite qu'un 727, mais une fois là-haut, le pilote suivit sa route, sans à-coups ni changements de niveaux.

— Qu'est-ce qui se passe, Jack ? demanda-t-il dans l'interphone.

— Je ne peux pas...

— Est-ce que je t'ai déjà expliqué tous les trucs que je peux faire avec cet engin ? Mon vieux, je peux le

692

faire chanter, je peux prendre des virages en épingle à cheveux...

— Robby, nous essayons de sauver des gens qui risquent d'être abandonnés. Et si tu dis ça à quelqu'un, y compris à ton amiral, tu risques de tout foutre en l'air. Tu devrais pouvoir comprendre.

— D'ac. Et ta voiture ?

— Je l'ai laissée là-bas.

— J'enverrai quelqu'un y mettre le bon autocollant.

— Bonne idée.

— Tu as l'air de mieux supporter l'avion. Tu n'as même pas gémi une seule fois.

— Ouais, bon, je vais me taper un autre vol aujourd'hui, et ça va être dans un de ces putains d'hélicoptères. Je ne suis pas remonté dans ces trucs depuis que je me suis pété le dos en Crète.

Ça sonnait bien, comme prévision. Mais la vraie question, c'était de réussir à mettre la main sur l'hélico. C'était le boulot de Murray. Jack tourna la tête pour jeter un coup d'œil autour de lui et fut étonné de voir l'autre Tomcat à quelques mètres seulement du bout de l'aile droite. Murray agita la main à son intention.

— Bon Dieu, Robby !

— Oui ?

— L'autre avion !

— Ben, je lui ai dit de s'écarter un peu, il doit être à trois mètres devant. Nous volons toujours en formation.

— Félicitations. Tu as gagné ton gémissement.

Le vol dura un peu plus d'une heure. Le golfe du Mexique apparut d'abord comme un ruban bleu sur l'horizon, puis se transforma en une masse océanique et les deux chasseurs foncèrent vers le sol. A l'est, les pistes de Pensacola étaient à peine visibles, perdues dans la brume. Ryan fut frappé de découvrir qu'il redoutait bien moins de voler quand il se trouvait dans un appareil militaire. On voyait mieux, et cela faisait une différence. Toutefois, les chasseurs atterrirent aussi en formation, ce qui parut follement dangereux, mais il n'y eut pas de catastrophe. L'autre appareil toucha le premier le sol, puis deux ou trois secondes plus tard, ce fut le tour de celui de Robby. Les deux Tomcat roulèrent jusqu'au bout de la piste, tournèrent et s'arrêtèrent devant deux automobiles. Des mécaniciens au sol avançaient les échelles.

— Bonne chance, dit Robby tandis que la verrière se relevait.

— Merci pour le voyage, l'ami.

Jack parvint à s'arracher lui-même à l'avion et descendit. Murray fut à ses côtés une minute plus tard. Tous deux montèrent dans les voitures et derrière eux les appareils se remirent à rouler pour aller se ranger à la Pensacola Naval Air Station toute proche.

Murray avait passé un appel. Ils furent accueillis par un officier, chef du renseignement de la 1re escadrille des opérations spéciales.

— Il faut absolument que nous rencontrions le colonel Johns, annonça Murray après s'être présenté.

C'était tout ce qu'ils avaient à lui dire pour l'instant. La voiture passa devant les plus gros hélicoptères que Ryan ait jamais vus puis s'arrêta devant un bâtiment bas aux fenêtres grisâtres. L'officier les conduisit à l'intérieur et fit les présentations, en mentant involontairement, car il croyait que Ryan appartenait aussi au FBI.

— Que puis-je pour vous ? demanda prudemment PJ.

— Nous voulons vous parler des vols que vous avez effectués au Panama et en Colombie, répondit Murray.

— Désolé, nous ne discutons pas librement de ce que nous faisons. C'est pour ça qu'on appelle ça des opérations spéciales.

— Il y a deux jours, vous avez reçu des ordres du vice-amiral Cutter, reprit Murray. Vous vous trouviez à Panama. Avant cela, vous avez débarqué des troupes armées en Colombie, puis vous les avez reprises et réinsérées en montagne. Exact ?

— Monsieur, je ne puis rien dire là-dessus et quelque hypothèse que vous fassiez, ce sont les vôtres, pas les miennes.

— Je suis flic, pas journaliste. On vous a donné des

694

ordres illégaux. Si vous les exécutez, vous risquez de vous trouver impliqué dans une grave affaire de trahison.

Autant mettre cartes sur table, Murray obtint l'effet désiré. En entendant un dirigeant du FBI lui annoncer qu'il avait peut-être reçu des ordres illégaux, Johns fut contraint de céder du terrain. Mais un peu seulement.

— Monsieur, vous me posez une question à laquelle je ne sais pas comment répondre.

Murray plongea la main dans son sac et en tira une enveloppe de papier kraft contenant une photo qu'il tendit au colonel Johns.

— L'homme qui vous a donné ces ordres était bien sûr le conseiller du Président pour la Sécurité nationale. Avant de vous rencontrer, il a eu une entrevue avec ce type. C'est le colonel Felix Cortez. Un ancien de la DGI, qui travaille maintenant pour le Cartel comme responsable de la sécurité. Il a participé aux meurtres de Bogota. A quel point, nous l'ignorons, mais je puis vous dire ce que nous savons. Il y a une camionnette des télécommunications au-dessus de Gaillard Cut qui a servi de liaison radio avec les quatre équipes sur le terrain. Cutter est allé les voir et leur a tout fait arrêter. Puis il est venu vous ordonner de rentrer chez vous et de ne jamais plus parler de la mission. Maintenant, rassemblez ces trois éléments et dites-moi si vous avez envie de figurer dans le tableau que vous obtenez.

— Je ne sais pas, monsieur.

Johns avait répondu sur un ton mécanique mais son visage s'était empourpré.

— Colonel, intervint Ryan, ces unités ont déjà essuyé des pertes. Il semble vraisemblable que les ordres que vous avez reçus visaient à faire tuer ces gars. Ils ont du monde à leurs trousses, en ce moment. Nous avons besoin de votre aide pour les sortir de là.

— Qui êtes-vous exactement ?

— CIA.

— Mais cette putain d'opération, c'est votre œuvre !

— Non, pas la mienne, mais je ne vais pas vous ennuyer avec des détails, rétorqua Jack. Nous avons besoin de votre aide. Sans vous, ces soldats ne reviendront jamais. C'est aussi simple que cela.

— Alors, vous nous envoyez réparer vos conneries. C'est toujours comme ça avec vous, vous nous...

— En fait, dit Murray, nous avons l'intention d'aller avec vous, en tout cas de faire une partie du chemin. Quand pouvez-vous être dans les airs ?

— Dites-moi exactement ce que vous voulez.

Murray obtempéra. Le colonel Johns hocha la tête et jeta un coup d'œil à sa montre.

— Dans quatre-vingt-dix minutes.

Le MH-53J était beaucoup plus gros que le CH-46 qui avait failli mettre fin à la vie de Ryan quand il avait vingt-trois ans, mais il l'effrayait autant. En levant les yeux sur l'unique rotor, il songea que leur voyage serait long, au ras des flots. L'équipage s'affairait d'un air professionnel en expliquant dans l'interphone aux deux civils où ils devaient s'asseoir et ce qu'ils devaient faire. Ryan fut spécialement attentif aux instructions pour le cas d'amerrissage forcé. Murray ne parvenait pas à détacher son regard des canons à tir rapide, avec leurs six fûts du système Gattling et leur râtelier d'obus. Il y en avait trois pour ce vol. L'hélicoptère décolla après 16 heures et se dirigea vers le sud-ouest. Dès qu'ils furent en l'air, Murray se fit attacher par un homme d'équipage une ceinture de sécurité de trois mètres de long pour pouvoir aller et venir. La portière arrière était entrouverte et il s'approcha pour contempler l'océan au-dessous d'eux. Ryan resta dans son coin. Pour autant qu'il s'en souvînt, le voyage était moins pénible que dans les appareils des marines, mais dans celui-ci, qui tremblait et oscillait sous son énorme rotor à six pales, il avait encore l'impression d'être accroché à un candélabre pendant un tremblement de terre. En regardant vers l'avant, il apercevait l'un des pilotes installé presque aussi confortablement qu'au volant d'une voiture. Mais ce n'était pas une voiture.

Ce qu'il n'avait pas prévu, ce fut le ravitaillement en vol. Il sentit que l'appareil mettait pleins gaz et qu'il relevait légèrement le nez. Puis par la vitre avant il aperçut l'aile d'un avion. Murray se précipita vers la proue et se tint derrière le sergent Zimmer. Ryan et lui étaient reliés par l'interphone.

— Que se passe-t-il si vous bougez avec le tuyau ? demanda Murray tandis que la perche approchait.

— Je ne sais pas, répondit calmement le colonel Johns, ça ne m'est encore jamais arrivé. Voulez-vous rester tranquille, s'il vous plaît ?

Ryan chercha les « toilettes » du regard. Il aperçut ce qui lui sembla être un W-C de campeurs mais, pour s'en approcher, il lui fallait détacher sa ceinture. Il y renonça. Le ravitaillement se déroula sans incident. Grâce, Jack en était persuadé, à ses prières.

Panache croisait à grande vitesse dans sa zone du canal du Yucatan, entre Cuba et la côte mexicaine. Il n'y avait pas eu beaucoup d'activité depuis que la vedette était là, mais l'équipage se réjouissait d'être de retour en mer. La grande aventure du moment était d'observer les nouveaux marins du sexe féminin. Ils avaient une nouvelle enseigne fraîche émoulue de l'École des gardes-côtes du Connecticut et une demi-douzaine de femmes marins, dont deux quartiers-maîtres, électroniciennes. Leurs pairs admettaient en grognant qu'elles connaissaient leur boulot. Le capitaine Wegener observait la nouvelle enseigne qui se trouvait de quart sur le pont. Comme tous ses semblables, elle était nerveuse, zélée et un peu terrorisée, surtout en présence du pacha. Elle était mignonne comme un cœur, jugement que le loup de mer n'avait jamais jusqu'alors porté sur un enseigne.

— Capitaine à vous, capitaine à vous, annonça le haut-parleur fixé sur la cloison.

Wegener décrocha le téléphone près de son siège.

— Ici le capitaine. Qu'est-ce qui se passe ?

— J'ai besoin de vous dans la cabine radio, mon capitaine.

— J'arrive.

Red Wegener se dressa sur son siège et gagna la poupe.

— Monsieur, dit « la » sous-officier de la radio, nous venons de recevoir un appel d'un hélico de l'armée de l'air qui nous annonce qu'il a quelqu'un à larguer ici. Il dit que c'est secret. Je n'ai rien sur mon tableau à ce sujet, et... bon, mon capitaine, je ne sais pas quoi faire. Alors je vous ai appelé.

— Ah ?

Elle lui tendit le micro. Wegener débloqua le bouton transmission.

— Ici *Panache*. Le capitaine à l'appareil. A qui ai-je affaire ?

— *Panache*, ici César. L'hélicoptère se dirige vers votre position pour un Sierra-Oscar. J'ai un largage pour vous, terminé.

« Sierra-Oscar » désignait une opération spéciale. Wegener réfléchit un instant, puis décida qu'il n'y avait pas tant à réfléchir.

— Reçu, César, donnez votre HPA.

— Heure probable d'arrivée à un-zéro minutes.

— Reçu, un-zéro minutes. Nous vous attendons. Terminé.

Wegener rendit le micro et revint sur le pont.

— Opération aérienne, annonça-t-il à l'enseigne. Mlle Walters, conduisez-nous à Corpen Hotel.

— A vos ordres, capitaine.

Les choses se passèrent rondement. Le maître d'équipage de quart utilisa les haut-parleurs :

— Opération aérienne. Les hommes de garde à leur poste. On ne fume plus sur le pont.

Les cigarettes voltigèrent dans l'eau, les mains s'accrochèrent aux casquettes pour éviter qu'elles ne soient emportées par le vent. L'enseigne Walters repéra d'où venait le vent et changea en conséquence la course du bateau, augmentant la vitesse à quinze nœuds, mettant ainsi le navire à Corpen Hotel, le bon cap pour une opération aérienne. Et tout cela, se dit-elle fièrement, sans qu'on lui ait rien dit. Wegener se détourna et sourit largement. C'était l'une des premières étapes dans la carrière d'un nouvel officier. Elle savait quoi faire et elle l'avait fait sans aide. Pour le capitaine, c'était comme d'assister aux premiers pas de son enfant. Un enfant vif et intelligent.

— Bon Dieu, c'est un gros, dit Riley.

Wegener sortit pour suivre la manœuvre.

C'était un -53 de l'armée de l'air, beaucoup plus grand que ceux des gardes-côtes. Le pilote arriva par la proue, puis pivota pour voler par le travers. Quelqu'un était attaché au câble de secours et descendait vers les bras tendus de quatre marins. A l'instant où il fut détaché du harnais, l'appareil baissa le nez et prit la direction du sud. Vite et bien, nota Red.

— Je ne savais pas que nous allions avoir de la compagnie, capitaine, observa Riley en tirant un cigare.

— Nous sommes encore en opération aérienne, quartier-maître ! lança l'enseigne Walters du haut de la cabine de pilotage.

— Oui, madame, excusez-moi, j'avais oublié, répondit l'interpellé avec un regard rusé à Wegener.

Elle avait passé un autre test. Elle n'avait pas peur de reprendre un quartier-maître plus vieux que son père.

— Vous pouvez mettre fin à l'opération aérienne, dit le capitaine à l'officier puis, se tournant vers Riley : je n'étais pas au courant non plus. Je vais voir qui c'est.

Il entendit l'enseigne Walters donner ses ordres, sous la supervision d'un lieutenant et de deux sous-officiers.

En approchant du pont des hélicoptères, il vit que le visiteur se débarrassait d'une combinaison verte. Mais il ne transportait apparemment rien, ce qui lui parut bizarre. Puis l'homme se tourna. Il ne lui était pas inconnu.

— Comment va, capitaine ? demanda Murray.

— Qu'est-ce qui se passe ?

— Vous avez un coin tranquille pour discuter ?

— Venez.

Peu après ils furent dans la cabine de Wegener.

— Je suppose que je vous dois quelques remerciements. Vous auriez pu me faire de sacrés ennuis avec cette connerie qu'on a faite. Merci aussi pour le tuyau à propos de l'avocat. Ce qu'il m'a expliqué était assez effrayant, mais en fait, je ne lui ai parlé qu'après que ces deux crapules ont été tuées. Je recommencerai plus ce genre de conneries, promit Wegener. Vous venez me demander un service, je suppose ?

— Vous avez bien deviné.

— Alors, qu'est-ce qui se passe ? On n'emprunte pas un de ces hélicos des Opérations spéciales rien que pour demander un service personnel.

— J'ai besoin que vous soyez quelque part demain soir.

— Où ?

Murray tira une enveloppe de sa poche.

— Les coordonnées sont là. J'ai aussi le plan radio.

Murray lui fournit quelques autres détails.

— Vous avez fait ça tout seul, hein ?

— Oui, pourquoi ?

— Parce que vous avez oublié de vérifier la météo.

27

LA BATAILLE DE NINJA HILL

Les armées ont leurs habitudes, souvent curieuses ou carrément dingues pour le pékin moyen, mais qui ont toutes une raison sous-jacente, due à l'expérience souvent négative de quatre millénaires de combat. Chaque fois que des hommes sont tués inutilement, l'armée tire les leçons des erreurs et s'arrange pour qu'elles ne se répètent pas. Bien sûr, de telles erreurs se reproduisent aussi souvent dans le métier des armes que dans n'importe quel autre, mais, comme dans toute profession, les vrais pros n'oublient jamais les principes de base. Le capitaine Ramirez était de ceux-là. Le capitaine savait que la mort faisait partie intégrante du style de vie qu'il avait choisi. C'était un fardeau à porter, mais il se souvenait d'autres leçons, encore renforcées par les derniers événements. Normalement, il comptait toujours être récupéré cette nuit par l'hélicoptère, et avoir échappé aux groupes lancés à la recherche de l'équipe Couteau. Mais il n'avait pas oublié les leçons du passé : les soldats mouraient parce que l'inattendu se produisait, parce qu'ils étaient trop sûrs d'eux, parce qu'ils oubliaient les principes de base. Comment oublier qu'une unité en position statique était toujours vulnérable, et que, pour réduire cette vulnérabilité, il fallait préparer un plan de défense. Ramirez s'en souvenait et avait observé le terrain. Il y avait peu de chances qu'on vienne troubler ses hommes cette nuit, mais de toute façon il était prêt à toute éventualité.

Il avait déployé ses forces en fonction d'un adversaire important mais mal entraîné, et avait deux gros avantages : primo, tous ses hommes avaient des radios, secundo, il disposait de trois armes silencieuses. Ramirez espérait ne pas avoir de surprise désagréable mais était prêt à riposter.

Ses hommes fonctionnaient en binôme et s'apportaient un soutien mutuel — il n'y a rien de plus épouvantable que d'être isolé au combat, et l'efficacité de tout soldat est multipliée par le simple fait d'avoir un compagnon d'armes à ses côtés. Chaque binôme avait creusé trois abris — appelés respectivement Principal, Remplaçant et Supplémentaire —, chacun faisant partie de trois réseaux défensifs séparés, tous camouflés et situés de manière à pouvoir s'appuyer mutuellement. Quand c'était possible, des lignes de tir avaient été dégagées, toujours en biais pour que l'attaquant se trouve pris sous un feu de profil et qu'il soit obligé de se diriger dans une direction prévue par l'escouade. Enfin, si tout s'effondrait, on avait préparé trois chemins de retraite avec les points de ralliement correspondants. Les hommes avaient passé la journée à creuser leurs abris, préparer leurs positions, enfouir les mines antipersonnel qui leur restaient, et durant leurs périodes de repos ils pouvaient dormir sans échanger le moindre mot. Mais le capitaine, lui, avait tout le temps de réfléchir.

Les choses avaient empiré dans la journée. La liaison radio n'était pas rétablie ; Ramirez écoutait aux heures prévues mais n'entendait rien, sans trouver la moindre explication. Il ne se demandait plus s'il s'agissait d'une défaillance de l'équipement ou d'une faiblesse de l'émission. Durant tout l'après-midi, il s'était dit qu'il était impossible qu'ils soient coupés, il n'avait même pas envisagé la possibilité qu'ils aient été coupés, mais cette solitude obsédante lui pesait. Ils étaient loin du pays et devaient affronter un ennemi potentiel avec les pauvres armes qu'ils transportaient sur le dos.

L'hélicoptère se posa près des installations qu'il avait quittées deux jours auparavant et se dirigea dans le hangar dont on ferma immédiatement les portes. Le MC-130 qui les avaient accompagnés fut dissimulé de la même façon. Épuisé par le vol, Ryan fit quelques pas sur ses jambes tremblantes et alla trouver Clark qui l'attendait. Cutter avait omis de rencontrer le commandant de la base, n'imaginant même pas qu'on puisse désobéir à ses ordres. Si bien que la réapparition d'appareils des Opérations spéciales n'était qu'un incident parmi d'autres, et un hélicoptère vert — à l'ombre il semblait noir — ressemblait beaucoup à un autre.

Jack retourna à l'appareil après avoir fait un tour aux toilettes et but un litre d'eau fraîche. Les présentations avaient déjà été faites, et il vit que le colonel Johns s'entendait bien avec M. Clark.

— IIIe groupe d'Opérations spéciales, hein ?

— Exact, colonel, dit Clark. Je ne suis jamais allé au Laos personnellement, mais vos gars ont sauvé quelques-uns de nos gusses. Je suis à l'Agence depuis — enfin, à peu près... se reprit Clark lui-même.

— Je ne sais même pas où aller. Ce sale con d'amiral nous a détruit toutes nos cartes. Zimmer se rappelle quelques fréquences radio, mais...

— J'ai les fréquences, dit Clark.

— Impec, encore faut-il les trouver, ces zozos. Même avec des réservoirs auxiliaires, j'ai pas assez de jus pour faire une vraie recherche. C'est un sacré terrain là-bas et l'altitude nous fait brûler du carburant à toute vitesse. Au fait, qu'est-ce qu'il y a comme opposition ?

— Pas mal de types avec des AK. Vous devez connaître...

PJ grimaça.

— Je veux. J'ai trois canons à tir rapide. Sans aucun support aérien.

— Gagné, c'est vous le support aérien. Vous gardez les canons à tir rapide. Okay, les sites de récupération sont déterminés à l'avance ?

— Ouais, un principal et deux de secours pour chaque équipe, douze au total.

— Faisons comme s'ils étaient connus de l'ennemi. Il s'agit de localiser nos gars cette nuit et de les faire se déplacer vers d'autres lieux que l'ennemi ne connaît pas. Vous irez les récupérer demain.

— Et de là vers... Les types du FBI veulent nous faire atterrir sur ce petit bateau. Je suis inquiet pour Adèle. Le dernier rapport météo que j'ai vu à midi disait que la tornade se dirigeait vers le nord de Cuba. J'aimerais vérifier.

— C'est fait, dit Larson en rejoignant le groupe. Adèle se dirige de nouveau vers l'ouest et s'est transformé en ouragan il y a une heure. Au cœur les vents sont de soixante-quinze nœuds.

— Oh, merde ! observa le colonel Johns.

— Demain, ce sera un peu risqué, mais pas de problème pour notre vol cet après-midi.

— Mais pourquoi sortir ?

— Larson et moi, on va faire un saut pour essayer de localiser nos équipes. – Clark extirpa une radio de ce qui avait été le sac de Murray. – On va remonter et descendre la vallée en émettant sans arrêt. Avec de la chance on entrera en contact.

— Tu crois vraiment à ta bonne étoile, fiston ! dit Johns.

O'Day pensait que la vie d'un agent du FBI n'était pas aussi séduisante qu'on le croyait. Et puis, il avait un problème à régler, avec moins de vingt agents disponibles, il ne pouvait pas confier cette besogne déplaisante à un subalterne. L'affaire était déjà suffisamment problématique. Même pas de mandat de perquisition, et fouiller les quartiers de Cutter sans autorisation judiciaire — ce que le Bureau faisait rarement — était impossible. L'épouse de Cutter venait juste de rentrer et régentait son équipe de serviteurs, tel le seigneur d'un château. Pourtant, quelques années auparavant la Cour suprême avait décidé que ce genre d'enquête « fouille-merde » ne nécessitait pas l'approbation d'un tribunal. Ce qui avait toujours permis à Pat O'Day de mener à bien son travail depuis des années. Et à présent, il pouvait tout juste lever le petit doigt après avoir chargé quelques tonnes de sacs de détritus malodorants à l'arrière d'un camion-poubelle blanc. Le quartier de Fort Meyer réservé aux huiles était sous juridiction militaire, même les ordures méritaient considération et, dans ce cas précis, deux maisons partageaient chacune le même container que vidait une entreprise de ramassage merveilleusement organisée. O'Day avait fait une marque sur les sacs avant de les charger à l'arrière du camion, et à présent quinze sacs de détritus se retrouvaient dans un des nombreux laboratoires du Bureau. Certes pas dans un de ces labos propres et aseptisés que les touristes pouvaient visiter depuis que le FBI avait ouvert ses portes à ceux qui voulaient voir le bâtiment Hoover de l'intérieur. Par chance, le système de ventilation fonctionnait bien et un bon nombre de bombes de désodorisants servait à atténuer l'odeur qui traversait les masques chirurgicaux des techniciens. O'Day avait peur qu'un essaim de mouches bleues le suive pour le restant de ses jours. Il consacra une heure à trier les détritus sur le dessus d'une table blanche en faux marbre : quatre jours de restes de café moulu et de croissants à moitié mangés, de meringues en décomposition et de nombreuses couches-culottes — elles venaient de l'autre maison, l'officier voisin des Cutter avait eu la visite de sa petite-fille.

— Hourra ! dit un technicien.

Sa main gantée tenait une disquette d'ordinateur. Même avec ses gants, il la tenait par les coins et la déposa dans un sac en plastique. O'Day la prit et grimpa à l'étage pour voir s'il ne restait pas d'empreintes.

Deux techniciens supérieurs faisaient des heures supplémentaires cette nuit-là. Ils trichaient un peu, bien sûr. Ils avaient déjà fait venir de l'index central une copie des empreintes digitales de l'amiral Cutter — on prend automatiquement les empreintes de tout personnel militaire lors de son enrôlement.

— Où était-elle ? demanda l'un d'entre eux.

— Sur le haut d'une pile de journaux, répondit O'Day.

— Ah, ah ! Pas de saleté extérieure, bonne isolation contre la chaleur, y a peut-être une chance.

Le technicien sortit la disquette du sac et se mit au travail. O'Day fit les cent pas dans la pièce pendant les dix minutes nécessaires.

— J'ai une empreinte de pouce avec huit points sur le recto, sans doute un annulaire sur le verso avec un bon point, et une autre très secondaire. Il y a un autre groupe d'empreintes mais trop sales pour être identifiées. Elles ont une forme différente, donc elles appartiennent à quelqu'un d'autre.

Vu les circonstances, c'était inespéré. L'identification d'une empreinte digitale nécessite normalement dix points distinctifs — les irrégularités faisant partie de l'art d'identifier des empreintes — mais ce nombre avait toujours été arbitraire. L'inspecteur était certain que Cutter avait manipulé cette disquette, même si un jury pouvait ne pas en être complètement sûr, si jamais on en arrivait là. Maintenant, il était temps de voir ce qu'il y avait dans cette disquette, et il se dirigea vers un autre labo.

Du moment où les ordinateurs individuels sont apparus sur le marché, ce n'était qu'une question de temps avant qu'ils ne soient utilisés dans des buts criminels. Pour enquêter sur de tels usages, le Bureau avait son propre département, mais les gens les plus utiles de tous étaient des consultants privés dont le vrai boulot était le « piratage » et pour qui les ordinateurs étaient des jouets merveilleux et leur usage le plus amusant des jeux. Les administrations dépensaient des sommes folles pour en avoir un. Celui que O'Day trouva en face de lui était un véritable crack. Il avait vingt-quatre ans, était toujours étudiant au collège local malgré ses 20 unités de valeur, toutes réussies avec mention. Il avait de longs cheveux roux et une barbe qui auraient bien eu besoin d'être lavés. O'Day s'en remit à lui.

— Bon, il faut nous décrypter ça.

— Chouette, dit le consultant. Il s'agit d'une Sony MFD-2DD, disquette double face, double densité, cent trente-cinq pistes par pouce, probablement formatée à huit cents kilobites. Qu'est-ce qu'il y a dessus ?

— On n'est pas sûrs, mais sans doute un algorithme d'encodage.

— Ah ! Systèmes de communications russes ?

— Ça ne vous regarde pas.

— Vous êtes vraiment pas marrants, les mecs.

Il introduisit la disquette dans le lecteur. Ce dernier était relié au dernier modèle Apple, un Macintosh IIx, à la place des deux cartes d'extension standard il y avait un circuit spécial qu'il avait lui-même conçu. O'Day avait entendu dire qu'il ne travaillerait sur un IBM que si on lui mettait un flingue sous le nez.

Il utilisait pour ce travail des programmes créés par d'autres pirates pour récupérer des données de disquettes endommagées. Le premier s'appelait Rescuedata. L'opération était délicate. Tout d'abord les têtes de lecture repéraient chaque champ magnétique sur la disquette et copiaient les données sur la mémoire de 8 mégas du Mac IIx. Il y avait une copie permanente sur le disque dur et une autre sur disquette. Cela lui permit d'éjecter l'original que O'Day remit immédiatement dans le sac plastique.

— Ça a été démagnétisé.

— Quoi ?

— Ça a été démagnétisé, pas effacé ni reformaté. Probablement avec un petit aimant.

— Merde !

O'Day en savait suffisamment sur les ordinateurs pour comprendre que les données mises en mémoire magnétiquement étaient détruites par une interférence magnétique.

— Vous énervez pas.

— Hein ?

— Si ce type avait reformaté la disquette, on l'aurait dans l'os, mais il a juste passé un aimant dessus. Une partie des données sont foutues mais probablement pas toutes. Laissez-moi deux ou trois heures et je pourrai peut-être vous en récupérer une partie — y'en a un peu là-dedans. C'est en langage machine, mais je ne reconnais pas le format... ça ressemble à un algorithme de transposition. J'en sais pas assez sur ces trucs de crypto, monsieur. Ça a l'air vachement compliqué. — Il regarda autour de lui. — Ça risque de prendre pas mal de temps.

— Combien de temps ?

— Combien de temps pour peindre la Joconde ? Combien de temps pour bâtir une cathédrale, combien de temps...

O'Day avait quitté la pièce avant d'entendre la troisième phrase. Il déposa la disquette dans le classeur blindé de son bureau puis se dirigea vers la salle de gym pour prendre une douche et passer une demi-heure dans le jacuzzi. La douche fit disparaître la puanteur et, pendant que le bain à remous apaisait ses douleurs, O'Day se rendit compte que l'affaire commençait à prendre joliment tournure.

— Ils ne sont pas là, capitaine.

Ramirez rendit les écouteurs et acquiesça de la tête. Inutile de nier maintenant. Il regarda Guerra, son sergent.

— J'ai l'impression qu'on nous a oubliés.

— Eh bien, bonne nouvelle, mon capitaine. Qu'est-ce qu'on va faire ?

— Notre prochaine liaison de contrôle est à zéro heure pile. On leur donne encore une chance. S'il n'y a rien à ce moment, je propose qu'on bouge.

— Vers où, capitaine ?

— La montagne. Faut voir si on peut emprunter un transport quelconque — Dieu, j'en sais rien. On a sûrement assez de fric pour se tirer d'ici.

— On n'a pas de passeports, pas de papiers.

— Ouais. On les fait faire à l'ambassade de Bogota ?

— Ce serait violer une douzaine d'ordres, capitaine, fit remarquer Guerra.

— Chaque chose en son temps. Que chaque homme mange ses dernières rations et se repose le mieux qu'il peut. Garde réduite pendant deux heures, et tout le monde sur le qui-vive cette nuit. Chavez et Leon patrouilleront dans les collines.

Ramirez n'avait pas à dire qu'il était désolé. Lui et Guerra n'envisageaient pas les choses de la même façon, pourtant, ils étaient sur la même longueur d'onde.

— Pas de problème, capitaine. On va s'en sortir, dès que ces foutues radios REMF marcheront.

La réunion dura quinze minutes. Furieux et nerveux en raison des pertes subies, les hommes n'appréciaient pas totalement le danger qui les attendait, pensant avec rage à ce qui était déjà arrivé à leurs copains. *Quelle bravade*, pensait Cortez, *quel machisme ! Les imbéciles*.

Le premier objectif ne se trouvait qu'à trente kilomètres — car de toute évidence, il valait mieux se débarrasser d'abord du plus proche — et vingt-deux d'entre eux pouvaient être atteints par la route. Ils devaient attendre l'obscurité, bien sûr, mais seize camions se mirent en route avec environ chacun quinze hommes à bord. Cortez les regarda partir, en marmonnant pendant qu'ils disparaissaient de sa vue. Ses hommes à lui restaient, bien entendu. Il n'avait recruté que dix hommes, qui n'obéissaient qu'à lui, bien choisis. Inutile de s'occuper de leurs parents ou de leur loyauté. Il les avait sélectionnés pour leurs compétences. La plupart étaient des déserteurs du M-19 et du FARC, pour qui cinq années de guérilla avaient suffi. Quelques-uns avaient reçu leur entraînement à Cuba ou au Nicaragua et possédaient les compétences de base d'un soldat — de terroristes plutôt — mais cela les distinguait des autres « soldats » du Cartel, qui n'avaient pas reçu d'entraînement du tout. C'étaient des mercenaires. Leur motivation reposait sur l'argent qu'ils recevaient, et Cortez leur en avait promis davantage. En outre, ils ne pouvaient aller nulle part. Le gouvernement colombien ne pouvait pas s'en servir ; le Cartel ne leur aurait pas fait confiance. Ils avaient déjà trahi les deux groupes marxistes, dans un tel état d'échec politique, qu'ils n'hésitaient plus à travailler pour le Cartel. Il ne restait que Cortez. Ils étaient prêts à tuer pour lui. Il ne leur faisait pas confiance, car il ne les croyait pas capables d'autre chose. Mais tout grand mouvement est lancé par des petits groupes dont les méthodes sont aussi obscures que leurs objectifs et qui ne se fient qu'à une seule personne. Du moins c'était ce que Cortez avait appris. Il n'y croyait pas vraiment lui-même, mais c'était suffisant pour l'instant. Il ne s'imaginait pas mener une révolution. Il exécutait simplement — comment disait-on ? une OPA hostile. Oui, exactement. Avec un petit rire, Cortez rentra et commença à étudier les cartes.

— Encore heureux que personne ne fume, dit Larson quand les roues quittèrent le sol.

Derrière, dans la cabine il y avait un réservoir auxiliaire de kérosène. Il fallait deux heures de vol pour atteindre la zone de patrouille, deux heures pour revenir, et ils pouvaient rester trois heures à survoler la position.

— Vous pensez que ça va marcher ?

— Si ça ne marche pas, quelqu'un va trinquer, répondit Clark. Quoi de neuf à propos du temps ?

— On fera avec. Ne pariez pas pour demain, encore que...

Chavez et Leon se trouvaient à deux kilomètres du point d'écoute de l'équipe la plus éloignée. Ils avaient tous les deux des armes silencieuses. Leon n'avait pas été l'éclaireur pour Drapeau, mais Chavez appréciait sa connaissance des forêts. Par chance, ils n'avaient rien trouvé. Le capitaine Ramirez leur avait expliqué ce qui le tracassait. Les deux sergents n'avaient rien remarqué, ils s'étaient tout d'abord dirigés vers le nord et étaient revenus en faisant un long détour, redoublant d'attention. Ils tournaient juste le dos à la zone d'atterrissage quand Chavez s'immobilisa.

Un bruit métallique. Il fit un signe à Leon et tourna la tête. Avait-il vraiment entendu quelque chose, ou l'avait-il imaginé ? Il brancha ses lunettes et scruta le bas de la montagne. Il y avait une route quelque part et, si quelqu'un rappliquait, il viendrait par là.

Difficile à dire. La végétation était dense, et l'absence de lumière l'obligeait à mettre la luminosité au maximum. L'image était floue, et il n'arrivait pas à voir au-delà de cinq cents mètres. La tension faisait marcher son imagination à toute vitesse, et il devait faire attention pour ne pas voir des choses inexistantes.

Mais il y avait quelque chose. Il pouvait le sentir même avant la réapparition du bruit. Ce n'était plus un bruit métallique mais... celui du bruissement des feuilles et la nuit était calme. Leon regardait dans la même direction que Chavez et ils ne voyaient que du vert. Leon fit un signe de la tête à Chavez, leurs gestes ne montraient pas d'émotion, rien que l'expression professionnelle d'un pressentiment désagréable. Chavez brancha sa radio.

— Six, ici Point, appela Ding.

— Six, à vous.

— On est au point de retour. Y a du mouvement, à environ une demi-borne au-dessous de nous. On attend de voir ce que c'est.

— Bien reçu. Faites gaffe, sergent.

— OK, terminé.

— Comment on la joue celle-là ? demanda Berto.

— Restons groupés, ne bougeons pas trop tant qu'on ne voit pas ce qu'ils font.

— OK, on serait mieux planqués à cinquante mètres au-dessus.

— Vas-y, je te suis.

Chavez jeta encore un œil en bas avant de rejoindre les autres à couvert. Il ne pouvait rien discerner sur l'écran brouillé. Deux minutes plus tard il avait atteint la nouvelle planque.

Berto les vit le premier. Les taches qui se déplaçaient étaient plus importantes que le bruit émis par l'appareil de vision. Des têtes. A quatre ou cinq cents mètres. Venant droit vers la montagne.

— Okay, faisons nos comptes.

Chavez était détendu, c'était le boulot, il connaissait. La grande inconnue était loin derrière. Il allait y avoir du grabuge et ça aussi, il connaissait.

— Six, ici Point, une compagnie environ, ils viennent droit sur vous.

— Rien d'autre ?

— Ils avancent doucement, en faisant gaffe.

— Combien de temps pouvez-vous rester là ?

— Deux minutes environ.

— Dès que c'est plus sûr, dégagez. Essayez de les approcher d'un kilomètre. Je veux en avoir le plus possible.

— Bien reçu.

— Ces mecs vont morfler, chuchota Leon.

— On va bien tailler dans le tas avant d'se tirer, pas vrai ?

Chavez regarda de nouveau l'ennemi en train de progresser. Ils prenaient leur temps, il pouvait facilement les entendre maintenant. Ils avançaient lentement, par petits groupes de trois ou quatre, comme des gangs des rues. On veut toujours avoir son pote à ses côtés.

Gang des rues. Ils se foutaient de la couleur de la peau, ici, il n'y avait que ces foutus AK-47 qui comptaient. Pas de plans de bataille, pas de manœuvres de tir. Ils n'avaient probablement pas de radios pour coordonner leur action. Ils ne se rendaient pas compte qu'ils fonçaient tête baissée dans une embuscade. Mais ils étaient nombreux, bien trop nombreux.

— Allez, on se tire, Berto, dit Ding.

Ils couraient aussi vite que les consignes le permettaient, d'un point d'observation à un autre, vérifiant leur position et celle des ennemis. Sur la colline, l'escouade avait deux heures pour préparer l'embuscade. Chavez et Leon avaient reçu le message radio. L'escouade avait avancé pour accueillir les ennemis avant la première ligne défensive. Elle s'était placée sur deux positions plus élevées et les deux armes automatiques silencieuses couvraient les trois cents mètres devant eux. Si l'ennemi était assez con pour passer par là, c'était son problème, pour le moment ils avançaient droit vers la zone d'atterrissage en pensant que Couteau serait là. Chavez et Leon prirent position, juste à côté d'un des FM.

— Six, ici Point, on est en position. L'ennemi est à trois cents mètres.

Clic-Clic.

— Je les vois. Grenade Un, contact visuel.

— Medic, contact visuel.

— Mitrailleur Un, contact visuel.

— Grenade Deux, contact visuel.

— Couteau, ici Six, on se calme. Ils viennent par la grande porte. Attendez le signal...

Il se passa dix minutes. Chavez avait éteint ses lunettes pour économiser les batteries et pour réaccoutumer ses yeux. Il repensait au plan de tir. Lui et Leon étaient responsables d'une zone précise. Chaque soldat devait limiter son tir à un arc de cercle particulier qui recoupait les autres quelque part. Mais chacun devait s'y limiter et ne pas arroser tout le périmètre. Les deux FM aussi. Le troisième était placé derrière la ligne de feu avec la petite réserve, prêt à soutenir l'escouade en cas de retraite.

Ils étaient à cent mètres maintenant. La première rangée d'ennemis comptait entre dix-huit et vingt hommes, avec quelques-uns en couverture. Ils avançaient lentement, en tenant leur armes devant leur poitrine. Chavez en comptait trois dans son périmètre. Leon continuait à regarder en bas tout en installant son arme.

Dans le temps, on pratiquait le feu de salve. L'infanterie napoléonienne se plaçait par rangs de deux ou quatre hommes, mettait en joue à un commandement et tirait à un autre, afin de provoquer la panique. C'est toujours la même tactique. Un choc pour les dérouter, pour les empêcher de riposter, pour les stopper. On ne se sert plus de batterie de mousquets, à présent on laisse approcher l'ennemi, mais l'impact est tout autant psychologique que physique.

Clic-clic-clic. En position, ordonna Ramirez. D'un bout à l'autre, les tireurs calèrent leurs fusils contre l'épaule. On installa les fusils-mitrailleurs sur leurs trépieds. Sécurités ôtées. Au centre de la ligne de feu, Ramirez saisit une ficelle qui la parcourait. A chaque extrémité étaient attachées des boîtes métalliques contenant quelques cailloux. Il tira la ficelle lentement, puis d'un coup sec.

Le bruit soudain sembla figer l'instant. Les hommes de tête se tournèrent instinctivement du côté d'où venait le bruit, pas vers celui où se trouvait la menace, pas celui d'où on venait de tirer.

Cet instant s'acheva avec les tirs étouffés de l'escouade, les quinze attaquants de tête s'effondrèrent sur-le-champ. Cinq de plus tombèrent avant une nouvelle riposte. La plupart vidaient leurs chargeurs en direction de la colline, mais les soldats étaient dans leurs abris.

— Qui a tiré ? Qui a tiré ? Qu'est-ce qui se passe ? dit le sergent Olivero en imitant parfaitement leur accent.

La confusion sert toujours ceux qui sont préparés. Encore plus d'hommes accoururent dans le périmètre de tir pour voir ce qui s'était passé en se demandant qui tirait sur qui. Chavez et tous les autres comptèrent jusqu'à dix avant de se relever. Ding avait deux types dans son champ de tir à moins de trente mètres, à « Dix ! » il les avait abattus d'une rafale. Une autre douzaine d'ennemis gisait maintenant.

Clic-clic-clic-clic-clic.

— On dégage ! hurla Ramirez à la radio.

La manœuvre était la même pour tous. Un homme de chaque binôme courait cinquante mètres vers un endroit déterminé à l'avance. Les FM, qui n'avaient tiré que de courte rafales, faisaient feu sans discontinuer pour couvrir la retraite. En moins d'une minute, Couteau avait quitté les lieux, Chavez le dernier, se faufilant d'un arbre à l'autre. Il remit en marche ses lunettes pour avoir une vue d'ensemble. L'ennemi enveloppait maintenant la position que lui et Leon occupaient deux minutes auparavant, se demandant toujours ce qui s'était passé. Les blessés se mirent à crier et les autres juraient, plus habitués à donner la mort qu'à la recevoir. De nouvelles voix se firent entendre, qui donnèrent lourdement des ordres, celles des chefs. Chavez croyait la victoire facilement acquise quand il jeta un dernier coup d'œil.

— Oh, merde. Six, ici Point. Il y a plus d'une compagnie, monsieur. Je répète, plus d'une compagnie. Environ une trentaine qui approchent par le sud. Quelqu'un leur a dit d'essayer de nous encercler.

— Bien reçu, Ding. Grimpez.

— On se tire, dit Chavez en dépassant la position de Leon.

— Monsieur Clark, je commence à croire aux miracles.

Larson était aux commandes de son Beechcraft. Ils étaient entrés en contact avec l'équipe Destin au troisième essai et leur avaient ordonné de rejoindre à cinq kilomètres une clairière assez large pour le Pave Low. Le deuxième essai prit quarante minutes. Ils cherchaient l'équipe Drapeau. Clark se demandait ce qu'il en restait. Il ne savait pas qu'ils s'étaient regroupés avec Couteau, la dernière équipe sur sa liste.

Ramirez s'inquiétait, la deuxième position de défense était plus dispersée que la première. Ils avaient si parfaitement monté la première embuscade que cela deviendrait un modèle d'école, mais un coup pareil ne se répète pas. L'ennemi avait trinqué et il allait manœuvrer maintenant. Ils allaient au moins se servir de leur supériorité numérique. Ils savaient avoir affaire à des ennemis sérieux et l'instinct leur disait de prendre l'initiative et de foncer. Ramirez ne pouvait pas l'éviter, mais il avait encore des atouts dans son jeu.

Ses éclaireurs lui indiquaient les mouvements ennemis. Il y avait trois groupes de quarante hommes. Ramirez ne pouvait pas régler leur compte aux trois en même temps, mais l'un après l'autre. Il disposait de trois groupes de cinq hommes. Il laissa le premier — les survivants de Drapeau — au centre, avec un éclaireur sur la gauche pour garder l'œil sur le troisième groupe ennemi. Il déploya le gros de ses forces le long d'une ligne en L, avec deux FM en hauteur de chaque côté.

Ils n'attendirent pas longtemps. L'ennemi se déplaçait rapidement, laissant juste le temps aux hommes de Ramirez de se mettre en bonne position de tir. Mais on pouvait de nouveau prévoir les déplacements des assaillants, ce qui allait encore leur coûter cher. Chavez signala leur approche. On les laissait s'approcher à cinquante mètres. Chavez et Leon recherchaient les chefs. Ils devaient abattre vite et silencieusement ceux qui pourraient guider les assaillants. Ding en vit un qui gesticulait, et lâcha une rafale de son MP-5, mais manqua sa cible. L'arme était silencieuse mais l'extracteur faisait assez de bruit et l'escouade au complet ouvrit le feu. Cinq assaillants allèrent au tapis. Les autres ripostèrent assez vite cette fois-ci et commencèrent à attaquer les positions des défenseurs. Mais les éclairs des coups révélaient leurs positions et les deux FM les prenaient sous leur feu.

Le champ de bataille constituait un spectacle à la fois fascinant et horrible. Dès que l'on commençait à ouvrir le feu, la vision nocturne s'affaiblissait. Chavez essaya de se protéger en fermant un œil, comme on le lui avait appris, mais ça ne marchait pas. La forêt s'illuminait de langues de feu qui éclairaient les hommes en mouvement comme une lampe stroboscopique. Les balles traçantes des fusils avaient un autre sens : c'étaient les trois dernières balles du chargeur, il fallait en introduire un nouveau. Le bruit ne ressemblait à rien de ce que Chavez avait entendu, mélange de claquements des M-16, du crépitement plus lent des AK-47, d'ordres hurlés, de cris de rage et de désespoir.

— Foncez ! cria Ramirez en espagnol.

Ils se repliaient deux par deux, essayaient tout du moins. Deux hommes de l'escouade avaient été touchés pendant la confrontation. Chavez trébucha sur l'un d'eux qui tentait de s'enfuir. Il le porta sur ses épaules et escalada la colline sans penser à la douleur dans ses jambes. Ingeles mourut au point de rassemblement. Ses chargeurs furent distribués aux autres.

Pendant que Ramirez essayait de remettre de l'ordre, les hommes entendaient un feu plus nourri. Un homme de plus réussit à les rejoindre. L'équipe Couteau comptait deux morts supplémentaires et un blessé grave. Olivero le porta à l'infirmerie de campagne rudimentaire près de la zone d'atterrissage. En quinze minutes ils avaient descendu vingt ennemis supplémentaires, en perdant eux-même 30 % de leurs effectifs. Le capitaine Ramirez n'avait pas le temps de se rendre compte qu'il était perdant au change.

Les hommes de l'équipe Drapeau repoussèrent un autre groupe d'ennemis en lâchant quelques rafales, mais ils perdirent l'un des leurs en se retirant de la colline. La ligne de défense suivante se trouvait à quatre cents mètres. Plus serrée que la seconde, elle était désagréablement proche de leur ultime position défensive. C'était le moment de jouer la dernière carte.

L'ennemi cerna de nouveau le terrain déserté, ne sachant toujours pas quelles pertes il avait infligées à ces diables qui surgissaient de nulle part. Parmi les hommes qui commandaient, l'un était mort, l'autre gravement blessé. Les chefs survivants discutaient pendant que les hommes se regroupaient.

La situation était assez semblable dans le camp des soldats. Dès que les pertes furent définies, Ramirez réorganisa le déploiement. Il n'avait pas le temps de s'occuper des tués, il avait un autre problème sur les bras. L'hélicoptère n'arriverait jamais à temps. Mais qu'est-ce qu'il foutait donc ?

Il fallait tout d'abord réduire le nombre des ennemis pour avoir une chance acceptable de s'en sortir. Ils devaient faire quelques cartons avant de dégager plus loin. Ramirez avait gardé les explosifs en réserve. Aucun de ses hommes n'avait encore tiré ou lancé de grenade et cette position était la seule protégée par un réseau de mines anti-personnel, avec des abris individuels.

— Qu'est-ce que vous attendez ? cria Ramirez. On n'en a pas fini avec vous ! On va vous flinguer d'abord et on sautera vos gonzesses !

— Ils n'ont pas de femmes, venez, espèces de tantes, c'est l'heure de crever ! hurla Vega.

Et ils vinrent. Comme un boxeur sonné, mû par la colère, ne pensant plus aux pertes. Ils étaient plus prudents maintenant, les troupes ennemies avaient appris la leçon à leurs dépens. Progressant d'arbre en arbre, ils se couvraient réciproquement.

— Il y a quelque chose au sud, là-bas. Vous voyez les éclairs ? dit Larson. A deux heures, sur le flanc de la montagne.

— Je vois.

Ils avaient essayé pendant une heure de joindre Drapeau en survolant tous les sites de récupération, en vain. Clark ne voulait pas quitter la zone, mais il n'avait guère le choix. S'il y avait quelque chose, il fallait s'en approcher. Même avec une vue dégagée, ces petites radios ne portaient pas au-delà de quinze kilomètres.

— Foncez aussi vite que vous pouvez ! dit-il au pilote.

Larson releva les volets et mit les gaz à fond.

On appelait ça un sac-de-feu, terme emprunté à l'armée soviétique, et ça décrivait parfaitement sa fonction.

L'escouade était répartie en un arc élargi, chaque homme dans son abri. Quatre abris étaient occupés par un homme au lieu de deux, un autre était vide. Devant chaque abri se trouvaient une ou deux mines, tournées vers l'ennemi. La position était située à l'intérieur d'un groupe d'arbres et donnait sur un petit glissement de terrain, un espace dégagé de soixante-dix mètres de large avec quelques arbres abattus. L'ennemi s'approcha de cette ligne et s'arrêta, mais les tirs ne diminuèrent pas.

— OK, les mecs, dit Ramirez, à mon ordre, on fout le camp d'ici, direction la zone d'atterrissage et de là vers X-itinéraire deux. Mais d'abord, on en refroidit !

La partie adverse commençait à se montrer plus intelligente, utilisant des noms à la place de lieux pour masquer leurs intentions de déplacement. Mais ils continuaient à suivre les reliefs du terrain au lieu de

717

les traverser. Quels qu'ils soient, ces types n'avaient pas les foies. Avec un peu d'entraînement et un ou deux chefs compétents, le combat serait déjà terminé. Chavez avait d'autres soucis en tête. Son arme était silencieuse et ne produisait pas d'éclair. Le Ninja se servait de ses lunettes pour choisir des cibles isolées et les abattre sans le moindre remords. Il eut un des chefs présumés. C'était presque trop facile. Le bruit de son arme était couvert par les rafales ennemies. Mais en vérifiant son sac à munitions il se rendit compte qu'il n'avait plus que deux chargeurs et soixante cartouches. Le capitaine Ramirez était peut-être malin, mais ça allait être juste.

Une tête apparut derrière un arbre, puis un bras qui faisait des signes. Ding visa et tira une seule cartouche. Il toucha l'homme à la gorge mais n'empêcha pas un cri étouffé. Chavez ne savait pas qu'il s'agissait du commandant en chef des ennemis, et son cri les galvanisa. En poussant un hurlement, l'ennemi attaqua.

Ramirez les laissa parcourir la moitié du terrain, puis il tira une grenade au phosphore avec son lanceur. Immédiatement tous ses hommes firent sauter leurs mines.

— Oh, merde, c'est Couteau ! Des grenades et des mines.

Clark sortit l'antenne par la fenêtre de l'avion.

— Couteau, ici Variable ; Couteau, ici Variable. Répondez. A vous !

Son offre d'aide tombait au pire moment.

Trente hommes furent tués et dix blessés par les fragments des mines. Des grenades furent lancées pour allumer des incendies à la lisière des bois. Suffisamment éloignés pour ne pas mourir instantanément, mais trop proches pour éviter les fragments de phosphore en fusion, des hommes se mirent à flamber, ajoutant leurs cris à la cacophonie de la nuit. Les grenades à main tuèrent encore davantage d'assaillants. Puis Ramirez alluma sa radio :

— Dégagez, dégagez !

Mais cette fois, il n'avait pas fait ce qu'il fallait. Lorsque l'équipe Couteau quitta sa position, elle fut prise sous le feu d'hommes tirant au jugé. Pour dissimuler leur départ, les soldats avaient lancé des grenades fumigènes et lacrymogènes mais les étincelles avaient constitué des cibles pour les autres et chacun se retrouva sous le feu d'une douzaine d'armes automatiques. Il y eut deux tués et deux blessés. Ramirez avait tout fait pour garder le contrôle de son unité, c'est à ce moment qu'il le perdit. La radio faisait entendre une voix inconnue.

— Ici Couteau, Variable, où êtes-vous, bordel ?

— Au-dessus, on est au-dessus. Quelle est votre situation ? A vous.

— C'est la merde totale, on dégage vers la zone d'atterrissage ! Foncez là-bas, foncez tout de suite ! Ramirez criait à ses hommes :

— Foncez à la zone d'atterrissage, ils viennent nous chercher !

— Négatif, négatif, Couteau. On ne peut pas venir maintenant. Éloignez-vous, éloignez-vous ! Confirmez !

Clark n'entendit pas de réponse. Il répéta encore ses instructions, toujours pas de réponse.

Ramirez n'avait plus que huit hommes sur trente-deux. Il portait un blessé et son écouteur avait glissé pendant qu'il courait vers la zone d'atterrissage, vers cette clairière où l'hélicoptère allait venir.

Ramirez posa le blessé, regardant le ciel à l'œil nu, puis avec ses lunettes. Pas de trace de l'hélico. Il extirpa la radio et cria :

— Variable, où êtes-vous, bordel !

— Couteau, ici Variable. Nous survolons votre position en avion. Nous ne pouvons vous prendre que demain. Éloignez-vous, éloignez-vous ! Confirmez !

— Nous ne sommes plus que huit, nous ne...

Ramirez s'arrêta. Il croyait que la plupart de ses hommes étaient morts.

L'ennemi s'approchait par trois côtés, il n'en restait

plus qu'un pour s'échapper. L'itinéraire était préparé. Ramirez vit mourir l'homme qu'il avait porté. Il regarda ses hommes, ne sachant pas quoi faire. Il n'eut pas le temps de trouver une solution, les premiers ennemis apparurent à cent mètres et ouvrirent le feu. Ses hommes ripostèrent en vidant leurs derniers chargeurs, mais les assaillants étaient trop nombreux.

Chavez rejoignit Vega et Leon qui aidaient un homme salement blessé à la jambe. Il vit des hommes débouler vers la zone d'atterrissage. Ramirez se jeta à terre en tirant sur l'ennemi, mais Ding et ses amis ne pouvaient rien faire. Ils prirent l'itinéraire de secours vers l'ouest, sans prendre la peine de se retourner. Le claquement des M-16 était couvert par le crépitement des AK, on tira quelques grenades. Puis on n'entendit plus que les AK, la bataille de la colline était terminée.

— Est-ce que ça signifie... demanda Larson.

— Ça signifie qu'une REMF est en train de crever, dit calmement Clark.

Il avait les larmes aux yeux. Il avait déjà vu ça, son hélicoptère arriver en retard, il avait eu honte de survivre. *Merde !* Il frappa le front et se reprit.

— Couteau, ici Variable. Vous m'entendez ? Répondez par vos noms. Je répète, répondez par vos noms. A vous.

— Attendez, ici Chavez. Qui est sur cette fréquence ?

— Écoute bien, mon gars, parce que la fréquence est grillée. Ici Clark. On s'est déjà vus. Garde la même direction que la nuit de l'entraînement. Tu t'en souviens ?

— Affirmatif. On peut le faire.

— Je reviens demain. Tiens le coup. C'est pas foutu. Je répète, je reviens demain. Tire-toi d'ici maintenant. Terminé.

— Qu'est-ce que c'était ? demanda Vega.

— On fonce vers l'est, on descend la montagne vers le nord, puis vers l'est.

— Et puis quoi ? demanda Oso.

— Merde, qu'est-ce que j'sais, moi ?

— Retournez au nord, ordonna Clark.

— C'est quoi REMF ? demanda Larson en entamant le virage.

La réponse de Clark était inaudible.

— REMF, c'est Radio Enculé de Mes Fesses, un enfoiré inutile qui fait tuer nos hommes. Il y en a un qui va payer pour ça. Fermez-la, Larson, et pilotez.

Ils continuèrent à chercher en vain l'équipe Drapeau pendant une heure, puis rentrèrent vers Panama. Durant les deux heures quinze du vol, Clark ne dit pas un mot. Le pilote dirigea l'avion directement dans le hangar à côté du Pave Low et l'on ferma les portes immédiatement derrière lui. Ryan et Johns les attendaient.

— Et alors ? demanda Jack.

— On a établi le contact avec Destin et Image. Suivez-moi, dit Clark en les conduisant dans un bureau.

Il étala sa carte sur une table.

— Et les autres ?

Le colonel Johns n'avait pas besoin de poser cette question, une bonne partie de la réponse se lisait sur le visage de Clark.

— Destin sera là dans la nuit de demain, Image sera là, dit Clark en montrant deux points sur la carte.

— Okay, on peut s'en charger, dit Johns.

— Nom de Dieu ! tonna Ryan. Et les autres ?

— On n'a jamais établi le contact avec Drapeau. On a vu les méchants écraser Couteau.

Clark rectifia :

— Mais au moins un homme s'en est sorti. Je vais aller le chercher, au sol.

Clark se tourna vers le pilote.

— Larson, allez vous reposer. J'ai besoin de vous frais et dispos dans six heures.

— Que dit la météo ? demanda-t-il à PJ.

— Cette foutue tempête part dans tous les sens. Personne ne peut savoir où elle va aller, mais j'ai déjà volé par un temps pareil, répondit le colonel Johns.

— Okay.

Il y avait des lits de camp dans la pièce à côté. Le pilote s'allongea et s'endormit sur-le-champ.

— Aller les chercher ? Au sol ? demanda Ryan.

— Qu'est-ce que vous espérez ? Que je les laisse tomber ? Désolé Jack, mais il y a des gars à nous là-bas. Je dois essayer. Ils l'auraient fait pour moi. Y'a pas de problème, je connais la marche à suivre.

— Comment ?

— Larson et moi on atterrit vers midi, on prend une voiture et on descend. J'ai dit à Chavez — le gars à qui j'ai parlé — de se tirer vers l'est, au pied des montagnes. On essaie de les récupérer, de les conduire à l'aéroport, et on décolle.

— Comme ça ?

— Bien sûr. Pourquoi pas ?

— Il y a une différence entre le courage et la connerie, dit Ryan.

— Qui vous parle de courage ? C'est mon job.

Clark se retira pour aller dormir un peu.

— Vous savez de quoi vous avez vraiment peur, monsieur Ryan ? Vous vous rappelez les fois où vous pouviez faire quelque chose ? Je peux vous donner le détail de chaque erreur que j'ai commise en vingt ans et quelques.

Le colonel portait une chemise bleue avec ses barrettes et toute une brochette de rubans. Jack en fixait un, bleu pâle avec cinq étoiles blanches.

— Mais vous...

— Oui, c'est un joli truc, et c'est agréable d'avoir les généraux qui me saluent en premier et me regardent bizarrement. Vous savez quoi ? J'ai ramené deux types, l'un est général et l'autre pilote à Delta Airlines. Ils sont en vie, ont leur famille. C'est de ça qu'il est question, monsieur Ryan. Il y en a qui sont restés là-bas, parce que je suis pas allé assez vite, parce que je n'ai pas eu assez de chance. J'aurais dû les ramener. C'est le boulot.

On les a envoyés là-bas. L'Agence les a envoyés là-bas. Certains sont morts maintenant, mais on me dit de ne rien faire. Et je suis supposé être...

— Ça risque de chauffer cette nuit.

— Possible. Ça m'en a tout l'air.

— Vous avez trois canons à tir rapide sur votre

engin, dit Ryan après une pause. Et vous n'avez que deux tireurs.

— Je n'ai pas pu en dégotter un autre et...

— Je me défends pas trop mal...

28

LES COMPTES

Assis à une table, Cortez faisait ses comptes. Les Américains s'en étaient très bien sortis. Sur les deux cents hommes du Cartel qui avaient pris d'assaut la colline, quatre-vingt-seize étaient revenus vivants, dont seize blessés. Ils avaient même ramené un Américain. Le pauvre bougre était salement touché, saignant de ses quatre veines et il n'avait pas été très bien traité par les tueurs colombiens. Jeune et courageux, il essayait de retenir ses cris et de se maîtriser. Oui, vraiment un type courageux ce Béret Vert. Il n'allait pas faire affront à son courage en lui posant des questions. En outre, il n'était pas en état d'y répondre et Cortez avait d'autres chats à fouetter.

Il avait sous la main une trousse de soins pour traiter les blessures « amicalement ». Cortez prit une seringue et la remplit de morphine. Il planta l'aiguille dans une veine du bras valide du soldat et enfonça le piston. Le soldat se détendit, ses douleurs étant remplacées par une merveilleuse sensation de bien-être. Puis sa respiration s'arrêta, sa vie aussi. Cortez aurait vraiment eu l'usage d'hommes comme lui, mais ce genre de types ne juraient que par le drapeau. Il prit son téléphone et appela le numéro voulu.

— *Jefe*, nous avons éliminé une des forces ennemies la nuit dernière... Oui, *jefe*, nous les avons eus tous les dix, comme je le pensais. On continue cette nuit... Il y a un problème, *jefe*. L'ennemi s'est bien défendu et nous avons eu beaucoup de pertes. J'ai besoin d'autres hommes pour la mission de cette nuit. Si, merci, *jefe*. Envoyez les hommes à Riosucio et dites à leurs chefs de se présenter au rapport chez moi dans l'après-midi. Je leur donnerai les consignes. Oh ? Oui, ça serait parfait. On vous attend.

Avec de la chance, la prochaine équipe d'Américains se battrait aussi bien. Il aurait ainsi éliminé les deux tiers des terroristes du Cartel en une semaine. Cortez avait joué avec le feu mais le plus dur était fait.

Les funérailles furent matinales. Greer était veuf, et il était d'ailleurs séparé de son épouse. La raison de cette séparation se trouvait juste à côté du trou rectangulaire à Arlington, une simple pierre tombale sous laquelle reposait le lieutenant Robert White Greer, USMC, son fils unique. Diplômé de l'École navale, il était parti au Viêt-nam et y était mort. Moore et Ritter n'avaient jamais rencontré le jeune homme et James n'avait jamais eu une photo de lui dans son bureau. L'ancien DAR avait été sentimental, pas pleurnichard. Il avait souhaité être enterré à côté de son fils et, en raison de son rang et de sa position, on avait fait une exception. On avait donc gardé la place libre pour cet événement inévitable. Il avait peut-être été un sentimental, mais seulement pour les choses qui comptaient. Ritter y voyait plusieurs explications. La manière dont James avait adopté de nombreux jeunes hommes brillants et les avait amenés à l'Agence, l'intérêt pour leurs carrières, l'entraînement et les égards qu'il avait eus pour eux.

La cérémonie fut simple et discrète. Les rares amis proches de James étaient présents ainsi que de nombreux représentants du gouvernement. Parmi ces derniers, le Président lui-même — et, à la fureur de Bob Ritter, le vice-amiral James A. Cutter Jr. Le Président avait parlé à l'office, rappelant que le défunt avait servi son pays sans faillir pendant plus de cinquante ans, engagé dans la marine à dix-sept ans, admis à l'École navale pour devenir contre-amiral, obtenant sa troisième étoile après sa nomination à la CIA.

— Un modèle de professionnalisme, d'intégrité et de dévouement à son pays que peu ont égalé et que personne n'a surpassé, voilà comment le Président avait résumé la carrière du vice-amiral James Greer.

Et ce salaud de Cutter était assis au premier rang pendant le sermon, pensa Ritter. Cela l'écœura encore plus quand la garde d'honneur du 3e régiment d'infanterie plia le drapeau qui avait recouvert le cercueil. Il n'y avait personne pour le prendre et Ritter avait pensé le faire. Mais où donc était Ryan ? Il essaya de regarder autour de lui. Il ne l'avait pas remarqué car Jack n'était pas venu de Langley avec le reste de la délégation de la CIA.

Par défaut, on remit le drapeau au juge Moore. On serra des mains, on échangea quelques mots.

— Oui, par chance il n'a pas souffert à la fin.

— Oui, on ne voit pas un homme comme lui tous les jours. Oui, ça marque la fin de la ligne Greer, et c'est dommage, n'est-ce pas ? Non, je n'ai jamais rencontré son fils, mais j'ai entendu...

Dix minutes plus tard, Ritter et Moore étaient dans la Cadillac de la CIA, descendant George Washington Parkway.

— Mais où était Ryan ? demanda le directeur.

— Je ne sais pas. Je pensais qu'il viendrait par ses propres moyens.

Moore était plus agacé qu'en colère face à cette inconvenance. Il avait encore le drapeau sur ses genoux, le tenant aussi doucement qu'un nouveau-né, sans savoir pourquoi. Si Dieu existait vraiment comme le lui avaient enseigné les baptistes dans son enfance et si James avait vraiment une âme, alors il tenait son héritage entre ses bras. Il était chaud au toucher, il s'agissait d'un effet de son imagination ou du soleil matinal, mais la chaleur dégagée par le drapeau que James avait servi semblait l'accuser de traîtrise. Ils avaient assisté à des obsèques ce matin, mais à trois mille kilomètres il y avait des gens de l'Agence qui n'auraient même pas droit à une tombe à côté de celle des leurs.

— Bob, qu'avons-nous fait ? Comment en sommes-nous arrivés là ? demanda Moore.

— Je ne sais pas, Arthur, je n'en sais rien.

— James a vraiment eu de la chance. Au moins il est parti...

— La conscience tranquille ?

Ritter regardait par la fenêtre, incapable de regarder son chef en face.

— Écoutez, Arthur...

Il ne savait pas quoi dire. Ritter avait rejoint l'Agence dans les années cinquante, avait été officier traitant, superviseur, chef de station puis directeur de section à Langley. Il avait perdu des officiers traitants, des agents mais ne les avait jamais trahis. Il y avait un début à tout. Il se mit à penser que chaque homme devait se préparer à la mort, ne pas y faire face dignement était la lâcheté ultime, le manquement ultime. Mais que pouvaient-ils faire d'autre ?

Le trajet pour Langley était court et la voiture s'arrêta avant qu'il n'ait une réponse. Ils prirent l'ascenseur et se rendirent chacun dans son bureau. Les secrétaires n'étaient pas encore revenues. Ritter fit les cent pas dans son bureau jusqu'à leur retour, puis il alla voir Mme Cummings.

— Ryan a appelé ?

— Non, et je ne l'ai pas vu du tout. Vous savez où il est ?

— Non, désolé.

Ritter appela le domicile de Ryan mais n'obtint que son répondeur. Il chercha le numéro de travail de Cathy et la secrétaire lui passa la communication.

— Bob Ritter à l'appareil. J'ai besoin de savoir où est Jack.

— Je ne sais pas. — Le Dr Catherine Ryan était sur ses gardes. — Il m'a dit hier qu'il devait quitter la ville. Il n'a pas dit pour où.

Un frisson parcourut son visage.

— Cathy, j'ai besoin de savoir, c'est très important, je ne peux pas vous dire à quel point. Faites-moi confiance. Je dois savoir où il est.

— Je ne sais pas. Vous ne savez pas non plus ?

Sa voix trahissait son inquiétude.

— Écoutez, Cathy, je m'en occupe, ne vous tracassez pas, okay ?

En vain, il essaya de la rassurer et il raccrocha dès qu'il le put. Le DAO se rendit au bureau du juge Moore. Le drapeau se trouvait au milieu de son bureau, encore plié en forme de tricorne. Le juge Arthur Moore, directeur de la CIA, le regardait fixement.

— Jack est parti. Sa femme ne sait pas où. Il sait, Arthur, il sait tout et il est en train de faire quelque chose.

— Comment a-t-il pu découvrir ?

— Comment voulez-vous que je le sache ? — Ritter se tourna vers son chef. — Suivez-moi.

Ils entrèrent dans le bureau de Ryan. Ritter composa la combinaison du coffre-fort de Jack, sans autre résultat que le déclenchement de l'alarme lumineuse.

— Merde, je m'en doutais.

— La combinaison de James ?

— Ouais. Vous le connaissiez, il ne faisait rien comme tout le monde et il a probablement...

Ritter regarda autour de lui — c'était son troisième essai —, il déplaça le sous-main du bureau et il trouva...

— Je pensais bien avoir composé la bonne combinaison.

Il essaya de nouveau. Cette fois-ci, il y avait les bips sonores en plus. Ritter retourna vérifier le numéro une nouvelle fois. Il y avait autre chose sur la feuille de papier. Il déplaça un peu plus le sous-main.

— Oh, mon Dieu !

Moore acquiesça et alla à la porte.

— Nancy, dites à la sécurité que nous essayons d'ouvrir le coffre. Jack a dû changer la combinaison sans nous le dire contrairement aux usages.

Le directeur referma la porte.

— Il sait, Arthur.

— Peut-être. On vérifie comment ?

Une minute plus tard, ils se trouvaient dans le bureau de Ritter. Il cherchait dans ses papiers, pas dans sa mémoire. On n'oublie pas quelqu'un qui a reçu la médaille d'honneur. Il n'avait qu'à ouvrir son répertoire et à appeler le 1er Groupe d'Opérations spéciales à la base aérienne d'Eglin.

— Je voudrais parler au colonel Paul Johns, dit Ritter au sergent qui décrocha le téléphone.

— Le colonel Johns est en détachement temporaire quelque part. Je ne sais pas où.

— Qui pourrait me renseigner ?

— Le chef des opérations en vol sans doute, monsieur. C'est une ligne non protégée, monsieur, lui rappela le sergent.

— Donnez-moi son numéro.

L'appel suivant passa cette fois-ci par une ligne protégée.

— Il faut absolument que je joigne le colonel Johns, dit Ritter après s'être présenté.

— Monsieur, j'ai ordre de ne dire où il est à personne. Ça veut dire personne, monsieur.

— Commandant, s'il est reparti au Panama, j'ai besoin de le savoir. Sa vie en dépend. Il est arrivé quelque chose qu'il doit savoir.

— Monsieur, j'ai des ordres...

— Vous pouvez les avaler, vos ordres ! Si vous ne me dites rien et que l'équipe est tuée, ce sera votre faute ! Vous vous décidez, commandant, oui ou non ?

L'officier n'avait jamais été au feu, et les décisions de vie ou de mort étaient pure abstraction pour lui, jusqu'à maintenant.

— Monsieur, ils y sont retournés. Même endroit, même équipe. C'est tout ce que je peux dire.

— Merci, commandant. Vous avez fait le bon choix. Vraiment. Je vous suggère de rédiger un rapport écrit sur cet appel et son contenu.

Ritter raccrocha.

— Ça ne peut être que Ryan, concéda le directeur. Que faisons-nous maintenant ?

— C'est à vous de me le dire, Arthur.

— Combien de gens allons-nous encore tuer, Bob ? demanda Moore.

Les miroirs lui renvoyaient son image, il aurait voulu ne pas être là.

— Vous comprenez bien les conséquences ?

— On se contrefout des conséquences, grogna l'ancien procureur général de la cour d'appel du Texas.

Ritter appuya sur un des boutons de son téléphone. Il parla d'une voix habituée à donner des ordres.

— J'ai besoin de tout sur ce que Farce a fait ces deux derniers jours.

Un autre bouton.

— Je veux que le chef de station de Panama me rappelle d'ici trente minutes. Dites-lui de se mettre en branle-bas de combat pour toute la journée, ça va chauffer.

Ritter reposa le combiné sur son support. Ils devaient attendre quelques minutes, le genre de moment où le silence se fait pesant.

— Dieu merci, dit Ritter au bout d'un moment.

Moore sourit pour la première fois de la journée.

— Oui, Robert, ça fait du bien de se sentir un homme à nouveau, pas vrai ?

Les hommes de la sécurité firent entrer l'homme en costume ocre sous la menace de leurs armes. Il disait s'appeler Luna, sa serviette avait déjà été fouillée. Clark le reconnut.

— Mais qu'est-ce que vous foutez ici, Tony ?

— Qui est-ce ? demanda Ryan.

— Le chef de station de Panama. Tony, j'espère que vous avez une très bonne raison.

— J'ai un télex du juge Moore pour M. Ryan.

— Quoi ?

Clark prit le bras de Luna et le fit entrer dans son bureau. Il n'avait pas beaucoup de temps. Lui et Larson devaient décoller dans quelques minutes.

— J'espère que ce n'est pas une blague.

— Eh ! J'ai une lettre à remettre, OK ? Arrêtez votre numéro de macho. C'est moi le Rital ici, vu ?

Il tendit le premier feuillet à Jack.

TOP SECRET-DAR exclusivement

Impossible rétablir liaison avec équipes Showboat. Prendre toute initiative nécessaire pour reprendre l'avantage dans région. Prévenir Clark faire attention. Sa présence pourrait être utile. C. ne sait pas. Bonne chance. M.R.

— Personne n'a jamais dit qu'ils étaient stupides, soupira Jack en tendant le feuillet à Clark.

L'en-tête était un message en soi, qui n'avait rien à voir avec des questions de sécurité ou de distribution.

— Mais est-ce que ça veut bien dire ce que je crois ? Une REMF en moins à se soucier. Et de deux.

Clark feuilleta les fax. Bordel de merde ! Il les reposa sur son bureau, fit quelques pas en regardant l'avion dans le hangar. Clark n'était pas du genre à rigoler avec des plans. Il parla avec Ryan pendant quelques minutes.

— Allez, on bouge son cul. On a un boulot, dit-il à Larson.

— Radios de rechange ? demanda le colonel Johns.

— Deux, avec des batteries neuves dans chaque, et des batteries de rechange.

— Agréable de bosser avec quelqu'un qui connaît la musique. Six, vérifiées ?

— Toujours, colonel Johns. A bientôt.

On ouvrit les portes du hangar. Un petit chariot sortit le Beechcraft et l'on referma les portes. Ryan écouta le démarrage des moteurs et le bruit diminua à mesure que l'avion s'éloigna.

— Et nous ? demanda-t-il au colonel Johns.

Le capitaine Frances Montaigne entra. Elle avait l'air aussi française que ses ancêtres, trapue, les cheveux noirs. Pas vraiment jolie, mais à la première impression de Ryan elle devait se défendre au pieu — il cessa d'y penser en se demandant bien comment une telle idée avait pu lui venir à l'esprit. Difficile de croire qu'elle était pilote pour les opérations spéciales.

— Le temps va être pourri, colonel, commença-t-elle. Adèle se dirige de nouveau vers l'ouest, à vingt-cinq nœuds.

— Le temps, on n'y peut rien. Aller là-bas et effectuer le ramassage ne me paraît pas trop dur.

— C'est le retour qui risque d'être un peu mouvementé, PJ.

— Une chose après l'autre, Francie. Et on a les terrains de rechange.

— Colonel, même vous n'êtes pas aussi cinglé.

PJ se tourna vers Ryan en se frappant le front.

Les officiers subalternes ne sont plus ce qu'ils étaient.

Ils restèrent au-dessus de l'eau durant la majeure partie du trajet aller. Larson était toujours aussi sérieux et assuré, mais il ne pouvait s'empêcher de regarder au nord-est. Pas d'erreur, les nuages hauts et fins étaient les signes avant-coureurs d'un ouragan. Derrière eux, Adèle avait déjà ajouté une page à son histoire. Né au Cap-Vert, il avait traversé l'Atlantique à une vitesse moyenne de dix-sept noeuds, s'était arrêté aux abords des Caraïbes, avait perdu et regagné de la puissance, se dirigeant vers le nord, puis l'ouest et même vers l'est une fois. On n'avait pas vu ça depuis Joan, il y a des années. Pas aussi violent que Camille, Adèle était un ouragan dangereux avec des vents de soixante-quinze nœuds. Les seuls qui volaient près des cyclones tropicaux étaient des chasseurs d'ouragans, pilotés par des casse-cou. Ce n'était pas l'endroit pour un Beechcraft bimoteur, même avec Chuck Yeager aux commandes. Larson était déjà en train de faire d'autres plans. Au cas où la mission tournerait mal, ou si l'ouragan changeait encore de trajectoire, il commençait à prévoir des terrains où refaire le plein et contourner le maelström par le sud-est. L'air était calme, mais pour combien de temps ? Et ce n'était qu'un des dangers que devait affronter le pilote.

Assis sur le siège de droite, Clark regardait droit devant lui, le visage figé, tandis que son esprit tournait plus vite que les hélices du Beechcraft. Il continuait à voir des visages, certains morts, d'autres vivants. Il se rappelait des combats, des dangers, des peurs, des fuites passés où ces visages avaient joué un rôle. Il se rappelait des leçons théoriques, mais surtout des leçons de l'expérience. John Terence Clark n'était pas du genre à les oublier. Il se remit en mémoire ce qui allait être important aujourd'hui, en territoire hostile. Puis il vit les visages de ceux qui allaient jouer un rôle aujourd'hui. Pour finir il réfléchit au plan pour la journée, mettant en balance ce qu'il voulait faire et les objectifs possibles de l'ennemi. Cela fait il s'arrêta. A partir d'un certain point, l'imagination peut aussi être un ennemi. Il avait en tête chaque partie de l'opération. Il faisait confiance à son expérience et à son instinct, tout en se demandant si ces qualités allaient lui faire défaut.

Tôt ou tard. Mais pas aujourd'hui.

Il se le disait à chaque fois.

Le briefing de la mission de PJ dura deux heures. Lui, les capitaines Willis et Montaigne passèrent en revue chaque détail — où ils feraient le plein, où les avions pourraient rester en attente si les choses tournaient mal. Chaque membre de l'équipage reçut une information complète. C'était plus que nécessaire ; c'était une obligation morale envers les membres de l'équipage. Ils allaient risquer leur vie cette nuit, ils avaient le droit de savoir pourquoi. Comme d'habitude, le sergent Zimmer avait quelques questions et une suggestion qui fut immédiatement adoptée. Puis on passa à la vérification des appareils. On vérifiait minutieusement chaque section de l'appareil. Cela faisait d'ailleurs partie de l'entraînement des nouveaux membres d'équipage.

— Qu'est-ce que vous y connaissez en canons ? demanda Zimmer à Ryan.

— Je ne me suis jamais servi d'un de ces bébés.

La main de Ryan caressa le manche du canon léger. Une version réduite du canon de 20 mm Vulcan, il avait une série de barillets de calibre .30 qui tournaient dans le sens des aiguilles d'une montre, entraînés par un moteur électrique, les obus étant amenés par un énorme magasin d'alimentation placé sur la gauche du support. Deux vitesses de rotation, deux mille et quatre mille tours/mn — 66 ou 100 tours/seconde. La moitié des obus étaient traçants. Il y avait une raison psychologique à cela. Le feu de ce canon ressemblait à celui d'un rayon laser de film de science-fiction, la mort incarnée, aussi aveuglant que de regarder le soleil à midi. Zimmer expliqua tout le fonctionnement à Ryan : où se trouvaient les commandes, comment armer, comment viser.

— Qu'est-ce que vous connaissez du combat, monsieur ?

— Ça dépend de ce que vous entendez par là.

— Un combat, c'est quand des types avec des flingues essaient de vous descendre. C'est dangereux.

— Je sais. J'ai déjà testé, un peu. On va pas s'étendre là-dessus. Okay ? J'ai déjà peur.

Ryan regarda le canon, par la porte de l'appareil, se demandant bien pourquoi il s'était porté volontaire. Mais avait-il le choix ? S'il se contentait d'envoyer ces hommes au combat, en quoi serait-il différent de Cutter ? Jack regarda à l'intérieur de l'appareil. Il avait l'air solide comme ça, posé sur le sol du hangar. Mais c'était un appareil conçu pour des espaces troubles et hostiles : un hélicoptère. Ryan détestait les hélicoptères.

— Ce qui est marrant, c'est qu'il y aura pas de problème avec cette mission. On fait bien notre boulot, monsieur. Juste un aller et retour.

— C'est bien ce que je crains, sergent.

Ils se posèrent à Santagueda. Larson connaissait l'homme responsable du trafic aérien et lui emprunta son minibus Volkswagen. Les deux officiers de la CIA se dirigèrent vers le nord, une heure plus tard ils passaient le village d'Anserma. Ils déambulèrent une demi-heure dans le coin, jusqu'à ce qu'ils trouvent ce qu'ils cherchaient : une mauvaise route d'où entraient et sortaient quelques camions et une grosse voiture. Farce avait eu raison, pour Clark c'était bien là où ils avaient atterri. Ceci confirmé, ils se dirigèrent de nouveau vers le nord pendant une heure et prirent une route secondaire vers les montagnes avant Vegas del Rio. Clark avait le nez dans les cartes et Larson trouva un sommet de colline où s'arrêter. C'est là qu'ils sortirent la radio.

— Couteau, ici Variable, à vous.

Cinq minutes d'essais pour rien. Larson dirigea le minibus plus vers l'ouest, à travers des chemins défoncés, essayant de trouver une autre hauteur d'où Ryan pourrait essayer de nouveau. A 3 heures de l'après-midi, après leur cinquième tentative, ils eurent une réponse.

— Ici, Couteau, à vous.

— Chavez, ici Clark. Où êtes-vous, bordel ? demanda Clark, en espagnol, bien entendu.

— On discute d'abord.

— Bien vu, fiston. Vous auriez vraiment votre place au 3e GOS.

— Pourquoi j'vous croirais ? Quelqu'un nous a laissés tomber, mec. Quelqu'un a décidé de nous laisser ici.

— Pas moi.

— Heureux de l'entendre.

— Chavez, vous utilisez une fréquence qui est peut-être grillée. Prenez une carte, nous sommes aux coordonnées suivantes. Prenez votre temps, vérifiez.

— C'est déjà fait !

Clark tourna la tête pour voir un homme avec une AK-47 à cinq mètres de lui.

— Halte là ! dit le sergent Vega.

Trois hommes sortirent des bois. L'un d'eux avait un bandage sanguinolent à la cuisse. Chavez, lui aussi, avait une AK-47 à l'épaule, mais il tenait son PM-5 silencieux à la main. Il vint directement au minibus.

734

— Pas mal, les gars. Comment vous avez su ?

— Radio UHF. Vous deviez émettre d'un point élevé, pas vrai ? La carte en indique six. Je vous ai entendu tout à l'heure, et je vous ai vu venir dans cette direction il y a une demi-heure. Bon, qu'est-ce que c'est, ce merdier ?

— Première chose, on s'occupe de cette blessure.

Clark sortit et tendit son pistolet à Chavez, crosse la première.

— J'ai une trousse de premiers soins à l'arrière.

Le blessé était le sergent Juardo, fusilier au 10e chasseurs à Fort Drum. Clark ouvrit l'arrière du minibus et aida à le monter à bord. Puis il découvrit la blessure.

— Vous savez ce que vous faites ? demanda Vega.

— J'étais dans les SEAL, répondit Clark en montrant le tatouage sur son bras. 3e groupe d'Opérations spéciales. Pas mal de temps au Viêt-nam. Fait des trucs qui sont jamais passés à la télé.

— Où en étiez-vous ?

— Je suis sorti premier maître, E-7 chez vous.

Clark examina la blessure, elle avait l'air mauvaise, mais pas mortelle tant que l'homme ne perdait pas son sang, ce qu'il avait empêché. A en juger, le soldat s'était bien débrouillé. Clark déchira un sachet et saupoudra la blessure de sulfamides.

— Vous avez du plasma ?

— Voilà. — Le sergent Leon lui en tendit une poche. — Aucun de nous ne sait s'en servir.

— C'est pas difficile. Regardez comment je fais.

Clark fit plier le bras de Juardo et lui dit de serrer le poing. Puis il enfonça l'aiguille dans la veine à côté du coude.

— Vu ? Okay, j'ai triché. Ma femme est infirmière, je me suis entraîné un peu à son hôpital. Comment tu te sens, fiston ?

— Ça fait du bien d'être assis.

— Je voudrais pas vous assommer. On doit vous garder éveillé. Vous allez tenir le coup ?

— Si tu le dis, mec. Hé ! Ding, il te reste des bonbons ?

Chavez lança sa bouteille de Tylenol.

— Les dernières, Pablo. Termine-les.

— Merci, Ding.

— On a des sandwiches, dit Larson.

— A bouffer !

Vega fonça vers Larson. Une minute plus tard les quatre soldats engloutissaient les sandwiches avec un pack de Coca-Cola que Larson avait trouvé en route.

— Où avez-vous pris les armes ?

— Aux méchants. On était à court de munitions pour nos M-16 et je me suis dit qu'on avait qu'à se servir.

— Bien vu, dit Clark.

— OK, quel est le plan ? demanda Chavez.

— A vous de choisir. On vous ramène à l'aéroport, trois heures de route, trois heures de vol, et c'est fini, vous êtes au pays.

— Quoi d'autre ?

— Chavez, vous aimeriez avoir l'enfoiré qui vous a fait ça ?

Clark connaissait la réponse avant même d'avoir posé la question.

L'amiral Cutter était penché dans son fauteuil quand le téléphone retentit. Il savait qui appelait en regardant la ligne qui clignotait.

— Oui, monsieur le Président ?

— Venez.

— J'arrive, monsieur.

L'été est une saison aussi chargée pour la Maison Blanche que pour les agences gouvernementales. Le calendrier du Président était plus rempli que d'habitude avec toutes ces cérémonies que l'homme politique adore et que l'homme d'État abhorre. Le fardeau était plus lourd que l'on se l'imagine. On remettait à chacun une feuille de papier, une note d'information à tous les visiteurs. Ainsi, en partant, la personne avait l'impression que le Président était vraiment intéressé. Serrer des mains et parler à des gens ordinaires constituait une part importante et souvent agréable du travail, mais pas à présent, à une semaine de la convention, toujours à la traîne dans ces foutus sondages, comme l'annonçait chaque média au moins deux fois par semaine.

— Et la Colombie ? demanda le Président dès que la porte fut fermée.

— Monsieur, vous m'avez dit d'arrêter tout. C'est fait.

— Des problèmes avec l'Agence ?

— Non, monsieur le Président.

— Dans quelle mesure...

— Monsieur, vous m'avez dit que vous ne vouliez rien savoir à ce propos.

— Êtes-vous en train de me dire qu'il y a quelque chose que je ne devrais pas savoir ?

— Je suis en train de vous dire, monsieur, que j'ai transmis vos instructions. Les ordres ont été donnés, et ils ont été observés. Je ne pense pas que vous trouverez à redire aux conséquences.

— Vraiment ?

— Monsieur, en un sens, l'opération a été un franc succès. Les cargaisons de drogue sont détruites et vont diminuer dans les mois prochains. Si je peux me permettre, j'aimerais que vous laissiez la presse en parler pour le moment. Vous pourrez toujours y revenir plus tard. Nous les avons blessés. Avec l'opération Tarpon nous avons quelque chose que nous pouvons montrer à tout le monde. Avec Farce, nous avons un moyen de continuer à recueillir des renseignements. Nous aurons des arrestations spectaculaires dans quelques mois.

— Et comment le savez-vous ?

— J'ai pris les dispositions moi-même, monsieur.

— Lesquelles ? Encore une chose que je ne devrais pas savoir ?

Cutter acquiesça.

— Je suppose que tout était dans les limites de la légalité, dit le Président près du magnétophone qu'il avait mis en route.

— Vous pouvez faire cette supposition, monsieur.

Cutter était au courant pour le magnétophone et

cette réponse pouvait signifier tout et n'importe quoi.

— Vous êtes bien sûr que vos instructions ont été appliquées ?

— Certain, monsieur le Président.

— Vérifiez encore.

Il avait fallu bien plus de temps que ne l'avait prévu le consultant barbu. L'inspecteur O'Day tenait les listings dans ses mains. C'était de l'hébreu. Les feuilles étaient couvertes de 0 et de 1.

— C'est du langage machine, expliqua le consultant. Celui qui a programmé ça est un vrai pro. J'en ai récupéré environ quarante pour cent. C'est un algorithme de transposition, comme je pensais.

— Vous me l'avez dit la nuit dernière.

— Ce n'est pas du russe. Ça prend un message et ça l'encode. Pas difficile, tout le monde peut le faire. Ce qui est vraiment fort, c'est que le système est basé sur un signal indépendant qui est unique pour chaque transmission, en dehors de l'algorithme d'encodage, c'est déjà inclus dans le système.

— Vous pouvez me traduire ça en clair ?

— Ça veut dire qu'un très gros ordinateur — quelque part — détermine comment ses bébés vont opérer. Ça ne peut pas être russe. Ils n'ont pas encore les ordinateurs, sauf s'ils en ont fauché un chez nous. Donc le signal qui introduit la variable à l'intérieur du système vient des satellites du NAVSTAR. Je fais une supposition maintenant, mais je pense qu'il se sert d'une mesure de temps très précise pour déclencher le processus d'encodage. C'est unique à chaque transmission ascendante/descendante. Vachement fort. Ça veut dire NSA. Les satellites du NAVSTAR se servent d'horloges atomiques pour mesurer le temps avec une précision absolue, et la partie sensible du système est encodée. Bon, ce qu'on a ici c'est une manière intelligente de brouiller un signal de telle façon que l'on ne peut pas le forcer, ni le copier, même si vous savez comment ça a été fait. Celui qui a monté ça a accès à tout ce que nous avons. J'ai vérifié avec la NSA, ils ont jamais entendu parler de ce truc.

— Okay, et quand la disquette est détruite... ?

— La liaison est foutue, vraiment foutue. Si c'est ce que je crois, vous avez une installation de liaison stationnaire qui contrôle l'algorithme et des stations terrestres qui le reçoivent. Vous effacez l'algorithme, comme l'a fait quelqu'un et les types à qui vous pouviez envoyer quelque chose ne peuvent plus communiquer, ni avec vous, ni entre eux. C'est toute la sécurité du système.

— Vous pouvez dire tout ça ? Quoi d'autre ?

— Ce que je viens de vous dire est une hypothèse. Je ne peux pas reconstruire l'algorithme. Je vous ai juste dit comment il fonctionne. Le signal par NAV-STAR, c'est une supposition, mais une supposition sérieuse. Le processus de transposition est en partie récupéré, et il y a la patte NSA partout. Celui qui a fait ça s'y connaît vachement en codage. Ça vient de chez nous, probablement de la machine d'encodage la plus perfectionnée. Celui qui peut se servir de ça n'est pas n'importe qui. De toute façon, il l'a bousillé. C'est inutilisable.

— Ouais. Bon boulot.

O'Day était plutôt refroidi par ce qu'il venait d'apprendre.

— Bon, il ne vous reste plus qu'à envoyer un mot à mon prof et lui expliquer pourquoi j'ai loupé l'exam ce matin.

— OK, marché conclu.

O'Day se dirigea vers le bureau de Dan Murray et fut surpris de ne pas le trouver. Il chercha Bill Shaw.

Une demi-heure plus tard, il était clair qu'un crime avait été commis. Question suivante : que faire ?

L'hélicoptère coupa les feux de position. Les exigences de la mission étaient complexes, et la vitesse très importante cette fois-ci. Dès que le Pave Low prendrait de l'altitude, il se ravitaillerait auprès du MC-130E. Il s'agissait de ne pas plaisanter.

Ryan s'était attaché à son siège pendant que le

MH-53J tremblait dans le sillage du ravitailleur. Il portait une combinaison et un casque verts. Il avait aussi un gilet pare-balles. Zimmer lui avait expliqué que ça stopperait une balle de pistolet et des éclats, mais qu'il ne fallait pas y compter dans le cas d'une balle de mitrailleuse. Après le premier ravitaillement — il y en avait encore un avant l'atterrissage — Jack regarda par la porte. Les nuages étaient presque au-dessus, l'extrémité d'Adèle.

La blessure de Juardo eut des complications et modifia un peu les plans. Ils le transportèrent dans le Beechcraft et le laissèrent seul avec une radio. Puis Clark et les autres retournèrent à Anserma. Larson vérifiait les conditions météo, qui changeaient d'heure en heure. Il devait prévoir un vol de quatre-vingt-dix minutes.

— Où en êtes-vous du côté munitions ? demanda Clark.

— On a tout ce qu'il faut pour les AK, soixante chacun pour les autres. Pensais pas que les armes silencieuses soient aussi utiles.

— Elles sont impec. Grenades ?

— Nous tous ? demanda Vega. Cinq à fragmentation et deux lacrymo.

— Où on va ?

— Une ferme, en dehors d'Anserma.

— Qu'est-ce qui y a comme défense ?

— Je ne sais pas encore.

— Eh ! Attendez ! Dans quoi vous nous fourrez ?

— Relax, sergent. Si on peut rien faire, on se tire. Chavez et moi ont fait une reco. Au fait, il y a des batteries de rechange dans le sac, derrière, si vous en avez besoin.

Chavez remplaça les batteries de ses lunettes de vision nocturne.

— Qui est dans la baraque ?

— On veut deux types. Le premier, c'est Felix Cortez. C'est le type qui mène l'opération contre les équipes Showboat — c'est le nom de code pour cette opération, au cas où vous le sauriez pas. Il trempe aussi dans le meurtre de l'ambassadeur. Je le veux à

tout prix, vivant. Le second, c'est le señor Escobedo.
C'est un des gros bonnets du Cartel. Beaucoup de
gens veulent sa peau.

— Ouais, on a pas encore eu de gros bonnets, dit
Leon.

— On a déjà eu cinq ou six de ces salauds. C'était
ma partie de l'opération.

Clark se tourna vers Chavez, il devait établir sa
crédibilité.

— Mais comment ? Quand ?

— On ne peut pas causer autant, les enfants. On
va pas crier sur les toits qu'on a fait des cartons.

— Vous êtes vraiment aussi bon ?

— Des fois oui, des fois non. Les mecs, si vous
n'étiez pas foutrement bons, vous seriez pas là. Et il
y a des fois où c'est un sacré coup de pot.

— On vient juste de passer à côté, dit Leon. Je sais
pas ce qui a foiré, mais le capitaine Rojas...

— Je sais. J'ai vu quelques salauds charger son
corps à l'arrière d'un camion.

— Et...

— Qu'est-ce que j'ai fait ? Ils étaient trois. Je les ai
foutus avec dans le camion, puis j'ai mis le feu. Je
suis pas très fier de ça, c'était pas grand-chose, mais
c'est tout ce que je pouvais faire.

— Alors, qui nous a largués ?

— Le même qui a bousillé la radio. Je sais qui
c'est. Quand tout sera fini, j'aurai sa peau. On
n'envoie pas des types sur le terrain pour les laisser
dans la merde.

— Alors, qu'est-ce que vous allez faire ? demanda
Vega.

— C'est moi qui lui passerai les bracelets. Bon,
écoutez les gars. Vous en faites pas pour cette nuit.
Une chose à la fois. Vous êtes des soldats, pas une
bande de minettes. Causez moins et pensez plus.

Chavez, Vega et Leon se mirent immédiatement à
vérifier leur équipement. Ils démontèrent et net-
toyèrent leurs armes. Clark arriva à Anserma au
coucher du soleil. Il trouva une colline tranquille à
deux kilomètres de la maison. Il prit les lunettes de

Vega et il s'approcha de la maison avec Chavez. Une demi-heure après, ils pouvaient la voir, séparée des bois par deux cents mètres de terrain dégagé.

— Mauvais ça.

— J'en compte six, tous avec des AK.

— V'là du monde, dit l'officier de la CIA, se tournant pour voir d'où venait le bruit. Une Mercedes, elle pouvait appartenir à n'importe quel membre du Cartel. Deux autres voitures, une devant, une derrière, six gardes en descendirent pour inspecter le périmètre.

— Escobedo et LaTorre. Deux gros bonnets qui viennent voir le colonel Cortez. Je me demande pourquoi...

— Ils sont trop nombreux, dit Chavez.

— Vous avez vu qu'il n'y avait pas de mot de passe ?

— Et alors ?

— C'est faisable, si on se débrouille bien.

— Mais comment...

— Un peu d'imagination. On retourne à la voiture.

Cela leur prit vingt minutes. Une fois arrivé, Clark régla une des radios.

— César, ici Serpent, à vous.

Le second ravitaillement se fit en vue de la côte. Ils devaient faire le plein au moins encore une fois avant de retourner à Panama. Ils ne pensaient pas à l'autre solution. Francie Montaigne pilotait son Combat Talon avec son talent habituel, les quatre hélices à plein régime. Les opérateurs radio étaient en communication avec les équipes survivantes, enlevant ce poids à l'équipage de l'hélicoptère. Pour la première fois de l'opération, l'équipe aérienne fonctionnait comme à l'entraînement. Le MC-130E coordonnerait les différents éléments, dirigeant le Pave Low vers les zones déterminées, tout en fournissant l'hélico de PJ en kérosène.

Le vol était plus calme, Ryan pouvait se tenir debout. L'ennui avait fait place à la peur et il se débrouillait avec le hublot de tir. L'équipage l'avait accepté — au moins comme un intrus nécessaire.

— Ryan, vous m'entendez ? demanda Johns.

— Ouais, colonel.

— Vos gars au sol veulent que l'on procède autrement.

— Comment ?

PJ lui expliqua.

— Ça implique un autre ravitaillement, sinon pas de problème. À vous de décider.

— Vous êtes sûr ?

— C'est pour ça qu'on est là.

— Alors, okay. On veut cet enfoiré.

— Affirmatif. Sergent Zimmer, on survole la terre dans une minute. Vérifiez les systèmes.

Le mécanicien en vol regarda ses instruments.

— Affirmatif, PJ. Tout me paraît OK, colonel.

— Okay. Premier arrêt : équipe Destin. Arrivée dans deux-zéro minutes. Ryan, accrochez-vous. On va faire du rase-mottes. Je vais parler avec notre appui.

Jack ne savait pas ce qu'il voulait dire. Il comprit immédiatement dès qu'ils franchirent la première série de montagnes côtières. Le Pave Low bondissait comme un ascenseur détraqué. L'hélicoptère volait en pilotage automatique, incliné de six degrés, suivant les déclivités du terrain, chaque fois à la limite du sol. L'appareil était conçu pour être sûr, pas confortable.

— Première ZA dans trois minutes. Préparez-vous, Buck.

— Affirmatif.

Zimmer appuya sur un bouton de sa console.

— Sécurités, prêtes. Canons, prêts.

— Canonniers, en position. C'est valable pour vous, Ryan.

— Merci.

Il prit position sur la gauche de l'appareil et tourna le bouton de mise en marche du canon, qui commença à tourner.

— Arrivée dans une minute, dit le copilote. J'ai un signal à 11 heures.

— Okay. Destin, ici César, vous me recevez ? À vous.

Jack n'entendit qu'une partie de la conversation, mais remercia l'équipage de laisser les gars à l'arrière entendre ce qui se passait.

— Affirmatif, Destin, redonnez votre position... Affirmatif, on arrive. Bonne réception. Trente secondes. Préparez-vous, derrière, déverrouillez les canons, dit le capitaine Willis.

Jack éloigna ses pouces des sécurités tout en levant le canon. L'hélicoptère leva le nez en descendant. Il s'arrêta à trente centimètres du sol.

— Buck, dites au capitaine de venir immédiatement à l'avant.

— Affirmatif, PJ.

Ryan entendit Zimmer courir, puis les hommes monter à bord. Il continua à regarder dehors, jusqu'à ce que l'hélicoptère décolle, même là, il garda le canon braqué vers le sol.

— Pas trop mal, hein ? fit observer le colonel Johns tout en dirigeant l'appareil vers le sud. Je sais même pas pourquoi on nous paie pour faire ça. Où est ce fantassin ?

— Je vous l'amène, colonel, répondit Zimmer. On les a tous, pas de blessés.

— Capitaine ?

— Oui, mon colonel ?

— On a du boulot pour votre équipe si c'est OK pour vous.

— Allez-y, colonel.

Le MC-130E Combat Talon survolait le territoire colombien, ce qui rendait l'équipage un peu nerveux, puisqu'ils volaient sans autorisation. Leur travail consistait à relayer les communications, et même avec le système perfectionné à bord, l'appareil ne pouvait le faire en restant au-dessus de l'océan.

Ils avaient besoin d'un bon radar. L'équipe Pave Low/Combat Talon devait opérer en coopération avec un AWAC. En poste, un lieutenant et quelques sous-officiers étaient plongés dans des cartes et communiquaient via des fréquences verrouillées.

— César, donnez votre niveau de carburant, demanda le capitaine Montaigne.

— C'est bon, Griffe. On reste dans les vallées. Prochain ravitaillement dans huit-zéro minutes.

— Affirmatif, huit-zéro minutes. On sera fixé sur un trafic radio ennemi à ce moment.

— Bien reçu.

C'était envisageable. Et si le Cartel avait quelqu'un à lui dans l'armée de l'air colombienne ? Si sophistiqués soient-ils, les deux appareils pouvaient être descendus par un vieux P-51 de la dernière guerre.

Clark attendait les autres, avec deux véhicules. Vega avait fauché un camion suffisant pour leurs besoins. Ses connaissances en matière de démarreurs étaient assez vagues. L'hélicoptère toucha le sol et les hommes bondirent à côté de la lumière que tenait Chavez. Clark donna rapidement les consignes à leur officier. L'hélicoptère décolla immédiatement en direction du nord, aidé par un vent de vingt nœuds. Puis il obliqua vers l'ouest en direction du MC-130 pour un nouveau ravitaillement.

Le minibus et le camion retournèrent à la Ferme. Cortez voulait être hors de vue, mais avait négligé de considérer sa sécurité en termes militaires. Il raisonnait en espion, pour qui secret équivaut à sécurité, non en homme de terrain pour qui sécurité est synonyme d'armes et d'un champ de tir dégagé. Tout le monde a ses limites. Clark regroupa les hommes de l'équipe Destin à l'arrière du camion, un schéma de l'objectif dessiné à la main. Comme au bon vieux temps, remplir les missions sans instructions. Il espéra que ces jeunes éclaireurs seraient aussi bons que les costauds du 3e GOS. Clark, lui aussi, avait ses limites. Les costauds du 3e GOS avaient été jeunes, eux aussi.

— Dans dix minutes, alors, conclut-il.

— Parfait. On n'a pas eu beaucoup d'engagements, on a toutes les armes et munitions nécessaires, répondit le capitaine.

— Alors ? demanda Escobedo.

— Alors, nous avons tué dix *Norteamericanos* la nuit dernière et nous en tuerons dix de plus cette nuit.

— Mais les pertes ! objecta LaTorre.

— Nous combattons des soldats hautement qualifiés. Nos hommes les ont écrasés, mais l'ennemi s'est battu courageusement. Un seul survivant, son cadavre est dans la pièce à côté. Il est mort peu de temps après son arrivée ici, dit Cortez.

— Comment savez-vous s'ils ne sont pas trop près ?

Escobedo n'oubliait pas sa sécurité personnelle.

— Je connais la position de chaque groupe ennemi. Ils attendent d'être évacués par hélicoptère. Ils ne savent pas que leurs hélicoptères ont été rappelés.

— Comment savez-vous tout ça ?

— J'ai mes méthodes. Vous avez fait appel à mes compétences. Ne soyez pas surpris si je les utilise.

— Et maintenant ?

— Notre groupe d'assaut — deux cents hommes cette fois — doit être en train de s'approcher du second groupe américain. Son nom de code est Image. La question est de savoir quels membres de la direction du Cartel profitent de tout cela. Je devrais plutôt dire, quels membres travaillent avec les Américains et s'en servent pour leurs propres fins. Comme c'est souvent le cas dans une telle opération, les deux côtés donnent l'impression de se servir de l'autre.

— Oh ?

— Si, *jefe*. Et je ne vous surprendrai pas en vous disant que j'ai identifié qui trahit ses camarades.

Il regarda les deux hommes, un léger sourire aux lèvres.

Il n'y avait que deux gardes. Clark était dans le minibus tandis que Destin fonçait vers l'objectif à travers bois. Vega et Leon avaient démonté une fenêtre du côté, que Vega maintenait à la main.

— Tout le monde est prêt ? demanda Clark.

— Go !

— C'est parti !

Clark aborda le dernier virage de la route et freina, plaçant le minibus à droite des deux gardes. Ils braquèrent leurs armes quand il freina.

— Excusez-moi, je suis perdu.

Vega laissa tomber la vitre, Chavez et Leon se mirent à genoux et pointèrent leurs PM-5 vers les gardes. Ils reçurent une balle en pleine tête et tombèrent sans un bruit. Curieusement, les armes silencieuses paraissaient plus bruyantes à l'intérieur du véhicule.

— Beau boulot.

Clark prit sa radio avant de continuer.

— Ici Serpent. Destin au rapport.

— Serpent, ici Destin Six. En position. Je répète, en position.

— Affirmatif. Ne bougez pas. César, ici Serpent.

— Serpent, ici César, parlez.

— Position vérifiée.

— Nous sommes à huit kilomètres.

— Affirmatif, César, restez à huit kilomètres. On vous prévient dès qu'on y va.

Clark éteignit les phares, recula le minibus d'une centaine de mètres et l'arrêta dans un virage pour bloquer la route.

— Passez-moi une grenade.

Il attacha la grenade avec une ficelle à la porte, la goupille étant reliée par une autre ficelle à la pédale d'accélérateur. Tout péterait à la figure de celui qui ouvrirait la porte.

— Okay, on y va.

— C'est vicieux, ça, fit remarquer Chavez.

— Écoute, j'étais déjà Ninja avant que ce soit la mode. Maintenant, ferme-la et fais ton boulot.

Ce n'était plus le moment de rigoler. Il se sentait jeune à nouveau, mais il aurait préféré que sa jeunesse ne soit pas faite de choses oubliées. Le plaisir de mener des hommes au combat était une chose terrible, dangereuse. C'était ce qu'il faisait le mieux, et il le savait. A ce moment, il n'était plus M. Clark, mais le Serpent, l'homme que personne n'entendait venir. Il leur fallut cinq minutes pour atteindre l'obstacle final.

Les Viets étaient des ennemis plus forts que ceux-là. Tous les hommes de garde se trouvaient près de la maison. Il prit les lunettes de vision nocturne de Vega et les compta, vérifiant également le sol.

— Destin Six, ici Serpent. Votre position ?

— On est à la lisière, au nord de l'objectif.

— Signalez vos lampes à l'infrarouge.

— Okay. C'est fait.

Clark vit le rayon infrarouge briller à trente pieds de la lisière. Chavez qui écoutait sur la même fréquence fit de même.

— Okay. Ne bougez plus. César, ici Serpent. Nous sommes en position du côté est de l'objectif, où la route arrive. Destin est du côté nord. Deux signaux marquent nos positions. Répétez.

— Affirmatif, bien reçu. Vous êtes à la lisière, à l'est de l'objectif. Je répète, à l'est de l'objectif, Destin au nord. Signaux marquent vos positions. Nous attendons à huit kilomètres, répondit PJ de sa voix d'ordinateur.

— Affirmatif. Dépêchez-vous, le spectacle commence. Je répète, Dépêchez-vous.

— Affirmatif, bien reçu. César chauffe les canons.

— Destin, ici Serpent. Ouvrez le feu, ouvrez le feu.

Cortez les tenait tous les deux en position d'infériorité, ils ne savaient pas pourquoi. Felix avait dit à LaTorre qu'Escobedo était le traître dans leurs rangs. C'est pourquoi il sortit son pistolet le premier.

— Qu'est-ce que c'est ? demanda Escobedo.

— L'embuscade était très intelligente, *jefe*, mais j'ai vu clair dans votre jeu, dit Cortez.

— Mais de quoi parlez-vous ?

Avant que Cortez n'ait pu donner la réponse, des coups de feu éclatèrent au nord de la maison. Felix n'était pas un imbécile. Sa première réaction fut d'éteindre la lumière. LaTorre pointait toujours son arme sur Escobedo. Cortez s'approcha de la fenêtre pour voir ce qui se passait. Arrivé là, il se mit à genoux, à l'abri du chambranle. La maison en pierre pouvait arrêter une balle, pas la fenêtre.

Le feu était léger et sporadique, quelques hommes seulement, un simple tracas et il avait des types pour s'en occuper. Les hommes de Cortez et les gardes du corps d'Escobedo et LaTorre ripostèrent. Felix regarda ses hommes se déplacer comme des soldats, se séparant en deux groupes, utilisant le schéma de combat classique de l'infanterie. Quel que soit ce tracas, ils allaient le régler rapidement. Les gardes du corps du Cartel, comme d'habitude, étaient courageux mais inefficaces. Deux étaient déjà hors de combat.

Ça marchait déjà. Le feu en provenance des arbres diminuait. Des bandits, sans doute, qui réalisaient trop tard à qui ils avaient affaire...

Il n'avait jamais entendu tel vacarme.

— Cible en vue, entendit Jack dans ses écouteurs. Ryan était du mauvais côté. Le colonel Johns ne le considérait pas comme un vrai artilleur. Le sergent Zimmer était du côté droit, celui du pilote. Leur approche s'était faite si bas que Ryan *savait* qu'il pouvait toucher la cime des arbres. Puis l'appareil pivota. Le bruit et les vibrations agressèrent littéralement Jack malgré les équipements de protection. L'éclair qui accompagnait le bruit jetait une ombre de l'appareil devant les yeux de Jack pendant qu'il cherchait d'autres cibles.

Cela ressemblait à un énorme tube de néon courbe. Partout où ça touchait le sol, il y avait des nuages de poussière. Ça balayait le terrain entre la maison et les arbres. Cortez ne pouvait rien voir à travers la poussière, même pas les éclairs des armes de ses hommes. Il y eut d'autres éclairs, mais venant de plus loin, plus nombreux cette fois.

— Cessez le feu, cessez le feu.
— Affirmatif, répondit la radio.

Le terrible bruit cessa au-dessus de sa tête. Il ne l'avait pas entendu depuis sa jeunesse, toujours aussi terrifiant.

— Ici Serpent, on y va, Destin, confirmez.

— Destin, ici Six, cessez le feu ! Cessez le feu !

Le tir venant de la lisière cessa.

— Ici Serpent : Go !

— En avant !

C'était stupide de les mener avec un pistolet silencieux à la main, mais Clark était le chef, un bon chef doit être en tête. Ils couvrirent les deux cents mètres en trente secondes.

— La porte !

Vega se servit de son AK pour faire sauter les charnières, et l'enfonça. Clark plongea à terre, et vit un homme dans la pièce. Il tira avec son AK, mais trop haut. Clark lui logea deux balles dans la tête. Il n'y avait pas de porte pour l'autre pièce. Clark fit un geste à Chavez qui lança une lacrymogène. Ils attendirent l'explosion puis s'engouffrèrent dans la pièce, toujours courbés en deux.

Il y avait trois hommes. Le premier, tenant un pistolet, se tourna vers eux. Chavez et Clark le touchèrent à la poitrine et au poing. L'autre homme armé essaya de se tourner, mais à genoux il tomba sur le côté. Chavez lui balança un coup de crosse dans le bras. Clark bloqua le troisième contre le mur. Leon et Vega entrèrent, la dernière pièce était vide.

— La maison est nettoyée, cria Vega. Hé, je...

— Venez !

Clark poussa son prisonnier dehors. Chavez fit de même, couvert par Leon. Vega se déplaçait lentement. Ils ne comprirent qu'une fois dehors.

— César, ici Serpent. On les a. On se tire d'ici en vitesse.

— Leon, regarde par là, dit Vega.

— Tony, dit le sergent.

Le seul autre survivant de Ninja Hill faisait partie de l'équipe Drapeau. Leon se dirigea vers Escobedo qui était encore conscient.

— Fils de pute ! Je vais te crever ! hurla Leon en abaissant son arme.

— Arrête ! cria Clark.

Il fut obligé de le frapper.

— T'es un soldat, nom de Dieu, agis comme tel ! Toi et Vega, portez votre ami à l'hélico.

L'équipe Destin traversa le champ. Certains ennemis n'étaient pas morts, après un coup de fusil, si. Le capitaine regroupa ses hommes et les compta.

— Bon boulot. Vous avez tout le monde ? lui demanda Clark.

— Oui !

— Okay, voilà notre carrosse.

Le Pave Low ne toucha pas le sol. Comme au bon vieux temps. En se posant sur le sol, l'hélicoptère aurait pu sauter sur une mine. C'était peu probable ici, mais PJ n'était pas devenu colonel en prenant ce genre de risques. Il empoigna Escobedo par le bras — il l'avait reconnu — et le balança à l'intérieur de l'appareil. Un des membres de l'équipage répartit les hommes. Avant même que Clark se soit assis avec son prisonnier, le MH-53J s'envolait vers le nord. Clark confia la garde d'Escobedo à un soldat et alla à l'avant.

Doux Jésus.

Ryan avait compté huit cadavres près de l'hélicoptère. Jack remit la sécurité à son canon et se détendit — réellement cette fois. Une détente relative, mais mieux vaut être assis à l'arrière d'un foutu hélicoptère que d'être descendu. Une main lui tapa sur l'épaule.

— On a Cortez et Escobedo vivants ! lui cria Clark.

— Escobedo ? Mais qu'est-ce qu'il...

— Vous n'êtes pas content ?

— Mais qu'est-ce qu'on va en faire ?

— Je pouvais tout de même pas le laisser là !

— Mais qu'est-ce que...

— Si vous voulez, je peux donner une leçon de vol à ce salaud.

S'il sait voler avant de toucher le sol...

— Non, bordel ! C'est un meurtre !

— Dites donc, ce canon, c'est pas précisément fait pour négocier !

— OK, les mecs.

PJ mit fin à la conversation. Encore un arrêt. Demain il fera jour.

29

RAVITAILLEMENTS

Ça avait commencé par l'avertissement du Président. L'amiral Cutter n'avait pas l'habitude qu'on lui demande des comptes. Il appela Ritter à l'Agence et lui posa des questions. C'était une insulte déguisée, une attitude contestable, mais si jamais le Président avait raison ? La réaction de Ritter fut troublante. Sans la moindre trace d'irritation dans la voix, il répondit comme n'importe quel bureaucrate qui confirme que les ordres ont bien été transmis. Ritter était un enfoiré froid et efficace, mais même ce genre de personnage a ses limites, et ses émotions pouvaient transparaître. Cutter savait avoir atteint et dépassé ce point avec le directeur adjoint des Opérations. Or son énervement aurait dû se voir.

Quelque chose ne va pas. Le conseiller à la Sécurité nationale s'efforça de se détendre. Quelque chose n'allait pas. Ritter avait peut-être compris que c'était la seule solution, il s'était peut-être résigné à l'inévitable. Après tout, Ritter était directeur adjoint et c'était son gagne-pain. Il y avait pas mal de types de ce genre dans les ministères. Des types qui ne veulent pas perdre bureau, secrétaire, chauffeur et tous ces titres qui leur donnaient de l'importance, malgré leurs salaires médiocres. Quitter le service du gouvernement voulait dire retourner au monde réel et, dans le monde réel, les gens attendent des résultats. Combien de personnes restent fonctionnaires pour la sécurité, l'isolement par rapport au monde « réel » ? Et en plus ils se croient serviteurs dévoués de la nation.

Mais Cutter n'avait aucune certitude. Il téléphona donc à la base d'Hurlburt Field et demanda le bureau des opérations en vol.

— Je voudrais parler au colonel Johns.

— Le colonel Johns n'est pas ici et on ne peut pas le joindre.

— Il faut que je sache où le joindre.

— Je ne peux pas vous répondre, monsieur.

— Comment ça, vous ne pouvez pas me répondre, capitaine ?

L'officier des opérations en vol n'était pas de service ce soir-là, un des pilotes d'hélicoptère se chargeait de la permanence.

— Je ne sais pas, monsieur.

Il aurait voulu se montrer un peu plus insolent, mais l'appel venait d'une ligne protégée et il ne savait pas qui était au bout du fil.

— Qui est au courant ?

— Je ne sais pas, mais je peux essayer de me renseigner.

Est-ce qu'on se payait sa tête ?

— Est-ce que tous vos MC-130 sont ici ?

— Trois appareils sont en détachement temporaire quelque part, monsieur, dans un lieu secret. C'est toujours comme ça, monsieur. D'un autre côté, avec l'ouragan qui s'annonce, nous sommes prêts à déplacer nos appareils s'il vient jusqu'à nous.

Cutter aurait pu exiger les informations immédiatement. Mais il aurait dû s'identifier, et même dans ce cas, un jeune officier subalterne n'aurait pas répondu, parce qu'il avait ses ordres, que l'appel vienne d'une ligne protégée ou non. Une demande de ce type aurait éveillé l'attention, ce que Cutter ne voulait pas...

— Très bien, dit Cutter avant de raccrocher.

Il appela Andrews.

La première alerte vint de Larson, qui survolait la ZA d'Image avec son Beechcraft. Juardo scrutait le sol avec ses lunettes à amplificateur de brillance.

— Hé ! J'ai des camions à trois heures. Une quinzaine.

— Oh ! Magnifique.

Le pilote brancha son microphone.

— Griffe, ici Regard perçant, à vous.

— Regard perçant, ici Griffe, répondit le Combat Talon.

— Activité possible au sol. Six kilomètres au sud-est d'Image. Je répète, camions au sol. Pas d'ennemi en vue. Prévenez Image et Destin.

— Affirmatif. Bien reçu.

— Seigneur, j'espère qu'ils sont calmes ce soir, on va jeter un œil, dit Larson à Juardo.

— C'est vous qui décidez.

Larson abaissa ses volets et réduisit les gaz autant que possible. Voler de nuit au ras des montagnes ne l'amusait pas du tout. Juardo scrutait le sol avec ses lunettes mais la couverture de feuilles était trop épaisse.

— Je ne vois rien.

— Je me demande depuis combien de temps ces camions sont là.

Il y eut un éclair au sol, à cinq cents mètres du sommet, suivi d'autres étincelles.

Larson fit un autre appel.

— Griffe, ici Regard perçant. Combat possible près de la ZA d'Image.

— Affirmatif.

— Affirmatif, bien reçu, dit PJ au MC-130.

— Du commandant à l'équipage : combat possible à la prochaine ZA. Ça risque de chauffer.

Il se passa quelque chose à ce moment. L'appareil perdait de l'altitude et ralentissait.

— Buck, qu'est-ce qui se passe ?

— Oh là ! dit le mécanicien de vol. Je crois qu'on a une fuite en P3. Perte de pression, c'est peut-être une soupape qui déconne au moteur Deux. Je perds de la puissance à la turbine, problème à la soupape d'admission, monsieur. La temp. 5 monte un peu.

Dix pieds au-dessus de la tête du mécanicien, un ressort de soupape s'était brisé, ouvrant celle-ci bien plus que la normale. Cela libérait l'air qui devait recirculer dans le turbo-propulseur. De fait, la combustion était réduite dans le moteur, et cela se traduisait par une perte de puissance à la turbine et à l'admission. En conséquence, la baisse du volume d'air entraînait une montée de la température des pipes d'échappement, la temp. 5. Johns et Willis le voyaient sur les instruments, mais seul le sergent Zimmer pouvait leur dire où se situait le problème, les moteurs, c'était son domaine.

— Qu'est-ce qui se passe, Buck ?

— Nous avons perdu vingt-six pour cent de puissance au moteur Deux, monsieur. Je ne peux rien y faire. Une soupape déconne, ça devrait pas bouger. La température aux pipes d'échappement devrait se stabiliser, au seuil de tolérance, peut-être. C'est pas encore une urgence, PJ. Je garde un œil dessus.

— Bien.

Le pilote grognait contre la soupape, pas contre Zimmer. C'était une mauvaise nouvelle. Les choses s'étaient bien déroulées cette nuit, trop bien. Comme tout vétéran des combats, Paul Johns était un homme méfiant. Son esprit ne s'occupait que des problèmes de poids et de puissance. Il devait franchir ces foutues montagnes avant de se ravitailler et d'atteindre le Panama...

Mais il y avait d'abord un ramassage à faire.

— Combien de temps ?

— Quatre minutes. On le verra après la prochaine crête. On commence à perdre de l'altitude, colonel.

— Je vois ça.

Johns regardait ses instruments. Le numéro Un tournait à 104 % de sa puissance, le numéro Deux à 73 %. Puisqu'ils pouvaient accomplir la dernière partie de la mission malgré ce problème, il pouvait l'oublier un peu. PJ intégra de nouvelles données au pilotage automatique. Ce serait plus dur de franchir les hauteurs avec plus de charge et moins de puissance.

— On se bat là-dessous !

Avec son système de vision nocturne, Johns se rendait bien compte du combat au sol.

— Image, ici César, à vous. – Pas de réponse. – Image, ici César, à vous.

— César, ici Image, on nous attaque.

— Affirmatif, Image, je le vois. Je vous localise à trois cents mètres en dessous de la ZA. Allez-y, on vous couvre, je répète, on vous couvre.

— Nous sommes en combat rapproché, César.

— Foncez. Je répète, foncez, on vous couvre.

Allez-y les gars. Je sais ce que c'est.

— Dégagez ! Maintenant !

— Affirmatif. Image, ici Six. Foncez vers la ZA. Je répète, foncez vers la ZA.

— Buck, préparez-vous. Mitrailleurs en position, ça chauffe à la ZA. Il y a des nôtres au sol. Je répète : il y a des nôtres au sol, les mecs. Faites vachement gaffe avec ces foutus canons.

Quand il était encore au-dessus du Laos, Johns aurait souhaité en avoir autant. Cinq cents kilos de blindage en titane recouvraient les moteurs, les réservoirs, les systèmes de transmission du Pave Low. L'équipage était protégé par du Kevlar. Le reste de l'appareil était moins bien pourvu — un enfant pouvait enfoncer un tournevis à travers les parois d'aluminium. Il survola la ZA à trois cents mètres d'altitude, décrivant un cercle afin d'avoir un aperçu de la situation. Ça n'allait pas très bien.

— Je n'aime pas ça PJ, dit Zimmer par l'interphone.

Le sergent Bean, qui servait le canon de la rampe arrière, avait la même impression mais ne dit rien. Ryan non plus.

— Ils y vont, Buck.

— On dirait.

— Okay, j'amorce une spirale. Du commandant à l'équipage, on s'approche. Vous pouvez riposter, mais rien d'autre sans mon ordre. Confirmez.

— Zimmer, bien compris.

— Bean, bien compris.

— Ryan, OK.

Je ne vois même pas où je dois tirer.

La situation était encore pire qu'ils ne l'imaginaient. Les assaillants du Cartel avaient choisi d'approcher la zone d'atterrissage par une voie inattendue. L'équipe Image n'avait pas eu le temps de préparer un réseau défensif complet. Plus grave encore, certains des ennemis étaient des survivants de la bataille contre Couteau et ils en avaient tiré les enseignements. Par exemple, que la protection se trouve parfois accrue par une avance rapide. Ils connaissaient l'existence de l'hélicoptère, mais n'avaient pas d'informations précises. Ils ne savaient rien sur son armement, ils attendaient un hélico désarmé, parce qu'ils n'en n'avaient jamais vu d'autres. Image se retirait rapidement, en laissant des pièges et des mines, mais, là encore, les pertes infligées fonctionnaient moins comme un avertissement que comme un stimulant. Les vétérans de Ninja Hill avaient appris. Ils se divisèrent en trois groupes et encerclèrent le sommet de la ZA.

— J'ai un signal lumineux, dit Willis.
— Image, ici César, confirmez la ZA.
— César, ici Image, vous avez nos signaux ?
— Affirmatif. On arrive. Regroupez vos hommes à découvert. Je répète, regoupez vos hommes pour qu'on les voie.
— Nous avons trois blessés. On fera de notre mieux.
— Dans trente secondes.
— On sera prêt.
Les mitrailleurs entendirent la moitié de la communication, suivie de leurs instructions.
— Commandant à l'équipage : les nôtres sont à découvert, arrosez tout le périmètre. Je veux que vous éliminiez tout le reste. Ryan, vous pulvérisez !
— Affirmatif.
— Dans quinze secondes, ouvrez les yeux, les mecs.
Il déboula sans avertissement, personne ne l'avait vu venir. Le Pave Low descendait par étapes, mais il ne pouvait pas totalement éviter de survoler des soldats ennemis. Six d'entre eux virent la masse noire,

et tirèrent en l'air, au jugé. Des balles de 7,62 mm traversèrent le plancher de l'appareil. Le bruit était reconnaissable, quelqu'un avait été touché.

— PJ, on nous tire dessus !

Zimmer abaissa son arme et lâcha une courte rafale. Les traçantes indiquèrent la nature et la position du Pave Low. Le tir ennemi se renforça.

Les balles touchèrent le blindage, sans le transpercer. Les impacts éclataient comme des lucioles. Johns vira d'instinct sur la droite, pour s'éloigner des tirs. Mais le côté gauche de l'appareil n'était plus protégé.

Ryan n'avait jamais eu aussi peur. Il avait l'impression que des centaines, des milliers d'éclairs le visaient. Il voulait se coucher à terre, mais l'abri le plus sûr était l'affût du canon. Il n'avait pas beaucoup de cibles, il visa un groupe d'éclairs plus serré et pressa le bouton.

C'était comme tenir un marteau-piqueur. Une flamme de six pieds éclata devant ses yeux, si aveuglante qu'il ne voyait plus rien à travers. Mais les éclairs au sol étaient immanquables. Il tourna le canon, aidé par les girations de l'hélicoptère et les vibrations de son arme. Les traçantes foncèrent vers la cible. Quand il releva ses pouces, les éclairs avaient cessé.

Sa surprise fut telle qu'il en oublia le danger. Ryan sélectionna une autre zone de tir et se remit en action, s'en tenant à de courtes rafales, quelques centaines de coups. Puis l'hélico fit demi-tour et il n'eut plus de cibles en vue.

Dans la cabine de pilotage, Willis et Johns vérifiaient leurs instruments. Ils s'attendaient à tout. L'appareil n'avait subi aucun dommage important. Toutes les parties vitales étaient protégées par le blindage.

— On a quelques blessés à l'arrière, signala Zimmer. On s'en occupe, PJ.

— OK, Buck, bien reçu.

PJ ramenait l'hélico par la gauche.

— Image, ici César, on refait une tentative.

Sa voix avait perdu son calme glacial. Le combat n'avait pas vraiment changé, il s'était simplement durci.

— Ils se rapprochent. Magnez-vous ! On est tous là, on est tous là !

— Vingt secondes.

— Du commandant à l'équipage, on y retourne. Vingt secondes.

L'hélicoptère stoppa et pivota, s'arrêtant dans sa trajectoire. Johns espérait que les ennemis ne s'attendaient pas à ça. Il poussa les gaz et abaissa le nez de l'hélico pour plonger en plein dans la ZA. A deux cents mètres, il releva le nez et ralentit doucement la course de l'appareil. La manœuvre était parfaite. L'appareil toucha durement le sol à l'endroit prévu à cause de la puissance réduite du numéro Deux. Johns se baissa, craignant d'être tombé dans un traquenard, mais heureusement ce n'était pas le cas.

Cela dura une éternité. Ryan eut l'impression de voir tourner distinctement les pales du rotor. Il essaya de voir à l'arrière si l'équipe était montée à bord, mais il était responsable du canon gauche de l'appareil. Dès qu'il fut certain qu'il n'y avait plus de soldats amis devant lui, il arrosa la ligne d'arbres en décrivant un arc de cercle. Zimmer faisait de même de l'autre côté. Clark regardait la rampe arrière. Bean ne pouvait pas tirer, les leurs couraient vers l'hélico. C'est à ce moment que l'on tira des arbres.

Ryan ne pouvait pas croire que quelqu'un soit encore vivant dans le périmètre qu'il venait de balayer. En un instant, il repéra d'où venait le feu, et pressa le bouton de nouveau. La violence des rafales aurait dû faire reculer l'appareil. La flamme de son tir perça le nuage de poussière soulevé par le rotor.

Clark entendit les cris qui couvraient le bruit sourd des armes de bord. Il sentait les balles qui touchaient le flanc de l'appareil. Deux hommes s'effondrèrent tandis que les autres s'engouffraient à bord.

— Merde !

Il courut ramasser un des soldats et le ramena à la rampe. Chavez et Vega s'occupèrent de l'autre. Les balles ricochaient devant eux. Vega tomba à cinq pieds de la rampe. Clark confia le soldat aux autres membres de l'équipe, puis il retourna aider Chavez. Ils portèrent Vega au bord de la rampe. Ding agrippa les pieds d'Oso et le tira à bord tandis que l'hélicoptère commençait à décoller. On leur tirait encore dessus, mais Bean avait maintenant le champ libre et il se mit à balayer le périmètre. Avec sa charge supplémentaire de quelques tonnes, et une puissance réduite, l'hélicoptère eut du mal à atteindre une altitude de mille sept cents mètres. A l'avant, PJ maudissait cette satanée machine. Le Pave Low gagna quelques mètres, essuyant toujours le feu ennemi.

Au sol, les hommes étaient furieux de voir leurs ennemis s'échapper. L'apparition diabolique de l'hélicoptère leur avait coûté la victoire et de lourdes pertes. Une bonne centaine d'armes restaient pointées en direction de l'appareil.

Ryan sentait les balles le frôler. Il visait, lâchait une courte rafale et sélectionnait une autre cible. Il fallait éliminer le danger pour s'en sortir. Ils n'étaient que trois à bord à pouvoir riposter. Il déplaça son arme de droite à gauche pendant quelques secondes qui lui parurent durer des heures. Sa tête partit en arrière quand quelque chose toucha son casque, mais il se remit immédiatement en position, arrosant le périmètre d'un feu continu. Il devait lever les bras, car les cibles s'éloignaient. Puis tout fut terminé. Comme collées à l'arme, ses mains se détendirent un instant plus tard. Il était abasourdi par le bruit du canon, et il lui fallut quelques secondes avant d'entendre les cris des blessés. La carlingue était remplie d'une fumée acide, qui se dissipa rapidement avec le vol. Ryan avait la vue encore troublée par les éclairs des armes, et ses jambes faiblissaient : la décompression qui suit un violent combat. Il aurait voulu s'asseoir, s'endormir et se réveiller ailleurs.

Tout près de lui, un homme hurlait. Zimmer était étendu sur le dos, les bras autour de sa poitrine. Ryan s'approcha pour voir ce qu'il en était.

Zimmer avait reçu trois balles dans la poitrine et crachait le sang. Une balle l'avait atteint à l'épaule droite, mais les deux autres avaient perforé ses poumons. Il était mourant. Y avait-il un infirmier à bord ? Que faire ? Ryan brancha l'interphone :

— Ici Ryan, le sergent Zimmer est salement amoché.

— Buck ! Buck, est-ce que ça va ?

Zimmer tenta de répondre à PJ mais son micro était débranché. Il cria quelque chose que Ryan ne comprit pas. Les autres non plus ne semblaient pas comprendre ce qui se passait.

— Infirmiers ! Brancardiers ! ajouta-t-il ne sachant pas quel était le terme en usage dans l'infanterie. Allez, Zimmer, tu vas t'en sortir !

Il avait au moins appris ça durant les quelques mois qu'il avait passés dans les marines : savoir donner une raison de vivre.

— On va arranger ça, tu vas t'en sortir. Tiens le coup. Ça fait mal, mais tu vas t'en sortir.

Clark arriva un instant plus tard. Il ouvrit la combinaison de vol, négligeant la douleur qu'il causait à l'épaule blessée. Pour lui aussi, c'était un retour dans le passé. Il avait oublié combien la guerre était horrible, combien il était insupportable de ne servir à rien. Il n'était pas plus utile maintenant, il lui suffisait de voir les blessures. Il regarda Ryan en secouant la tête.

— Mes gosses ! cria Zimmer.

Le sergent avait encore une raison de vivre, trop faible, hélas.

— Parlez-moi de vos gosses.

— Sept, j'en ai ! Je ne peux pas mourir ! Mes gosses... Ils ont besoin de moi !

— Tenez le coup, sergent, on va vous sortir de là. Vous y arriverez !

Ryan eut les larmes aux yeux, honteux de mentir à un mourant.

— Ils ont besoin de moi !

Sa voix s'affaiblissait à mesure que le sang remplissait sa gorge et ses poumons. Il fallait dire quelque chose, donner un espoir. Ryan se pencha vers Zimmer et lui prit la main.

— Sept gosses, hein ?

— Ils ont besoin de moi, murmura Zimmer.

Il ne les verrait pas grandir, se marier. Il ne serait pas là pour les aider et les protéger. Il avait échoué dans son rôle de père.

— Zimmer, je vais vous dire quelque chose que vous ne savez pas sur vos enfants.

— Hein ? Quoi ?

Il avait l'air perdu. Il regarda Ryan, attendant la réponse à la grande énigme de la vie. Jack ne l'avait pas, mais il lui dit ce qu'il pouvait.

— Ils iront tous en fac, mon vieux. — Ryan lui serrait la main aussi fort qu'il pouvait. — Vous avez ma parole, Zimmer, tous vos gosses iront en fac. Je m'en chargerai, je le jure devant Dieu.

Le visage du sergent se transforma un peu, puis il n'exprima plus rien. Ryan rebrancha l'interphone :

— Zimmer est mort, colonel.

— Compris.

Ryan fut choqué par la froideur de la réponse. Il ne connaissait pas les pensées du colonel. *Seigneur, Seigneur, que vais-je dire à Carol et aux gosses ?*

Ryan ôta doucement la tête de Zimmer de ses genoux et la posa sur le plancher de l'hélicoptère. Clark passa ses bras costauds autour du jeune homme.

— C'est vrai. C'était une promesse. Je la tiendrai.

— Je sais. Il le savait aussi. Vraiment.

— Vous êtes sûr ?

Jack commença à pleurer et il lui fut difficile de répéter la question la plus importante de sa vie.

— Vous en êtes vraiment sûr ?

— Oui, il vous a cru. C'était très bien.

Clark serra Ryan dans ses bras, de cette façon dont seuls les hommes qui ont vu la mort en face sont capables.

Le colonel Johns enfouit tout cela dans un recoin de son cerveau. Pour le moment, il avait une mission à accomplir. Buck comprendrait certainement.

L'avion de Cutter se posa à Hurlburt Field après la tombée de la nuit. La voiture qui l'attendait le conduisit au bureau des opérations en vol. Il arrivait sans le moindre avertissement, et surgit brusquement dans le bureau.

— Qui commande ici, nom de Dieu ?

Le sergent reconnut immédiatement le conseiller de la Sécurité nationale.

— Derrière cette porte, monsieur.

Cutter trouva un jeune capitaine en train de se balancer sur sa chaise. L'officier se mit sur pied presque instantanément.

— Où est le colonel Johns ?

— Monsieur, je ne peux pas vous communiquer cette information...

— Non mais, est-ce que vous savez qui je suis ?

— Oui, monsieur.

— Et vous refusez de m'obéir, capitaine ?

— Monsieur, j'ai des ordres.

— Capitaine, j'annule tous vos ordres. Maintenant, vous allez répondre à ma question, et tout de suite !

— Monsieur, je ne sais pas où est...

— Alors trouvez-moi quelqu'un, et amenez-le-moi ici !

Le capitaine était suffisamment effrayé pour ne pas trop insister. Il appela un commandant stationné sur la base, qui arriva au bureau huit minutes plus tard.

— Qu'est-ce que c'est que ce merdier ?

— Commandant, c'est moi le merdier ! Je veux savoir où est le colonel Johns. C'est bien lui le commandant de cette clique, non ?

— Oui, monsieur !

Mais qu'est-ce qui se passe ?

— Vous prétendez que les hommes de cette unité se savent pas où se trouve leur commandant ?

L'amiral Cutter était tellement surpris que l'on n'obéisse pas immédiatement à ses ordres qu'il allait sortir de ses gonds.

— Monsieur, dans les opérations spéciales, on...

— Est-ce un camp de boy-scouts ou une base militaire ? hurla l'amiral.

— Une base militaire. Le colonel Johns est en détachement temporaire. J'ai l'ordre de ne pas divulguer sa mission ni sa position sans son habilitation. Vous n'êtes pas sur sa liste. Ce sont mes ordres, amiral.

— Vous savez quelle est ma fonction et pour qui je travaille ?

Aucun officier subalterne ne lui avait parlé de cette façon depuis plus de dix ans. Il avait brisé des carrières pour moins que ça.

— J'ai des ordres écrits sur cette mission. Le Président n'est pas non plus sur la liste, monsieur.

Le commandant était sur la défensive. *Espèce de con, traiter une base de l'armée de l'air des États-Unis de camp de boy-scouts ! Eh bien va te faire foutre, amiral !* Voilà ce que le visage du commandant trahissait clairement.

Cutter devait radoucir sa voix et retrouver son calme. Il s'occuperait de ce crétin plus tard. Pour l'instant, il avait besoin de l'information.

— Commandant, vous devez m'excuser. Il s'agit d'une affaire de la plus haute importance et je ne peux pas vous expliquer pourquoi. Tout ce que je peux dire, c'est qu'il s'agit d'une question de vie ou de mort. Le colonel Johns pourrait avoir besoin d'aide. L'opération risque de s'effondrer, il faut vraiment que je sache. Votre loyauté envers votre commandant est digne d'éloge et votre sens du devoir est admirable, mais les officiers sont censés faire preuve de jugement. C'est le moment ou jamais, commandant. J'ai besoin de cette information, tout de suite.

La raison triompha là où la colère avait échoué.

— Amiral, le colonel est parti vers Panama avec un de nos MC-130. Je ne sais pas pourquoi, ni ce qu'il va faire. C'est la procédure normale pour les escadrilles des opérations spéciales, monsieur. Tout ce que nous faisons est compartimenté. Je vous ai dit tout ce que je sais, monsieur.

— Vers quelle base ?

— Howard, monsieur.

— Très bien. Comment puis-je les joindre ?

— On ne peut pas les joindre, monsieur. Je n'ai pas cette information. Ils peuvent nous contacter, mais pas l'inverse.

— C'est complètement absurde !

— Pas tant que ça, amiral. Nous procédons toujours ainsi. Le MC-130 est accompagné d'une unité de soutien indépendante. Les Hercule transportent la logistique et le personnel de maintenance et, à moins de nous appeler, ils sont complètement coupés de cette base. En cas d'urgence on peut essayer de les joindre par l'intermédiaire du bureau des opérations de la base d'Howard, mais ce n'est pas le cas. Je peux essayer d'activer cette fréquence pour vous, monsieur, mais ça risque de prendre quelques heures.

— Merci, mais je peux être là-bas en quelques heures.

— Le temps se dégrade dans cette région, monsieur.

— Ça ira.

Cutter quitta la pièce et retourna à sa voiture. Son avion avait été réapprovisionné, et dix minutes plus tard il décollait pour le Panama.

Le plan de vol de Johns était plus facile maintenant, il se dirigeait au nord-est, en suivant l'extrémité des Andes. Le vol était calme, mais il avait trois soucis. Primo, il ne disposait pas de la puissance nécessaire pour franchir les montagnes à l'ouest. Secundo, il devait refaire le plein dans moins d'une heure. Tertio, le temps empirait de minute en minute.

— César, ici Griffe.

— Affirmatif, Griffe.

— Quand comptez-vous faire le plein, monsieur ? demanda le capitaine Montaigne.

— Je veux me rapprocher de la côte d'abord, et si nous ne consommons pas trop, je me dirigerai vers l'ouest pour ça.

— Affirmatif, mais faites attention. On commence à recevoir des émissions radar et quelqu'un nous a peut-être détectés. Ce sont des radars commerciaux mais l'Hercule est assez gros pour leur donner un écho.

Merde ! Johns avait négligé cet élément.

— On va avoir un problème, dit-il à Willis.

— Ouais. Il y a un col dans vingt minutes. On va devoir le survoler.

— Quelle hauteur ?

— Les cartes indiquent 2 468 m. Il y a beaucoup plus bas, plus loin, mais avec ce problème de détection... et le temps. Je ne sais pas, colonel.

— On va bien voir à quelle altitude on peut monter.

Johns n'avait pas forcé sur la puissance durant la dernière demi-heure. A présent, il devait trouver une solution. Il mit les gaz à fond en vérifiant l'indicateur du moteur Deux. L'aiguille n'atteignait pas soixante-dix pour cent.

— La perte de pression empire, patron.

— Je vois.

Ils essayèrent d'obtenir le maximum de portance du rotor, mais celui-ci avait également été endommagé. Le Pave Low peinait, atteignant deux mille trois cents mètres puis commença à perdre de l'altitude, mètre par mètre.

— Si on brûlait moins de kérosène...

— Pariez pas là-dessus.

PJ brancha sa radio.

— Griffe, ici César, on ne peut pas passer la montagne.

— J'arrive.

— Négatif. On doit se ravitailler plus près de la côte.

— César, ici Regard perçant. Bien reçu votre problème. Quel type de carburant pour votre monstre ? demanda Larson.

Il suivait l'hélicoptère depuis le ramassage, en accord avec le plan.

— Écoute fiston, je brûlerais de la pisse si j'en avais assez.

— Vous pouvez atteindre la côte ?

— Affirmatif. Ça sera juste, mais c'est faisable.

— Il y a un petit terrain d'aviation à un-six-zéro kilomètres avec tout le carburant dont vous avez besoin. J'ai aussi un blessé qui a besoin de soins.

Johns et Willis se regardèrent.

— Où est-ce ?

— A quarante minutes. El Pindo. C'est un petit terrain pour les avions privés. Ça devrait être désert à cette heure de la nuit. Ils ont des réservoirs, c'est une concession Shell. Je m'y suis posé une dizaine de fois.

— Altitude ?

— Moins de cent cinquante. De l'air bien consistant pour votre rotor, colonel.

— On y va.

— Griffe, bien reçu ?

— Affirmatif.

— Voilà ce qu'on va faire : obliquez vers l'ouest. Restez à distance pour garder le contact radio, mais évitez la couverture radar.

— Affirmatif, vers l'ouest, répondit Montaigne.

Ryan était assis près de son arme à l'arrière. Deux infirmiers s'occupaient des huit blessés. Clark le rejoignit.

— Okay, qu'est-ce qu'on fait de Cortez et d'Escobedo ?

— On voulait Cortez, pour l'autre, j'en sais rien du tout. Comment va-t-on expliquer son enlèvement ?

— Qu'est-ce que vous croyez ? Qu'on va lui faire un procès ?

— Tout le reste serait un meurtre de sang-froid. C'est un prisonnier, tuer un prisonnier, c'est un meurtre.

Joue pas au légaliste avec moi ! Mais Clark savait que Ryan avait raison.

— Alors, on le ramène ?

— Ça fout l'opération en l'air. Seigneur, j'en sais rien.

— Où va-t-on ? Où va cet hélico ?

— Je ne sais pas.

Ryan posa la question par l'interphone. La réponse le surprit et il la transmit à Clark.

— Écoutez, je me charge de ça. J'ai une idée. Quand on atterrit, je l'emmène. On va arranger ça, Larson et moi. Je crois que ça peut marcher.

— Mais...

— Vous ne voulez pas savoir, hein ?

— Vous n'allez pas le tuer !

— Non, non.

Ryan ne savait pas comment interpréter la réponse de Clark, mais puisqu'il avait une solution...

Larson arriva le premier. Le terrain était très mal éclairé, mais il réussit à poser son appareil. Il le guida vers les réservoirs de carburant. Il venait juste de stopper quand l'hélicoptère atterrit à quinze mètres de là.

Larson était stupéfait. Il y avait une quantité de trous dans l'appareil. Un homme en tenue de vol courut vers lui. Larson le conduisit au tuyau de carburant. La pression était coupée, mais Larson savait où se trouvait l'interrupteur et il tira dans la serrure de la porte. Il n'avait jamais fait ça, mais, comme au cinéma, cinq balles firent sauter la serrure. Une minute plus tard, le sergent Bean avait placé l'ajutage dans un des réservoirs. Clark et Escobedo apparurent, ce dernier tenu en respect par un fusil. Les deux officiers de la CIA se consultèrent.

— On y retourne, dit Clark au pilote.

— Quoi ?

Larson vit deux soldats emporter Juardo à l'hélicoptère.

— On ramène notre ami à Medellin. On a deux ou trois choses à faire avant...

— Super !

Larson grimpa sur une des ailes de son avion pour ouvrir les bouchons de ses réservoirs. Il dut attendre quinze minutes, l'hélicoptère utilisant habituellement un tuyau plus large. Le rotor se mit en marche et l'hélicoptère décolla dans la nuit. Au nord, le ciel était traversé d'éclairs et Larson était content de ne pas devoir voler dans cette direction. Il laissa Clark s'occuper du ravitaillement pendant qu'il passait un coup de fil. Le plus drôle, c'est qu'il allait gagner une sacrée fortune. C'était la seule chose amusante de tout ce mois.

— OK, dernier arrêt, on rentre à la maison.
— La température des moteurs n'est pas très bonne, répondit Willis.

Les moteurs T-64-GE-7 étaient prévus pour consommer du kérosène, pas le carburant riche en octane utilisé par les avions privés. La garantie du constructeur indiquait que l'on pouvait utiliser ce carburant pendant trente heures avant que les brûleurs ne partent en fumée. Mais la garantie ne disait rien à propos des ressorts de soupape défaillants et de la perte de pression.

— J'ai comme l'impression qu'on va pouvoir les refroidir.

Le colonel regardait le temps devant lui.

— On redevient optimiste, colonel !

Ce n'était pas un orage qui se dressait entre eux et Panama, mais un ouragan. Dans le fond, c'était plus inquiétant que de se faire tirer dessus. On ne peut pas riposter contre une tempête.

— Griffe, ici César, à vous.
— Je vous reçois, César.
— Que dit la météo devant ?
— Mauvais, monsieur. Je vous conseille d'aller à l'ouest, de trouver un endroit où grimper et d'essayer de passer par la côte pacifique.

Willis regarda son écran de navigation.

— Euh, Griffe, on a juste perdu quelques dizaines de livres. Euh, je crois qu'il nous faut une autre route.
— Monsieur, la tempête se déplace vers l'ouest à quinze nœuds, et votre trajet vers Panama vous emmène en plein dans le quartier droit inférieur.

Vents contraires tout le temps.

— Donnez-moi les chiffres.

— Pointes de vents à sept-zéro nœuds sur votre trajet.

— Magnifique ! Ça va être juste pour Panama, vraiment très juste.

Johns acquiesça. Les vents et la pluie allaient fortement diminuer l'efficacité des moteurs. Le rayon d'action allait être réduit de moitié... Pas de ravitaillement possible dans la tempête... Pas de possibilité d'atterrissage non plus... Johns rebrancha sa radio.

— Griffe, ici César. On va vers Remplaçant Un.

— Vous avez perdu la tête ? répondit Francie Montaigne.

— Je n'aime pas ça, monsieur, ajouta Willis.

— Parfait. Vous pourrez témoigner du résultat. Ce n'est qu'à cent soixante kilomètres de la côte. Et si ça ne marche pas, on se servira des vents pour nous rabattre. Griffe, j'ai besoin de la position de Remplaçant Un.

— Vous êtes complètement cinglé !

Montaigne s'adressa à ses radios :

— Appelez Remplaçant Un. J'ai besoin de sa position, tout de suite !

Murray ne s'amusait pas du tout. Wegener avait beau lui dire qu'Adèle n'était pas un gros ouragan, c'était plus qu'il n'attendait. Les creux étaient de douze mètres, et *Panache* ressemblait plus à un jouet dans une baignoire qu'à une masse d'acier accostée à quai. L'agent du FBI avait avalé de la scopolamine pour combattre son mal de mer, le médicament ne faisait guère d'effet. Wegener était assis à la passerelle et fumait sa pipe comme dans *Le Vieil Homme et la mer*, tandis que Murray s'accrochait à la barre au-dessus de sa tête comme un trapéziste.

Ils ne se trouvaient pas à la position prévue. Wegener avait expliqué à son visiteur qu'ils ne pouvaient pas faire autrement. Ici, ça secouait, mais Murray se rendait compte que c'était pire ailleurs. Il jeta un coup d'œil à la masse de nuages au-dessus d'eux.

— *Panache*, ici Griffe, à vous.

— Griffe, ici *Panache*. Je vous reçois deux sur cinq. A vous.

— Quelle est votre position ? A vous.

Wegener la donna au pilote, qui semblait être une femme. Elles sont vraiment partout maintenant !

— César se dirige vers vous.

— Affirmatif. Dites à César que les conditions sont en dessous du minimum, ce n'est pas le moment de rappliquer.

— Affirmatif. Bien reçu. Attendez.

— *Panache*, ici Griffe. César veut tenter un appontage d'urgence. Vous pouvez arranger ça ? A vous.

— Affirmatif. On peut toujours essayer. Donnez l'heure d'arrivée. A vous.

— Environ six-zéro minutes.

— Affirmatif, on sera prêt. Terminé.

Wegener inspecta la passerelle.

— Miss Walters, je reprends la barre. Faites monter les maîtres Oreza et Riley sur le pont.

— Le capitaine reprend la barre, dit l'enseigne Walters.

Elle était déçue. Elle gâchait sa jeunesse en plein milieu d'un ouragan. Elle n'était pas malade comme les autres membres de l'équipage. Dans ces conditions, pourquoi le capitaine ne lui laissait-il pas la barre ?

— La barre à bâbord. Route au trois-trois-cinq. En avant, deux tiers.

— La barre à bâbord, route au trois-trois-cinq.

Le timonier tourna la barre et poussa la manette des gaz.

— Deux tiers, monsieur.

— Très bien. Comment ça va, Obrecki ?

— Sacré navire, mais je me demande quand la balade va finir.

Le jeune garçon grimaça, mais ne quitta pas le compas des yeux.

— Vous vous en tirez très bien. Prévenez-moi si vous fatiguez.

— A vos ordres, monsieur.

Oreza et Riley apparurent une minute plus tard.

— Ça donne quoi ? demanda le premier.

— En place pour récupérer un appareil dans trente minutes.

— Oh, merde ! Excuse-moi, Red, mais...

— Okay, Riley, mais au point où nous en sommes, je compte sur toi pour que tout aille bien, dit Wegener d'un ton sombre.

En bon professionnel, Riley accepta la réprimande.

— Je te demande pardon, cap'taine, je ferai de mon mieux. On place le second sur le château ?

Wegener acquiesça. Le second était l'homme le plus capable de diriger l'évolution.

— Allez le chercher.

Wegener se tourna vers le quartier-maître.

— Portagee, je te veux à la barre. Relève Obrecki dans une demi-heure. Il faut qu'on se présente du mieux possible.

— Seigneur, c'est parti, Red, dit Oreza en regardant dehors.

Johns amena l'appareil à cent cinquante mètres d'altitude. Il débrancha le pilote automatique, faisant plus confiance à son instinct. Il laissa les commandes des gaz à Willis pour se concentrer sur les instruments. Tout changea en un instant. Ils volaient dans un ciel dégagé quand l'appareil fut pris sous une pluie battante.

— C'est pas si terrible que ça.

Johns mentait honteusement.

— Et en plus, on est payé pour ça !

PJ vérifia les instruments de navigation. Les vents de nord-ouest secouaient un peu l'appareil, mais ils pouvaient changer. Ses yeux passèrent d'un anémomètre à un autre, qui fonctionnait avec un système Doppler dirigé vers le sol. Le satellite et le système de navigation inertiel indiquaient la position de l'appareil sur un écran ainsi que sa destination, marquée par un point rouge. Un autre écran radar visualisait l'ouragan devant lui, avec les zones dangereuses à éviter à tout prix en rouge, et les zones agitées en jaune. Mais celles-là, il faudrait les traverser, et cela ne promettait rien de bon.

— Merde ! cria Willis.

Les deux pilotes poussèrent à fond la manette des gaz. Ils étaient pris dans un courant descendant. Ils fixaient des yeux le chiffre indiquant la vitesse en mètres/minute. Pendant un instant, ils chutèrent à trois cents mètres/minute. Cela signifiait moins de trente secondes de vie pour un appareil à cent cinquante mètres d'altitude. Mais les trous d'air sont des phénomènes locaux. L'hélicoptère tomba à soixante mètres et il put regrimper. PJ décida qu'une altitude de croisière de deux cent vingt mètres serait plus sûre.

— C'était ric-rac.

A l'arrière, les hommes étaient attachés à la carlingue. Ryan avait fait de même et s'agrippait à l'affût de son canon à tir rapide, comme si cela allait tout changer. Par la porte ouverte il ne voyait qu'une énorme masse de nuages sillonnée par des éclairs. L'hélicoptère bondissait en tous sens, comme un cerf-volant, mais lui, il pesait quarante tonnes. Ryan ne pouvait rien faire, son sort reposait entre les mains d'autrui. Il vomit comme tous les autres, mais ne s'en sentit pas mieux. Il voulait seulement que ça finisse.

Les bourrasques continuèrent, mais les vents changèrent de direction lorsqu'ils pénétrèrent dans l'ouragan. Au début, ils venaient du nord-est, mais basculaient dans le sens des aiguilles d'une montre, et frappaient l'appareil par tribord. Ils étaient favorables à l'appareil, ce qui augmenta sa vitesse-sol. Elle passa de un-cinquante à un-quatre-vingt-dix.

— Ça va nous faire faire des économies d'énergie ! nota Johns.

— Quatre-vingts kilomètres, répondit Willis.

— César, ici Griffe, à vous.

— Affirmatif, Griffe, nous sommes à six-cinq kilomètres de Remplaçant Un, on est un peu secoués, à part ça, c'est OK.

Un peu secoués, mon cul ! Le capitaine Montaigne suivait la côte à cent soixante kilomètres de là, dans des conditions pourtant moins dramatiques.

— Si on ne peut pas atterrir, on essaiera d'atteindre la côte du Panama.

Johns fronçait les sourcils pour tenter de voir à travers le pare-brise balayé par l'eau. L'eau s'engouffrait également dans les moteurs.

— Le Numéro Deux s'est éteint !

— Redémarrez-le.

Johns tentait de garder son calme. Il abaissa le nez et perdit de l'altitude pour gagner de la vitesse et sortir de cette bourrasque. Ça aussi, c'était censé être un phénomène local.

— J'essaie.

— On perd de la puissance au Numéro Un.

Johns enfonça la manette à fond et regagna un peu de vitesse. Son appareil bimoteur ne volait plus que sur un seul, à 80 % de sa puissance.

— Redémarrez le Deux, capitaine, on perd trente mètres par minute.

— J'essaie.

La pluie faiblit un peu et le Numéro Deux redémarra, mais il ne tournait qu'à quarante pour cent.

— Je crois que la perte de pression a empiré. C'est la merde, colonel. On peut tenir soixante-cinq kilomètres. On est condamné à Remplaçant Un.

— Eh bien, au moins on a une solution. Je nage comme un pavé !

PJ avait les mains moites. Il pouvait le sentir à travers ses gants.

— Le commandant à l'équipage : on y sera dans quinze minutes. Un-cinq minutes.

Riley avait rassemblé un groupe de dix hommes d'équipage expérimentés. Ils étaient tous attachés par un harnais de sécurité dont il avait personnellement vérifié les nœuds et portaient un gilet de sauvetage, mais retrouver un homme en mer dans ces conditions aurait nécessité un miracle. Et Dieu avait d'autres chats à fouetter en ce moment. Ils avaient mis en place des chaînes et des cordes de cinq centimètres, fixées partout sur le pont. Il emmena l'équipe de pont à l'avant s'abriter derrière la superstructure.

— On est tous prêts, dit-il au second.

— Si jamais il y en a un de vous qui passe par-dessus bord, je saute et je l'étrangle moi-même !

Ils étaient pris dans une tornade. D'après leurs instruments de navigation, ils se trouvaient au nord de leur objectif, avançant à près de quatre cents kilomètres à l'heure. Une rafale pire que les autres faillit les projeter dans les lames noires, mais Johns réussit à retenir l'appareil à une trentaine de mètres d'altitude. Le pilote n'avait jamais volé dans des conditions pareilles : c'était pire que ce que disaient les manuels et à présent, lui aussi avait envie de vomir.

— Quelle distance encore ?

— On devrait les voir d'un instant à l'autre, monsieur. Plein sud !

— Okay.

Johns poussa le manche vers la gauche. L'appareil faillit se retourner avec le brusque changement de direction mais Johns réussit à le maintenir dans sa nouvelle trajectoire, malgré le vent. En deux minutes ils atteignirent une zone dégagée.

— *Panache*, ici César, où êtes-vous ?

— Toutes les lumières, maintenant ! cria Wegener en entendant l'appel.

D'un coup, le *Panache* ressembla à un arbre de Noël.

— C'est pas possible que vous loupiez ça !

Adèle était un petit ouragan de force moyenne qui se transformait peu à peu en orage tropical. Ses vents étaient moins violents qu'on n'aurait pu les craindre, mais par voie de conséquence l'œil était petit, et c'était l'œil qu'ils cherchaient.

Un préjugé répandu veut que l'œil d'un cyclone soit d'un calme olympien. Bien sûr, après avoir subi la tempête, les quinze nœuds de brise paraissent légers. Mais le vent reste capricieux et variable, et la mer très agitée. Wegener avait placé son navire à un kilomètre du centre de l'œil, large de six et demi. Adèle se déplaçait à une vitesse de quinze nœuds environ. C'est-à-dire qu'ils disposaient de quinze minutes pour récupérer l'appareil. Par chance, il ne pleuvait pas et l'équipage avait une bonne visibilité.

A l'avant, l'officier en second brancha son casque et commença à parler.

— César, ici *Panache*. Je suis l'officier chargé des opérations aériennes et je guide votre approche. Le vent est de quinze nœuds, direction variable. Le navire est dans des vagues de cinq mètres. On dispose de dix à quinze minutes, alors il n'y a pas de raison de foncer.

La dernière phrase devait surtout rassurer l'équipage de l'hélicoptère.

— Capitaine, encore quelques nœuds et je pourrai mieux le stabiliser, dit Portagee à la barre.

— On ne peut pas quitter l'œil.

— Je le sais bien, capitaine, mais j'ai besoin d'un peu de vitesse.

Wegener sortit en juger de lui-même. L'hélicoptère était en vue, ses feux clignotaient. Le pilote survolait le navire pour prendre la mesure des choses. Si on bouge trop, c'est la dégringolade !

Portagee avait raison pour la vitesse. Il rentra et ordonna :

— Deux tiers.

— Mais c'est une coque de noix !

Johns entendit le soupir de Willis.

— Et encore, il manque les rames !

PJ fit un dernier cercle et entama une descente directe vers l'arrière de la vedette. Il s'arrêta à trente mètres, éprouvant de fortes difficultés à se mettre en vol stationnaire. Il manquait de puissance, et il dérapait chaque fois qu'il essayait.

— Maintenez ce foutu bateau en place !

— On essaie, monsieur. Le vent vient par bâbord

avant en ce moment. Je vous conseille de faire votre approche par bâbord, en biais par rapport au pont.

— Affirmatif. J'ai pigé.

— OK, on y va.

Riley divisa ses hommes en trois équipes, une pour chaque partie du train d'atterrissage de l'hélicoptère.

Johns vit que le pont n'était pas assez large pour un atterrissage de l'avant à l'arrière, mais s'il s'approchait de biais, il pouvait plaquer ses six roues sur la surface noire. Il vint lentement, quinze nœuds plus vite que le navire, coupa les gaz quand il fut tout proche. Mais le vent changea et déporta l'hélicoptère. Johns lança un juron et dégagea pour réessayer.

— Désolé, mais j'ai quelques problèmes de puissance.

— Affirmatif. Prenez votre temps, monsieur.

PJ recommença en partant de mille mètres. Son approche était impeccable. Il aplanit sa course à cent mètres et ralentit l'allure. Son train principal toucha là où il voulait, mais le navire roula violemment et poussa l'appareil vers tribord. Instinctivement, PJ remit les gaz et quitta le pont. Pourtant, il n'aurait pas dû et se rendit compte de son erreur.

— C'est pas facile !

— Dommage qu'on ait pas plus de temps pour s'entraîner, lui répondit l'officier des gardes-côtes. L'approche était bonne, toute en douceur. C'est le bateau qui a roulé. Recommencez comme ça.

— OK, on remet ça.

Le navire roulait de vingt degrés malgré les quilles de roulis. Johns fixa des yeux le centre de l'objectif, qui ne bougeait pas du tout, point fixe dans l'espace. C'était ça le truc, regarder un point fixe. Il refit la même manœuvre. Quand il atteignit le pont, ses yeux virent où le train avant devait toucher, et il coupa les gaz. Ça ressemblait pas mal à un crash, mais l'hélico resta en place.

Riley arriva le premier en dessous de l'appareil. Un second maître le suivit avec les chaînes d'arrimage. Le premier maître les attacha, puis fit un signal du poing. Deux hommes à l'autre extrémité tendirent les chaînes. Riley alla à bâbord et mit le treuil en marche. Cela prit quelques minutes. Le Pave Low bougea deux fois avant d'être définitivement arrimé. Mais lorsque Riley termina il aurait fallu des explosifs pour lui faire quitter le pont. L'équipage du pont aida les passagers à sortir. Riley compta quinze hommes. Puis il vit les corps, et ceux qui les portaient.

A l'avant, Johns et Willis coupèrent les moteurs.

— Griffe, ici César. Retour à la base.

Johns ôta son casque trop tôt pour entendre la réponse, mais Willis répondit.

— Affirmatif. Terminé.

Johns regarda autour de lui. Il ne se sentait plus pilote maintenant avec son appareil posé. Il était temps de penser à autre chose. Il était vivant. Il ne pouvait pas sortir de son côté sans tomber par-dessus bord... et s'aperçut qu'il en avait oublié Buck Zimmer. Peu importait, Buck lui pardonnerait. Il enjamba le tableau de bord du mécanicien en vol. Ryan était encore là, sa combinaison de vol tachée par le vomi. Johns s'agenouilla à côté de son sergent. Ils avaient servi ensemble pendant plus de vingt ans.

— Il m'a dit qu'il avait sept gosses.

Johns était trop épuisé pour se laisser aller à l'émotion. Sa voix résonnait comme celle d'un homme fatigué de vivre, de voler, de tout.

— Ouais, ils sont chouettes. Sa femme est du Laos. Elle s'appelle Carol. Oh, Buck, pourquoi ?

— Je vais vous aider.

Ryan prit les jambes et Johns les bras. Ils devaient attendre en file. Il y avait d'autres corps à sortir, des morts, des blessés. Les soldats portaient les leurs, aidés par le sergent Bean. Les gardes-côtes offrirent leur aide, mais elle fut déclinée, sans méchanceté, et les marins comprirent la raison. Ryan et Johns firent de même, le colonel en raison des années d'amitié, l'officier de la CIA par devoir. Riley et ses hommes grimpèrent pour ramasser les sacs et les armes.

Les corps furent déposés dans une coursive pour

le moment. On conduisit les blessés au mess de l'équipage. Ryan et les officiers de l'armée de l'air furent amenés au carré. Ils y trouvèrent l'homme qui avait tout déclenché plusieurs mois auparavant. Il y avait un autre visage que Jack reconnut.

— Salut, Dan.

— Des ennuis ? demanda l'agent du FBI.

— On a Cortez. Je crois qu'il est blessé. Il est à l'infirmerie avec deux soldats pour le surveiller.

— Qu'est-ce que c'est que ça ?

Murray désignait le casque de Jack.

Ryan l'enleva et vit un trou de six millimètres dans la fibre de verre causé par une balle de 7,62. Jack aurait dû réagir, mais cette partie de sa vie se trouvait à six cent cinquante kilomètres de là. Il s'assit, fixa le pont et garda le silence. Murray l'installa dans un lit de camp et le recouvrit d'une couverture.

Le capitaine Montaigne dut batailler contre des vents contraires pendant les trois derniers kilomètres, mais elle était un excellent pilote et le Loockheed Hercule un excellent appareil. Elle toucha un peu durement le sol et suivit la jeep vers le hangar. Un civil attendait là, au milieu d'officiers. Elle alla à leur rencontre et les fit attendre en se dirigeant vers les toilettes. Pas un homme en Amérique ne dénierait à une dame le droit de passer la première. Elle se regarda dans le miroir. Sa combinaison de vol puait, ses cheveux étaient en désordre. Ils l'attendaient juste derrière la porte.

— Capitaine, qu'avez-vous fait cette nuit ? demanda le civil.

Ce n'était pas un civil, bien que ce con ne méritât pas mieux. Montaigne ne savait rien de ce qui se cachait derrière tout ça, mais elle était consciente de cette ignorance.

— J'ai effectué une très longue mission, monsieur. Mon équipage et moi, nous sommes crevés.

— Je veux parler à chacun d'entre vous.

— Monsieur, c'est mon équipage. Si vous devez parler à quelqu'un, adressez-vous à moi !

— Qu'avez-vous fait ?

Cutter essayait de penser qu'elle n'était pas une femme. Il ne savait pas que Montaigne ne prétendait pas être un homme.

— Le colonel Johns est allé chercher des hommes des opérations spéciales. Nous les avons... il les a ramenés, la plupart, je suppose.

— Alors, où est-il ?

Montaigne le regarda droit dans les yeux.

— Monsieur, il a eu des ennuis de moteur. Il ne pouvait pas franchir les montagnes. Il a volé droit vers la tempête. Il n'en est pas ressorti. Vous voulez savoir autre chose ? J'ai besoin d'une douche, d'un bon café et je commencerai à penser aux recherches.

— Les bases sont fermées. Personne ne sort pendant les dix prochaines heures. Vous avez besoin de repos, capitaine, dit le commandant de la base.

— Vous avez raison, monsieur. Excusez-moi, je dois voir mon équipage. Vous aurez les coordonnées pour les recherches dans quelques minutes. Quelqu'un doit essayer.

— Écoutez, général, je veux...

— Monsieur, vous allez laisser cet équipage tranquille, dit un général de l'armée de l'air qui allait bientôt partir en retraite.

Larson se posa sur l'aéroport de Medellin au moment où le MC-130 approchait de Panama. Clark à l'arrière avec Escobedo, les mains attachées dans le dos et un pistolet dans les côtes. Il y eut beaucoup de menaces de mort pendant le vol, contre Clark, contre Larson, contre sa petite amie qui travaillait pour Avianca, contre la moitié de la terre. Clark se contentait de sourire.

— Qu'est-ce que vous comptez me faire, hein ? Me tuer ?

— J'avais pensé vous donner une leçon de vol dans l'hélicoptère, mais ils n'ont pas voulu me laisser faire. Alors, j'ai l'impression qu'on va vous laisser filer.

Escobedo ne savait pas quoi répondre. Il n'arrivait

pas à comprendre pourquoi ils ne voulaient pas le tuer.

— Larson a donné un coup de fil.

— Larson, espèce de traître, tu crois t'en sortir ?

Clark enfonça le pistolet dans les côtes d'Escobedo.

— N'emmerdez pas le pilote ! Si j'étais vous, señor, je serais très heureux de rentrer. On vous a même préparé un accueil à l'aéroport.

— Qui ?

— Des amis à vous.

Larson inversait les moteurs pour freiner l'appareil.

— Quelques membres de votre conseil...

Escobedo commença à voir le danger.

— Qu'est-ce que vous leur avez dit ?

— La vérité. Que vous avez quitté le pays dans des circonstances mystérieuses, mais qu'avec l'ouragan et tout... Et puis, avec tous ces événements bizarres des dernières semaines, je pensais que c'était une coïncidence...

— Mais je vais leur dire...

— Quoi ? Que nous avons risqué nos vies pour vous ramener ? Que tout ça c'est une ruse ? Bien sûr, vous pouvez toujours essayer...

Larson arrêta l'avion mais laissa tourner les moteurs. Clark bâillonna Escobedo, puis il le poussa par la porte. Une voiture attendait. Clark descendit, son automatique silencieux dans le dos d'Escobedo.

— Vous n'êtes pas Larson, dit l'homme à la mitraillette.

— Je suis un ami. Le pilote est aux commandes. Voici votre homme. Vous avez quelque chose pour nous.

— Vous n'êtes pas obligés de partir, dit l'homme à l'attaché-case.

— Il a un peu trop d'amis. Il vaut mieux que nous partions.

— Comme vous voulez. Mais vous n'avez rien à craindre de nous, dit le second en lui tendant la mallette.

— Gracias, *jefe*.

Ils aimaient qu'on les appelle comme ça. Clark poussa Escobedo vers eux.

— Vous devriez savoir qu'on ne trahit pas ses amis.

La phrase était destinée au chef bâillonné et ligoté. Il écarquillait les yeux en voyant Clark fermer la porte.

— On se tire d'ici en vitesse.

— Prochain arrêt, Venezuela, dit Larson en mettant les gaz.

— Et puis Gitmo. Vous pourrez tenir le coup ?

— J'ai besoin de café, mais ils en font du bon dans le coin.

Jésus, c'est bon d'en avoir fini.

C'était vrai pour lui, mais pas pour tout le monde.

30

DANS L'INTÉRÊT DE LA NATION

Quand Ryan se réveilla dans le carré, ils avaient traversé le pire. La vedette filait à dix nœuds vers l'est, tandis que l'ouragan continuait vers le nordouest à quinze nœuds. Six heures plus tard, la mer se calma un peu. *Panache* modifia alors sa route vers le nord-est, à une vitesse de vingt nœuds.

Les soldats étaient logés avec l'équipage du navire qui les traitait comme des rois. Quelques bouteilles avaient été découvertes — probablement chez les maîtres — et rapidement vidées. Leurs uniformes furent remplacés par des vêtements imperméables. Les morts furent placés dans la chambre froide, seule solution possible pour le moment. Il y en avait cinq, dont deux tombés pendant l'opération. Les deux infirmiers de l'armée et celui du navire apportèrent les soins nécessaires aux blessés. Les soldats se restaurèrent et dormirent la plupart du temps.

Blessé au bras, Cortez était aux fers. Murray et Ryan placèrent une caméra vidéo sur un trépied, et Murray commença à poser des questions. Il apparut rapidement que Cortez n'avait rien à voir avec le meurtre d'Emil Jacobs, ce qui surprit Murray. Cela représentait une complication inattendue, mais qui pouvait jouer en leur faveur. Ryan interrogea Cortez sur ses relations avec la DGI. Il se montra totalement coopératif, il avait déjà trahi un serment une fois, la seconde n'en était que plus facile. De plus, Jack lui avait promis qu'il ne serait pas poursuivi s'il coopérait, promesse qui serait tenue à la lettre.

Cutter resta à Panama un jour de plus. Les opérations de recherche pour retrouver l'hélicoptère étaient retardées à cause du temps. Il n'était guère surprenant que cela ne donne rien. L'ouragan qui continuait sa route vers le nord-ouest se désintégra près de la péninsule du Yucatan, pour finir par provoquer une demi-douzaine de tornades au Texas. Dès que les conditions météo le permirent, Cutter repartit pour Washington. Le capitaine Montaigne regagna la base aérienne d'Eglin, et son équipage jura le secret sur tout ce que leur commandant jugea nécessaire.

Panache atteignit la base navale de Guantanamo trente-six heures après avoir récupéré l'hélicoptère. Le capitaine Wegener avait demandé l'autorisation par radio, invoquant des avaries de machine et la trajectoire de l'ouragan Adèle. Quelques kilomètres auparavant, le colonel Johns fit décoller son hélicoptère et rejoignit la base, où l'appareil fut immédiatement mis dans un hangar. La vedette accosta une heure après, montrant des dommages dus à l'ouragan, bien réels pour la plupart.

Clark et Larson attendaient le navire sur le quai. Leur appareil était caché lui aussi. Ryan et Murray les retrouvèrent, et une escouade de marines monta à bord pour récupérer Cortez. On passa quelques coups de fil avant de décider de la marche à suivre. Il n'y avait pas de solution toute prête, rien n'était vraiment légal. Soignés à l'hôpital de la base, les soldats s'envolèrent le lendemain pour Fort MacDill en Floride. Le même jour, Clark et Larson ramenèrent l'appareil à Washington, où il fut rendu à une petite compagnie appartenant à la CIA. Larson partit en congé, se demandant s'il devait vraiment se marier et fonder une famille. Une chose était certaine : il quittait l'Agence.

Pourtant, comme on pouvait le prévoir, un des événements à venir resta un mystère pour tout le monde. A l'exception d'une personne.

L'amiral Cutter était retourné à sa routine habituelle deux jours plus tôt. Le Président avait entamé une tournée électorale afin de se rétablir dans les sondages, deux semaines avant le début de la convention. Cela facilitait les choses au conseiller à la Sécurité nationale qui venait de passer quelques semaines mouvementées. De toute façon, il avait décidé de quitter ses fonctions. Il avait servi loyalement le Président, et méritait donc une récompense. Pourquoi pas un poste de commandement ? Commandant en chef de la flotte Atlantique, par exemple. On avait promis ce poste au vice-amiral Painter, directeur adjoint des Opérations navales, mais c'était au Président de décider. Et puis, si le Président était réélu, pourquoi pas chef d'état-major... Il fallait y réfléchir pendant le petit déjeuner, qu'il pouvait prendre à une heure raisonnable cette fois-ci. Il aurait même le temps pour un jogging après le briefing avec la CIA. On sonna à la porte à 7 h 15. Cutter répondit lui-même.

— Qui êtes-vous ?

— Votre officier habituel a été porté malade, monsieur. Je suis de service aujourd'hui.

La quarantaine, ce devait être un officier supérieur intraitable.

— OK, entrez. Cutter le fit entrer dans son bureau. En s'asseyant, l'homme remarqua avec satisfaction que l'amiral possédait un magnétoscope.

— OK, on commence par quoi ?

— Gitmo, monsieur.

— Que se passe-t-il à Cuba ?

— J'ai tout sur une bande vidéo, monsieur.

L'officier l'inséra dans l'appareil et mit en marche.

— Qu'est-ce que... Nom de Dieu !

L'officier de la CIA laissa défiler la bande quelques minutes avant de l'arrêter. Il souriait.

— Et alors ? Ce sont les paroles d'un traître à son propre pays.

— Il y a ça aussi.

Il sortit une photo qui les montrait ensemble.

— Personnellement, j'aimerais vous voir en prison. C'est ce que veut le FBI. Ils vont vous arrêter aujourd'hui. Vous imaginez facilement les chefs d'accusation. C'est Murray, le directeur adjoint, qui s'occupe de l'affaire. Il doit être en train de rencontrer un procureur fédéral. Personnellement, je m'en moque.

— Alors pourquoi ?

— Je suis un mordu de cinéma. J'étais dans la marine, moi aussi. Dans les films, dans des moments pareils, on laisse toujours au type une possibilité d'arranger les choses lui-même, « dans l'intérêt de la nation ». A votre place, je n'essaierais pas de m'enfuir. Des agents du FBI vous surveillent, au cas où vous ne l'auriez pas remarqué. Au train où vont les choses dans cette ville, ils ne seront pas là avant dix ou onze heures. Si vous tentez de fuir, que Dieu vous aide. Vous en prendrez pour perpète. J'aimerais simplement qu'on puisse vous faire pire. Vous serez vivant, mais en prison à perpétuité, avec un truand professionnel au cul chaque fois que les gardes auront le dos tourné. C'est pas moi que cela dérangerait. C'est à vous de voir.

Il retira la bande vidéo de l'appareil et la rangea dans sa mallette avec la photo. Une photo que le Bureau n'aurait pas dû lui donner. Elle ne devait servir que pour identifier Cortez.

— Bonne journée, monsieur.

— Mais vous avez...

— Fait quoi ? Personne ne m'a demandé de garder le secret là-dessus. Quels secrets ai-je révélés, amiral ? Vous aviez déjà tout vu de vos propres yeux.

— Vous êtes Clark, n'est-ce pas ?

— Pardon ? Qui ?

Sur ces mots, il quitta la maison.

Une demi-heure plus tard, Pat O'Day vit Cutter courir en direction de George Washington Parkway. Une bonne chose, cette absence du Président, il n'était pas obligé de se tirer du lit à 4 h 30 pour aller protéger cette andouille. Il n'était là que depuis quarante minutes, consacrant la majeure partie de ce temps à des exercices d'assouplissement. O'Day laissa Cutter passer devant lui, il ne serait pas difficile de le rattraper, car l'animal était bien plus âgé. Mais ce n'était pas tout...

O'Day le suivit pendant deux kilomètres, puis trois, se rapprochant du Pentagone. Cutter suivait la piste de jogging entre la route et le fleuve. Il n'allait peut-être pas bien. Il alternait la marche et la course. Peut-être voulait-il vérifier si quelqu'un le suivait. Puis il recommença à courir.

Juste en face du parking nord, Cutter quitta la piste. Il se dirigeait vers la route, comme pour la traverser. L'inspecteur se trouvait à moins de cinquante mètres. Quelque chose clochait, mais il ne savait pas quoi. C'était...

... la manière dont il regardait la circulation. Il ne cherchait pas une occasion pour traverser. O'Day comprit trop tard. Un bus venait de quitter 14th Street Bridge et...

— Attention !

Mais l'homme n'écoutait plus ce genre d'avertissement.

Des freins crissèrent. Le bus tenta d'éviter l'homme, emboutissant une voiture, puis quatre autres véhicules se carambolèrent. Comme il était un flic, O'Day s'approcha d'instinct. Le vice-amiral James A. Cutter Jr, USN, avait été projeté à quinze mètres par le choc.

Il voulait que ça ait l'air d'un accident. L'agent ne remarqua pas la modeste voiture gouvernementale qui passa sur l'autre voie, ni son conducteur qui contemplait l'accident comme tout le monde, mais avec une lueur de satisfaction dans le regard.

Ryan attendait à la Maison Blanche. Le Président était revenu à cause de la mort de son collaborateur, mais il était encore président, le travail devait toujours être exécuté et si le DAR voulait le rencontrer, la chose devait donc être importante. Intrigué, le Président allait enfin pouvoir examiner cela avec Ryan, Al Trent et Sam Fellows, vice-responsables de la commission de contrôle de la Maison Blanche.

— Entrez, dit-il en les guidant dans le Bureau ovale, qu'y a-t-il de si important ?

— M. le Président, c'est en rapport avec des opérations secrètes, plus particulièrement avec l'opération Showboat.

— Qu'est-ce que c'est ?

Ryan lui donna quelques détails.

— Oh, ça. Très bien. Showboat a été confié personnellement à ces deux personnes par le juge Moore, sous la clause des opérations à hauts risques.

— M. Ryan nous a dit qu'il y avait d'autres choses que nous devrions savoir à ce sujet. D'autres opérations en relation avec Showboat.

— Je ne sais rien à ce sujet.

— Si, monsieur le Président. Vous l'avez autorisé. C'est mon devoir envers la loi d'en informer le Congrès. Mais avant, j'ai jugé nécessaire de vous en prévenir. J'ai demandé à messieurs les membres du Congrès d'être mes témoins.

— Monsieur Trent, monsieur Fellows, pourriez-vous m'excuser une seconde ? Il se passe des choses dont je ne suis pas informé. Me permettriez-vous de poser quelques questions à M. Ryan, en privé ?

Dites non !

Ryan le souhaita de toutes ses forces, mais personne ne refuse ce genre de demandes au Président, et il se retrouva seul avec lui.

— Que cachez-vous, Ryan ? Je sais que vous cachez quelque chose.

— Oui, monsieur. Je dissimule l'identité de certains de nos hommes, de la CIA et des militaires. Ils croyaient agir avec l'aval des autorités compétentes.

Ryan s'expliqua davantage, se demandant ce que savait le Président. Il était clair qu'il ignorait bien des éléments. Cutter avait emporté dans la tombe la plupart des secrets importants. Ryan avait lui aussi choisi de laisser les vieux cadavres dans le placard.

Était-il possible d'être en relation avec des choses pareilles sans être corrompu ?

— En ce qui concerne les agissements de Cutter, du moins ce que vous m'en dites, je n'étais pas au courant. Je suis désolé. Je suis vraiment désolé pour ces soldats.

— Nous en avons récupéré la moitié. J'y étais. C'est ce que je ne peux pas pardonner. Cutter les a délibérément lâchés avec l'intention de vous donner...

— Je n'ai jamais autorisé une chose pareille !

— Vous avez permis que cela arrive, monsieur.

Ryan le regarda droit dans les yeux et ce fut le Président qui détourna le premier son regard.

— Mon Dieu, comment avez-vous pu faire une telle chose ?

— Les gens veulent que nous stoppions l'arrivée de la drogue.

— Alors faites-le, continuez ce que vous avez commencé, mais en respectant la loi.

— Ça ne marchera pas de cette façon.

— Pourquoi pas ? Les Américains ont-ils jamais objecté quand nous utilisons la force pour défendre nos intérêts ?

— Nous ne pouvions pas rendre cette affaire publique.

— Dans ce cas, monsieur, vous n'aviez qu'à en aviser le Congrès. Vous auriez obtenu une approbation partielle pour l'opération, et les politiciens ne seraient pas nécessairement entrés en jeu. En violant la loi, vous avez transformé une affaire de défense nationale en une affaire politique.

— Ryan, vous êtes intelligent et efficace dans votre domaine, mais vous êtes bien naïf.

Jack n'était pas aussi naïf que Wrangler le croyait.

— Que dois-je faire alors, monsieur ?

— Dans quelle mesure le Congrès doit-il savoir ?

— Me demandez-vous de mentir pour vous, monsieur ? Vous m'avez traité de naïf, monsieur le Président. Un homme est mort dans mes bras il y a deux jours. Un sergent de l'armée de l'air qui laisse sept enfants. Dites-moi, monsieur, suis-je toujours naïf en gardant ça sur ma conscience ?

— Vous n'avez pas le droit de me parler de cette façon.

— Ça ne me réjouit pas, monsieur. Mais je ne mentirai pas pour vous couvrir.

— Mais vous voulez préserver l'identité de personnes qui...

— Qui ont suivi vos ordres en toute bonne foi. Oui, monsieur.

— Mais que va-t-il arriver au pays, Jack ?

— Je suis d'accord avec vous, nous n'avons pas besoin d'un autre scandale. Mais c'est une question d'ordre politique, vous pourrez discuter de cela avec les deux messieurs qui attendent. Ma fonction consiste à fournir des renseignements au gouvernement, et à exécuter certaines missions pour le gouvernement. Je suis un instrument au service de l'exécutif. Ces hommes sont morts pour leur pays, monsieur, et ils étaient en droit d'attendre que leurs vies soient un peu mieux considérées par ce gouvernement. Monsieur le Président, des jeunes hommes sont partis accomplir une mission que leur pays — c'est-à-dire vous, monsieur — jugeait de la plus haute importance. Mais ils ne savaient pas qu'il y avait des ennemis à Washington, c'est ainsi qu'ils sont morts. Lorsqu'ils enfilent l'uniforme, ils prêtent allégeance et fidélité au pays. N'est-il pas écrit quelque part que le pays leur doit la même chose en retour ? Ce n'est pas la première fois que ça arrive, mais auparavant je n'étais pas impliqué. Je ne mentirai pas à ce sujet, monsieur, pas pour vous protéger ni vous, ni personne.

— Je n'étais pas au courant, Jack. Vraiment, je ne savais pas.

— Monsieur le Président, je veux croire que vous êtes un homme d'honneur. Mais ce que vous venez de dire n'est pas une excuse. Souhaitez-vous rencontrer les représentants avant que je ne les mette au courant ?

— Oui. Pouvez-vous nous attendre dehors ?

— Merci, monsieur le Président.

Jack attendit Trent et Fellows pendant une heure. Ils rentrèrent avec lui à Langley, sans dire un mot, et se rendirent immédiatement dans le bureau du directeur de la CIA.

— Juge, c'est sans doute le plus grand service que vous ayez rendu à votre pays.

— Dans de telles conditions, que pouvais-je faire d'autre ?

— Vous auriez pu les laisser mourir, vous auriez pu prévenir les autres de notre arrivée. Dans ce cas, je ne serais pas ici. Je vous en suis redevable, Moore. Vous auriez pu tout nier.

— Et vivre avec ?

Moore eut un sourire étrange et secoua la tête.

— Et les opérations ?

Ryan ne connaissait pas la teneur des discussions dans le Bureau ovale, et il n'essayait pas de deviner.

— Elles n'ont jamais eu lieu, dit Fellows. Sous la clause des opérations à hauts risques, vous avez dû agir ainsi, sur ordre. Nous avons été prévenus, un peu tard certes. Nous n'avons pas besoin d'un autre scandale, et la situation s'arrangera d'elle-même. Politiquement, c'est un peu tordu, mais légalement, vous pourrez prétendre que c'était couvert.

— Le pire, c'est que ça a marché, observa Trent. Votre opération Farce était brillante, et on va la poursuivre.

— Tout a marché, dit Ritter prenant enfin la parole. Nous avons commencé la guerre contre le Cartel, et le meurtre d'Escobedo n'était que le dernier acte. Avec la mort de certains chefs, la Colombie pourra peut-être s'en sortir un peu mieux. Il faut nous donner les moyens, on ne peut pas laisser tomber.

— Je suis d'accord, il faut nous en donner les moyens, mais on ne fait pas de la politique de cette façon, nom de Dieu !

— Jack, dites-moi ce qui est bien et mal, vous semblez un expert en la matière ? demanda Moore sans la moindre ironie.

— Nous sommes en démocratie. On informe les citoyens, ou on les informe au moins, dit-il en désignant les représentants du Congrès. Quand un gouvernement décide de tuer des gens qui menacent ses intérêts, ce n'est pas toujours un meurtre. Je ne sais pas très bien où se trouve la limite. Mais ce n'est pas à moi de savoir. Il y a des gens payés pour.

— Et bien, en janvier, ce ne sera plus nous. Alors, c'est entendu ? Cela reste entre nous. Pas d'empoignades politiques là-dessus ? demanda Moore.

— Motus, dit Trent.

Trent et Fellows auraient difficilement pu être plus éloignés politiquement, l'homosexuel de Nouvelle-Angleterre et l'austère mormon de l'Arizona. Pourtant, ils acquiescèrent tous deux.

— Cela ne pourrait que blesser le pays, renchérit Fellows.

— Et ce que nous venons de faire..., murmura Ryan.

Et c'était quoi, au fait ?

— Vous n'avez rien fait, nous si.

— Exact. De toute façon, je serai bientôt parti, moi aussi.

— Vous croyez ça ? demanda Fellows.

— Ce n'est pas sûr, monsieur Ryan. On ne sait pas qui Fowler va engager, un de ces avocats sans doute. Je connais les noms, dit Trent.

— En tout cas ce ne sera pas moi. Il ne peut pas me sentir.

— Il ne vous aime pas, et vous ne serez pas directeur, mais vous serez là.

Comme directeur adjoint, se dit Trent.

— On verra bien, dit Fellows. Que fait-on si les

choses changent en novembre ? Fowler peut tout foutre en l'air maintenant.

— Vous avez ma parole, Sam. Advienne que pourra, répondit Trent.

— Il y a encore un problème, fit remarquer Ritter.

— J'en ai déjà discuté avec Bill Shaw, dit Moore. C'est drôle, sa seule infraction, c'est une entrée illégale. Aucune des données qu'il a obtenus n'est classée top secret. Incroyable, non ?

Ryan quitta son travail plus tôt. Il avait rendez-vous avec son avoué qui devait établir une rente d'éducation pour sept enfants en Floride.

Les fantassins passèrent par le centre des Opérations spéciales de Fort MacDill. On leur fit part du succès de leur mission. Ils furent tenus au secret en recevant leurs promotions et reçurent de nouvelles affectations. Sauf un.

— Chavez ?

— Ouais, monsieur Clark.

— Je t'invite à dîner ?

— Il y a un bon restau mexicain dans le coin ?

— On en trouvera un.

— En quel honneur ?

— On doit discuter boulot. J'ai un truc pour toi. Ça paie mieux que ce que tu fais. Mais il faudra que tu retournes à l'école.

— J'y ai déjà pensé.

Il pensait avoir l'étoffe d'un officier. S'il avait commandé à la place de Ramirez, peut-être...

— T'es costaud, Chavez. J'aimerais que tu travailles avec moi.

Chavez y réfléchissait, de toute façon il verrait après le dîner.

Le capitaine Bronco Winters fut affecté à un escadron de F-15 en Allemagne, où il passa rapidement chef d'escadrille. Il était plus calme désormais. Il avait exorcisé les démons de la mort de sa mère. Il ne regarderait plus en arrière. Il avait un boulot à faire.

A Washington, ce fut un automne morne et froid

après un été chaud et lourd. La capitale se vida en ce mois de novembre où avait lieu l'élection présidentielle, le renouvellement de la Chambre et d'un tiers du Sénat, ainsi que le départ de quelques centaines de personnes travaillant directement pour l'exécutif. Au début de l'automne, le FBI démantela quelques réseaux d'espions cubains, mais sans avantages politiques. Si le démantèlement d'un réseau de drogue est un succès pour la police, celui d'un réseau d'espionnage est considéré comme un échec, du fait même que ce réseau ait pu exister. La communauté de réfugiés cubains aurait pu y être sensible, mais leurs votes étaient déjà perdus, car Fowler parlait « d'ouvrir un dialogue » avec le Cuba qu'ils avaient quitté. Le Président reprit l'avantage après sa convention, mais il mena une campagne terne et renvoya deux conseillers politiques essentiels. Le temps était au changement, et J. Robert Fowler remporta l'élection avec deux petits pour cent d'avance dans le vote populaire. Certains appelèrent cela un plébiscite, d'autres une campagne peu reluisante des deux côtés. Ryan penchait pour la deuxième affirmation.

Dans toute la ville et ses environs, des fonctionnaires congédiés se préparaient à déménager, où à intégrer des cabinets d'avocats afin de demeurer dans le coin. Le Congrès n'avait guère changé. Ryan restait dans son bureau, se demandant s'il serait confirmé au poste de DAR. Il était trop tôt pour le dire. Mais le Président restait le Président, et c'était un homme d'honneur, quelles que soient ses erreurs commises. Avant son départ, il couvrirait ceux qui en avaient besoin. Et, quand on aurait tout expliqué aux gens de Fowler — Trent s'en chargerait —, personne n'y changerait rien.

Le samedi suivant les élections, Dan Murray conduisit Moira Wolfe à la base aérienne d'Andrews, où un avion les attendait. Trois heures plus tard ils atterrissaient à Guantanamo. Gitmo, un reste de la guerre de 1898, est la seule installation militaire américaine en territoire communiste, une épine dans le flanc de Castro, tout comme Castro est une épine pour son voisin de l'autre rive du détroit de Floride.

Moira s'en sortait bien au ministère de l'Agriculture, comme secrétaire générale d'un des plus hauts responsables. Elle avait maigri, mais Murray n'y prêtait pas attention. Elle faisait de l'exercice et progressait avec son psychothérapeute. Elle était la dernière victime et il espérait que ce voyage lui ferait du bien.

Il devait en être ainsi. Cortez était surpris et déçu par son destin, mais résigné. Il avait joué et perdu gros. Il avait peur de ce qu'il allait devenir mais n'en laissait rien paraître aux Américains. Ils l'installèrent à l'arrière d'une berline et se dirigèrent vers la barrière. Cortez ne prêta pas attention à la voiture qui les précédait.

Ils arrivèrent à la barrière de barbelés. D'un côté les marines américains en treillis, de l'autre les Cubains en tenue de combat. Finalement, il allait peut-être s'en sortir... La voiture s'arrêta à cinquante mètres de la barrière. Un caporal le fit sortir et ouvrit ses menottes. Pour ne pas qu'il enrichisse un pays communiste en les emportant ? Quelle absurdité grotesque !

— Allez, Pancho, c'est l'heure de rentrer à la maison.

Deux marines l'encadrèrent fermement jusqu'à son pays natal. Deux officiers, impassibles, l'attendaient à la barrière. Une fois de l'autre côté ils allaient le serrer dans leurs bras, ce qui ne voudrait rien dire. De toute manière, Cortez était décidé à affronter son destin en homme. Il se redressa et fit un sourire à ceux qui l'attendaient, comme s'il s'agissait de membres de la famille venus l'attendre à l'aéroport.

— Cortez !

Ils sortirent du poste de garde. Il ne reconnut pas l'homme, mais la femme...

Felix s'arrêta, le mouvement des deux marines lui faisant presque perdre l'équilibre. Elle le regardait fixement, immobile. Elle ne prononça pas un mot, Cortez ne savait pas quoi dire. Il cessa de sourire. Ce regard le rendait malade. Il n'avait jamais voulu la blesser, l'utiliser, oui, mais jamais...

— Allez, Pancho.

Le caporal l'amena jusqu'à la barrière.

— Ah, au fait, c'est à toi, Pancho.

Il lui glissa une cassette vidéo dans la ceinture.

— Bienvenue chez toi, connard.

— Bienvenue au pays, colonel, lui dit le plus âgé des Cubains.

Il embrassa son ex-camarade et lui chuchota :

— Vous avez des comptes à rendre, mon cher !

Avant qu'ils ne l'emmènent, Felix se retourna une dernière fois et vit Moira. En se retournant, il pensa qu'elle comprendrait encore une fois : les grandes passions sont muettes.

Table

Imprimé en France sur Presse Offset par

BRODARD & TAUPIN

GROUPE CPI

La Flèche (Sarthe).
N° d'imprimeur : 27478 – Dépôt légal Éditeur : 54944-04/2005
Édition 12
LIBRAIRIE GÉNÉRALE FRANÇAISE – 31, rue de Fleurus – 75278 Paris cedex 06.
ISBN : 2 - 253 - 06246 - 4